海外中国研究丛书

——到中国之外发现中国

神秘体验与唐代世俗社会

戴孚《广异记》解读

Religious Experience and
Lay Society in T'ang China

A Reading of Tai Fu's *Kuang-i chi*

[英] 杜德桥 著

杨为刚 查屏球 译

吴　晨 审校

江苏人民出版社

图书在版编目（CIP）数据

神秘体验与唐代世俗社会：戴孚《广异记》解读 /
（英）杜德桥著；杨为刚，查屏球译. -- 南京：江苏人
民出版社，2022.12（2024.1 重印）
（海外中国研究丛书/刘东主编）
ISBN 978 - 7 - 214 - 26478 - 7

Ⅰ. ①神… Ⅱ. ①杜… ②杨… ③查… Ⅲ. ①传奇小
说—小说研究—中国—唐代 Ⅳ. ①I207.41

中国版本图书馆 CIP 数据核字（2021）第 164150 号

This is a Simplified Chinese edition of the following title published by Cambridge University Press：
Religious Experience and Lay Society in T'ang China：A Reading of Tai Fu's 'Kuang-I chi'
by Glen Dudbridge
ISBN：978-0521893220
© Cambridge University 2002

This Simplified Chinese edition for the People's Republic of China (excluding Hong Kong, Macau and Taiwan) is published by arrangement with the Press Syndicate of the University of Cambridge, Cambridge, United Kingdom.

© Cambridge University Press and Jiangsu People's Publishing House 2022

This simplified Chinese edition is authorized for sale in the People's Republic of China (excluding Hong Kong, Macau and Taiwan) only. Unauthorised export of this simplified Chinese edition is a violation of the Copyright Act. No part of this publication may be reproduced or distributed by any means, or stored in a database or retrieval system, without the prior written permission of Cambridge University Press and Jiangsu People's Publishing House.

Copies of this book sold without a Cambridge University Press sticker on the cover are unauthorized and illegal.

本书封面贴有 Cambridge University Press 防伪标签，无标签者不得销售。

江苏省版权局著作权合同登记号：图字 10-2019-558 号

书　　　名	神秘体验与唐代世俗社会：戴孚《广异记》解读	
著　　　者	[英]杜德桥(Glen Dudbridge)	
译　　　者	杨为刚　查屏球	
审　　　校	吴　晨	
责 任 编 辑	胡海弘	
装 帧 设 计	陈　婕	
责 任 监 制	钱　晨	
出 版 发 行	江苏人民出版社	
地　　　址	南京市湖南路 1 号 A 楼，邮编：210009	
照　　　排	江苏凤凰制版有限公司	
印　　　刷	江苏凤凰通达印刷有限公司	
开　　　本	652 毫米×960 毫米　1/16	
印　　　张	30.5　插页 4	
字　　　数	343 千字	
版　　　次	2022 年 12 月第 1 版	
印　　　次	2024 年 1 月第 2 次印刷	
标 准 书 号	ISBN 978 - 7 - 214 - 26478 - 7	
定　　　价	119.00 元	

（江苏人民出版社图书凡印装错误可向承印厂调换）

序"海外中国研究丛书"

中国曾经遗忘过世界，但世界却并未因此而遗忘中国。令人嗟讶的是，20世纪60年代以后，就在中国越来越闭锁的同时，世界各国的中国研究却得到了越来越富于成果的发展。而到了中国门户重开的今天，这种发展就把国内学界逼到了如此的窘境：我们不仅必须放眼海外去认识世界，还必须放眼海外来重新认识中国；不仅必须向国内读者迻译海外的西学，还必须向他们系统地介绍海外的中学。

这个系列不可避免地会加深我们150年以来一直怀有的危机感和失落感，因为单是它的学术水准也足以提醒我们，中国文明在现时代所面对的绝不再是某个粗蛮不文的、很快就将被自己同化的、马背上的战胜者，而是一个高度发展了的、必将对自己的根本价值取向大大触动的文明。可正因为这样，借别人的眼光去获得自知之明，又正是摆在我们面前的紧迫历史使命，因为只要不跳出自家的文化圈子去透过强烈的反差反观自身，中华文明就找不到进入其现代形态的入口。

　　当然,既是本着这样的目的,我们就不能只从各家学说中筛选那些我们可以或者乐于接受的东西,否则我们的"筛子"本身就可能使读者失去选择、挑剔和批判的广阔天地。我们的译介毕竟还只是初步的尝试,而我们所努力去做的,毕竟也只是和读者一起去反复思索这些奉献给大家的东西。

　　　　　　　　　　　　　　　　　　刘　东

译者序

从二十世纪七十年代至今的四十余年里,《剑桥中华文史丛刊》出版了二十多部汉学专著,既保持较高的学术水准,又有着大致统一的学术风格,展示了新型东方学学术魅力,在欧美汉学界一直有较高的认可度。其中多数已成当代汉学经典,被列入各专业的必读书目,如康达维《汉代史诗:扬雄赋研究》(David R. Knechtges, *The Han Rhapsody: A Study of the Fu of Yang Hsiung*),戴维斯《陶渊明的作品及其意蕴》(A. R. Davis, *Tao Yuan-ming: His Works and Their Meaning*),葛蓝《庾信的〈哀江南赋〉》(William T. Graham, *The Lament for the South: Yu Hsin's Ai Chiang-nan fu*),梅维恒《敦煌的通俗文学》(Victor H. Mair, *Tun-huang Popular Narratives*),艾朗诺《欧阳修的文学作品》(Ronald C. Egan, *The Literary Works of Ou-yang Hsiu*),伊沛霞《早期中华帝国的贵族家庭:博陵崔氏的个案研究》(Patricia Buckley Ebrey, *The Aristocratic Families of Early Imperial China: A Case Study of the Po-ling Ts'ui Family*),

斯坦利《唐代的佛教》(Stanley Weinstein, *Buddhism under the T'ang*),韩明士《政治家与绅士:两宋时代江西抚州精英》(Robert P. Hymes, *Statesmen and Gentlemen: The Elite of Fu-Chou, Chiang-Hsi, in Northern and Southern Sung*),贝蒂《中国的地区与派系:明清安徽桐城县研究》(Hilary J. Beattie, *Land and Lineage in China: A Study of T'ung-Ch'eng County, Anhwei, in the Ming and Ch'ing Dynasties*)等,都成为各领域的标志性成果,这些作者多因此而登上国际汉学殿堂。杜德桥(Glen Dudbridge, 1938—2017 年)教授就是其中一位。他的第一部论著《十六世纪的中国小说〈西游记〉的故事原型研究》(*The Hsi-yu chi: A Study of Antecedents to the Sixteenth-Century Chinese Novel*)是他的博士学位论文,也是这套丛书的第一部,时在 1970 年。他以此为起点,佳作连连,登上了中国古典小说与古典文献学学术高峰,先后担任了牛津大学、剑桥大学汉学教授,欧洲汉学学会主席。二十五年后,他又为这套丛书贡献了《神秘体验与唐代世俗社会:戴孚〈广异记〉解读》(*Religious Experience and Lay Society in T'ang China: A Reading of Tai Fu's Kuang-i chi*),展示了他在这个领域里取得的新成果,也推升了这套丛书的学术高度。这套丛书中的多部已被译介到中国,杜德桥著作却少有译本,唯台湾巨流出版公司于 1990 年出版了他的《妙善传说》(*The Legend of Mianshan*)中文译本,杜氏在序中言:"西方汉学家看到自己的著作被中国读者细读与补充,实是他所能期望的最好反应了。"已表达了欲与中国读者交流的愿望。他曾自谦地说,自己的想法太怪,翻译不易。言语之中流露出不少遗憾。本书的译介与出版可稍许弥补这一缺憾。本书是杜德桥教授的代表作,集中体现了他的学识水平、学术思想与学术风格,对于国内读者了解他及西方汉学话语体系甚有益处。从笔者的角度看,以下几点尤值得关注。

一、新颖深邃的学术命题与自成体系的研究思路

本书由七篇论文与《广异记》译注二部分构成,但不是松散的论文集,而有着严密的学术逻辑与结构。作者一再申明他的学术思路,强调全书结构的系统性。他以解读《广异记》为基础,具体研究唐人信仰世界与世俗社会的关系,分析其中的宗教意识与世俗观念的联系,实际上,就是研究唐人世俗化的信仰。他所说的"宗教",既不是单一的本土道教,也不全是外来的佛教,而是流行于现实社会之中,以道教为基础,集合了多种神灵意识的世俗化的宗教行为、宗教观念与宗教意识,它不是对一种神的崇拜,也不执着于一种统一理念的信仰,更多是一种宗教化的传统意识与一种神秘化的神鬼观念以及在这一观念作用下形成的对彼岸世界的想象和相关的祭祀活动,多数属于我们习惯上所说的各种各样的"与鬼邻"的"迷信意识"与"迷信活动"。这就是作者所说的"神秘体验"。书名所说的"世俗社会",就是世俗化社会阶层,他们不是上层掌握正统话语权的皇亲国戚、高官权贵,也不是纯粹的佛家僧侣、道家道士,更不是严格意义上的教徒,多为普通的中下层属吏或下层市民,这是《广异记》中的主要人群。对于作者来说,《广异记》最让他感兴趣的就是由这些人构成的世俗世界。他发现在这个世俗世界里,所有宗教理念与宗教行为都有世俗化的特色,所有宗教行为都是在世俗生活中产生并进行,参加者多是世俗中人,而且,所有宗教行为都有世俗化的缘由。所以,本书研究的核心就是唐人信仰世俗化的问题。全书的结构就是围绕这一核心话题展开的,如:

第一章"一个声音的序列"说明本书主旨,通过分析三则鬼附体故事,指出这类叙事中存在着二种故事形态,一是由故事主人幻觉构成的内部故事,另一是由记录者或旁观者所见事件构成的外部故事。故事中包含着传统理念、故事主人与记录者三种声音。具体探索这两个世界的内容以及多种声音的构成,就是本书研究内容。如其言:"《广异记》以及与它类似的材料在很大程度上保存了遥远时代的口述历史。当时的普通人对他们的时代、生存环境以及切身体验的陈述都掩埋在这几百则轶闻中。我们研究它们,不是想通过文献性材料去构建关于那些事件与制度的知识,更多的是想探索逝去已久的那代人在面对周遭可见与不可见的世界时产生的心理体验。""第一个原则:将世俗旁观者的视角与身在局中者的内在视角区别开来。与此相关的第二个原则:在同一件叙事中,辨识出并存的两种视角。"本章同时提出了研究原则与方法:"要求研究者对当前时代有一个鸟瞰的高度和宽广的视角,以现代思想观点,将各种历史文献置于一个看似有意义的序列中。另一个是我们研究工作中更基本的本能,就是想了解并接近过去的男人与女人,以私人记录来不断激发我们转瞬即逝的兴致……它最强大的作用是运用少有的机会去捕捉当时的人们在生活中的特定时刻如何活动,如何表达自我。""力图识别材料中隐藏的具体个人化情境,从而在与他人纠合在一起的声音中区别出个人声音的核心内容",说明故事人物"所处的文化环境如何装点了他的思想"。宗教世俗化,这既是中国文化的核心问题,也是人类发展经常遇到的问题。作者思考的是一宏大主题,但入手是具体而微的,是对具体故事进行现代化的解释,发掘表象后的内幕。

第二章"同时代的一种观点",通过笺解顾况《戴氏〈广异记〉

序》，具体介绍《广异记》一书以及作者戴孚的基本情况，以此说明《广异记》所叙神秘体验不是孤立的，它有一个古老传统，广存于当时人的精神世界里。

第三章"戴孚世界的动态变化"，相对于第一章从时间上说明故事特点，本章着重从空间角度说明《广异记》世俗世界，进而更具体阐述本书的研究理念、基本对象与基本方法。作者分析了唐人普遍存在的"与鬼邻"的观念以及由此而生的关于阴间的空间意识，强调与"人鬼殊域"的正统观念相比，这是一种更加世俗化，却又普遍化的社会意识，打破了社会阶层的分隔。作者运用布罗代尔（Fernand Braudel）的三层历史划分法，以《广异记》中"桃花源"类故事为例，说明这些故事中存在着自古不变的因素、看得见变化的因素以及当下事件三层因素，对于后者，作者即关注到安史之乱引起的政治格局之变化与禅宗兴起引起的新兴民俗。

以下四章是对上述概念的具体实践。第四章"华山的朝山者"，说明与朝廷正式祭祀华山不同，民间还存在着以华山为对象的淫祀活动，形式多样，多带有世俗功利性质。这种能满足人们各种目的的华山神有一定的地域性，并作为一种地方神发挥影响，其影响力可以扩散到很远的地方。作者以此说明非官方地方性的世俗化宗教意识在唐代影响更大，其中存在着长久的察觉不到变化的远古信仰。

第五章"尉迟迥在安阳"详考安阳祭祀尉迟迥之事的背景，辨析正史记载、石刻文献、轶事传说同异，分析其中原因与影响，由此总结出民间宗教的世俗化特点，说明城隍文化意识产生之源。

第六章"袁晁之乱的受害者"，通过解析几则亡灵与活人交往的故事，说明这类传说中包含的久有的鬼魂意识，唐人葬礼中的道教、佛教因素，再以魂灵预测战乱之事，说明安史之乱在人们宗教意识中投下的历史痕迹。"我们通过这一途径所接收的信息引领我们接近正统文本文化之外的神秘体验与人物。《广异记》故事为我们提供了一个机会，让我们能够近距离接触当时社会中的那些女人或奴仆。在那些人中，没有人有条件或能力以书面形式表达他们对现实世界的私人看法。在公共历史事件的接收末梢，同时也是在动态的历史情形中，我们看到了当时世俗社会人与人之间、活人与死人之间典型的交往与联系。这些人物的话语来自一种与众不同的文化，在这种文化中，社会关系、宗教价值、神话概念皆不受制于被广泛认可的正统观念。"

第七章"与鬼神交欢"，分析与神女、鬼女交往的两类故事不同的心理机制——一是世俗婚姻的理想化、一是与冥婚习俗有关的想象，说明二者既延续着类似《神女赋》《高唐赋》的性爱意识与古老的冥婚制传统，也有安史之乱后新的社会因素在其中，更有叙述者自己的声音与当下意识。*

由上可见，本书重点就是研究《广异记》中与附体、通灵相关的人鬼交往故事。前三章是相关理论概念、研究材料与研究方法的说明，作者指出，这些故事所表现出的神鬼观念对于当时人来说就是一种信仰，它们表现了唐人对这种信仰的具体体验，所叙之事就是唐人思想的历史记录，这里面有远古传统，有中古佛、道意识，还有当代思想因素，在陈述者的世俗化想象与病态意念中组合到一起了。作者将医学生理分析与文化解析相结合，分别说明这三方面的内容。后四章就是在这观念基础上展开的四组个案研究。华山神故事说明朝廷正宗观念与世俗观念及地方化观

---

* 其中，以华山神为三郎，则以之为唐玄宗神灵，体现了安史之乱后民间流行的玄宗崇拜意识。

念之差别；尉迟迥故事，说明地方性的传说如何改变了正史正统之说；浙东逃难故事表明中古传奇模式中有当下的时代因素；人神恋、人鬼婚故事可证明遗精梦幻体现了不同的时代色彩与当下意识。七篇文章有点有面，构成一个整体。作者在之前已发表几篇关于《广异记》的论文，*本书收入时都作了适当的调整，就是为了保证这个体系的完整性。

二、多学科、多角度、多层次复合式视角

在现代学人编写的中国文学史中，《广异记》是一部唐人志怪小说，属于作者有意设幻的文学作品。杜德桥在掌握这一知识谱系的基础上，更多地吸收了现代人类学、文化学、民俗学研究思路，以《广异记》为八世纪精神史记录，解析各类通灵故事中的文化要素。如他所说："在欧洲，它（《广异记》）已引起了人类学家高延（J. J. M. de Groot）的注意，他写道：'它们构成了研究中国民俗极富价值的文献资源，我们以后将经常借助于它。'""虽然作品创作的年代相差很大，但整个阶层在特征上显示出惊人的一致性。在万物有灵论上，即使是最细微的变化与进步我们也难以追溯，这可以旁证我们的判断：中国社会在整体上一直就是这样的。"杜氏又利用布罗代尔年鉴学研究观念以及福柯知识考古学理论，展开了新的探索。如他所说："为了研究故事中人物个体的声音并区别内部故事与外部故事，本书尝试一种更具分析性的研究思路。同时，本书也通过辨识特定时代与空间中的个体，来研

---

* 如：杜德桥《〈广异记〉初探》,《新亚学报》第 15 期, 1986 年；《唐传奇与唐代祭仪：八世纪的一些案例》,《第二届国际汉学会议论文集·文学组》, 台湾"中央研究院", 南岗, 1990 年；《安阳的尉迟迥：八世纪的一种祭仪及其神话》,《泰东》(Asia Major) 第 3 辑第 3 卷, 1990 年；《三则失乐园寓言》,《英国汉学协会通报》(Bulletin of the British Association for Chinese Studies), 1988 年；等等。

究其历史特性。但本书又与高延的基本观点相合，即把《广异记》作为一本实实在在的记实文献，而不作为奇幻故事或虚构文学。"同时，他对于《广异记》作为志怪小说的性质已有了充分的了解，他说："进入二十世纪，伴随着五四运动的爆发，研究者开始对文献的价值与种类进行重新界定，虚构性的叙事已上升到了经典性的地位，古代的'小说'这个词被用来支撑这一概念。在当下新的思潮运动中，中古时期的轶事文学作为原小说——这是一个可以觉察到的小说演进过程的早期阶段——引起了史学家的兴趣。而在这个演进过程中，唐代则是小说创作的黎明时代——这一观念早在十六世纪就有人表述过，它已成功地覆盖了更古老的观念。"作者作为一个中国文学研究者，有意识要以这种跨学科的探索改变既有研究格局。在突破了"文学虚构"这一思维定式后，新的视角给作者带来了新的思路，他在许多被文学研究视为模式化、雷同化的叙述中，发现了新的学术命题，为这些文献注入新的学术生命力。如，众多还魂类故事，多是千篇一律叙述"阴曹行"，作者却看出了故事中几种不同层次的内容：主人迷幻意识（生理的）、阴间知识（集体无意识）、职业通灵人特定的唤魂或驱鬼活动（当下心理）。他发现在《广异记》的世界里，正统与异端，中心与边缘，乃至阴间与阳世都不是截然分开的。他说："《广异记》提供了一系列来自街头巷尾的感知过程。""越是深入到《广异记》的内部，我们越会发现它潜藏的一种特质，可以称为'民间性'（vernacular）特征。""社会精英不仅仅参与由朝廷科举体系形成并由国家官僚机制执行的高级文化，还可以以个体的形式参与到他们周围丰富的地方文化环境中。《广异记》故事就是在后一种背景中形成的，它记录了当时的男男女女在其生存背景下遇到非正常现象时的感知过程。戴孚并没有让这些现象的记叙屈从于中央权威作出的评论或拒斥,也不屈从于批判性的正统思想的重新阐释。因此,《广异记》的故事比那些精英们写出的精心构思的正统书籍更能代表广大民众,它们揭示了一个更为宽广的背景的诸多特征,同时,这种背景下也存在着精英创作与士人活动。正如我们看到的那样,这种民间文化是海纳整个社会群体的。"杜氏发现戴孚在《广异记》中构建的世界无论是在时间上还是空间上都具有民间化世俗化色彩,在这个世界里,宗教与世俗并行不悖,这里的成员多是世俗社会中下层成员,但都有自己的信仰,多以世俗化理念来体验他们的信仰,正是这种世俗意识才使得这类宗教类故事富有生机。

如,杜德桥认为《广异记》故事里既分隔又对应的阴阳两界观念,既源自戴孚社会的深远的精神世界,也反映了这个精神世界的不同的历史变化,因此,其对阴间世界的描述也可作为唐代社会史料。杜氏认为:"将中国及其社会分成南部与北部,或者用特定身份类目来界定,如京城与地方、都市与乡下、贵族与平民、集体与个人。在每一个故事中,戴孚都是以一种宏大的乃至多元的视角审视这个世界,这个世界最强烈的特征就是它的灵活性与不稳定性。""《广异记》表现了由很多小地方组成的中国社会,这些地方构成了一个松散的动态的系统,其特征是自由的多样性的组合,而不是两种对立的类别。"这其中的主要原因,就是极度的世俗化化解了这些界线。《广异记》里的阴间世界,是与现世完全对应的世俗化世界,两者的区别仅是意念中的阴阳界线与空间区域。"《广异记》最引人入胜的奇遇多数发生在远行者或者离家者身上。那些被阴间的王召去的人都会程式化地发现自己被带到了城墙之外——经常是通过一道关闭的门——穿过广阔的原野后到达另一世界一座森严的城堡。不论情况如何,大部分农民和地主都依靠田庄生活,他们的住所在城外,与乡村的关系密切。田宅庄园经常是与神灵世界保持频繁接触的场所。"《广异记》故事显示这种分离是脆弱的和有缺陷的,它们之间的分界线是模糊的,因而,凡人与神灵、活人与死人能够持续而不定期地越过他们自身的边线。而摆在唐代祭司面前的主要任务就是控制这种越界行为的发生。"这既是一种民俗心理分析,又是对一种文学场景设计的发现。新的视角带动了新的发现。

杜德桥多受法国年鉴学派及结构主义文化理论影响,善用多维立体化的学术思维考察各类故事,认为"没有一个故事具有超越与周围世界所有关系的独特性,但也没有一个故事能对中国社会作出一番完整、无限与永恒的陈述。这需要一种历史性的阐释手段,创造一个故事存在的语境。同时,还需要一种时代意识,一种能赋予那些异闻记录以具体意义的时代意识"。他将这些故事视为文化化石,既要将它们置于特定时空中,分析其具体的历史痕迹,又要挖掘其时代表象之后亘古绵延的文化传统与信仰观念。用现代流行语来说,就是既要测定各类故事中不变的文化基因,又要分析年轮印记与外在构成。如他所说:"我们将把中国社会,尤其是中国的宗教文化,看作一个以不同速度同时演进着的综合体。把它比喻成水流运动最恰当不过了,它运动的形态是:深处缓慢流动,表面急速流淌,充斥着无规律的潮流与区域性的水涡。然而,这个比喻虽然很有启发性,却很难有效地使用。因此,我采用了一个更简单的方案,这是借用费尔南·布罗代尔(Fernand Braudel)关于历史变化有三个层面的著名观点:首先,'一种历史的过程几乎是难以察觉的……它的所有变化都是缓慢的';其次,'另一种历史……它有缓慢的但能够察觉到的运动节奏';最后一种是'事件的历史……有简单的、快速的、紧张的起伏'。"如《仆仆先生》是流传于开元、天宝年间的故事,影响甚大,光州乐安县还缘此改名为仙居。(本世纪初,日本玄幻小说作者仁木英之将之改编为系列小说,影响甚大。)杜氏关注到故事中这一细节,仆仆道人声称那些经典人物都曾师从于他:"麻姑、蔡经、王方平、孔申、二茅之属,问道于余,余说之未毕,故止,非他也。"他一方面由狂热病理与幻觉心理学层面分析噫语通神者的情节成因,另一方面又认为此处显示了以上三种要素的不同形态:一是表明当时道教上清教以及以茅氏兄弟命名的茅山已在中国社会主流意识中确立了自身的地位;二是展示了七世纪上清教的师承关系,即陶弘景(456—536 年)传潘师正(585—682 年),潘在嵩山退隐后,传司马承祯(647—735 年);三是上清教在嵩山的影响。三个层次的事情涉及三个时段因素,"比官方传承的正统经典记载更能有力地揭示世俗社会对道家先圣的看法"。为这类故事找出年轮印记,这是年鉴学派的研究风格,于动态把握中扩展了关于这类故事的研究空间。这一研究视角与研究方法使他突破了文学研究框架,可充分发掘这类故事的思想史、文化史信息。这里既有明确的文献、史实的考辨,如关于陶弘景—潘师正—司马承祯的师承关系以及嵩山道教的中心地位,也有现象背后的分析归纳,杜氏由此还推导出天宝时期道教最高层次的思想已普及到民间低层这一事实,突出了天宝时期道风迷漫的时代特色。前实后虚,不同层次,组合成关于天宝年代文化流向的立体图景。杜甫曾回忆这段历史言:"蓬莱宫阙对南山,承露金茎霄汉间。西望瑶池降王母,东来紫气满函关。"(《秋兴·蓬莱宫阙对南山》)借助这种立体化的图景,可对此有更真切的认识。

总之,"世俗化宗教体验"的理念,多学科多层次的叠合式的研究方法,应是本书以及作者学术最具特色的地方,对于中国学人来说，这也是"他山之石"最有吸引力的地方。

三、文献考据、文本笺释硬功夫与东方学学术魅力

在西方汉学界，关于《广异记》研究，杜德桥并不是第一人。早在二十世纪初，高延在他的代表作《中国的宗教系统及其古代形式、变迁、历史及现状》（*The Religious System of China，Its Ancient Forms，Evolution，History and Present Aspect，Manners，Customs and Social Institutions Connected Therewith*）中已有关注，译有三十五篇，并作了比较深入的分析。受其影响，西方多位研究中国古代葬礼、祭祀文化的学者也多利用《广异记》一书。杜氏在他们的基础上，从总体上系统研究《广异记》。与此前相关论著相比，杜著最突出的特点就是在文献考据上的细密严谨的风格以及实实在在的发现，展示了一个汉学家不凡的专业功底与实力。这具体体现在以下几方面：

一是语词训诂，既见汉语功底又有新意新解。如，顾况《戴氏〈广异记〉序》第一句曰："予欲观天人之际，察变化之兆，吉凶之源，圣有不知，神有不测。"他解释道："开头的话出自《尚书·益稷》：'帝曰："吁！臣哉邻哉！邻哉臣哉！"禹曰："俞。"帝曰："臣作朕股肱耳目……予欲观古人之象，日月、星辰、山龙、华虫、作会，宗彝、藻火、粉米、黼黻、绨绣，以五采彰施于五色，作服，汝明。"'"他取古文《尚书》作为笺释材料，与传统的取用《易·系辞》不同，显然，他没有今古文概念的制约，唯以文字相似度为上。同时，也为下文对"观"的解释提供证据。他说："这里的'观'是古代朝廷一种天赐的职责，由下文的'天人之际'所决定。而'天人之际'表达的是一种传统的现象主义宇宙观，是由汉代承袭下来的意识形态。'际'意为'相联系的界点'，指的是人与自然界处在一个相互

感应的系统里。"此处解释是在传统训诂基础上再作引申,这种引申又是以其前辈汉学家李约瑟(Joseph Needham)经典之论为据。李约瑟《中国科学技术史》卷2(剑桥,1956年,第378页)言:"伦理的失序应该与宇宙图式某一处的失常息息相关,而这种失常必会引发人世间其他方面的混乱。这种混乱不是直观的行为表现,而是一种震荡,这种震荡是通过有机整体的巨大衍生物所显示出来的。"他据此解释古代的祥瑞凶兆之说,指出"这种失序给古代君王提供了宇宙伦理秩序是否正常的指示表,只要是贤明的皇帝,他们都希望能够控制这些非同小可的混乱"。又引《庄子·天下》"以天为宗,以德为本,以道为门,兆于变化,谓之圣人"解释了"变化之兆"。此处以道家思想来笺解,可能更符合原文之意,因为顾况本人是道教徒,《广异记》也多道家色彩。又如,他同意顾况改经释义的做法,训"子不语怪、力、神、乱"之"不"为"示",并在儒典中找到旁证:"《周易》附录的《系辞》中也有与许慎这种说法类同的语句:'天垂象,以示凶吉,圣人以象作之。'"并说明:"对于统治者来说,观象施政的理论是完全正统的;而对于世俗之人来说,把一些怪异现象作为避灾趋吉的征兆来看待,也不足为奇。"显然,他对传统经学笺词释义知识系统很熟悉,但又不固守既定模式,尽可能发掘出新意。

二是在文献目录学方面有积累。如他发现《全唐文》所收顾况序文本比《文苑英华》粗糙,其因就是《文苑英华》本经过了彭叔夏校正。他广引书录,对顾序作了原创性笺释,这些书目分二类:一为相关用典的出处,如贾谊《鵩鸟赋》、《左传》、《庄子》、《吕氏春秋》、王嘉《拾遗记》、纪义《宣城记》、《淮南子》、《山海经》、《后汉书·五行志》、葛洪《抱朴子》、扬雄《蜀王本纪》、左思《三都赋》、《鲍照集》、萧统《文选》等;二是自汉以来的志怪专著,如刘向《列仙传》、葛洪《神仙传》、东方朔《神异经》、张华《博物志》、郭宪《汉武洞冥记》、颜之推《稽圣赋》、侯君素《旌异记》、陶弘景《真诰》、周子良《周氏冥通记》、刘敬叔《异苑》、干宝《搜神记》、刘义庆《幽冥录》、习凿齿《襄阳耆旧记》、张方《楚国先贤传赞》、应劭《风俗通义》、宗懔《岁时记》、山谦之《吴兴记》、周处《阳羡风土记》、沈怀远《南越志》、葛洪《西京杂记》、伏无忌《古今注》、崔豹《古今注》、萧世怡《淮海乱离志》、裴松之《三国志注》、刘彤《晋纪注》、刘孝标《世说新语注》、盛弘之《荆州记》、张说（或曰卢诜、梁载言）《梁四公传》、唐临《冥报记》、王度《古镜记》、孔慎言《神怪志》、赵自勤《定命录》、张荐《灵怪集》及陆澄、刘昭《两汉书注》等。* 尤其是对已佚之书，他在吸纳内山知也、李剑国等相关研究的基础上，又提出新推断，并以异域传奇、魔幻物件、预言报应、幽灵活动对各书作出不同的归类，突出了它们的特色，展示这些书籍与《广异记》的关系。凡此都显示出了杜氏在文献上深厚的积累。对顾序，他还注意到书籍史上一段重要文献："此书二十卷，用纸一千幅，盖十余万言。"他据这些信息推断："每页十行字，每行大约十个字，一页计一百字，那么一千页大约共十万字。"这个推论是很

---

* 其中陆道瞻、李庚成二人失考，译者补考如下：

　　陆道瞻，《太平御览·经史图书纲目》列有"陆道瞻《吴郡记》"，由排序看，似是南朝人。《至元嘉禾志》有引录，表明此书在元有传。

　　李庚成，或为李康成之误，为《玉台后集》编者，天宝时期在世。《文苑英华》卷三三二存其《玉华仙子歌》诗一首："紫阳仙子名玉华，珠盘承霞饵丹砂。转态凝情五云里，娇颜千岁芙蓉花。紫阳彩女纷无数，遥见玉华皆掩嫮。高堂初日不成妍，洛渚流风徒自怜。瑶阶霓绮阁，碧题霜罗幕。仙娥桂树长自春，王母桃花未尝落。上元夫人宾上清，深宫寂历厌层城。解佩空怜郑交甫，吹箫不逐许飞琼。溶溶紫庭步，渺渺瀛台路。兰陵贵士谢相逢，济北书生尚自顾。沧洲傲吏爱金丹，清心回望云之端。羽盖霓裳一相识，转情写念长无极。长无极，永相随。攀霄历金阙，弄影下瑶池。夕宿紫府云母帐，朝餐元圃昆仑芝。不学兰香中道绝，却教青鸟报相思。"与顾况所叙旨趣相近，顾序所指或即此类？宋人祝穆《古今事文类聚》前集卷四八引录顾序即作"李康成"。

准确的,这表明顾况当时所见的《广异记》可能是册页装,每页十行、每行十字,呈正方形,与盒式贝叶装长条页是不同的。据此,书籍史上关于册页装出现的时间可适当提前。杜氏据此还指出:"我们集合保存在《太平广记》中的三百余则故事以及《类说》《岁时广记》《三洞群仙录》《太平御览》中所录的其他六则材料,估算出本书现存约八万字……我们现在所见的《广异记》仍然保存了八世纪末戴孚儿子向顾况求序时的那部原书的大部分内容。"正是有了这种文献史意识,才会于细琐处获得实实在在的发现。

三是在史实考辨上多有发现。如关于戴孚生平,此前少有专论,杜氏在排比材料的基础上,对之前内山知也的说法提出修正意见。他叙述了戴氏家族史,由戴逵、戴颙多浪漫之举看出:"所有这些都证实,至少在逸事趣闻这一点上,戴氏家族戴孚一支与苏州有较深的渊源。"再由戴孚于至德二载(757年)与顾况(727—806年后)同年参加苏州进士科试一事推断戴孚生平:"我们根据《广异记》故事得到戴孚一个更详细的活动年表。这些故事在时间上大体贯穿八世纪,直到780年叙事才突然中止。戴孚卒年一定不早于这一年,也应该不会比这个时间晚得太多。假设他的卒年为五十七岁,由此推出他的生年最早是724年,顺此推算,他及第的年龄可能是三十四岁。这个年龄与顾况相差无几,顾况约是三十岁,当然戴孚年龄可能更小些,但不会小于二十岁。如此算来,他的生年不应晚于738年,卒年不会晚于794年。在第一章,我们已经注意到有很多故事反映了八世纪六十年代到七十年代他在东部沿海地区官僚圈中的社交活动,也许这是了解他仕履最可靠的线索。"其推论逻辑严密,结论大致可信。又如本书最后一章中"神女的故事"所引第一则材料就是季广琛与神女交往的故事。季广琛是李璘事件中的关键人物,但正史并无他的传记,本书进行了原创性考证:"他(季广琛)于735年应'智谋将帅科'中举。757年初,作为永王李璘的一名将军,他被遣远征至长江下游,这后来发展成一场未遂的叛乱。然而,在当年三月永王叛乱被镇压前,他成功地脱离了永王。在758年夏秋,他很快由一个地方的军事总督移任至另一地。759年,被贬为温州刺史。后来,在761年,他由温州移任到宣州,担任浙江西道的军事职务。在这之后,他最终在774年升任右散骑常侍。"并据此印证故事的结局:"终身遣君不得封邑也。"又引《酉阳杂俎》卷六中一则季广琛故事:"青春乃知剑之灵。青春死后,剑为瓜州刺史季广琛所得。或风雨后,迸光出室,环烛方丈。哥舒镇西知之,求易以他宝,广琛不与,因赠诗:'刻舟寻化去,弹铗恩未酬。'"杜德桥指出:"748—755年哥舒翰率领军队在相邻的陇右地区抗击吐蕃……故事中季广琛在河西的这段奇遇似乎发生在他参与永王谋反之前。"经过如此钩稽,季广琛生平信息首次完整起来。* 这种搜辑文献的方法与考据路数,都是中国学者熟悉的。这一点也是杜氏在欧美汉学界最具特色之处。

关于英国汉学,中国学人多较熟悉李约瑟之问,李约瑟于《中

---

*关于季广琛,译者还可作一补充:

《全唐文》卷三五二载樊衡《河西破蕃贼露布》:"十二月会于大斗之南,择精骑五千,皆蓬头、突鬓、剑服之士。乃遣都知兵马使左羽林军大将军安波主帅之。先锋使右羽林大将军李守义副之,十将中马军副使折冲李广琛等部之。……又使中马军副使李广琛领勃律马骑一千攻其旁……"《全唐文》卷三六〇载杜甫《为华州郭使君进灭残寇形势图状》:"又遣李广琛、鲁炅等军进渡河,收黎阳、临河等县,相与出入掎角,逐便扑灭,则庆绪之首,可翘足待之而已。"两处"李广琛"当为"季广琛"之误。《全唐文补遗·千唐志斋新藏专辑》中有王端《大唐故尚书司勋员外郎河南陆府君(据)墓志铭并序》:"伊有唐天宝十有三载十一月戊戌,尚书司勋郎陆公捐馆于长安崇义里之私第,春秋五十有四。……廿七,进士擢第,解褐陈留尉。……剑南支度使、御史中丞季广琛闻其名,奏授大理主簿,仍充判官使。"(西安:三秦出版社,2006年,第236—235页)则季氏曾为河西中马军副使、剑南支度使、御史中丞。

国科学技术史》(1954 年)的序言中写道:"中国的科学为什么会长期大致停留在经验阶段并且只有原始型和中古型的理论？……并在公元 3 世纪到 13 世纪之间保持一个西方科学所望尘莫及的科学知识水平?"本书第一章言:"为什么现代科学,亦即经得起全世界的考验并得到合理的普遍赞扬的伽利略、哈维、凡萨里乌、格斯纳、牛顿的传统——这一传统肯定会成为统一的世界大家庭的理论基础,是在地中海和大西洋沿岸发展起来,而不是在中国或亚洲其他任何地方得到发展呢?"杜德桥对这个问题有一个长期思考,早在 1942 年第一次到中国时,即以此问质疑经济学家王亚南教授。王氏受此刺激,写下《中国官僚政治研究》一书。在传统知识结构中,西方学人视汉学为东方学分支,以辨析语义与辑录稀见材料为主要特色,汉学家多以汉学为异质对象,最大的兴趣就是求索其中异质特征,虽然各自关注的异质点不同,但核心命题多与这一终极关怀相关。杜德桥的汉学思维也就承此传统而来,其思考的核心话题——中国宗教世俗化问题也属这一类。在他看来,对宗教的态度不同是中西文化的根本差别,世俗化的宗教意识是中国文化最突出的特点。他的学术兴趣就是解析这一特点的具体特征、内部结构系统与形成机制等问题。他最初从事《西游记》研究,在与柳存仁教授就相关文献真伪问题对话之时,就思考为什么一个与西方"圣徒传"一样的传记竟演变成了喜剧化的神魔故事。在他看来,在《西游记》中,玉皇大帝是制度权威的象征,而观音是一种信仰符号,但也不断带上送子之类世俗功能,何者为大？缘于这个思考,他专门研究了观音形象的演变过程,并形成了《妙善传说》(*The Legend of Miaoshan*)。为掌握唐人叙事方式,又研究唐人小说的代表作《李娃传》,分析唐代叙事文本形成方式的问题,完成专著《〈李娃传〉:一部中国九世纪传奇的研究与版本评述》(*The Tale of Li Wa：Study and Critical Edition of a Chinese Story from the Ninth Century*)。他在搜辑早期观音传说文献时，发现十世纪中叶流行的少女信徒故事与观音形象的世俗化相关，溯其源，以《广异记》中王法智等故事为多，就开始了长达十年的《广异记》研究。

作为一个中国文学研究者，杜德桥虽借用人类学、民俗学等多学科的研究方法，也多关注文学问题，关注这种世俗化的神秘体验对于小说结构衍变的作用，这一点在对《李娃传》的研究中表现得更明显。其跨学科思维，兼具新旧汉学双重特色。一方面，他有新汉学家学术思维与学科意识，如上述所论，多宏深之论与精邃之思。另一方面，又多有早年汉学家以语言学与文献学为基础的博广之趣，而且，他确实是这方面的专家，有这类专著，如《三国典略辑校》(*A Reconstruction of Qiu Yue，Summary Documents of Three Kingdoms*)，《中国中世佚书》(*Lost Books of Medieval China*)，无论是选题还是表述方式都是非常本色化的，以积累之功展示了传统汉学的知识魅力，对于中国同行来说，这一特色让人尤有亲近感。杜德桥这一学术风格与学术格局，与他特殊的学缘有关。本科期间他师从蒲立本（Edwin G. Pulleyblank，1922—2013 年）先生，蒲立本就是语言学与史学兼擅的大家，唐史方面的《安禄山叛乱的背景》、语言学上的《晚期中古汉语和和阗语语音的比较》《古汉语语法纲要》都是国际汉文经典，在蒲立本门下，他掌握了词汇训诂与文史考证的路数。读研究生期间，杜德桥随张心沧＊先生做论文，张氏就是中国古典小

＊张心沧的母亲是曾国藩的外孙女，父亲是民国初广西省省长张其锽。他 1948 年毕业于沪江大学外语系，是中国小说史专家夏志清先生的同窗。

说专家，曾翻译《聊斋志异》，这一学术旨趣对杜氏颇有影响。他在读书期间，也多受教于老一辈汉学家龙彼得（Piet van der Loon，1920—2002 年）、崔瑞德（Denis C. Twitchett，1925—2006 年），对欧洲汉学传统多有继承，注重解读文本的功底，强调对文献的出处、来历的辨识能力。这一学缘使其著作既有传统东方学渊博的魅力，又有新汉学思理逻辑的启发力。

1991 年，笔者首次接触到杜德桥的论文，对其睿智的识见与扎实的功力印象甚深，就追踪他的研究。2001 年赴韩任教，试译了他的一篇论文（即本书第一章），开始与他电邮联系。约在 2003 年，他委托周发祥先生转达对译稿的肯定并希望完整译介全书。我约在 2004 年年底完成翻译初稿，并就其中的一些问题与他讨论了几次，主要是关于书名的翻译。（其时对其全书的主旨尚未把握，对"世俗化"的理念理解也不清晰，几经商议才译成《宗教体验与唐代世俗社会》，现在觉得译成《唐人世俗化的宗教体验》，可能更切合原意。然而，考虑到此题是与他商定而成的，就仍保留下来了。*）周发祥先生原拟编纂一套海外汉学丛书，本书列入其中。然而，丛书尚在筹备中，杜德桥与我遽然失联（后知杜德桥先生突患帕金森综合征），不久，周发祥先生也撒手归山，此事就搁置下了。在这期间，我用译稿作为备课材料，发给相关同学阅读。印象中，有三位本科生、二位硕士、二位博士已将之作为论文的参考书。杨为刚博士 2002 年考入复旦攻硕、博学位，阅读本译稿甚有心得，发表了一篇书评，还对译稿作了修正与整理，并借鉴其中空间理念与民俗学研究方法完成了硕、博的选题与论证，发表了一系列论文，颇得博士生导师陈尚君教授及相关学者

＊后经与出版社商议，我们又对书名略作了一点调整。

的好评。在我看来,这是本书在中国学界引起的最大反响,他可能也是本书最认真的读者了。这次出版前又请了吴晨博士对译稿作了全面的校改。吴晨博士于复旦大学中文系毕业后,赴美国威斯康辛大学留学,师从倪豪士(William H. Nienhauser)教授,获博士学位后任教于哥伦比亚大学。有了她的修订,我们心安许多,衷心感谢她的热心相助。还要感谢的人有:陈引驰教授,2001年时他在哈佛大学访学,为我复印并邮寄了本书,让我较早读到全书并顺利开展译事;陈尚君教授,在初译之时,他将方诗铭点校本《广异记》借我长期使用,并提供了相关佚文线索,使得翻译工作方便了许多;姚大力教授,在事过二十年、几乎要放弃的情形下,蒙姚教授向"海外中国研究丛书"力荐,方得解决版权事宜,重续出版之事;伊维德(Wilt L. Idema)教授与英国学术院出版部助理 Portia Taylor 女士,他们同意授权翻译伊教授所作"杜德桥教授评传",使得本书可向中国学界完整介绍杜德桥教授的学术成果。当然,也觉得有些遗憾:提议译书者周发祥先生已于六年前去世,不能看到本书的出版了。本书作者杜德桥先生也于五年前辞世,笔者在翻译过程中,解决了书中二处失考之事,一直想找机会与他当面交流,分享这种发现之乐。可惜的是杜德桥教授来上海参会时,我在日本任教。音讯相通,却无缘得见,只能留下永远的遗憾了。

还需说明一下,事过二十年,笔者对译稿已不甚了了,这次整理多蒙杨为刚、吴晨博士鼎力相助,解决不少疑难之事,但由于初稿多瑕,失误之处在所难免,其主要责任应由本人承担,欢迎读者批评指正。

查屏球

目 录

致　谢

在准备本书的这些年中，我得到了很多同事和朋友的鼓励与支持。在这些人中，我尤其要感谢麦大维（David McMullen）先生、晁时杰（Robert Chard）先生和太史文（Stephen Teiser）先生，他们阅读了我的初稿，并提出了极好的建议；我还要感谢白岱玉（Daria Berg）女士，她为本人提供了一些资料，并帮助准备本书的出版。同时，我荣幸地感谢"台湾文化规划与发展委员会"和该委员会的袁主任，他们慷慨地资助了我对这一课题的研究。

我同样感谢其他一些机构的资助，他们毫不逊色的慷慨使我能够在三大洲的汉学中心作报告，从而进一步发展了本书的思想，充实了本书的材料。在中国台湾，新竹银行资助了我在台湾清华大学举办的一个系列讲座；台湾"中央研究院"中国文学与哲学研究所，台湾大学中文系、历史系，对我也盛情相待。在美国，大都会艺术博物馆、宾夕法尼亚大学、普林斯顿大学等欢迎我参加座谈并发表讲演。欧盟委员会的伊拉斯莫斯（Erasmus）项目资助了我在德国海德堡大学和慕尼黑大学、丹麦哥本哈根大学和奥尔胡斯大学汉学研讨班的讲座。英国的东方与非洲研究学院同英国汉学协会主办的一系列讲座，形成了本书的初步设想。在研究过程中，与如此众多的睿智同事和朋友共事是一种殊荣，本书正是在这一过程中形成。

第一章　一个声音的序列

展开本书,第一个故事是八世纪一个桐庐女子的声音:

84　　　桐庐女子王法智者幼事郎子神,大历中,忽闻神作大人
语声。法智之父问:"此言非圣贤乎?"曰:"然。我姓滕,名传
胤,本京兆万年人,宅在崇贤坊,本与法智有因缘。"与酬对,
深得物理,前后州县甚重之。桐庐县令郑锋,好奇之士,常呼
法智至舍,令屈滕十二郎。久之方至,其辨对言语深有士风,
锋听之不倦。每见词人,谈经诵诗,欢言终日。常有客僧诣
法智乞丐者,神与交言,赠诗云:"卓立不求名出家,长怀片志
在青霞。今日英雄气冲盖,谁能久坐宝莲花。"又曾为诗赠人
云:"平生才不足,立身信有余。自叹无大故,君子莫相
疏。"①六年二月二十五日夜,戴孚与左卫兵曹徐晃,龙泉令
崔向,丹阳县丞李从训,邑人韩谓、苏修,集于锋宅。会法智
至,令召滕传胤。久之方至,与晃等酬献数百言,因谓:"诸
贤,请人各诵一章。"诵毕,众求其诗,率然便诵二首,云:"浦
口潮来初淼漫,莲舟摇飏采花难。春心不惬空归去,会待潮
平更折看。"云:"众人莫厌笑。"又诵云:"忽然湖上片云飞,不

---

① 孔子曰:"故旧无大故,则不弃也。"《论语》章 18 第 10 则。参看魏礼(Arthur
　Waley)译《论语》,伦敦,1938 年,第 222—223 页。

觉舟中雨湿衣。折得莲花浑忘却,空将荷叶盖头归。"自云:
"此作亦颇蹀躞。"又嘱法智弟与锋献酬数言,乃去。②

桐庐县处于浙西山区的边缘,是一个树木葱茂的山城。桐庐江由
此向南,汇入一条有潮汐的大江,即当时的浙江,然后再注入东北
五十海里外的杭州湾。③ 材料中的这次宴会就是在桐庐县县令
家里举行的,时间是公元 771 年 3 月 15 日。参加这次聚会的宾
客都来自上流社会的不同阶层,其中一位是军曹,一位是县令,另
一位是县丞,还有一些没有官职的本地居民。戴孚也是其中的一
位客人,文中仅提到他的名字,却并无具体介绍,这说明他是这则
故事的作者。这些男人在这种场合的声音构成了本书的主要研
究材料。

这次聚会中有很多不同的人在发声,中心人物则是年幼的王
法智,但是,当时的她只是一个附于其身的鬼魂的代言人。如果
不借助王法智,可能谁都不知道这个附在她身上的男子的来历。
通过王法智,此男子在男性文化社交圈里高谈阔论。从他的话语
中,我们知道了他在都城长安的旧居。

---

② 《太平广记》卷 305,第 2414 页。文前黑体数字是指本书附录中《广异记》故事的
编号。(原著脚注及附录有部分文献采用缩写形式,为便于阅读,我们已改还为全
名。——译者)

③ 这个县在浙江北 140 步处,距两河交汇处一里,见《元和郡县图志》卷 25,第 607—
608 页。(在现代地图上,这条河的干流叫富春江。)这个位置似乎可解释一首诗中
提及的入江口的春潮:著名的钱塘江大潮有时可涌出好几海里长的海潮。穆勒主
教(Bishop Moule)曾于 1888 年 5 月 29 日来到一条支流的下游,描写道:"一种平缓
的波浪(也许高出先前水面 2 英尺)很快地涌过来,快速将我们拖到潮流之上,笔者
估计速度有每小时 5 英里。"见奥斯本 • 穆尔(Osborne Moore)《钱塘潮(杭州湾)》
["The Bore of the Tsien-tang kiang (Hang-chau Bay)"],《皇家亚洲学会中国分会
杂志》(*Journal of the China Branch of the Royal Asiatic Society*)1889 年第 23 期,
第 244 页;参看第 227—228 页。比较这首诗中所写的急速水流晃动采莲船的情
景。杭州湾夏天潮涌造成的大规模破坏 767 年曾有记载,见《旧唐书》卷 37,第
1361—1362 页。

　　由此来看，王法智是一个被附体的女子。虽然书中并没有给出她在771年的年龄，但我们可以知道当时她还是一个孩子，在近五年前(大历初)，曾在长安住的男子的鬼魂开始在她的生活中出现。对于世界上所有研究魂灵附体的学者来说，这个故事具有一些和其他此类故事相同的特征：一是嗓音的变化——一个小女孩的声音变成了成熟男性的声音，④二是意想不到的新技能与新知识由鬼神传递到被附体者身上。⑤但魂灵附体行为的其他一些特征仍无从知道。那种被附体后精神恍惚的状态可使新的人物出现并与外界沟通交流，这种广泛而又普遍的现象是由强烈的生理刺激造成的，诸如药物、有节奏的鼓点、铃声、鼓掌、跳舞、对正常呼吸的阻遏等。这些行为在古代中国乡村公众场合的萨满仪式中很常见，我们却很难想象在县令官邸这种上流社会空间也会出现这种现象。文中说："久之方至。"我们不禁要问，在这么久的一段时间内发生了什么事情？当郑锋让她召来鬼魂的时候，也是隔了一段时间才见到吗？我们倾向于想象那个女孩呼吸急促，并由此而引发体内那些导致精神迷幻的神秘变化。⑥但是，有关

---

④ 一些标准的著作中曾举过这方面的例子，见 T. K. 奥斯特莱克(T. K. Oesterreich)《魂附体、着魔者与其他》(*Possession, Demoniacal and Other*)，D. 伊博森(D. Ibberson)译，伦敦，1930 年，第 19—20、33—34 和 66—67 页；I. M. 刘易斯(I. M. Lewis)《中心与边缘：萨满教的社会人类学研究》(*Ecstatic Religion*)，哈默兹沃斯，1971 年，第 94 页；威廉·萨根(William Sargant)《精神着魔论》(*The Mind Possessed*)，伦敦，1973 年，第 47—48 页。

⑤ T. K. 奥斯特莱克《魂附体、着魔者与其他》，第 137、144 页。参看威廉·萨根《精神着魔论》的论述："在似睡的精神状态下，人们能够回忆起已经忘掉很长时间的语言，或者建造新的语言。他们能以超出平常水平的状态扮演、模仿或者创造艺术和音乐。……大脑吸收和记录的信息远远超过正常记忆，但是这些信息只会在大脑异常状态下出现。"(第 36、37 页)

⑥ 威廉·萨根认为："呼吸急促会使血液中的碳——一种酸性物质减少，从而使大脑出现碱中毒状态，因而产生一种歇斯底里的中断与一种创造性想象力特别强的状态。"(《精神着魔论》，第 135 页；参看第 117 页)

文献显示，这种迷惚的状态一旦出现并重复，魂灵附体就会越来越容易地实现；同时，被强化的暗示使得被附体者受到他们所处背景的强烈影响，进而将迷幻经历的内容固定下来。⑦

我们并不能轻易地将王法智归类于中国古代社会的任何一个群体，因为对于传统中国社会的民众来说，被附体是司空见惯的事情。而王法智既不是村里的召魂巫师，也不是寺庙仪式中专职的神媒。⑧ 与之相反，她来自一个具有诗词文化的背景，并且只活动于这个背景中。在与"滕传胤"鬼魂的对话中，王法智的父亲对鬼魂滕传胤的"深得物理"颇为欣赏。当然，他们谈及的这些属于文雅的男性社会的事务是年幼女孩所不可企及的，但被鬼魂附体则另当别论。小女孩第一次被滕传胤附体是意想不到的——可能是非情愿的，但是现在，故事中的她由此获得荣耀和尊重，成为当地官方社交圈子关注的中心。在这个新的环境中，她一次一次地被鬼魂附体都是地方官主动要求的；无论鬼魂来得如何迟缓，他都对女孩这种主动的召请作出回应，而且承认并尊称被他附体的女主人为"弟"。有时候，鬼魂附体被看成是被压迫者或者社会边缘群体的一种策略：这样可以使得自己获得重视，从而实现被现实否定了的目标。⑨ 王法智作为一个被鬼魂附体的女孩，她的男性化角色已使其每一句话都具有官腔和精英腔，这可能正好回应了以上观点。但是，她是以单独个人来发挥这一功能的，而不是作为一个从事这一职业的专职人员，这正是我们感兴趣的地方。

---

⑦ T. K. 奥斯特莱克《魂附体、着魔者与其他》，第 95、99 页；威廉・萨根《精神着魔论》，第 54 页。笔者本人在台北乡下曾亲眼看到一个年轻男子在一座安静的寺庙里，在没有强烈物理刺激的情况下，也能快速地进入迷幻与着魔状态。

⑧ 本书第四章将举例讨论戴孚时代中国那些从事这一职业的人员。

⑨ I. M. 刘易斯在《中心与边缘》中讨论了这个观点，特别是该书的第 3 章与第 4 章，其中讨论了"边缘性祭仪"更广阔的背景。

　　她被附体时作的诗浅显又不失优美,第二首酬唱诗用孔子的一个典故来自我标榜。最后一首诗中有一联"折得莲花浑忘却,空将荷叶盖头归",这联诗又使现代学者钱锺书抬示出一些著名诗人的类似诗句。⑩ 在中国人的生活中,神灵诗人并不稀见,在唐以后,我们经常读到神灵降临后无意识书写出的诗文。⑪ 在中国传统的道教活动中,⑫把得到启悟的诗献给教主是一个传统,而这种在附体状态下产生的神灵诗的传统与之一样古老,甚至中国现代社会的寺庙仪式中,仍然延续着这一传统。在本质上,王法智就是这样一种类型,她惬意地被这样一个文雅的世俗环境容纳,并自得地与这里的主人酬唱。

　　王法智来自历史深处的声音通过另一个人的声音被传达到今天。此人就是戴孚,他是 771 年那晚县令官邸聚会的在场者之一。这部最早由他编撰的《广异记》是由三百多则具有此类内容的故事组成的集子。同时,在这则故事里,他作为一个目击者与材料提供者出现在叙事中,在《广异记》中,这是第一次也是仅有的一次。《广异记》——或者说这部已散佚的文集的残留本——将为本书随后出现的大部分问题提供基本的主题与材料。《广异记》的范围与主题材料,以及在文学传统中的地位、现存文本较之于其原始样貌的保留程度等,所有这些问题将在下一章与有限几则为我们所知的关于戴孚生平事迹的材料一起详加审察。然而,

---

⑩ 钱锺书《管锥编》,北京,1979 年,第 772—773 页。

⑪ 卢公明(Justus Doolittle)清楚地描述了这种可见的程序,见《中国人的社会生活》(*Social Life of the Chinese*)卷 2,纽约,1865 年,第 112—114 页。在十八世纪史震林的诗体回忆录《西青散记》中也能找到很多例子,见卷 1,第 1—11、17、20、23—24、27 页;卷 2,第 27、53、57、61、83 页;卷 3,第 119 页;等等。

⑫ 见施舟人(K. M. Schipper)《汉武帝内传研究》(*L'empereur Wou des Han dans la Légende Taoiste*),巴黎,1965 年,第 12—14、55—57 页。

在上述故事中,戴孚是作为一个目击者出现,只提名字,没有官职与个人介绍,他是以他亲眼所见,以他的个人声音向我们讲述他自己的见闻。

这则故事中的时间、地点与戴孚的经历以及《广异记》的内容恰好吻合。与那些发生在八世纪六七十年代的其他一系列故事一样,这则故事的背景也是现在的浙江地区。⑬ 同时,这则故事也相当确切地告诉了我们关于作者的一些重要信息,以及他所在的社交圈、他的个人兴趣,而最明显的是他如何收集我们在书中发现的这些故事材料。戴孚以一个地方低级官职结束了自己的仕宦生涯,军曹、县吏和乡绅自然成为他的交往对象,也是他的材料提供者(这点我们可以在很多故事中发现)。虽然上述故事来自他自己的亲身经历,但他的《广异记》中也收录了大量道听途说的材料,这些材料都是来自上述交往对象。别人告诉他,他再通过这部内容联系不太紧密的集子将这些故事传播开来。而且,以一种我曾经在别处描述过的方式,这些遗文大部分幸存下来应归功于那些偶然的选集、传抄和与之相关的刻印。⑭

6 　　戴孚是材料的提供者,但不是一个中立的观察者,同其他在场者一样,他也是其中的一个角色。面对着王法智,他相信王法

---

⑬ 虽然桐庐县官邸里集合了形形色色的地方官员,但是,他们任职的地方离桐庐很远:一个在丹阳,那是在江南运河主干道北边好几英里的地方,就在运河汇入长江之前;一个在龙泉,处于南方同样远的地方。如果我们将这些地区在地图上连出一个圈,桐庐大体处于中心,其半径大约是 140 英里。只有西面的饶州在这个圈子之外,这是戴孚最后任职的地方(见下文第二章第 44 页)。我们只能推测他在 771 年是否在那里停留过,但有一点是清楚的,故事中所描写的聚会中,没有严格意义上的当地人。另外,以浙江为背景的故事还见于多处:**6、29、33、36、54**(在桐庐)、**60**、**85、132、141、167、176、187、202、217、233、292、307、310、315、316、318**。与浙江的信息提供者有关的故事有:**24、80、115、122、128**。

⑭ 杜德桥(Tu Te-ch'iao)《〈广异记〉初探》,《新亚学报》第 15 期,1986 年,第 395—414 页。

智确确实实已被一个死人魂灵附体。在他们世俗化的聚会上,他承认并欢迎这位超自然的来访者,热衷于同他酬诗与交谈。他记录这一事件的动机是他们对这个女孩被阴魂附体行为的集体认同。对他们来说,王法智的声音来自坟墓;对我们来说,戴孚的声音来自他所处的社会。

在这个复杂的声音系统里,最后发言的应是现代历史学家,是他们从保存在古老的十世纪的文献资料里重新发现这个故事。此处暗示一种与过去时代的特定关系,法国历史学家勒华拉杜里(Le Roy Ladurie)在研究阿诺·格里斯(Arnaud Gélis)的职业生涯时很清楚地说明了这一点。格里斯是中世纪蒙塔尤(Montaillou)乡村教堂主事教士的侍从与助理司事,他作为灵魂的信息传递者服务于其所在的社区:

> 他的主要任务是令亡者发声。尽管在年代上与文化上存在巨大的差异,但归根结底,他的角色与当代社会的历史学家相当。⑮

这种角色与本书的任务非常相似,这不仅仅是因为戴孚的故事中大量涉及活人、死人以及介于两者之间者的经历,更重要的是因为《广异记》以及与它类似的材料在很大程度上保存了遥远时代的口述历史。当时的普通人对他们的时代、生存环境以及切身体验的陈述都掩埋在这几百则轶闻中。我们研究它们,不是想通过文献性材料去构建关于那些事件与制度的知识,更多的是想探索逝去已久的那代人在面对周遭可见与不可见的世界时产生的心

---

⑮ 此处为法文原文,内容与上文引用相同,不再抄录——译者。见勒华拉杜里(Emmanuel Le Roy Ladurie)《蒙塔尤:1294—1324 年奥克西坦尼的一个山村》(*Montaillou, Village Occitan de 1294 à 1324*),修订本,巴黎,1982 年,第 601 页。

理体验。处理这样的材料是在从事一种不易驾驭的文献研究。对于这些形式上差别微妙，而又时常处于掩盖之下的事件记录，历史学家必须找到方法来辨析他们，而这种具有挑战性的工作鲜明地体现在本书以下研究的各个方面。

在为展开本书内容所选择的三个故事序列中，第一个发声的是王法智——生活在遥远时代的某个不甚为人知的外省的卑微个体。我们能通过女孩所处的时代和地域中的那些目击者的眼睛，讨论并在一定程度上了解这个女孩。对我们来说，在《广异记》故事中，这是一则我们能够找到的最简单的见闻记录的案例。尽管如此，这则故事以戴孚感知的方式被陈述出来，通过分析，我们能够发现戴孚的文化前提与思维模式体现了一种相当不同的特质。从这则材料开始，为了解决下面更复杂的文本记录和阐释，这里需要一些基础性的分析原则。我们将通过阅读第二则地方上的人物个体的材料来说明这些规则：

36　　　唐王琦，太原人也，居荥阳，自童孺不茹荤血。大历初，为衢州司户。性好常持诵《观音经》。自少及长，数患重病，其于念诵，无不差愈。念诵之时，必有异类谲诡之状，来相触恼，以琦心正不能干。初，琦年九岁时，患病五六日，因不能言，忽闻门外一人呼名云："我来追汝。"因便随去。行五十里许，至一府舍，舍中官长大惊云："何以误将此小儿来？即宜遣还。"旁人云："凡召人来，不合放去，当合作使，方可去尔。"官云："有狗合死。"令琦取狗。诉幼小不任独行，官令与使者同去。中路，使者授一丸与琦，状如球子，令琦击狗家门。狗出，乃以掷之，狗吞丸立死。官云："使毕，可还。"后又遇病，忽觉四支内有八十二人，眉眼口鼻，各有所守。其在臂脚内者,往来攻其血肉,每至腕节之间,必有相冲击,病闷不可忍。琦问:"汝辈欲杀我耶?"答云:"为君理病,何杀之有?"琦言:"若理病,当致盛馔哺尔。"鬼等大喜叫肉中。翌日,为设食,食毕皆去,所病亦愈。琦先畜一净刀子,长尺余,每念诵即持之。及患天行,恒置刀床头,以自卫护。后疾甚,暗中乃力起,念观世音菩萨,暗忽如昼,见刀刃向上。有僧来,与琦偶坐,问琦此是何刀,琦云:"是杀魔刀。"僧遂奄灭。俄有铁锤空中下,击刀,累击二百余下,锤悉破碎,而刀不损。又见大铁镖水罐,可受二百余石,覆向下,有二大人执杵旁,问琦:"君识此否?"琦答云:"不识。"人云:"此铁镖狱也。"琦云:"正要此狱禁魔鬼。"言毕并灭。又见床异珍馔,可百床,从门而出。又见数百人,皆炫服,列在宅中,因见其亡父手持一刀,怒云:"无屋处汝!"其人一时溃散,顷之疾愈。乾元中,在江陵又疾笃,复至心念观音,遥见数百鬼乘船而至,远来饥饿,就琦求食。遂令家人造食施于庭中,群鬼列坐,琦口中有二鬼跃出就坐。食讫,初云:"未了。"琦云:"非要衣耶?"鬼言:"正尔。"乃令家人造纸衣数十对,又为绯绿等衫,庭中焚之。鬼著而散,疾亦寻愈。永泰中,又病笃,乃于灯下澄心诵《多心经》。忽有一声如鸟飞,从坐处肉中浸淫向上,因尔口呿不得合。心念此必有魔相恼,乃益澄定,须臾如故。复见床前死尸膀胀,有蛇大如瓮,兼诸鬼,多是先识死人,撩乱烁己。琦闭目,至心诵经二十四遍,寂然而灭。至三十九遍,懒而获寐。翌日,复愈。又其妻李氏,曾遇疾疫疠,琦灯下至心为诵《多心经》。得四五句,忽见灯下有三人头,中间一头,是李氏近死之婢。便闻李氏口中作噫声,因自扶坐。李瞠目不能言,但以手指东西及上下,状如见物。琦令奴以长刀,随李所指斩之。久乃瘥,云:"王三郎耶?"盖以弟呼琦。琦问所指云何,李云:"见窗中一人,鼻长数尺。复见床前二物,状如骆驼。又见屋上悉张朱帘幕,皆被奴刀斫获断破,一时消散。"琦却诵经四十九遍,李氏寻愈也。

与戴孚在八世纪六七十年代在浙江地区交往的朋友一样,这位王琦也是一位低微的地方官员。在这则故事中,王琦的迷幻经历有具体的年代记录、家庭细节和当时出现的家庭成员,这些迹象说明这则故事先由王琦自己陈述出来,然后由他的朋友戴孚记录下来。

王琦出身于名门望族,[16]与黄河南岸的古城荥阳的一个分支有关。他当时的(或者说最近的)职务大约是 766 年安史之乱之后浙东地区的一个地方职员。[17] 他治病的经历构成整个故事框架,对症兆的界定是相当主观的,关于病理的判断又颇为含糊,因此作清楚的诊断几乎是不可能的。那些幻觉可能源自不同的机体病因,从导致发病的食品或者药品到在疟疾或其他传染病发作时的发烧都有可能。但是,王琦对患病体验的感知过程与传统社会中的魂灵附体文学形成有趣的比较。很明显,他容易产生幻觉,他依靠他自己的祭仪疗法来治疗疾病。为了这一目的,他钟情两部著名的佛教经典,中国社会长期以来都用这两

---

⑯ 此姓为 659 年朝廷正式承认的七大世族之一(见《唐会要》卷 83,第 1528—1529 页),沈括(1031—1095 年)在他关于唐与前唐世族的文章《梦溪笔谈校证》卷 24,第 773 页)中也有论述。参看《新唐书》卷 72B,第 2632—2633 页;崔瑞德(Denis Twitchett)《唐代统治阶层的组成:出自敦煌的新证据》("The Composition of the T'ang Ruling Class: New Evidence from Tunhuang")中也有论述,文收芮沃寿(A. F. Wright)、崔瑞德合编《唐代中国的透视》(*Perspectives on the T'ang*),纽黑文、伦敦,1973 年,第 47—85 页与第 56 页及以后的内容。

⑰ 衢州(今浙江衢县)是 756 年后浙东观察使管辖的七个州之一,见《元和郡县图志》卷 26,第 617 页;《唐方镇年表》卷 5,第 770 页。

部经典来驱邪。[18] 身体得病是由恶魔附体引起的,王琦治病经历的一些事件明确地暗示了传统社会这一流行的信仰。奥斯特莱克(Oesterreich)在他关于魂灵附体的经典论著中对此进行了分析,但他排除了这种不严谨的说法。[19] 虽然如此,王琦得病的经历仍然吸引我们作更切近的观察,因为疾病发作的每一次经历都显示出了其独有的特征。

王琦在九岁(按照西方的算法应是八岁)时得病,这场病致使他来到阴间,经历了一段官僚混乱办事的事件。作为一个标准的叙述模式,我们马上可以看出这个情节在《广异记》以及其他志怪记录中多次出现。然而,他的这次经历并不因为常见而丧失价值,这件事甚至可以解释成一个处于死亡边缘的孩子所经历的主观体验。这就是他所处的文化环境如何装点了他的思想。[20]

王琦第二次生病所具有的特征与其他社会和时代的魂灵附体现象相同,他体内的各种鬼魂与身体痛苦紧密相关,他的病兆表明他似乎患有现代病理学上称为"蚁走感"的病症,这种病使人感到

---

[18]《观音经》是一个通俗的名字,是著名的《莲花经·普门品》中的一章,描述了观音菩萨的救世慈悲。它最流行的版本是鸠摩罗什(Kumārajīva,350?—409? 年)翻译的,见《大正新修大藏经》册 9,262 号。此书早期多被描述成具有让人超脱和避邪的作用,见冢本善隆《古逸六朝观世音应验记的出现——晋谢敷、宋傅亮的观世音应验记》,《京都大学创立二十五周年纪念论文集》,京都,1954 年,第 234—250 页。《心经》,是一部佛学文献的精华录,也是由鸠摩罗什翻译(《大正新修大藏经》册 8,250 号)。但是,人们所知道的最早以《心经》为名的版本,显然是源于玄奘(602?—664 年)(《大正新修大藏经》册 8,251 号);另外的名称在不久后也有了(同上,252—255 号)。玄奘使用过这个护身的经文,此事记载在他早期传记《大唐大慈恩寺玄奘法师传》(见《大正新修大藏经》册 50,2053 号)卷 1,第 224 页 b,见杜德桥《十六世纪的中国小说〈西游记〉的故事原型研究》(The His-yu chi),剑桥,1970 年,第 14—15 页。

[19] T. K. 奥斯特莱克《魂附体、着魔者与其他》,第 119、124 页。

[20] 这一点在其他故事中表述得很清楚。故事 **259** 描写一个男孩产生了一种幻觉,在幻境中他见到一个长着公牛头的男子,"真地狱图中所见者"。原来那个怪物是只猿猴,这个男孩因受到强烈惊吓,不久就死掉了。

皮肤上有虫叮或针扎一样的刺痛。它可以与曾被报道的俄罗斯北极地区萨莫耶德（Samoyed）妇女的痉挛性发病情形相比较：

> 一些患者称他们发病时有一种老鼠穿过全身的感觉，身体上感到了无数非常疼痛的叮咬。㉑

魂灵附体的更典型的特征可以说是附体的鬼魂在同被附体者的对话中为自己提出要求的能力，只要满足他们的要求，他们便可以离开被附体者。在这则材料中，这种条件是一顿丰盛的餐食，㉒当鬼魂离去后，被附体者身上其他的病兆也消失了。

王琦第三次患病时，他拿着一把祭刀经历了一系列幻觉，最终赶走鬼魂。但是，在乾元年间的那次发病，他又一次满足了附体鬼神撤走的外部条件——烧纸衣供给他们穿戴，得到实际应诺后，一些鬼魂从他的嘴里退出来。这个情节为我们提供了早期祭仪独特的证据，这种烧纸衣的祭仪活动是具有实践性与持久性的，它在中国社会仍广泛地存在着。㉓ 故事中，他给他们烧的祭服

㉑ T. K. 奥斯特莱克《魂附体、着魔者与其他》，第 204 页。

㉒ 参看上书，第 106—107、228（日本）、136—137（阿比西尼亚）、232（麦加）页。

㉓ 参看故事 **104**。钱存训《纸和印刷术》[见李约瑟（Joseph Needham）《中国科学技术史》（*Science and Civilisation in China*）卷 5 第 1 分册，剑桥，1985 年，第 104 页及以后]引用了十二世纪宋代的文献，其中记录了当时人为亡者烧纸衣或其他物品。艾伯华（W. Eberhard）《中国东南地方文化》[*The Local Cultures of South and East China*，A·艾伯哈德（A. Eberhard）译，莱顿，1968 年，第 467 页]引《通幽记》（文收《太平广记》卷 332，第 2637 页）和《冥报记》（卷 B，第 27 页）为例，证明在葬礼中使用纸和布帛这一类人化模仿物"可确认为唐前之事"，然而，那两部书是唐代的文献。对于为亡者烧纸衣，他援引《夷坚三志》辛，卷 5，第 1422 页的材料，此材料时间不会早于 1198 年。因此，相比较而言，《广异记》故事 **36** 具有一定的史料价值。烧纸钱的风俗在这一时期或此前有很多文献记录，见侯锦郎《中国宗教中的冥币与财富流通观念》（"Monnaies d'Offrande et la Notion de Trésorerie dans la Religion Chinoise"）中的讨论，《中国高等研究院学报》（*Mémoires de l'Institut des Hautes Études Chinoises*）卷 1，巴黎，1975 年，第 3—17 页；也可参看下文第三章第 54 页注释 11，与第四章注释 37。

皆是 630 年法定正式官服的颜色：五品着绯，六品、七品着绿。[24]

永泰年间的那一次发病表明王琦在精神上抵抗鬼魂附体是极有效的，由此可能产生了两种观点。对奥斯特莱克来说，王琦的这一次发病可能证实了他的看法，那就是有强烈的宗教信仰的人传统上容易产生迷幻和精神强迫现象。虽然那些意志虚弱的沉迷者更容易被完全控制，但一些圣贤的传记和神话传说经常显示个性与戒律是如何强大，以致可以使得鬼魂无法近身。[25]

奥斯特莱克主张区分癔病状态与魂灵附体状态，临床精神病学家威廉·萨根（William Sargant）却更倾向于研究社会背景与流行信仰之间的区别，他的研究进一步证实正常的人比精神失常的人更容易被催眠。[26] 根据这一观点，王琦战胜侵入体内的神魔可能是因为他长期患有精神疾病。

从故事的最后情节中，我们可以知道他患病的妻子也容易产生幻觉，这种幻觉既源自她丈夫以前的幻觉，又是他对仪式禳疗的偏信。

我们之所以通过宗教、祭仪和魂灵附体来讨论王琦的患病史，那是因为在故事中他本人也是这样做的。在王琦的时代，他患病的经历并不一定显得多么丰富多彩或者非同寻常，但它有一

12

---

[24]《旧唐书》卷 45，第 1952 页。参看《资治通鉴》卷 210，第 6686 页。

[25] T. K. 奥斯特莱克《魂附体、着魔者与其他》，第 80—83 页。此处使用的术语体现的是神学上的定义，这是中世纪天主教会针对着魔作出的教义解释，这种定义认为着魔是由外部魔鬼的攻击导致，而鬼魂附体则是来自患者的内部。可较读基思·托马斯（Keith Thomas）的讨论，见《16 和 17 世纪英格兰大众信仰研究》（*Religion and the Decline of Magic：Studies in Popular Beliefs in Sixteenth and Seventeenth Century England*），伦敦，1971 年，第 477 页及以后。

[26] 威廉·萨根《精神着魔论》，第 31、56—57 页。

点一定吸引了戴孚，这一点也一定会引起现代读者的兴趣：病人私人化的主观经历具有精确而又清晰的表达方式。我们准确地知道了王琦意识中的感觉、脑子里的幻象、他采取的行动及他采取这一行动的原因。同时我们也注意到他没有使用的治疗方式，因为医师和巫师在故事中都没有出现。他似乎完全相信精神自律的力量、某些佛经的法力、实体武器的使用，还有与折磨他的鬼魂的大胆沟通及简单应对。㉗

因此，和王法智的故事一样，这则材料在其母文化内为当时人的感知提供了证据。但是，两者有一个清晰的本质上的区别：作为女性的王法智只是以一个被观看的表演者形象出现在我们面前，而作为男性的王琦把我们带进了他感官体验的内部。戴孚对两者都作了记录，而且是从不同的侧重点来考察。一种是他收集传闻并作为听众参与事件之中，同别人一样看到事件的表象——不过即使是观众也享受到了与看不见的鬼魂的间接交流。另一种是，他以一位思路清晰的病人的意识作为主导——不过即使王琦能够积极地表述自己的体验，在面对他的妻子与他所不能见的幻象进行较量的时候，他也只能身处局外，茫然旁观。

此处划定的区别将贯穿我们阅读与解释戴孚故事的尝试中。为了使之更清楚，我们安排了这两个非常简单的案例放在开头。它们首先提示了第一个原则：**将世俗旁观者的视角与身在局中者的内在视角区别开来**。与此相关的第二个原则：**在同一件叙事中，辨识出并存的两种视角**。为此我们可以看第三个外省人的例子：

㉗ 我们可以把这则故事与《广异记》故事 **152** 中的燕凤祥一事作比较。在此故事中，他与一系列魔鬼侵入者搏斗，其搏斗过程也涉及一系列职业化的宗教仪式，如神媒、僧徒、六丁派道士等，然而这一切都没取得明显效果。

85　　　　山阴县尉李佐时者，以大历二年遇劳，病数十日。中愈，自会稽至龙丘，会宗人述为令，佐时止令厅。数日，夕复与客 **13** 李举明灯而坐，忽见衣绯紫等二十人，悉秉戎器，趋谒庭下。佐时问何人，答曰："鬼兵也。大王用君为判官，特奉命迎候，以充驱使。"佐时曰："已在哀制，如是非礼。且王何以得知有我？"答云："是武义县令窦堪举君。"佐时云："堪不相知，何故见举？"答云："恩命已行，难以辞绝。"须臾，堪至，礼谒，蕴籍如平人，坐谓佐时曰："王求一子婿，兼令取甲族，所以奉举，亦由缘业使然。"佐时固辞不果。须臾，王女亦至，芬香芳馥，车骑云合。佐时下阶迎拜，见女容姿服御，心颇悦之。堪谓佐时曰："人谁不死，如君盖稀。无宜数辞，以致王怒。"佐时知终不免。久之，王女与堪去，留将从二百余人祇承判官。翌日，述并弟造同诣佐时，佐时且㉘说始末，云："的以不活，为求一顿食。"述为致盛馔。佐时食雉臛，忽云："不见碗。"呵左右："何以收羹？"仆于食案，便卒。其妻郑氏在会稽，丧船至之夕，婢忽作佐时灵语，云："王女已别嫁，但遣我送妻还。"言甚凄怆也。

这是八世纪六十年代浙江政界的另一则私人轶事。㉙ 它符合神 **14** 话学标准：人间的官员被召到阴间担任判官，诱饵是与一位美丽的女神结合，并有鬼兵卫队相胁迫。这些内容我们在其他故事里也会见到。这则故事有意思的地方不在故事忧伤的结局（生前的种种奉承与诱惑在李佐时死后并没有兑现），而更在于故事的人

㉘ "且"作"具"（连词）。

㉙ 山阴与会稽是同一个地方（今绍兴）的两个名称。龙丘县位于衢州东北 110 英里处，这些地方都在现在的浙江省。

文背景。我们欣赏到双重奇观：在外部，一个人可能是处在心脏病发作的弥留阶段，带着对生命最后一天的预感，当他贪婪地享受最后一顿丰盛饭食时，病情的发作使他倒下了；但在内部，我们看到了一种常见的故事情景，他的幻象掩盖了那些预感。故事在讲述过程中暗示李佐时曾详细地向家人和朋友描述了他所经历的幻境，因此，内外故事都可以成为道听途说之辞而为戴孚所知。那些幻境里的事物最后进入女仆的思想，在男主人突然死亡和尸体被船运来这两件事的刺激下，她进入一个迷幻与被附体的状态，以李佐时的口吻替他发声。

这一幻境的叙述是如此正统、流畅（不像上述王琦的幻觉那样混乱），以至我们要怀疑，为了使人信服，这则材料被人为改造过。很显然，它屏除了构成李佐时最后一天的外部环境中那些低调而纷杂无序的交往应酬。

在整则叙事中，那两个自我定义的因素，我们可以分别称为"内部故事"与"外部故事"。㉚ 每一个故事都代表一套不同的感知体验。即使内部故事被作者或一些转述者强化（就像刚才所说），使之符合标准的神话类型，这也无关紧要。因为那些神话类型既规定又反映其母文化中的思想意象。李佐时与戴孚所属的

㉚ 高辛勇（Karl S. Y. Kao）在其《中国古典神怪故事》（*Classical Chinese Tales of the Supernatural and the Fantastic*，布卢明顿，1985 年，第 32 页）序言中运用这些概念分析了一个故事。笔者在一些早期著作里深入讨论过它们的作用，并在本书中作了修改：《唐传奇与唐代祭仪：八世纪的一些案例》（"Tang Tales and Tang Cults：Some Cases from the Eighth Century"）,《第二届国际汉学会议论文集·文学组》，台湾"中央研究院"，南岗，1990 年，第 335—352 页；《安阳的尉迟迥：八世纪的一种祭仪及其神话》（"Yü-ch'ih Chiung at An-yang：An Eighth-Century Cult and Its Myths"），《泰东》（*Asia Major*）第 3 辑第 3 卷，1990 年，第 27—49 页；《三则失乐园寓言》（"Three Fables of Paradise Lost"），《英国汉学协会通报》（*Bulletin of the British Association for Chinese Studies*），1988 年，第 27—36 页。

社会常常会通过冥府传召来解释不定时的突然死亡,冥府的官僚
秩序也是现实世界的一种镜像。对命运之谜的寻求与人神之恋 *15*
的主题也是手边随时可用的元素。也许李佐时就是根据这些元
素构建了这一幻象,也可能是当时的在场者根据从他嘴里听到的
话语(无论他的言语多么混乱)构造了人们所熟悉的这些细节,或
者是戴孚把从亲友那里听来的事情梗概根据它所属的神话语境
加以组织加工。无论哪一种情况,内部故事——人与另一世界的
神灵的奇幻际遇,它也是轶事读者最早的关注焦点——作为主
题、作者与社会之间所共有的内容成为历史学家感兴趣的内容,
被作为神话学上的资料来研究。这一特征是由共同所有权界定
的,它的意义既是普遍的,属于整个社会,又是特定的,属于特定
的时代、特定的情形。

　　外部故事为这一切制造了一段距离。乍看上去,故事的描述
似乎给我们提供了一些只要我们在现场就能见到的事情。但显
然,这与真实情形的差别十分显著,因为这些事情经过了信息提
供者的筛选,又经编撰者戴孚的整理加工。他们有选择地来体察
感知(我们也会这样),并以他们所处的文化所赋予的形式来表达
他们的体察。因此,他们的结论需要谨慎地加以阐发。对于这一
点,就像我们在以上每一个故事中发现的一样,历史学家在努力
"令亡者发声"的时候,他们自己的思想也会介入其中。

　　历史研究者为两种迥然不同的本能所驱使,这两者在本书的
研究中同时发挥着作用。一是整合的需要,它不只是简单地了解
过去发生的事情,而是弄清事情的来龙去脉。这种整合工作本质
上要求与研究对象保持一定的距离,要求研究者对当前时代有一
个鸟瞰的高度和宽广的视角,以现代思想观点,将各种历史文献置

于一个看似有意义的序列中。另一个是我们研究工作中更基本的本能,就是想了解并接近过去的男人与女人,以私人记录来不断激发我们转瞬即逝的兴致,这些私人记录包括照片、录音带和电影胶片(近期的),或者信件、日记、旅游日志,甚至商业通讯(久远的)。当然,这些档案也为以整合研究为己任的历史学家服务,因此,最好的史学著作能同时满足这两种本能的要求。然而,它最强大的作用是运用少有的机会去捕捉当时的人们在生活中的特定时刻如何活动,如何表达自我。我们对过去历史探索得越深入,发现与把握这样的机会也就越不容易,而乐在其中的兴致也会变得越发强烈。

16　　因此,这将是以下研究的主要内容。我们将分析戴孚的一些故事材料,力图识别材料中隐藏的具体个人化情境,从而在与他人纠合在一起的声音中区别出个人声音的核心内容(这些声音经常被转述出来)。当然,还有很多其他类型的证据,从该时代的档案记录到异种文化的比较视角都包含在内。当上述材料涉及一个外部故事的内容时,我们将洞察到丰富多彩的中国地方社会生活,这使我们得以了解淹没在朝廷政令与宗教组织的制度演变等复杂关系中的普通人的生活。

　　以上序列中的三种声音——来自中国八世纪地方社会上不同阶层的个人经历——足以揭示出本书的目的与阐释方法,例证它的主要文献资源。但显然《广异记》也可以运用于其他目的,支撑别的思路。在欧洲,它已引起了人类学家高延(J. J. M. de Groot)的注意,他写道:"它们构成了研究中国民俗极富价值的文献资源,我们以后将经常借助于它。"[31]他翻译了这部书中的三十五则故事。

---

[31] 高延(J. J. M. de Groot)《中国的宗教系统》(*The Religious System of China*)卷4,莱顿,1901年,第73页注释1。

对他来说,他能从这些属于中国小说的文献中进入到永恒的民俗中去:

> 虽然作品创作的年代相差很大,但整个阶层在特征上显示出惊人的一致性。在万物有灵论上,即使是最细微的变化与进步我们也难以追溯,这可以旁证我们的判断:中国社会在整体上一直就是这样的。[32]

高延《中国的宗教系统》第四、五及六卷常常把这些材料作为人类学文献来使用。在这些章节中,无需进一步分析,故事本身就是对它们所展现的习俗与信仰的最好说明。这些故事最简单而又最公允,因此被作为记录文献使用。

为了研究故事中人物个体的声音并区别内部故事与外部故事,本书尝试一种更具分析性的研究思路。同时,本书也通过辨识特定时代与空间中的个体,来研究其历史特性(这个问题将在第三章中作进一步的探讨)。但本书又与高延的基本观点相合,即把《广异记》作为一部实实在在的记实文献,而不作为奇幻故事或虚构文学。我们在本书开头就声明这个前提,是因为这些材料在现代中国的地位并不确定。进入二十世纪,伴随着五四运动的爆发,研究者开始对文献的价值与种类进行重新界定,虚构性的叙事已上升到了经典性的地位,古代的"小说"这个词被用来支撑这一概念。在当下新的思潮运动中,中古时期的轶事文学作为原小说——这是一个可以觉察到的小说演进过程的早期阶段——引起了史学家的兴趣。[33] 而在这个演进过程中,唐代则是小说创作

17

---

[32] 同上书,第 IX 页。

[33] 在中国,关于中国古典小说演进过程的阐述,鲁迅在《中国小说史略》(1923 年)中的论述是至今为止仍具影响的经典论述,见《鲁迅全集》册 9。

的黎明时代——这一观点早在十六世纪就有人表述过,㉞它已成功地覆盖了更古老的观念。直到最近,文学史家才又回到审视中古时期"小说"作品的原创价值与定义上来,㉟我们发现这一任务同我们把《广异记》作为其所在时代的记录进行研究是不谋而合的。

㉞ 见胡应麟(1551—1602 年)《少室山房笔丛》卷 36,第 486 页。鲁迅《中国小说史略》第 8 章第 211 页认可了这一观点。至于西方典型的相同观点,见杜志豪(Kenneth J. Dewoskin)《六朝志怪与小说的产生》("The Six Dynasties *chih-kuai* and the Birth of Fiction"),文收浦安迪(Andrew H. Plaks)编《中国叙事学:批评与理论文集》(*Chinese Narrative: Critical and Theoretical Essays*),普林斯顿,1977 年,第 21—52 页;高辛勇《中国古典神怪故事》,序言,第 1—51 页。

㉟ 程毅中对这一点作了特别清楚的阐述,见《论唐代小说的演进之迹》,《文学遗产》1987 年第 5 期,第 44—52 页。

第二章 同时代的一种观点

对《广异记》的介绍早已存在，它就是顾况（806年后卒）在戴 18
孚死后所作的《戴氏〈广异记〉序》。顾况是戴孚的老朋友，是一位
诗人，也是一位画家。① 这则文献广为学界所知，因为顾况在一
个古老却延续至今的传统中肯定了朋友的著作，同时也展示了
《广异记》产生的环境。因此，《戴氏〈广异记〉序》作为一种具有独
立意义的重要文本值得我们作切近的研究。在我们面前，顾况为
中国志怪传统作了辩护与概述，为此，他从上古、中古直到当代
（到他为止）的文献中，钩稽出大量与此有关的资料。

然而，这篇序言的价值需要谨慎地判定，不要奢望从中获得
独到的见解、实验性的风格、思想的力度或批评性的研究。对于
历史学家来说，它的意义恰好在其中庸的立场，这包括序言的写
作体式、各种观点与相关材料的择取范围。序言介绍了盛唐的整
个作家与读者群体是如何理解被他们所欣赏的这些奇异传说，又
如何证实它们的合理性的。正如《广异记》通过一个消失了的社

---

① 关于顾况生平的研究，见傅璇琮《唐代诗人丛考》，北京，1980年，第379—408页。
在傅璇琮主编的《唐才子传校笺》册1（北京，1987年，第633—654页）中，赵昌平对
顾况的生平资料作了重新考证，并提出证据推测顾况生于727年（第635—636
页）。一个确信的日期是757年，此年他与戴孚一起在苏州中进士（《唐才子传校
笺》，第636—637页；亦见下文）。一篇后来的序言提到757年以后的五十年，这暗
示约在806年他仍然活着（《唐代诗人丛考》，第385页）。

会的细枝末节向我们展示这个社会一样，这篇序言代表的是生活在这个社会中的那些普通的被遗忘者的话语，它的档案价值恰恰体现在这个方面。序言本身并不是系统化的、图书馆式的目录学研究，而是对于当时流行的著作与创作者的一种随性的回应。对于戴孚和其《广异记》，顾况的序言提供了很具权威性的也是第一手的个人见闻，这不是皇家图书管理者或文献家所能提供的。

19　　解读顾况的序在文本上有一定难度，它没标明时间，文本似乎也有阙佚。整篇文章几乎全部是由繁密的典故构成，如果不一一注释，理解、读懂并不容易。下面，我们就来解决这一问题，先翻译一段原文，然后通过一连串的注解，在文学的、思想的与历史的脉络中研究原文所牵涉的典故及相关书籍。鄙人曾在一部较早出版的拙著中，对该序言的开头一段作过比较笼统的讨论，也曾承诺将在今后介绍讨论的背景，②下面就此展开。

　　序言仅见于一部早期的文献资料——编纂于十世纪的《文苑英华》。现存十六世纪福州刻《文苑英华》中收录的序言，文本并不完善，③存在一些问题，但它证明了不同版本之间的文字出入。一个更晚出的文本收在顾况遗集中，此书系由顾氏后人所编，④在编定的时候他们参考彭叔夏的《文苑英华辨证》（序言称此书编于 1204 年）做过一些校定工作。编纂于十九世纪的《全唐文》虽然为研究唐代的学者广泛使用，但此书所收文章不是最原始的资

---

② 杜德桥《〈李娃传〉：一部中国九世纪传奇的研究与版本评述》（*The Tale of Li Wa：Study and Critical Edition of a Chinese Story from the Ninth Century*），伦敦，1983 年，第 61 页及以后。
③《文苑英华》卷 737，第 5 页 b—7 页 a。
④《顾华阳集》，1613 年家编本，1855 年翻刻，卷 3，第 9 页 a—11 页 a。

料。《全唐文》(卷 528，第 13 页 b—15 页 a)所收的《戴氏〈广异记〉序》与《文苑英华》所收版本存在大量异文，这说明《全唐文》所收文本来自一个粗制滥造的传抄本，而且未经校正，因此，我的翻译只能依据《文苑英华》本。

顾况采用了一个很有效的行文格式：第一，他从普遍的原则、宇宙的演变进程、经书中的名言开始，一步一步地收束到他的主题上。第二，古代权威也承认自然界中存在着难以控制的人与物间的变异。第三，远古时代已经有了对神灵世界的记录。第四，在一个稳定的没有间断的志怪传统中(这个传统一直持续到他作此序的时代)，他列举了一系列在唐代和唐代之前流行的相关著作。第五，他写到戴孚，介绍了他的先祖、他的生平、他的文学著作及《广异记》，这些内容都有清楚的数字纪年。下面的解析按照序文自身划定的段落来进行。

一

予欲观天人之际，察变化之兆，吉凶之源，圣有不知，神有不测。其有干元气，汩五行。圣人所以示怪力乱神，礼乐刑政，著明圣道以纠之。故许氏之说天文垂象，盖以示人也。古文"示"字如今文"不"字，儒者不本其意，云子不语此，大破格言，非观象设教之本也。[20]

开头的话出自《尚书·益稷》：

帝曰："吁！臣哉邻哉！邻哉臣哉！"禹曰："俞。"帝曰："臣作朕股肱耳目……予欲观古人之象，日月、星辰、山龙、华虫、作会，宗彝、藻火、粉米、黼黻、绛绣，以五采彰施于五色，作服，汝明。"⑤

这里的"观"是古代朝廷一种天赐的职责，由下文的"天人之际"所决定。而"天人之际"表达的是一种传统的现象主义宇宙观，是由汉代承袭下来的意识形态。"际"意为"相联系的界点"，指的是人与自然界处在一个相互感应的系统里。"伦理的失序应该与宇宙图式某一处的失常息息相关，而这种失常必会引发人世间其他方面的混乱。这种混乱不是直观的行为表现，而是一种震荡，这种震荡是通过有机整体的巨大衍生物所显示出来的。"⑥这种失序给古代君王提供了宇宙伦理秩序是否正常的指示表，只要是贤明的皇帝，他们都希望能够控制这些非同小可的混乱。同时，这种宇宙的混乱的确蕴含在"变化之兆"中，"变化之兆"出自《庄子·天下》：

以天为宗，以德为本，以道为门，兆于变化，谓之圣人。⑦

然而，即使圣人，有些事情也难以预料到。为了说明这种"神有不测"，顾况引用古代诗歌"楚辞"里的话作为论据。在楚辞《卜居》中，高明的占卜家也不得不承认凭他的工具与能力回答不了屈原那些沉痛的发问：

夫尺有所短，寸有所长，物有所不足，智有所不明，数有所不逮，神有所不通。用君之心，行君之意，龟策诚不能知事。⑧

顾况的话语由此建立了一种关于自然变化不规则的传统理论，其关键词是"元气"和"五行"，这是汉代现象主义宇宙观另一

---

⑤《尚书注疏》卷5，第4页b—5页a和5页b—8页b的注疏。

⑥ 李约瑟《中国科学技术史》卷2，剑桥，1956年，第378页。

⑦ 这里笔者采用十七世纪道徒成玄英的注释，见《庄子集释》，郭庆藩辑，北京，1961年，卷10B，第1066页。

⑧ 引自屈原《卜居》，见霍克斯(David Hawkes)译《楚辞：南方的歌》(*Ch'u Tz'u, The Songs of the South*)，牛津，1959年，第90页。参看《文选》卷33，第7页a。

种典型的衍生理论。由文献记载来看,在汉代纬书中已经有了元气是生命原动力的说法。李善(约 630—689 年)在注《文选》时至少四次提及一部《春秋》纬书中的话:

> 元气正则天地八卦孳。⑨

这种表述恰好与顾况的意图吻合。因为这种原始性物质不单纯是一种整合天地万物的先期存在物,⑩它同时又以一种变化的和动态的状态存在于我们周围,这一点在序言的下一段有明确的表述。天人关系的和谐是元气调息平衡的结果,⑪反之,顾况指出,如果破坏这种平衡就会激发出一些混乱与异兆。"五行"也是如此,但序言中顾况直接引用了汉代现象宇宙论的经典文本《尚书·洪范》中的话:

> 箕子乃言曰:"我闻在昔,鲧陻洪水,汩陈其五行;帝乃震怒,不畀洪范九畴,彝伦攸斁。"⑫

五行混乱的后果被归纳成人们熟悉的经典话语:"怪、力、乱、神"。在《论语》中,孔子对这类事物保持缄默,它们也因此背负恶名。⑬(然而,在下面,顾况认为《论语》中孔子的这段话恰恰表达了一种完全相反的意思。)古代统治者对异常的自然有明确的回应措施, *22*其手段就是"礼、乐、刑、政",这是《礼记》中论乐的语句。⑭

---

⑨《春秋命历序》,文收《文选》卷 1,第 27 页 a;卷 11,第 20 页 b—21 页 a;卷 34,第 15 页 a;卷 45,第 6 页 b。

⑩ 这种说法是唐代读者相当熟悉的,见早期类书《初学记》卷 1,第 1 页;《艺文类聚》卷 1,第 2 页。

⑪ 班固《东都赋》,文收《文选》卷 1,第 27 页 a。

⑫《尚书注疏》卷 12,第 2 页 b。这一段话是"五行"理论早期经典性的阐述,见李约瑟《中国科学技术史》卷 2,第 242—244 页的讨论。

⑬《论语》章 7 第 20 则。

⑭《乐记》,见《礼记注疏》卷 37,第 3 页 ab、11 页 a。

　　许慎是古文字的权威,顾况对于天与象的解释,大致引用《说文解字》对"示"的解释。许慎原文如下:

> 天垂象见吉凶,所以示人也,从二。[15] 三垂,日月星也,观乎天文以察时变,示神事也。凡示之属皆从示。[16]

在释义的最后,许慎注出"示"字的古文作"兀",由此,顾况从语源学上把这个字与今文字"不"联系起来。按照《说文解字》的解释,"示"字表示上天显示迹象的意思,但顾况用它来驳斥并重新解释"子不语怪、力、乱、神"之说,认为具有否定意义的"不"字应为具有"显示"意思的"示"字。很显然,他认为历代学者把这段古文的意思理解反了。[17] 他引用《易经》二十卦"观"卦的象辞来表述圣人真正的作用:

> 大观在上,顺而巽,中正以观天下观盥而不荐,有孚颙者,下观而化也。观天之神道,而四时不忒;圣人以神道设教,而天下服矣。[18]

《周易》附录的《系辞》中也有与许慎这种说法类同的语句:

> 天垂象,以示凶吉,圣人以象作之。[19]

这就是顾况的观点:对于统治者来说,观象施政的理论是完全正统的;而对于世俗之人来说,把一些怪异现象作为避灾趋吉的征兆来看待,也不足为奇。然而,顾况表现出如此坚定、中心化而又

---

[15] 顾况序言中的"盖"字作为"无疑"来翻译比它的原义"所"更易理解。

[16]《说文解字》卷1A,第2页a。

[17] 很感激麦大维(David McMullen)先生,笔者在他的帮助下解读了这段不易理解的话,同时,由于他的帮助,我得到有说服力的证据,证明在中晚唐文献中有对儒家经典《论语》大胆修订的例子。

[18]《周易注疏》卷3,第9页a。这则材料也是得力于麦大维教授的帮助。

[19] 同上书,卷7,第29页b。

可以预见的措辞特征是为了接下来要进行的争论。因为他承认
在儒家传统思想内部存在着一股逆流。这场古已有之的逆反运
动力图把人文伦理责任与周围世界不相干的现象分离开来。这
在现代被人们称为"怀疑传统"，李约瑟（Joseph Needham）对此
有所概述。⑳ 在一篇关于柳宗元与刘禹锡的怀疑论文章的论文
中，雷蒙特（H. G. Lamont）已经为我们清楚地勾勒出中唐学者对
于天人关系的怀疑论所达到的水平以及彼此之间的差别。㉑ 然
而，顾况在柳、刘这些大人物之前列出了一批人，并没有指出与其
观点相悖的反对者。他面对的不过是孔子对"怪、力、乱、神"保持
沉默的声明（对于那些持怀疑论的人来说，能得到的证据就是孔
子这种游离不定且态度暧昧的话语）。对于这一点，顾况通过重
新阐释《论语》中这段文字来证明自己的观点，同时，他又进一步
申明否认那些超自然现象"非设教之本也"。

　　一个世纪以后，道徒杜光庭在他的《录异记》的序言里也曾为
超自然文献记载进行辩护。㉒ 开始，他也承认孔子于此保持沉
默，但是，通过他对古代权威记载的坚信和大量的例证，我们可以
发现杜光庭的文章与顾况序言的风格非常相似。

---

⑳ 李约瑟《中国科学技术史》卷 2，第 365 页及以后。

㉑ 雷蒙特（H. G. Lamont）《九世纪前期一场关于天的争论：柳宗元的〈天说〉与刘禹锡
的〈天论〉》（"An Early Ninth Century Debate on Heaven: Liu Tsung-yüan's *T'ien
Shuo* and Liu Yü-hsi's *T'ien Lun*"），第 1 部分，《泰东》（新辑）第 18 期，1973 年，第
181—208 页，特别是第 193 页及以后。但是，正如雷蒙特所认为的那样（第 194
页），刘知幾（661—721 年）通过批评《汉书》"五行"而对怀疑论传统有贡献的说法
是不准确的。《史通·外篇》第 10、11 章中的内容只是与史学描述和记录方法有
关，并没有发展成一种理论性批评。

㉒ 转引自《道藏》：《道藏子目引得》591 号。

二

　　大钧播气，不滞一方；梼杌为黄熊，彭生为大豕；苌弘为碧，舒女为泉；牛哀为虎，黄母为鼋；君子为猿鹤，小人为虫沙；武都妇人化为男，成都男子化为女；周娥殉墓，十载却活；嬴谍暴市，六日而苏；蜀帝之魂曰杜鹃，炎帝之女曰精卫；洪荒窈窕，莫可纪极。

24　　顾况借用汉初文人贾谊《鹏鸟赋》的一个比喻"大钧"来为那个充满纪实性事件的世界辩护。在此赋中，贾谊因这种预兆不吉的鸟的出现而忐忑不安，由此他想知道自己沉浮不定的命运。赋中鹏鸟的一些反应很清楚地说明了顾况在此引用这则故事的原因：

　　　　万物变化兮，固无休息。斡流而迁兮，或推而还，形气转续兮，变化而嬗，沕穆无穷兮，胡可胜言。……大钧播物兮，块圠无垠。……千变万化兮，未始有极。忽然为人兮，何足控搏？化为异物兮，又何足患？㉓

由此来看，隐喻性的"大钧"与其说是造物者手中的一种工具，还不如说是这个世界各种变异的制造者。

　　下面，我们将列出一系列非正常变异的例子，要追溯到大量不同的文献资料。这些例子可能是顾况从早期文学类书的"变化"类中钩稽出来的，或者至少是当时文学圈中流传的文化材料。我们在白居易的诗中发现了其中的一部分。㉔ 序文从头到尾采

㉓《汉书》卷48，第2227—2228页；《文选》卷13，第17页a—19页a。
㉔《白居易集》卷7，第146页。参看杜德桥《〈李娃传〉》，第63页。

用骈偶形式,这些异事都是通过精致的骈文叙述的,这一点便于我们在文中校对断句与阙文。

　　梼杌是上古神话中的一个名字,是被黄帝放逐的一个妖怪。他是舜遭黄帝放逐的父亲鲧,后来变成了一只黄海龟,但是有些文本认为不是变成海龟。[25] 彭生是《左传》里出现的一个年轻的贵族,死于齐襄公之手。后来,他变成一头熊,齐王打猎时与之遭遇并受伤。[26] 苌弘出现于早期的历史文献中,他是周王朝的高级领主,《庄子》提到他死在流放途中,三年后他的血化为碧。这个故事在《吕氏春秋》中也有转述,成玄英《庄子注疏》有详细叙述,四世纪王嘉《拾遗记》的记载剔除了其中虚幻的内容。[27] 舒女故事是一则民间传说,为唐、宋几种文献所征引,也见纪义的《宣城记》:

25

---

[25] 古代文献中的参考资料见葛兰言(Marcel Granet)编《古代中国的舞蹈与传说》(*Danses et Légendes de la Chine Ancienne*),巴黎,1926 年,第 240 页及以后;高本汉(Bernhard Karlgren)《古代中国的传说与祭仪》("Legends and Cults in Ancient China"),《远东古物博物馆馆刊》(*Bulletin of the Museum of Far Eastern Antiquities*)第 18 期,1946 年,第 247—251 页。关于两个人物的身份,参看杜预对《左传》"文公十八年"的注释,见《春秋左传注疏》卷 20,第 18 页 b。关于梼杌,参看杨柳桥《梼杌正义》,《文史》第 21 期,1983 年,第 100 页。虽然笔者采纳传统的读法,读"熊"为 nai["三足龟",见艾兰(Sarah Allan)《龟之谜——商代神话、祭祀、艺术和宇宙观研究》(*The Shape of the Turtle: Myth, Art, and Cosmos in Early China*),奥尔巴尼,1991 年,第 70 页和第 194 页注释 60 所引《尔雅》(见《尔雅注疏》卷 9,第 20 页 a)],但我们应注意到高本汉认为它是一只熊(《古代中国的传说与祭仪》,第 250 页注释 1)。对于这个字的这种解释,可参看《尔雅注疏》卷 10,第 14 页 b、15 页 a,也见于艾兰《龟之谜》,第 71 页,在这些著作中,这个字都清楚地指代一种山中动物。也见顾颉刚《〈庄子〉和〈楚辞〉中昆仑和蓬莱两个神话系统的融合》,《中华文史论丛》1979 年第 2 辑,第 50 页;涂元济《鲧化黄龙考释》,《民间文艺季刊》第 3 期,1982 年,第 35—49 页。

[26] 见《左传》"桓公十八年四月"和"庄公八年十二月"。参看高本汉《古代中国的传说与祭仪》,第 251 页。

[27] 见《左传》"哀公三年六月";《国语·周语》卷 3,第 148 页(上海,1978 年);(由于政治原因,苌弘死于周王室之手)《庄子·外物》开头(《庄子集释》卷 9A,第 920 页);《吕氏春秋校释》(陈奇猷校释)卷 14,第 828 页;成玄英疏,《庄子集释》卷 9A,第 920—921 页;《拾遗记》卷 3,第 74 页(齐治平校注,北京,1981 年)。这个典故也见于唐代类书,参看《法苑珠林》卷 32,第 531 页 b。

> 临城县南四十里有盖山,百许步有姑舒泉。昔有舒女与
> 其父析薪于此泉,女因坐,牵挽不动,乃还告家。比还,唯见
> 清泉湛然。女母曰:"吾女好音乐。"乃作弦歌,泉涌洄流,有
> 朱鲤一双。今人作乐嬉戏,泉故涌出。

这眼泉水对于音乐有感应,因此,夫妇两人知道它就是他们女儿
的化身。[28] 牛哀是鲁国人,对于其遭遇的记载,最早见于《淮南子》,
后被广泛征引。有的文献记他大病之后,变成一头虎,咬死了他的
兄弟。因为当他是人的时候,他不具有虎的习性;而当他变成虎
后,它也不具有人的性情。[29] 黄母洗浴时,人们发现她变为一只巨
龟,这个故事见于《后汉书·五行志》,也见干宝的《搜神记》。[30]

骈体文的结构使此序言总是出现两个对应的变异故事。按
26 四世纪《抱朴子》所记,在周穆王的军队在南方的一次战役中,将
士们因个人品质的差异而发生迥异的变异:"君子为猿为鹤,小人
为虫为沙。"[31]这种对偶关系总是阴阳相匹配的,《汉书·五行志》
记录了中国不同地区发生的这类事情。[32] 一个女子被活活埋在

---

[28]《艺文类聚》卷 9,第 165—166 页;《初学记》卷 15,第 378 页。汪绍楹在陶潜《搜神
后记》(北京,1981 年)卷 1,第 8 页有更为详细的注释,可见这一故事很明显是后来
的编者加的。这个故事也见于白居易诗《求真歌二》(见上文注释 24)。

[29]《淮南子·俶真》卷 2,第 2 页 b。参看张衡《思玄赋》,文收《文选》卷 15,第 8 页 b;
《抱朴子内篇校释》卷 2,第 14 页(王明,北京,1985 年);《法苑珠林》卷 32,第 530 页
c;《白居易集》卷 3,第 146 页;《太平御览》888,第 1 页 a。

[30]《后汉书·志》卷 17,第 3348 页。《搜神记》(汪绍楹校注,北京,1979 年)卷 14,第
175 页提供了详细的参考书目。(但《太平广记》卷 471,第 3880 页所引的《神鬼传》
不在汪所列书目之中。)

[31] 见《太平御览》卷 74,第 6 页 a;卷 85,第 3 页 ab;卷 888,第 1 页 b。(《太平御览》卷
916,第 4 页 a,"鹤"作"鹊"。)这些引文与《抱朴子内篇》卷 8,第 154 页中的更简单
版本形成对照。

[32]《汉书》卷 27CA,第 1472 页(女变男,男变女);《后汉书》卷 82B,第 2741 页(女变
男);《后汉书·志》卷 17,第 3349 页(男变女)。这些事例与顾况在这里提到的地
方没有关系。吴都男人变女人的事件在《华阳国志》卷 3,第 2 页 b 中有载。

坟墓中，十年后还活着。她是干宝父亲的宠姬，被他好妒的妻子活埋为他殉葬。十年后，妻子新死，在埋葬她时，那位宠姬被发现还活着。干宝编纂《搜神记》正是受到了这一家庭事件的激发。[33]"嬴谍"[34]是说公元前 601 年，晋国攻打秦国，俘虏嬴谍，"杀诸绛市，六日而苏"。[35]

在这众多奇闻异事的最后，是两个与鸟有关的神话。第一个故事有不同的版本，其中一个版本见于扬雄失传的《蜀王本纪》，内容大体是：杜宇曾是一个君王，因为个人感到不适合就退了位，死后变成了一只鸟，后来人们把这只鸟称为杜鹃。[36] 第二个故事中的炎帝，在战国与汉代文献中是神话中黄帝的一个强大的对手，[37]《山海经·北山经》记载了他的女儿女娃因溺于海而化为鸟的神话："是炎帝之少女，名曰女娃，女娃游于东海，溺而不返，故为精卫。常衔西山之木石，以堙于东海。"[38]

因此，通过这些对偶且繁密的典故，顾况无非是要说明生物 [27] 之间的易变性。这些内容充分说明了下面他所列的那些著作的特殊主题。他并未涉及彗星日蚀、气候灾害、动植物的异常生长等宫廷天象师所关注的问题，只是罗列了对立事物种类之间的互

---

[33]《晋书》卷 82，第 2150 页。

[34] 据《文苑英华辨证》卷 2，第 10 页 b，取"嬴"。"嬴"是秦王室的姓氏，见《史记》卷 5，第 173 页。

[35]《左传》"宣公八年春"。

[36] 可与刘逵（三世纪）注释左思《蜀都赋》时的引文相比较，见《文选》卷 4，第 26 页 a。刘知幾用此故事来讥讽扬雄《法言》，见《史通通释》卷 18，第 519—520 页。也可与许慎《说文解字》卷 4A，第 12 页 ab；《太平御览》卷 923，第 8 页 a 的引用比较。

[37] 陆威仪（Mark E. Lewis）《早期中国的合法暴力》(Sanctioned Violence in Early China，奥尔巴尼，1990 年，第 174 页及以后) 分析了有关黄帝与他的对手的神话。他否定了炎帝就是蚩尤的观点（第 305 页注释 35）。袁珂就这个问题作了重新考证，见《山海经校注》"海经新释"卷 11，第 415—416 页。

[38]《山海经校注》"山经柬释"，卷 3，第 92 页。另见《抱扑子内篇》卷 8，第 155 页；《太平御览》卷 925，第 9 页 b。

相变异,诸如人与非人、亡者与生人、男人与女人之间的转换。[39]
他从下面所提到的著作中将这些内容钩稽出来,选择的内容或许
是间接的,但无疑是有意识的。就像我们所看到的,通过上述怪
异故事,他已限定了主题内容的择取范围,而这一范围标准恰好
符合戴孚《广异记》的内容。

三

> 古者青乌之相冢墓,白泽之穷神奸;舜之命夔以和神,汤
> 之问革以语怪;音闻鲁壁,形镂夏鼎;玉牒石记,五图九篇;说
> 者纷然。故汉文帝召贾谊问鬼神之事,夜半前席。

这一段的一系列典故是用一般句式构成,但仍保持对偶,作
者以此追溯了这种"秘术"(arcana)记载的始祖。他从文明初始
起,按照年代,一步步地推进。在中古时期的作者眼中,青乌与白
泽是占卜与神术的始祖。在四世纪,葛洪(283—343 年)将他们
作为术士加以列举,认为黄帝须得从许多人那里寻求关于世界及
其奥秘的知识,而他们是黄帝征询对象中的两位:

> 穷神奸则记白泽之辞,相地理则书青乌之说。[40]

中古时期流传的那些与神术和相墓有关的书籍都以这两种动物

㊷ 关于这个问题在八到九世纪文学作品中的体现,笔者已有所论述,见《〈李娃传〉》,
　 第 63 页及以后。
㊵ 《抱朴子内篇校释》(修订本)卷 13,第 241 页,并见第 248 页注释 25、26。南森·席
　 文(Nathan Sivin)考察了葛洪生平,见《论〈抱朴子内篇〉及葛洪(283—343 年)的生
　 平》("On the *Pao p'u tzu nei p'ien* and the Life of Ko Hung(283—343)"),《伊西
　 斯》(*Isis*)第 60 期,1969 年,第 388—391 页。

名字为标识。[41]

　　按照年代先后，这段文字已由最初的文化英雄进一步推进到　*28*
传说中的帝王。《尚书·舜典》里有一段文字记载舜委任夔为乐
师，此事为唐人熟知与认可。音乐是教育年轻人的一种手段，在
这里我们又可以看出汉代天人合一宇宙观的影响："八音克谐，无
相夺伦，神人以和。"[42]

　　汤是商代的第一位国君，问革一事，在《庄子》的开头。他们的
对话颇有哲学家口吻，在这里，庄子仍用非常有名的鸟类寓言来说
明不同生物眼界大小的相对关系。[43] 汤与革的对话后来演绎为《列
子》（约公元前 300 年）中的一章。通过逻辑与诡论，先得出概念，然
后才列举古代神话记载，[44] 顾况所指的显然就是这些怪事。

---

[41] 《隋书》卷 34，第 1039 页；《旧唐书》卷 47，第 2043 页录《白泽图》一卷。《青乌子》三
卷首先出现在《旧唐书》卷 47，第 2044 页。这两部书被归入"五行"类，但石秀娜
（Anna Seidel）认为至少《白泽图》应算作谶纬书籍，见《帝国珍宝与道家圣礼——道
徒与谶纬》（"Imperial Treasures and Taoist Sacraments-Taoist Roots in the
Apocrypha"），文收司马虚（Michel Strickmann）编《密教与道教研究——纪念石泰
安》（*Tantric and Taoist Studies in Honour of R. A. Stein*）册 2［《汉学与佛教论
丛》（Mélanges Chinois et Bouddhiques）册 21］，布鲁塞尔，1983 年，第 321 页。

[42] 《尚书注疏》卷 3，第 26 页 a。《舜典》是否《古文尚书》的一部分并没有得到证实，但
唐代钦定的编纂者孔颖达（574—648 年）认为它是《尚书》的一章。

[43] 《逍遥游》，见《庄子集释》卷 1A，第 14 页。在卷 1A，第 15 页，此书的编辑者郭庆藩
利用列子、顾况所说的"革"断定《庄子》里的"棘"应作"革"。

[44] 杨伯峻《列子集释》卷 5，第 147 页及以后。关于对话中所体现的哲理，参看卫礼贤
（Richard Wilhelm）《列子的冲虚真经：哲学家列御寇和杨朱的学说》（*Liä Dsi：das
wahre Buch vom quellenden Urgrund*，*Tschung Hü Dschen Ging*，*Die Lehren der
Philosophen Liä Yü Kou und Yang Dschu*），耶拿，1921 年，第 132 页及以后；李约
瑟《中国科学技术史》卷 2，第 198—199 页；葛瑞汉（A. C. Graham）《列子：道家典
籍》（*The Book of Lieh-tzu：A Classic of Tao*），第二版，纽约，1990 年，"初版导言"，
第 xiv—xv 页。葛瑞汉还认为《列子》开头的哲学家对话部分可能是失传的《庄子》
佚文，见其《中国哲学与哲学文献研究》（*Studies in Chinese Philosophy and
Philosophical Literature*），新加坡，1986 年，第 271 页。但顾况感兴趣的无疑是文
中记载的奇闻异事，因此，序言最有可能保存了四世纪《列子》传本中的内容，见葛
瑞汉《列子》，第 281—282 页。

材料中，从口头传说到文献记载的推进也是历史时代的前进。《汉书》记载了一件众所周知的事：公元前二世纪，当有人拆毁孔子旧宅时，他们在夹壁中发现了古经，并听到一阵悦耳的钟瑟乐曲，他们就停下，不敢再拆了。⑤

要了解"形镂夏鼎"，我们必须得参考《左传》里的一段记载。楚庄王行军经过周都时对于鼎提出了放肆的要求，鼎是周王朝王权的象征，一位周大夫劝导他说，鼎与统治者的为君之德是紧密相关的：

> 昔夏之方有德也，远方图物，贡金九牧，铸鼎象物，百物而为之备，使民知神奸。⑯

顾况的下一个表述"玉牒石记"出自左思《吴都赋》铿锵的开篇，这与竹简上的鸟虫书和丝帛上的篆书一样，都反映人们过去的书写方式。⑰ 同样，"五图九篇"反映的是流传下来的古代秘书的权威性，它是从鲍照（405—466 年）道教诗中借用来的。鲍照在晚年渴望长生不老并到深山里寻求长生不老的方法：

> 穷涂悔短计，晚志重长生。从师入远岳，结友事仙灵。
> 五图发金记，九钥隐丹经。

《文选》李善注根据《抱朴子》判断"五图"是道教典籍（《五岳真形图》），或者是藏在昆仑五城的一部与炼丹有关的书。他又说"篇"

---

⑤《汉书》卷 53，第 2414 页。

⑯《左传》"宣公三年春"，见《春秋左传注疏》卷 21，第 15 页 b—16 页 a。对此的分析见江绍原《中国古代旅行之研究》卷 1，上海，1935 年，1937 年重印，第 6—13、82—84 页（范任译，书名为 *Le Voyage dans la Chine Ancienne, Considéré Principalement sous son Aspect Magique et Religieux*，上海，1937 年，第 130—147 页）。也见李约瑟《中国科学技术史》卷 3，第 503—504 页；石秀娜《帝国珍宝与道家圣礼》，第 299、320—321 页。

⑰《吴都赋》，见《文选》卷 5，第 1 页 b。同时代的刘逵和李善为此赋作了详实的注释。

是古代一种存放文件的器具,"以藏经而丹有九转,故曰九籥也"。㊽

　　这个部分的结尾是本段最后一个典故——贾谊被西汉孝文帝召到未央宫中的宣室,向他询问鬼神方面的事情。贾谊一一作　30
了详细的回答,"夜半,文帝前移席"。贾谊出色的表现为他赢得了皇帝幼子的老师(太傅)的职务。不管对于顾况还是其他人,此事都是记录与鬼神世界有关奇事的一个标志性事件。㊾

<h2 style="text-align:center">四</h2>

　　　　志怪之士,刘子政之列仙,葛稚川之神仙;王子年之拾
　　遗,东方朔之神异;张茂先之博物,郭子潢之洞冥;颜黄门之
　　稽圣,侯君素之旌异。其中神奥,顾君真诰,周氏冥通;而异
　　苑搜神,山海之经,幽冥之录;襄阳之耆旧,楚国之先贤;风俗
　　所通,岁时所记;吴兴阳羡,南越西京;注引古今,辞标淮海;
　　裴松之、盛弘之、陆道瞻等,诸家之说,蔓延无穷。国朝燕公
　　梁四公传、唐临冥报记、王度古镜记、孔慎言神怪志、赵自勤
　　定命录,至如李庾成、张孝举之徒,互相传说。

　　读者很容易将这冗长的文献列举仅当成作者旁征博引的一种姿态,认为对其顺序与分类深入考究并非明智之举,因而置之不理。然而,这份书目本身是有趣的。它将那些中古文学中家喻户晓的作者和书籍与其他几乎湮没无闻的作品并置在一起。许

㊽ 鲍照《升天行》,文收《文选》卷28,第23页 b。关于《五岳真形图》在文献与道教礼仪中演化过程的详细研究,见施舟人《五岳真形图的信仰》,《道教研究》第2辑,东京,1967年,第114—162页。也见石秀娜的评论,见《帝国珍宝与道家圣礼》,第325—327页。

㊾ 《史记》卷84,第2502—2503页;《汉书》卷48,第2230页。这件事曾被九世纪一部志怪小说集用作题目:张读的《宣室志》。

31 多古代文本在传播中作为独立存在的文本早已佚失。我们现在所知道的是从一些文献引用和类书中辑录的,有的只有名字,有的甚至连名字也没有。这篇序言具有辑佚价值,但更重要的是它为《广异记》构架了一个与之相关的作品群。目录学家和文献家一般的做法是把这些著作细分为各种子目,然后将《广异记》对号入座,而顾况在这里只是对众多的作品及其作者进行随便的辑录。

这种辑录正好对应了一种总括式的描述——"志怪之士",这个词最早见于《庄子》,[50]因此注定它后来成为那些准历史性的笔记和传奇的一种标目。[51] 在这一大类下面,作者按照年代从远到近进行表述:他总结出一个从汉代到隋代一直延续的传统,同时他又发现在他们这个时代,这一传统甚至被比他和戴孚更年轻的一代人忠实地承袭着。他所列的目录只不过是通过松散的句式把相关内容大略地统合。整篇序言都是以对偶的形式组织材料的,然而文中有两处没有采用对偶,说明此文本可能不完整。

目录起首的八种著作及其作者在一定程度上是最早也最有名的一组。《列仙传》在唐代有几种版本流传,一般认为是西汉学者刘向(字子政,前77—前6年)的著作,传统上它包括七十二篇古代有名的神仙传记。[52]葛洪(字稚川)继作《神仙传》,增加了很多内容,其文本大半见存。[53] 这两部书都赞美成仙者,这些成仙者通过身体和精神修炼,成功地超越了世俗肉体的局限。《拾遗

---

[50] "齐谐者,志怪者也",见《庄子集释》卷1A,第4页(《逍遥游》)。

[51] 对此的详细叙述见李剑国《唐前志怪小说史》,天津,1984年,第9页及以后。

[52] 关于本书的真伪与流传情况,见康德谟(Max Kaltenmark)《列仙传译注》,北京,1953年,第1—8页。

[53] 儒士梁肃(753—793年)在他的文章《神仙传论》(《文苑英华》卷739,第14页b)中记录了190人;十世纪道教大师王松年在《仙苑编珠》(《道藏》;《道藏子目引得》596号)的序言里提到117人。最近的新编本有泽田瑞穗《神仙传》,文收《中国古典文学大系》卷8,东京,1969年;福井康顺编《神仙传》,东京,1983年。

记》在唐代有两种版本，它们都与四世纪隐居山林的术士王嘉（字 32
子年）有关。(54) 据保存下来的内容看，此书记录的是一些与奇珍异物、历史伪书和神话故事有关的内容，这些内容以编年的形式组织起来，最后一章与山岳圣迹有关。《神异经》是一部更短的书，在唐代仍然被认为是出自东方朔（前 154—前 93 年）之手。在正史传记中，东方朔是汉武帝宫廷中一个善讲笑话的俳优，也是一个富有喜剧色彩的人物。(55) 此书记录的奇闻异事具有地方性特点，唐代有一种目录把它归于“地理”类。(56) 张华（字茂先，232—300 年）是西晋学者，精于纬书与方术文献，并因编纂与上述内容有关的一部大部头类书而闻名。而十卷本的《博物志》据说是一个删节本，此书大量记载了山川风物、历史人物、稀见生物、术士神仙和其他有关神话主题的内容。(57) 郭宪（字子横）是后汉一位有名的术士，《后汉书》中有一篇他的简短的传。(58) 一般认

(54) 一种十卷本题为《王子年拾遗记》，归于萧绮名下，萧氏可能是六世纪梁朝王室成员；一个二卷本更被直接说成是王子年的作品，见《隋书》卷 33，第 961 页，《旧唐书》卷 46，第 1995 页。齐治平校注本《拾遗记》（北京，1981 年）对现存的文本进行了编辑，并讨论了它的真伪问题。

(55) 《汉书》卷 65。华兹生（Burton Watson）对此作了翻译，见《古代中国的朝臣与庶民》（*Courtier and Commoner in Ancient China*），纽约、伦敦，1974 年，第 79—106 页。虽然在刘向编纂的汉代皇家藏书目录中，《神异经》没有归于东方朔，但到六世纪，有迹象表明这部书在后汉还存在，并与东方朔有关，见余嘉锡《四库提要辨证》卷 18，第 1124—1126 页。陈振孙首先对其归属问题提出疑问，见《直斋书录解题》，上海，1987 年，卷 11，第 315 页。还可参看《四库全书总目》卷 142，第 4 页 b—6 页 a。

(56) 《旧唐书》卷 46，第 2016 页；参看《隋书》卷 33，第 983 页。但是在十一世纪中叶的《新唐书》卷 59，第 1520 页中，它被列入“神仙”类。

(57) 原书名出自《左传》“召公一年”（卷 41，第 25 页 a）中一词语。我们现在所见的这部书，在传承过程中有断脱和混杂，与唐代所见和所引用的内容相比已有阙佚。关于这些传本及其真伪等复杂的问题，以下这些书作过考证：《四库全书总目》卷 142，第 39 页 b—43 页 a；余嘉锡《四库提要辨证》卷 18，第 1154—1158 页；范宁《博物志校证》，北京，1980 年，第 157—168 页；唐久宠《范宁〈博物志校证〉评论》，文收《中国古典小说研究专集》第 6 辑，台北，1983 年，第 315—331 页。

(58) 《后汉书》卷 82A，第 2708—2709 页。

为他是一部较短的作品——《汉武洞冥记》的作者，此文记录了汉武帝对长生与天国的渴求。(59)

33 这一段的最后两种著作，在时间上较晚，名气也较小。一部是《稽圣赋》，宋代目录归于颜之推(531—591 年后)，颜氏在北齐时为黄门侍郎。(60) 这部书没有保存下来，正史的颜之推传记里也没有提及此书，(61)仅仅在九至十一世纪的一些文献中有少量的引用，顾况这篇序言可能是最早提及它的。(62) 侯白(字君素)所作《旌异记》虽然全部佚失，但唐代书目对之记录完好，(63)一些片段

(59)《隋书》卷 33，第 980 页录为一卷。另外的本子可参看《史通通释》卷 10，第 275 页；《旧唐书》卷 46，第 2004 页(录为四卷)。后来的文献学家认为残存本是梁元帝(552—555 年在位)辑录，托名于郭宪，但仍有不同意见，见《四库全书总目》卷 142，第 8 页 a—10 页 a；余嘉锡《四库提要辨证》卷 18，第 1135—1137 页；李剑国《唐前志怪小说史》，第 159—167 页。

(60)《崇文总目》卷 12，第 10 页 b(录为一卷，在"别集"类)；《新唐书》卷 60，第 1622 页(录为一卷，李淳风注释，在"总集"类)；《中兴馆阁书目》，李淳风注释，见《直斋书录解题》卷 16，第 466 页(录为三卷，此本为颜之推之孙颜师古注释)，颜师古称此书是模仿《楚辞・天问》。

(61)《北齐书》卷 45，第 617—626 页。颜之推最出名的是《颜氏家训》，见王利器《颜氏家训集解》，上海，1980 年。关于他的生平与思想，见丁爱博(Albert E. Dien)《颜之推(531—591 年后)：一个佛学化的儒士》("Yen Chih-t'ui (531 - 591 +): A Buddho-Confucian")，文收芮沃寿、崔瑞德合编《儒士之品格》(*Confucian Personalities*)，斯坦福，1962 年，第 43—64 页；《北齐书 45：颜之推传》(*Pei Ch'i Shu 45: Biography of Yen Chih-t'ui*)，法兰克福，1976 年。尽管唐代的目录志中列出了颜之推的其他书(如十卷本或二十卷本的《集灵记》、三卷本的《冤魂志》)，这些书明显与本文所讨论的书属于同类，但顾况并没有注意到它们。见《隋书》卷 33，第 981 页；《旧唐书》卷 46，第 2006 页。关于《冤魂志》的现存文本，可见王重民《敦煌古籍叙录》，北京，1979 年，第 226—228 页。

(62) 王利器辑录了一小部分其他文献引用此书的句子，见《颜氏家训集解》附录 3，第 639—641 页。也有一个差不多与顾况同时代的慧琳(737—820 年)提到，见《一切经音义》卷 51，第 643 页 c。这里和别处所指的是《稽圣赋》的注释者。

(63)《隋书》卷 33，第 981 页和《旧唐书》卷 46，第 2006 页(见《旧唐书校刊记》卷 28，第 31 页 a，因为作者的名字有所不同)录为十五卷。《续高僧传》(本书的编纂者道宣卒于 667 年)录有二十卷本(卷 2，第 436 页 a)；《法苑珠林》(编纂者道世卒于 683 年)卷 100，第 1023 页 a 同上说。本书由道宣作为一种资料收在《集神州三宝感通录》卷 C，第 431 页 a 和《道宣律师感通录》，第 436 页 a。

也保存在当时的一些集子中。[64] 在六世纪九十年代隋朝前期的宫廷中，侯氏因"好为诽谐杂说"而成为广受欢迎的人物。他曾在史馆任职，[65]据说他的《旌异记》是为了迎合宫廷而作，书中似乎专门记载一些因果报应、神迹、佛徒奇遇等佛教故事。

顾况用"神奥"把《真诰》《周氏冥通记》与其他书加以区别，这 *34* 两部书都是道教茅山派的基本典籍，后又经陶弘景（456—536年）进一步完善。[66] 茅山派的传承是通过手写的符箓开始，后来又通过编订的符箓抄本在道徒中流传。五世纪的学者顾欢，据称是第一个试图对那些符箓进行系统整理的人，整理成集后，名为《真迹》，书中收录了那些符箓的摹本。此书后来被陶弘景的《真诰》取代，《真诰》以更加审辨和全面的眼光为我们提供了关于茅山派成立的大量史料。《真迹》今已失传，我们也没有证据证明它在唐代是否还存在。[67] 而顾况在这篇序言里竟把顾欢同取代了

---

[64] 主要见于佛教书籍中：《集神州三宝感通录》卷 B，第 414 页 a、420 页 ab，卷 C，第 427 页 c；《古清凉传》卷 A，第 1093 页 a；《法苑珠林》卷 13，第 383 页 bc，卷 14，第 389 页 c，卷 18，第 418 页 bc，卷 85，第 909 页 b—910 页 a，卷 91，第 956 页 b（参看《太平广记》卷 99，第 660—661 页）；《续高僧传》卷 28，第 686 页 ab，卷 29，第 693 页 c。

[65] 传记见《隋书》卷 58，第 1421 页。

[66] 这里简单转述司马虚的三个重要研究评述：《茅山降经：道家与贵族》（"The Mao shan Revelations：Taoism and the Aristocracy"），《通报》（*T'oung Pao*）第 63 期，1977 年，第 1—64 页（尤其是第 31—34 页）；《论陶弘景的炼丹术》（"On the Alchemy of T'ao Hung-ching"），文收尉迟酣（Holmes Welch）、石秀娜合编《道教面面观》（*Facets of Taoism*），纽黑文、伦敦，1979 年，第 123—192 页（尤其是第 140—141 页）；《茅山道教：降经纪年》（*Le Taoïsme du Mao chan：Chronique d'une Révélation*），巴黎，1981 年。

[67]《隋书》所收顾欢其他学术著作：《论尚书与毛诗》（卷 32，第 914、917 页），《老子道德经义疏》（卷 34，第 1000—1001 页），《夏夷论》（卷 34，第 1002 页）。但没有提到《真迹》。参看《旧唐书》卷 46，第 1970 页；卷 47，第 2028、2030 页。

《真迹》的《真诰》联系在一起，却没有提到《真诰》作者陶弘景，(68) 这一点让人感到费解。另一部书《周氏冥通记》却没有这种困惑，这部书于今尚存，为人所知，此书的陶弘景注本由他的弟子周子良在 516 年传抄下来。(69) 而序言的这段话，有意味的地方在于，顾况单挑出这两部道家典籍，把它们纳入一个本应界限清晰的志怪书目中。793 年或 793 年后，顾况也去了茅山，在那里，他皈依道教，入了上清派。(70) 这件事虽然对我们确定此序言的写作时期没有多大价值，但它确证了顾况对茅山派典籍所持有的特殊兴趣。

35 下列唐以前的这类著作及其作者的信息可能更为简略：

《异苑》，刘敬叔（活跃于 409—465 年）著。《隋书》卷 33，第 980 页录为十卷，可以与《史通通释》卷 10，第 274 页以及卷 17，第 480 页所录比较。现存的文本包罗内容很广，其中包括稀见异闻、鬼怪幽灵、变异转化之事。(71)

《搜神记》，干宝编纂，三十卷（见《晋书》卷 82，第 2150 页）。《隋书》卷 33，第 980 页与《旧唐书》卷 46，第 2005 页也录为三十卷。可与《史通通释》卷 10，第 274 页所录比较。此书后来佚失，但由他书的引用可以大体恢复。它收集了古代与当时一些神灵异人、变形转化的故事，是这类书中最有名的一部。

---

(68) 十九世纪的《全唐文》编者在这个文本上即以顾欢取代了陶弘景（卷 528，第 14 页 b），其根据是不清楚的。他们在这一句话中也用了助词“之”与下一句的“之”构成对称。

(69)《道藏》：《道藏子目引得》302 号。见司马虚《茅山降经》，第 5 页，《论陶弘景的炼丹术》，第 158—161 页，《茅山道教》，第 25—26 页；《隋书》卷 33，第 981 页。

(70) 傅璇琮主编《唐才子传校笺》册 3，第 645—649 页。赵昌平考证了一则与之同时代的参考文献，证实了这个日期的可能性。

(71) 李剑国《唐前志怪小说史》第 372—382 页除对作者的介绍外，对文本传承和使用情况也有详细描述。

《山海经》，部分内容源于战国时代，汉武帝时期加以整理而成（见《史记》卷123，第3179页与《汉书》卷30，第1774页）。郭璞（276—324年）校注。《隋书》卷33，第982页录为二十三卷，《旧唐书》卷46，第2014页录为十八卷。[72] 这是一部古代经典性神话总集，记载了荒蛮地区的寓言化的动植物及其繁衍生息。此书将地方性的内容与古代巫师、术士相结合，因此早期也被归为"地理"类。

《幽冥录》，刘义庆（405—444年，参看《宋书》卷51，第1475—1480页；《南史》卷13，第359—360页）著。刘氏是宋王室子嗣，以编纂记录名流言论的《世说新语》而知名。《幽冥录》在《隋书》卷33，第980页录为二十卷，在《旧唐书》46，第2005页录为十三卷，其他如《史通通释》卷10，第274页也曾提及。[73] 本书北宋时已佚失，现在通过摘录内容，可知它收录的是地方性的、神话的、超自然的轶闻。[74]

《襄阳耆旧记》，习凿齿（384年卒）著。襄阳在今湖北省（见《晋书》卷82，第2152—2158页），作者是襄阳本地人。《隋书》卷33，第975页与《旧唐书》卷46，第2001页录为五卷。原书已经失传，只在一些文献的引用中保存了一部分。此书是方志文献的典范，内容涉及地方传统、人物、土地、居民、职官等。[75] 此书似乎与所列的其他著述不同，但在早期它们都被归为相同的类别："杂传"。

---

[72] 现存的版本是十八卷本，见袁珂校注《山海经校注》，上海，1980年。

[73] 这些唐代文献记录了此书另一个不同的名字：《幽明录》。

[74] 对现存本的详细研究，见王国良《〈幽冥录〉研究》，文收《中国古典小说研究专集》第2辑，台北，1980年，第47—60页。还可参看李剑国《唐前志怪小说史》，第356—368页。

[75] 比较刘知幾《史通通释》卷10，第274页引用的这部文献中的一些例子。

《楚国先贤传赞》，张方著。《隋书》卷33，第974页录为十二卷，作者、书名如此。但《旧唐书》卷46，第2001页所录书名末字为"志"，作者为杨方，此作者应更为可信。⑯ 此书也佚失了，我们仅仅通过他书引用知道一些信息。

《风俗通义》，应劭（卒于204年前）著。作为社会与政治改革的方案，此书通览了东汉的社会政治制度，也涉及一些地方的与宗教的事务。《隋书》卷34，第1006页录为三十一卷，《旧唐书》卷47，第2033页录为三十卷，可见本书在唐代有足本流传；现仅存十卷本。⑰

《岁时记》，宗懔（520—554年在世）著。在中国时令著作中，这是一部创始之作，它记录了一年四季的节日与风俗。《旧唐书》卷47，第2034页中录为十卷，现在已无完整的早期传承本，仅在一些引用中可见部分内容。⑱

《吴兴记》。《隋书》卷33，第982页"地理"类录为三卷，确定作者为刘宋朝的史官山谦之（约卒于454年）。此书记录现在浙江湖州地区的传统习俗，原书已佚失，仅凭借他书引用对它有所了解。

《阳羡风土记》。这个书名是由序文中"阳羡"这一简称推断出来的。作者周处（240—299年）是义兴阳羡（江苏南部）人，是

---

⑯ 张方（306年卒）是一个好斗的人，西晋末年八王之乱时他任将军。他的传记（《晋书》卷60，第1644—1646页）并没有提到他作过此书。但杨方（也是生活于四世纪前期）的职业得益于他的文学造诣，并与他家乡关系密切，见《晋书》卷68，第1831页。

⑰ 见吴树平《风俗通义校释》，天津，1980年；王利器《风俗通义校注》，北京，1981年。顾况简称其为《风俗通》，这在唐代其他文献中常见，可看《史通通释》卷10，第291页。

⑱ 余嘉锡发现此书的现存本并不能体现引用内容中所反映出的早期原本的结构与内容，见《四库提要辨证》卷8，第440—447页。

晋朝一位名将。⑦《史通通释》卷 3,第 74 页和卷 5,第 132 页引用周处《阳羡风土(记)》有关的地方记录。《隋书》卷 33,第 982 页录为三卷,《旧唐书》卷 46,第 2014 页录为十卷。现在仅见一些引用文字。⑧

《南越志》,沈怀远(424—465 年在世)著。㉛《隋书》卷 33,第 960 页录为八卷,《旧唐书》卷 46,第 2016 页录为五卷。虽然此书一直保存到十三世纪,㉜但除了他书引用的内容,现在这部专论遥远南方地区的书已经失传。㉝ _37_

《西京杂记》。唐人认为此书是葛洪(283—343 年)编纂的,所用的是汉代学者刘歆遗漏的资料,见《史通通释》卷 10,第 274 页。《隋书》卷 33,第 966 页录为二卷,但无作者名;《旧唐书》卷 46,第 1998 页录为一卷。㉞ 虽然受到学者的怀疑,但它保存下来了,㉟它轶闻性的内容中也包括超自然的故事材料。

《古今注》。现在知道在唐代以此命名的书有两种:一部由后汉伏无忌作,记录了各种宫廷事件及谶纬之象;㊱另一部的作者

---

⑦《晋书》卷 58,第 1569—1571 页;《风土记》卷 58,第 1571 页注。

⑧ 王谟等人的《粟香室丛书》把此书书名恢复为《阳羡风土记》。

㉛《宋书》卷 82,第 2105 页。沈怀远一生大部分时间是在流放广州中度过的,他对南越的研究显然是源于这一经历。

㉜《直斋书录解题》卷 8,第 259 页录为七卷。

㉝ 关于本书归属问题的评论,见薛爱华(Edward H. Schafer)《朱雀:唐代的南方图像》(_The Vermilion Bird:T'ang Images of the South_),伯克利、洛杉矶,1967 年,第 148 页。

㉞ 两种书目对它又作了著录:《隋书》卷 33,第 985 页记"《西京记》三卷";《旧唐书》卷 46,第 2014 页。

㉟ 余嘉锡总结了这些争论,认为本书是葛洪从汉代大量不同的文献中辑取材料编纂而成的,见《四库提要辨证》卷 17,第 1007—1017 页。

㊱《隋书》卷 33,第 959 页与《旧唐书》卷 46,第 1995 页都有著录,皆录为八卷本,归入"杂史"类。

是崔豹,他是晋惠帝(290—306 年在位)时的国学太傅。[87] 崔著是一部考证名物的笔记,内容涉及车服、城池、音乐、鸟兽、虫鱼、花草等等更为繁杂的内容。这些内容在唐代作品中被广为征引,原书基本完整地保存了下来。[88]

《淮海乱离志》。这是另一部需要从省称"淮海"推断出书名的书。《隋书》卷33,第 958 页录为四卷,编者萧世怡,记载的是南朝梁末侯景之乱。[89] 刘知幾(661—721 年)在《史通》的"补注"中以夹注的形式提到了此书,除此以外,我们对这部已佚失的书知之甚少。[90] 也许本书的特点与上述《古今注》有相似之处。

在书名以下成对出现的作者名字中,裴松之(372—451 年)是第一个。他因为陈寿(233—297 年)《三国志》作了大量的补注而在唐代出名,这些补注散存于书的正文下。[91] 而我们现在认为他所做工作的最大价值在于,他大量地引用了现在已佚失的古代书籍。然而刘知幾却很不以为然,认为"好事之士,思广异闻,而才短力微,不能自达,庶凭骥尾,千里绝群,遂乃掇众史之异辞,补

---

[87]《隋书》卷34,第 1007 页录为三卷;《旧唐书》卷47,第 2033 页录为五卷。二书都将其归入"杂家"类。

[88] 参看余嘉锡的评述,见《四库提要辨证》卷15,第 857—868 页,还有第 859 页唐代文献中的引用。现代编辑本有《古今注·中华古今注·苏氏演义》,上海,1958 年。

[89] 萧世怡是梁武帝的侄子,卒于 568 年,见《周书》卷42,第 754 页。《梁书》卷 56,第 833—864 页与《南史》卷 80,第 1993—2017 页有侯景的传记。他是梁朝的一位将军,548 年在长江下游发动叛乱,此叛乱直到 552 年他死时才结束;这场动乱使梁更经受不住西魏的攻击,557 年亡国。

[90]《史通通释》卷5,第 132 页。有关此书的注释方式,见程千帆《史通笺记》,北京,1980 年,第 92—93 页。在第 94 页,程千帆简要考证了《淮海乱离志》不确定的作者身份:它在唐代文献中有三个不同的作者名字。

[91]《隋书》卷33,第 955 页录有《三国志注》;另见《旧唐书》卷46,第 1989、1992 页。他的另一些作品,包括一部关于葬服的评论(《隋书》卷32,第 920 页),一部关于他的家族的历史(《隋书》卷33,第 977 页,《旧唐书》卷46,第 2013 页),一部三十卷的文学作品集(《旧唐书》卷47,第 2068 页)。

前书之所阙。若裴松之《三国志》，陆澄、刘昭《两汉书》，刘彤《晋纪》，刘孝标《世说》之类是也"[92]。

　　盛弘之其人，我们仅从唐代文献提及的其《荆州记》了解到，此书大量记载古代荆州地区的奇事传闻。[93]《隋书》卷33，第983页记载盛弘之在刘宋时为临川王记室，可见他是五世纪中期的人物。[94] 刘知幾将他归入地方风物礼仪、习俗文化撰述者之列，并把这类著作归入"地理"类。[95] 按照杜佑（735—812年）的说法，此类文士"皆自述乡国灵怪、人贤、物盛，参以他书，则多纰谬"[96]。

　　与整篇序文的骈偶结构一样，裴松之与盛弘之这两个名字也形成了一对字字相对的对偶——两人之间不存在任何联系，好像是有意为对仗挑选出来的。但是紧跟他们之后的是单独一个名字——陆道瞻，没有相应的人名与之构成对偶，其真实身份也难以确定，因为在这篇序言之外，我从没有发现陆道瞻这个名字，这不能不使人怀疑此段文字可能有断脱，而与之相配的另一个名字已脱失？不论如何，唐前著作著录就在这里结束。

　　为了说明唐代文人对前代这一传统的继承，顾况用了"志怪"这一词语，不过直到现代，文献家才使用"志怪"作为一个分类子目。[97] 顾况是出于自己的需要而用"志怪"来界定他选材的范围，*39*

---

[92]《史通通释》卷5，第132页。这一页还有更多对裴松之不加分别的批评，更深入的评论见程千帆《史通笺记》，第95页。

[93] 如《晋书》卷15，第453—458页所记，荆州包括了比现在的湖北、湖南还大的区域。也可比较1898年陈运溶为重修三卷本《荆州记》所作的序，文收《庐山精舍丛书》，第1页ab；还可参看同年陈毅作的跋（附在文本的末尾），第3页a—5页a。

[94] 陈毅的跋把本书编纂时代缩到431—440年之间，并断定临川王是刘义庆（403—444年）。

[95]《史通通释》卷10，第275页。

[96]《通典》卷171，第907页a。

[97] 李剑国《唐前志怪小说史》，第11页。

以此来淡化那些已有的分类方式。我曾经从盛唐时期有着与顾况不同的理解方式的文献中辑录顾况所列的人名与书名，其结果却是混乱的。

《隋书》与《旧唐书》中所列目录反映的是当时皇家图书馆藏书情况，它们是在七世纪中至八世纪中编纂的。[98] 这两种目录在几乎相同的标准下将上述提到的著作都归到一定的类目里：[99]大多数归入"杂传"与"地理志"，其次是"杂史"与"杂家"。单独一种一个类目的（主要是在《旧唐书》中），《真诰》划为"道家"类，裴松之《三国志注》置于"正史"，《淮海离乱志》和裴松之关于吴国的著作置于"伪史"，《博物志》置于"小说家"。这种分类法产生了久远的影响，甚至现代的志怪文学史家李剑国也借用它们，把这类文献分为三类：地理博物、杂史与杂传、杂记。[100] 但是，史官出于制度上的目的将之公式化了，反映了治国的思想。例如，《隋书》的编纂者围绕着理想的古代行政制度设计形成了关于地理著作与杂史的观点。[101]

刘知幾在《史通》简短的第三十四章"杂述"中提到了相同的内容。[102] 他把这一部分文献与正史中的帝王传记区别开来，又把它分成十个门类（这种做法对后代形成了约定俗成的影响），例如，把地方志从家族志中独立出来作为一个门类。他对一些具有代表性的著作的可靠性作出了不容置疑的评价，这些严正的论断

---

[98]《隋书》，后记，第 1903—1904 页；《旧唐书》卷 46，第 1962—1966 页。

[99] 除了五部仅在一种目录中出现、三部在两种目录中被分配到不同的类别外，两种目录把所有书都划到相同的类目中。

[100]《唐前志怪小说史》第 126 页发展了这一分类方案。

[101]《隋书》卷 33，第 981—982、987—988 页。对于官方分类方案的讨论，见麦大维《唐代中国的国家与学者》(State and Scholars in T'ang China)，剑桥，1998 年，第 159—160 页。

[102]《史通通释》卷 10，第 273 页及以后。

显然服务于他的一个目标——为史学家建立一个评论标准。

但是顾况的观点更为保守。因为在他看来,很难划出一条清楚的界限将记录鬼神的著作与历史、地理著作分开:对超自然神怪力量的记载与对地方地理的叙述往往混杂在一个单一的历史连续体中。顾况建立的这种综合性的系统在二十世纪三十年代江绍原的一个有趣的研究中得到了回应,江从一些地方性著作中发现了一种传统,就是这种著作往往是对危险性旅行进行警示与保护。根据这种传统,在神灵与魔鬼所处的环境中,他们甚至就是自然生灵的一部分,容易威胁到进入他们领域中的陌生人。一些关于地域与生灵的著作,如《山海经》《九鼎记》《白泽图》等,就是为那些进入陌生地区的旅行者提供导引的书,指导他们如何预知并处理途中遇到的危险。⑩ 虽然《广异记》这种叙事性著作并不包括在上述著作之内,但这种地理叙述与超自然记载相交杂的观念可为解读这类著作提供简便有效的工具。有一点现在可以看得很清楚,顾况这篇骈体序言的内容含量要比一篇正式的散文大得多,它显示了戴孚正致力的这一志怪传统的特征——古老而又保守,但顽强且又持久。

在这段序言的最后,顾况更简要地列举出唐代的此类作品与作者,以作为这一部分的收束。在他所列的著作和作者中,有很多被现代研究者认为是稀见或佚失的著作的资料。序言行文的对仗作为一种潜在的模式贯穿全文,而在这组书目中,第一个书名没有形成对偶且作者的名字也很模糊,这说明文本有一定的阙佚。以下是概述:

《梁四公传》。仅仅在《太平广记》中有三段节录,其中一部分

---

⑩ 对于这一论题,可参看江绍原《中国古代旅行之研究》。

可能是文章的开头,内容记录的大部分是异闻。⑭ 关于作者的材料是混乱的:宋代目录著作《直斋书录解题》(卷 7,第 196 页)把它归于玄宗朝前期宰相燕国公张说(667—731 年);⑮但是,也提到此书有不同的归属,或是卢诜,或是梁载言(675 年进士),可参看《新唐书》卷 58,第 1484 页。虽然文中只是提到"燕"这一谥封,但显然顾况把此书作者定为张说。⑯

《冥报记》,唐临(约 600—约 659 年)著。这部书在佛教类书中保存下来,在日本也有一个抄本。⑰ 作者唐临仕途显赫,曾任过三部尚书,死前担任一个相对普通的刺史。⑱《冥报记》作于 650—655 年之间(见《法苑珠林》卷 100,第 1024 页 b),唐临对佛家的来世思想特别感兴趣,此书收集了五十多则异闻,作者以私人化的证据来显示佛教的因果报应。

《古镜记》。文本保存在《太平广记》卷 230,第 1761—1767 页中;《太平御览》卷 912,第 3 页 b—4 页 a 也收录了一部分。此文叙述了七世纪初与一面镜子有关的一些故事,这面具有驱邪、照明和护身功能的镜子为王度所有。这书的序言与其他文献都把王度视为此书作者,但很多学者认为它可能是后期作品。小说史家把它视为中国小说在向唐后期小说创作演进过程中,具有转

---

⑭《太平广记》卷 81,第 517—522 页,卷 418,第 3403—3404 页,卷 418,第 3404—3406 页,都有引自《梁四公传》的内容。

⑮《旧唐书》卷 97,第 3049—3057 页;张秋陵撰的碑文,见《文苑英华》卷 936,第 4 页 a—6 页 a。

⑯《文苑英华》作"燕",《全唐文》作"燕公"。

⑰《大正新修大藏经》册 51,2082 号;内田道夫《校本〈冥报记〉》,仙台,1955 年。最近的评注本是方诗铭校本,此书与《广异记》合书出版,北京,1992 年。

⑱ 传见《旧唐书》卷 85,第 2811—2813 页;《新唐书》卷 113,第 4183—4184 页。也可参看内山知也《隋唐小说研究》,东京,1977 年,第 2 章第 2 部分,第 85 页及以后。

折性意义的作品。⑩

《神怪志》的书名，见于《太平御览》卷559，第7页b和《蒙求正文》卷a，第51页a(或为《蒙求集注》上卷。——译者)；《神怪录》的书名，见于《北堂书抄》卷136，第10页a和《太平御览》卷716，第1页b。两书都是与超自然灵怪相遇的轶事汇编。作者孔慎言据说是孔颖达(574—648年)的曾孙(见《新唐书》卷75B，第3433页)，可能活跃于八世纪初。

赵自勤在天宝年间(742—756年)曾担任朝官与地方官。756年当唐王室到四川避难时，他突然升到一个高职。760年左右，他在苏州与杭州任职。⑩他的《定命录》，《新唐书》卷59，第1542页录为《定命论》，十卷；《宋史》卷260，第5225页录为《定命论》，二卷。《太平广记》《太平御览》和《类说》中保存了其中六十二则轶事，多数与八世纪上半叶的事件有关。⑩对人的命运定数及从占卜者、预言家、神灵那里得到预言是此书故事的主题，它由此保存了唐代官员由中层到上层升迁的一些特殊的文献记录。⑩

最后的两个名字，我只能确定第二个。张孝举就是张荐(744—804年)，他曾任过一系列朝廷官职，兼朝廷史官，曾两次率领使团出使西域。⑩他是著名的笔记小说集《朝野金载》作者张鷟(658?—730?年)的孙子，著有两卷志怪故事集《灵怪集》(参看《旧唐书》卷149，第4025页，《新唐书》卷59，第1541页)，

---

⑩ 关于现代学者对这个问题的深入论述，见内山知也《隋唐小说研究》，第2章第3部分，第110—137页。

⑩ 对于这个问题，可见上书，第289—293页。

⑪ 其中三个时间更晚的故事可能出自吕道生为本书作的续书，见上书，第293—295页。

⑫ 内山知也在唐代背景下说明并分析了这一主题，见上书，第296—305页。

⑬ 《旧唐书》卷149，第4023—4025页；《新唐书》卷161，第4979—4982页。墓志铭载于《权载之文集》卷22，第6页a—8页b。也可看朱迎平《〈灵怪集〉不是六朝志怪》，《文学遗产》1987年第1期，第18页。

《太平广记》和《类说》收录了此书少量的篇目,但是其中存在着时代错误与多种归属的问题。

42   通过对顾况所提及的文本的详细叙述,序言中这段密集而又刺激的内容到此结束。对于这些书目,我们经常提到,顾况大体是按照编年顺序进行陈述的,即从七世纪一直延续到作者所处的年代,而最后一位作者张荐属于比顾况还要年轻的一代,这可能是最早提到他的记载。然而,更有意义的是顾况对所列著作在类别上的兼收并蓄,这些书包括一部传统意义上的异域传奇、一部具有前瞻性的关于一个魔幻物件的叙事、两部以预言与报应为主题的著作,还包括两部与幽灵有关的著作。在这个背景中观照《广异记》,有助于我们更清楚地看出"广异记"三字的意思。《广异记》并不能直接地被划作某一类著作,在内容和兴趣的广泛性上,将之不严谨地译为 *The Great Book of Marvels* 应该符合"广"的意思。

五

谯郡戴君孚幽赜最深,安道之胤,若思之后,邈为晋仆射,逮为吴隐士,世济文雅,不陨其名。至德初,天下肇乱,况始与同登一科。君自校书终饶州录事参军,时年五十七,有文集二十卷。此书二十卷,用纸一千幅,盖十余万言。虽景命不融,而铿锵之韵固可以辅于神明矣。二子钺、雍,陈其先志,泣请父友况得而叙之。

就像内山知也在对序言这一部分的考证中所说的一样,顾况精心挑选的这份名单与其说是体现了重要的家族传统,不如说是为了显示戴孚父子对于他们家族显赫家世的单纯自豪感。事实上，我们很难弄清楚安道与若思是不是出自同一支。[114] 戴逵（字安道）的确属于谯国戴氏，戴孚声称自己也属于这一支。戴逵是隐士范宣的弟子，也是他的女婿。[115] 历史上，他严词拒绝为东晋孝武帝效力，隐居会稽，厉行高蹈。后来，他在苏州找到一处庇所，并在那里一所别业里（它原来属于王珣）小住了一段时间，这就是后来著名的虎丘寺。后来戴逵回到会稽，大约 395 年去世，留下一些文学作品和学术著作。[116] 他的儿子戴颙（378—441 年）走的也是隐士之路，在虎丘隐居，但并没有后代。[117] 据《广异记》中的一个故事（**116**）所述，755 年，戴颙在曾经住过的苏州别业里显灵，恳求一位来访者娶他的女儿。所有这些都证实，至少在逸事趣闻这一点上，戴氏家族戴孚一支与苏州有较深的渊源。

另一方面，戴渊（字若思）和他的弟弟戴邈，属广陵戴氏一支。[118] 戴渊是盗贼出身，后来成为名将，322 年死于叛乱的王敦之手。324 年王敦死后，他的弟弟戴邈升为尚书仆射。

对于戴孚的生平，我们从这些理想化的先祖陈述中知道的事情尚不及以下这些细节具体。八世纪中期发生的安禄山的叛乱直接导致了至德前期的混乱，这又造成当时进士科考试的特殊情况。史学家普遍认为这场叛乱是一系列复杂历史事件的结合，从

---

[114] 内山知也《中唐初期小说——以〈广异记〉为中心的研究》，文收《加贺博士退官纪念中国文史哲学论集》，东京，1979 年，第 527 页及以后，特别是第 529 页。

[115] 《晋书》卷 91，第 2360 页。

[116] 《晋书》卷 94，第 2457—2459 页（他的传记）。《隋书》卷 32，第 938 页；卷 33，第 976 页；卷 34，第 1000、1007 页。《旧唐书》卷 46，第 2002 页；卷 47，第 2066 页。《新唐书》卷 58，第 1482 页；卷 60，第 1589 页。《史通通释》卷 10，第 274 页。

[117] 《宋书》卷 93，第 2276—2278 页；《南史》卷 75，第 1866—1867 页。

[118] 传见《晋书》卷 69，第 1846—1849 页。《资治通鉴》卷 92，第 2903 页（"永昌元年三月"）录"若思"是戴渊的字。

中他们发现中华帝国在政治、社会、经济生活上经历了巨大的转变，而且，在《广异记》中，的确到处可以听到这次全国性灾难的遥远回响。然而，不能进京应试却是年轻的戴孚受到的最直接的影响。安禄山叛乱爆发于 755 年冬天，756 年 8 月 12 日肃宗登基，从玄宗手中接过王权，这是至德时代的开始。这一年，京城长安会试已经举行，但次年朝廷又不得不在三个地区的中心再次举行，其中一个就是包括东部州县的苏州。很显然，757 年顾况（他

44 本身是苏州人）和戴孚（可能也居于此地）同时在苏州考试中及第，[119]并由此成为主考官李希言的门生。两人的这一层关系足以使戴孚儿子把顾况作为其父的故交来求赐序，但这并不等于说两人因为这一经历而保持着密切的私人交往。通过这篇序，我们可以得到戴孚仕履的一些材料：他初仕是朝中职位低级的校书郎，最后在饶州以中级的官职录事参军终，这些仕任没有确切的日期，我们也无从深究。

相反，我们根据《广异记》故事得到戴孚一个更详细的活动年表。这些故事在时间上大体贯穿八世纪，直到 780 年叙事才突然中止。戴孚卒年一定不早于这一年，也应该不会比这个时间晚得太多。假设他的卒年为五十七岁，由此推出他的生年最早是 724 年，顺此推算，他及第的年龄可能是三十四岁。这个年龄与顾况相差无几，顾况约是三十岁，当然戴孚年龄可能更小些，但不会小于二十岁。如此算来，他的生年不应晚于 738 年，卒年不会晚于 794 年。[120] 在第一章，我们已经注意到有很多故事反映了八世纪六十年代到七十年代他在东部沿海地区官僚圈中的社交活动，也

---

[119] 材料的评述见傅璇琮主编《唐才子传校笺》册 1，第 636—637 页。参看《登科记考》卷 10，第 343—344 页。

[120] 杜德桥《〈广异记〉初探》第 395—396、401—402 页具体讨论了这些问题。

许这是了解他仕履最可靠的线索。

内山知也同样受到戴孚与顾况生平经历并行发展的启发,却勾画了一个全然不同的情形。他认为戴孚及第后有三十年的赋闲,最后约在787年,他在顾况的故交柳浑(715—789年)为相时任校书郎,789年被贬到交州,顾况也在此年被贬。[⑳] 必须指出,内山知也结论的整个前提缺少确凿证据,没有任何迹象证明戴孚在其仕途生涯中任过高职。

戴孚诗文集没有保存下来,甚至《广异记》这部书也不是原来的形态。此书最后一次出现在图书馆的记录中是1127年北宋都城遭到洗劫时,它是当时佚失的皇家内库藏书之一。[㉑] 但是,顾况序言的评述为我们了解从宋代其他文献中保存下来的《广异记》提供了一个有用的参考。为了方便,我在讨论问题时一般都将版本学术语的"卷"译成"chapter",其实在这里最好还是使用"卷"的本意"scroll"。在顾况写这篇文章的时候,中国的书籍仍然采用卷轴装的形式,它是由一张张纸在一侧粘贴而成的。顾况将其称为"幅",他的措辞从字面上大体地描述了戴孚文集实际上的外观情况:全书二十卷,每卷大约五十页纸,共一千页;每页十行字,每行大约十个字,一页计一百字,那么一千页大约共十万字。顾况就是用这种方法粗略推算的,当然不可能非常准确。但是,我们集合保存在《太平广记》中的三百余则故事以及《类说》《岁时广记》《三洞群仙录》《太平御览》中所录的其他六则材料,估

45

[⑳] 内山知也《中唐初期小说》,第529—532页。

[㉑] 《秘书省续编到四库阙书目》,叶德辉辑,1903年,卷2,第66页。本书被说成是一卷,我们不能知道所依何据。笔者考证出两部藏于北京图书馆的后来抄本的可疑之处,见杜德桥《〈广异记〉初探》,第408—411页,它们好像都是以《太平广记》为底本。

算出本书现存约八万字,也就是顾况估算的百分之八十。⑬ 这个差异是由我们估算的误差、原本的佚亡和现存文本的不完整造成的。这足以使我们相信,我们现在所见的《广异记》仍然保存了八世纪末戴孚儿子向顾况求序时的那部原书的大部分内容。

我们难以知道的是,此书是否在作者去世前已经完成,如果已经定型,那么它是否体现出一些主题构成。也有可能是他的儿子们继承了一堆多年积累起来的笔记,他们认真地把它们编订誊录成书,可以想象,甚至是他们为这部书拟定了标题。顾况在序言里虽然大谈特谈《广异记》由古及今的创作背景,却并没有回答一些更为核心的问题。比如对于《广异记》的编订,戴孚自己是如何看待的? 对于书中的世界,他是如何理解感知的? 其感知的前提又是什么? 既然我们已经认识到戴孚的话语是通向《广异记》所描绘的那个世界的切入点,我们就一定要找出这些问题的答案。而《广异记》故事就是能够发现这些答案的地方。

---

⑬ 这些题目在附录中列出,对个别题目的真伪考察见杜德桥《〈广异记〉初探》,第 396—407 页。

第三章　戴孚世界的动态变化

　　孟子曾将人区分成治人者与治于人者、食人者与食于人者，
自此之后，研究者很乐意以双双对立的概念来分析中国社会阶
层，如南方人与北方人、京城人与外地人、城市人与乡下人、贵族
与仕宦、精英文化与通俗文化等。结果，类似这种对立的概念延
伸到了中国社会研究的所有领域，并仍然为中外历史学家日常研
究所津津乐道。然而，研究古代与现代中国的学者也认识到，一
旦对这些对立概念作切近的考察，就会感到这些类别之间的界限
是模糊的，变成一种你中有我、我中有你的混沌状态，它们的界限
也失去了界定作用。因而，即使在有限的范围内，一旦接触到特
定的情形，同一类别也会出现一种缺少明显一致性的混乱现象。
简言之，这里存在着一个根本性的冲突，这种冲突是在简单的分
类与聚焦观察之间形成的，它将影响我们对《广异记》每一个方面
的研究。

有缺陷的二分法

　　我们已经看出，顾况的序言将主要兴趣放在对立的类别——
人与非人、生与死、男与女之间的沟通上。在序言中，他引用的实
例是从更早期的文献中搜集的，对他而言，这些事例都是在现实

世界不断异变的过程中人们可以感知到的现象。然而，虽然这种基本的世界异变过程在他者眼中可能会呈现出一种整体的无规则的复杂性，但顾况受到中国古代宇宙观的影响，依然通过那些我们所熟悉的相互匹配的概念来描述它。因此，当我们从序言转到《广异记》的具体内容时，问题就产生了。其中，一个最简单的问题就是：既然我们无法见到戴孚本人的序文或其他方面的理论陈述，那么他实际上是像顾况那样思考自己所搜集的故事吗？戴孚做了这么长时间的辑录工作，在此过程中，他自己有意或无意的方案是什么？这个问题中隐含着第二个更重要也更基本的问题：顾况在序言中提出的那种分析方法，及其诸多相对的类别，能在产生这些故事的现实世界中找到其对应的原型吗？或者说，这种分析方法是否是一种系统的理论模式，把这种模式施加于复杂的材料，就会带来不同的处理手法，而这些材料也就会随之产生预期的分析结果？杰克·古迪（Jack Goody）指出，用线条和对称纵列组成的各类图表很容易使得人类学家歪曲丰富而微妙的史前社会的概念图式。① 在此，我们也面临着同样的危险：不仅仅是外来研究者力图寻求一种便宜的、相对简单的模式来研究一个复杂的社会，甚至整个中国学术践行并延续的传统本身就具有这种研究倾向。在很多《广异记》故事中，事情的目击者或参与者可以说是深受儒家思想熏陶的儒士，即使面对争议，他们也把自己在另一个世界的奇遇描述得有板有眼，不容置疑。我们如果通过顾况的笔来研究中国的传统思想，也将受到这种学院式思维模式的限制。然而，从这种束缚中解脱出来，可能可以为我们解读《广

---

① 杰克·古迪（Jack Goody）《野蛮心智的驯服》（*The Domestication of the Savage Mind*），剑桥，1977 年，第 54 页及以后。在第 59 页他针对一个例子作了评论："列在图表中的概念，有时是表演者，有时是观看者。"

异记》展开一个崭新的更为宽广的前景。《广异记》故事的文本之所以成为我们直接研究的重要内容,其原因就在此。

顾况对他的朋友戴孚的描述是"幽赜最深",认为其"铿锵之韵,固可以辅于神明矣"。对于戴孚及其著作,我们所知道的这些内容并不是精确的评述,它们仅是我们所获得的关于戴孚如何著述的外部信息。但是,当我们对《广异记》现存内容进行全面梳理时,会发现此书更清楚的主题倾向——《太平广记》中的故事分类为我们的研究提供了一个简陋但有用的框架。《广异记》中的故事并不是随便地或均匀地编排在《太平广记》中,它们大多数被密集收录在一些特定的类目中。很显然,这种分类体现了宋代官方编辑者的意图(也许是偶然的或轻率的),但这为我们研究戴孚著作的背景提供了第一手参考资料。

《太平广记》中"鬼"类下面收录《广异记》故事最多,有五十六则故事密集地编排在《太平广记》的十卷(卷 328—339)中,而这一类故事《太平广记》共有四十卷(卷 316—355)。这些故事的内容涉及活人与死人之间的纠葛:鬼魂附体,鬼神报仇,与女鬼幽会,刚进棺材的人复活,阴间的官吏等等。另一类《广异记》故事比较集中的是《太平广记》"再生"类,三十五则故事集中在卷 375—386 中,大多数是凡人死期未到就被提前召到阴间的经历,他们在阴间经历一系列奇遇之后,最终又被允许回到人间。另一组重要的内容是《太平广记》"报应"类,其下收有二十九则《广异记》故事,内容几乎都是讲因虔诚向佛而终得善报的故事。故事中,有人虔诚地念诵特定的佛经,尤其是《金刚般若波罗蜜经》,结果使他们在今生和来世的关键时刻总能逢凶化吉。在《太平广记》"神"类中,也有二十一则《广异记》故事,绝大多数是讲述一些为名山而设的寺庙祭仪。在《太平广记》"梦"类中,有十五则《广

48

异记》故事,这些梦都有预兆、警示、预言、治病等作用,其中也包括一些与阴间死者或夭折孩子沟通见面的故事。《太平广记》的动物类中也收录了一些较有价值的故事,尤其是"狐""虎""蛇"类。这些故事将人带入动物的世界,让其饱受折磨,被动物附体,或发生异变。《广异记》其他一些故事散见于《太平广记》"神仙""女仙""妖怪"与"精怪""冢墓""雷""宝""草木""禽鸟""水族"等诸类之中。很多故事在《太平广记》不同的类目中出现,有一些故事的确出现过两次(见 **141、179、202/309、216/312**)。

同样引人注目的是,《太平广记》大量类目中没有涉及任何《广异记》故事。《太平广记》卷 164—217 探索了凡人品性与活动——俊辩、廉俭、气义、精察、幼敏,以及一些政府事务,诸如贡举、铨选、职官、将帅,还有士人文化活动,如文章、乐、书、画、卜筮,这些内容没有一条标明出自《广异记》。而且在食、酒、交友、奢侈、诡诈、谄佞、诙谐、酷暴、妇人与童仆等门类中也没有发现。这一点清楚地表明:戴孚在他的书中很少直接关注世俗社会的事情,相反,他所感兴趣的是那些超出正常世俗意识的存在——那些或者在无形中与他共处于同一世界,或者主导着另一世界的亡灵、神怪、妖魔。这就是顾况说他"幽颐最深"的原因吧。

说这些是为了提出一个比以上那些分类更简单的划分方案:把整个世界分为"看得见"和"看不见"两个世界,让每个世界都保持其自身的复杂性。我们在解读《广异记》的时候,这种划分方案理所当然是我们思考的中心:这条唯一的一般性的划分原则是通过故事中的人物反复说出。如顾氏经常通过不同形式的同一种表达来界定或限制人物的活动:比如"人神道殊"(**116、159、291**),"人鬼道殊(路殊)"(**96、97**),"冥阳道殊"(**181**),"幽明理殊(理绝)"(**27、57**),"幽途不达"(**89**)。然而,在具体情形中,这些相关

49

的说法（它们也见于《广异记》之外的著作）②表现出一种似是而非的动态变化，并且贯穿于故事始终，因为它们明明确定的是阴阳两个世界之间的分界不可逾越，但总是在两个世界出现超常沟通的时候被提出来。在故事27中，"幽明理殊"一语正是在阴阳两界尝试第一次交通的时候出现的，而在故事57、96、97中，它们是在阴阳越界联系即将结束的时候提出来的；故事291用"人神道殊"来警示故事中的人物跨越两界的行为是受限制的，而故事159则用它来规定两个世界的人在建立联系后分离的条件；故事89、181用它们来表达阴阳两界难以跨越的无可奈何，而故事116则用它来让人相信这个世界的约束在另一个世界不起作用。

虽然这些表达具有一种谚语化、公式化的特点，但它们的意义已经超出了文学风格的范围。本书所分析的许多故事，显示了人们在实践和制度上如何通过各种方式如葬礼、寺庙仪式、虔心敬祷等等来调控与另一个世界的关系。如果没有这些常规的中介，人们就不能够控制对脆弱的人类构成直接危害的异常情况的爆发和处理。人类社会需要并寻求与另一个看不见的世界建立一种秩序化关系：当与那个世界的关系失控时，社会成员通过这种秩序使之恢复正常。"殊途"主题中那些众所周知的惯用语就是这种调控机制运作的一个标识。但是，它们在《广异记》中的出

---

② 参看《搜神记》卷4，第45页（74号），卷16，第200页（394号）；《录异传》（《太平广记》卷316，第2498页）；《述异记》（《北堂书钞》卷87，第9页a和《太平御览》卷532，第8页b）；《通幽记》（《太平广记》卷332，第2636页）；著名的《柳毅传》（《太平广记》卷419，第3410页）。也可参看余国藩（Anthony. C. Yu）的评述，见《安息吧，安息吧，不安的神灵：中国古代小说中的鬼神》（"'Rest, Rest, Perturbed Spirit!'：Ghosts in Traditional Chinese Prose Fiction"），《哈佛亚洲研究学报》（*Harvard Journal of Asiatic Studies*）第47期，1987年，第413—414页。

现也证实了戴孚在研究另外一个世界的事情时，个人的兴趣主要在于那些非正常的突发事件。

主张现实世界与另一个世界有对应构造的观点，无论是在这儿还是在其他地方都是中国宗教中的陈词滥调。然而，《广异记》故事显示出这一观点确实严肃地且完整地依附于戴孚社会的精神世界。我们必须通过其他著作来发现对这种观点的系统叙述，如七世纪的《冥报记》，在这部书中，来自另一世界的精灵介绍了道教礼仪如何运行：

> 天帝总统六道，是谓天曹。阎罗王者如人天子，太山府君尚书令，录五道神如诸尚书，③若我辈国如大州郡。每人间事，道上章请福，天曹受之，下阎罗王云，某月日得某甲诉云云，宜尽理，勿令枉滥。阎罗敬受而奉行之，如人之奉诏也。④

不同的书呈现不同等级制度，很显然还没有一套固定的统一的制度来规范这个世界。⑤ 但是，戴孚故事中的一些人的话语经常表达出与此相似的等级制度。

在故事 **12、65、72、76、223、265** 中，天帝是至高无上的但又是

---

③ 大量的中古文献把五道神(将军)作为一个单个人物描述，这与小田义久的研究观点相同，见《五道大神考》，《东方宗教》第 48 期，1976 年，第 14—29 页。但这则材料里的五道神显然是复数。在佛教里，他们是几个不同的神，每人负责五条再生道中的一条。因此，这与中国官制中的每部有一位尚书的六部尚书制相类同。小田义久的研究弄清了此神的职责与人间事务的记录有关(第 26 页)。因此，相较于方诗铭点校的《冥报记》(北京，1992 年)和《太平广记》，笔者采用《大正新修大藏经》册 51，2028 号，卷 B，第 793 页 b 所收此文的句读。在前两部书中，"录"这个词放在前一句。

④ 《冥报记》卷 B，第 28 页；参看《太平广记》卷 297，第 2367 页。

⑤ 小田义久引用了敦煌文书 P - 3135 和 S - 980，这些文书中的等级观念都深受佛教思想的影响，见《五道大神考》，第 25—26 页。

遥不可及的。在故事 **181** 中，一群有冤情的羊要向天帝诉冤，书中写道："帝是天帝也，此辈何由得见，如地上天子，百姓求见，不亦难乎？"而在另一个故事（**72**）中，为了知道皇后能否生下一位继承人，玄宗皇帝直接向玉京天帝提出询问。这些记载都反映了当时惯常的真实情况，因为在玄宗时代的朝廷祭仪中，天帝拥有至高的地位。⑥

另一些故事里出现了印度神阎罗王。他将阳世的低级官员 *51* 传唤至阴间进行审判（**39**、**167**、**168**、**171**、**172**、**174**、**200**），看来他在阴间的日常事务中扮演着一个高层的核心的角色。《广异记》中，几个定义不太清楚的人物也具有他这种角色，我们只知道他们都简称为"王"（**20**、**23**、**25**、**44**、**52**、**69**、**85**、**118**、**175**、**180**、**182**、**183**、**184**、**187**、**191**），但在这部八世纪的小说集中，八世纪中国佛教文献与神画像中的十殿阎王并没有存在的迹象。⑦ 太山府君通过司命簿（**184**）与下属（**166**，并比较 **131**）建立了一套独立的管理机

⑥《旧唐书》卷 21，第 833—836 页；《大唐郊祀录》（《适园丛书》本）卷 4，第 1 页 a—18 页 a。关于天帝（太乙神），见福永光司《昊天上帝、天皇大帝、元始天尊——儒教的最高神与道教的最高神》，《中哲文学会报》第 2 号，1976 年，第 1—34 页；也可参看魏侯玮（Howard J. Wechsler）《玉帛之奠：唐王朝正统化过程中的仪礼和象征》（*Offerings of Jade and Silk: Ritual and Symbol in the Legitimation of the T'ang Dynasty*），纽黑文、伦敦，1985 年，第 116—117 页；麦大维《唐代中国的国家与学者》，剑桥，1988 年，第 135 页。还可与下文第四章注释 91 比较。故事 **65** 同样也是一个玄宗叩问天帝的故事，这个故事又一次提到玉京。

⑦ 魏礼对这一主题有一简单的研究，见《斯坦因敦煌所获绘画品目录》（*A Catalogue of Paintings Recovered from Tun-huang by Sir Aurel Stein K. C. I. E.*），伦敦，1931 年，第 xxvii—xxx 页；泽田瑞穗《地狱变：中国的冥界说》，京都，1968 年，第 22—30 页。但太史文（Stephen F. Teiser）的专著《〈十王经〉与中国中世纪佛教冥界的形成》（*The Scripture on the Ten Kings and the Making of Purgatory in Medieval Chinese Buddhism*，火奴鲁鲁，1994 年）探讨了《十王经》的产生及其背景，这部经在敦煌文献中多见。

制，但其植根于中国传统之中的权威仍然是微不足道且地方性的（65），⑧而且他服从于古老的星神太乙（68、76）。⑨ 华山府君也是如此，我们在第四章将对其进行专题研究。所有这些作为神界与阴间审判官出现的人物都是我们耳熟能详的。他们会把那些阳寿已到的人召到地狱，让他们面对冤屈的诉讼者（经常是动物），来清算他们在政治、道德或者宗教祭礼上的过失，当然，偶尔也会允许他们活着回到阳世。

在《广异记》中，五道神（将军）形象更为模糊，他的名字只出现了两次（54、82）。但在其他中古文献中，在更早期的东部沿海地区血祭背景下，关于他的记载大量存在。虽然佛学中的"五道"（即转世的五条道路或知觉存在的五种条件）仍然模糊难明，但五道神（将军）是唐代阴间的一位统治者。《冥报记》中一段话表明，他的职责是记录人间善恶。虽然《广异记》中没有记载，但他最终也还是享有十殿阎王之称。⑩

这种对另一个世界权要人物的简要列举表明，两种不同的过

52

---

⑧ 至少从公元一世纪起，泰山就被视为阴间，死人的灵魂被召集到那儿，人类的生死簿也在那里。它的主宰者是生死大士，见《日知录集释》卷 30，第 28 页 b—29 页 b；赵翼《陔余丛考》卷 35，第 751—752 页；沙畹（Édouard Chavannes）《泰山：一个中国崇拜仪式的专题研究》（Le T'ai chan , Essai de Monograhie d'un Culte Chinois），巴黎，1910 年，第 398—415 页；泽田瑞穗《地狱变》，第 43—53 页。泰山府君的名字出现在公元一世纪或二世纪墓葬中出土的一个瓮上的铭文里，见《贞松堂集古遗文》卷 15，第 33 页 a。吴荣曾讨论过这一问题，见《镇墓文中所见的东汉道巫关系》，《文物》1981 年第 3 期，第 56—63 页。泽田辨析了泰山府君地位演变的两个历史阶段：开始是在小型法庭判定凡人生死的判官，在阴间和天上具有较高职权；后来上升到总揽一切的职位上，头衔也相应改变了（泽田《地狱变》，第 45—48 页）。故事 65 中的泰山君显然与早期阶段的身份相应，他用的还是那个古老的称号，他召集神灵来对他辖区内的事务提出地方化的建议。

⑨ 参看第四章第 113 页和注释 89—92。这些内容把太乙这种地位的历史背景解释得很清楚：在八世纪朝廷祭祀中享主祀。

⑩ 小田义久《五道大神考》对这个人物作了全面的研究，他的材料还可增加更多的具体资料，笔者打算对这个问题作进一步研究。

程在同时运转着。一方面,完全不同历史渊源的人物被吸收到一个统一而不太严密的中古系统之中。但是另一方面,唐代社会为了发挥这一系统的祭仪作用,就极力将之与当时社会的官僚体系及其运作相匹配。简单地将另一个世界说成戴孚社会的一种"镜像",并不符合实情。在这种意义上,我们不如把它说成一群具有不同历史背景的神话人物的大杂烩,但民众对待他们就像对待社会中的权贵一样毕恭毕敬。因此,这就产生了更早期的悖论的一个变体:戴孚描写了一个看不见的世界,对于这个社会来说是异质且分离的,然而,他所在的社会又把这个看不见的世界系统地捆定并吸收到自身的社会制度之中。

在故事 **82** 中,一个人得到预兆,他将成为五道将军,这很好地例证了可见世界与不可见世界间的交往流动。阴间的官员是由人间的亡魂接任的。在很多实例中,这些人通常由阎罗王直接从人间官僚中征召,或者,有的人也可能为墓穴中的鬼魂所召(**104**:黄河)。对于戴孚来说,这是一个和中下层官吏搅和在一起时的有趣话题,他在很多故事(比如 **52、85、125、166、167、168**)中作了探求。《广异记》中的阴间世界启用了很多中国古代名士。如:晋朝名将羊祜(221—278 年),在阴间是一个王(**182**);狄仁杰,生前以 688 年肃清南方淫祠而闻名(**66**,再比较 **89**),在阴间,为御史大夫(**178**);李迥秀,在世的时候是尚书,死后在阴间是一位将军(**105**)。虽然上面提到的这些人生前就声名显赫,但因为阴间也需要属员与杂役,所以一些职事并不因为过于低微而被忽视,在阴间,甚至卖饼的胡人仍然干着生前的营生(**191**)。在阴间与阳间的互动中,与上述仕任一样,婚姻也是一项不可或缺的内容——无论是对男人(**85、116**)还是对女人(**68、69、71、76**),这些问题将作为一个子话题在第七章的一个更为复杂的主题下进行讨论。 *53*

正如戴孚所描述的那样，这种人员的流动是一种不可避免的法则，任何人、物都逃脱不了。但同时，人们会尽己所能地抵抗和逃脱它（因为在阴间任职也难保不受惩罚：183）。对他们来说，复生还阳是第一要务，为此采取的手段不一：有的通过行贿（118、193）或者私人关系（175、181、187、189、192），有的通过篡改记录找替罪羊（92），有的通过临时抱佛脚（167）。最常见的是确认阴间官员办案大意，抓错了人（105、176、180、198），或者用法律上的狡辩逃脱罪责（182、183）。因此，阴阳两界之间的悖论依然存在，而且在诸多方面通过大量的细节得到了强化。这些细节所体现的另一个世界的环境、习俗、制度却又与唐代社会有着紧密的联系。我们可以随便举出一些例子来说明这一点，尽管几乎每一个故事都是在困于阴阳交接的模糊情境之中的被召男女中展开，但他们通常无法意识到自己究竟处在哪一个世界。

一个去过阴间的人这样描述他看到的情形：

176　　　房在判官厅前。厅如今县令厅，有两行屋，屋间悉是房，房前有斜眼格子，格子内板床坐人。

这种亲眼所见的情景具有一种特殊的意义：它让我们瞥见了唐代法庭的样子，在文献资料中，我们不敢奢望得到这样的信息。在另一个故事中，一个已死的妇人被送回人间，告诉了她的家属另一个世界是个什么样子。她通过一个女仆的口描述了几种不同的情形：

131　　　我已见阎罗王兼亲属。……太山府君嫁女，知我能妆梳，所以见召。明日事了，当复来耳。……府君嫁女，理极荣贵，令我为女作妆。今得胭脂及粉，来与诸女。……府君家撒帐钱甚大，四十鬼不能举一枚，我亦致之。……府君知我

> 善染红，乃令我染。我辞已虽染，亲不下手，平素是家婢所 ⁵⁴
> 以，但承已指挥耳。府君令我取婢，今不得已，暂将婢去，明
> 日当遣之还。

阴间的女性世界是由来自阳间的女子即兴构画出来的，这个故事的意义正体现在这儿。这位女子并没有向她的女伴描述阴间的一些礼仪或者制度方面的情形，而是将女人世界里她所熟悉的东西延伸到那个世界。两个世界之间的连通虽然是意外的，但这个故事证明这并不难：当这个被附体的女仆被死去的女主人把魂召走后，她昏迷了两天。直到一阵钟鸣，她才被送回来，手上还沾着红色的染料。

这个世界与另一个世界之间的亲密关系同样表现于官员受贿与徇私的故事中。在故事118中，一个佐官被阎王召到阴间后，他问那里的侍卫在阴间做什么工作，当得知他们是"捉事"时，他说："幸与诸君臭味颇同，能相救否？（事了，当奉万张纸钱。）"这是官府最低级的仆吏相互扶助的请求，这一观念轻易超越了生死间的绝对分界线。这种请求的确产生了效果，特别是当此人兑现了许诺的作为酬谢的万张纸钱时。

提到钱，我们就触及了在两个隔绝领域间的传输中最活跃的一个系统。钱的使用贯穿于整部《广异记》，故事中的人物不厌其烦地解释他们的这种货币系统如何运作："地府所用，是人间纸钱"（**127**）；"金钱者，是世间黄纸钱；银钱者，白纸钱耳"（**180**）。在这些故事中，只要烧掉，大量的纸钱就转送到阴间去了，这直接反映了中国社会所熟知的祭祀活动，并且这种仪式在现代中国仍然流行（**118、127**）。《新唐书》记："汉以来葬丧皆有瘗钱，后世里俗稍以纸寓钱为鬼事。"侯锦郎对这一风俗作了研究后指出，纸替代

冥钱的风俗在隋代已出现。⑪《广异记》以具体的材料显示了中古社会人们如何理解阴阳两界间的金钱转输。在故事 **180** 中，一个人问如何将钱送到阴间一个官员手中，官员告诉他：

55 **180**　　　世作钱于都市，其钱多为地府所收。君可呼凿钱人⑫，于家中密室作之，毕，可以袋盛，当于水际焚之，我必得也。受钱之时，若横风动灰，即是我得；若有风飏灰，即为地府及地鬼神所受，此亦宜为常占。

钱也可以从另一世界传送到人间。在故事 **112** 中，一个姑娘的鬼魂到扬州买漆背金花镜，一男子以三千黄钱的价格卖给她一面，但后来发现钱只是三串黄纸。这种梦幻化的交往一结束，人们往往发现从死人那得到的礼物和钱是纸变的。⑬ 在某种程度上，我们可以将这种双向的金钱转输系统视为一种神话设计，它是对中国祭祀活动中最基本的纸与火使用的回应，两者间的转化（一方面纸变成灰，另一方面钱成为纸）体现了实际祭祀活动中的基本程序。⑭ 然而，它的存在具有一个更具世俗性的暗示：在戴孚的

---

⑪《新唐书》卷 109，第 4107 页。侯锦郎论述冥钱的历史背景与演变过程，见《中国宗教中的冥币与财富流通观念》，巴黎，1975 年，第 3—17 页；隋代相关的论述在第 5 页。在第 132 页注释 4、5 中，他还列举了中国与日本学者对这一主题的研究。

⑫ 故事 **272** 也描述了这种钱，一个狐魅被索要二千贯钱作为聘礼："崔令于堂檐下布席，修贯穿钱。钱从檐上下，群婢穿之，正得二千贯。"

⑬ 见故事 **63**、**97**、**145**。在故事 **282** 中，一件狐魅作为礼物的衣物原来是纸做的。在故事 **313** 中，一些来自另一个世界的一个乌龟家族的礼钱变成了排斗钱，这种排斗钱是一种仿造的钱，不能使用。见崔瑞德《唐代财政》（*Financial Administration under the T'ang Dynasty*），第二版，剑桥，1970 年，第 300—301 页，注释 84。

⑭ 值得注意的是那些故事并没有提到为了确保钱的传输而作的祭文。施舟人在他的现代田野报告《道教仪式中的疏文》（"The Written Memorial in Taoist Ceremonies"）中对这种祭文作了描述，文收武雅士（Arthur P. Wolf）编《中国社会中的宗教与仪式》（*Religion and Ritual in Chinese Society*），斯坦福，1974 年，第 310—311 页。

世界里,人际交易与官场交易(与经济活动一样)都需要用钱。由此可见,现实世界的这一典型特征被理所应当地延伸到另一个看不见的世界中去了。⑮

与坟墓及随葬品有关的物质文化提出了更多有待研究的问题。我们根据文献记载和考古发现知道,在唐代,埋葬死人时要随葬很多娱乐与日用物品。《广异记》的故事就清楚地声称坟墓是死者的家,根据家庭财力配备卫兵、侍从或仆人以及大量的日用品和私人财产(**104、106、107、161**)。但在唐代,掘墓并掳掠随葬品也是常有的事,《广异记》中不止一次提到(**94、162、202**),同时也披露了地方官府惩处那些非法占有随葬品的盗墓者(**161、202**)。⑯ 因此,那些自身并不能变化的随葬品具有双重身份:它们是另一个世界的死人的东西,但同时也是这个世界令人垂涎的财宝。这种对比当然对应着两种迥然不同的具体情境:一方是在

⁵⁶

⑮ 关于这一主题的人类学讨论,见沈雅礼(Gary Seaman)《冥钱:一种解释》("Spirit Money:An Interpretation"),《中国宗教杂志》(*Journal of Chinese Religions*)第 10 期,1982 年,第 80—91 页;王斯福(Stephan Feuchtwang)《帝国的隐喻:中国的大众宗教》(*The Imperial Metaphor:Popular Religion in China*),伦敦、纽约,1992 年,第 17—20 页。

⑯ 对于那些扰乱棺材与死者(267 章)或者亵渎坟墓并偷盗其中物品(277 章)的行为,唐代法令有处罚规定,见《故唐律疏议》卷 18,第 343—345 页;卷 19,第 354—355 页。参看傅海波(Herbert Franke)《中国的考古与历史意识》("Archäologie und Geschichtsbewußtsein in China"),文收《考古与历史意识》(*Archäologie und Geschichtsbewußtsein*),慕尼黑,1982 年,第 69—83 页,尤其是第 74—75 页。也可参看杜正胜《什么是新社会史》,《新史学》第 3 卷第 4 期,1992 年,第 108—110 页。法典 447 章(《故唐律疏议》卷 27,第 520—521 页)涉及地下随葬品的发现问题,规定特殊建筑物中的古代物品应上缴朝廷,否则将受到惩罚。参看傅海波《中国法律对发现财宝的规定》("Der Schatzfund im Chinesischen Recht"),《东方考古》(*Archív Orientální*)第 59 期,1991 年,第 140—151 页,尤其是第 142—143 页。故事 **202** 记录了明州刺史把汉墓中发现的三十多件古物上缴朝廷的事。

封闭的坟墓中不受干扰的棺材[⑰],另一方则是世俗社会开放的环境。坟墓里的物品不是在前者中静眠,就是在后者中流散。《广异记》中的故事多次表示它们是死者的绝对财产,偷盗它们就是一种侵犯,不仅触犯了国家的律令,而且也冒犯了死者,由此会导致追缴与报复(**58、94、202**)。但是,在所有者有权要求追回被非法拿走的物品的同时,他们也可以选择把这些物品作为礼物、抵押品或代用币使用(**12、114、123、128**)。由此可见,这些物品在棺材和坟墓中进出与两种对立的力量相对应,这就是盗墓者的侵犯与死者的愿望。

但是,这种描述仍然太简单。在凡人眼里,坟墓里的物品充其量是仿制品,它们只有在另一个世界里才具有它们本身应有的作用:当已死的主人要举办一场宴会的时候,仆人俑将为其操办(**119**),有时他们自己也举行些庆祝活动(**159**);为保护坟墓,一些卫兵俑与偷盗者搏斗,挫败他们的图谋(**202**),但有时他们也很好斗,而且经常自相残杀(**161**);木制大方相在葬礼中是用以驱鬼的,[⑱]但有时也可能偷袭旷野中的陌生人(**158**);一个老人形状的明器在坟墓之外坐着向邻居扔石头(**160**),所有这些事情都深深植根于现实世界之中。这些明器的生命力超越了它们的时代,几百年后成为考古发现的文物,陈列在我们的博物馆中。然而,对于创造它们的社会来说,它们是在可见的与不可见的两个世界中永不休止地传递着。

---

⑰ 但是要注意,在《广异记》中的很多故事中,棺材常被临时安放在被称为"殡宫"的小屋中,然后再从这个地方被移到永久性的坟墓中(**25、98、109、111**)。关于殡宫更详细的介绍在下文第七章注释 28。关于死人在最后安葬前的那种不稳定的过渡状态,在第六章第 143—146 页中有讨论。

⑱ 唐代葬仪规定由特定的灵车运送这些明器,见《唐会要》卷 38,第 693 页及以后;《大唐六典》卷 18,第 20 页 ab。

随葬品事实上是前几页探讨的（看得见的世界与看不见的世界）对立体系的一大明确而有力的象征。两个世界的分离是绝对的，这是戴孚所处的社会普遍认可的观点，然而，《广异记》故事显示这种分离是脆弱的和有缺陷的，它们之间的分界线是模糊的，因而，凡人与神灵、活人与死人能够持续而不定期地越过他们自身的边线。而摆在唐代祭司面前的主要任务就是控制这种越界行为的发生。

如此内容丰富、动态变化且又富有成效的对立成为《广异记》的一个主题特征，令人惊奇的是，我们在书中几乎找不到其他形式的二元对立。无论我们怎样努力将材料均匀地分配到两个相反的类目中，结果总是不尽如人意。对这一点我们可以用此章开头提到的习惯来说明，这一习惯就是将中国及其社会分成南部与北部，或者用特定身份类目来界定，如京城与地方、都市与乡下、贵族与平民、集体与个人。在每一个故事中，戴孚都是以一种宏大的乃至多元的视角审视这个世界，这个世界最强烈的特征就是它的灵活性与不稳定性。

戴孚的确表现出了明晰的地域意识，他所记录的故事的发生地也确实遍及唐代的各个地区，包括南蛮、西域、东部沿海地区及北部沿海的山东半岛。无论是生活在看得见还是看不见的世界里，故事中人物的活动空间都非常宽广。在一些故事中，让人最感兴趣的是相距遥远的两地之间的动态连接。它们是被一些人或者与另一个世界的关系联结在一起的：一个遭到狄仁杰禁祀的南方地方神尾随他穿过大半个中国来到黄河边的汴州（**66**）；一个沿着东西轴线长途奔波的宫廷侍卫为北海龙王送信（**70**）；安禄山叛乱时期，一个大家族放弃洛阳附近的田产逃到东海边，他们一个已故堂妹的鬼魂却独自回到故乡（**128**）。⑲ 在这些故事中，中国好像通过已建立的交通系统联结成为一个单一的发挥着背景功能的整体。没有任何地区具有本质上的不同，也没有哪一部分承载着我们在这个时期及早期诗歌中发现的那种情感价值。

58　　当然，《广异记》确实对某些地区给予了特别的关注：江南东道（包括现代的浙江省与江苏省部分地区）作为故事的背景多次出现；还有其他一些地方，如洛阳。⑳ 但这是因为戴孚曾在这些地方任职，并在任职期间收集过材料。另一个世界同样有它自身强烈的版图意识，这也体现在许多故事中：一些鬼神在限定的区域里行使着他们的权力，在那里他们拥有武装力量，巡逻并保卫他们的领地。㉑ 这种地方主义好像回应了中国一个特定的时代，就是小政权割据统治的时代。当现实的世俗世界不断地发生变化时，看不见的世界仍然墨守着他们旧有的制度。㉒ 综合所有内容，《广异记》表现了由很多小地方组成的中国社会，这些地方构成了一个松散的动态的系统，其特征是自由的多样性的组合，而不是两种对立的类别。

　　另一点不得不说：对于故事的发生地——不管是都城长安、

---

⑲ 参看故事 **122**。

⑳ 关于浙江，见第一章（注释 13）和第六章；关于东都洛阳，见故事 **9、39、55、68、76、92、97、99、101、102、147、151、186、188、275、276、279、313**。

㉑ 第四章讨论了华山与泰山的案例，这些例子可与第五章讨论的俞子穷（580 年卒）阴间卫队相比较。另见注释 22。

㉒ 故事 **74** 通过对中岳嵩山一位将军的描述记载了这一点，说他的军帐"若古之四镇将军也"，这种建制明显地参照了南北朝时期的军事建构，见《魏书》卷 113，第 2977 页；《宋书》卷 39，第 1225 页；《南齐书》卷 16，第 313 页。嵩山属北魏地，故事 **74** 中的统帅着南齐以来军事官员在正式场合戴的平天帻（《南齐书》卷 17，第 342 页）。关于这个故事的进一步讨论，参看杜德桥《〈柳毅传〉及其类同故事》（"The Tale of Liu Yi and Its Analogues"），文收孔慧怡（Eva Hung）编《中国传统文学的悖论现象》（*Paradoxes of Traditional Chinese Literature*），香港，1994 年，第 75—79 页。

洛阳还是广大的外省地区,戴孚并不在意。但故事本身包括了一个值得注意的因素——宫廷与市井闲言,这些东西不需要作任何认真的查证,便可在精英社会流传。我们并不能追溯出《广异记》中有多少故事是来自第一手材料,有多少是来自遥远地区的传闻或当时可见的书面记录,但戴孚的确经常主动说出故事提供者的姓名以证实故事的可靠性。可以肯定的是,他对那些出现在他面前时已经历了很多改动的故事保持着同样的兴趣,并没有因为故事的来源和背景的差别而表现出更青睐哪些或屏弃哪些的迹象。作为故事的背景,都城并没有比其他的地方中心产生更多(或更少)的奇闻异事。

乍一看,都市与乡下的对比似乎提供了一个更有潜力的分析工具。《广异记》的故事叙述很注意具体环境的一些细节。在《广异记》中,有城墙保护的人口聚居区与坟墓遍布、灵怪出没的山川、河流、沼泽、田野等旷野之地之间存在差别,有关的故事对于两者间差别是很敏感的。《广异记》最引人入胜的奇遇多数发生在远行者或者离家者身上。那些被阴间的王召去的人都会程式化地发现自己被带到了城墙之外——经常是通过一道关闭的门,穿过广阔的原野后到达另一世界一座森严的城堡。不论情况如何,大部分农民和地主都依靠田庄生活,他们的住所在城外,与乡村的关系密切。田宅庄园经常是与神灵世界保持频繁接触的场所:在故事 107 中,一个人在庄外散步,遇到一个漂亮的邻家女子,她的家原来是座坟墓;故事 138 中,一个人在门外看人打麦子,一个鬼带着一个木马来找他修理;故事 284 中,有一个人在洛阳庄园里读书,有个小孩也加入进来,后来发现小孩其实是一只狐狸。

在所有这类故事中,乡村很容易被当作现实世俗世界与另一个看不见的世界之间的界域。但更进一步观察仍旧显示出都市与乡下环境的差别比较模糊。与另一个世界的联系显然不仅限于郊外，《广异记》中，这种联系很多出现在行政中心（**73**、**84**、**86**、**89**、**127**、**248**、**293**、**295**），或是都市中的里坊（**9**、**19**、**68**、**92**、**99**、**102**、**122**、**147**）以及家中（**27**、**58**、**103**、**124**、**153**、**154**、**168**）。实际上，家本身的确是可见世界与不可见世界之间发生复杂互动的场所。一所住宅有它自身详备的家神来保护其中的居住者，"宅内井灶门侧十二辰㉓等数十辈，或长或短，状貌奇怪，悉至庭下"（**261**）。因而，人们总是被告诫应以家为庇护所，只要不离开它，就没有死亡的危险（**140**、**193**）。即使如此，正像我们刚刚看到的例子一样，如果时机合适，不受欢迎的鬼神很容易进入其中。在一些故事中，鬼神在摄取来的活人魂魄的帮助下进入家宅（**102**、**103**）。在另一些故事中，鬼神利用一间房子的檐角作为立足点与屋内的人联系并接近他们（**285**、**293**、**294**）。因此，人们好用的简单对立再次崩塌：无论神灵与旷野之间的这种联系具有如何的启发性，它毕竟不是唯一的联系，我们很难用都市与乡下或者市区与郊区的对立来说明戴孚世界的运作。

　　戴孚的世界所表现出来的多元复杂性，甚至均等主义，在涉及社会地位问题时，表现得比其他任何一方面的内容都要强烈。戴孚的社会地位标识得很清楚，他的个人交往也与他的地位有密切的关系。但是，让人感到惊奇的是，他对这个社会从上到下的各个阶层都感兴趣，并且超越人类社会而进入动物世界。他的著作涉及皇帝与皇后（**51**、**65**、**67**、**72**、**117**、**174**、**199**），太子与公主（**198**、

㉓　在一座 745 年的陵墓里发现了一套表示十二时辰的明器，见《五省出土重要文物展览图录》，北京，1958 年，图 97，比较图 103。按照惯例，这些图像是刻在有碑文的石头上，见《北京近年发现的几座唐墓》，《文物》1992 年第 9 期，第 71—81 页。

199），高级官僚以及同他一样平凡的地方官吏，还有各个阶层的女性，从异域公主（**60**）到婢女（**6、59、85、96、111、131、134、139、155**），以及农民（**140、202**）、商人（**4**）、胡人（**7、135、168、191**）㉔和男奴（**82、149、191、200、241、242、245**）。虽然他们可能按照其所处的地位以不同的方法接近另一个世界，但是所有不同身份、不同地位的人们都平等地受到那个世界的关注。在大人物雇用神祇或名道与神沟通时（**68、72、147、198**），更普通的人则雇用巫师与术士。当婢女与男仆进入昏迷或恍惚状态时，他们经常发现他们自己正作为与另一个世界进行直接联系的中介者（**82、85、131、139**）。

　　死亡，这一伟大的法则使这个等级分明的人类社会人人平等，融为一体。当年轻的朱同被两个熟识的村官（里正）押走时，他为他们的倨傲无礼而发怒。村官说道："郎君已死，何故犹作生时气色？"（**192**）最重要的是，佛家转世思想大大削弱了现实的等级差别，各种身份都是相对的，各种地位都不稳固。对于一个功德圆满可以进入天国的僧徒来说，转世托生为皇太子也无足轻重（**198**）。但是，如果一个人前世是野猫或乞丐的儿子，那么托生为贵族家里的奴仆也是他所渴求的（**200**）。后一个例子表明动物与活人和死人的世界都密不可分：转世投胎思想使它们与人类几乎联系在了一起。它们有自己的灵魂（**245**），在阴间的法庭上，作为 *61*

㉔ 一般情况下，笔者理解的"胡人"是指来自中亚的那些讲伊朗语的人［参看蒲立本（Edwin G. Pulleyblank）《内蒙古的粟特聚落》（"A Sogdian Colony in Inner Mongolia"），《通报》第 41 期，1952 年，第 318 页及以后］。像蒲立本认为的那样，有时把他们确认为古索格代亚纳人更为准确。故事 7"石巨"保留了九个索格代亚纳人姓氏中的一个（见《新唐书》卷 221B，第 6243、6246 页；蒲立本，第 320—323、336、340、346、351 页），它相当于塔什干（Tashkend）。对于"胡"，虽然有时候地位低下的职业（如卖饼）可以表明移民身份（**191**），但在很多文献中，并不能清楚地区分"胡"到底是定居居民还是外国商人。

口齿伶俐且意志坚定的原告,它们诉讼那些曾经虐待或者恣意杀害它们的人(**23、180—184**,可与 **42** 比较)。㉕

　　转世再生会产生另一种类型的讽刺故事。故事 **185** 作为发生在唐前很久的一个小朝代的故事在《广异记》中并不多见,它讲述了一个人的家族世代信奉五斗米教,对外来的佛教信仰嗤之以鼻。但是,在阴间,他困惑了。在那里,他知道自己前生是一个佛教徒,后来逐渐丧失了信仰,直至"今生在世,幼遇恶人,未达邪正,乃惑邪道"。这个故事表达了深深根植于中国本土宗教结构中的对立观点。这种正统与异端之争可以追溯到印度的早期佛学教义与婆罗门传统之间的冲突。在中国,这种正邪之争演化成为并自此一直都是不同教派与仪式之间的争论话题;在他们彼此关系的设定中,这甚至成了一个结构性的因素。㉖ 但是,戴孚仅仅在故事 **185** 中有这样的话语,很显然,这个故事是从其他早期著作中转录的。㉗ 如果戴孚在《广异记》里把这个故事改编了,这也符合他的个性,因为他要建立一种正统话语,来让怀疑论者噤声,并确证佛教真理的普遍性。

㉕ 当动物变为人的模样到人间官衙诉冤时,它们很可能会被揭破身份并被驱走。参看故事 **273**。

㉖ 尽管不同的宗教教派或教义都使用这种术语,但显然它并不能保证任何一种教派相对于其他教派的历史正统地位。在历史的或经验的研究过程中对其进行复制,就引出这个问题,对此,司马虚作了考察,见《历史、人类学与中国宗教》("History, Anthropology, and Chinese Religion"),《哈佛亚洲研究学报》第 40 期,1980 年,第201—248 页,特别是第 222—236 页。还可比较上书作者在《密咒与官话》(*Mantras et Mandarins*)一书第 2 章"观音的魅力之下"("Sous le Charme de Kouan-yin")中对日本密宗的评述。(此书详情见注释 62。——译者)

㉗《法苑珠林》卷 55,第 709 页 ab 收录一个相同的故事版本,出自五世纪的《冥祥记》。戴孚可能从此书或其他文献中转录到《广异记》中,或者像方诗铭所说(方校《广异记》,第 240 页),《太平广记》把这个故事归入《广异记》是错误的。《冥祥记》是王琰的著作,他是一个忠实的佛教徒,他的信仰在此书中得到清楚的体现,见李剑国《唐前志怪小说史》,第 414—419 页。

因为，在宗教问题上，戴孚并不是一个狭隘的狂热者。所以，如果说他有一个执着的信仰的话，那只能说是思想的开明：在《广异记》故事中，怀疑主义作为一种反面立场是唯一不断受到质疑的观念。[28] 一个女人对梦的警示不屑一顾，以为"复何足信！"，结果，最后她却看到事情就像梦所警示的那样发生了（**60**）。太岁星出现的方向为凶方，与此方向相同的地面是禁止动土的，[29] 有一家族的成员故意触犯这个古老的禁忌，他们本应该处理掉一块肉团，结果让它逃脱了，后来全家遭到灭顶之灾（**149**）。有一位人品端方的县令，他的前任总是神秘地死掉，他的朋友怀疑是一棵树在作祟，然而他认为"命在于天，责不在树"。但最终还是被他的朋友说中，在府衙庭院的一棵树下发现了一个死人，正是这个死人在与人们互动（**127**）。即使这类例子为数不多，也足以显示戴孚世界所接受现象涉及的范围。故事可以涵盖引导死者转世超生的方案，也包括地狱与凡间的过渡地带，鬼魂在其中游荡，伺机借助附体的媒介或梦来与人间沟通。此外，在故事 **185** 中，尽管程道惠作为道徒屈服于佛教，但与道家神仙（**1—3、5、7、15**）、炼金士（**9、17、209**）、服丹者（**1、2、4、59**）有关的事情，《广异记》中并不少见。对于神灵世界的其他生灵，我们已列举了很多例子：有一些作为动物或器物自在地生活在人群中，另一些则住在祠庙里。虽然戴孚对这些内容很少作公开的评论，但是从内容的选择上，

62

---

[28] 这是志怪文学中一个传统性内容，见余国藩《安息吧，安息吧，不安的神灵》，第 404 页及以后；康儒博（Robert F. Campany）《鬼怪问题：六朝志怪中的鬼神文化》（"Ghosts Matter：The Culture of Ghosts in Six Dynasties *zhiguai*"），《中国文学》（*Chinese Literature：Essays，Articles，Reviews*）第 13 辑，1991 年，第 23—24 页。

[29] 太岁指木星。将木星的运行周期（十二地支）与许多禁忌（如太岁之所在忌动土迁移等）联系起来的说法可以追溯到汉初，而且它一直延续到现在。见《陔余丛考》卷 34，第 724—725 页；吕宗力、栾保群《中国民间诸神》，石家庄，1987 年，第 127—138 页；也可参看侯锦郎《中国人的凶星信仰》（"The Chinese Belief in Baleful Stars"），文收尉迟酣、石秀娜合编《道教面面观》，纽黑文、伦敦，1979 年，第 200—209 页。

我们可以清楚地看出他的立场:所有灵怪的存在都必须严肃地对待,他们是人类生活中真正的力量,不可等闲视之。这也是干宝在《搜神记序》中表达的观点。在这篇被经常引用的先驱性文章中,干宝声称,他的《搜神记》"亦足以明神道之不诬也"㉚。在本章开头,顾况的话又一次表达了相同的观点:戴孚的"铿锵之韵,固可以辅于神明矣"。现在看上去,这句话的意思更为鲜明了。

当我们浏览戴孚书中纷杂的宗教化内容时,我们立刻感到正统与异端之间的对立消失了。戴孚不是术士,也不是正式入教的信徒,也不是特定道义的卫道者,我们不如把他视为一个全能的普通人,一个目击了现实社会中种种可见的神灵力量显现的普通人。《广异记》中的佛教属于世俗信徒信奉的那一类,对于这些人来说,虔诚意味着业报:诵经、抄经、造像、举办仪式、放生等等虔诚的行为可以得到业报。㉛ 在故事 **184** 中,一个男子诵读《金刚经》三千遍后认为"功德已入骨",可赎一生的罪过。但是,即使是一生虔诚向佛的人,其对世俗利欲仍保持着平常人的渴望(**297**)。道教的神话也被同样看待:炼金术与长生药是世俗所垂涎的,并且有时被人偷盗或滥用。㉜ 仪式中用符箓驱魔的巫师,也是因为

㉚《晋书》卷 82,第 2151 页。干宝传记引用了他的家庭经历,这一经历促使他辑录《搜神记》,在此书序言中,他阐述了他的目的。关于此文与其他早期序言的讨论,可见杜志豪《六朝志怪与小说的产生》,第 29 页及以后。

㉛《广异记》后面出现的一些故事与放生行为相反。佛家寺院收养动物本来是为了放生,然而有时候却有意地杀死它们,这样做要么是为了控制一个游魂(**245**),要么(出于动物自己的要求)是为了将它们从凄惨的境遇中解脱出来(**247**)。

㉜ 见故事 **9**、**11**、**17**、**209**。葛洪关于炼丹术的经典话语很清楚地表明道教徒不能为了私利来炼制金银。他的师傅郑隐曾说,圣人炼制黄金,是为了服用,以使自己成为神或长生不老,而不是为了致富,见《抱朴子内篇校释》卷 16,第 286 页。(关于葛洪的炼丹术的详细论述,见李约瑟《中国科学技术史》卷 5 第 2 分册,第 62—71 页。)陈国符研究认为,对炼丹术来说,牟利并不是新鲜事,唐代的道士炼制黄金更多是为了牟利而不是服用,见《道藏源流考》,北京,1963 年,第 375 页,第 392 页及以后。

普通百姓想应付鬼神作怪才出现的，如此等等。正如我们在唐代有关文献中所发现的那样，《广异记》提供了一系列来自街头巷尾的感知过程。

这正是这部书吸引我的精髓。矛盾的是，《广异记》尽管本身只字未提，但这部书还是可以表现为正统与异端的二元对立的形式。因为，尽管受过正规的教育，有进士的出身与仕宦的经历，但戴孚几乎从不采用官方正统的儒家观点来描述书中所记载的现象；③③对于儒士们因试图与周围的宗教文化划清界限而产生的冲突，戴孚也从未表现出认同。③④ 他与儒家文化公开的背离随处可见：例如，当地方官员受到民间信仰的挑战时，结果往往是民间信仰占了上风（**2**、**7**）。③⑤ 但是，越是深入到《广异记》的内部，我们越会发现它潜藏的一种特质，可以称为"民间性"（vernacular）特征，这在接下来的两章中将有更切近的分析。这里隐含的区别不是等级社会里的精英阶层与大众阶层之间的差别，而是中央集权所 *64* 规定与鼓励的价值观与地方社会流行的价值观的差别。社会精英不仅仅参与由朝廷科举体系形成并由国家官僚机制执行的高级文化，还可以以个体的形式参与到他们周围丰富的地方文化环境中。《广异记》故事就是在后一种背景中形成的，它记录了当时的男男女女在其生存背景下遇到非正常现象时的感知过程。戴

---

③③ 对于一些可能的例外，我们可以考虑故事 **66**、**90** 和 **148**。在这些故事中，德高望重的人或资深高官具有一定力量来制服鬼神或抵制他们、保护自己。

③④ 关于这些冲突的更全面的讨论，见第四章第 94—97 页和第五章第 131—132 页。

③⑤ 这种正统与异端的冲突是列维（Jean Lévi）文章的主题内容，见《人间官员与阴间神灵：六朝与唐代小说中神界与人间行政的权力之争》（"Les Fonctionnaires et le Divin: Luttes de Pouviors entre Divinités et Administrateurs dans les Contes des Six Dynasties et des Tang"），《远东亚洲丛刊》（*Cahiers d'Extrême-Asie*）第 2 期，1986 年，第 81—106 页。

孚并没有让这些现象的记叙屈从于中央权威作出的评论或拒斥,也不屈从于批判性的正统思想的重新阐释。因此,《广异记》的故事比那些精英们写出的精心构思的正统书籍更能代表广大民众,它们揭示了一个更为宽广的背景的诸多特征,同时,这种背景下也存在着精英创作与士人活动。正如我们看到的那样,这种民间文化是海纳整个社会群体的。㊲

历史的运动

《广异记》故事中普遍存在着大范围与小范围、长时期与短时期之间的张力。这些故事的内容乍一看好像是独一无二的,每个故事都是特定个体在特定的生存时间和空间上发生的,据故事中人物的名姓我们能够确认他们的身份。然而,同样这些故事也能提供一些我们从中国其他朝代和世界上其他地方也能看到的东西。那么,怎样分析这种一般之中又有特殊的自由混合形态呢?即使我们在第一章已经对三个故事中的"声音"作了确认与解释,但把每个故事置于使其具有意义的背景仍是留存给我们的任务。没有一个故事具有超越与周围世界所有关系的独特性,但也没有一个故事能对中国社会作出一番完整、无限与永恒的陈述。这需要一种历史性的阐释手段,创造一个故事存在的语境。同时,还需要一种时代意识,一种能赋予那些异闻记录以具体意义的时代

㊲ 本段划定的这一差别(第四章与第五章中有更进一步的探讨)是为了一个实际性的研究而设置的,我们用这种差异来解读唐代保留下来的文献。这可以与晚清及现代中国宗教观念作比较,凯瑟琳・贝尔(Catherine Bell)对此作了研究,见《宗教与中国文化:对大众宗教的评价》("Religion and Chinese Culture: Toward an Assessment of 'Popular Religion'"),《宗教史》(*History of Religions*)第 29 卷第 1 辑,1989 年,第 35—57 页。

意识。

　　由于种种原因，依照研究正统文学传统中的一部著作的方式，在这里描绘一幅中唐政治的与文学的文化图景是不够的，甚至也没有什么特别用处。戴孚写的不是正式的散文，《广异记》也 ⁶⁵ 不属于正宗传统，在大众生活中，它无足轻重。戴孚没有记叙那个时代所发生的社会事件，也没有表示出要建立任何特殊学说的兴趣。他以开明的思想记录那些事情，不为儒家正统的怀疑论所困扰，对意识形态的压力也不在意。书中所记叙的内容来自社会各个阶层，虽然很多故事的确提到了八世纪中叶一些重大的社会事件和公众人物，但是那些记载一般只是偶然的细节。戴孚的主要兴趣几乎总是在一个更宽的时间范围内，这正是我们现在需要给予界定的。

　　历史学家有时候用地理学上的"层""分层"来比喻、描述传统社会，有时候通过在时间点上设置一些标志或特征来划分历史阶段。我会避免这两种做法，因为它们显示出一种静态的凝固建构，忽视了社会在历史发展过程中所具有的那些复杂的动态运动。在这里，我们将把中国社会，尤其是中国的宗教文化，看作一个以不同速度同时演进着的综合体。把它比喻成水流运动最恰当不过了，它运动的形态是：深处缓慢流动，表面急速流淌，充斥着无规律的潮流与区域性的水涡。然而，这个比喻虽然很有启发性，却很难有效地使用。因此，我采用了一个更简单的方案，这是借用费尔南·布罗代尔（Fernand Braudel）关于历史变化有三个层面的著名观点：首先，"一种历史的过程几乎是难以察觉的……它的所有变化都是缓慢的"；其次，"另一种历史……它有缓慢的但能够察觉到的运动节奏"；最后一种是"事件的历史……有简单的、快速的、紧张的起伏"。㊲ 当然，布罗代尔学说是为涵盖人类在具体环境中所进行的所有活动而设定的。我在这里的研究方案要更为特殊、更为具体。很显然，中国中古宗教文化——其母体社会的规模、地理范围、历史发展程度，及其受到的多种文化的影响，对于单独一部书来说，仍然是一个难以支撑的题目。但是，把《广异记》作为一个焦点，至少能让我们在更加人性化的尺度上展开研究。当然，这并不意味着我们要研究三百多则故事中每一则故事的特征，而是在其中选取那些内蕴丰富、值得我们关注的范例。

66　　我们可以将每个故事视为历史在运动的过程中截取出的一张图像——就像一张照片或电影胶片一样。如果几种不同的历史以不同的速度共同在一个时代中运动发展，那么截取一个暂停的时刻，每一幅图像、照片或者定格的画框都将显示出这几种不同的历史的运动迹象。因此，我们的研究必须由发现每种不同层面的历史景观开始。

　　首先是觉察不到变化的历史。在第一章中，高延对"小说"文献的评论已经展现了一个有用的出发点："在万物有灵论上，即使是最细微的变化与进步我们也难以追溯……中国社会在整体上一直就是这样的。"㊳作为对中国社会一般性的论述，我们认为这

㊲ 关于这里引用与讨论的内容，见费尔南·布罗代尔《菲力普二世时代的地中海和地中海世界》(*The Mediterranean and the Mediterranean World in the Age of Philip II*)，莎恩·雷诺兹(Siân Reynolds)译，伦敦，1972 年，"初版前言"，第 20—21 页。布罗代尔在后期才由水体流动联想到这个比喻，用它描述他的"长时段"(la longue durée)概念，见《法国的特性》(*L'identité de la France*)，巴黎，1986 年，卷 3，第 431 页；《法国的特性》(*The Identity of France*) 卷 2，《民族与生产》(*People and Production*)，莎恩·雷诺兹译，伦敦，1990 年，第 678—679 页。

㊳ 见第一章注释 32。这几页的讨论参考了高延的重要著作《中国的宗教系统》卷 6，莱顿，第 1892—1910 页。

种观点是有局限性的，且容易引起误解。但这些看法关键的一点在于它们都源自高延在研究中所采用的假设与方法。因为他在中国人生活中选择的那些调查对象从远古时代一直延续到当前可见的社会，其中包括中国人对待死亡的特定态度、关于人类灵魂的观点以及许多驱魔避邪的仪式。通过这些内容，我们可以对中国宗教文化中布罗代尔所说"长时段"（la longue durée）历史有比较清楚的初步认识。

在中国传统社会，一个家庭成员从咽气直至葬礼结束要有一系列仪式程序，虽然复杂，但经历的几个阶段可以分清。其中包括葬礼举行程序、等级严明的服丧制度、死者与在世者所确定的新关系等。如果我们用历史学家的眼光看待这一切，我们将发现如此古老而稳定的制度是如何经受住时间的冲蚀延续下来的。在实施过程中，这些风俗礼仪呈现出丰富的细节变化，这不仅体现在不同时代上，而且更明显地表现在不同空间上，它们跨越现代中国的版图，表现出极大的多样性。不过从背景关系看，它们仍然承袭着古代儒家经典关于丧礼的规定。这是高延特别感兴趣的，他认为中国社会通过受教育阶层的传承已成功地保存了古代葬仪法规。当然，其他的方法也可以解释这些风俗礼仪与古代文本保持的活性联系：它们本身就反映了潜在而持久的社会行为模式。㊴ 无论我们认同哪一种观点，有一点是不容置疑的：尽管中国社会对待死者的方式多种多样，但其核心存在着一种中心模式，它融合了在它周围存在的各种地方性特征。有时候这一行为的核心内容被看成汉民族所特有的行为标志——当其他民族不

㊴ 见下文第七章第 165 页与注释 33。

断汇入汉人聚居地后，他们就采用了汉人所特有的社会习俗。⑩
我们将会看到，《广异记》中呈现的中古时期的葬礼场景同中国现
代考古工作者观察到的类似葬仪之间彼此融通，研究《广异记》的
学者更感兴趣的就是解释书中体现出来的这种相通之处为什么
如此显而易见。⑪ 这种相通作为一种例子表明：我们可能会看到
其他与死亡相关的仪式也同样地延续到此后很长一段时间。⑫

　　高延也对上面描述的"看不见的世界"——即人与亡灵以及
周边环境里出现的神灵的复杂关系——作了具体的研究。他研
究那些以调节和操控这种关系为本业的巫师、召魂师、术士、神媒
等人的职业活动。他在这一研究中所涉及的参考文献的范围从
古代一直延伸到现代，而且这些文献记录都以他在十九世纪进行
的田野调查作为支撑。现在又过去一百多年了，这样的活动在今
天的中国乡村依然可见，现代研究者仍然要回到那里调查这些事
情。驱邪召魂等巫术在中国深层次的社会体验中仍然存在着，这
是现代研究者的共识。⑬ 高延发现《广异记》为他研究人们与另
一个世界的关系提供了丰富的资料来源，因为这部书轻而易举地
集合了探索这一关系所需要的大量历史文献，其中的原因也不难

---

⑩ 这些观点在华琛（James L. Watson）和罗友枝（Evelyn S. Rawski）合编的论文集中
有过探讨，见《晚清与现代中国的葬仪》（*Death Ritual in Late Imperial and
Modern China*），伯克利、洛杉矶，1988 年；特别是华琛的介绍性文章《中国人的葬
礼仪式：基本形式、礼仪程序与实施要则》（"The Structure of Chinese Funerary
Rites: Elementary Forms, Ritual Sequence, and the Primacy of Performance"），第
3—19 页，以及罗友枝的《中国人葬礼的史学化考察》（"A Historian's Approach to
Chinese Death Ritual"），第 20—34 页。

⑪ 这将在下文第六章中研究，特别是第 144—146 页及注释 19—22。

⑫ 见第七章第 165—166 页关于冥婚的注解。

⑬ 龙彼得（Piet van der Loon）认为中国的巫术要比有组织的道教和佛教古老得多，见
《中国舞台的仪式起源》（"Les Origines Rituelles du Théâtre Chinois"），《亚洲学报》
（*Journal Asiatique*），1977 年，第 141—168 页。

想见。编者戴孚与序言作者顾况两人都对同一主题材料感兴趣，并在某些问题上持相同态度。对他们来说，神灵的活动与生物的变异是人类社会的永恒现象，他们显然觉得有必要记录它们何时发生，如何发生，以及如何控制它们。

　　用这种方法来探讨中国的宗教活动确实为我们的历史研究指明了道路，但是也产生了长远的影响，其中的一项内容就是延续下来的古老的血祭制度。这并不是说它曾经被否认作为中国 *68* 典仪中的一项基本的持久的制度，而是说历史学家只是在研究他们感兴趣的其他制度的背景时才暗示它的存在。人们更多的是研究那些更"高级"的宗教制度和仪式，这些制度和仪式的出现时间相对较晚，并且往往以改善或超越"血食"的祭祀方式来界定自己，[44]以此显示自己的优越性，而把血祭这种"低级"的习俗蔑称为"淫祀"。然而，这种话语与这种优越感恰恰表明血食习俗在中国社会始终根深蒂固，我们仍然能够从今天的宗教活动中观察到这一现象。通读《广异记》，我们没有发现它把供祭问题作为主要的兴趣点加以记叙，然而这种沉默本身就暗示祭祀活动在中国人的生活中是多么普遍。《广异记》把这种习俗看得如此理所当然，不言自明，一些附带的记载就可以使我们判定它们是如何普通、如何不可或缺（**80、86、104、105、111、139、219**）。虽然只有很少一部分故事提及供祭活动中酒、干肉、熟食与标准的牺牲供品摆在一起的情形，但这也足以显示供祭不同的操作方式。这种情形显示，围绕着一个中心化的"长时段"的社会现象，这种习俗本身又出现了一种复杂的变化，辨识这种长期存在的社会现象需要我们

---

[44] 石泰安（R. A. Stein）对这一主题作了系列研究，文收《法兰西学院年鉴》（*Annuaire du Collège de France*）第 69 辑，第 71—73 页。

在特定时空关系中来认识它们多变的复杂性。

我们需要超越高延研究结论中的历史不变的看法，以发现在历史发展过程中有规则的历史运动。戴孚的这部书特别适合这一点，虽然《广异记》现存本子不完整，但它所涉及的历史时代是明确的。我通过考证所确定的时间段的下限是 780 年，大部分故事集中在玄宗（712—755 年在位）、肃宗（756—762 年在位）、代宗（762—779 年在位）时期。另外，小部分是初唐时期的资料，极少部分来自更早的时期。⑤ 这样界定的时段大体符合戴孚的生活时代，因此，这部书体现了戴孚一生的观察体验，而这些观察体验与中国世俗社会的运动变化密切相关。

⁶⁹ 戴孚活跃的八世纪中间的五十年恰好也是中国社会制度发生根本变化的时期。长期以来历史学家就此已达成共识，认为变化涉及权力结构、行政管理、经济与法律事务、土地法令、人口流动、货币流通、贸易、都市发展等等方面——在八世纪，这些方面都在发生变化，我们也将把这一时期作为中国历史的主要参照点。⑥ 在此期间，宗教文化领域也发生了重大变化。⑦ 在这一章中，正在进行的更重大的历史变动已通过几个小小的迹象显现出来：比如在鬼神等级中，太山府君原是一个地方性的从属角色，后

---

⑤ 见杜德桥《〈广异记〉初探》第 401 页的具体推算。虽然在具体细节上稍有不同，但内山知也在《中唐初期小说》第 535—536 页提出了可供比较的年代考证。方诗铭在校点《广异记》时倾向于将这部分内容作为唐以后材料来处理，他认为伪造者将之归入《广异记》，我们不一定接受这一观点。见附录评注。

⑥ 崔瑞德《剑桥中国史》（The Cambridge History of China）中有两个部分对此有概述，见《剑桥中国史》卷 3《隋唐史（589—906 年）》（Sui and T'ang China，589—906）上卷，剑桥，1979 年，总编辑序，第 8—31 页。

⑦ 最近的研究著作涉及这一主题的有伊沛霞（Patricia Buckley Ebrey）、彼得·格里高瑞（Peter N. Gregory）合编《唐宋时期中国的宗教与社会》（Religion and Society in T'ang and Sung China），火奴鲁鲁，1993 年。编者在开头一章纵览了"宗教的与历史的背景"（"The Religious and Historical Landscape"）。

来他成为封有王爵的国家祭祀对象；[48]另外，《广异记》中，在地狱掌管地方司法审判而没有名字的"王"，在这个时期发展为十人，各自都有名号，而且这些名字在汉族文化区内家喻户晓。[49] 在更重大的历史进程中，这些事情仅仅是一些细枝末节。以最近的研究观点看，在此演进进程中，一些地方性或者说区域性的信仰已超出了由古代沿传下来的特定的地域范围，而作为一种国家制度的新身份出现，并且经常得到朝廷的官方认可。[50]

在每一事例中，我们都可以将《广异记》所描述的内容与那些正在变化的制度的更早的更保守的一部分联系起来。《广异记》中的阴间权限版图与权力分配似乎与中国政治地理有关，我甚至认为这是对隋代以前国家处于分裂状态的一个回应。[51] 然而，如果对《广异记》的某些故事作更切近的考察，我们则会发现书中透露了之后将要发生的变化的一些迹象。本书第五章研究了其中一例（**73**）：一位刺史在一个我们现在可以称之为"转化"的时刻被鬼魂缠上。在很多方面，这个故事的展开符合一个古老而成熟的叙事模式：一个已死的军事英雄以鬼魂的形态再次出现，安阳的相州官员受其侵扰，有的莫名死去；刺史为他建造了一座祠庙来 *70* 纪念他，而且还保持着定期的血祭；然后，他就保护并支持这位刺史。作为历史学家，我们可以这样认为：这位刺史面对的是一个

---

[48] 见上文注释 8，参看泽田瑞穗《地狱变》，第 45—48 页。

[49] 见上文注释 7。

[50] 芮乐伟·韩森(Valerie Hansen)研究了宋代地方神祇得到的君王册封的头衔与地方性祭祀地位上升的情况，见《变迁之神：南宋时期的民间信仰》(*Changing Gods in Medieval China*, 1127—1276)，普林斯顿，1990 年，第 79—104、128—159 页。祁泰履(Terry Kleeman)在《文昌祭祀的扩展》("The Expansion of the Wen-ch'ang Cult")一文中研究了一个特殊的事例，文收伊沛霞、格里高瑞合编《唐宋时期中国的宗教与社会》第 2 章，第 45—73 页。

[51] 见上文第 58 页注释 22。

极度恐惧并信仰那些已故英雄的群体，他们的恐惧和信仰由来已久，至今犹然。这种情景我们也可以在南北朝时期中国不同地区的祭仪中看到。然而，在安阳，对这个问题的解决方式预示着一种更现代的设置——城隍，城隍信仰诞生于九世纪与十世纪期间的唐代地方城镇。[52] 这个已死的英雄因为受到当地祠庙的供奉，作为回报他又维持当地事务，虽然他的这种新角色看上去像是城隍神，但故事 73 并没有使用"城隍"这个词，可这个词在《广异记》其他地方（77）出现了一次——这足以使人确信新的信仰形式已经出现在戴孚的视野中了。

在另一篇论文中，我已经讨论了《广异记》中的其他一些信仰，它们总是在地方官员与道教领袖之间的紧张对立中出现，[53] 这种情况在当时时代有它的自身意义。关于道教与佛教在中国唐代与唐代以前的几个世纪的传播，有很多事情值得研究。那些大的流派的教义与经文的传播是通过寺观进行的，这些内容已有深入研究。然而，我们却不能在《广异记》中看到对这些事情的直接反映。相反，我们看到的是一个世俗的社会，它沿用并反映着几个世纪以来那些从"高级"传统中吸收来的东西，最容易见到的是祭仪神话和私人性与职业性并存的仪式活动。

故事 2 中的道士仆仆先生在光州刺史面前声称道教传说中的那些经典人物都曾师从于他：

> 麻姑、蔡经、王方平、孔申、二茅之属，问道于余，余说之

---

[52] 姜士彬（David Johnson）《唐宋时期中国的城隍祭仪》（"The City-God Cults of T'ang and Sung China"），《哈佛亚洲研究学报》第 45 期，1985 年，第 363—457 页。比较下文第五章第 136 页以及注释 71—76 中的参考文献。

[53] 杜德桥《唐传奇与唐代祭仪：八世纪的一些案例》，《第二届国际汉学会议论文集·文学组》，台湾"中央研究院"，南岗，1990 年，第 335—352 页。

　　未毕，故止，非他也。

这个故事无可否认地包含了一个内部故事，它要求这些名字[54] 必 ⁷¹须在一般人的耳朵里引起反响。故事反映的是中国社会的一种情况：当时，以茅氏兄弟命名的茅山，以及向来以其为中心的道教上清教，已在中国社会主流意识中确立了自身的地位。[55] 故事 **12**与此很相似，它展示了七世纪上清教的师承关系：潘师正（585—682 年），第十一代上清教主，在嵩山退隐后，将他从陶弘景（456—536 年）那里继承的衣钵传给了他的弟子司马承祯（647—735 年）。[56] 戴孚的这个故事实际上记录得不完整，[57]但是，他对上清教师承的叙述是与他对嵩山地形的关注结合在一起的，这一点显示这个故事是地方性记录，它用自己的方式模糊地追忆一个世纪之前的道家先师。[58] 这样的故事甚至比官方传承的正统经

---

[54] 在 146—167 年这个时期，麻姑与王远（字方平）在蔡经家中显身，见《神仙传》《太平广记》卷 7，第 46—47 页和卷 60，第 369—370 页。"三茅"指茅盈和他的两个弟弟，他们在公元前二世纪在此出现，后来被尊为上清教创始者，作为上清教派著名中心的茅山后来是以他们的名字命名的。见沙畹《泰山》，第 143—144 页注释 1。材料中的孔申无考。

[55] 在中国宗教史上，上清教在唐代及唐代以后日益突出，司马虚追述了它的发展历史，文见《茅山道教：降经纪年》，巴黎，1981 年，第 28 页及以后。

[56] 关于潘师正与司马承祯的传记，见陈国符《道藏源流考》，第 50—59 页。关于教主传承的传统，见《茅山志》卷 10、卷 11，特别是卷 10，第 13 页 a 和卷 11，第 1 页 a—3 页 b；《旧唐书》卷 192，第 5126—5127 页。至于它们与嵩山的关系，见佛尔（Bernard Faure）《遗迹与肉体：禅宗圣地的创建》（"Relics and Flesh Bodies：The Creation of Ch'an Pilgrimage Sites"），文收韩书瑞（Susan Naquin）、于君方合编《中国的朝圣者与圣地》（*Pilgrims and Sacred Sites in China*），伯克利、洛杉矶，1992 年，第 155 页。

[57] 潘师正的名字被讹传为法正，他死亡的时间（684 年）也被移到了开元时代（713—741 年）。陶弘景在另一个世界的职务是蓬莱水道督察（《茅山志》卷 10，第 13 页 a），这里变成嵩山老君了。这个称号他用了一百年，这与他同潘师正卒年之间的时间偏差没有关系，这个时间差对错难定。

[58] 在这则故事中，这座朝廷主持的嵩山寺观甚至使用"嵩阳观"的名字，而这个名字早在 667 年高宗赐名"奉天宫"后就不用了。见王适在 699 年为潘师正所作的铭文，文收《金石萃编》卷 62，第 29 页 a。

典记载更能有力地揭示世俗社会对道家先圣的看法。

对于祭仪问题，我们可以得到相同的看法，其中的一些重要问题有待进一步研究。正像施舟人（Kristofer Schipper）在 1981 年大胆提出的那样，在唐代，仪式同样也处于转变时期。他认为72 这一时期的后期，很多地方性节庆仪式开始与道家法师的仪式融合，他把这种现象看作地方社会结构新兴力量出现的证明，并且认为这一转变过程将更大范围地持续下去，甚至在将来达到普遍化的程度。[59] 他的这一观点当然值得进一步研究。但有一点不容置疑，道士，或者说自称与早期道教天师一脉相承的祭司，在经历一段时间后，确立了他们作为地方宗教最初的祭仪法师的地位。这是如何出现的，什么时间出现的呢？《广异记》也许不能提供很多有用的证据来显示世俗社会的那些公共仪式的演化过程，然而，它的确显示：仪式术士使用纸符并召唤神灵来帮助他们，[60] 以此服务于当时人们的世俗性需求。尽管神学研究者拒绝承认，但几个世纪以来，人们一直认为这些活动属于道教仪式。[61] 对于《广异记》故事中的社会群体而言，这些活动都是他们所熟悉的，可以参与的。

中国中原地区像西藏及后来的日本一样，经过了很长一段时

---

[59] 施舟人《道教仪式与唐代地方祭仪》（"Taoist Ritual and Local Cults of the T'ang Dynasty"），《国际汉学会议论文集·民俗与文化组》，台北，1981 年，第 101—115 页，特别是第 113—115 页。

[60] 使用"符"的例子，见 **54、68、69、71、76、78、115、265、268、271、274、299**。关于祭仪召神的，见 **65、67、261**（最后一个也用了"符"）。

[61] 葛洪提到了召唤神灵的仪式，见《抱朴子内篇校释》卷 2，第 20 页。他提及的与"符"有关的材料，胡孚琛作了整理研究，见《魏晋神仙道教：〈抱朴子内篇〉研究》，北京，1989 年，第 167—169 页。九世纪道教学者、诗人施肩吾把召唤神灵视为"道中之法事"，但把它与真正道教文化中的神区别开来，见《养生辩疑诀》，第 2 页 b（《道藏》：《道藏子目引得》852 号）。

期吸收来自印度的密宗典仪活动与玄奥教义,并在八世纪达到顶峰。⑫ 研究这一过程最丰富的材料大部分保存在唐代汉文佛典中,很多也见于日本后期真言宗寺庙里的仪式活动。对中国来说,这种仪式的传播似乎是分阶段进行的。咒语就是我们所说的真言,或者更严格的说是"神咒"(dhāraṇī),在唐代以前,它们已经开始使用。⑬ 然而,直到八世纪,密宗在中国达到了完全成熟之后,才出现了专门的仪式与冥想技巧,以之召唤密宗宇宙里的神,并使他们服从仪式主持者的指令。这是一项技术性的活动,花费甚巨,要有秘密文本与高素质的翻译人员,因此只有帝王与上层官员才能够承办得起。然而,司马虚(Strickmann)指出,从长远来看,密宗的这些活动在中国最低微的阶层中也能见到,如我们今天看到的在庆祝仪式上放焰口,中国人葬礼上的施食,农历七月盂兰盆节(Avalambana)的庆祝活动等。⑭ 通过以上论述,我们又发现了一种在一千多年的历史时期内不断扩大、不断渗透的宗教运动,而《广异记》的时间段恰恰又与这一运动的初始变化时期吻合。因此,《广异记》为我们研究这种变化在世俗社会所留下的证据提供了一个难得的机会。

新近研究已证明,在中唐时期,道教与密宗仪式相混合的复杂情况已经出现。纸符的使用、咒语的发出、神灵的召唤,所有这

---

⑫ 本段要深深感激司马虚没有付梓的著作《密咒与官话:中国的密宗》(*Mantras et Mandarins:Le Bouddhisme Tantrique en Chine*),他很慷慨地让笔者看了此书的打印稿。让笔者感到庆幸的是,在他 1994 年突然去世之前,他还阅读并评论了本章的初稿。(此书后于 1996 年出版。——译者)

⑬ 司马虚在《密咒与官话》第 1 章"咒语与末世论"("Incantations et Eschatologie")中讨论了那些咒语的特殊意义。关于以后中国社会使用的咒语,见泽田瑞穗《宋代的神咒信仰——以〈夷坚志〉为中心的小说研究》,文收《中国的咒法》,东京,1992 年,第 457—496 页。

⑭ 杜德桥《妙善传说》(*The Legend of Miaoshan*),伦敦,1978 年,第 94—96 页。

些都可看作这两个古老宗教传统融合的交接点。有时候支配性影响看起来是在道教一边的，而有时候又是在佛教一边的。⑥《广异记》作为一个窗口让我们瞥见世俗生活中的这种发展是如何具体操作的。我们发现故事中的一些世俗人既用密宗的（**38、40、98、159**）又用非密宗的（**54、67、241**）咒语来保护自己并给自己增加法力，最有趣的是故事 **146**：

146　　　天宝末，长安有马二娘者，善于考召。兖州刺史苏诜，与马氏相善。初，诜欲为子莱求婚卢氏，谓马氏曰："我唯有一子，为其婚娶，实要婉淑。卢氏三女，未知谁佳，幸为致之，一令其母自阅视也。"马氏乃于佛堂中，结坛考召。须臾，三女魂悉至。莱母亲自看，马云："大者非不佳，不如次者，必当为刺史妇。"苏乃娶次女。天宝末，莱至永宁令，死于禄山之难，其家惩马氏失言。洎二京收复，有诏赠莱怀州刺史焉。

这个看似简单的故事集中了一些重要的特征：使用女祝（专门从事这一职业的人士，但不是宗教性人员），在佛像前结坛考召（可能是一个家庭神龛），召唤活人的灵魂。但不知为什么，故事没有提到考召仪式本身的中心人物——中介者，魂灵需要附在这个中介身上才能出现。如果马二娘利用鬼魂附体来行事，比如专门挑选一个小孩作为中介，就像司马虚研究过的祭仪典籍中所说的那样，⑥那么，这个故事或许可以证明佛教密宗仪式已进入了中国

---

⑥ 萧登福的两部著作涉及这些内容，见《道教星斗符印与佛教密宗》，台北，1993 年；《道教与密宗》，台北，1993 年。司马虚在《密咒与官话》中也作了具体研究。也可与胡孚琛《魏晋神仙道教》，第 169—170 页作比较。

⑥ 见司马虚《密咒与官话》第 4 章"驱魔与表演"（"Exorcisme et Spectacle"）。特别要比较《宋高僧传》卷 1，第 711 页 c 开头引用的文殊菩萨（Vajrabodhi）故事。萧登福提供了进一步的证据，见《道教与密宗》第 2 章，第 139 页及以后。

的世俗生活。但是，不管怎样，这个事例最显著的意义在于展示在中唐这一特定时代的公众生活中，各种古老而又强大的社会文化是如何汇聚到一起的。只有当我们采用一种动态变化的视角来观照历史时，这个故事才会具有这种意义。

按照这种视角观察的最后一个例子是中国佛教的另一个分支——禅宗。从五世纪七十年代菩提达摩来到中国开始，关于禅宗祖师传承的传说就是个复杂的话题。那些传说在八世纪定型，这正是戴孚生活的时代。[67] 然而，关于这方面的传说起初只是在禅宗僧徒中流传，九世纪以后，这些故事才为世人所知。因此，我们可以带着这样的兴趣来审视《广异记》，看看这部在禅宗传奇的黄金时代编辑的著作是否已经意识到那些传说故事。结果，我们发现本书对禅宗中的一些重要人物保持了沉默，这一点并不意外。但是，它对洛阳附近的嵩山也保持沉默，这却让人感到吃惊。嵩山山系是菩提达摩经典传说的中心区，并与后来的禅宗坛主有着长期的关系，[68]《广异记》时常对其给予关注：书中有些材料提到了朝廷主持的少姨祠（**83、115**），[69]有些提到了与这座山有关的道教中的凡人和神仙（**12、74、115、270**）；但是，没有一个故事提到七到八世纪禅宗大师对嵩山的征服——那些我们可以在这些高僧的传记中看到的记载。[70] 这似乎可以表明，《广异记》反映出来的唐代社会与刚来中国的禅宗并无明显的联系——这一教派在

---

[67] 关于八世纪禅的深入研究，见菲利普·扬波斯基（Phillip B. Yampolsky）《六祖坛经》（*The Platform Sutra of the Sixth Patriarch*），纽约、伦敦，1967 年，第 1—121 页；马克瑞（John R. McRae）《北宗与早期禅宗的形成》（*The Northern School and the Formation of Early Ch'an Buddhism*），火奴鲁鲁，1986 年，第 1—97 页。

[68] 佛尔《遗迹与肉体》，第 156—157 页。

[69] 祠庙在少室山上，少室山是嵩山山系中较小的一座山。

[70] 佛尔《遗迹与肉体》，第 159 页及以后，转引了《宋高僧传》卷 18，第 823 页 b 和卷 19，第 828 页 b—c 的内容。

75 嵩山的时间还不够长，还没有在公众意识中扎根。从这一点看，《广异记》再一次代表了一种保守的后瞻式的观点，它揭示了在新的发展还不甚显著之际宗教文化那种缓慢变化的特性。

但是，对这一点还须更谨慎地对待，因为《广异记》中有一个故事确实提到了一位无名的禅宗大师，他善于驯服野兽，住在山中一所寺院里。故事232讲述了他如何帮助一个人摆脱了虎怪的控制。禅宗典籍中确实有禅宗大师制服野兽的故事，⑦但《广异记》的这个故事发生在中国禅宗史的早期，而且是独立于禅宗典籍之外的单独记载，因此，这个问题具有了特殊的历史意义。考虑到这一点，我们需要建构一个更审慎的结论，这个故事实际上就是上面所说的城隍故事的一个回应：《广异记》编纂于宗教文化中一些新的特征刚刚萌芽的时期，在《广异记》出现之后，关于这些宗教在全国普及的记载才大量出现；同时，这也是一个转型时期，这些宗教的一些迹象还不清晰，并且有时还表现出不同的指向。这就是变化缓慢的但又能感觉到的历史运动层面，而上述内容就是它的特征表现。

最后，我们再看"事件的历史"。戴孚这一代人生活的时代是中国历史上最壮观也最动荡的时期之一。当他们出生时，人们对女皇武则天浓墨重彩的统治还记忆犹新（**67、89、126、210、212、252、258**），她的儿子唐中宗在一次宫廷事变中又恢复了李唐王室的统治（**67、174、258**）。他们的青年时代是在繁荣安定的玄宗统治前期度过的，这一时代因文化的辉煌而著名。但是，到八世纪五十年代，随着玄宗政权的削弱和随之而来的安禄山叛乱（755—757年），大唐帝国因战乱而衰退，元气大伤，这一切使得他们这

---

⑦ 同上书，第158—159页。

代人的壮年时期颜色黯淡。这场叛乱使戴孚不得不到京城之外的苏州参加进士考试,而他的仕宦生涯也在随后王权衰落的几十年风雨中沉浮。戴孚还直接地或间接地经历了八世纪六十年代的袁晁之乱,这是一次发生在东部沿海地区的小规模地方叛乱。[72] 他在东部沿海地区生活了相当长的时间,在年轻有为的唐德宗的统治下,他看到了统治秩序的新前景,同时也看到了新的地方性叛乱的威胁(八世纪八十年代)。

在这段时期,唐王朝在宗教政策上有着激烈的摇摆。在他们评判与改进国家祭祀制度的同时,[73]唐代帝王与已确立的两大国教——道教与佛教——保持着微妙多变的权力关系。[74] 一些皇帝,如武后,因佛教预言证实了她称帝的合法性,就大力兴佛;其他一些君王则将道士或者密宗术士大量引入宫廷;而玄宗是把这两种人员都纳入宫中。他们的政策可能是为了肃清民间淫祀,或者是对宗教人口进行有力的控制。

《广异记》对那些重大又短暂的社会事件有一些回应,但是本书的目的并不是详细地评述它们,这些事件是作为故事背景自然出现的,由此,处理它们最合适的办法就是按照戴孚描写的那样,把它们设定为研究其他问题的背景。在下面的第四章,我们将研究玄宗时代一些与特定寺庙及神灵有关的法令政策。在第六章中,有对 762—763 年中国东南部袁晁叛乱的讨论。以下的内容是本章的最后一部分,我们将研究那些重大历史事件在现实中是如何与具有"长时段"意义的材料纠缠在一起的,要讨论的两件事

---

[72] 见下文第六章。

[73] 关于这一点,见麦大维《唐代中国的国家与学者》,剑桥,1988 年,第 113—158 页。

[74] 这一方面论述,见斯坦利·威斯坦因(Stanley Weinstein)《唐代佛教》(*Buddhism under the T'ang*),剑桥,1987 年。

都与五台山和雁门山的宗教社群有关系:

13　　唐开元中,代州都督以五台多客僧,恐妖伪事起,非有住持者悉逐之。客僧惧逐,多权窜山谷。有法朗者,深入雁门山,幽涧之中有石洞,容人出入。朗多赍干粮,欲住此山。遂寻洞入,数百步渐阔,至平地,涉流水渡一岸,日月甚明。更行二里,至草屋中,有妇人,并衣草叶,容色端丽,见僧惧愕,问云:"汝乃何人?"僧曰:"我人也。"妇人笑云:"宁有人形骸如此?"僧曰:"我事佛,佛须摈落形骸,故尔。"因问:"佛是何者?"僧具言之。相顾笑曰:"语甚有理。"复问:"宗旨如何?"僧为讲《金刚经》,称善数四。僧因问:"此处是何世界?"妇人云:"我自秦人,随蒙恬筑长城。恬多使妇人,我等不胜其弊,逃窜至此。初食草根,得以不死。此来亦不知年岁,不复至人间。"遂留僧,以草根哺之,涩不可食。僧住此四十余日,暂辞,出人间求食。及至代州,备粮更去,则迷不知其所矣。

这是发生在开元时期(713—741年)的事情,地点是山西省的五台山地区。在整个中世纪,这座山因作为文殊菩萨的道场而闻名。[75] 故事也涉及附近雁门山地区,这里的一个具有历史意义的关隘雁门关把中国南北两大地区联结起来,南边有中国的都城,北边则是非汉族居住区。

这个故事同时出现了几个主题,其中最显而易见的是"世外桃源",这一部分内容明显回应了陶渊明的寓言化散文《桃花源记》。[76]

[75] 欧阳瑞(Raoul Birnbaum)《文殊神话研究》(*Studies on the Mysteries of Mañjuśrī*),波尔得:中国宗教研究学会专题论文2(Society for the Study of Chinese Religions, Monograph 2),1983年。

[76] 戴维斯(A. R. Davis)《陶渊明(365—427年):他的著作及其意义》[*T'ao Yüan-ming (AD 365—427): His Works and Their Meaning*],剑桥,1983年,卷1,第195—201页。

当然,两者之间也有很大不同。在陶渊明散文中,冒险的渔人发现了一群与世隔绝的遗民,他们在秦始皇暴政时期逃难来到这里。他们生活在一个繁荣的农耕社会里,没有时代观念,犹如天堂一般。这与故事 13 中僧人法朗发现的那个更为专业化的社会形成鲜明的对比。然而,在两个事例中,避世者都对造访者表现出相似的好客与好奇;还有一处相似就是,当造访者离开这个世界回到外边的世界时,他是永久性地离开,没有人能够再找到回去的路。

陶渊明的名篇及其历史性和寓言化的阐释一直受到学者的密切关注,但它只是早期与此内容有关的诸多文献中的一种,这些文献都记录了或反映了一个与中国主流社会隔绝的边远地区。⑦ 故事 13 必然发生在这样一个更为宽广的背景中,如此,它的这种传统特质才能得到全景式的展现。

有证据表明,五台山很早就有自己的传说,它们是上面这则故事背后的基础。六世纪的《水经注》中有一段记载:在 309 年,即西晋的最后一年,五百户人家逃到雁门山躲避战乱。到了那里,一个山里人给他们引路,于是,他们就在山野之中定居下来,没有人能够找到他们的居所,因此当时的人把他们居住的地方当作"神都"。⑧ 与故事 13 一样,这个故事也是社会历史与宗教传说的怪诞结合。309 年处于一段敏感历史阶段的前期,在这一时期,非汉族部落大批进入中国北部地区,并在那里建立了一些小

⑦ 其概述见戴维斯《陶渊明》卷 2,第 140—143 页。也见柏夷（Stephen R. Bokenkamp）《桃花源和洞穴通道》（"The Peach Flower Font and the Grotto Passage"）,《美国东方学会杂志》（*Journal of the American Oriental Society*）第 106 期,1986 年,第 65—77 页。

⑧ 《太平御览》卷 45,第 3 页 b—4 页 a。参看欧阳瑞《山君的秘厅:五台山的石窟》（"Secret Halls of the Mountain Lords: The Caves of Wu-t'ai shan"）,《远东亚洲丛刊》（*Cahiers d'Extrême-Asie*）第 5 期,1989—1990 年,第 115—140 页、124 页及注释 26。笔者对这一段的解读与欧阳瑞教授稍有不同。

的政权。而山西省北部大部分地区正是匈奴人聚居的地方,并且在 316 年他们在这里建立了前赵。在雁门关附近居住的汉族人,可能被迫到山间隐匿起来,勉强建立起一套农耕社会制度。在深山中,他们面临的问题一定是怎样再现《桃花源记》中那种"有良田美池桑竹之属"的理想化景象,这是汉族农民最憧憬的大同社会。或者是,如何与恶劣的气候条件和生态现状妥协,进而学会采集野生植物来维持生存。貌美的女人欢迎来此探险的法朗把这一情形戏剧化了,她们声称自己是汉人,用秦始皇以及修建长城来解释他们脱离主流社会生活的原因。然而,她们的衣食住用显示他们仍然是山中部落人:她们住着的是小茅草房,穿的是原始的衣服,吃的是树根与草药制成的特殊食物。她们周围好像没有男人,通过这一点,我们可以推断这是一个以狩猎采集为主的部落,男人们因去狩猎而暂时离开部落。这些内容表明,那些妇女体现出与我们在《桃花源记》末尾看到的田园牧歌相反的情形,它表现了汉族与非汉族文化最基本的冲突——食品的制造与食品的消费之间的差异。这些女性表现的是小型土著社会所具有的那些属性,是被汉族农业和集体组织的发展排挤到遥远的大山里面去的社会群体。

但是,还有更多的问题需要注意。这些女人吃的是苦涩的草根,但这些食物可以使她们青春不衰。这个故事简单表述了法朗作为一个游僧的失败经历——他无法适应这个以这类食物为生的社会,即使这种食物具有长生不老的诱惑。尽管所带的干粮使他支撑了几周,但是最后,在对谷物粮食需求的驱使下,他离开了这个地方。因此,与人类生存相关的特殊食物的问题是这个故事中第二个重要的主题内容。二十世纪七十年代,法兰西学院的石泰安（Rolf Stein）对这个问题作了研究，[79]他认为道教徒为脱离以谷物为基础的现实世界，一直寻求能够长生不老的食物，山区的土著人是他们药理学与食品知识的重要资源，而旅行者的干粮与道教徒为了长生不老而采用的特殊食物也是相似的。[80] 按照这个观点，游僧法朗似乎正在对这一类食物进行一次试验，石泰安根据早期的道教文献对这些食物作了研究。他的干粮作为过渡性食物是为适应那些神秘女人的食物而准备的，然而，对谷物食品的需要显然太强烈了，他拒绝了那些难吃的食品，并从那里撤出来，这同时也宣告了他的失败。法朗的离开也是其他"世外桃源"故事的翻版，在这些故事里，旅行者失去了与他们曾经发现的另一个世界或理想社会的联系，永远无法再找到回去的路。

故事 13 不仅仅是一个"山中仙境"或"道徒游历"的故事，它有更多的内容值得关注。它提醒我们：在中国历史上，流民现象一直或多或少地存在着——只是背景不同而已。这个故事的发生源自佛教与朝廷之间的紧张关系：一方是佛教中没有得到认可的游僧，另一方是急于对他们进行注册登记来加以控制的政府权威。在唐代，敏感的五台山地区对这两个问题都有特殊的意义。对佛教徒来说，它是汉族社会最主要的圣地；对朝廷来说，它是北方边界的一部分，为防止突厥侵犯，这里需要建立都督府，而不是普通的州郡。这个故事清楚地说明了地方政府发起严厉的打击游僧行动的原因，他们担心这样一群身份不定的流民可能导致

80

---

⑦⑨《法兰西学院年鉴》刊载了他的一系列演讲报告：《道教的饮食节日》（"Les Fêtes de Cuisine du Taoïsme Religieux"），在第 71 辑，第 431—440 页；《对与道家饮食有关的神话及相关内容的思考》（"Spéculations Mystiques et Thèmes Relatifs aux Cuisines du Taoïsme"），在第 72 辑，第 489—499 页；《与（中国）食物有关的概念》［"Conceptions Relatives à la Nourriture（Chine）"］，在第 73 辑，第 457—463 页。
⑧⑩ 石泰安《对与道家饮食有关的神话及相关内容的思考》，第 497—498 页。

"妖伪事起"。故事本身并没具体说明他们会导致什么样的政治和社会危害，但故事发生的时间暗合了一个更宏观的背景：在开元时期，唐玄宗曾采取一系列抑佛行动。714 年他让成千上万的非法僧徒还俗，从 729 年起，规定凡是寺庙僧侣人员都要接受官方审查。㉛ 故事 **13** 让我们看到唐政府的宏观政策如何在地方上转化成具体行动。它戏剧化地表现了中国社会历史上的另一个重大主题：在汉文化区的边缘，存在着一个与朝廷控制的中心区相对抗的边缘化群体。

这个故事虽然包含了这么多主题，可是它还是不能直接作为一条史料来使用，不能同那些更传统的历史记载相提并论。我们倒可以用考古的眼光来看待它所具有的价值：故事中的一切在某种意义上讲都是唐代社会的产物，承载着与唐代社会有关的诸多信息。其中有些信息是很容易发掘的，根据故事中朝廷在已知历史时期针对北方佛教社群所采取的特殊措施，在"事件的历史"中判断这个故事的背景并不困难。但是，故事接着描述了一段解说自身历史的经历。对于用蒙恬修建长城来陈述自身历史的那个女性群落，我们不知道也不可能知道那个叫法朗的僧人是否真的遇见了。然而，对于这种历史背景的说明，我们可以认定，它是在故事流传过程中，早在流传到戴孚和我们手上之前，就被依附上去了。而故事中提到的秦始皇暴政，很明显是借用了以前早期传说中的相关背景。然而，这个故事也可以看成是对中国历史长期以来经常出现的一些事件的反映———一定历史时期，一些人迫于政治压力或者外族入侵不得不逃逸到山里成为移民。

81　　以上我们结合游僧法朗的经历，对汉族与非汉民族间的碰撞

㉛ 斯坦利·威斯坦因《唐代佛教》，剑桥，1987 年，第 51 页及以后。

与融合作了必要的阐释。这种阐释不是故事自身告诉我们的,而是出自现代人的后见之明。用这种方法讨论故事 **13**,我的分析回应了唐长孺关于陶渊明《桃花源记》的观点,但措辞稍有不同。唐氏认为《桃花源记》反映的是南方边远地区一个难以接近的蛮人部落,他们从汉人统治中分离出来,并且有时会与汉族社会产生暴力对抗。[82] 而故事 **13** 把两个社会体系之间的对立表现得更为鲜明。[83] 这种观点真正涉及了用"长时段"的历史观来透视中国社会的方法,这种分析方法是不可否认的,因为那些对立与紧张关系在今天仍然具有某种意义。

4　　　唐天宝中,有刘清真者,与其徒二十人于寿州作茶,人致一驮为货。至陈留遇贼,或有人导之,令去魏郡。清真等复往,又遇一老僧,导往五台,清真等畏其劳苦。五台寺尚远,因邀清真等还兰若宿。清真等私议,疑老僧是文殊师利菩萨,乃随僧还。行数里,方至兰若,殿宇严净,悉怀敬肃。僧为说法,大启方便,清真等并发心出家,随其住持。积二十余年,僧忽谓清真等曰:"有大魔起,汝辈必罹其患,宜先为之防,不尔,则当败人法事。"因令清真等长跪,僧乃含水遍喷,口诵密法。清真等悉变成石,心甚了悟,而不移动。须臾之间,代州吏卒数十人诣台,有所收捕。至清真所居,但见荒草及石,乃各罢去。日晚,老僧又来,以水噀清真等成人。清真等悟其神灵,知遇菩萨,悉竟精进。后一月余,僧云:"今复将 *82*

---

[82] 唐长孺《读〈桃花源记旁证〉质疑》,文收《魏晋南北朝史论丛续编》,北京,1959 年,第 163—174 页,文中引用《宋书》卷 97,第 2396 页的一段话,来证明这个人类部落具有五世纪中国南方社会的特点。可参看戴维斯《陶渊明》卷 2,第 142 页。

[83] 在《广异记》中,有些故事描述了在遥远的南方地区,汉族农民与南方非汉族部落之间更进一步的交往活动(**225**、**252**)。

魔起，必大索汝，其如之何？吾欲远送汝，汝俱往否？"清真等受教。僧悉令闭目，戒云："第一无窥视，败若大事，但觉至地，即当开目。若至山中，见大树，宜共庇之。树有药出，亦宜哺之。"遂各与药一丸，云："食此便不复饥，但当思惟圣道，为出世津梁也。"言讫作礼，礼毕闭目，冉冉上升，身在虚空，可半日许，足遂至地。开目，见大山林，或遇樵者，问其地号，乃庐山也。行十余里，见大藤树，周回可五六围，翠阴蔽日，清真等喜云："大师所言奇树，必是此也。"各薙草而坐。数日后，树出白菌，鲜丽光泽，恒飘飘而动。众相谓曰："此即大师所云灵药。"采共分食之。中有一人，绐而先食尽，徒侣莫不愠怒，诟责云："违我大师之教。"然业已如是，不能殴击。久之，忽失所在，仰视在树杪安坐，清真等复云："君以吞药，故能升高。"其人竟不下。经七日，通身生绿毛。忽有鹤翱翔其上，因谓十九人云："我诚负汝，然今已得道，将舍汝，谒帝于此天之上。宜各自勉，以成至真耳。"清真等邀其下树执别，仙者不顾，遂乘云上升，久久方灭。清真等失药，因各散还人间。中山张伦亲闻清真等说云然耳。

83

我认为，我们得通过内部故事与外部故事之间的差别来深入了解这则富有传奇色彩的异事。这个故事一处与众不同的地方体现在内部故事涉及二十个人，然而，内外故事的差异仍然存在，因为我们能从他们的经历中分离出一个现实中具体存在的背景。他们是从事茶叶贸易的商人，他们所在的寿州位于现在的安徽省（在唐代属淮南道）。在唐代，寿州确实是一个主要的茶叶生产地。[34] 我们可以在地图上详细追踪出他们的贸易路线：他们沿着

---

[34] 当地特产称为"黄芽"，产自霍山，见《唐国史补》卷 C，第 60 页。

运河向西北走,这条运河联通安徽北部的中心区与开封附近的汴河。他们或许原本是前往洛阳,甚至是去长安。但是,故事中的事件使他们从陈留(汴州东南面的一个县,靠近开封)改道,越过黄河向北到了魏郡(现在的河北省东南),然后他们再往北到了五台山附近,这是代州节度使管辖的区域。令人吃惊的是,故事中,这些地方的名称与故事提及的历史时期是完全吻合的。魏州在天宝时改名为魏郡,这一时期也是故事开始的时代(即 742—756年),后在 758 年恢复原名;同样,代州也在这个时期更名为雁门郡,后来又恢复原名。⑧⑤ 因为故事在天宝年间开始,二十多年后结束,因此,故事发生的时间应在 763—780 年之间,这个时间段正好都稳稳当当地落在《广异记》的时间跨度之内。

在故事最后,刘清真和他的同伴(少了一人)又回到了现实公众的视野中。当他们在二十年后再次出现时,他们把这段经历告诉了一个叫张伦的人,因此,对于这件事,张伦的陈述最为权威。在《广异记》中,这是一个相当典型的叙述,并且是证明故事真实性的方式。当然,作为私人传闻,这个故事所能表达的内容只能如此。对于这件事情,刘清真等人是唯一的目击者,别人无法证实他所说事情的真假,因为对他们来说,所有这些事情都是私人性的。由此,这件事很可能是一堆谎言,是他们编造出来掩饰过去二十年发生的事情,以及一个同伴失踪的原因。刘清真是否真的相信他的私人经历,以我们的观点看,这并不重要,因为他的经历体验都是来自其思想所浸染的社会与宗教文化。用这种观点来研究这个故事是有趣的:故事中出现的事情,如魔战、圣山、延寿、羽化、飞鹤、升天等等,乍看上去,是一种巫术与升天理想的

₈₄

---

⑧⑤《旧唐书》卷 39,第 1493、1483 页。

粗糙结合。但在故事的核心，真正有意义的人物是老和尚。在过去二十几年中，他收刘清真等人为徒，而他们猜测他就是佛教里的文殊菩萨。从这方面看，刘清真等人很像到五台山朝圣的信徒。此事发生后，大约又过了不到一个世纪，日本旅行者圆仁在他的著名日记中也提到同样一种虔诚的信念——任何一个过路人都有可能是文殊菩萨的显化。他写道："入大圣境地之时，见极贱之人，亦不敢作轻蔑之心；若逢驴畜，亦起疑心，恐是文殊化现软。举目所见，皆起文殊所化之想。"[86]

故事中，这位老僧实际上是作为一个法师出现在我们面前的。他通过口吐神水施展法术，这种法术作为一项巫术或魔法，是很古老的，在唐代文献中经常见到，研究中国宗教的人都知道这项具有净化和驱邪作用的普通仪式行为。[87] 法师能够察觉魔鬼的威胁，这也是他们一项固有的本领。在道教传统中，这个能将二十多个信徒变成石头的魔法本身就有很神圣的来源，我们在上清教的一部典籍中可以看到与其有关的记载，说它是在四世纪通过神谕流传的。《上清丹景道精隐地八术经》(《道藏子目引得》1348 号)提到"隐地八术"，这是躲避危险时使用的一种让人隐身或转化变形的法术。[88] 其中有一种是让身体变成土堆，让衣服变

[86] 开成五年五月十六日(840 年 6 月 19 日)，见小野胜年《〈入唐求法巡礼行记〉的研究》卷 2，东京，1966 年，第 461 页(中文原文见[日]圆仁撰，顾承甫、何泉达点校《入唐求法巡礼行记》卷二，上海：上海古籍出版社，1986 年，第 108—109 页——译者)；参看赖世和(Edwin O. Reischauer)《圆仁日记：〈入唐求法巡礼行记〉》(*Ennin's Diary: The Record of a Pilgrimage to China in Search of Law*)，纽约，1955 年，第 225 页。比较小野从其他文献中引用的材料：第 479 页注释 39。

[87] 在公元前二世纪的马王堆汉墓 3 号墓中发现的书中有相关记载，见萧登福《道教与密宗》，台北，1993 年，第 227 页及以后。他讨论了这个仪式在道教与佛教中的地位。

[88] 贺碧来(Isabelle Robinet)《道教史上的上清降经》(*La Révélation du Shangqing dans l'Histoire du Taoïsme*)，巴黎，1984 年，卷 2，第 141—144 页。

成土堆表面的植物："土以自障……则人莫之见也。"[89]这项内容 *85* 在道家是很古老的,可以追溯到道教产生之前。[90] 在这个故事中,我们看到的是一个基础性的原始宗教仪式,在它被吸收到成熟的道教系统之前,它已存在很长时间了。因此,这个故事也提醒我们,中国社会的宗教行为发展得可能是多么缓慢和保守。

刘清真必须藏起来,以躲避老僧所说的"大魔"。我们知道这些"大魔"是什么人,他们是代州官府抓人的捕快。这个故事再一次显示,唐代官方无法控制非法僧侣的人数在五台山地区的膨胀。文中提到了天宝后二十余年,说明这次对佛教的突然性打击是 779 年德宗采取的一项改革政策。德宗结束了在虔诚的肃宗和代宗统治下的二十余年宽松的宗教政策。[91] 779 年 7 月 18 日,他的第一个法令就是禁止建寺院与剃度僧侣。[92] 在故事中,刘清真和他的同伴都承认他们是自愿放弃了他们原来的职业去追随高僧,而且并没有获得官方认可。因此,很明显,他们成为朝廷这次辟佛运动中的目标。

因此可见,故事中所有耸人听闻的异事似乎最终还是已知的历史背景与历史事件的一种表现形态。把这个故事作为历史文献来解读,并不比故事 **13** 容易,我们从中发现它的社会价值与历史价值需要一个复杂的解码过程。然而,中国中世纪文献可能在这方面没有其他记载,因此,这个故事至少提供了一个小小的机会,让我们瞥见那个遥远的时代中普通民众思想中存在的东西。

---

[89]《道藏子目引得》1348 号,卷 B,第 3 页 b、4 页 a。

[90] 贺碧来《道教史上的上清降经》,第 143 页。关于《抱朴子》中提到的遁身术,见胡孚琛《魏晋神仙道教》,第 166—167 页。

[91] 威斯坦因《唐代佛教》,第 57—59、77—92 页。

[92]《旧唐书》卷 12,第 321 页。

我们可以见到仪式活动中一些具有"长时段延续"的迹象，但在宗教教义中，却丝毫看不到正统的影子。朝廷承认的宗教——佛教与道教，在刘清真与他同伴的生活中可能无足轻重，相反，他们的故事让我们想到这样的观点[用欧阳瑞（Raoul Birnbaum）的话说]："中国宗教普遍的模式深深植根于中国文化之中，然而，它又不断地重塑自己，并以各种各样的形式显现出来。"㉝

㉝ 欧阳瑞《山君的秘厅：五台山的石窟》，第 140 页。

第四章 华山的朝山者

华山是中国最有名的山岳之一。旅行者如果到西安去,向西
进入陕西南部时,就会看到它:它矗立在公路与铁路线的南面,挺
拔的群峰与峻峭的山壁从后面连绵群山中耸立出来。

华山自古就是修道者隐居的地方。从相当早的历史记载来
看,华山在很久以前就被当作祭祀对象——这其实要比封建帝王
册封它为五岳中的西岳早得多。① 根据古老的碑铭所载,公元前
四世纪秦晋两国曾争夺过这块圣地的所有权("争其祠"),并在山
的东面修建了防御工事。② 公元前 221 年,秦始皇确立国家祭祀

---

① 关于这些早期历史记载,见顾颉刚《四岳与五岳》,文收《史林杂识初编》,北京,1963
年,第 42—44 页。在这种语境下关于华山的最近讨论,见文青云(Aat Vervoorn)
《西岳华山的文化阶层》("Cultural Strata of Hua Shan, the Holy Peak of the
West"),《华裔学志》(Monumenta Serica)第 39 期,1990—1991 年,第 1—30 页,特
别是第 3—13 页。

② 六世纪郦道元《水经注》引用过《华岳铭》,见《水经注疏》卷 19,第 1665 页。在唐
代,人们把这个题目简短的铭文归于傅玄(217—278 年),引文见《艺文类聚》卷 7,
第 132 页;《初学记》(题目有所不同)卷 5,第 101 页。另一篇题铭是二世纪书法家
张昶所书,题目是《西岳华山堂阙碑铭》,据说此铭在他去世前一年(205 年)刊刻,
见张怀瓘(713—741 年在世)《书论》卷 B,第 17 页 b—18 页 a 的评论。《古文苑》卷
18,第 6 页 ab 的一则材料提供了秦晋事件更加全面的描述:"四海一统,天子秉其
礼;诸侯力政,强国摄其祭。奉其邑曰华阴也久矣。乃纪于《禹贡》而分秦晋之境
奉,鄗晋之西则曰阴晋,边秦之东则曰宁秦。邑既迁徙,礼亦如之。二国力争以祭,
其城险固,基址犹存……"施蛰存在《水经注碑录》卷 4 第 176 页指出,《水经注》中
这段引文与其他地方出现的归于张昶铭文的文字构成紧凑的对仗(《水经注疏》卷
19,第 1657、1662 页),不过在张昶现存的流传著作中见不到一点与此相关(转下页)

87 对象时,华山也列在其中。公元前 110 年,汉武帝拜祭华山。公
元前 61 年,汉宣帝按例祭祀五岳,他把献祭华山的地点选在山北
麓的华阴。③

寺庙与祭仪

早在西汉时,华山就有了寺庙建筑,汉武帝在山上修建了大
量的宫殿庙宇,他认为山中住有神灵,并以此来为宫殿命名。我
们现在可以见到一位时代稍后的汉人桓谭(约公元前 43—公元
28 年)所作的简短描述。桓谭在年轻的时候到过此地,并创作了
一篇赋,题在寺庙的墙上。他在赋中描写了建在华阴的集灵殿:

> 宫在华山下,武帝所造,欲以怀集仙者王乔、赤松子,故
> 名殿为存仙。端门南向山,署曰望仙门。④

由此看出,这些寺庙在那时已矗立在山的北麓。然而,在现在渭
河南面的华阴县东二公里、华山北七公里的地方,也有寺庙建筑
群,这些建筑与上文提到的寺庙关系如何,至今尚不清楚。夏振
英对这块遗址上现存的明清寺庙群作了考察,并提供了其建筑结
构的细节。他还研究了大量关于原始寺庙建成时间的材料,但这

(接上页)的内容。两则引文可能都出自现已失传的傅玄所作的铭文。根据记载,
公元前 332 年,阴晋城由魏人手中转到秦人手中,变成了宁秦,见《史记》卷 5,第
205 页。在现存宫殿群的东面仍然可见这座古城遗址,见夏振英《西岳华山古庙调
查》,《考古学集刊》第 5 集,1987 年,第 194 页。

③《史记》卷 28,第 1371—1372 页;《汉书》卷 6,第 190 页,卷 25B,第 1249 页;《风俗通
义校释》(吴树平校,天津,1980 年)卷 10,第 367 页。

④《山仙赋》,见《艺文类聚》卷 78,第 1338 页中的引用。参看《汉书》卷 28A,第
1543—1544 页,《风俗通义校释》卷 10,第 367 页,《水经注疏》卷 19,第 1657 页,三书
都收录了张昶的铭文。与那些建筑有关的时代稍晚一点的另一则文献,见 165 年的
石碑铭文(下文注释 15 将作介绍),见《汉延熹西岳华山碑考》卷 3,第 1 页 b—2 页 b。

些材料都没有让人信服的历史学依据。于是,他又从地层学角度寻找更可靠的证据,发现了在地下一米的地层里的汉砖,以及他认为与汉代有关的石像。⑤

88

现在似乎可以确定的是东汉地方官在公元161—178 年间对寺庙进行了恢复与扩建。⑥ 一个世纪后,也就是287 年,官员"役其逸力,修立坛庙,夹道树柏,迄于山阴"⑦。在后来的几个世纪里,柏树成了这里的标志,附近至今可以发现一些古柏样本。⑧这些柏树在祭礼中可能具有仪式性作用——界定仪式的路径,在寺庙与山岳之间起联通的作用。不久以后,北魏君主成为中国北方的统治者,都城建在大同,他们在435 年建立了一座新的寺庙,在453 年又进行了修复,两次都刻碑称颂他们的功德。⑨ 公元六世纪初,郦道元在他的著名地理学著作《水经注》中为访问此处的人作了清楚的引导:

> 常有好事之士,故升华岳而观厥迹焉。自下庙历列柏⑩南行十一里,东回三里,至中祠。又西南出五里,至南祠,谓之北君祠。诸欲升山者,至此皆祈请焉。从此南入谷

---

⑤ 夏振英《西岳华山古庙调查》,第 204—205 页。我们很难找到可靠证据来证实所讨论的两个时间(公元前 134 年和公元 454 年)。既不能在两唐书中引用的一条确凿材料中来考证前者,也找不到比下文注释 18 讨论的那条可疑材料更早的记载来证实后者。

⑥ 关于王莽和 161 年之后建筑修复、旧铭文被替换等事情,见《汉延熹西岳华山碑考》卷 3,第 1 页—3 页 a。178—180 年的重建以壁画上画有稀世财宝与诡异鬼怪为特征,见《古文苑》卷 18,第 1 页 a—5 页 a 里收录的当时铭文。

⑦ 304 年的铭文收在《水经注疏》卷 19,第 1663 页。施蛰存怀疑太康八年(287 年)是元康八年(298 年)的讹误,见《水经注碑录》卷 4,第 172 页。

⑧ 夏振英《西岳华山古庙调查》,第 200、205 页。

⑨ 《魏书》卷 108,第 2738、2739 页。铭文年代是 439 年和 455 年,见《宝刻丛编》卷 10,第 33 页 b—34 页 a,欧阳棐(1047—1113 年)《集古录目》也引用过。《宝刻丛编》概括为:"太延中,改立新庙,以道士奉祠,春祈秋报,有大事则告。"

⑩ 《初学记》卷 5,第 99 页:"山下自华岳庙列柏南行十一里。"

107

七里······⑪

89 甚至在公元十世纪八十年代的地理著作《太平寰宇记》里,北庙(那里仍立着九方古碑)与南庙("北君祠")之间的关系以及贯通南北的柏树仍然保持着原貌。⑫

到了唐代也是如此,而我们所掌握的史料证据包含了一种新的轶事化成分。达奚武(504—570 年)是北周一员老将,他的正史传记中有一段就说:

> 武之在同州也,时属天旱,高祖敕武祀华岳,岳庙旧在山下,常所祷祈。武谓僚属曰:"吾备位三公,不能燮理阴阳,遂使盛农之月,久绝甘雨,天子劳心,百姓惶惧。忝寄既重,忧责实深。不可同于众人,在常祀之所,必须登峰展诚,寻其灵奥。"⑬

唐代史学家在追述早期历史时写下了这一段文字。他们清楚地写道,作为地方官的达奚武,在决定亲身攀爬华山献祭之前,首先作了筹划,决定不在惯常的地方献供。在唐代建立之前的很长一段时间内,所有文献材料都显示,山神庙在山的北面,从京城长安到洛阳以及其他省份的驿道都路经这里。⑭ 当我们开始研究华山神与唐代广大社会之间的关系时,我们将看出这个位置是多么

---

⑪《水经注疏》卷 4,第 313 页。《初学记》卷 5 第 99 页中也引用过几乎同样的内容,这些内容出自《述征记》和《华山记》。

⑫《太平寰宇记》卷 29,第 10 页 a。

⑬《周书》卷 19,第 305—306 页。关于同州任职的时间,见《资治通鉴》卷 169,第 5241 页,"天嘉五年四月"。

⑭ 根据《唐会要》卷 27,第 520 页的一条注释,在开元十二年十一月十日(724 年 11 月 30 日)之前,驿路从寺庙北边经过,同年,唐玄宗要求当地刺史立碑"于华岳祠南之通衢",碑上有他题写的铭文,下文注释 19 有引用与讨论。这条注释又说:"旧路在岳北,因是移于岳南也。"见严耕望《唐代交通图考》,台北,1985 年,卷 1,第 33 页和图 2。

重要，它是通向整个帝国的交通要道。

从汉武帝时代到唐代，有关寺庙建筑的故事都显示祭祀活动本身具有不同的形式。对汉武帝来说，他感兴趣的是这座山中可能存在的神灵和神仙。后来，情况发生了变化，著名的 165 年铭文有清楚的记载：

> 仲宗（也就是汉宣帝，前 73—前 49 年在位）之世，重使使者持（节祀）焉，岁一祷而三祠。后不承前。（至）于亡新，浸用丘虚。讫今垣趾营兆犹存。建武之元，事举其中，礼从其省。但使二千石以岁时往（祠）。其有风旱，祷请祈求，靡不报应。自是以来，百有余年，有事西巡，辄过享祭。⑮

这些变化了的祭祀形式恰好表现了帝王统治之下的膜拜类型，这些帝王是指中国北部的统治者，包括由秦汉到北魏、北周，再到隋唐的君王。对华山的祭祀，是作为朝廷祭祀的一个延伸，又是一种季节性的地方传统仪式，同时也是发生自然灾害时的一种惯例的求助方式。⑯

我们有一条记载唐开元年间（713—741 年）祭拜仪式的文献，上面记录了一年一度五岳祭祀的仪式。对西岳华山的祭仪，

---

⑮ 文本是通过拓本辑录的，其复原与研究见《汉延熹西岳华山碑》，香港中文大学中国文化研究所，1978 年。施蛰存研究了此碑的历史与古拓本的命运，见《水经注碑录》卷 4，第 173—174 页。按照顾炎武在《金石文字记》卷 1，第 14 页 b 的记载，原来的碑在 1556 年 1 月 23 日的一次地震中毁坏（见《明史》卷 18，第 243 页）。一块有碑文开头部分字句的残石于 1957 年被发现，见李子春《西岳华山碑觅得残石一片》，《文物参考资料》1957 年第 5 期，第 80—81 页；夏振英《西岳华山古庙调查》，第 204 页。

⑯ 此仪式于公元前 61 年创立，规定为"一祷三祠"，除泰山之外，所有山岳都有这种一年一度的祭仪，见《汉书》卷 25B，第 1249 页。除上文注释 6、7、11 提及的文献之外，后来的参考文献可见《三国志》卷 4，第 150 页（264 年）；《魏书》卷 7B，第 182 页（497 年）；《金石萃编》卷 37，第 1 页 a 及以后（567 年）；《隋书》卷 7，第 140 页（614 年）；《旧唐书》卷 1，第 10 页（619 年）；《唐会要》卷 22，第 427 页（619 年）。

是在秋季第一个月举行，有赞唱者、祝辞者，有初献、亚献、终献以及很多其他参与者。⑰ 这向我们展现了一幅确定的、模式化的祭祀图景，它本身已成为一种国家制度。唐玄宗本人，作为"开元礼"的核心人物，在祭祀华山方面表现出一种新鲜而有趣的情形。他与这座山建立了私人性的亲密关系，这一迹象公开出现是在713年，这一年他封华山神为"金天王"。⑱ 724年，他在去洛阳的途中，曾在华山庙里作了停留，为用他的名义题写的一篇铭文揭幕，这篇铭文反映了祭山情况。⑲ 以下是该铭文的部分内容：

91

---

⑰ 《大唐开元礼》卷35，第1页 a—5 页 a。这部朝廷祭祀法典的修订在732年完成并通过，见麦大维《唐代中国的国家与学者》，第134页。

⑱ 唐玄宗于713年9月授予这一称号，在那年7月他掌握了实权，见《旧唐书》卷8，第171页（此处将9月讹为8月），卷23，第904页；《唐会要》卷47，第834页；《册府元龟》卷33，第7页 a；《唐大诏令集》卷74，第418页（政事）。在十二世纪文献王处一《西岳华山志》（序称1184年）中发现一篇封华山神为金天王的册文，文存《道藏》（《道藏子目引得》307号）。"册"是《西岳华山志》的最后一篇，可能书有阙佚，文章以不符合历史事实的日期"唐先天三年"结束。不管怎样，此文不应是唐代的文献：1. 它包括一个更进一步的称号——顺圣帝，这是宋代皇帝于1011年授予此山的称号，见《续资治通鉴长编》卷75，第1722页；2. 与《唐大诏令集》1、7、8、34、37、74、418等保存的帝王册文相比，它没有遵循正式的与标志性的册文格式；3. 它的内容大部分照搬唐玄宗724年作的碑文（此书前面的玄宗赐序也存在同样问题）。我们推测这篇册文是为了一个不同目的而用后来的碑拓拼凑而成的残章，只有这样才能解释文中存在的以下特征：文章在"先天"后中断。我们因此可以判定文本在流传过程中一定有断脱，只是在表面上称是唐代文件。

⑲ 原来的石碑据说有五十英尺高，后毁于唐末战乱，仅留下四字可辨识，见《金石萃编》卷75，第18页 ab。它的残存部分仍立在寺庙中，长3.1米，厚1.6米，高2.1米，见夏振英《西岳华山古庙调查》，第201页。此铭文作为文学作品保存下来了，见《唐文粹》卷50，第2页 a—3页 a。《唐文粹》将其归于著名的学者、宰相张说，他是以玄宗名义撰写的。此文写作时间有不同记载：《旧唐书》卷23，第904页所记是开元十年（722年）；《唐文粹》卷50，第3页 a 作开元十一年（723年）；《旧唐书》卷8，第187页作开元十二年十一月四日（724年11月24日），《唐会要》卷27，第520页和《册府元龟》卷33，第9页 b 与《旧唐书》同。笔者采用《旧唐书》说法，因为在年代上恰好相符，同时也有材料证明。开元十三年五月十六日（725年6月30日），此碑在宫廷展示，见《册府元龟》卷24，第13页 a，并参看《唐会要》卷27，第520页。当时玄宗与三位大臣作诗酬唱，诗收录在《文苑英华》卷170，第11页 ab。

　　爰自夏氏,迄于隋室,朝延五姓,载历三千,祀典相因,旧
章未改。坛场庙宇,何代不修,一祷三祠,无岁而缺。所以报
生殖,事灵神,不有怠也;故亦祥休明,灾淫慝,未尝爽也。皇
天眷祐,馨我烈祖,奄有万方,逮乎六叶。郊天地,望山川,精
意必达,坠典咸甄。亦命州将,[20]四时告虔,加视王秩,进号
金天。若是何者?抑有由焉。予小子之生也,岁景戌,月仲
秋。[21]膺少昊之盛德,[22]协太华之本命。[23] 故常寤寐灵岳,朓
䰰神交。玉帛未陈,幽赞必先意而启;椒糈虽薄,[24]景福杲应
期而集。元感昭赛,可一二而道邪。[25]

沙畹(Chavannes)认为:"在中国,山岳属神祇。"[26]唐玄宗宣称他
能与这位山神进行私人化交流("寤寐灵岳,朓䰰神交"),这种交
流的中介既有看得见的供品,又有看不见的直觉意识。由铭文里
他的个人话语来看,他不是作为一个人而是代表两种身份出现在
寺庙里:一方面,他属于那些代表万民利益而在这里进行祭祀的
帝王中的一个;另一方面,他又同许多他的同龄人一样,来此祭祀
是为了在个人生活中获得洞识和帮助。[27]

　　据一个古老的传说,华山附近的一个神灵预知公元前 210 年

---

[20] 州将,这个称呼源自汉代,《风俗通义校释》第 93 页注释 2 解释为负责州政的官员。

[21] 在酉年第八个月。在传统中国,这两个时间与西方及五行中的"金"密切相关。玄宗出生在乙酉年(685 年)的八月。

[22] 传说中黄帝的儿子王德属金,因此称为金天氏。这是后汉的神话传说,见王嘉《拾遗记》卷 1,第 12—14 页。

[23] 因其指的是西岳。

[24] 按照《离骚》和王逸注释(《文选》卷 32,第 14 页 a),椒糈是祭仪中的供品,用来召引神灵。

[25] 《唐文粹》卷 50,第 2 页 b。

[26] 沙畹《泰山》,第 3 页。

[27] 这与他在 725 年泰山封禅时的态度形成对照:"朕今此行,皆为苍生所祈福,更无秘请。"见《旧唐书》卷 23,第 898 页;《新唐书》卷 14,第 352 页;沙畹《泰山》,第 224 页。

秦始皇将崩。㉘ 在后来的几个世纪里，华山神对人的命运具有先知先觉的能力，这一点十分清楚。人们参拜这座寺庙是为了了解自己未来的命运，由裴寂(569—628 年)的轶事看，很显然，在六世纪这种情况已形成一种模式：

> 隋开皇中，为左亲卫。家贫无以自业，每徒步诣京师，㉙
> 经华岳庙，祭而祝曰："穷困至此，敢修诚谒，神之有灵，鉴其
> 运命。若富贵可期，当降吉梦。"再拜而去。夜梦白头翁谓寂
> 曰："卿年三十已后方可得志，终当位极人臣耳。"㉚

93　初唐英雄李靖(571—649 年)也有类似的传说。㉛ 故事的模式是这样的：在发迹之前，主人公带着供品，以个人的名义，用个人的话语向神灵陈词，希望能够洞晓自己未来的命运。神的回应则是直接以一场梦或一种天外之音的形式告诉他们，没有其他中介。这类故事在唐代文献中非常多见。然而，我们有更直接更有力的材料，这就是士子贾𫘪在 806 年去京城时途经华山庙的经历，他的长诗使我们走进了他的那段体验。这首长诗刻在石碑上，这方碑刻保存在寺庙里：

㉘《史记》卷 6，第 259 页；《汉书》卷 27BA，第 1399—1400 页；《后汉书》卷 30B，第 1078—1079 页；《论衡校释》卷 22("纪妖")，第 921—922 页；《搜神记》卷 4，第 48 页；《水经注疏》卷 19，第 1564—1565 页；《初学记》卷 5，第 100 页。

㉙ 在唐代行政管理中，亲卫是皇宫官员的各种护卫兵，他们一个月完成一次护卫巡游任务，巡游的次数由他们家到京城的距离来定。见《大唐六典》卷 5，第 13 页 b—14 页 b；戴何都（Robert des Rotours）《新唐书百官志兵志译注》（*Traité des Fonctionnaires*），第 105 页注释 2 和第 503 页注释 3。裴寂与之相似，也在京城与家之间定期往返。

㉚《旧唐书》卷 57，第 2285 页。

㉛ 八世纪刘𫗧《隋唐嘉话》卷 1，第 5 页；《太平广记》卷 296，第 2361 页。这个故事导致了一篇伪造的铭文，此铭文声称保存了李靖对神的陈词，见《金石萃编》卷 40，第 31 页 b—34 页 b 的评述；拓本见《北京图书馆藏中国历代石刻拓本汇编》，郑州，1989—1991 年，第 41 册，第 101 页。

> 我行岁云暮，登殿拜瑶席。奠酒彻明灵，绪言多感激。
>
> 郁然展冠冕，凛若生矛戟。斑驳石色重，阴深香烟碧。
>
> 虹梁无燕雀，玉座镇虺蜴。肸蠁似有闻，依稀疑作规。
>
> 髫年业文翰，弱冠荐屯厄。天命几微茫，神遄徒悚惕。
>
> 今来游上国，幸遇陶唐历。[32]　正直不吾欺，愿言从所适。[33]

贾氏按照这种经典的模式，献上了自己的奠品，发出了自己的声音，向一位"正直"的神灵表达了自己的心愿，同时又相信自己从那个被官员和卫队簇拥的神像那里得到了直接的回应——一阵低语或颤动。他有意识地将自己与陶唐以来的传统排列在一起（"幸遇陶唐历"），这是一个帝王序列，在他的眼里，这条帝王序列可以追溯到开天辟地之时。他的诗与唐玄宗的铭文处于一个历史共同体中，两者都具有高雅的文学色彩，都反映了这样一种神灵权威：它与历史上任何有名的神灵群体一样源远流长且居于核心地位。他们的神灵在朝廷祭祀等级层次上，属于已经确立了几个世纪的群体——五岳四渎。三公在儒家化的国家里是最高的品位，而现在华山神享有了与三公相同的享祀的地位。[34]　把王爵授予一座山，这还是第一次，而华山神新封的王爵清楚地将其同黄帝的一个儿子少昊联系起来了。

在这些故事中，角色意识与对神灵的感知问题是至关重要的。对于像贾餗这样的士子来说，他们的正统与庄严的信念受到了其他竞争性观念的威胁和不同崇拜形式的排挤。他用特有的知识似

94

---

[32] 陶唐：神话中的尧帝，他把帝位传给舜，每年八月份人们在西岳华山祭拜他。见《尚书》，"舜典"（卷3，第9页b）。

[33]《雍州金石记》卷5，第6页ab；《金石萃编》卷105，第5页b—6页a。

[34] 按《礼记·王制》（卷12，第16页b）所定：五岳与三公同列，四渎与诸侯同列。参看《唐会要》卷22，第427、429页；戴何都《新唐书百官志兵志译注》，第19—20页。

乎能够感觉到华山神能够行施行政与司法的权威,他是人类命运簿的管理者,也是人类灵魂的仲裁者。在黑夜与暴风雨中,人们可以感知他的存在,如王建(766 年生?)诗云:"夜头风起觉神来。"[35] 李山甫(860—873 年间进士)在一个世纪后作诗回应了他:

> 华山黑影霄崔嵬,金天□□门未开。
>
> 雨淋鬼火灭不灭,风送神香来不来。
>
> 墙外素钱飘似雪,殿前阴柏吼如雷。
>
> 知君暗宰人间事,休把苍生梦里裁。[36]

这几行诗透露出处于不同层面的寺庙祭祀活动。冥钱与正统儒家祭品中的酒肉完全不同,它是一种通过巫师或灵媒来与死人魂灵沟通进行祝祷的里俗。在这个寺庙中,这种仪式是在一大群职业女巫的表演中进行的。[37] 张籍(766—约 830 年)是和王建同时代的人,也是他的朋友,曾简略地描写过这些女巫:

> 金天庙下西京道,巫女纷纷走似烟。
>
> 手把纸钱迎过客,遣求恩福到神前。[38]

95

贾竦带着极大的热心与虔诚来到这座寺庙里,为这些好争斗的惟利是图的女人感到震惊。他毫不掩饰地写出了自己的感受:

> 惟神本贞信,以道征损益。

---

[35]《华山庙》,见《王建诗集》卷 9,第 86 页。虽然在宋、元一些文献中,王建中进士的时间是 755 年,但其他证据显示诗人生于 766 年,而且他蔑视科场角逐。755 年中进士的可能是另一个王建,见傅璇琮主编《唐才子传校笺》册 4,第 151—152 页。

[36]《雨后过华岳庙》,《全唐诗》卷 643,第 7366 页。

[37] 见第三章第 54 页注释 11。侯锦郎引用了一些华山祭祀时用纸钱的文献材料,见《中国宗教中的冥币与财富流通观念》,第 9 页。

[38]《张籍诗集》,北京,1959 年,卷 6,第 79 页。关于张籍的生年,笔者依据傅璇琮主编《唐才子传校笺》册 5,第 556—557 页的结论。

　　　　　无乃惑聪明，讹言纵巫觋。㊴

　　　　　因循作风俗，相与成浸溺。

　　　　　疲病间里氓，锥刀往来客。㊵

王建也曾见过她们，并同样感到震惊：

　　　　　女巫遮客买神盘，㊶争取琵琶庙里弹。㊷

　　这一时期有两篇短篇创作最清楚地表现了这两种崇拜与祈
祷形式之间的紧张关系。第一篇来自朝廷官员兼诗人元稹
(779—831 年)自信的声音：

华之巫(景戌)㊸

　　　　　有一人兮神之侧，庙森森兮神默默。

　　　　　神默默兮可奈何？ 愿一见神兮何可得。

　　　　　女巫索我何所有："神之开闭予之手。

　　　　　我能进若神之前，神不自言寄予口。

　　　　　尔欲见神安尔身，买我神钱沽我酒。

　　　　　我家又有神之盘，尔进此盘神尔安。

96

㊴ "讹言"出自《诗经·小雅》183《沔水》："民之讹言，宁莫之惩。"关于巫觋，见下文注
　释50。

㊵《雍州金石记》卷5，第6页ab；《金石萃编》卷105，第5页b。

㊶ 在现代韩国，关于神盘及女巫使用它的描写，见罗瑞尔·肯德尔(Laurel Kendall)
　《巫师、家庭主妇和其他不安的神灵：韩国祭祀活动中的妇女》(*Shamans,*
　Housewives, and Other Restless Spirits：Women in Korean Ritual Life)，火奴鲁
　鲁，1985年，第72页。

㊷《王建诗集》卷9，第86页。

㊸《元稹集》卷25，第300页。本诗署期是景戌(丙戌)，即806年，此时元稹28岁，见
　花房英树、前川幸雄《元稹研究》，京都，1977年，第18页和第316页注释728。这
　一年是诗人一生中的多事之秋，他在整个春季都在为应试作准备，五月四日中第，
　两周后被任为左拾遗。但是在十月，他被贬为洛阳的一个低级官职。不久，其母在
　长安去世，让他经受了丧母之痛，离职在家服丧。他是在什么时间到华山庙里寻求
　神谕的引导，这一点不甚清楚。

115

此盘不进行路难,陆有摧车舟有澜。"

我闻此语长太息:"岂有神明欺正直?

尔居大道谁南北? 恣娇神言假神力。

假神力兮神未悟,行道之人不得度。

我欲见神诛尔巫,岂是因巫假神祐?

尔巫,尔巫,尔独不闻乎?

与其媚于奥,不若媚于灶。

使我倾心事尔巫,吾宁驱车守吾道。

尔巫尔巫且相保,吾心自有丘之祷。"㊹

对此,我们可以比较一下陈黯的反应,他是九世纪中叶的一个地方官员,在下面的短文中,他面临着同样的挑战:㊺

　　黯自关东随计来阙下,㊻经华岳祠,有巫导以祈谒,乃彻盖整衣,馨炉沥筋,俯拜而前,缄默而退。巫曰:"客是行也,务名邪? 官邪? 胡为乎有祈礼而无祈词? 神之蠁答,盍舒乃诚?"曰:"余其来拜,以岳长群山,犹人之有圣贤,草木之有松兰,百川之有河海,鳞羽之有虬鸾。屹屹崇崇,干霄柱空,载国祀典,宜人攸宗。拜之,思尽乎余之敬;词之,默惧乎神之聪。且神视果高而听果深,必福其善而祸其淫。余行合乎神也,必照而临;如欺乎神也,祈之乎何心㊼? 巫兮,余言无妄兮,为忘言者之箴。"

━━━━━━━━━━━━

㊹ "丘之祷",出自《论语》章7第35则。这是孔子的话,按照传统的解释,相对于为个人所作的祈祷,孔子更重视人一生的行为价值。

㊺ 陈黯《拜岳言》,见《唐文粹》卷45,第1页 b。

㊻ "随计",指州府的代表每年向君王汇报他们的管理与督察工作,见杜德桥《〈李娃传〉》,第153页。

㊼ "心"当为"必"。

以上引述的三位作者被同样的紧张关系所困扰,虽然他们都通过外在的对峙以及同女巫的对话把这种紧张戏剧化了,但我们还是感觉到了他们内心表现出来的质疑与不确信。陈黯的自我意识在寻求一种内在的灵性,通过这种灵性与神的沟通既非主动求得,也非迫于要求。在这一点上,他不同于元稹与贾竦,元、贾二人的诗都表达出一个明确的愿望:希望神能够听到自己的祈祷并得到神的回应。还有一点不同是,当巫师(带着猜疑甚至是震惊)建议他像所有其他造访者所期待的一样,与神进行更实质性的交通时,他坚定地为自己进行了辩护。这三位文人都采用了挑衅性的与高姿态的语调,但是,贾竦与元稹的责难隐含着一种同样的期待。很显然,如果没有很多顾客愿意雇用这些女人,她们就不可能靠这座庙维持两个世纪甚至更长时间的生意。⑱

　　然而,有趣的是,与这些女巫打交道会破坏名声。867 年宣歙观察使杨收在华山庙停留,献上衣帛并雇用女巫为他祷告,当地的县令以此作为一种过失谴责了他。⑲ 这个故事从两个方面看都具有启发意义:一方面,它显示出了一位学者型的官员是多么乐于通过专职灵媒(巫)去接近神;而另一方面,它也显露出一个苛评的正统,这个正统公开地排斥这一崇拜形式。以上的诗歌与文章同样也受正统观念的影响,这似乎表明虽然知识精英宣称信奉正统的崇拜方式,他们私下实践的却是世俗化的形式。

　　按照许慎《说文解字》(121 年)的经典定义,这些从事这种职业的人员是"祝":"祝也,女能事无形,以舞降神也。"⑳她们曾在

98

---

⑱ 中村治兵卫引用了与寺庙巫术有关的进一步的文献,见《中国巫术研究》,东京,1992 年,第 37—39 页。
⑲《资治通鉴》卷 250,第 8118—8119 页,"咸通八年七月甲子"。
⑳《说文解字》卷 5A,第 11 页 b。觋指的是男巫,与女巫相配。

国家宗教里充当一种制度性的角色，但是现在，在统治精英眼里，她们的地位是边缘性的与不确定的。二世纪的王符早已哀叹过她们在女性中造成的广泛的破坏性影响，以及用驱邪药引起的社会危害。⑤ 然而在同一时期，书法家张昶对她们的存在表示赞赏，并将此作为华山的一大景观来称颂：

> 郡国方士，自远而至，充岩塞崖；乡邑巫觋，宗祝平其中者，亦盈谷溢溪。咸有浮飘之志，愉悦之色。必云霄之路可升而越，果繁昌之福可降而致也。⑤

这里描写的女人就是华山寺庙中那些女巫的前身，现在她们通过自己的祷咒与神灵附体之术向旅行者提供专门的引导，让他们接近华山神。为了进一步了解她们，我们不能查验散文与诗歌，因为那些作品代表高文化层次者的价值观，而且是以富有文学色彩的方式表达出来的；而是要了解八至九世纪大量的轶事性文献，这些文献中有两到三个例子显示了这些妇女的服务范围，其中也涉及一些她们如何在人神之间进行传介的典型问题，这正是我们研究的焦点所在。

在唐玄宗来这座寺庙整整一个半世纪之后，他的经历被追述成一个故事。这个故事讲到了他与华山神面对面的交谈，同时还附加上了山神的封号与玄宗题铭的情节：

> 车驾次华阴，上见岳神数里迎谒。上问左右，莫之见。遂召诸巫，问神安在。独老巫阿马婆奏云："三郎在路左，朱发紫衣，迎候陛下。"上顾笑之，仍敕阿马婆，敕神先归。上至

---

⑤《潜夫论笺》，王继培笺，北京，1979 年，"浮侈"，卷 3，第 125 页。

⑤《西岳华山堂阙碑铭》，文收《古文苑》卷 18，第 6 页 b—7 页 a；参看《艺文类聚》卷 7，第 133 页。关于这篇铭文，还可见上文注释 2。

庙，见神橐健，俯伏庭东南大柏树下。又召阿马婆问之，对如 ⁹⁹
上见。上加礼敬，命阿马婆致意，而旋降诏，先诣㉝岳，封为
金天王，仍上自书制碑文以宠异之。其碑高五十余尺，阔丈
余，厚四五尺，天下碑莫比也。其阴刻扈从太子王公已下百
官名氏。制作状丽，巧无伦比焉。㉞

这个故事当然是杜撰的，其中关于玄宗封禅（713 年）与玄宗题碑
（724 年）年代上的错误是明显的证据。然而，在一些情节上，事
情并不是完全不可信的。在华山题铭后的十几年里，唐玄宗沉溺
于道教的方术及与神仙的交往，术士王玙也被他提升到高职。关
于王氏，我们知道他"专以祀事希幸，每行祠祷，或焚纸钱，祷祈福
祐，近于巫觋"㉟。一个帝王具有如此的宗教热情，当然不会对女
巫的说法不屑一顾。而且，对于阿马婆来说，她是作为预言家以
及与神沟通者来服侍玄宗的，她扮演的是巫师的角色，从事的是
自汉代以来被广泛认定为巫师职能的巫术活动。㊱"阿马婆"的
称号在唐代文献中也可找到很多回应。㊲

　　阿马婆对神的描述从图像学角度来看很有意思，裴寂梦中的
"白头翁"的形象不见了，这里的神身着高官的紫袍，这与一品官
职的章服正好相符。㊳ 在这里，神的形象与故事 **77** 中滑州的城

㉝ "诸"当为"诣"。

㉞ 郑棨（899 年卒）《开天传信记》，第 3 页 a；《太平广记》卷 283，第 2257—2258 页。关
　于作者，见《旧唐书》卷 179，第 4662—4663 页；《新唐书》卷 183，第 5384 页。

㉟ 《旧唐书》卷 130，第 3617 页；《新唐书》卷 109，第 4107 页；《资治通鉴》卷 214，第
　6831 页。

㊱ 高延提供了关于这一主题的文件资料，见《中国的宗教系统》卷 6，莱顿，1910 年，第
　1212—1226 页。

㊲ 参看张鷟《朝野佥载》卷 3，第 63—64 页，"何婆"与"阿马婆"。

㊳ 《新唐书》卷 24，第 529 页："其后（到 656 年）以紫为三品（以上）之服。"

隍神相类,"长三尺许,紫衣朱冠"(可与华山神"朱绂"相比较)。⑤

我们看到的似乎是寺庙里所见到的神像的样子——形体短小,衣袍装饰精致,这同现代中国寺庙里的塑像也很相像。

100　　超然之神屈尊于人间帝王之前。在 724 年的碑文中,玄宗珍视他与那位庄严的华山神的亲缘关系,然而在这则材料中,华山神变成了一个沉默而顺从的下属,拜倒在这位帝国统治者的脚下,来接受他的册封。⑥ 直到唐末,这样一种新的华山神形象更为广大公众所接受,持续了一百五十余年。他现在有一个地方性的名称和地方性的神话,"三郎"这一称谓在中国传统中也为很多神所共有,⑥就像上述故事一样,它出于女巫之口,或者出现在其他非正式场合的时候,都被直接看成是华山神。⑥ 在那个时期的

---

⑤《太平广记》卷 302,第 2396 页。这些颜色表示了高官的章服,《朝野佥载》卷 3,第 64 页写道:巫师阿来婆家"朱紫填门"。

⑥ 玄宗通过灵媒与华山神联系,这件轶事也见别处。如九世纪卢肇(?)的《逸史》(序称 847 年);《类说》卷 27,第 8 页 ab:"明皇亲亨西岳,礼毕东行,出庙门,巫者奏曰:'金天王拜谢。'行数里,马汗不可进,凡十易马,至阙而止。巫云:'金天王辞回。'"

⑥ 参看《三国志》卷 48,第 1171—1172 页注释 2,裴松之注引的虞溥《江表传》("历阳县有石山临水,高百丈,其三十丈所,有七穿骈罗,穿中色黄赤,不与本体相似,俗相传谓之石印。又云石印封发,天下当太平。下有祠屋,巫祝言石印神有三郎。时历阳长表上言石印发,(孙)皓遣使以太牢祭历山。巫言,石印三郎说'天下方太平'。使者作高梯,上看印文,诈以朱书石作二十字,还以启皓。皓大喜……重遣使,印绶拜三郎为王,又刻石主铭,褒赞灵德,以答休祥。"——译者引);也可参看《清史稿》卷 357,第 11329 页(《熊枚传》):"吴江太湖滨淫祠三郎神,奸民所祀,其党结胥吏扰民。(熊)知廉知,值赛祠,舟集鸳豆湖,密捕得三十八人,或以诬良诉,尾其舟,得盗赃,并逮剧盗九人,毁三郎像火之,盗遂息。"——译者引)。在这些关于泰山的事例中,"三郎"不只用于称呼山神自身,而且也用于称呼他的一个儿子,见《旧五代史》卷 44,第 605 页;《太平广记》卷 298,第 2373—2374 页(引《广异记》故事 **68**),卷 305,第 2418 页(引《集异记》)。

⑥ 参看《太平广记》卷 341,第 2705 页,引自《河东记》:"巫者所云三郎,即金天也。"从敦煌石窟中发现的韦庄著名长诗《秦妇吟》抄本也包含了一段关于华山神的文字:在编号 P - 2700 文书中,金天神被解释成华岳三郎,见翟林奈(Lionel Giles)《秦妇吟》("The Lament of the Lady of Ch'in"),《通报》第 24 期,1926 年,第 333 页。关于这名字在《广异记》中的出现,见故事 **70** 和 **75**。

传奇小说中(《广异记》中比其他书更多),有大量故事表明他是一个疏于治家、脾性粗暴的神灵。在一定程度上,三郎的权力虽然处于天帝之下,但他是死亡的裁判官和生死簿的记录官,⑥³他那可怕的权力仅受制于拥有最高权威的天帝,只有天帝可以通过祭仪对他实行控制。⑥⁴ 他有占有民妇的欲望,⑥⁵他的家庭内部事务混乱不堪,一个遭他虐待的新娘引起了一场神魔大战,结果把华山烧得一片狼藉,⑥⁶他的其他女眷则生性淫逸放纵。华山神背了 *101* 一大笔赌债,为了得到纸钱还债,他在另一个世界卖官鬻爵。⑥⁷ 在这个富有世俗化色彩的神界里,他是个主角,这些我们将在下文加以分析,很显然,华山的巫师们提供了接近他的渠道。

　　这座寺庙的祭仪并不完全依赖去长安路过此地的公职人员顺路的拜祭,文献中偶尔也提及其他情形的祭拜者。一个发生在 660 年的故事中,一个人在华山祈祷求子。⑥⁸ 另一个时代不明的故事与进士张克勤有关:

　　　　张克勤者,应明经举,置一妾,颇爱之而无子。其家世祝

---

⑥³ 故事 **76、81**;也见杜光庭(850—933 年)《录异记》,文收《道藏》:《道藏子目引得》591 号,卷 4,第 1 页 a—3 页 a;《太平广记》卷 311,第 2464 页;李玫(九世纪)《纂异记》,文收《太平广记》卷 350,第 2773—2775 页。关于华山这个地方在阴间的地位,见泽田瑞穗《地狱变》,第 56—58 页。

⑥⁴ 故事 **75、76**。

⑥⁵ 故事 **69、76**;也见牛肃(八世纪中期)《纪闻》,文收《太平广记》卷 303,第 2399 页;《逸史》,文收《太平广记》卷 378,第 3012 页;《叶静能诗》,文收潘重规编《敦煌变文集新书》,台北,1983—1984 年,第 1104—1106 页。这方面内容将在下文第 112 页及以后加以考察。

⑥⁶ 故事 **70**。

⑥⁷ 《纂异记》,文收《太平广记》卷 350,第 2774 页。

⑥⁸ 郎余令《冥报拾遗》(661—663 年编纂),文收《法苑珠林》卷 72,第 833 页 c—834 页 a;《太平广记》卷 388,第 3096 页。关于作者身份,见《法苑珠林》卷 100,第 1024 页 b。这个故事很有趣,讲述了在一个巫师摄到一个死者灵魂时,他需要借助一个记录者才能记下亡魂通过她的口说出来的话。

华岳神，祷请颇有验。克勤母乃祷神求子，果生一男，名最怜，其慧黠。后五年，克勤登第。娶妻经年，妻亦无子，母亦祷祈之。妇产一子，而最怜日羸弱，更祷神求佑。是夕，母见一人，紫绶金章，谓母曰："郎君分少子，前子乃我所致耳。今妇复生子，前子必不全矣，非我之力所能救也。"但谢其祭享而去。后最怜果卒，乃以朱涂右膊，黛记眉上，埋之。明年，克勤为利州葭萌令。罢任，居利州。至录事参军韦副家，见一女至前再拜，克勤视之，颇类最怜，归告其母，母取视之。女便欣然，谓家人曰："彼我家也。"及至，验其涂记，宛然具在。其家使人取女，犹眷眷不忍去焉。[69]

毫不奇怪，华山神从事的正是这种满足最普遍的社会需求的工作。然而，两个故事都缺乏细节，也没有描写祈祷的方式和祷词内容。第一个故事仅提到在华山上祈祷求子，第二个故事仅提到在梦里出现了一位"紫绶金章"的神灵。

一则偶然的关于一位乡间巫师的材料可以弥补以上信息的不足，这则材料亦可使我们在不同方面拓宽对华山祭仪的了解。[70] 这就是薛二娘的故事，她自称侍奉金天大王。值得注意的是，她在远离金天王祠庙的地方——东边五百英里之外的楚州（今江苏淮安）活动，在那里，她驱除邪魔鬼怪，一些村民让她治疗因魔鬼缠身而疯癫的女儿：

102

　　　　唐楚州白田，有巫曰薛二娘者，自言事金天大王，能驱除

---

[69]《太平广记》卷388，第3094页。此故事没有标示材料来源。

[70]《太平广记》卷470，第3872—3873页。此故事引自来源不明的文献：《通幽记》。高延在《中国的宗教系统》卷6，第1227—1228页把这个故事全文翻译了，但其中有不准确的地方。

邪厉,邑人崇之。村民有沈某者,其女患魅发狂,或毁坏形体,蹈火赴水,而腹渐大,若人之妊者。父母患之,迎薛巫以辨之。既至,设坛于室,卧患者于坛内,旁置大火坑,烧铁釜赫然。巫遂盛服奏乐,鼓舞请神。须臾神下,观者再拜。巫奠酒祝曰:“速召魅来。”言毕,巫入火坑中坐,颜色自若。良久,振衣而起,以所烧釜覆头鼓舞,曲终去之,遂据胡床。叱患人令自缚,患者反手如缚。敕令自陈,初泣而不言。巫大怒,操刀斩之,剨然刀过而体如故。患者乃曰:“伏矣!”自陈云:“淮中老獭,因女浣纱悦之。不意遭逢圣师,乞自此屏迹。但痛腹中子未育,若生而不杀,以还某,是望外也。”言毕呜咽,人皆悯之。遂秉笔作别诗曰:“潮来逐潮上,潮落在空滩。有来终有去,情易复情难。肠断腹中子,明月秋江寒。”其患者素不识书,至是落笔,词翰俱丽。须臾,患者昏睡,翌日乃释然。方说,初浣沙时,有美少年相诱,因而来往,亦不自知也。后旬月,产獭子三头,欲杀之。或曰:“彼魅也而信,我人也而妄,不如释之。”其人送于湖中,有巨獭迎跃,负而没之。

这个女孩供出附体的是老獭怪,还作了一首时尚的辞别诗(虽然她从前不识字),然后沉睡过去,第二天便从癫狂中解脱出来。然而,后来家人发现她怀孕了,这是獭怪附体所致,最后她生下三只小獭,在湖里放生,让它们回到了老獭父亲的身边。

这个故事最重要之处在于,它提供了巫的历史和巫师为被精怪附体者驱魔治疗的过程。但对我们来说,它也为我们更全面地研究唐代金天王提供了一条吸引人的线索。这个至关重要的案例说明,即使在遥远的外乡,女巫也能调用金天王的力量来从事她们的驱邪禳疗活动,她们认为金天王法力似乎能够伸展到每个角落。华山神不仅仅可帮助君王实现愿望或给虔诚的精英以启示,也能更广泛地服务于乡村的广大平民,满足他们的个人需要,为他们解除危机。当我们研究与华山庙有关的都市祭仪传统时,这一点是不应该忽视的。

民族志学者高延大胆地尝试用这种超自然的故事来重构中国上古与中古时期的宗教活动。如他一贯的风格,他带着特殊的兴趣点去分析这些故事,似乎这些故事提供的东西像文献档案一样有价值。但是,这种材料不能够随意地不加批判地使用,这些记载的价值需要进行必要的甄别。只有当这些故事与中国文化传统之内或之外的文献记录相冲突,并与之形成对应或对立的关系时,它们的文献价值才显现出来。唐玄宗路遇华山神的故事就很明显:年代上的错误证明这不可能是对事情始末的真实记录,然而我们可以采用这样一种解读方式,即把这个故事看作公众认知的表达,而这些认知在其他类型文献记录的认知意识中也可找到呼应。

但是,张克勤与薛二娘的故事需要一种不同的处理方式,没有独立的历史文献可以核实或质疑他们所记录的事件,因此,我们所能做的只有通过其他可行标准来权衡他们的话语。当张克勤的母亲为后代之事去华山祈祷时,我们可以发现这是一种普遍的祭拜类型——它让我们联想到与泰山有关的近代求子仪式,⑦还有传统中国社会中其他能够满足这种需求的神灵,乃至于世界其他文化传统中相似的求子行为等——这也相应地拓展了我们对华山祭拜仪式的理解。但是,当这位妇人做梦与神对话时,我

---

⑦ 沙畹《泰山》,第12—13页,第29页及以后。

们应当区别对待,因为对于我们来说,这一情节落入了主观性的范畴,事情的叙述对我们来说仍然是一种主观感知的表达。首先,这种梦中对话是一种途径,这种文学形式通过它来表达神与人之间的沟通;其次,它似乎也表示虔诚的公众期望通过这一途径获得来自神的回答;最后,它甚至可能也反映了行事者在寻求神助的过程中所感受到的体验。这样,这个故事展示了这种祭祀行为的程式;尽管它所展示的不同情境下的具体细节没有经过实证,不具有权威性,但可以丰富我们对这种仪式的认知,这和其他文献亦彼此呼应。

女巫薛二娘的故事在现代中国传统社区的民族志中可找到回响,而这种巫术活动全世界都有。无论在什么地方,都可见到巫师作法,这种认识反过来又使故事得以展开。通过"神降"一词,对这种故事有所了解的读者就会知道神将附体于巫师而出现。⑦ 当她尖叫着对病人发出命令时,我们会知道那是控制神(金天王)的声音,金天王正在与附在病人身上的鬼怪对抗,鬼怪将现出原形并在离开之前作诗。所有这些情形在人类社会有关魂灵附体的记载中都可以找到相似情形。然而,这个故事让这位怀孕的少女生下了三只水獭,它们是被驱除的水獭怪的孩子,然后,这三只小獭在湖边与等候它们的父亲团聚了。当读到这些内容时,缺乏人种学知识的现代读者会感到迷惑。通过使用另一种阅读方式,我们会再次发现当时社会对它所认知 *104*

---

⑦ 比较高延《中国的宗教系统》卷 6,第 1323—1341 页关于女巫一章的论述;艾伦·埃利奥特(A. J. A. Elliott)《新加坡华人的灵媒仪式》(*Chinese Spirit-medium Cults in Singapore*),伦敦,1955 年,第 135—140 页;杰克·波特(Jack M. Potter)《广东的萨满信仰》("Cantonese Shamanism"),文收武雅士编《中国社会中的宗教与仪式》,斯坦福,1974 年,第 207—231 页。

的事件的表述。

在进行多层面研究时，这些故事材料会作为复杂的文献形式呈现出来。只有在对它们作仔细分析和解读后，它们才可能产生有价值的社会洞识。

一则地方神话

作为读者，我们有时会同时进入寺庙与拜祭者私人世界两个领域。

194　　华州进士王勖尝与其徒赵望舒等入华岳庙，入第三女座，悦其倩巧而盎之，即时便死。望舒惶惧，呼神巫，持酒馔，于神前鼓舞。久之方生，怒望舒曰："我自在彼无苦，何令神巫弹琵琶呼我为？"众人笑而问之，云："女初藏己于车中，适缱绻，被望舒弹琵琶告王，令一黄门搜诸婢车中，次诸女，既不得已，被推落地，因尔遂活矣。"

这是一则很典型的材料，它很好地例证了我们称为"内部故事与外部故事"的简单分析法。在这个案例中，内部故事是我们从王勖那里听到的情况，是一个私人性与主观化的经历：一个人在另一个世界的奇遇——故事中，他遇到了一个众所周知的神女。在其他故事中，这种奇遇可能是对阴间的一次游历，或与狐妖的一次偷欢，或者是与神魔的一次邂逅。这些与另一个世界有关的栩栩如生的场景显然成了故事最初的讲述者、收辑者及普通读者的主要兴趣点。

外部故事是王勖朋友眼中所见的王勖，它让我们看到山神淫乱的三女儿在供奉着众神的寺庙里有她自己的祭位。中文称为

"座",我理解为"神座"——一个为了祭拜而供奉的神像。故事中,显然祭位是围起来的,但允许拜者"进入"。⑬ 这位华山三女 ¹⁰⁵ 儿与华山神的少数女眷一样,好像也配有私人的"车"——我估计是一顶轿子,在仪式进行时,他们的像放在上面。

另一些轶事文献证实华山神庙保存了一些次要的祭仪形式,这些祭仪是为依附于金天王的其他家族成员准备的。九世纪五十年代的卢肇曾在潼关附近的军队任职,他建立了一个祭祀点:一天,在他拜访这座山时,他梦见一位老妇人在可怜兮兮地煮橡子作为晚饭。她是山神的母亲,但这个地位在另一世界并没有给她带来好处,"祈祭之所,不呼名字者,不得飨"。因此,卢肇就吩咐寺庙里的祷祝者(岳庙祝)为山神的母亲建立一个单独的祭位。⑭ 在下面我们将看到的华山神的三位夫人也分别有她们自己的享祭点。

当王勋倒在神龛旁边时,为他担心的朋友们找来了寺庙里的巫师。用"神巫"这个词(高延:"活巫")表明这个女人被神灵附体,这个神灵也许是为金天王传递信息的下属。就像以上描述的女巫表演一样,她在仪式中"持酒馔,于神前鼓舞",通过弹奏琵琶进入

---

⑬ 一件相似的事情可能有助于理解这件事情。当萧琛(531年卒)刚刚上任吴兴太守时,他发现那里的人都迷信项羽祭仪:"(萧琛)后为吴兴太守,郡有项羽庙,土人名为'愤王',甚有灵验,遂于郡厅事安床幕为神座,公私请祷。前后二千石皆于厅拜祠,以轹下牛充祭而避居他室。"见《南史》卷18,第506页;《梁书》卷26,第397页。关于项羽祭仪的更多参考文献可见下文第五章注释19。这些神座可与故事 **280** 及第六章第146页中提到的灵座相比较。

⑭ 见范摅(860—873年在世)《云溪友议》卷A,第18—19页(新一版,北京,1959年)。关于卢肇的仕宦生涯,按照他自己的介绍,是从843年进士中第到860年结束,见《唐文粹》中《海潮赋》(卷5,第10页a—11页b)所提供的记录。

神的世界。⑦ 早在公元一世纪,王充(公元 27—97? 年)已经见到巫师在召唤地下亡灵时弹奏的一种弦乐。⑦ 在唐代,琵琶是神灵召唤者的专用乐器。当女巫要施展出自己的法术时,她就会弹奏它。⑦ 其中有一位女巫用此乐器给著名乐师康昆仑上了第一课。⑦ 诗人李贺(791—817 年)在一首名为《神弦》的诗中描写了神灵伴随着祭酒、香雾与纸钱降临的场面,诗曰:

> 相思木帖金舞鸾,攒蛾一啑重一弹。⑦

通过以上这些分散的文献资料,我们已为华山寺庙里服务于拜访者的职业化灵媒勾勒出了一个画像。但是,那些丰富多彩的内部与外部故事又显示出更多的内容:寺庙中的神与世俗社会的交往是如何被理解感知的,在这则王勋故事里,我们有了初步清楚的观察。以下三夫人的事例提供了相应的视点,其中一个还为我们研究神对凡人生活的介入提供了材料:

---

⑦ 早期的这种乐器在八世纪传入日本,奈良正仓院还保留着,见埃塔·哈瑞奇-施耐德(Eta Harich-Schneider)《日本音乐史》(*A History of Japanese Music*),伦敦,1973 年,第 65—66 页和图 8a。在平安时代,驱邪的盲僧就是使用此类乐器。直到现在,"盲僧琵琶"在祭仪中的作用仍在边远地区保留着。在日本,就像专用于这种场合的琵琶一样,神媒传统上是盲人的职业。作为招魂市子的盲女也是用这种原始的弦乐器作为她们的一种职业道具,见卡门·布莱克(Carmen Blacker)《梓树弓:日本巫术活动研究》(*The Catalpa Bow: A Study of Shamanistic Practices in Japan*),伦敦,1975 年,第 147—148 页。也可参看高延《中国的宗教系统》卷 6,第 1333 页。

⑦ 《论衡校释》卷 20,第 876 页("论死")。

⑦ 《朝野佥载》卷 3,第 63—64 页。其他文献也有记录,如白行简(776—826 年)的一则故事中描写了一个女巫"焚香,弹琵琶召请(魂灵)",见《太平广记》卷 283,第 2258 页转引的来历不明的《灵异记》。这则故事高延作了翻译,见《中国的宗教系统》卷 6,第 1113—1114 页。

⑦ 见段安节(894—907 年在世)《乐府杂录》,第 51 页(《中国古典戏曲论著集成》第 1 集辑有校勘本,北京,1959 年)。

⑦ 《三家评注李长吉歌诗》,北京,1960 年,卷 4,第 151 页。相思木,生长在南方的一种质地优良的树,此处指代琵琶。

71　　　赵郡李湜，以开元中谒华岳庙。过三夫人院，忽见神女悉是生人，邀入宝帐中，备极欢洽。三夫人迭与结欢，言终而出。临诀，谓湜曰："每年七月七日至十二日，岳神当上计于天，至时相迎，无宜辞让。今者相见，亦是其时，故得尽欢尔。"自尔七年，每悟⑳其日，奄然气尽，家人守之，三日方悟。说云："灵帐璚筵，绮席罗荐。摇月扇以轻暑，曳罗衣以纵香。玉佩清冷，香风斐亹。候湜之至，莫不笑开星厣，花媚玉颜。*107*叙离异则涕零，论新欢则情洽。三夫人皆其有也。湜才伟于器，尤为所重，各尽其欢情。及还家，莫不惆怅呜咽，延景惜别。"湜既悟，形貌流决，辄病十来日而后可。有术者见湜云："君有邪气。"为书一符佩之，后虽相见，不得相近。二夫人一姓王，一姓杜，骂云："酷无行，何以带符为？"小夫人姓萧，恩义特深，涕泣相顾，诫湜："三年无言，言之非独损君，亦当损我。"湜问以官，云："合进士及第，终小县令。"皆如其言。

在这里，内部和外部故事的差别表现得十分显著。当李湜通过华山庙进入神的世界开始他的艳遇时，他的家人在现实世界守候着他。每年夏季，在一个固定时间段，他都要经历三天的昏迷。这两个互相排斥的独立世界，仅仅通过一种祭祀的治疗物——一张书符作为两者沟通的中介。

封建帝国对华山的祭祀，既包括八世纪天界中职位最高的华山神，同时也包括他手下的一群下属人物。这些下属的历史不太清楚，他们的影响是绝对地方化与个人化的。我们无从知道他们是否曾经作为不同的地方神，但是，在这里他们被看作中国神话谱

---

⑳ "悟"当为"晤"。

系中的成员，他们的生活也都依循季节的变更。这一点，我们至少可以从故事中出现的日期知道——金天王每年七月七日到天界述职。早在唐代以前，在道教日历中，这就是一个重要的日子：它是"五腊"节中的一个，这一天，五王要在玄都集会；它也是道教一年中的"三会"之一。[31] 李湜的故事虽然不属于道家文献，但它表明整个社会普遍认为华山在神界的这些重大集会中有一席之地。这个节日模式仿照的是中国各州府的地方官员每年春天轮流赶赴京城，参加年度集会，在御前述职。[32] 华山夫人们具有平常汉人的姓氏，她们可能是乘着华山神不在的时候到人间寻欢。这也证明了底层的地方祭仪如何带着其特有的实施形式而存在，并且附属于一个在帝王与天庭层次上运行的高级祭仪。华山夫人的居所就在她们所依附的华山神的庙墙之内，她们有围墙和宝石布帘相隔的享祭点，这说明了同样的问题。

按照李湜自己的讲述，他的经历属于古来已有的人神相恋的传说，这种源于早期仪式与神话的传说后来被中国主流诗赋认可。作者显然熟悉这一传统，他让李湜以华丽的诗歌语言追叙他的艳遇，这种语言是研读《文选》的结果。因此，他的这一经历是汲取传统文化并通过一种传统语言表达出来的。尽管如此，这个故事并没有因为这种情况而失去意义。虽然内部故事本身作为文献材料可能是附属性的，但是，外部故事能把它紧紧地锁定在已知的社会背景中。

---

[31] 陈国符《道藏源流考》，增订版，北京，1963 年，第 317 页（"三会"）、319 页（"五腊"）。另见石泰安《二至七世纪宗教化的道家与世俗化的宗教》（"Religious Taoism and Popular Religion from the Second to Seventh Centuries"），文收尉迟酣、石秀娜合编《道教面面观》，纽黑文、伦敦，1979 年，第 69 页及以后。

[32] 见上文注释 46 "随计"，这个故事是"上计"。

　　对于这个故事的社会背景还有更多的问题值得说明。这个病恹状态的男子受到寺庙中三夫人的蛊惑而昏迷，这种事情在中古中国并不少见。它在志怪文学中一再出现。在一个时代不明的关于闹鬼与驱鬼仪式的道教文献中，我们读到：

> 　　一名月娘精，状若妇人，好淫乱色欲，多着泥神之体。令人或入庙宇，见庙中女流之神貌端容洁，心生爱慕，忽至昏暮来宿以乱人者。乃泥神所得精化也。㉝

被蛊惑的李湜在某些方面与此相似。虽然这个故事对病因的描述并不相同，但对这种病症的禳疗手段——巫师所写的咒符——与后来记载在道家著作里的那些复杂精密的法术很相似。虽然李湜的仪式化的治疗采用了不同的手段，但我们可以从上述王勋昏厥的经历中得出几乎相同的结论。

　　总的来说，戴孚这部书为我们呈现的世界里，男人与神女之 *109* 间的关系相当复杂，这是下文第七章所要探索的问题。然而在这里，我们还要提出一个关于华山夫人的更细节的问题：那些具有平常人姓氏的女性来自何处？华山神是如何得到她们的？《广异记》又一次把我们带入了一个暗示着历史答案的神话，以下故事就选自这样内容丰富、情节复杂的神话体系，它是大量以偷妻为主题的故事的一个代表。

76　　唐仇嘉福者，京兆富平人，家在簿台村，应举入洛。出京遇一少年，状若王者，裘马仆从甚盛。见嘉福，有喜状，因问何适，嘉福云："应举之都。"人云："吾亦东行，喜君相逐。"嘉

㉝《太清金阙玉华仙书八极神章三皇内秘文》，文收《道藏》；《道藏子目引得》854 号，卷 A，第 17 页 b。鲍菊隐（Judith M. Boltz）博士的建议使笔者注意到这个有意义的文本。

福问其姓，云："姓白。"嘉福窃思朝廷无白氏贵人，心颇疑之。经一日，人谓嘉福："君驴弱，不能偕行。"乃以后乘见载。数日，至华岳庙，谓嘉福曰："吾非常人，天帝使我案天下鬼神，今须入庙鞫问。君命相与我有旧，业已如此，能入庙否？事毕，当俱入都。"嘉福不获已，随入庙门。便见翠幕云黯，陈设甚备。当前有床，贵人当案而坐，以竹倚床坐嘉福。[84] 寻有教呼岳神，神至俯伏。贵人呼责数四，因命左右曳出。遍召关中诸神，点名阅视。末至昆明池神，呼上阶语，请嘉福宜小远，无预此议。嘉福出堂后幕中，闻幕外有痛楚声，抉幕，见己妇悬头在庭树上，审其必死，心色俱坏。须臾，贵人召还，见嘉福色恶，问其故，具以实对。再命审视，还答不谬。贵人惊云："君妇若我妇也，宁得不料理之！"遂传教召岳神。神至，问："何以取簿台村仇嘉福妇，致楚毒？"神初不之知。有碧衣人，云是判官，自后代对曰："此事天曹所召，今见书状送。"贵人令持案来，敕左右封印之，至天帝所，当持出。已自白帝，顾谓岳神："可即放还。"亦谓嘉福："本欲至都，今不可

110

---

[84] 在中国文献中，这是最早提及"倚床"的材料（故事 **267** 也出现了一则同样的材料）。到九世纪，这种靠背椅子已确立其礼仪性用途，名为"椅子"（后来用"椅"）。但是在八世纪文献里，很难找到与椅子有关的文献材料。797 年左右的一篇石刻铭文的碑阴记中出现涉及椅子的文字，这就是《济渎庙北海坛祭器碑》，见《金石萃编》卷103，第 42 页 a。九世纪入唐朝圣的圆仁也有几处提及，见小野胜年《〈入唐求法巡礼行记〉的研究》卷 1，第 275 页（注释）和第 276—278、504 页；卷 4，第 104 页（参看赖世和《圆仁日记》，第 52、111、353 页）。也可见侯思孟（Donald Holzman）《与中国椅子起源有关的事件》（"A Propos de l'Origine de la Chaise en Chine"），《通报》第53 期，1967 年，第 289—290 页。侯思孟参考了更早时期的已不甚清楚的王梵志诗（敦煌文书 P‑2718），但这里"椅"字用错了，在文中它不是今天椅子的意思，见张锡厚《王梵志诗校辑》，北京，1983 年，卷 4，第 114 页；项楚《王梵志诗校注》，上海，1991 年，卷 4，第 473—474 页。费子智（C. P. FitzGerald）《胡床：中国椅子的起源》（*Barbarian Beds：The Origin of the Chair in China*，伦敦，1965 年）没有提供唐代的文献证据。

矣，宜速还富平。"因屈指料行程，云："四日方至，恐不及事，当以骏马相借。君后见思，可于净室焚香，我当必至。"言讫辞去。既出门，神仆策马亦至，嘉福上马，便至其家，家人仓卒悲泣。嘉福直入，去妇面衣候气，顷之遂活。举家欢庆，村里长老壶酒相贺，数日不已。其后四五日，本身骑驴与奴同还，家人不之辨也。内出外入，相遇便合，方知先还即其魂也。后岁余，嘉福又应举之都。至华岳祠下，遇邓州崔司法妻暴亡，哭声哀甚，恻然悯之。躬往诣崔，令其辍哭，许为料理，崔甚忻悦。嘉福焚香净室，心念贵人。有顷遂至。欢叙毕，问其故，"此是岳神所为，诚可留也，为君致二百千。先求钱，然后下手"。因书九符，云："先烧三符，若不愈，更烧六符，当还矣。"言讫飞去。嘉福以神言告崔，崔不敢违。始烧三符，日晚未愈，又烧其余，须臾遂活。崔问其妻，"初入店时，忽见云母车在阶下，健卒数百人，各持兵器，罗列左右。传言王使相迎，仓卒随去。王见喜，方欲结欢，忽有三人来云：'太乙神问何以夺生人妻？'神惶惧，持簿书云：'天配为己妻，非横取之。'然不肯遣。须臾，有大神五六人，持金杵至王庭，徒众骇散，独神立树下。乞宥其命，王遂引己还"。嘉福自尔方知贵人是太乙神也。尔后累思必至，为嘉福回换五六政官，大获其力也。

此处提到了在东都洛阳举行的科举考试，这就给这则叙事在历史时代上圈定了一个时间焦点，这些考试是从 764—765 年开始举行，在 776 年或 777 年停止，这恰好在《广异记》的时间跨度内。[35]

---

[35] 戴何都《新唐书选举志译注》(*Le Traité des Examens，Traduit de la Nouvelle Histoire des T'ang*)，第 LXIV、LXV 章，巴黎，1932 年，第 176—177 页（注释）。参看《新唐书》卷 44，第 1165 页；《册府元龟》卷 640，第 11 页 ab；《唐摭言》卷 1，第 9 页；《唐会要》卷 75，第 1368 页；《旧唐书》卷 11，第 276 页和卷 190B，第 5031 页。

从内部看,这个故事包含了一系列不同的故事情节,其中某些情节在其他地方也有与之相似的内容。

我们首先从男主角的梦开始:他在华山庙里发现他死去不久的妻子的魂魄在遭受酷刑。这种情形在很多方面与故事 **79** 吻合。有一点很清楚,就是丈夫与妻子以不同的形态出现在寺庙里:女人是一个刚刚脱壳的灵魂,男人则是现实中的活人。因此,速度成为两个故事的关节点,因为丈夫为了救治妻子,他的灵魂必须在行动缓慢的躯体之前赶回家才来得及。最后,女人作为一个苏醒的尸体复活了,而男人的形体与灵魂在分隔了一段时间之后重新结合,两人都在家中恢复了他们真实的生命。

在这一系列事件中,华山神扮演着一个暧昧不明的角色。同唐代文献中经常出现的情形类同,在这则故事中,虽然他服从比他更高的权威,但对仇氏的妻子行刑是他分内的职责。而接下来发生的崔氏妻子的故事则显示,他可以强占一个过路的已婚女子。当不得不为他的这一行为辩护时,他以"天配为己妻,非横取之"为借口。因此,在华山庙里享有配飨地位的三位夫人,她们可能也有与崔氏妻子相似的来历,她们的情形让我们感觉到这些女性应该是偶然落入华山神之手并被其法力控制的凡间女子。㉞也许,真有某个女子在寺庙内或寺庙附近有过与崔氏妻子相同的迷狂经历,从而在她头脑中形成了魔鬼迫害的记忆,于是通过仪式来驱魔。甚至有名有姓的三位夫人也可以被确认为现实生活中的女性,当她们经过这个寺庙时,可能就这样死去了。

㉞ 这一点在敦煌文书 S-6836 中表现得很清楚,文中的华山神声称与一个女人的结合是合法的,他需要那个女人作为他的三夫人。见潘重规编《敦煌变文集新书》,第1104 页。故事 **75** 描述了此神为娶三夫人而准备婚礼。然而,在故事 **70** 中,我们注意到那位三夫人是北海龙王的女儿。

故事 **76** 的最后一个情节——偷妻故事的不同形式在《广异记》与其他唐代文献中很多见。㊲ 这些故事有很多共同的特征：如小官吏妻子的魂魄被另一个世界摄走，而在凡人世界里与之同时发生的是她的病倒与死亡；为被摄的女人在一座山岳与神灵交合进行准备；热心的术士通过祭仪，使用符咒或者调解的方式进行及时干预；其妻最终还阳。在这些故事中，只有一个故事中的华山神不是诱拐者，只有两个故事中的"太一"不是神律的制定者。四个故事发生在华山庙里，两个故事中的术士是玄宗道教方面的顾问叶静能。㊳ 仅有一例与佛教法力有关。几乎所有故事都显示了符咒的法力，而故事中的被召女子梦魇般的回忆清楚地向我们表明当时社会如何认知这种符咒的使用过程：巫师每烧掉一张纸符，他便以天界权威的身份召唤出一位神灵，并让他去完成一件特定的任务。

作为天界权威的太一，其身份及地位需要作一些历史阐释。在整个中国历史上，这个古老的称号所指很丰富，代表了根本的宇宙法则，是古代帝王传奇化的崇拜对象，同时是宇宙至高无上的神（这存在于汉武帝朝廷祭祀中），又是北斗星神或木星神。到

113

㊲ 参看故事 **68** 和 **69**；《太平广记》卷 303，第 2399 页（出自《纪闻》）和卷 378，第 3012 页（出自《逸史》）；《敦煌变文集新书》，第 1104—1106 页（敦煌文书 S - 6836）。钱锺书《管锥编》第 796 页注意到《太平广记》卷 352，第 2787—2788 页（引《剧谈录》）中有一个相关的故事版本，但在细节上有很多不同。在十二世纪道教文献《梓潼帝君化书》卷 2，第 10 页 b—11 页 a，有一个从天国权威的视角介绍的可比较的"偷妻"故事。祁泰履翻译并讨论过此书，见《一个神的传奇：梓潼帝君（文昌）化书》(A God's Own Tale : The Book of Transformations of Wenchang, the Divine Lord of Zitong)，奥尔巴尼，1994 年，第 164—165 页。
㊳《太平广记》卷 378，第 3012 页；《敦煌变文集新书》，第 1104—1106 页。关于叶静能还可见故事 **72** 与 **198**。

了唐代,太一是星神,是天界九宫中的一宫。⑧ 这一派的卜师与星相师提供了很多相关的神学系统,有的系统甚至是相互矛盾的。但是,在九世纪,唐朝廷认可了一种术语表达,它呼应了我们在故事 **76** 中所遇到的人物,特别是他神秘的姓氏"白":

> 一宫,其神太一,其星天蓬,其卦坎,其行水,其方白。⑨

在 744—745 年间,唐玄宗为九宫神设立季节性供奉的祭坛,太一处于首位。这些祭坛位于春明门外半英里的地方,在从京城东去的驿路北侧。对他们的祭仪仅次于那些至高的天界君王(昊天上帝)。⑨ 但在 758 年的肃宗时代,太一获得了一个专门的供奉祭坛,位于都城南边的天坛主祭坛的南边。⑨ 显而易见,太一在八世纪中叶架构威严的天国中具有至高的地位。然而,在这个故事里,我们看到世俗社会从实用角度构建的天国中也有太一相应的位置:他是天帝的一个下属官员。在这个故事里,他离开自己在长安郊外的领地去执行公务。

现在,我们再回到故事 **76** 开始的旅行线路,它引出了关于地域范围与权限的有趣问题。仇嘉福在路上遇到了太一并与之为伴,他们经过华山庙到洛阳,这个路径以相反的方向回应了故事 **81** 同样的开头。故事 **81** 中一个赴进士举者离开洛阳去长安,这和仇嘉福故事中的路线任务都相同,只是方向相反。在故事 **81** 中,旅行的贵公子是华山神的儿子;在故事 **76** 中,则是天帝派遣下来稽查的官员。两个故事接下来的每一个情节都是相反相成

114

---

⑧ 关于太一的这些功能的精细考察,见钱宝琮《太一考》,《燕京学报》第 12 期,1932 年,第 2449—2478 页。
⑨ 《旧唐书》卷 24,第 932 页。
⑨ 《旧唐书》卷 24,第 929 页;《大唐郊祀录》卷 6,第 1 页 a—4 页 a。参看第三章注释 6。
⑨ 《旧唐书》卷 10,第 252 页;《资治通鉴》卷 220,第 7056 页。

的——所有的法庭开庭时都有法官主持并传讯犯人,在故事 **81** 中,华岳神作为山神坐在审判席上,但在故事 **76** 中,他得像犯人一样"俯伏"在下。在这两则材料中,寺庙权限所辖地域的重要性是很清楚的。在故事 **76** 中,另一个世界的权限也是明确的,它涵盖了关内道,包括京畿道。因此,故事中有昆明池神的出现,这是位于长安西边的一个人工湖;⑬还有仇嘉福位于富平县的家乡,它们都在京畿道的行政管辖范围之内。

　　从其他故事中,我们可以看出华山的权力并没有向东延伸到战略屏障潼关以东,那里似乎设有一个神灵世界的关卡。⑭ 在故事 **70** 中,华山神带着五百人埋伏在潼关准备拦截一个宫廷卫兵,此人若通过了潼关就会安然无恙,最后,他巧妙地运用了一种妙策逃过此劫——他跟随在玄宗的鼓车中混出关去(因为"鬼神惧鼓车")。⑮

　　在故事 **68** 中,卢参军的妻子在东都洛阳死而复生,她追忆她曾遭到劫持,但掠她的人不是华山神,而是泰山的三郎。这个故事很清楚地说明:过了潼关,地域的管辖与控制权便落入他人之手。按照这一故事来看,女人最直接的危险来自华山庙,已发生了四个与华山有关的故事。其中一个故事甚至以这样的评论结

---

⑬ 此湖是汉武帝于公元前 120 年下令开凿的,四世纪后干涸,797 年后又修复,见《汉书》卷 6,第 177 页,卷 24B,第 1165 页;《长安志》(序称 1076 年)卷 6,第 6 页 a;《唐两京城坊考》卷 2,第 1 页 b;《三辅皇图》卷 4,第 3 页 a—4 页 b。

⑭ 可比较故事 **108**。在这个故事中,一男子的妻子的鬼魂在准备过关时,被控制潼关的"鬼关司"拦住多日,最后当丈夫的堂兄过关参加考试时,她才跟随着他,通过了这个关卡。

⑮ 见故事 **70**(据孙潜校,应去"车")。

束："是知灵庙女子不得入也。"⑨⑥但有意思的是故事 **69**——这件华山神掳掠女人的事发生在河东县（今永济县），此地位于现在的山西省西南角。虽然它在地理上距华山寺庙并不远，但实际上它位于黄河的另一边。在整个中国历史上，黄河是人文地理的一个边界。但是，从这个故事看，作为天然屏障，黄河在阻止华山神掠夺民女方面不如限定边界的潼关那样有效，而后者属于行政区划。⑨⑦

关于疆域、边界、权限的讨论自然地导入了我们的总结，这一讨论源自一则以华山"地方神话"为特征的轶事文献。这一称呼不是针对各种笔记文献的条目，而是描述了它们与官方神话相对的地位，官方神话是帝国政府规定的并被正统文献记载神圣化了的东西。通过对比，我们发现非正式的笔记记录了一个更广阔的社会所感受到的各种事物，它们反映了不同的禁忌信仰，表现出迥异的祭祀活动。我们已经注意到这些故事在情节上互相回应、相互照搬，所显示出来的程式化特点可使得我们把这些故事同其他地方的民间传说联系起来。无论从哪层意义上讲，把这些道听途说的材料定位为经验性的文献都没有意义。人的或社会的任

---

⑨⑥《太平广记》卷 378，第 3012 页（《逸史》）。（"选人李主簿者，新婚。东过华岳，将妻入庙，谒金天王。妻拜次，气绝而倒，唯心上微暖。过归店，走马诣华阴县求医卜之人。县宰曰：'叶仙师善符术，奉诏投龙回。去此半驿，公可疾往迎之。'李公单马奔驰五十余里，遇之。李生下马，拜伏流涕，具言其事。仙师曰：'是何魅怪敢如此。'遂与先行，谓从者曰：'鞍驮速驰来，待朱钵及笔。'至店家，已闻哭声。仙师入，见事急矣。且先将笔墨及纸来。遂画符焚香，以水噀之。符化北飞去，声如旋风，良久无消息。仙师怒，又书一符，其声如雷，又无消息。少顷，鞍驮到，取朱笔等，令李左右煮少许薄粥以候其起。乃以朱笔画一道符，喷水叱之，声如霹雳。须臾，口鼻有气，渐开眼能言。问之，'某初拜时，金天王曰："好夫人。"第二拜，云："留取。"遣左右扶归院，适已三日。亲宾大集，忽闻敲门，门者走报王。王曰："何不逐却。"乃第一符也。逡巡，门外闹甚，门者数人，细语于王耳。王曰："且发遣。"第二符也。俄有赤龙飞入，正扼王喉，才能出声。曰："放去。"某遂有人送。乃第三符也'。李生馨装以谢，叶师一无所取。是知灵庙女子不得入也。"——译者引）

⑨⑦ 由黄河沿线的一个地点来规定神界领土权限的例子，见故事 **73**，下文第五章注释 58 也将讨论。

何潜在的体验——昏厥、驱邪、幻象、列圣等,仅能作为参考和假设的问题而存在。在这组故事中,我们能比较确切证明的是其暗含的神灵世界的组织结构,它使我们通过一些复杂事件的透视,看到了唐代的华山崇拜。

这一崇拜的主体——华山脚下那座规模很大的古庙中的神像,在不同层次上对中国人的生活产生着影响。寺庙的围墙圈定了一个共享的祭祀空间,在这里,不同层面的祭祀活动并行而独立地进行着。在一定程度上,我们可以把它们加以分别:君王们在一年中特定的时节用祭酒和作为牺牲的动物来祭祀,还有一个君王(如玄宗)以华山为本命,将其作为他私人的守护神;士子(如贾竦)在神的面前献上祭品,希望从他那里知道自己将来的命运;一些拜祭者(如张克勤的母亲)是为生儿子而祈祷;很多人付钱给巫师则是为了让神降临在他的身上;一些垂涎山神女眷的祭拜者希望通过仪式与她们在幻境中亲密接触。所有这些拜祭活动都发生在寺庙里,然而,人们确信,或许亦能感受到,神的法力能够延伸到整个长安周边地区,使人感觉到它在肥沃的渭河平原上传讯死人、掠夺活人,而唐帝国的交通命脉正从这里通过。

然而,具有紧密的内在一致性的地方神话虽然披露了"关内"地区华山神的威胁性存在,但并不能提供一个全面的描述。薛二娘的故事留下了一个笨拙而粗糙的结尾,她是依附华山神的乡间巫师,其家位于距华山神所在区域数百英里之外的楚州。虽然这则材料不过只能暗示更为复杂的情形,但它已清楚地表明这种仪式不属于那些正式或非正式的文献中的严整的祭祀系统。这再一次提醒我们,在中国历史上,还存在着大量缓慢变化、几乎觉察不到的巫师祭祀活动。我们由此得到了一个警示:书面的文字记录仅仅提供给我们理解过去与现在社会的部分信息,在这个有限的范围之外,还存在着另一种不同的文字记录。

116

第五章　尉迟迥在安阳

117　　公元 580 年，尉迟迥在邺城自杀，这件事是中国历史在六世纪的一个转折点。在六十八天里，尉迟迥对北周王朝贡献了他不容置疑的忠诚，这就是对杨坚篡位行为的对抗。在他败死后的六个月里，所有进一步的抗争都土崩瓦解，杨坚称帝并宣布建立新的王朝。[①] 这些事件宣告了统一的隋帝国统治的开始，在一定意义上，这也为接下来几个世纪中国的政治命运创造了环境。然而，从隋王朝统治者手中接过政权的初唐统治者对这段历史有不同的看法。唐代的开国皇帝认为应该肯定尉迟迥反抗被其取代的杨氏的忠诚，他同意尉迟迥后裔的请求，将这位老将军重新安葬，并赐帛旌表。[②]

　　所有这些仅仅构成了我们在此将要研究的事件的背景。公元 737 年，尉迟迥的鬼魂在州府安阳显灵了，当时的刺史通过建祠与供祭来抚慰他的魂灵。就此事本身来看，这并不是一件值得关注的奇事，在其前后，中国其他地方已多次发生此类事情。然而，发生在安阳的这件事提供了一种具有特殊意义的故事类型，

---

① 见卜弼德（Peter A. Boodberg）的评述《北朝史旁注》（"Marginalia to the Histories of the Northern Dynasties"），《哈佛亚洲研究学报》第 4 期，1939 年，第 260 页及以后；芮沃寿评述，载于《剑桥中国史》卷 3，剑桥，1979 年，第 57—60 页。
②《北史》卷 62，第 2214 页；《周书》卷 21，第 352 页。

我们恰好可以从早期的几种迥然不同的文献材料中研究它们。就是在这个时期,我们得到一个独一无二的机会,从几个不同的角度来观照一则轶事中所包含的地方性宗教体验。通过比较,我们能够评估出不同类型的文献材料(正史的、石刻的、轶事的)对于研究这一个案的价值与权威性,甚至可以超出这个事件本身,来探讨中国中古社会其他地方的宗教现象。以下要谈到的是一 *118* 个解决鬼怪显灵问题的故事,但更根本的,这也是一篇关于文献批评性研究的论文。

六世纪的历史背景

邺城在古代是一座要塞城市,它位于河北省的南部边界,在现在的邯郸市与安阳市之间。③ 在战国时代,它是魏国的边境城市,由齐桓公奠基而成。但是到了汉代以及随后北朝的几个朝代,邺城一直是地方行政中心。④ 在三国时代,它是魏国五都之一;在前秦(335—351 年)和前燕(357—370 年),它被作为都城。⑤ 在北魏时代的 398 年,它成为新建立的相州的州治;在 543

---

③ 有南北两处邻近的城墙遗址。它们位于今临漳县城西南 18.5 公里,现在的漳河北岸 15 公里处。关于邺都的历史与考古的调查,见宫川尚志《六朝史研究——政治社会篇》,东京,1956 年,第 537—546 页;宋馨(Shing Müller)《邺中记:四世纪邺城物质文化溯源》(*Yezhongji：Eine Quelle zur Materiellen Kultur in der Stadt Ye im 4．Jahrhundert*),《慕尼黑东亚研究丛书》(Münchener Ostasiatische Studien)册 65,斯图加特,1993 年,第 23—27 页。有一张地图显示了它与安阳的关系,见《中原文物》第 42 期,1987 年 4 月,第 1 页。

④ 李吉甫(758—814 年)对该地历史沿革的描述比较粗略,也不甚准确,见《元和郡县图志》卷 16,第 451—452 页。也可见《太平寰宇记》卷 55,第 1 页 a 及以后,第 6 页 b。

⑤《资治通鉴》卷 95,第 3002 页;卷 99,第 3118 页;卷 100,第 3166 页;卷 102,第 3236 页。

年，又成为新分离出来的东魏的都城。⑥ 北齐推翻北魏之后（550年），又以之为都城；到北周时期（577年），它又成为相州州府所在地。⑦ 在579年，德高望重的老将尉迟迥被任命为这座异族人口越来越多的历史古城的总管。⑧

公元580年夏天，北周王朝内部一系列紧急事件迫使杨坚突然夺权。在他的部署中，他把尉迟迥召回京城，并以韦孝宽替换他为相州总管，因为他意识到尉迟迥是他的一个威胁。他希望尉迟迥成为中立者，但尉迟迥公开宣称对他的蔑视，率领军队起事，意图拯救周室，反抗篡位的杨坚。军事对抗一直持续到九月初，这时，尉迟迥已经败退到他的基地——邺城。在邺城，他又被一支忠于杨坚的军队打败，这支军队正是相州总管韦孝宽指挥的。⑨ 他就是在这种情形下死去的：

119　　　　　崔弘度妹，先适迥子为妻。及邺城破，迥窘迫升楼，弘度直上龙尾追之。迥弯弓，将射弘度。弘度脱兜鍪，谓迥曰："彼相识不？今日各图国事，不得顾私。以亲戚之情，谨遏乱兵，不许侵辱。事势如此，早为身计，何所待也？"迥掷弓于地，骂左丞相极口而自杀。弘度顾其弟弘升曰："汝可取迥头。"弘升斩之。军士在小城中者，孝宽尽坑之。⑩

尉迟迥的儿子被处死了，他年幼的孙子遭放逐，他弟弟尉迟纲的

⑥《魏书》卷106A，第2456页；卷12，第298页。

⑦《资治通鉴》卷163，第5045页；《周书》卷6，第100页。

⑧《周书》卷21，第351页；《北史》卷62，第2211页；《资治通鉴》卷173，第5392页。

⑨《周书》卷21，第351—352页；《北史》卷62，第2211—2213页；《资治通鉴》卷174，第5407—5425页。

⑩《资治通鉴》卷174，第5425页。宋馨对尉迟迥的死地与"邺城小塞"有一个注释，她注意到顾炎武在《历代宅京记》（北京，1984年，卷12，第185、187页）中引用的两条文献材料可能是早期的。这个内容值得进一步研究。

儿子尉迟勤也被流放。⑪ 幸存的士兵在当月被处死。⑫

接着发生了一件对当地事务更有影响的事：

> 杨坚……乃焚烧邺城，徙其居人，南迁四十五里。以安
> 阳城为相州理所，仍为邺县。炀帝初，于邺故都大慈寺置邺
> 县。贞观八年，始筑今治所小城。⑬

这标志着邺城已结束了作为地方权力中心的使命。安阳位于邺
城南十四英里处，在整个唐代及唐以后，它一直作为相州州治
所在。⑭

这件事的一些特殊性将在之后的讨论中凸显出来。尉迟迥
亲手结束了自己的性命。一条资料表明，他的头颅被割下，运送
到都城洛阳。⑮ 他忠实的追随者在他战败的地方被屠杀，他的家
族成员遭到追击并被抓捕。整个事件都发生在古老的邺城，城市 *120*
由此而被毁坏废弃，安阳变成了州府所在地。

官方的正史记载

张嘉祐的仕途生涯始于开元后期，直至 741 年去世。⑯《旧

---

⑪ 根据《北史》卷 62，第 2213—2216 页，尉迟迥的儿子是谊、宽、顺、惇和祐，他弟弟尉
迟纲的儿子是运、安、勤和敬。《元和姓纂》卷 8，第 10 页 b 载：尉迟纲的儿子是运安
和允安；耆福是允安的儿子，他在七世纪初向唐高祖请求允许他重新埋葬他的叔祖
父：参看《周书》卷 21，第 352 页；《北史》卷 62，第 2214 页。

⑫《周书》卷 21，第 352 页。

⑬《旧唐书》卷 39，第 1492 页；参看《隋书》卷 30，第 847 页。

⑭《元和郡县图志》卷 16，第 452 页；《旧唐书》卷 39，第 1491—1492 页；《太平寰宇记》
卷 55，第 1 页 a。

⑮《隋书》卷 1，第 4 页。

⑯《旧唐书》卷 99，第 3093 页；《新唐书》卷 127，第 4449 页。柳贲所作碑文见下文注
释 20。

唐书》里有他一篇简短的传记,其中选取的一则地方轶事值得注意:

> 至二十五年,为相州刺史。相州自开元已来,刺史死贬
> 者十数人,嘉祐访知尉迟迥周末为相州总管,身死国难,乃立
> 神祠以邀福。经三考,改左金吾将军。后吴兢为邺郡守,⑰
> 又加尉迟神冕服。自后郡守无患。

对于这篇传记的作者来说,相州的问题好像仅仅是官员的生死问题。刺史死了,当地的智者将责任归到忠烈尉迟迥身上,张嘉祐与他的继任者以献祭仪式来安慰鬼魂。我们必须将"神祠"(memorial temple)理解为个人季节性献祭与膜拜的地方,在此类仪式中没有提到有烈士的遗骸或遗物,因此,"shrine"可能是一种过于狭隘的翻译表达。

　　传记作者掩饰了许多问题,这些问题经过更进一步的研究后便会浮现出来。撰史者不加评论地接收了一种暗示,即烈士的灵魂对当地在职官员使用法力。但有些问题,比如说,地方政府对尉迟迥的祭拜与七世纪初君王同意对他遗骨加以旌表又有什么关系呢?如果忠诚的烈士在一个多世纪前已经得到了家族合葬与君王赐帛,那么新的麻烦背后又隐藏着什么呢?传记的作者提到一些在相州任职的官员的死亡与贬黜,而张嘉祐却活了很长时间,以至任期满后又到京城担任新职(不过到那里不久他就去世了)。在一定程度上,事情已经解决了,但在此"患"完全清除之

---

⑰ 根据《旧唐书》卷 102,第 3182 页,吴兢(670—749 年)先在相州任长史,742 年,他在该地改名为邺郡之后成为太守。他仕宦前期,曾在直史馆任职,编撰了包括周朝在内的北朝系列史书,见崔瑞德《唐代官修史学》(*The Writing of Offical History under the T'ang*),剑桥,1992 年,第 65 页注释 4。很显然,他对尉迟迥的生平非常熟悉。

前,新任郡守吴兢不得不进一步提高尉迟迥的祭仪地位。如果说这件事牵涉到了比郡守死亡与被贬之事更多的问题的话,那么这篇传记没有给出任何线索,也没有在任何方面涉及邺城与安阳两地的距离——尉迟迥死在邺城,而现在州治是安阳。

宋祁(998—1061 年)在《新唐书》中回应了一个内容相同的段落,但是,他用几个关键词语修订了文章的整个动机构架:

> 开元末,为相州刺史。旧刺史多死官,众疑畏。嘉祐以周总管尉迟迥死国难,忠臣也,立祠房以解被众心。三岁,入为左金吾将军。后吴兢为刺史,又加神冕服,遂无患。

在这里,此事仅仅成了一个安抚公众心理的问题。郡守死了,当地人想起 580 年的流血事件,猜测这是鬼魂的复仇行为。张嘉祐与吴兢通过公开为尉迟迥举行供奉祭仪来驱去人们心里的这个症结。但是,此处保留了一个同样松散的结尾。

这与文章的简短有一定关系,但并不能够解释所有问题。此传作者用了足够的篇幅来分析公众的心理情绪,他有意选择了地方执政者的语言来表达张嘉祐的动机,即"解被众心",这是后来才出现的一种说法的早期表述:"神不自灵,灵于事神者之心。"⑱这完全不同于见于南北朝史书中的那些戏剧性的冲突——新任郡守与凶神恶鬼之间的对抗(在下面我们还将论及)。⑲ 在六世

---

⑱ 见汪辉祖《学治臆说》卷 B,第 28 页 a(《入幕须知五种》,1892 年编纂),本书序言标明的时间是 1793 年。白乐日(E. Balazs)《传统中国的政治理论与行政现实》(*Political Theory and Administrative Reality in Traditional China*,伦敦,1965 年,第 63 页)曾有引用。

⑲ 最著名的例子是五世纪和六世纪吴兴人对项羽的祭仪,赵翼(1727—1814 年)在《陔余丛考》卷 35,第 754—756 页中已有讨论;也可部分参看内田道夫《项羽神物语》,文收《中国小说研究》,东京,1977 年,第 241—259 页;还有宫川尚志《六朝史研究——宗教篇》,京都,1964 年,第 391—414 页。

纪与七世纪，由于地方仪式而引起的神学的与仪式的问题，曾在当时史学家心目中举足轻重，而在十一世纪却不太引人关注。然而，当我们研究关于祭仪初建时期的文献材料时，这些问题将进一步突现出来。

石刻的文献

关于张嘉祐的生平，我们现在有一份当时的文献：柳贲所作的一篇墓志。[20] 张嘉祐于 741 年 12 月 9 日逝于长安，三个月后即742 年 3 月 19 日葬于洛阳。此墓志只是简短地提到了安阳事件：

> 未几，除相州刺史，殷人心讹，邺守气焰。[21] 公载杖忠信，政若神明，烦苛止除，废典咸秩。（9b）

文中对尉迟迥一笔带过（"邺守"），这一方面说明了公众的恐慌没有事实根据，但另一方面的确也暗示了这位已逝的英雄的超自然显现。因此，对柳贲来说，鬼魂的出现可能是显而易见的，或者是真实的：所以，当地政府用祭仪来安定公众的紧张心理或安抚具有威胁的魂灵。碑文这种明显的模棱两可接着转为对张嘉祐作为一个称职郡守的政绩的俗套赞美。

幸运的是，尉迟迥建祠时的碑铭尚存。有两个不同的文本材料。第一个是目前看来更重要的一个，它由颜真卿（709—785

---

[20] 柳贲《唐故左金吾将军范阳张公墓志铭（并序）》，文收《古志石华》卷 11，第 8 页 b—10 页 a。

[21] 殷人，指相州人，这与安阳附近曾是殷都有关。见《元和郡县图志》卷 16，第 451 页。"气焰"这个词语在另一种语境中被更完整地译为"火焰升腾"，见麦大维《唐代中国的国家与学者》，第 156 页。它源于《左传》"庄公十四年"，其中把它描述成由人类的不规则活动造成的一种超自然的不祥现象，见《春秋左传注疏》卷 9，第 8 页 b。

年)著文,阎伯屿作序,全部文字由蔡有邻撰写隶书刻碑。之后的几个世纪,这块石碑一直立于安阳尉迟迥的祠庙里。对金石家来说,这是一方经典碑刻,由欧阳修的儿子欧阳棐1069年编撰的目录来看,欧阳修(1007—1072年)那部著名的金石集里有它的拓本。㉒ 十二世纪,董逌(约1125年)对它作了研究,㉓十四世纪,迺贤(约1345年)也研究了它。㉔ 很显然,两人发现的文本是大致完好的,至少可连贯地识读。但是,到了十七世纪,石碑虽然依然在那里,但已经"剥蚀过半"。㉕ 也有记载说此碑是在1690年修复祠庙时从地下挖出来的。㉖ 整个十八世纪与十九世纪它一直树立在安阳北城门附近,许多著名的金石学家都研究过这一破坏严重的碑文。㉗

123

历代研究者的转录给我们提供的只不过是一个很不完整的文本,在系统化的文献传承中,碑文没有保存下来。颜真卿的文学作品在早期的流传过程中已有散佚,后来部分地被恢复了。㉘《四库全书》(1773—1782年编纂)的编纂者认真考察了颜真卿现

㉒ 此指失传的《集古录目》,后人通过其他文献把它部分地复原。关于这个书目,见《宝刻丛编》卷6,第31页a。

㉓《广川书跋》卷7,第10页a—11页a。

㉔《河朔访古记》卷B,第22页b—24页a。

㉕ 顾炎武(1613—1682年)《金石文字记》卷3,第29页a。

㉖ 这个说法见刘青藜《金石续录》卷2,第11页ab。关于修复的日期,见《安阳县志》(1738年)卷4,第14页a。

㉗ 毕沅(1730—1797年)《中州金石记》卷2,第24页a—25页b;钱大昕(1728—1804年)《潜研堂金石文跋尾》卷6,第14页a—b;武亿(1745—1799年)、赵希璜《安阳县金石录》(1799年)卷4,第1页b及以后;王昶(1725—1806年)《金石萃编》(1805年)卷82,第17页b—20页a;赵绍祖《金石续钞》卷2,第5页a—9页b(这一条注明是1808年),以及《古墨斋金石跋》卷4,第17页a—18页a;洪颐煊(1765—1837年)《平津读碑记》卷6,第5页b—6页a;陆增祥(1833—1899年)《八琼室金石补正》卷56,第5页b—7页a。

㉘ 万曼对此作了考证,见《唐集叙录》,北京,1980年,第64—67页。

存的文集,发现许多碑铭在流传过程中佚失,《尉迟迥墓志》就是其中之一。㉙ 然而,学人认可的黄本骥 1845 年刻印的精善本《颜真卿文集》收录了此文,㉚令人惊奇的是,出现在此书中的文本相当完整准确,与《全唐文》(1808—1814 年编纂)收录的文本是一样的,而且同样也有阎伯屿完整的序。㉛ 因此,尽管石碑保存不善,文本传承中断,但十九世纪的编纂者仍得到一个原始文本,完整性超过他们那个时代保存最好的碑文文本。事实上,1738 年的《安阳县志》已经为他们保存了这份文本:一篇关于新近修复的祠庙的简短说明文字之后,附着整篇铭文、序文以及其他所有内容。㉜ 石碑已 "剥蚀过半",地方编志者从哪里发现这篇没有缺损的碑文,我们没有这方面的信息。但是,我们除了用它也别无选择,只能尽可能地用早期的文本对其进行校读。

124

这方碑的碑额为:"周太师蜀国公尉迟公神庙碑"。石碑原来标有日期——开元二十六年一月,这时已经是 738 年春季。㉝ 碑文写到了尉迟迥的生平、去世、安葬,还写到张嘉祐的出现及建祠之事。序言还显示了当时对尉迟迥的重新评价:

> 唐武德中,朝制改葬。饰终追旧,国礼缺于曩日;表墓思

㉙《四库全书总提要》卷 149,第 33 页 b。本文也相应地出现在文集的补遗中,见《颜鲁公集》卷 16,第 12 页 a。也见《景印文渊阁四库全书》,台北,1983—1986 年,第 1071 册,第 692 页 a。

㉚《颜鲁公集》(《三长物斋丛书》本,1845 年)卷 6,第 4 页 a—5 页 a。

㉛《全唐文》(1814 年编纂)卷 339,第 8 页 ab;卷 395,第 23 页 b—25 页 b。

㉜《安阳县志》(1738 年)卷 4,第 13 页 b—15 页 b。它记录了当时仍在 7 月 12 日到尉迟迥祠庙献祭。行文的不同说明《全唐文》的编纂者使用了一个中间文献——《安阳金石录》(1799 年)卷 4,第 1 页 b—4 页 b,其中碑文的残存部分与 1738 年文本对照会发现一些差异。

㉝ 比较欧阳棐、顾炎武、毕沅、钱大昕、王昶(标时"开元□年一月二□日")、赵绍祖、洪颐煊等人的记叙。只有迺贤在《河朔访古记》卷 B,第 24 页 a 中标明日期是开元二十六年二月二十一日。

人，天泽流于异世。开元丁丑岁……相州刺史张公嘉祐……
起忠贞之庙，制享献之祀。初，公之下车问俗，而郡称多祟。
公曰："匹夫匹妇㉞强死者，犹能为厉，况蜀国公言足昭，行可
则……二千石既荷重禄，阙修殷荐，其取戾也宜哉！我是用
发私藏之俸，则崇官壮构；转他山之石，㉟则丰碑颂成。陵谷
不迁，永昭洪烈。"

这里的措辞十分谨慎，张嘉祐希望冥冥之中那个正在威胁着自己
的灵怪能够听到——他极力赞美鬼魂过去的功绩，大度地原宥他
最近制造的恶事，巧妙地抚平他的怒气。这一段话表达了双重动
机：既要镇抚公众因"多祟"而引起的骚乱，又要使受惊的郡守避
免像前任一样遭"戾"。张氏的话语让我们想到中国神学的一个
中心话题：死于暴力与自杀的人，他们的灵魂常常对活人世界施
加强大的影响，并以此来要求获得献祭的待遇。张嘉祐坚信，完 *125*
成这种类型的祭奉任务是地方官在他辖区内应有的职责。不管
尉迟迥以前是在什么特别的地方死去的，在相州辖区内，有足够
法力的鬼魂作祟的矛头自然对准在相州州治的相州刺史，通过他
来要求官府提供官方地位的祭仪。因此，在死去的英雄影响所及
范围内，张嘉祐认为唐初的再葬仪式并没有满足他对于公众认可
的诉求，而新的祭仪可以圆满地解决问题。颜真卿典重的文句与
《诗经》的颂诗互相呼应，对此事作了总结：

　　邺有贤守，是为张公。馨香明德，㊱乃建閟宫。

㉞ "匹夫匹妇"，这一短语出自《论语》章 14 第 17 则。

㉟ 这一句出自《诗经·小雅》184《鹤鸣》。

㊱ 此处暗用《尚书·君陈》："至治馨香，感于神明。黍稷非馨，
明德惟馨。"见《尚书注疏》卷 18，第 10 页 b—11 页 a。

乃建閟宫,閟宫有侐。㊲ 乃建丰碑,丰碑有岿。

妖孽遂止,幽明载色。㊳ 敔榖无亏,㊴享祀不忒。㊵

一个月后,第二篇铭文被刻在同一座石碑的背面。它是由尉迟迥的曾孙尉迟士良作的,时间是开元二十六年二月二十五日(公元738年3月19日)。铭文赞美他的先祖仕宦的忠诚,同时也赞颂了当地官员如同祭司一样的调和人神的行为。因为这篇文章没有完整地保存下来,所以我们现在所见只有原文的百分之七十,都是后来的金石家由拓片或碑上抄录下来的,㊶但文章有很多严重的断行,整篇碑文可以读懂的意思少得可怜。廼贤在十四世纪读过此文,他作了一个简短的概要:

碑阴记迥灵异之事,言:"雨旸随祷辄应,回风驱蝗,使境内无害。每至秋夜,有双鹤下集庙庭,郡人至今称以为异。"㊷

利用这段文字作为框架,我们能够注意到原始铭文的一些细节。其中,大约是在张嘉祐求雨成功之后的一个清朗的夜里,天上出现了两只仙鹤,他的族人张环由此感兴"赋膏雨"。后来,当暴风雨威胁秋天的收成时,张嘉祐再次祈祷,他以巫为媒介向尉迟迥的魂灵传达信息。在获得好的收成后,相州人民唱赞歌赞美他们这位模范的郡守。㊸

126

㊲ 见《诗经·颂》300《閟宫》首句。閟宫是周始祖后稷的母亲姜嫄的祠庙。

㊳ "载色",出自《诗经·颂》299《泮水》。

㊴ "敔榖",出自《诗经·小雅》166《天保》。

㊵《诗经·颂》300《閟宫》中的另一句。

㊶《安阳县金石录》卷4,第8页b—10页a;《金石萃编》卷82,第20页b—22页a;《古墨斋金石跋》卷4,第18页a;《八琼室金石补正》卷56,第6页ab。

㊷《河朔访古记》卷B,第23页ab。

㊸《安阳县金石录》卷4,第9页b;《金石萃编》卷82,第21页b。

这些铭文与我们开头读到的传记材料都有一个共同的特点，这不仅是因为它们都出自唐代的精英统治阶层，还在于它们也都在不同程度上可以作为公文档案。档案文的形式当然需要特定的修辞格式，但是，公开的官方立场也决定了一个更基本的需要：这些材料都不可避免地强调且仅强调相州祭礼仪式的一个方面，即祭仪需要支持朝廷官员，保障其个人安全及其维持社会秩序的职责，提高民众的福利，进而保持人类社会与周围宇宙环境的和谐。

我们首先从宫廷史官独立而又显著的公共立场来分析安阳的材料，然后内在地推向祠庙建立之初的材料，因为这些材料在时间地点上都与祠庙最为接近，它们能够表达出祭仪最初的功用。然而，所有这些文献的核心内容表现得更多的是一致性，而不是多样性。乍看上去，两唐史作者尽管用了几乎相同的语言形式，却在整个事件上得出了相反的结论——《旧唐书》含蓄地表示嘉许，《新唐书》则从根本上质疑。然而，张嘉祐的墓志显示这两种观点可以轻易地并存，这为史官选择不同风格的材料提供了可能。我们也没有确凿证据来否认那两种结论同时存在于张嘉祐本人，以及颜真卿、阎伯屿、尉迟士良等人的思考中。语言典丽的碑文自然向祠庙里的神灵表达了人们对他的忠信与虔诚，但如果祠庙与铭文仅仅是出于地方官员的一种精心策划的驭民策略，那它表达的就仅限于这些了。然而，我们感觉到这些记载安阳祭祀 *127*始末的材料只不过提供了一个含混的表面。通过这些材料，我们看不出这种仪式的基本动机，它们也没有揭示出具体的背景信息（尉迟士良的文章或许可以除外）。相反，这些文献记录反映的内容我们只能称为一种官方神话，按照这个神话所说：在一位英明能干的郡守领导下，当地政务中的一件麻烦的怪事最终演变成了社会与宇宙的和谐。

轶事化的材料

在十二世纪,董逌就已注意到《尚书故实》对张嘉祐在相州的经历有一个不同以往的描述,他尖锐地指出其中一些与事实不符的地方。[44] 这部书保存下来的文本只有一卷,[45]作者是李绰,书中的大量轶事是李绰从一位身份难以确定的尚书那里听到的,这位尚书自称张嘉祐是他的一位先祖。现存的关于李绰与那位身份不明的张尚书的材料并非一手但看似可信。[46] 本书应作于唐王朝危急之际,很可能是 880 年冬黄巢起义军攻打洛阳的时候。李绰活了很大年纪,直到十世纪唐亡后还深深地眷念故朝。这位张尚书似乎与著名艺术评论家张彦远是同一家族,又是同一辈人,在《尚书故实》这则关于尉迟迥家族的传闻里,直接出现了他自称为张嘉祐后代的内容,我们现在将其列在下边以供审查:

> 公自述高伯祖嘉祐,[47]开元中为相州都督。廨宇有灾异,郡守物故者连累。政将军至,则于正寝整衣冠,通夕而坐。夜分,忽肃屏间闻叹息声。俄有人自西庑而出,衣巾蓝缕,形器憔悴,历阶而上,直至于前。将军因厉声问曰:"是何神祇,来至于此?"答曰:"余后周将尉迟迥也。死于此地,遗骸尚存,愿托有心,得毕葬祭。前牧守者,皆胆薄气劣,惊悸

㊹《广川书跋》卷 7,第 11 页 a。

㊺这里笔者用了《四库全书》中的文本。这则材料见于该书第 7 页 b—8 页 a(《景印文渊阁四库全书》第 862 册,第 472 页)。

㊻余嘉锡对此文本有精审的研究,此处是对其结论的概括,见《四库提要辨证》,北京,1980 年,卷 15,第 909—918 页。

㊼高伯祖:祖父的祖父的哥哥。

而终，非余所害。"又指一十余岁女子曰："此余之女也，同瘗
庑下。"明日，将军召吏发掘，果得二骸，备衣衾棺器，礼而葬
之。越二夕，复出感谢，因曰："余无他能报效，愿神公政节
宣，⑱水旱惟所命焉。"将军遂以事上闻，请置庙，岁时血食。
上特降书诏褒异，勒碑叙述。今相州碑庙见在。

董逌所说当然是对的，最简单的考证就可看出整个故事有很多事
实上的错误。我们有一个当时的直接证据，证明张嘉祐知道尉迟
迥在距自己一个多世纪以前便已正式再葬。同样，早在他之前，
北朝官史已经记载了尉迟迥死于邺城，而不是安阳（《周书》从
635 年开始记载，《隋书》从 636 年，《北史》从 659 年）。如果张嘉
祐向朝廷报告了发生的事情，并得到皇帝的一个特别诏令，早期
的史料竟没有留下任何记载？这则材料里所说的全部内容只不
过试图让人相信这件事并非捏造或臆想，但其中有两个特点让人
感到好奇。一是家族传说的权威性——这个家族传说距离事件
的发生已经过了一百五十多年了，随着时间的流逝，这件事已然
经历了扭曲变形，但一定有它可溯的故事原型。第二点涉及故事
本身的一个内部特点——一个十岁的女孩，她被认为是尉迟迥的
女儿，她的骨骸与父亲的一起从地下被挖掘出来。在任何一个纯
粹编造的故事中，这样的细节都是不必要的，因为它除了松散而
又多余地依附在那里，对故事主体没有任何功能。我们要问的
是，隐藏在这个故事背后的是什么？

　　如果我们没有另一则在时间上更接近安阳事件且更详细的
故事版本，这个问题只有搁置在那里。这个故事版本就是《广异

---

⑱ "节""宣"是政府旌表有功绩的模范官员的用词，见《唐会要》卷 79，第 1456—1457
页。很感激麦大维先生指出了这一点。

129 记》中的故事 **73**。根据对安阳祭仪的研究，《广异记》（它的内部时间截止于 780 年）至少在仪式建成后的五十年——也许不到四十年就对此事有了记录。它既与《尚书故实》所记内容形成反差又在一定程度上对其作了说明：

73　　开元中，张嘉祐为相州刺史。使宅旧凶，嘉祐初至，便有鬼祟回祐家㊾，备极扰乱。祐不之惧，其西院小厅铺设及他食物又被翻倒。嘉祐往观㊿之，见一女子，嘉祐问："女郎何神？"女云："己是周故大将军相州刺史尉迟府君女，家有至屈，欲见使君陈论。"嘉祐曰："敬当以领。"有顷而至，容服魁岸，视瞻高远，先致敬于嘉祐。祐延坐，问之曰："生为贤人，死为明神，胡为宵宰㊑幽暝，恐动儿女，遂令此州前后号为凶阇，何为正直而至是耶？"云："往者周室作㊒殚，杨坚篡夺。我忝周之臣子，宁忍社稷崩殒！所以欲全臣节，首倡大义，冀乎匡复宇宙，以存太祖之业。㊓韦孝宽周室旧臣，不能闻义而举，反受杨坚衔勒，为其所用。以一州之众，当天下累益㊔之师。精诚虽欲贯天，四海竟无救助。寻而失守，一门遇害，合家六十余口骸骨在此厅下。日月既多，幽怨愈甚。欲化

130 别㊕不可，欲白于人，悉皆惧死，无所控告。至此，明公幸垂

㊾ 据明抄本和孙潜校，"祟回祐家"当为"回易家具"。

㊿ 据孙潜校，"观"当为"视"。

㊑ "宵宰"当为"屑窣"。

㊒ 据孙潜校，"作"当为"祚"。

㊓ "太祖"指宇文泰（507—556 年），见《周书》卷 2，第 43 页注释 26 对日期的讨论。他是后周第一个皇帝孝闵帝的父亲。

㊔ 据孙潜校，"益"当为"万"。

㊕ 据孙潜校，"别"当为"则"。

顾盼㊶,若沉骸侥得不弃,幽魅㊲有所招立,则虽死之日,犹生之年。"嘉祐许诺。他日,出其积骸,以礼葬于厅后。便以厅为庙,岁时祷祠焉。祐有女,年八九岁,家人欲有所问,则令启白,神必有应。神欲白嘉祐,亦令小女出见,以为常也。其后,嘉祐家人有所适,神必使阴兵送出境。兵还,具白送至某处,其西不过河阳桥。㊳

这则材料与九世纪后期《尚书故实》中的故事存在很有意思的关系。当然,它们有相当多的共同点,包括刺史与尉迟迥的鬼魂的对话、尉迟迥年幼的女儿、遗弃在官邸内的尉迟迥的尸骸,以及他对安葬与葬礼的要求,这些都可算作同一故事的不同变体。然而,它们在很多重要的细节上是不同的,其中最有趣的莫过于尉迟迥被屠杀的亲属。《广异记》故事作为更早阶段的故事版本对此作了更为清晰的解释。在《尚书故实》的故事版本中,女儿遗骸奇怪地与她的父亲埋在一起。而在比它早的《广异记》版本中,她是一个作用相当清楚的角色:她被从六十个被屠杀的亲属中选出来,到刺史那儿预报她父亲的正式现身。在这件事中,《尚书故实》暴露了时间流逝对故事原貌的损毁,即这个古老故事中的一个独立的特征被保留下来了,但脱离了原来环境和功能所赋予它的意义。在两个不同的版本中,这种松散的相通确保了一种特殊

㊶ 据孙潜校,"盼"当为"眄"。

㊲ 据孙潜校,"魅"当为"魂"。

㊳ 河阳是黄河北岸的一个县,正对着洛阳。它由几个不同的城堡保护。其中一个是中潭城,位于河中心的一个岛上。"造浮桥,架黄河为之,以船为脚,竹葭互之。"(《元和郡县图志》卷 5,第 144 页)比较张舜民(约 1034—约 1110 年)评论,洪迈(1123—1202 年)曾在《容斋随笔》(上海,1978 年)的《续笔》卷 12,第 366 页引用过他的话。李祖桓把河阳桥的建造时间定于 785 年,见《黄河古桥述略》,《文史》第 20 期,北京,1983 年,第 67、74 页。笔者认为此观点是对材料的误读,那些材料把河阳桥更多地与从 758 年开始战略驻防的中潭城联系起来。

的价值。因为,如果两个版本非常相符,我们就不得不怀疑它们是同一版本在传播中形成的两个相对没有意义的文本。而事实上,我们看到的文本更应该是同一个传说背景下两个相对独立派生的版本。对于这一传说的原型及其早期传播情况,我们可能没有掌握确凿依据,但是至少可以认为它的存在是有道理的。

现在,一个更基本的问题产生了。因为上述原因,对于737年发生在安阳的事件的真实情况,这个深具影响力的鬼魂故事的不同版本都不能称作权威的事实描述。那么,这两个故事的文献性价值是什么? 我们应该怎样解读它们? 这些问题是本书所有研究的核心。对于这些问题的答案,我们往往只能假设与臆测。但是,我们在这里有这样一个机会:利用尉迟迥的故事与地方上对他的祭祀仪式,我们可以通过已有的当时文献材料来限定一个研究语境,把故事中一些特定的可疑内容置于其中,利用已知的历史视角来研究它们。这样,我们解读的尝试至少可以避免凭空猜测的内容。

通过其他文献材料的外部界定,我们可以使用前几章介绍的内部与外部故事分类来对材料统一进行内在的分析。我们首先应该发现内部与外部故事需要作微妙而细致的划分,特别是外部故事,在具体运用时,往往会揭示多个层面的外在性。[59] 但这种分析方法对于我们理解张嘉祐与尉迟迥的鬼怪故事是有启示的。

初始的分析比较简单,当张嘉祐亲自进行调查(《广异记》)或特意夜里守候(《尚书故实》)时,他就开始与鬼魂沟通了,这时他也就进入了内部故事;而他唤来下属安葬尉迟迥的遗骨是内部故事的结束。(《尚书故实》中,在鬼魂道谢并说要为其效命时,内部

---

[59] 杜德桥《唐传奇与唐代祭仪:八世纪的一些案例》讨论了一些例子。

故事又短暂地继续了。)其余的部分都是外部故事，在这里，《广异记》开始让人感到它的丰富性和趣味性。故事有一个前奏，在前奏中，有顽劣的鬼祟专门摔打室内的器具——家具、陶器、食品。故事以改葬和祠庙祭祀收尾之后还有一段后续故事，张嘉祐的幼女成了灵媒，使得张嘉祐及其亲属可以与那个德高望重的灵魂沟通。最后还有一段附记，是张家与鬼神友好交流的一则实例。但是，对内部故事和外部故事的分析不只是提供了一个简单的划分方案，内外故事中的任何一个一旦孤立来分析就会表现出它们本身所具有的特征，这就要求一种相应的解读方式。

内部故事在很多方面都显得很模式化，这不仅体现为正式会面的形式，而且故事的架构同样沿袭一个固定的、可以预测的准 *132* 则。它属于一种我们可以称为"官府闹鬼"的故事类型。在这种故事中，一位地方官员勇敢地查明为患鬼魂的来历，并把它纳入公众控制之内，从而消除了一系列的恐怖和破坏。这个故事模式的原型很古老，它们常常与真实的历史背景有关（就像这个故事一样）。项羽的例子在上面已经提到了（注释19），他是古代的一位王权竞争者，战败后同样被杀。大约在五、六世纪，他的鬼魂就在吴兴县府的中堂显灵，提出了血祭的要求。新上任的官员被迫来应付他，有关史料⑩记录下了人们与他不同的交锋方式。在那里，那些人（脚上穿着鞋子的）通过各种办法觍颜苟且，下场不一：一个死了，

---

⑩ 这些材料按照编年顺序剔除重复后分别是：《南史》，中华书局，北京，1975 年，卷 27，第 726 页（412 年前）；同书，卷 18，第 499 页（465 年）；《南齐书》，中华书局，北京，1972 年，卷 27，第 508 页（486 年）；《南史》卷 18，第 501 页（499 年）；同书，卷 51，第 1269—1270 页（六世纪初）；同书，卷 18，第 506—507 页（510—519 年）；同书，卷 9，第 273 页（558 年）。唐御史狄仁杰（607—700 年）在 688 年曾经下令禁绝，见《说郛》（上海，1927 年抄校本）引《朝野佥载》，卷 2，第 10 页 b—11 页 a；麦大维《真实的狄御史：狄仁杰与 705 年唐王朝的中兴》（"The Real Judge Dee: Ti Jen-chieh and the T'ang Restoration of 705"），《泰东》第 3 辑第 6 卷，1993 年，第 11—13 页。

一个勉强活了下来；一个企图用和尚的素食供品代替血食牺牲，另一个用干肉做供品。一些官员与他成了朋友：据说，一个人因为尽心供奉这位神灵而官运亨通，另一个人因为与他一起宴乐而有求必应。在吴兴，这个地方有一座供祭项羽的祠庙，所有这些事就发生在这个背景之下。在项羽传说与尉迟迥的故事中，我们可以发现有很多雷同的内容可作平行比较，但是最相吻合的内容体现在：地方祭祀仪式与皇家威权的较量一次一次地变成了地方官员在地方权力中心与神灵之间的个人交易。《广异记》也认同对项羽的祭拜仪式，⑥书中也记录了一些类似的故事。其中，每一个故事都有这样一个内部故事，都采取了我们已经总结出来的模式：鬼魂显灵并表明自己的意图；当地县令或太守作出回应；鬼魂的要求得到满足，以报恩表达谢意。⑥ 这就是为什么张嘉祐传奇的内部故事被认为是程式化和可预知的。当把地方官员与一个具有威胁的鬼魂的接触用叙事的形式加以表达时，都要采用这种必要的形式。同样，尉迟迥十岁的女儿所扮演的角色在《广异记》的鬼魂故事和其他作品中也反复出现。这个年轻的、不起眼的、次要的角色是为了引出一个更有分量的人物，为了迎接一个更重大的公共时刻或社会地位——就好像女鬼主人的出现须得由她的一个侍女先来宣布一样；⑥当一个死去的官员在黑暗的荒野中等待时机，以便自己能够作为更重要的角色出现时，他需要一个女鬼先物色一个人作为接收者。⑥

133

---

⑥ 见故事 **75**。这个祭祀点在今江苏省西北的徐州，这段话极易让人想到《南史》卷 18 第 506 页的一段话。

⑥ 关于死者要求重葬，见故事 **27**、**86**、**89**、**127**；关于动物请求帮助，见故事 **247**、**294**。

⑥ 见故事 **108**、**109**、**197**。

⑥ 见九世纪裴铏的《传奇》，周楞伽校，上海，1980 年，第 74—75 页，"赵合"。

现在,有了这个公认的故事模式内核,我们可以用它来与外部故事作一对比。这是一个熟悉的领域,但又自成一体,它恰好与浩瀚的、古老的、世界性的鬼怪文献相通。当然,鬼魂研究与我们这里研究的问题无关,这则材料的文献性价值——一件在事情发生几十年后记录下来的捏造的传闻——确实不符合该研究领域所需要证据的现代标准。但是,我们可以进行比较,依然可以利用鬼怪文学来对《广异记》进行分析。同时,外部故事与一个既定的故事模式吻合,这一点已经很清楚。这种鬼怪故事的套路一般包括移动的家具、摔坏的陶器、打翻的食物,通常还包括一些特定的人物角色,他们的出现会引起或激发这种骚乱。现代研究者通常用"代理"或者"中介"等字眼来定义这种角色,他们纯粹是被动地并且经常是无意识地卷入一场给受害者带来痛苦和不安的闹鬼事件。[65] 鬼怪的中介者绝大多数是年轻的女性,经常是青春期的少女,有时是孩子。在一些事例中,他们被与骚乱有关的鬼魂附体,这就是故事的语境。在这个语境中,外部故事的"序幕"和"结局"作为一个有机整体一起出现:张嘉祐八岁的女儿能与鬼魂交谈,说明她也具有这种特征,是作为被附体的中介而出现的。

作这样的分析必须非常谨慎,我们不能把它所有的特征都看作被经验证明的事实,而只能观察它与更广泛范围内的这种记载中所见到的故事模式的契合程度。利用艾伦·高尔德(Alan Gauld)从世界五百份材料中总结出来的特征,我们甚至可以把契合的程度加以量化。[66] 这个故事的外部故事中可以找到其中提

---

[65] "代理"(agent)是艾伦·高尔德(Alan Gauld)和 A. D. 康奈尔（A. D. Cornell）在《鬼怪论》(*Poltergeists*),伦敦,1979 年,第 67—84 页中用的术语。笔者特地提到这部书是因为书中按年代顺序列出了五百个事件,并提供了出处参考(第 363—398 页)。

[66] 同上书,第 226—228 页。

到的七个特征：

134

11　女性代理者

12　代理者年龄在二十岁以下

15　以居室为中心

16　小物体被移动

17　大物体被移动，如桌子、椅子

41　鬼魂附体、着魔迷狂

46　与"死去的人"进行交流

[第 24 个特征"幻觉（人）"被排除了，因为它只属于内部故事。]五百个例子中有四十五个故事具有上述七个特征中的四个，有四个故事具有五个特征。[67] 这些相当有限的数字掩盖了一些潜在的相似性。只用一个例子就可以说明这一点：这是发生在十六世纪里昂的一个故事，一个背叛本笃会的修女死了，没有举行葬礼和追思会就被埋在野外。后来，一个活着的修女从吵闹声中推测出那位死去的修女要求重新安葬在修道院。当副主教重新安葬了这位修女后，死去的修女还是通过这个修女作为私人性的中介，回答了死后生活的问题。她也通过鬼魂附体的方式请求宽恕，并

---

[67] 这四个故事是：第 205 个，发生于 1850 年美国康涅狄格州的斯特拉特福德，见 H. 斯派塞(H. Spicer)《见闻》(*Sights and Sounds*)，伦敦，1853 年，第 101—110 页；第 261 个，发生于 1878—1879 加拿大新斯科舍省的阿默斯特，见 W. 哈贝尔(W. Hubbell)《伟大的阿默斯特之谜》(*The Great Amherst Mystery*)，伦敦，1888 年；第 358 个，发生于 1916—1918 年奥地利的莱丁，见《泛心理学杂志》(*Zeitschrift für Parapsychologie*)，1932 年，第 97—101 页；第 430 个，来自法国（没有具体地点），发生于 1940 年，见《法医和犯罪学年鉴》(*Annales de Médecine Légale et de Criminologie*)卷 31，1951 年，第 67—78 页。

且最终得到了教堂的宽宥。[68] 虽然这个故事来自另一种文化背景，但它同样也是一个死者报恩的故事，只不过这里人鬼交流的系统建立在神怪碰撞和冲突的基础之上。这种相似性的比较表明，我们从《广异记》中读到的故事，即使没有内部故事的人为帮助，也基本可以站得住脚。

这种分析方法的作用就是把《广异记》故事作为一个合成的构架来研究，要求对之进行不同方式的批评性解读。解读内部故事这一部分时，我们必须认识到一种叙事惯例，故事以这种叙事惯例来表述官方与地方祭祀之间的互动交易。阅读另一部分即外部故事时，我们必须以开放的心态接纳中国志怪文学中反映的各种社会体验，尽管这些材料在正统文学中受到了冷落。鬼魂附体现象已被紧密编织到传统中国的日常生活之中，因此，社会可能普遍存在的闹鬼现象也不值得大惊小怪，而由此在周围社会引 ¹³⁵ 起反响也是很自然的。[69] 在这个意义上，可以说外部故事提供给我们一幅生动的社会图画，其中的社会行为具有一定的文献价值。然而无论这些因素如何被社会认可，对于737—738年发生在安阳的事件，它并没有提供深刻的历史性的洞识。

这个结论最有力的论据却不在这里，而是《尚书故实》故事的最后一句话："今相州碑庙见在。"这句话把叙述者从他叙述的故

---

[68] 阿德里安·德·蒙塔朗贝尔（Adrian de Montalembert）《自僧侣和圣殿时代以来最优美的精神历史》（*La Merveilleuse Hystoire de Lesperit qui Depuis Nagueres cest Apparu au Monastere des Religieuses de Sainct Pierre de lyō*），巴黎，1528年，文收朗格莱（N. Lenglet Dufresnoy）编《关于幻象、显圣和梦幻的新旧论文集》（*Recueil de Dissertations Anciennes et Nouvelles sur les Apparitions，les Visions et les Songes*）册1，阿维尼翁，1751年。见高尔德、康奈尔《鬼神论》，第23—26页。

[69] 十二世纪《夷坚志》（何卓校，北京，1981年）中散布一些例子：《丙志》卷9，第440页，"温州赁宅"；《丁志》卷3，第555页，"武师亮"；同上，卷4，第569—570页，"戴世荣"；同上，卷7，第591页，"戴楼门宅"。这个主题值得研究。

事中抽离出来，置于一个客观且当下的位置。按照这一视角，叙述者是把祠庙和这个故事同等看待的。这一简单的结语制造了一个更加宽泛的外部故事，它囊括其他所有的情形。戴孚也经常用这一手法，不过在故事 73 中只作了暗示而没有明确地表达出来。《尚书故实》这种手法的作用就是使这个故事具有神话学文献的地位，从而使故事与它所涉及的已知的社会制度并肩而立。这个神话就是——心怀怨恨的冤魂与被遗忘的骸骨要求重新安葬，他们通过显灵和附于人身来传达自己的意图，最后通过保护世人利益来表达自己的感激。我们把这种神话理解成一种解释，即当时社会（与官方政府不同）对已经建立的祭拜仪式的一种解释，而这种解释可能只是反映了一种典型的做法，而不是事情的真相。

不管真不真实，与我们从官方材料里所能得到的信息相比，这些轶事材料显然提供了与祭仪产生有关的更复杂的背景内容。为什么《广异记》和《尚书故实》中反映的传统没有与当时的祭祀同时产生，其中没有必然原因。⑦ 它们甚至可能是为官方材料中那些贬抑性的词语——阎伯玙所说的"多祟"、颜真卿所说的"妖孽"、尉迟士良所说的"鬼怪骚扰"——编造一种吸引人的解释，但这只是猜测。实际上，我们对上述不同材料的剖析表明我们没有掌握足够的间接事实，连我们最应该知道的也无法悉知。（比如在当时的背景下，尉迟迥的民间祭祀仪式存在吗？不论在社区的

---

⑦ 笔者没有发现有关河阳桥的研究材料（见上文注释 58），这是研究这个问题的一个严重障碍。它的出现与鬼魂卫队护送送刺史家人出行有关，当时具体的情况是通过一个通用的交流渠道——张嘉祐年幼的女儿来沟通的。九世纪初的《元和郡县图志》清楚地说明，在安禄山叛乱爆发后（从 758 年开始），在战略防御时期，黄河上造起一座浮桥，但叛乱以前的情况尚不明朗。即使可以证明《元和郡县图志》的记载在年代上是错误的，也可能只是故事中的这一附加细节乃后出而已。即使没有它，故事背景本身仍然能够追溯到更早的时代。

哪一个阶层内，真的有人体遗骸出现吗?)相反，我们拥有两个不同的神话故事版本：一个是官方的，证明在特定地区一切世俗和宗教现象都受到官方的控制；另一个是地方性的，根据产生这一神话的母体社会自身的宗教价值观，通过传奇化的叙述，来赋予一种新产生的祭祀仪式以合理性。

尉迟迥作为中古时期中国地方祭祀仪式中的人物，用日益丰富的西方文献中归纳出来的概念来分析显然有些别扭。[71] 尉迟迥与这样一些人相似，他们是"败军之将……横死之人，身首异处者，灵肉分离者……搅扰生人者或制造疾病者"，以及"寻求血食者"。这样的特点让我们很容易将其与唐朝以前的社会联系起来，[72]却很难联想到盛唐社会。[73] 然而，与传统上的官方作为不同，唐政府认可了对他的祭祀，而不是进行压制。[74] 官府在古代北方平原核心地带的一个重要政治中心为他立祠，他以城隍的身份在那里保卫当地的居民（尽管他没有城隍的称号）。虽然为国捐躯的忠烈之士可以合法地享受官府供祭的牺牲，[75]但据说城隍并不是从具有危险性的冤魂中选拔的。[76] 因此，我们看到相州刺史试图充分利用这个充满矛盾的挑战——对他们来说，尉迟迥是一个满怀恶意的迫害者；而从官方立场上看，他又是一位忠诚的烈

---

[71] 宫川尚志《孙恩叛乱时期庐山周围的地方祭祀》（"Local Cults around Mount Lu at the Time of Sun En's Rebellion"），文收尉迟酣、石秀娜合编《道教面面观：中国宗教论文集》，纽黑文、伦敦，1979 年，第 83—101 页；石泰安《二至七世纪宗教化的道家与世俗化的宗教》，出处同上，第 53—81 页；姜士彬《唐宋时期中国的城隍祭仪》，《哈佛亚洲研究学报》第 45 期，1985 年，第 363—457 页。

[72] 石泰安《二至七世纪宗教化的道家与世俗化的宗教》，第 66—67 页。

[73] 姜士彬《唐宋时期中国的城隍祭仪》，第 425—432 页。

[74] 对比上书，第 432 页。

[75] 同上书，第 444 页。

[76] 同上书，第 424 页及以后。

士。鉴于此，我们一定要理解他们的措辞。这些都在提醒我们，中国宗教的历史变化中的那些大的动态往往都需要经历一个复杂而无规律的，而非单一或整齐的过程。我们需要对现存文献进行仔细而深入的解读，只有这样，才会得到对文献更为丰富的理解。

第六章　袁晁之乱的受害者

在历史记载中，袁晁这个名字出现于 762 年 9 月 17 日，他发
动了东部沿海台州地区的起义，其中包括他的家乡临海县。在这
场浙东反叛之后，他赢得了当地大量对苛捐杂税不满的农民追随
者。他们沿着海岸不断地攻陷其他州县，随着起义军向西、北、南
方向扩展，他们 10 月 19 日攻陷信州，接着在 10 月 31 日攻陷温
州与明州。① 袁晁采用了新国号并改换了日历。② 763 年 1 月 18
日，起义军与朝廷部队进行了一场大规模的交战，大将军李光弼
派遣部队去防御并击败了衢州的叛军。③ 4 月 21 日，朝廷部队再
一次击溃起义军，据说当时起义军人数有二十万。763 年 5 月 24
日，袁晁被俘与张伯仪平定浙东之乱的消息被上报到皇帝那里。
764 年 12 月 17 日，袁晁被处死。④

此时的唐王朝仍在忙于应对各种因安史之乱造成的严重混
乱，因此袁晁起义相比之下只是一个边缘性的次要事件。关于这

---

① 《旧唐书》卷 11，第 270 页；《新唐书》卷 6，第 167—168 页；《资治通鉴》卷 222，第
　7130、7132 页（"宝应元年八月""宝应元年十月"）。信州是 758 年由从饶州、衢州、
　建州、抚州划出来的县组成，见《资治通鉴》卷 222，第 7132 页。
② 《新唐书》卷 136，第 4589 页；《资治通鉴》卷 222，第 7130 页。
③ 《新唐书》卷 6，第 168 页；卷 136，第 4589 页。
④ 《旧唐书》卷 11，第 272 页；《新唐书》卷 6，第 168 页；《资治通鉴》卷 222，第 7143 页
　（"广德元年四月"）；《新唐书》卷 6，第 171 页。

一紧急事件如何驱使大量民众外逃，历史与文学的记载并不比零散的笔记对这件事给予更多的关注。举例说，有两件轶事描述了当时两个著名僧人对此事的反应：一人在梦中得到警示，在叛军到来之前逃离了本地；另一人不屑于与他一起逃命，而是通过展示超自然的法力吓退了叛军。⑤ 然而，袁晁事件在《广异记》中出现了三次，其中两次是由亲历者自陈见闻，这一点说明戴孚可能在一定程度上很接近这个事件，而且他在事件发生不久就作了记录。《广异记》的整个时间跨度止于 780 年，比这一事件仅仅晚了十六年。这些记录很有可能还是在这个时间段的早期记录下来的。这些记录下来的事件生动地揭示了当时的社会与经济状况，在很多方面都丰富了官方记载中枯燥的纪年。通过细心阅读可发现，这几个故事似乎是通过事件中的几个受害女性的口吻来陈述的。在这里，用这些故事恰好可以证实本书第一章中陈述的观点：《广异记》一书"保存了遥远时代的口述历史"。

当然，把类似这样的材料作为"口述史"似乎会引起争议。"口述史"是一个现代概念，且越来越与系统化的采访、笔录等现代技术联系在一起。它首先涉及最近发生的历史，而且是通过人的记忆和大量更为传统的书面记录去接近那段历史。⑥ 对于一千多年前关于一起地方突发事件的传说，人们知之甚少，若运用"口述史"这一概念进行分析，并不能产生相同的效果或发挥同样

---

⑤《宋高僧传》卷 15，第 800 页 b；卷 26，第 877 页 a。

⑥ 作为现代史学的一个分支，口述史，关于它的研究见保罗·汤普森（Paul Thompson）《过去的声音：口述史》（*The Voice of the Past：Oral History*），第二版，牛津，1988 年。关于口述史与非文字社会关系的经典性讨论，见范西纳（Jan Vansina）《口述传统：历史性方法论研究》（*Oral Tradition：A Study in Historical Methodology*），H. M. 怀特（H. M. Wright）译，伦敦，1965 年；《作为历史的口头传说》（*Oral Tradition as History*），伦敦，1985 年。

的权威性。运用这些已写定的传闻来分析研究那些年代久远的事件,在许多方面是有明显缺陷的,这些问题在第一章里已经部分地讨论过。在传闻流传发展的链条中,各个环节都有可能被歪曲,而且,从口述到形成文字这一过程也经过了口述者或记录者在他们所在文化层面上进行的加工,引出的问题是我们需要小心考证这些传闻的传播过程与真实性。然而,其他形式的历史记录也存在这些问题。对于这些消极因素,我们应该这样认为:在本质的批评原则下,《广异记》的这种口头证据与其他有缺陷、易受质疑的文献材料一样——我们的历史正是在这些文献材料基础上重新建构的。而这些口头证词的确曾世世代代作为历史学家的资料取材和知识来源,直到最近,现代的职业编史者才开始轻视它们,而只偏爱那些书面记录的文献。⑦ 得自于口头话语的记录虽然自成一体,有着封闭的符号体系,但仍然代表了过去传下来的知识的重要主体,它们的价值有待发掘。作为主观性的口头陈述,这种材料总是与自身的特殊性联系在一起,我们需要通过特殊的阅读与分析方法来发掘它的价值。⑧ 以下讨论的三个故 *139* 事给我们一次探索与体验这种记录的机会:

60　　上元初,豆卢荣为温州别驾,卒。荣之妻即金河公主女也。公主尝下嫁辟叶⑨,辟叶内属,其王卒,公主归来。荣出佐温州,公主随在州数年。宝应初,临海山贼袁晁攻下台州,公主女夜梦一人,被发流血,谓曰:"温州将乱,宜速去之。不

---

⑦ 保罗·汤普森《过去的声音》中"史学家与口述史"一章(第22—71页)论证了这一点。

⑧ 范西纳在《口述传统》与《作为历史的口头传说》两书中运用了这种没有文字材料研究社会历史的方法,也可比较保罗·汤普森的观点,见其《过去的声音》,第101页及以后。

⑨ "辟叶"当为"碎叶",参看《旧唐书》卷194B,第5190页。

然，必将受祸。"及觉，说其事，公主云："梦想颠倒，复何足信！"须臾而寝，女又梦见荣，谓曰："适被发者，即是丈人，今为阴将。浙东将败，欲使妻子去耳。宜遵承之，无徒恋财物。"女又白公主说之。时江东米贵，唯温州米贱，公主令人置吴绫数千匹，故恋而不去。他日，女梦其父云："浙东八州，袁晁所陷，汝母不早去，必罹艰辛。"言之且泣。公主乃移居栝州。栝州陷，轻身走出，竟如梦中所言也。

正史中有金河公主的小传，她实际上是西突厥人，是西突厥前汗阿史那怀道的女儿。723 年，唐政府出于外交上的原因，封她为公主，把她嫁给苏禄。苏禄是一个勇敢且成功的突骑施部落的大汗，他以位于塔拉与碎叶之间的叶什库以西的地区为据点，不断在中亚扩张势力。在整个玄宗朝的中期，朝廷一直很忌惮他，直到 738 年苏禄在部落战争中战死。唐王朝通过联姻来安抚他，获得了暂时的成效。在苏禄死后不久，唐王朝介入该国事务，带回了金河公主与她的儿子，当时，她的儿子刚刚继位。⑩

《广异记》的这则材料，记录的是金河公主晚年的一件轶事，故事没有提及材料提供者的名字，只是暗示出它是听来的。通过分析，故事中提到的内容是可信的。然而，与其他同时代的证据材料相比，戴孚在这则当代的独立传播的材料中确证公主的头衔

---

⑩《旧唐书》卷 194B，第 5191—5192 页；《新唐书》卷 215B，第 6067—6068 页。《资治通鉴》卷 212，第 6754 页记载此婚事的时间是开元十年十二月庚子（即 723 年 1 月 14 日）。沙畹翻译并讨论了这件事，见《突厥史料》[*Documents sur les Tou-kiue (Turcs) Occidentaux*]，圣彼德堡，1903 年，第 43—47、81—83、284—285 页。崔瑞德评述了这件事，见《剑桥中国史》卷 3，第 433—435 页。

是金河而不是交河，这与正统的文献资料是有分歧的。⑪ 无论这则材料提供的信息具有怎样的权威性，它都仅仅来自公主的自述。她没有得到任何一个儿子的供养（因为苏禄的儿子在738年的事件后就从记载中消失了），而是跟着女儿的丈夫豆卢荣生活。豆卢是一个异族的姓氏，很显然他不属汉人血统。⑫ 豆卢荣终于州府的低级职位上，但这一切并没有影响到公主的生活，她很富有，能做倒卖丝绸的生意。但在当地爆发袁晁之乱的时候，这两个出生于异域的女性发现这场战乱将殃及她们。我们通过考证正统的历史文献，已经搞清了事件的来龙去脉及年代顺序，而《广异记》这则记载则加入了具体的经济背景，使事件更加丰满起来。因此，这则材料的外部故事，通过传统的历史材料，有了牢靠的历史定位。

《广异记》的这则故事有一种更独特的意义，它可以让我们了解两位女性的私人状况：她们没有男性亲属的权势或者保护，软弱无助。在地方发生叛乱的紧急情况下，公主女儿唯一可以依赖的权威是她死去的父亲以托梦的形式及时给予她的忠告，她用父亲的话来劝说固执的母亲远走高飞。公主女儿通过梦来寻找到这一权威，显然在她生活的社会里，梦被作为生死沟通的中介，正 *141* 如其他文献中描述的一样。但是，她的母亲轻易地否定了这一提议：公主说梦到的事情都与事实相颠倒，这话又为这幅过于简单

---

⑪《旧唐书》卷194B，第5194页注释5收录了不同的人。事实上，交河是740年授予另一个李姓女子的称号，她是阿史那昕的妻子。见《唐大诏令集》卷42，第206—207页；《资治通鉴》卷214，第6841页（"开元二十八年四月辛未"）。

⑫ 豆卢是慕容氏成员所用的姓氏，慕容一支拥有北鲜卑族的血统。这则材料中的豆卢荣卒于760年，因此他不可能是贞元时期一个同名的进士，后者的一首存诗见《全唐诗》卷347，第3885页。曹汛《豆卢荣与豆卢策》对此有所研究，见《文史》第35期，北京，1992年，第212页。

的画面增加了一种有趣的怀疑主义色彩。⑬ 即使在中古社会,信仰系统也承受着被世俗社会验证的压力,未必总是被奉为圭臬。最后,老公主究竟是被亡夫的话说服,还是出于更实际的考虑而放弃财产一走了之,故事的结局并没有给出一个明确的答案。

公主女儿所描述的那个梦境到底是她真实经历过的,还是编造出来的,这对于我们来说并不重要。这个梦的真实性及其预见性并没有它的实际用处重要:在那种困境中,它的世俗功能似乎太明显了,公主女儿说这些话的关键点在于她必须求助于坟墓里的权威。她的梦暗示她死去的父亲不但具有预见未来的特殊能力,有时候还作为另一个世界的行政权威,而且他在当下家庭生活的决策问题上仍然扮演着举足轻重的角色。但是,这仍然是一种边缘与不确定的角色,只有在极其紧急的情况下,这一功能才被调用出来。

指出此处的内部故事(梦境)与外部故事(女子的处境)是很容易的,但是,所得到的可供分析的内容很少。一种更有用的对比在于这段轶事的两种不同解读。一种是戴孚在故事最后提供的评论,他的评论由梦的精准预见而促发。而另一种解读从两方面认可了故事所具有的价值:一方面是活人对此事的处理,另一

⑬ 此处笔者用"topsy-turvy"来翻译汉字"颠倒",用它来解释老妇人对女儿的话的怀疑。这个词意思是说颠倒会带来无意义的混乱。但我们应该了解一种释梦思路,它以"反"作为释梦的关键,认为梦以与事实相反的方式说出真相,参看王符《潜夫论》,"梦列",卷 7,第 315、317、318 页。[笔者很感激罗伯特·恰德(Robert Chard)惠示他的未刊论文《〈潜夫论〉中的占卜与释梦》("Divination and Dream Interpretation in the *Ch'ien-fu Lun*"),其文(第 34 页及以后)讨论了这一问题。]按照这种观点,老妇人认为女儿的梦有证明温州有长久安全的意思。但故事中的事件证实了老妇人理解这个梦的方式是错误的。无论如何,老妇人都不重视女儿的梦,认为"复何足信"。她没有接受这个信息,结果事后证实这个信息是正确的,而不是老妇人所认为的梦总是与事实相反。

方面是描述死人与活人之间可感知的沟通。戴孚通过陈述一件事情又告诉了我们另一件事，他记录的这件奇事对我们来说成了一个世俗化社会关系的文件性记录。这种解读的"反讽"造成了一种批评解读的客观性：在解读作者所提供的故事时，我们可以不被他的思想前提所左右，通过这一方法，该故事拥有了历史文本的地位。一个类似的反讽贯穿于戴孚在袁晁之乱中的另一场奇遇中：

132　　　　薛万石，河东人。广德初，浙东观察薛兼训用万石为永 *142*
嘉令。数月，忽谓其妻曰："后十日家内食尽。食尽时，我亦当死。米谷荒贵，为之奈何？"妇曰："君身康强，何为自作不详之语？"万石云："死甚可恶，有言者，不得已耳。"至期果暴卒，殓⑭毕，棺中忽令呼录事、佐史等。既至，谓曰："万石不幸身死，言之凄怆。然自此未尝扰君，今妻子饥穷，远归无路。所相召者，欲以亲爱累君尔。"时永嘉米贵，斗至万钱，万石于录事已下求米有差。吏人凶惧，罔不依送，迨至丞、尉亦有赠。后数日，谓家人曰："我暂往越州谒见薛公，汝辈既有粮食，吾不忧矣。"自尔十余日无言，妇悲泣疲顿。昼寝，忽闻其语，惊起曰："君何所来？"答云："吾从越还，中丞已知吾亡，见令张卿来迎，又为见两女择得两婿。兄弟之情，可为厚矣。宜速装饰，张卿到来，即可便发。不尔，当罹山贼之劫，第宜速去也。"家人因是装束。会卿至，即日首途，去永嘉二百里，温州为贼所破。家人在道危急，即焚香诤白，必有所言，不问即否。⑮ 亲见家人白之。

---

⑭ 殓：给死人穿衣，也有入棺的意思。见高延《中国的宗教系统》卷1，第95—96页。
⑮ "不问即否"有另一种解释："除非他们有事请示于他（否则他的鬼魂是不显灵的）。"

143 故事中提及的"兄弟之情"或多或少地表明观察使薛兼训与县令薛万石之间存在亲属关系,死去的薛万石与他的家眷都受到这位观察使的保护。在到太原任新职前,薛兼训确实在 762—770 年任浙东观察使与越州刺史。[16] 而且在这段任职开始之前,他确实是由御史中丞升到御史大夫及观察使的职位的。[17] 故事中提到他担任观察使,提到他在越州的居所以及他御史中丞的职位,都与他在 763 年的实际情况吻合。基本上也就是在这一时期,温州落入了"山贼"袁晁的手中(永嘉是温州郡府所在地,故事中的薛万石在此任过县令)。官方正史记载此事发生在 762 年的秋季,当时的年号是宝应,在新年号(广德)前约九个月。[18] 在这些据口述材料写定的记录中,这种时间上的偏差反而在自相矛盾中带来一种可靠性:完全一致的时间自然让人印象深刻,并因此总是受人欢迎的;但根据我们自己的经验,记忆在细节上总会出现疏误,这种事情自然也会发生在戴孚的朋友身上。据此推断,这种时间上小小的冲突在两个不同的信息提供者提供的故事中是可以预想到的。这其实也可以证明戴孚没有干预故事材料,把它编辑成流畅一致的书面故事。当地米市的动荡也有类似的问题:在故事 **60** 中,同样的时间与地点,温州地区是米价便宜的好地方;在这个故事里,它的主要城市——永嘉的米价已上涨了,而这很可能真实地反映了由于紧急事件而引起的价格波动。

　　这两个事例中,随着叛军的迅速逼近,及时撤离是大势所趋,

―――――――――――――

⑯《旧唐书》卷 11,第 297 页。关于其在浙东任职的时间,见《唐方镇年表》卷 5,第 771 页(及《考证》卷 B,第 1405 页)。关于任刺史的时间,见郁贤皓《唐刺史考》,香港、南京,1987 年,第 1763—1764 页。

⑰《嘉泰会稽志》卷 2,第 32 页 a。

⑱《资治通鉴》卷 222,第 7132、7138 页;卷 223,第 7145 页。

两个故事都用已故丈夫的声音向恐慌孤弱的女眷作出紧急忠告。但这里声音的中介变了,由一个女儿梦境中的私人化世界变为死者在棺材里召集人来公开会见。然而,即使这样,已故丈夫的声音仍然能穿透到疲惫的妻子昏恹的意识中。最后,当家人带着这位已故县令的棺材在战乱的乡村赶路时,他遵守惯例,只是在家人祭拜祷告时才作出回应。但是家人如何获得他的回应,是通过占卜预测、魂灵附体,还是通过其他方式,故事并没有透露。 *144*

内部故事与外部故事的操作在这则材料中表现得不太明显。无论死者的话语是怎样被人感知接受的,其作用都是为了保护妻子并维持她的生计,他的妻子远离家乡,处境艰难,而且身边带着一具尸体,无法独立筹措钱粮。薛万石魂灵的指示十分具体而且非常便宜,如果是他妻子自己提出这些条件,她的利益几乎不可能得到更好的保护,而她丈夫的声音却是及时而有效的,如同豆卢荣女儿的梦一样。我们不能确切知道最初的话语是如何发出的,故事没有直接表示,但也不完全排除声音是由中介者发出的。如果如此,或许是通过一个女性亲属,就像故事 **73** 中尉迟迥的鬼魂那样(参看第五章)。无论如何,戴孚目睹了这家人后来与死者进行沟通的祭拜仪式,戴孚的所见所闻是外部故事最牢固的框架。

在这些方面,这个故事与故事 **101** 相互对应。后者也是一个死去的县令在棺材里说话,他发出指示,提出建议。这就是我们所要论及的"李霸":

101　　　岐阳令李霸者,严酷刚鸷,所遇无恩,自承尉已下,典吏皆被其毒。然性清婢自喜,妻子不免饥寒。一考后暴亡。既敛,庭绝吊客,其妻每抚棺恸哭,呼曰:"李霸在生云何,令妻子受此寂寞！"数日后，棺中忽语曰："夫人无苦，当自办归。"

接着，他以死而复生的躯体召集他那些胆战心惊的下属，下达死亡的威胁。他先是要求他们献出丝帛，然后在返回家乡洛阳的一路上，他一直照管着家人：在祭祀点进食祭品，并在晚上保护家人的安全。等到所有的人都安全到家后，死者才宣布他将离开。他先打开棺材，向那些好奇的亲属展示他恐怖的尸体，然后要求归葬，从此以后就没有声音了。

通过比较可清楚地看出，在这两个鬼中，薛万石更为合情合理，他考虑更周全，而且表现得更为温和。而他这一特点也突出了故事的民族观念：在人们通过祭祀的程序建立一个合适的沟通关系之前，即使如此善良而有责任心的亡灵对于周围的人来说仍然是恐怖的东西。这两个故事明确反映了中国人对亡灵祭奠的关注，这与中国现代社会看到的——尤其是田野工作者在南方城镇观察到的相同。与祭礼不同，葬礼的特点是"对处于不安定状态的鬼魂的恐惧"[19]。根据一个被广泛接受的说法，人从咽气之刻到下葬之后这一期间尸体尤其危险。华琛（James L. Watson）区分出两种危险类型：一种是可控的被动侵染，由同腐烂的肉体接触而引起；另一种是来自脱离肉体，因此不可预知的魂灵"煞气"的侵害。葬礼上，人们会冒着受到侵害的风险，在搬运死者的过程中盯着尸体，当尸体被搬进棺材，并被牢固地钉在里面，最紧张的转移过程才告结束。下一步就是移棺，即将棺材抬起快速搬到村外下葬的地方。只在葬埋与哭丧仪式完成之后，危险的威胁

⑲ 华若璧（Rubie S. Watson）《对亡者的记忆：中国东南地区的坟墓与政治》（"Remembering the Dead：Graves and Politics in Southeastern China"），文收华琛、罗友枝合编《晚清与现代中国的葬仪》，伯克利、洛杉矶，1988 年，第 205 页。在此书中，她概述了其他地方的大量观察与分析。

才最终消除。⑳ 从这一点看,这里解读的两个有关"棺材"的故事都是处在一种不安定,因此具有潜在危险的情形中:死亡在人们远离家乡且没有得到警示或做好准备的情况下突然发生,而且须得经历一次长途旅行才能通过安葬让死者得到最后的安息。在这样的危急时刻,在死亡与安葬之间这一特定的时间段内,死者打破了葬礼施加在他们身上的约束,在接下来发生的一系列事件中扮演了一个活跃而难以预料的可怕角色。㉑ 特别是李霸,他以僵尸的形态出现,杀死官府属吏的马匹,来表明自己具有专断的生杀大权。一路上,他定期享用祭品,这也透露出在惯常的祭奠中鬼魂对米饭和熟食的需求。㉒ 因此,在某种意义上,故事 **132** 和 **101** 展示了葬礼中最忌惮与最谨慎防备的情况,就像现代观察 *146* 者所记录的那样。

在故事 **276** 和 **280** 中,刚刚失去亲人的人家听到了从他们死去的亲人的灵座上传来的"灵语",他们因而对此十分留意。原来,两个故事中都是一只狐狸在冒充亡人的魂灵说话,最终须得通过祭仪将其驱除。两个故事证实了一个背景性的观点:人未入墓前发声说话是已被当时社会所接受的现象,需要慎重对待,即使有可能被外来的灵怪蒙骗。

---

⑳ 华琛《论肉与骨:广东社会中对尸体污染的管理》("Of Flesh and Bones: The Management of Death Pollution in Cantonese Society"),文收莫里斯·布洛赫(Maurice Bloch)、乔纳森·裴利(Jonathan Parry)合编《生命的死亡与再生》(*Death and the Regeneration of Life*),剑桥,1982 年,第 158—159、161—162、163、165—166 页。在第 184 页注释 9 中他列举了七种让人回避的时刻,在这七个时间段中尸体是最危险的。

㉑ 在第一章所讨论的故事 **85** 中,类似的紧急事件也刺激了李佐时死亡不久的魂灵,为了帮助他的寡妻,他通过女仆为媒介来说话。

㉒ 斯图尔特·汤普森(Stuart E. Thompson)《死亡、食物和生育》("Death, Food, and Fertility"),文收华琛、罗友枝合编《晚清与现代中国的葬仪》,第 84 页。

故事还有更多需要作分析的地方。未葬死者的确能说话，但并不是随意的：当常规的社会情形不能遂其所愿时，他们才会在情况紧急时提出特殊的私人要求，而处境困难的女性就是从这种立竿见影的程序中获得特定的个人利益。尽管如此，故事中的那些个人经历并不是偶然的地方事件：这些事件是对传统社会中一种更普遍的人文模式的回应。基斯·托马斯（Keith Thomas）在记录十七世纪英国的情况时写道：

> ……男人在盛年就死去后，会留下诸多社会关系的混乱，这在早期更为常见。而鬼魂信仰帮助人们消除了这些混乱。灵魂游荡的这段时间，正是在世者不断适应新的社会关系的时间。㉓

英国社会也是这样，鬼魂的出现是有充分理由的，只是为了充当一种必需的角色，或传递一些相关的信息。像中国的那个故事一样，在这里的社会中，活人与死者保持着微妙的联系，同时死者的愿望在一定程度上左右着活人的行为。㉔

这种比较让人想到本书第三章的一个观点。在阅读《广异记》时，我们很容易通过所说的外部故事的帮助，非常准确地界定故事发生的历史情形。然而，故事特有的价值更在于作者对特定时空下人们生活的洞察。从这种意义上讲，尽管具有时间或空间上的特殊性，但它们都可以证实长期的社会文化现象，因而这些故事成为具有更广泛价值的文献。金河公主、薛万石、李霸家人的经历都体现了唐人怎么看待生者与死者之间的关系，这一观点在现代仍有回应，而且绝不限于中国社会。

㉓ 基思·托马斯《16 和 17 世纪英格兰大众信仰研究》，第 605—606 页。
㉔ 同上书，第 596、602 页。

6　　　　唐广德二年，临海县贼袁晁寇永嘉。其船遇风，东漂 _147_
数千里，遥望一山，青翠森然，有城壁，五色照曜。回舵就
泊，见精舍，琉璃为瓦，玳瑁为墙。既入房廊，寂不见人。
房中唯有胡**猤**子二十余枚，器物悉是黄金，无诸杂类。又
有衾茵，亦甚炳焕，多是异蜀重锦。㉕ 又有金城一所，余碎
金成堆，不可胜数。贼等观不见人，乃竟取物。忽见妇人从
金城出，可长六尺，身衣锦绣，上服紫绡裙，谓贼曰："汝非袁
晁党耶？何得至此？此器物须尔何与㉖，辄敢取之！向见**猤**
子，汝谓此为狗乎？非也，是龙耳。㉗ 汝等所将之物，吾诚不
惜，但恐诸龙蓄怒，前引汝船，死在须臾耳，宜速还之。"贼等
列拜，各送物归本处。因问此是何处。妇人曰："此是镜湖山
慈心仙人修道处。汝等无故与袁晁作贼，不出十日，当有大
祸，宜深慎之。"贼党因乞便风还海岸，妇人回头处分，寻而风
起，群贼拜别。因便扬帆，数日至临海，船上沙涂不得下，为
官军格㉘死，唯妇人六七人获存。浙东押衙谢诠之配得一
婢，㉙名曲叶，亲说其事。 _148_

这段传奇经历末尾一句简单的话，使得这则材料的来源显得精确

㉕ 这种四川优质织锦在整个唐代都很有名，濯锦江（又称岷江）因此得名，这条江流经
　成都再汇入长江。
㉖ "须尔何与"当为"预尔何事"，见《三洞群仙录》卷 18，第 7 页 a。
㉗ 在唐代小说中，龙常以常见动物的形态出现，见著名的《柳毅传》（《太平广记》卷
　419，第 3410—3411 页）。但在唐代与唐代以前的传说中，龙多与狗互换它们的形
　体与名称，见钱锺书《管锥编》，第 661—662 页。
㉘ 犯人被架在一个木架上，但并不像中世纪欧洲的囚架一样拉拽肢体（作者此处理解
　可能有误——译者）。
㉙ "军队的中心在地方治所，那里的卫兵称为'押军'（即司令部卫戍部队）……它的核
　心是卫兵的精英部队，负责政府官员的安全，在地方首府无疑也可作为一般的保安
　部队。"见彼得森（C. A. Peterson）在崔瑞德编《剑桥中国史》卷 3，上卷，第 515 页中
　的论述。谢诠之无疑与镇压袁晁之乱有关。

可信。同其他故事一样，它是戴孚在与当地官吏的交往中直接或间接听说的故事——故事是在袁晁叛乱结束后，由浙东押衙抓获的一个妇人说出的。我们并不知道这个女子在袁晁之乱前的出身，然而，幸运的是她只是被俘，幸存下来，而且仅仅希望做一个婢女。在这则材料中，她讲述的是一个很有趣的内部故事。然而，对我们来说，能有机会听到遥远时代的婢女的声音是更有意义的事。

在某种程度上，我们可以把她的故事分为几个片断。故事有一些让人熟悉的特征。很显然，有金殿的岛屿是个古老的意象，在中国主流的寓言故事中，它可追溯到仙人岛的传说：

> 盖尝有至者，诸仙人及不死之药皆在焉。其物禽兽尽白，而黄金银为官阙。未至，望之如云；及到，三神山反居水下。临之，风辄引去，终莫能至云。

这是司马迁关于仙人岛的记录，他把它定位在渤海湾里。[30] 按照传统的说法，它们碰巧被秦始皇觅到了。在徐福的神话中，徐福带着一项传奇的使命到了东海的祖州岛，这一传说的早期与会稽有关，而会稽就是曲叶讲述她经历的地方。[31] 仙人徐福的故事一定在戴孚所处世界的言谈中还很流行，故事 **1** 就讲述了一个男子

---

[30] 《史记》卷 28，第 1370 页。

[31] 关于徐福探险的传说可追溯到《史记》卷 118，第 3086 页（参看卷 6，第 247 页）。在《后汉书》卷 85，第 2822 页，徐福的岛屿位于会稽附近的海中，据说他的后裔经常出现在会稽的市场，参看《三国志》卷 47，第 1136 页和《史记正义》引用的《括地志》（《史记》卷 118，第 3087 页注释 2）。徐福的故事被中古时期几代传说故事所承袭，见李丰楙《六朝隋唐仙道类小说研究》，台北，1986 年，第 149、153、203—204 页。它也是与日本由来有关的神话故事，见后藤肃唐《徐福东来的传说》，《东洋文化》1926 年第 25 号，第 60—70 页；第 26 号，第 49—61 页；第 27 号，第 63—72 页；第 28 号，第 55—63 页；第 29 号，第 44—51 页。

为找到一种治疗绝症的药,出海寻找徐福和他所在的岛屿,最终 ¹⁴⁹
如愿以偿,回到了北部沿海的登州。^③ 十二世纪的《夷坚志》中也
有大量浙江故事,这表明那些传奇的岛屿在该地区的民间传说中
依然流行。^③

然而故事**6**中也介绍了一位富有善心的无名隐士,他居住在
一个神奇的岛上。从他与镜湖的联系看,这位隐士应该是当地举
足轻重的人物。因为这个镜湖(长期干涸)在浙东地区是一个很有
名的地方,它位于越州州治的南边,而故事就是在越州结束的。在
唐代其他文献中没有关于此人名号和与之相关祭仪的记载,我们
只有推测他的身份。巧合的是,作为一位德高望重而且富有热情
的政治家,贺知章(659—744 年)也是当地的名人,他在晚年选择了
镜湖作为退隐之地。744 年,带着唐玄宗的关爱与美好的祝福,他
告老还乡,成为道徒。他的退隐地毗邻镜湖,在那里,他建了一个
放生池。^③ 虽然没有确凿的证据表明在他死的当年就有了以他

㉜ 事实上,故事 **1** 包含两个故事,是从《仙传拾遗》与《广异记》两种文献中辑取来的。
《仙传拾遗》是一部已散佚的书,现在由严一萍部分地复原(见《道教研究资料》册
1,板桥,1974 年),它是杜光庭(850—933 年)编辑的短篇道家传记。故事 **1** 中的第
一个故事与秦始皇求仙的传说有关;在《太平广记》卷 4,第 25 页中它再次出现,但
在一些细节上有细微的不同,它只是录自《仙传拾遗》。《广异记》(在这里居第二
位)似乎是第二个故事的原出处,讲述了一病者寻徐福求药之事。但这两个故事都
已出现在《仙传拾遗》中,这缘于杜光庭对早期很多材料随意的辑录,这样可以解释
明显出自《仙传拾遗》的第二个故事何以见于十四世纪《历世真仙体道通鉴》卷 6,
第 7 页 b,在此书中两个故事依次出现。

㉝ 《夷坚志·乙志》卷 13,第 295—296 页有一个报应岛;《丁志》卷 3,第 986—987 页
有一个魔竹岛,住着一个白衣隐士。

㉞ 《旧唐书》卷 190B,第 5034 页;《新唐书》卷 196,第 5607 页;《唐诗纪事》卷 17,第
246—247 页。也可比较道教典籍《三洞群仙录》卷 14,第 6 页 ab;《玄品录》卷 4,第
27 页 b—29 页 b(严一萍编《道教研究资料》册 1,卷 4,第 113—114 页)。《会稽掇
英总集》卷 2,第 6 页 a—15 页 b 保存了贺知章临行前皇帝与其他宫廷大臣的近四
十首赠诗。这部重要的总集是孔延之在 1072 年编辑的,见《四库全书总目》卷 186,
第 41 页 a—42 页 b;陈桥驿《绍兴地方文献考录》,杭州,1983 年,第 354—355 页。

为对象的祭仪,然而在当地的道教传说中,他以某种超然的形式继续生活着。会稽道长祖贯的墓志(时间是 879 年)中有一段话:

> 初,贺监知章㉟得摄生之妙,近数百年不死,负笈卖药如韩康伯。㊱ 近于台州上升,遍于人听。

碑文接着说,祖贯在 819 年遇到贺知章,贺知章送给他延年益寿的药,还应诺六十年一个轮回之后将在天上与其重会,由此可知祖贯在九十五岁那年结束了生命。㊲ 这则材料说明在浙江北部地区,很多人相信贺知章作为道教圣人一直活到了九世纪后期,此时,他的寿命在理论上应有两百多岁。

晚唐时期,这些罕为人知的关于贺知章的神话,即使不是直接地,也至少间接地与那伙袁晁贼寇的仙岛奇遇有关。他确实具有镜湖那位富有善心的仙人,也就是超凡脱俗的道教圣人的所有特征。众所周知,贺知章晚年在镜湖边定居,并仁慈地修建了放生池。在八世纪后期与九世纪,他自由自在地在浙江沿海地区游历。当越州和台州的民众在思考或想象远离东海岸的这个岛屿时,如果贺知章出现在他们的思想里,也不是荒唐的事情。

十六世纪葡萄牙冒险家费尔南·门德斯·平托(Fernão Mendes Pinto)所作的自传性质的《远游记》(*Peregrinaçam*),作为一

㉟ 他在玄宗朝迁为秘书监。

㊱ 韩康,字伯休,是一个著名的隐士,长年在长安集市上卖草药,《后汉书》卷 83 第 2770—2771 页有一篇纪念他的简短传记。

㊲ 许鼎《唐通和先生祖君墓志铭》,文收《会稽掇英总集》卷 17,第 11 页 b—13 页 b。此文标明祖贯的葬期是 879 年 12 月 27 日。这块碑刻的流传背景很不一般:它先是由彭汭在门口发现,彭是宋初学者兼政治家徐铉(917—992 年)的同僚,徐铉由此作了一篇序以示庆祝(见同书卷 17,第 13 页 b—15 页 a)。这引起了范仲淹(989—1052 年)的注意,他于 1040 年把这篇文章刻在镜湖边一座道观的大殿里,这正是贺知章退隐的地方,见同书卷 17,第 15 页 ab。

部遥远而看似无关的文献使得我们可以将海岛冒险类故事作为一个整体进行更全面的考察。在葡萄牙散文文学中,平托的这部著作是一部具有里程碑意义的作品。他在其中记载了与亚洲有关的大量知识,这些内容有些来自道听途说,有些来自他在远东与海盗打交道的个人经历。在他职业生涯的后期,他的宗教信仰发生了转变,参加了早期的耶稣会运动,他带着惭愧与懊悔的复杂感情回忆了他的过去。在书中,他运用出色的叙述与描写技巧,构建了大量亚洲文化的动态场景。他的书带着浓重的有悖于葡萄牙立场的价值评判色彩,表达了对遭到葡萄牙掠夺的亚洲人民的同情。 *151*

平托书中所记载的与中国有关的事受到了现代批评家的质疑和反驳,他们认为他想象加工的内容多于他的亲身经历。⑱ 然而,在第 75—79 章,他描述了一次与故事 **6** 基本相同的冒险活动:⑲1542 年葡萄牙海盗由宁波出航,在海上漂了好几周之后,他们驶向"南京湾"之外的一个岛屿,他们称之为卡莱普卢艾(Calempluy)。他们曾经听说那里有皇帝陵墓,因此打算盗墓。这个岛屿景致非凡——四周环绕着精致的绿宝石墙,墙顶有黄铜栏杆护围,地面上到处是金属雕像、气派的拱门、长满果树的果园,"还有眼睛所及从顶部到底部都镀了黄金的礼堂及其他大型建筑"。⑳ 一个上了年纪的隐者向这些打劫者打招呼,他一眼看

---

⑱ 乔治·舒尔哈默(Georg Schurhammer)作了最全面的考证,见其《平托和他的〈远游记〉》("Fernāo Mendez Pinto und Seine 'Peregrinaçam'"),《泰东》第 3 期,1926 年,第 71—103,194—267 页;莫里斯·科利斯(Maurice Collis)《伟大的远游》(*The Grand Peregrination*),伦敦,1949 年;瑞贝卡·凯茨(Rebecca D. Catz)《平托的旅行》(*The Travels of Mendes Pinto*),芝加哥,1989 年,第 xv—xlvi 页,以及第 655—663 页的详细参考书目。

⑲ 按照葡萄牙文原本的顺序(里斯本,1614 年)。见瑞贝卡·凯茨翻译的现代批注本《平托的旅行》,第 144—153 页。

⑳ 同上书,第 145 页。

穿了他们的来意。当他们洗劫棺材中的银子时，隐者劝说他们把所拿的东西放回去，并为此忏悔，以为他们的罪行求得原宥。后来，还有一些隐者警告他们，自然力量将对他们施以可怕惩罚。结果也确实如此，一场台风后，他们的船在南京湾搁浅，平托也成了俘虏，遭到监禁。

　　研究平托的学者乔治·舒尔哈默（Georg Schurhammer）认为这个仙岛情节纯属虚构（erdichtet），他持这一观点的理由也是显而易见的。[41] 然而，将它与婢女曲叶讲述的袁晁海盗故事作比较，可以加深我们对这两件事的理解。虽然相隔了八百多年，这两桩奇遇却是惊人的相似。他们有着相同的场景：首先是岛屿四周闪闪发光的宝石墙与饰有黄金的建筑物；其次，故事中都出现了一个隐者，他是一个全知全能的人物，警告海盗退还掳掠之物；最后，两个故事都有天理报应的警告，最终也都有船只在东海岸搁浅的情节。

　　这个沿海地区的传统故事如何在中国东部传承了几个世纪，我们又该如何追溯它的传承过程，这些都是极具吸引力的问题，152 但它们属于历史学探究的问题，我们在此并不想深入探讨。两个故事不经意地从一个我们现在已经无法考究的文化背景里出现。而在这个背景中，无疑有大量不同形态的故事在周围传播。比如，故事 311 有这样一个不同的说法：一条船路过一个岛时，船员发现了一个漂流者，他把船员们领到一个藏有大量珍奇宝石的宝藏，但警告他们装载好珠宝后赶快离开，以防山神将宝物夺回；后来山神真的出现了，他变为一条蛇来追赶他们。这个故事的场景

---

[41] 乔治·舒尔哈默《平托和他的〈远游记〉》，第 217 页。莫里斯·科利斯《伟大的远游》第 116—121 页作了更细致的分析。

更简单,故事中出现了一个占有欲很强的地方神怪,这显示了窃宝传奇中一般性的神话背景。故事如此传统性的特征并不重要,但它在两个相当不同的人文背景中体现出来的相通性可以使两个故事彼此印证。在平托的经历中,我们看到一个人在叙事中所表现出来的负罪感,这种负罪感来自他的侵略生涯以及在掠夺中对温和文明的东方人所造成的伤害。在南京湾的经历恰好说明了这一点,它使烧杀抢掠的海盗与明达温和的隐士形成鲜明对照,表现了暴力抢劫对陵墓神圣性的玷污。因此,在海岸边出现的台风与沉船的天理报应也是理所应当的。平托一定知道与这个背景相似的传统故事,于是把自己与一起冒险的同伴置于这个背景中,并用天主教虔诚的言辞来包装他们的经历。

曲叶向她的新主人讲述了一个同样的故事,似乎天理报应的观点同样支配着她的思想。像平托一样,她也把自己置于一个传统的故事背景中;但与平托不同的是,关于海盗打劫所得的财宝问题,曲叶的故事是让海盗物归原主。然而,在故事的内部,那位女性隐者也含沙射影地表达了对袁晁及其叛军的各种批评,因此,船只的搁浅与海盗的被俘就更具有天理昭彰的意味。曲叶向主人介绍自己的方式非常谨慎,她说的内容可能不具有船员航海日志一般的文件价值,但是,作为一个在抓捕者家中为婢的女子,这些话使她与袁晁这些让她陷于这一境地的海盗们有效地划清了界限。在作过一番分析之后,我们可以看出关于这个岛屿的故事反映了一种世俗社会的情形,其中似乎表达的是个体的声音,戴孚使我们得以准确辨认这一声音。然而,具有讽刺意味的是,我们若想实现这一点,就须再次脱离他提供给我们的故事框架。

总之,所有这些讨论的故事,即使它们传递到我们手中时已然经过书写记录的调整,我们依然能够获得一些确乎真实的原始

153 口头材料,有时候甚至有文献证实其真实性。我们通过这一途径所接收的信息引领我们接近正统文本文化之外的神秘体验与人物。《广异记》故事为我们提供了一个机会,让我们能够近距离接触当时社会中的那些女人或奴仆。在那些人中,没有人有条件或能力以书面形式表达他们对现实世界的私人看法。在公共历史事件的接收末梢,同时也是在动态的历史情形中,我们看到了当时世俗社会人与人之间、活人与死人之间典型的交往与联系。这些人物的话语来自一种与众不同的文化,在这种文化中,社会关系、宗教价值、神话概念皆不受制于被广泛认可的正统观念。

第七章　与鬼神交欢

神女的故事

我们首先思考一下季广琛的经历：

80　　　河西有女郎神。季广琛少时，曾游河西，憩于旅舍。昼寝，梦见云车，从者数十人，从空而下，称是女郎姊妹二人来诣。广琛初甚忻悦，及觉开目，窃见仿佛尤在。琛疑是妖，于腰下取剑刃之。神乃骂曰："久好相就，能忍恶心！"遂去。广琛说向主人，主人曰："此是女郎神也。"琛乃自往市酒脯作祭，将谢前日之过，神终不悦也①。于是琛乃题诗于其壁上，墨不成字。后夕，又梦女郎神来，尤怒曰："终身遣君不得封邑也。"

自从宋玉的《高唐赋》《神女赋》以来，中国文学中就有了男子与神女相悦的故事，这一主题在唐代的诗歌与散文中大量存在。② 然而，同其他类似故事一样，这则《广异记》故事以一位名人的个人经

---

① 此处据孙潜校，无"也"。

② 这是薛爱华研究的课题，见《神女：唐代文学中的龙女与雨女》（*The Divine Woman：Dragon Ladies and Rain Maidens in T'ang Literature*），伯克利、洛杉矶，1973 年。宋玉的诗歌，见《文选》卷 19，第 1 页 b—9 页 b。薛爱华也讨论了这一问题，见第 35—38 页。

历提供了一种特殊的风味。我们解读它,不是为了欣赏一种精美
155 且暗含典故的文学建构,而是为了看讲述者怎样努力将这样的人
神机遇作合理的表达。因此,第一件事就是确认讲述者的声音。

对于季广琛,我们已知道很多他的事情:[3]他于 735 年应"智
谋将帅科"中举。[4] 757 年初,作为永王李璘的一名将军,他被遣
远征至长江下游,这后来发展成一场未遂的叛乱(此事因诗人李
白的参与而变得有名)。然而,在当年三月永王叛乱被镇压前,他
成功地脱离了永王。[5] 在 758 年夏秋,他很快由一个地方的军事
总督移任至另一地。759 年,被贬为温州刺史。后来,在 761 年,
他由温州移任到宣州,担任浙江西道的军事职务。[6] 在这之后,
他最终在 774 年升任右散骑常侍。[7] 就现有资料来看,故事中的
这位女郎神很可能相当成功地破坏了他作为一个"常胜将军"应
得的封地嘉奖。

季广琛早年生涯中的一件轶事引导我们更清楚地了解他在
河西的这段奇遇:

> 开元中,河西骑将宋青春,骁果暴戾,为众所忌。及西戎
> 岁犯边,青春每阵常运臂大呼,执戟而旋,未尝中锋镝。西戎
> 惮之,一军始赖焉。后吐蕃大败,获生口数千,军帅令译问衣
> 大虫皮者:"尔何不能害青春?"答曰:"尝见龙突阵而来,兵刃

---

③ 岑仲勉《元和姓纂四校记》(上海,1948 年,卷 8,第 763 页)对现存文献作了鉴别与
  评述。另外还有一些古老的现已散佚的文献在《资治通鉴考异》中讨论过了,见《资
  治通鉴》卷 220,第 7059—7060 页。

④《唐会要》卷 76,第 1388 页;《册府元龟》卷 645,第 16 页 a;《太平御览》卷 629,第
  10 页 b。

⑤《旧唐书》卷 107,第 3265 页;《资治通鉴》卷 219,第 7009、7019—7020 页。

⑥《旧唐书》卷 10,第 252—253、256、260 页。笔者认同岑仲勉对其 759 年任职的修正。

⑦《旧唐书》卷 11,第 306 页。有证据显示他曾于 758 年初任过右散骑常侍,见《资治
  通鉴》卷 220,第 7060 页。

所及,若叩铜铁,我为神助将军也。"青春乃知剑之灵。青春
死后,剑为瓜州刺史季广琛所得。或风雨后,迸光出室,环烛
方丈。哥舒镇西知之,求易以他宝,广琛不与,因赠诗:"刻舟
寻化去,弹铗恩未酬。"(《酉阳杂俎》卷 6——译者引)

河西是西北与吐蕃交界处的一个军事要塞,按照这则轶事的说
法,季广琛有一把神奇的剑,此剑能像铸龙一样冲锋陷阵,由开元
时期一位功高的老将宋青春那里传到季广琛手上,而季广琛当时
任遥远的西部前哨瓜州的刺史。甚至连德高望重的突厥族将军
哥舒翰也觊觎这把剑,748—755 年哥舒翰率领军队在相邻的陇
右地区抗击吐蕃,753—755 年,他也到了河西,可是季氏并不肯
把剑割爱于他。⑧ 故事中季广琛在河西的这段奇遇似乎发生在
他参与永王谋反之前。在故事 **80** 中,他的确有一把奇异的剑,他
挥舞着这把剑成功地抵御了女郎神的侵犯,这些内容都引人
入胜。

通过故事 **80**,再参考上引《酉阳杂俎》所记季广琛年轻时代
的那件轶事,可以解释他一生不得受封的原因。当然这是一种 156
"事后诸葛亮"的解释,整个故事有着明显的回顾性特征。另一个
吸引人的方面是我们可以把它看作八世纪六十年代至七十年代
浙江地区的传闻的一部分,《广异记》对这类传闻有详细的记录。
这毕竟是季氏在 759—774 年任职期间的一个情景,他自己的声
音可能就隐藏在我们在此读到的私人回忆背后。

这个故事在某种意义上涉及了本书第四章谈到过的内容:王

---

⑧《酉阳杂俎》卷 6,第 62—63 页;《太平广记》卷 231,第 1770 页;《南部新书》卷 2
(乙),第 13 页。关于哥舒翰的节度使任职,见《唐方镇年表》卷 8,第 1204—1205、
1223 页。

勋与华山神的三女儿寻欢（**194**），李湜每年夏季与山神的三位夫人偷情（**71**），两者都是受到了寺庙神座上的女神像的感召，季广琛的故事也很明显地暗示着同样的内容。故事的开头就把他安排到河西，而女郎神就在这个地区享祭。

但是，季广琛处理这段际遇的方法与别人有一个有趣的差别。王勋与李湜是惬意地沉迷在他们的情欲奇遇中，家人和朋友颇费周折才将他们从其中解救出来，而且他们是通过职业化的祭仪使二人免受女神的伤害。⑨ 季广琛的故事展现出一个更模糊的情形：来访者到底是女神还是恶魔？在接受她们自荐枕席前，虽然他在寺庙里一定见到并垂涎她们的容貌，但没有当地主人的指点，他似乎并不能确定她们的身份性质。在他的第一个梦里，她们的行事显然既可以算是女神的所为，也可以算是恶魔的行径。但当她们的影子在他醒来时仍挥之不去，这就引起了他的恐慌。然而，他可以选择两种富有张力的祭祀方法：如果女郎是恶魔，他选择仓促与暴力的驱魔仪式；如果不是，他选择对她们进献祭拜。在第二个梦里，季广琛见到的是怨恳的女郎神，这体现了他对自己犯下的错误的惊恐与内疚。

因此，故事戏剧化地表现了拜访女神庙的男人的两种极端不同的经历。其中一个主题是警示性的，引自道家驱邪手册（《道藏子目引得》854 号）：如好色的月娘精可以附体于泥制塑像来引诱对她痴迷的男人，晚上趁他们睡着的时候，在梦中同他们幽会交欢。⑩ 当季广琛对着掠过眼前的影子挥剑时，他猜测她们就是此类鬼神。然而，他渐渐发现这是一个错误：他的经历与别人不同，

---

⑨ 关于女子被其所到寺庙中的男性神控制的同类故事，见上文第四章第 112—113 页的讨论。

⑩ 见上文第四章第 108 页注释 83。

女神以诚相待,而他不应该以那种粗暴的方式对待她们。显然,采取一些怜惜的举措可能更适合——女神期望得到他积极主动、深情款款的对待。但是,当她们所钟情的人不能给予这些时,她们就有力量让他痛苦地感到她们的不快。 *157*

现在我们比较一下朱敖的经历:

115 　　杭州别驾朱敖旧隐河南之少室山。天宝初,阳翟县尉李舒在岳寺,使骑招敖。乘马便骋,从者在后,稍行至少姨庙下。⑪ 时盛暑,见绿袍女子,年十五六,姿色甚丽。敖意是人家臧获,亦讶其暑月挟纩,驰马问之,女子笑而不言,走入庙中。敖亦下马,不见有人,遂壁上观画,见绿袍女子,乃途中睹者也,叹息久之。至寺,具说其事,舒等尤所叹异。尔夕既寐,梦女子至,把被欣悦,精气越泆。累夕如此。嵩岳道士吴筠为书一符辟之,不可。又吴以道术制之,亦不可。他日,宿程道士房。程于法清净,神乃不至。

在这个故事中,戴孚再一次记录了浙江官府的一位熟识同僚的回忆。作为材料提供者,朱敖还出现在故事 **122** 中。⑫ 在上引故事 **115** 中,他的详细叙述作为一次个人经历是让人信服的。毕竟,他描述自己与寺庙壁画上的那个虚幻女子发生的性爱完全是我们可以理解的:这其实是一个在白天受到刺激,晚上出现遗精的 *158*

---

⑪ 此庙就是《汉书·地理志》(卷 28A,第 1560 页)所说的"嵩山少室庙"。主祭神据说是大禹妻子的妹妹,因此,对于大禹的儿子启来说,她是他的少姨。武则天似乎曾支持对祠庙的祭典,并把都城迁至距此山不远的洛阳,以此作为部理由来证明她作为女性统治者的合法性。同时,此庙也因杨炯(650—693 年后)的一篇长文《少室山少姨庙碑》而闻名,文收《杨盈川集》卷 5,第 1 页 a—6 页 b。(关于杨炯生平的最新评述见傅璇琮主编《唐才子传校笺》册 1,第 34—43 页。)

⑫ 此人名字也见于《旧唐书》卷 11,第 313 页;卷 129,第 3600 页。777 年他作为御史前往渭南县调查水灾灾情。

梦。他连续几个晚上都有这样的经历,想必开始为频频泄精而焦虑不安,⑬这也是朱敖求助于祭祀的原因——他想借助它来制止梦中发生的事情。像王勋与李湜一样,朱敖在与来访的神灵交欢中也尝到了肉体的快乐;但他与王、李二人不同,他自己主动采取行动中止了此事。但是,他的态度又与季广琛不同,故事中他没有尝试以敬畏的举动来向可怕而强大的女神献媚。由此我们可以得出一个结论:这个引诱他的幽灵仅仅是另一个世界的一个侍女,除了引诱他的肉体,没有其他威胁。

比较这两则私人化轶事,我们会对神界女子主动的性行为有一个基本认识:她们被一些世间男子的容貌吸引,于是恣意地引诱他们。对于被引诱的男人来说,他们大多数是在无意识状态——比如昏迷或者睡眠中——被动地接受她们的献身。当他们意识到了威胁——或因恶魔缠身,或因精液泄漏,有时便会通过祭仪来奋力摆脱这些不速之客。然而,一些神界仙女可以运用自己掌握的法术或者威胁她们的爱人,或者许以好处,这就造成了他们之间更广泛而复杂的关系形式,我们现在就来讨论这一点。

在故事 **194** 中,华山神的三女儿是一个淫荡而毫无节制的性伙伴。但在故事 **78** 中,她则表现出另一副面孔:一次旅行中,她在一个远离寺庙的客栈里遇到了男主角。一看到他,她就把他叫到她的面前,很轻易地便招他做了她的丈夫,与他行夫妇之礼。他们在长安的府邸里享受了七年的王室生活,男人的家族也因他们的结合而获取了财富与名望。在此期间,她为他生了两个儿子和一个女儿。

---

⑬ 李约瑟评述了这种常见焦虑的生理学理论,见《中国科学技术史》卷 5 第 5 分册,剑桥,1983 年,第 184 页及以后。

78　　　　公主忽言欲为之娶妇。某甚愕，怪有此语。主云："我本
非人，不合久为君妇。君亦当业有婚媾，知非恩爱之替也。"其
后亦更别婚，而往来不绝。婚家以其一往辄数日不还，使人候 *159*
之，见某恒入废宅，恐为鬼神所魅。他日，饮之致醉，乃命术士
书符，施衣服中，及其形体皆遍。某后复适公主家，令家人出
止之，不令入。某初不了其故，倚门惆怅。公主寻出门下，大
相责让，云："君素贫士，我相抬举，今为贵人。此亦与君不薄，
何故使妇家书符相间，以我不能为杀君也。"某视其身，方知有
符，求谢甚至。公主云："吾亦谅君此情，然符命已行，势不得
住。"悉呼儿女，令与父诀，某涕泣哽咽。公主命左右促装，即
日出城。某问其居，兼求名氏，公主云："我华岳第三女也。"言
毕诀去，出门不见。

这则材料的外部故事与故事 **71** 中李湜的经历几乎没有什么不
同：这种关系若从世俗的角度来理解，人们在其中仍然只能发现
危害，通过祭仪来驱魔依然是自然而然的防护策略。然而，内部
故事却有细微的差别。李湜仅仅因为结束与三位夫人的性游戏
就遭到她们的指责；但是，在这个故事里，受到羞辱与背叛的华山
神三女儿却追求一种更具伦理道德分量的关系。她是这个男人
的资助者、伴侣，也是他孩子的母亲。她很大度地为他命中注定
的人间婚事让路。在尽心服侍他几年之后，她带着孩子退出了他
的生活，虽然感到哀伤，但她知道这是惟一的选择。

这段材料有一个无名的男主角和一个程式化的外部故事，只
不过是一则个人体验特征不明显的神话故事。事实上，它的主题
在另一个故事中有相当清楚的回应——九世纪《异闻集》里有一
个故事：一个赴考的人，在神庙里被华山神三女儿的神像迷住了，

许诺如果取得了功名就回来与她成亲。他们后来成亲了,但是应神女的吩咐,他又娶了一位世间女子为妻。故事在悲剧中结束:道教法师戳穿了这段人神之恋并惩罚了神女,这导致神女后来让男主角的妻子与他本人都受到了报应:[14]

> 韦子卿举孝廉,至华阴庙,饮酻,游诸院,至三女院,见其姝丽,曰:"我擢第回,当娶三娘子为妻。"其春登第,归次渭北,见二黄衣人曰:"大王遣迎韦郎。"子卿愕然。又曰:"华岳金天大王也。"俄见车马憧憧,廊宇严丽。见一丈夫,金章紫绶。酬对既毕,择日就礼,女子绝艳,真神仙也。后七日,神曰:"可归矣。"妻曰:"我乃神女,固非君匹,使君终身无嗣,不可也。君到宋州,刺史必嫁女与君,但娶之,我亦与君绝,勿泄吾事。事露即两不相益。"子卿至宋州,刺史果与论亲,遂娶之。神女尝访子卿曰:"君新获佳丽,相应称心。"子卿踟蹰不自安,女曰:"戏耳,已约任君婚娶,岂敢反相恨耶?然不可得新忘故。"后刺史女抱疾二年,治疗罔效。有道士妙解符禁,曰:"韦郎身有妖气,使君爱女所患,自韦而得。"以符摄子卿,鞠之,具述本末。道士飞黑符追神女,女曰:"某女子之身,深处深闺,婚嫁之事,父母属配。"道士又飞赤符召岳神责曰:"君以岳镇之尊,何事将女嫁与生人,仍遣使君女病?"神曰:"子卿愿娶吾女,自知非人之匹,令其别娶,尊师详此一节,岂有图害之意耶?"拂衣而去。道士告神女曰:"罪虽非汝,然为神鬼,敢通生人,略示惩责。"乃杖三下而斥去。之后逾月,刺史女病卒。子卿忽见神女曰:"嘱君勿泄,惧祸相及,今未如言。"袒而示曰:"何负汝,使至是乎?"子卿视之,三痕

---

[14] 现存故事可能有所删节,见《类说》卷28,第13页 a—14页 b。

隐然。神女叱左右曰:"不与死手,更待何时?"从者拽子卿捶
扑之,其夜遂卒。(《类说》卷 28——译者引)

通过这些八世纪和九世纪的故事,我们发现了一个围绕着华山神
三女儿而演进的神话系统,这个系统后来演变为民间文学中一个 *160*
著名的主题,就是沉香太子的传说。他是华山神三女儿与一个凡
人结合而生下的孩子。⑮ 然而,更常见的故事情节是,这个神女
转变成了一个忠贞贤惠并能旺夫的妻子,这一主题似乎在唐代的
白话与文言文学中都很常见。在故事 74《汝阴人》中,《广异记》
提供了关于这个主题的另一种具有特殊意义的版本。⑯ 主动的
一方还是神女:嵩山神手下一位将军的女儿因为一个青年男子的
英俊潇洒而钟情于他。这个男子是一个孤儿,他义无反顾地娶了
神女为妻。接下来的事情与其他故事中两相情愿的散漫结合不
同,他们形成了一种正式的婚姻关系。这对夫妇的一生拥有了正
统婚姻所具有的一切:他们有融洽的家庭关系,大量的财富,还有
使人返老还童的房中秘术和成群的儿女。他们仅在凡人丈夫去
世的时候才诀别,这时候,她带着她的孩子回到另一个世界。这
个故事有点像著名传奇《柳毅传》,它对凡人与神女的关系持完全
肯定的观点,并没有提到任何干涉这桩人神之恋的驱邪措施或其
他对抗性的祭仪。也正因为如此,两人才可能以正常的婚姻身份
取得这来之不易的圆满结局。

　　以上几个不同故事中显示的这种情景说明神女与凡人的关

---

⑮ 关于这个传说的研究,见杜德桥《华岳三娘神与木鱼书〈沉香太子〉》("The Goddess
Hua-yüeh San-niang and the Cantonese Ballad *Ch'en-hsiang T'ai-tzu*"),《汉学研
究》第 8 卷第 1 期,1990 年,第 627—646 页。
⑯ 关于这个传奇的译注以及同著名传奇《柳毅传》关系的详细讨论,见杜德桥《〈柳毅
传〉及其类同故事》,文收孔慧怡编《中国传统文学的悖论现象》,香港,1994 年,第
61—88 页。

系是依循着一个不断演进的经验连续体:起初是感到鬼怪诱迫的恐怖,继而转为不断深化的亲密接触和感情投入,最终达成一种正常的夫妻关系。沿着这条线越往前发展,故事中的两性关系就越接近理想的世俗婚姻。在唐代文学涉及动物精怪的故事中,也能发现类似的线索,这个问题我在另一部书中作了讨论。⑰ 然而这一问题在《广异记》中没有完全地体现出来,《广异记》中,与动物灵怪有了瓜葛的男女几乎都是企图一走了之。⑱

161

鬼女的故事

《广异记》以丰富的细节提供了另一个平行的故事连续体,它涉及生人与死人在凡间的性爱与婚姻关系。首先,我们可以从中发现有关婚姻的民族志与民俗方面的内容:比如撒帐风俗(向新娘床四周围着的布帘抛洒铜钱),以及使用染成红色的绸缎,这些内容在故事 **131** 中的冥婚场面里得到了证实。⑲ 再比如故事 **88** 提到在神怪世界里新郎新娘的脚要绑在一起。毫不奇怪,姻缘前定的信念贯穿于《广异记》的整个故事系统中:比如故事 **146** 中有一个情节,一户人家为决定未婚妻的人选而询问神灵,结果表明待选的人中有一人命里注定要成为他们家的媳妇。而故事 **141** 中,一个男子在前世被他的恋人在身上做了标记,女方凭这个标

---

⑰ 杜德桥《〈李娃传〉》,伦敦,1983 年,第 61 页及以后。

⑱ 老虎:**222、227、234**。老鼠:**251b**(与其他故事表现的情形不一样,这个故事里的女子对她的配偶一片痴心)。狼:**254**。野猫:**257**。狐狸:**261、263、265、266、267、268、269、271、272、274、278、279、281、282、283、288**(只有 **290** 和 **291** 显示主人公是主动与狐狸结合的)。故事 **305** 中出现了人与一只鹤婚配的情况。

⑲ 见上文第三章第 53 页的讨论与引文。虽然后来的文献记录追溯到更早的时代,但这则材料是中国最早的关于撒帐风俗的记录之一,见陈鹏《中国婚姻史稿》,北京,1990 年,第 266—269 页,第 281 页注释 7。

记在后世与男子结为夫妇。但是，更复杂而有趣的是那些超越生死界限的性伙伴之间的动态关系。

在《广异记》里，针对神女恋人与鬼女情人的祭仪方式有很大不同。人们会毫不犹豫地用咒符或其他驱邪祭仪来控制或驱走不受欢迎的神女恋人。但是，人们从不这样对待死去的凡间女子，即使她们同样频繁地造访并引诱那些有魅力的男子。[20] 其原因似乎是戒律与控制的法力只有在神界才有效力，对凡界的鬼魂却鞭长莫及。这一种差别在现代人类学家的分析中得到证实，他们认为神、鬼与祖先在祭祀中所受的待遇应当仔细地加以区别。[21] 已死女子往往依照自己的方式化解困境，这一解决方式往往取决于女人的需要与她们自身的遭遇。对于这个问题最好的研究方法是看一些特定的事例：

110　　唐杨准者，宋城人，士族名流。因出郊野，见一妇人，容色殊丽。准见挑之，与野合。经月余日，每来斋中，复求引准去，准不肯从，忽尔心痛不可忍，乃云："必不得已，当随君去，何至苦相料理？"其疾遂愈。更随妇人行十余里，至舍，院宇 *162* 分明，而门户卑小。妇人为准设食，每一举尽椀，心怪之，然亦未知是鬼，其后方知。每准去之时，闭房门，尸卧床上，积六七日方活。如是经二三年，准兄谓准曰："汝为人子，当应绍续，奈何忽与鬼为匹乎？"准惭惧，出家被缁服，鬼遂不至。其后，准反初服，选为县尉，别婚家人子[22]。一年后，在厅事

---

[20] 故事 **107** 在这方面显然是个例外，在这个故事中，避邪剑自发地驱散了一个女子墓外幻化的建筑。

[21] 见武雅士《神、鬼和祖先》（"Gods，Ghosts and Ancestors"），文收武雅士编《中国社会中的宗教与仪式》，斯坦福，1974 年，第 131—182 页，尤其是第 169 页及以后。

[22] 此处当为"别婚人家子"。

> 理文案,忽见妇人从门而入,容色甚怒。准惶惧,下阶乞命,
> 妇人云:"是度无放君理。"极辞搏之,准遇疾而卒。

这个女人的栖居地是一个"门户卑小"的坟墓(参看故事 107)。无论杨准是如何缓慢地了解到事情的真相,最终,他还是发现他一直是在与一个鬼魂交合。他之所以勉强维持着这一关系,是因为他的这个情人威胁到了他的生命。他们的关系具有被魔鬼缠身的所有典型特征。然而,似乎杨氏即使通过仪式驱魔也不能使这个女鬼善罢甘休,最后只有皈依佛教才让她死了心。作为一个生活在坟墓里的与外界隔绝的女性,她有足够的破坏力迫使她的情人与她在一起。在神女故事中,那些神女都极易被纸符制服,而这位鬼女最后的谋杀复仇表明她比所有的神女都更有法力。她的这一行为也证实她的这一力量是因性欲没有得到满足与遭到背叛而激发出来的,除此之外,没有显示其他任何杀人动机。在与鬼神交欢的所有故事中,这个故事表达了最激烈的负面看法。㉓

相比之下,另一些女鬼则具有更为正面的行为表现。比如当阎陟梦中的情人要从她的临时安葬地迁往最终的墓穴时,她留给了他一个赠别的礼物(63)。王玄之(114)与新繁县令(123)的情人也是如此。李陶的情人在他卧病他乡时,一直奉汤侍药不离左右,而在他做官后又离开了他,他们的情缘也到此结束(108)。有的女子还有自己要达成的特别目标:故事 141 中,一个女子在投胎托生之前与情人苟合,只有到了来世,她才能正式成为他的妻子。关于这点又有一个陆氏女的故事:

163

㉓ 可比较一下故事 133,这是一个与复仇女鬼有关的更粗疏的故事。

109　　　　长洲县丞陆某，㉔家素贫。三月三日，㉕家人悉游虎丘寺。㉖女年十五六，以无衣不得往，独与一婢㉗守舍。父母既行，慨叹投井而死。父母以是为感，悲泣数日，乃权殡长洲县。后一岁许，有陆某者，曾省其姑。姑家与女殡相近，经殡宫㉘过，

————————————

㉔ 长洲县属苏州，在江南东道，见《元和郡县图志》卷25，第601页；《旧唐书》卷40，第1586页。它是州治的两个行政中心县之一。

㉕ 三月初的这个节日曾是个斋沐节，见卜德（Derk Bodde）《古代中国的节日》（*Festivals in Classical China*），普林斯顿，1975年，第273页及以后。汉代后期，这个节日的日期已从每年三月的第一个巳日改为第三天。而且它不再是以前那种宗教性的综合节日，以前这个节日不仅是年轻人狂欢与性爱的日子，人们还要在这一天缅怀祖先亡灵；而汉末这个节日变成了一种春季在水边或水上野餐与狂欢的聚会（同上书，第281页）。在唐代，它是宫廷长安宴游曲江的日子（《剧谈录》卷B，第27页b），是宫内举行射箭活动的日子（《唐会要》卷26，第499—501页），也是法定的假日（《大唐六典》卷2，第29页a）。还可看看小野胜年《〈入唐求法巡礼行记〉的研究》中一个很长的注释（卷1，第448—450页），其中提到了日本朝圣者圆仁的话："此州（指楚州，位于淮南道，长江的北面）不作三月三日之节。"小野胜年指出，那些庆祝活动只在受过教育的知识精英中流行，并不是普遍的社会活动。

㉖ 这座苏州著名的寺庙据说建于368年，见《佛祖历代通载》卷6，第524页c。它位于虎丘山脚的剑池附近，是一处与吴王阖闾（前514—前496年）有关的历史古迹，在县治西北八里处，见《元和郡县图志》卷25，第601页。唐时该寺名为报恩寺，845年辟佛后，寺被移建到了山顶，十世纪后更名为云岩寺，这个名字沿用至今。现在位于此处的塔建于北宋，另外一些寺庙建筑是十五世纪后修复的。见吴雨苍《苏州虎丘山云岩寺塔》，《文物参考资料》1954年第3期，第69—74页；刘敦桢《苏州云岩寺塔》，出处同上，1954年第7期，第27—38页。

㉗ 孙潜注意到有别本作"二婢"。

㉘ "殡宫"，出自经书。《仪礼·祭西礼三》（卷40，第4页b）在涉及一般官员葬礼时出现了这个词，意思是"死亡发生时所在的房子"，见约翰·斯蒂尔（John Steele）《〈仪礼〉英译本》（*The I-li, or Book of Etiquette and Ceremonial*），伦敦，1917年，卷2，第92页。这个词在《广异记》中出现了四次（参看故事 **25、98、111**），但它所指的显然是一所小型结构的建筑，用于停放棺材，作为一种临时性的地上安葬。十九世纪，卢公明作了细致的描述，见《中国人的社会生活》卷2，第369页："安葬地点有时还没有确定。在这种情况下，棺材被临时停放在一个特定的屋子中。这些房屋有八九英尺高，八到十二或十五英尺长，宽度足以放进棺材。它通常看起来像一个无窗的小型居室。如果需要，在这个房子或地上坟墓中通常可停放几口棺材。这个地方一直被保留着，直到找到合适的安葬地点和方便正式安葬的时机。……这些地上的临时性坟墓有时候会被荒废，这是因为墓主的家里已经变得很穷，或者已经绝嗣。"也可参看高延《中国的宗教系统》卷1，第127—128页。

164 　有小婢随后,云:"女郎欲暂相见。"某不得已,随至其家。家
　　　门卑小,女郎靓妆,容色婉丽,问云:"君得非长洲百姓耶?我
　　　是陆丞女,非人,鬼耳。欲请君传语与赞府,今临顿李十八求
　　　婚,吾是室女,义难自嫁。可与㉙白大人,若许为婚,当传语
　　　至此,其人尚留殡宫中。"少时,当州坊正从殡宫边过,见有衣
　　　带出外,视之,见妇人。以白丞。丞自往,使开壁取某,置之厅
　　　上,数日能言。问:"焉得至彼?"某以女言对。丞叹息,寻令人
　　　问临顿李十八,果有之,而无恙自若。初不为信,后数日乃病,
　　　病数日卒。举家叹恨,竟将女与李子为冥婚。

戴孚在苏州有自己的关系网,㉚很可能他是在当地听说的这个故
事。这个故事与众不同的地方在于,爱情关系仅隐含在背景之
中,而主体内容则围绕着一位在人鬼之间传话的人。如果李十八
活着的时候就曾向已死的陆女求过婚,那么他一定以某种方式与
她已经有过交往了。内部故事可以使我们想象到他们在那种梦
境或幻境中相会的情景,这在其他故事中是主体性的内容。像故
事 **109** 描述的那样,已死的女子认得未来的丈夫,这种情况是广
为人知的:我们在神话文学与现代民俗中都会找到一些这样的例
165 子。㉛ 但是,对于我们来说,最有趣的特征是冥婚本身,因为作为

㉙ 据孙潜校,"与"当为"为"。
㉚ 见上文第二章第 43—44 页注释 116、117。
㉛ 关于神话文本,有《梓潼帝君化书》(《道藏子目引得》170 号)卷1,第 4 页 b—5 页 b,
　见《一个神的传奇》,祁泰履译注,第 99—101 页。关于民俗报告,有阮昌锐《台湾的
　冥婚与过房之原始意义及其社会功能》,《中央研究院民族学研究所集刊》第 33 辑,
　1972 年,第 15—38、25 页。焦大卫(David K. Jordan)《神、鬼与祖先:台湾民间的
　地方宗教》(*Gods, Ghosts, and Ancestors: The Folk Religion of a Taiwanese
　Village*),伯克利、洛杉矶,1972 年,第 143—144 页;芮马丁(Emily M. Ahern)《中
　国乡村的亡人祭礼》(*The Cult of the Dead in a Chinese Village*),斯坦福,1973 年,
　第 236 页。

一项中国人的社会习俗，它从古代一直延续到现代。

　　冥婚在汉文文献里最早出现在经典的礼仪文本《周礼》中，它是这样规定的："禁迁葬与嫁殇者。"汉代经学家郑玄（127—200年）注曰："迁葬谓生时非夫妇死既葬迁之，使相从也。殇，十九以下未嫁而死者。生不以礼相接，死而合之，是亦乱人伦者也。"郑众（公元 83 年卒）确认这种嫁亡女的风俗在他那时又叫"娶会"。㉜很显然，对这种习俗的禁止表明它已经存在，然而，它也未必能够杜绝得了。最值得注意的是，在与儒家礼仪经典的对抗中，这一特殊的习俗久盛不衰，一直延续至今。这则材料至少可以证明中国真正"长时段"性的社会习俗制度无须权威的经典来确保它们的代代传承。㉝正史与笔记文献皆可证明冥婚历代以来都是稳固的社会习俗。㉞然而，最切近的观察与最有价值的洞识来自二十世纪民俗学者所做的田野工作。

　　内田智雄所作的《冥婚考》是一部关于中国北方冥婚现象的优秀专著。此书建立在二十世纪四十年代他在河北、山东所作的大量田野工作的基础之上，遗憾的是，它并未得到研究这一课题的学者的足够重视。㉟关于冥婚这种风俗，更多最近的研究报告涉及中国台湾、香港等地区和新加坡，而关于当代中国的轶事化

㉜《周礼》，"地官·媒氏"，卷 14，第 17 页 a。（"嫁殇者谓嫁死人也，今时娶会是也。"——译者引）

㉝ 这个问题上文已提到，在第三章第 66 页。

㉞ 赵翼对此作了研究，见《陔余丛考》卷 31，第 649—650 页，但其论述针对的是正史文献。陈鹏《中国婚姻史稿》第 155—162 页提及了其他文献资料，第 157—158 页也提到了这个故事；也可见岗本三郎《冥婚说话考》，《东洋史会纪要》第 4 辑，1945年，第 135—163 页。

㉟ 内田智雄《冥婚考》，《支那学》第 11 期，1944 年，第 311—373 页。关于中国大陆更早的民俗记录，见《中国民事习惯大全》（法政学社编，上海，1923 年，台北，1962 年）卷 4，第 31 页 a;《中国民商事习惯调查报告录》，南京，1930 年，台北，1969 年，第1379、1392、1409、1423、1557、1702 页。

166 证据也陆续出现。㊱ 然而,日本越来越多的研究表明,可以在更广的范围内见到中国的这类风俗,其中也包括日本,韩国更是如此。㊲ 而中国人的有关记录,和以上第三章里关于"长时段历史"(la longue durée)的讨论一样,详细展示了在更普遍葬仪中发现的复杂变化。这种风俗的各个方面都表现出多变性,诸如它的名称,亡者定亲、结婚、成年的规定年龄㊳,婚后双方与家族继承的关系,婚庆的形式(或者是否举办婚庆),这一习俗让人体验到的功能,如此等等。

　　冥婚最基本的差异可能存在于以下两类冥婚之间:一是让活

㊱ 托培理(Marjorie Topley)《新加坡华人的冥婚》("Ghost Marriages among the Singapore Chinese"),*Man* 第 55 期,1955 年,第 29—30 页;《新加坡华人的冥婚:进一步说明》("Ghost Marriages among the Singapore Chinese:a Further Note"),*Man* 第 56 期,1956 年,第 71—72 页;李亦园《台湾乡村的冥婚、巫术与亲属行为》("Ghost Marriage, Shamanism and Kinship Behaviour in Rural Taiwan"),文收松本信广、马渊东一合编《西南太平洋地区的民间宗教与世界观》(*Folk Religion and the Worldview in the Southwestern Pacific*),东京,1968 年,第 97—99 页;焦大卫《台湾乡村的两种冥婚形式》("Two Forms of Spirit Marriage in Rural Taiwan"),《东南亚和大洋洲人文社会科学杂志》(*Bijdragen tot de Taal-, Land- en Volkenkunde*)第 127 期,1971 年,第 181—189 页;焦大卫《神、鬼与祖先:台湾民间的地方宗教》,第 140—155 页;阮昌锐《台湾的冥婚与过房》;芮马丁《中国乡村的亡人祭礼》,第 128、236 页;武雅士《神、鬼和祖先》,第 150—152 页。中国大陆最近事件的一个范例,见 1992 年 2 月 19 日路透社在英国《卫报》(*Guardian*)上发表的报道(关于四川与山西)。

㊲ 民族学家竹田旦正关于这一课题研究的再版著作《祖灵祭祀上的死灵结婚》,京都,1990 年。松崎宪三编辑的《东亚的死灵结婚》(东京,1993 年)收录了学者最近发表的文章。本书包括了中国、日本、韩国有关此类研究的目录,松崎宪三先生寄了两本给笔者,对其美意,笔者感激不尽。

㊳ 内田道夫分析了细节上几种不同的情况(《冥婚考》,第 357—365 页),他最后注意到这个时间跨度从已知最早的订婚年龄 7 到 8 岁,到已知成人最晚年龄约 20 岁,这与《仪礼》"丧服"注(卷 31,第 14 页 a)中对未成年死者规定的服丧内容相符:十六到十九岁是人的成熟期,十二到十五岁是少年时期,八到十一岁是儿童时期,不满八岁就死了的孩子是不要求服丧的(约翰·斯蒂尔《〈仪礼〉英译本》卷 2,第 27 页)。然而,应该注意到,台湾有为夭折的女孩成婚的例子,有些女孩甚至连名字都还没有,见阮昌锐《台湾的冥婚与过房》,第 22、24 页;焦大卫《神、鬼与祖先》,第 143 页和第 152 页注释 19。

着的男人与已死的女子结婚，二是仅限于将两个已死的人合葬在一起。初看之下，《广异记》在这一问题上的立场鲜明：要与已死的女子结婚，男子本人必须先死掉。[39] 在现存《广异记》故事中，"冥婚"一词只被用了三次，每一次都严格地指涉死人之间的婚姻。陆女选择了李十八为丈夫，他在与她成婚前死了（**109**）。当魏靖得疾暴卒，家人"权殓已毕，将冥婚舅女，故未果葬"，但后来他又活了（**173**）。这里还有第三个故事：

111　　临汝郡[40]有官渠店，店北半里许李氏庄，王乙者，因赴集，从庄门过。遥见一女年可十五六，相待欣悦，使侍婢传语。乙徘徊槐阴，便至日暮，因诣庄求宿，主人相见甚欢，供设亦厚。二更后，侍婢来云："夜尚未深，宜留烛相待。"女不久至，便叙绸缪。事毕，女悄然忽病。乙云："本不相识，幸见相招。[41] 今叙平生，义即至重，有何不畅耶？"女云："非不尽心，但适出，门闭，垣而墙角下[42]，有铁爬，爬齿刺脚，贯彻心痛，痛不可忍。"便出足视之。言讫辞还，云："已应必死。君若有情，回日过访，以慰幽魂耳。"后乙得官东归，涂次李氏庄所，闻其女已亡，私与侍婢持酒馔至殡宫外祭之，[43]因而痛哭。须臾，见女从殡宫中出，乙乃伏地而卒。侍婢见乙魂魄与女同入殡宫，二家为冥婚焉。

这个故事的特点是故事本身不是来自一位戴孚熟识的材料提供

㊴ 在故事**85**（第一章已有翻译与讨论）和**116**中有向死者女儿提亲的例子，但每一次都要求这个女婿先死。

㊵ 汝州于742年更名为临汝郡，在758年又恢复汝州之名，见《旧唐书》卷38，第1430页。其州治在现在河南的临汝县城。

㊶ "见相招"，用孙潜校。

㊷ 据孙潜校，"垣而墙角下"当为"踰垣而来墙下"。

㊸ 见上文注释28。孙潜录有不同情况，"宫"下字原缺。

者的所见所闻,而是一个具有地方特征的传闻,它与临汝县馆驿有关,戴孚也许就是在当地听到的。故事提到的大部分内容可视为内部故事,其中女仆所见到的情形与故事结束的一句话形成故事的外壳。但是,将整篇文字看作一个内部故事更有意义——临汝旅舍的店员对这一桩地方奇事的表述已经说明了这一点。书中再一次暗示冥婚通常是未婚的死人间的结合。

在《广异记》的三个冥婚故事中,真正的代理者都是死者家属,他们要去商谈并筹办婚事,但家属们的动机都没有直接说出来。这些故事表达的也许也正如二十世纪四十年代一位河北讲述者所解释的那样:"这些都是溺爱孩子的父母做的。""当孩子未婚就死去时,慈心柔肠的父母就会做这些事。"[44]但是,现代的冥婚习俗中,其动机不仅仅是父母的爱心和对已死孩子的安慰。一个山东村民概述了一种更实际的用途:因为未婚而死的人可能没有后代,他们需要成婚,这样就成为"父母",可以收养一个儿子。那个孩子就有了在世的祖父母;而对于后者来说,他就是他们已逝儿子的在世之子。[45] 死了儿子担心香火不续的父母采用这样一种方法,与此相比,失去女儿的父母这样做有另一种不同的原因,这里的原因更为人熟知:

> 如果女子在正式加入夫家的家庭世系之前就死了,人们
> 就会认为她陷入了一个窘境。她完全没有资格得到她的家
> 族成员的关心与供奉……没有人有义务像敬奉父母那样敬
> 奉她,也没有家族成员有义务供奉她,因为她对家族世系不

---

[44] 这种功能论的话语出自沧州官员和益都村民之口,见内田道夫《冥婚考》,第366—367页。

[45] 同上书,第330页。(然而,他又马上指出,另一些村民否认冥婚与养子之间存在任何关系。)可以比较托培理引用的广东材料提供者的材料。

202

会有任何实际的或潜在的贡献。无论人们用什么来供奉她，他们这样做的目的都只是想安抚她，以防止她对家族成员造成伤害。⑩

在这些情况下，具有威胁的亡女的灵魂可能会在婚姻中找到慰藉。因为这样的话，她的灵位就会被摆在婚配对象死后的供桌上，家人就可以以她的名义收养儿子，由此，她就可以分享丈夫家族的供奉了。⑪

这种婚姻如果是让死者受益，那么它对生者好处更大，这种风俗在中国台湾有大量例子。⑫ 这就引出一个诱惑活着的男人与死去女人结婚的有趣问题：一些男子这样做可能是受到了钱财的巨大诱惑；但是，有时女方家庭成员设下圈套，迫使男方不得不同意接受死者。令人惊喜的是，我们在《广异记》中找到了一个与这种情形完全吻合的例子，它就是我们在讨论与神女结合的情况时已引用过的故事 **74**，它的开头是这样的：

74　　汝阴男子姓许，少孤。为人白皙，有姿调。好鲜衣良马，游骋无度。常牵黄犬，逐兽荒涧中，倦息大树下。树高百余 *169* 尺，大数十围，高柯旁挺，垂阴连数亩。仰视枝间，悬一五色彩囊，以为误有遗者，乃取归。而结不可解，甚爱异之，置巾箱中。向暮，化成一女子，手把名纸直前，云："王女郎令相闻。"致名讫，遂去。有顷，异香满室，渐闻车马之声。许出户，望见列烛成行，有一少年，乘白马，从十余骑在前，直来诣

---

⑩ 芮马丁《中国乡村的亡人祭礼》，第 128 页。

⑪ 阮昌锐《台湾的冥婚与过房》，第 15 页及以后。

⑫ 同上书。阮昌锐发现这种情况更集中在中国台湾的南部、东北部说闽南话的人中，而在客家人中较少有发现（第 15 页）。

> 许曰:"小妹粗家,窃慕盛德,欲托良缘于君子,如何?"许以其
> 神,不敢苦辞。

就像我在其他地方指出的那样,这个故事与当代台湾促成人鬼
成婚的通常情形非常相近:一个诱饵被有意放置在一个年轻男
性的必经之路上,诱饵往往是一个钱包或者一个红色的信封;
已故女孩的兄弟急切地守在附近;他们是这样假设的——谁如
果拿了这个诱饵,则表明此人与他的姊妹有命定的姻缘;然后,
用金钱进行进一步的引诱;最后,年轻男子勉强答应。⑲ 利用在
讨论冥婚中所得的"后见之明"我们可以看出,相比在前面的讨
论,故事 74 具有更有趣的特征。在与神女结婚的故事中,作为罕
见的善始善终的例子,这个故事很突出——男方的家庭平安无事
而且家业兴茂,女子自己身边也有了乖巧的儿子。故事对凡人与
神女关系的表述是大胆的,同时也是非同寻常的,它一步一步地
走向圆满的冥婚程序,为这种神人之恋提供了一个具有象征性的
范例。

　　如果戴孚所在的社会了解这种征召活人与神女结婚的方法,
我们不禁要问,人们虽然严格地将"冥婚"一词仅用于死者身上,
但他们是否真的举行了这种结婚仪式。下文中的故事 128 是本
书研究的最后一个例子,它虽然没有冥婚的提法,但是它描述的
情形非常接近于冥婚:

170 **128** 　　寿昌令赵郡李莹同堂妹第十三,未嫁。至德初,随诸兄
　　　　　　南渡,卒,葬于吴之海盐。其亲兄岷,庄在济源,有妹寡居,去

---

⑲ 焦大卫《台湾乡村冥婚的两种形式》,第 181—182 页;《神、鬼与祖先》,第 140 页。
故事 **74** 与焦大卫的类型一相配。参看阮昌锐《台湾的冥婚与过房》,第 18、22 页;
武雅士《神、鬼和祖先》,第 150 页;杜德桥《〈柳毅传〉及其类同故事》。

庄十余里。值⑤禄山之乱，不获南出。上元中，忽见妹还，问其由来，云："为贼所掠。"言对有理，家人不之诘。姊以乱故，恐不相全，仓卒将嫁近庄张氏。积四五年，有子一人。性甚明惠，靡所不了。恒于岷家独鐻一房，来去安堵。岷家田地多为人所影占，皆公讼收复之。永泰中，国步既清，岷及诸弟自江东入京参选，事毕还庄。欲至数百里，妹在庄忽谓婢云："诸兄弟等数日当至，我须暂住张家。"又过娣⑤别。娣问其故，曰："频梦云尔。"婢送至中路，遣婢还。行十余步，回顾不复见，婢颇怪之。后二日，张氏报云已死，姨及外甥等悲泣适已，而诸兄弟遂至，因发张氏妹丧。岷言："渠上元中死，殡在海盐，何得至此？恐其鬼魅。"因往张家临视。举被不复见尸，验其衣镜，皆入棺时物。子亦寻死。

李莹显然是这个故事的信息提供者。他在 765 年后任寿昌（在杭州西南部）县令，他也是戴孚在浙东的那群喜好传播趣闻的同僚 *171* 中的一员，这些人在戴孚的故事中多次出现。已故女子无疑是他的堂妹，或者是远房的堂妹：他对她"同堂妹"的称呼只不过表明两人同祖，而只有当她不是他的直系亲属时，他才会用这一称呼。⑤ 这样看来，李莹只是转述了一则最近由远房亲眷那里得到的传闻，他自己并未参与其中。

　　故事发生的基本环境与之前讨论的故事相同。在安禄山的

---

⑤ 据孙潜校，此处补"值"字。

⑤ "娣"当为"姊"。

⑤ 即使不是同一父母，在中国亲属关系中，同一辈的都称"兄弟""姐妹"，亲姐妹与堂兄妹间的差别并不表示出来。"同"在本文中的这种用法在唐代已经废弃（可参看《称谓录》卷 4，第 14 页 a），但这个故事仍然保留着。对于故事中的亲属关系，笔者译作"兄弟"与"姐妹"，暂不推究其进一步的关系。

军队席卷这一地区时，赵郡士族李氏的一个家族㉝散尽了他们在济源（此地在黄河北岸，洛阳对面）的田产。从这点来看，我们可以把李家的这一遭遇作为动乱时期的社会历史的一个缩影。㉞

755 年末，安禄山穿过河北向南进逼。756 年 1 月上半月，叛军越过黄河并向西挺进，占领了京杭运河的港口城市陈留与汴州，然后转向荥阳与洛阳。㉟ 因此，李氏一家就沿着运河尽可能地向东逃难。同他们一起的，还有大量北方"贤士大夫"，八世纪末的穆员对此评述曰：

> 是时中原多故，贤士大夫以三江五湖为家，登会稽者如
> 鳞介之集渊薮。㊱

本书编者戴孚也在其中，就在这一地区、这一时期，他应试及第，开始了他的仕宦生涯。

在李家在东部沿海地区隐迹的十年间，他们在杭州湾北岸的海盐安葬了已故的妹妹，而他们在河南的田庄"多为人所影占"。他们的另一个妹妹滞留在叛军控制的乡村，当土地落到他人手中时，为了求生，她投身于邻近的一个庄主。㊲ 当李氏兄弟在李峻172 的带领下又重新过上他们在 756 年后失去的生活时，他们去长安㊳参加了恢复的科举考试，并收回了对家族田产的所有权。这

㉝ 关于这一点，参看姜士彬《一个大士族的最后岁月：晚唐与宋初的赵郡李氏家族》（"The Last Years of a Great Clan：The Li Family of Chao-chün in Late T'ang and Early Sung"），《哈佛亚洲研究学报》第 37 期，1977 年，第 5—102 页。

㉞ 可比较一下故事 **122** 中类似的情况。

㉟ 《旧唐书》卷 9，第 230 页；《资治通鉴》卷 217，第 6937—6939 页。

㊱ 穆员《工部尚书鲍防碑》（约 793 年），文收《文苑英华》卷 896，第 8 页 b。

㊲ 在这里将"影占"译成"非法占有"比较合适。

㊳ 西京与东都在 764 年恢复科举考试，而第一次举行是在 765 年春，见《新唐书》卷 44，第 1165 页和戴何都《新唐书选举志译注》，第 176—177 页。笔者认为"京"在文中是指长安。

些事情掩盖了这次大动荡给中国社会造成的深层变化：大量人口向东南迁移，以及由此带来的土地所有权形式的根本改变。⁵⁹ 这些改变至少彰显了短期内社会恢复稳定后的一个缩影，同时，它们也提醒我们，历史的进程从来不是单一的。

　　成为鬼魂的十三妹有她自己的诉求。在中国的传统社会，人们总是认为死人的魂灵一直待在他们的遗体附近，而且总是非常关注安葬的合理性问题。但是，这种情况也不见得总是如此。十三妹富有的兄长显然已给她举行了正当体面的葬礼，但她的灵魂又千里迢迢回到了家乡。在此，她尝试着以鬼魂的身份生活，如果她还在世，就是想过这样的生活。在内部故事里，同其他故事一样，作为死人的财产，明器随着魂灵的迁移而迁移。它们的迁移反映了姑娘在生活中没有实现的心愿是多么强烈。在这里，她的诉求就是一个家族地位，这个地位在其他故事里往往通过恶意显灵来加以表达，最终通过冥婚得以解决。根据故事内容，她的家庭成员并没有主动给她找一个冥婚的对象，但实际上她自己几乎成功地解决了这个问题。她同一个阳间男人结婚，并给他"生"了个嗣子。但是，最后小孩夭折了，这使她的地位还是悬而未决。张家会不会收养或指定另一个男孩作为她的祭祀后代呢？戴孚很可能在765年这件事刚发生不久就听到了这个故事，那时候张家人还没有作出进一步的决定。但是，无论怎样，这总是张家的家事，而不是李莹所关心的事情。

　　我选择了十三妹的故事作为本书的结束，是因为它的意义已超出冥婚这一特殊问题。同《广异记》其他故事相比，前文提出的

⁵⁹ 崔瑞德《唐宋时期土地所有制与社会秩序》(*Land Tenure and the Social Order in T'ang and Sung China*)，伦敦，1962年，第25—26页。

研究历史动态变化时采用的尺度——即历史时代的三个层次——在这个故事中都得到更好的贯彻。它几乎完全超越了作为神怪故事诸方面的论述,而具有了历史文献的价值。作为"事件史",它让家庭传奇占据故事的中心舞台,同时用记录准确的安禄山叛乱的进程来构建故事框架。就像前几章讨论的 779 年的辟佛事件与 762—763 年之间的袁晁之乱一样,在这个故事中,756 年的危机是全国性的大事,与此有关的信息是通过普通人感受到的,而不是由专业历史学家描述出来的。但是,后来还发生了一系列事件,使得李氏兄弟重返仕途,并收回了承袭的土地财产。我们通过对这些事件长期的研究而得出的结论来看,这其中酝酿着中国社会将要出现的巨变。确实,李氏有能力驱走那些非法占有者,恢复对土地的所有权。但是,另外一些土地主可能不会有同样的好运——很多土地在动乱之后无疑遭到了侵占、分割,或者贱卖。在这种混乱的局面下,一个新的土地法呼之欲出,因此这属于历史时代"缓慢的但能够察觉到的"变化层面。

最后,冥婚也让我们看到了长时期的"难以察觉的"变化。虽然为它绘制变化图表总是困难的,但是即使是以最缓慢的速度,历史变化仍在发生。在中国,冥婚可能的确不能称为一个真正古老的习俗,[60]但这个例子确实表明,冥婚习俗历经两千年的岁月也不曾中断,从汉到今,这个风俗一直冒犯并困扰着中国文化的卫道者。

戴孚以兼收并蓄的思想和喜闻乐见的心态面对那些天方夜

---

[60] 内田智雄以一个历史性假设归结他的研究:他认为冥婚可以看作对更基本的形式——夫妻合葬习俗的适时变通。然而,周代文献里的证据显示当时并没有把夫妻合葬视为一种古老习俗。以此而论,和夫妻合葬一样,冥婚也不是古老的习俗。见内田智雄《冥婚考》,第 369—371 页。

谭一般的奇幻人生，这使得《广异记》这本志怪笔记收录了大量我们可以作为问题来研究的材料。还有很多和戴孚一样的人，在研究利用他们留存下来的材料时，尤其当更为传统的历史研究认为一些事理所当然的时候，我们须保持格外审慎的态度，才会得到丰厚的收获。

附录 《广异记》故事

　　为了方便使用,以下所列目录是以故事出现的时间先后排列的,《太平广记》中的故事在先,其他文献中的故事在后,不过我们没有理由相信这反映了原作的顺序。此处的文本资料以方诗铭编校的《广异记》为基础,此书与《冥报记》合在一起由北京中华书局于1992年出版。同时笔者校正了一些细节错误,又辑补了一些资料。现在的列录尽可能涵盖全面:所有与《广异记》有关的内容,即使一些明显值得怀疑的仍然列出。这一点,我没有接受方氏的推想,他认为那些包含早期年代和在较早文集中发现的故事是被错误地归入了《广异记》中,而笔者认为这些故事至少有可能是戴孚由其他文献转抄入自己的集中。除了那些从年代上来说不可能收录在《广异记》原始文本中的故事,笔者为每一则故事都撰写了内容梗概。* 故事后面所附的简单注释包括一些人物传记或历史背景,但重点集中在通常不易见到的文献上。因此,虽然出现了一些地名,但不一一注明其出处,也没有系统注解早期正史中的传记,也不像钱锺书《管锥编》那样对很多题目进行评述

---

* 估计杜氏很难把《广异记》全部翻译。事实上,也没有必要全部翻译,杜氏只是针对自己的研究需要和西方读者的阅读能力,对《广异记》全部文本作了简明易懂的概述。我们放弃杜氏的概述而改还为原文,以方便汉语读者的理解和使用。杜氏针对文本进行的按语和考证比他的概述价值更大,对此我们作了保留。

（见《管锥编》卷 2，北京，1979 年），这些内容都是容易查询到的。然而对于曾被翻译成西文，且散布于各种不同文献材料中的故事，笔者则详细加以列举。

1 徐福

文本：《太平广记》卷 4，第 26—27 页；《三洞群仙录》卷 16，第 19 页 a—b，卷 2，第 12 页 a；方诗铭校本（以下简称方），第 1 页。

注：两种材料显示此故事出自《仙传拾遗》，参看本书第六章注释 32。

徐福，字君房，不知何许人也。秦始皇时，大宛中多枉死者横道。数有乌衔草。覆死人面，皆登时活。有司奏闻始皇，始皇使使者赍此草。以问北郭鬼谷先生，云："是东海中祖洲上不死之草，生琼田中，一名养神芝。其叶似菰，生不丛，一株可活千人。"始皇于是谓可索得，因遣福及童男童女各三千人，乘楼船入海，寻祖洲不返，后不知所之。逮沈羲得道，黄老遣福为使者，乘白虎车，度世君司马生乘龙车，侍郎薄延之乘白鹿车，俱来迎羲而去。由是后人知福得道矣。

又唐开元中，有士人患半身枯黑，御医张尚容等不能知，其人聚族言曰："形体如是，宁可久耶？闻大海中有神仙，正当求仙方，可愈此疾。"宗族留之不可，因与侍者赍粮至登州大海侧。遇空舟，乃赍所携，挂帆随风。可行十余日，近一孤岛，岛上有数百人，如朝谒状。须臾至岸，岸侧有妇人洗药。因问彼皆何者，妇人指云："中心床坐须鬓白者，徐君也。"又问徐君是谁，妇人云："君知秦始皇时徐福耶？"曰："知之。""此则是也。"顷之，众各散去，某遂登岸致谒，具语始末，求其医理。徐君曰："汝之疾，遇我即生。"初以美饭哺之，器物皆奇小，某嫌其薄，君云："能尽此，为再飨也，但恐不能尽尔。"某连啖之,如数瓯物,致饱。而饮,亦以一小器盛酒,饮之致醉。翌日,以黑药数丸令食,食讫,痢黑汁数升,其疾乃愈。某求住奉事,徐君云:"尔有禄位,未宜即留,当以东风相送,无愁归路遥也。"复与黄药一袋,云:"此药善治一切病,还,遇疾者,可以刀圭饮之。"某还。数日至登州,以药奏闻。时玄宗令有疾者服之,皆愈。

2 仆仆先生

文本:《太平广记》卷 22,第 150—151 页;《三洞群仙录》卷 4,第 1 页 b—2 页 a;方,第 2—4 页。

注:有两种材料显示此故事出自《异闻记》,可能此书把《广异记》故事作为它第一部分的内容。

仆仆先生,不知何许人也。自云姓仆名仆,莫知其所由来。家于光州乐安县黄土山,凡三十余年,精思饵杏丹,衣服饮食如常人,卖药为业。开元三年,前无棣县令王滔寓居黄土山下,先生过之。滔命男弁为主,善待之。先生因授以杏丹术。时弁舅吴明珪为光州别驾,弁在珪舍。顷之,先生乘云而度,人吏数万皆睹之。弁乃仰告曰:"先生教弁丹术未成,奈何舍我而去!"时先生乘云而度,已十五过矣,人莫测。及弁与言,观者皆愕。或以告刺史李休光,休光召明珪而诘之曰:"子之甥乃与妖者友,子当执。"其舅因令弁往召之。弁至舍而先生至,具以状白。先生曰:"余道者,不欲与官人相遇。"弁曰:"彼致礼,便当化之;如妄动失节,当威之。使心伏于道,不亦可乎?"先生曰:"善。"乃诣休光府。休光踞见,且诟曰:"若仙当遂往矣,今去而复来,妖也。"先生曰:"麻姑、蔡经、王方平、孔申、二茅之属,问道于余,余说之未毕,故止,非他也。"休光愈怒,叱左右执之,龙虎见于侧,先生乘之而去。去地丈余,玄云四合,斯须雷电大至,碎庭槐十余株,府舍皆震坏,观者无不奔溃。休光惧而走,失头巾。直吏收头巾,引妻子跣出府,因徙宅焉。休光以状闻,玄宗乃诏改乐安县为仙居县,就先生所居舍置仙堂观,以黄土村为仙堂村,县尉严正诲护营筑焉。度王弁为观主,兼谏议大夫,号通真先生。弁因饵杏丹却老,至大历十四年,凡六十六岁,而状可四十余,筋力称是。其后,果州女子谢自然,白日上升。当自然学道时,神仙频降,有姓崔者,亦云名崔,有姓杜者,亦云名杜,其诸姓亦尔,则与仆仆先生姓名相类矣。无乃神仙降于人间,不欲以姓名行于时俗乎? 后有人于义阳郊行者,日暮,不达前村,忽见道旁草舍,因往投宿。室中惟一老人,问客所以。答曰:"天阴日短,至此昏黑,欲求一宿。"老人云:"宿即不妨,但无食耳。"久之,客苦饥甚,老人与药数丸,食之便饱,既明辞去。及其还也,忽见老人乘五色云,去地数十丈,客便遽礼,望之渐远。客至安陆,多为人说之,县官以为惑众,系而诘之。客云:"实见神仙。"然无以自免,乃向空祝曰:"仙公何事见,今受不测之罪。"言讫,有五色云自北方来,老人在云中坐,客方见释。县官再拜,问其姓氏,老人曰:"仆仆,野人也,有何名姓?"州司画图奏闻,敕令于草屋之所,立仆仆先生庙,今见在。

译文:杜德桥《唐传奇与唐代祭仪:八世纪的一些案例》,第345—349 页及其讨论。

3 张李二公

文本:《太平广记》卷 23,第 158 页;方,第 4—5 页。

唐开元中,有张、李二公,同志相与,于泰山学道。久之,李以皇枝,思仕宦,辞而归。张曰:"人各有志,为官,其君志也,何怍焉!"天宝末,李仕至大理丞,属安禄山之乱,携其家累,自武关出,而归襄阳寓居。寻奉使至扬州,途觌张子,衣服泽弊,佯若自失。李氏有哀恤之意,求与同宿,张曰:"我主人颇有生计。"邀李同去。既至,门庭宏壮,傧从璀璨,状若贵人。李甚愕之,曰:"焉得如此?"张戒无言,且为所笑。既而极备珍膳,食毕,命诸杂伎女乐五人,悉持本乐。中有持筝者,酷似李之妻,李视之尤切,饮中而凝睇者数四。张问其故,李指筝者:"是似吾室,能不眷?"张笑曰:"天下有相似人。"及将散,张呼持筝妇,以林檎系裙带上,然后使回去,谓李曰:"君欲几多钱而遂其愿?"李云:"得三百千,当办己事。"张有故席帽,谓李曰:"可持此诣药辅,问王老家,张三令持此取三百千贯钱,彼当与君也。"遂各散去。明日,李至其门,亭馆荒秽,扃钥久闭,至复无有人行踪。乃询旁舍求张三,邻人曰:"此刘道玄宅也,十余年无居者。"李叹讶良久,遂持帽诣王家求钱。王老令送帽问家人:"审是张老帽否?"其女云:"前所缀绿线犹在。"李问张是何人,王云:"是五十年前来茯苓主顾,今有二千余贯钱在药行中。"李领钱而回,重求,终不见矣。寻还襄阳,试索其妻裙带上,果得林檎。问其故,云:"昨夕梦见五六人追,云是张仙唤搊筝,临别,以林檎系裙带上。"方知张已得仙矣。

4 刘清真

文本:《太平广记》卷24,第160—161页;方,第5—6页。

唐天宝中,有刘清真者,与其徒二十人于寿州作茶,人致一驮为货。至陈留遇贼,或有人导之,令去魏郡。清真等复往,又遇一老僧,导往五台,清真等畏其劳苦。五台寺尚远,因邀清真等还兰若宿。清真等私议,疑老僧是文殊师利菩萨,乃随僧还。行数里,方至兰若,殿宇严净,悉怀敬肃。僧为说法,大启方便,清真等并发心出家,随其住持。积二十余年,僧忽谓清真等曰:"有大魔起,汝辈必罹其患,宜先为之防,不尔,则当败人法事。"因令清真等长跪,僧乃含水遍喷,口诵密法。清真等悉变成石,心甚了悟,而不移动。须臾之间,代州吏卒数十人诣台,有所收捕。至清真所居,但见荒草及石,乃各罢去。日晚,老僧又来,以水噀清真等成人。清真等悟其神灵,知遇菩萨,悉竟精进。后一月余,僧云:"今复将魔起,必大索汝,其如之何?吾欲远送汝,汝俱往否?"清真等受教。僧悉令闭目,戒云:"第一无窃视,败若大事,但觉至地,即当开目。若至山中,见大树,宜共庇之。树有药出,亦宜哺之。"遂各与药一丸,云:"食此便不复饥,但当思惟圣道,为出世津梁也。"言讫作礼,礼毕闭目,冉冉上升,身在虚空,可半日许,足遂至地。开目,见大山林,或遇樵者,问其地号,乃庐山也。行十余里,见大藤树,周回可五六围,翠阴蔽日,清真等喜云:"大师所言奇树,必是此也。"各薙草而坐。数日后,树出白菌,鲜丽光泽,恒飘飘而动。众相谓曰:"此即大师所云灵药。"采共分食之。中有一人,绐而先食尽,徒侣莫不愠怒,诟责云:"违我大师之教。"然业已如是,不能殴击。久之,忽失所在,仰视在树杪安坐,清真等复云:"君以吞药,故能升高。"其人竟不下。经七日,通身生绿毛。忽有鹤翱翔其上,因谓十九人云:"我诚负汝,然今已得道,将舍汝,谒帝于此天之上。宜各自勉,以成至真耳。"清真等邀其下树执别,仙者不顾,遂乘云上升,久久方灭。清真等失药,因各散还人间。中山张伦亲闻清真等说云然耳。

译文:本书第三章第81—85页及其讨论。

5　麻阳村人

文本:《太平广记》卷39,第248—249页;《类说》卷8,第16页a;《三洞群仙录》卷11,第13页a;《绀珠集》卷7,第21页a;

《说郛》卷 4，第 11 页 a；方，第 6—7、245、251—252、256 页。

辰州麻阳县村人，有猪食禾，人怒，持弓矢伺之。后一日复出，人射中猪，猪走数里，入大门。门中见室宇壮丽，有一老人，雪髯持杖，青衣童子随后。问人何得至此，人云："猪食禾，因射中之，随逐而来。"老人云："牵牛蹊人之田而夺之牛，不亦甚乎？"命一童子令与人酒饮。前行数十步，至大厅，见群仙。羽衣乌帻，或樗蒲，或弈棋，或饮酒。童子至饮所，传教云："公令与此人一杯酒。"饮毕不饥。又至一所，有数十床，床上各坐一人，持书，状如听讲。久之，却至公所，公责守门童子曰："何以开门，令猪得出入而不能知？"乃谓人曰："此非真猪，君宜出去。"因命向童子送出。人问老翁为谁，童子云："此所谓河上公，上帝使为诸仙讲《易》耳。"又问："君复是谁？"童子云："我王辅嗣也。受《易》以来，向五百岁，而未能通精义，故被罚守门。"人去后，童子蹴一大石遮门，遂不复见。

6　慈心仙人

文本：《太平广记》卷 39，第 249 页；《三洞群仙录》卷 18，第 6 页 b—7 页 a；方，第 7—8 页。

唐广德二年，临海县贼袁晁寇永嘉。其船遇风，东漂数千里，遥望一山，青翠森然，有城壁，五色照曜。回舵就泊，见精舍，琉璃为瓦，玳瑁为墙。既入房廊，寂不见人，房中唯有胡猱子二十余枚，器物悉是黄金，无诸杂类。又有衾裀，亦甚炳焕，多是异蜀重锦。又有金城一所，余碎金成堆，不可胜数。贼等观不见人，乃竞取物。忽见妇人从金城出，可长六尺，身衣锦绣，上服紫绡裙，谓贼曰："汝非袁晁党耶？何得至此？此器物须尔何与，辄敢取之！向见猱子，汝谓此为狗乎？非也，是龙耳。汝等所将之物，吾诚不惜,但恐诸龙蓄怒,前引汝船,死在须臾耳,宜速还之。"贼等列拜,各送物归本处。因问此是何处。妇人曰:"此是镜湖山慈心仙人修道处。汝等无故与袁晁作贼,不出十日,当有大祸,宜深慎之。"贼党因乞便风还海岸,妇人回头处分,寻而风起,群贼拜别。因便扬帆,数日至临海,船上沙涂不得下,为官军格死,唯妇人六七人获存。浙东押衙谢诠之配得一婢,名曲叶,亲说其事。

译文:本书第六章第 147—152 页及其讨论。

7　石巨

文本:《太平广记》卷 40,第 251—252 页;《三洞群仙录》卷 1,第 19 页 b—20 页 a;方,第 8 页。

石巨者,胡人也。居幽州,性好服食。大历中,遇疾百余日,形体羸瘦,而神气不衰。忽谓其子曰:"河桥有卜人,可暂屈致问之。"子还云:"初无卜人,但一老姥尔。"巨云:"正此可召。"子延之至舍。巨卧堂前纸楄中,姥径造巨所,言甚细密。巨子在外听之,不闻。良久,姥去。后数日,旦有白鹤从空中下,穿巨纸楄,入巨所和鸣。食顷,俄升空中,化一白鹤飞去。巨子往视之,不复见巨,子便随鹤而去。至城东大墩上,见大白鹤数十,相随上天,冉冉而灭。长史李怀仙召其子,问其事,具答云然。怀仙不信,谓其子曰:"此是妖讹事。必汝父得仙,吾境内苦旱,当为致雨,不雨杀汝。"子归,焚香上陈。怀仙使金参军赍酒脯,至巨宅致祭,其日大雨,远近皆足。怀仙以所求灵验,乃于巨宅立庙,岁时享祀焉。(时间是 766—768 年)

译文:杜德桥《唐传奇与唐代祭仪:八世纪的一些案例》,第 349—352 页及其讨论。

8 王老

文本：《太平广记》卷41,第258—259页;方,第9页。

有王老者,常于西京卖药,累世见之。李司仓者,家在胜业里,知是术士,心恒敬异,待之有加。故王老往来依止李氏,且十余载。李后求随入山,王亦相招,遂仆御数人,骑马俱去。可行百余里,峰峦高峭,攀藤缘树,直上数里,非人迹所至。王云："与子偕行,犹恐不达神仙之境,非仆御所至,悉宜遣之。"李如其言,与王至峰顶,田畴平坦,药畦石泉,佳景差次。须臾,又至林口,道士数人来问王老,知邀嘉宾,故复相候。李随至其居,茅屋竹亭,潇洒可望。中有学生数十人,见李,各来问其亲戚,或不言,或惆怅者,云："先生不在,今宜少留,具厨饭蔬素,不异人间也。"为李设食。经数日,有五色云霞覆地,有三白鹤随云而下,于是书生各出,如迎候状。有顷,云："先生至。"见一老人,须发鹤素,从云际来。王老携李迎拜道左,先生问王老："何以将他人来此?"诸生拜谒讫,各就房,李亦入一室。时颇炎热,李出寻泉,将欲洗浴。行百余步,至一石泉,见白鹤数十从岩岭下,来至石上,罗列成行。俄而奏乐,音响清亮,非人间所有。李卑伏听其妙音,乐毕飞去。李还说其事,先生问："得无犯仙官否?"答云："不敢。"先生谓李公曰："君有官禄,未合住此,待仕宦毕,方可来耳。"因命王老送李出,曰："山中要牛两头,君可送至藤下。"李买牛送讫,遂无复见路耳。（时间是开元年间）

译文：杜德桥《三则失乐园寓言》,《英国汉学协会通报》,1988年,第26—28页。

9 李仙人

文本：《太平广记》卷42,第264页;方,第10页。

洛阳高五娘者,美于色,再嫁李仙人。李仙人,即天上谪仙也。自与高氏结好,恒居洛阳,以黄白自业,高氏能传其法。开元中,高、李之睦已五六载,后一夕五鼓后,闻空中呼李一声,披衣出门。语毕,还谓高氏曰:"我天仙也,顷以微罪,谴在人间耳。今责尽,天上所由来唤,既不得住,多年缱绻,能不怆然。我去之后,君宜以黄白自给,慎勿传人,不得为人广有点炼,非特损汝,亦恐尚不利前人。"言讫飞去。高氏初依其言,后卖银居多,为坊司所告。时河南少尹李齐知其事,释而不问,密使人召之,前后为烧十余床银器。李以转闻朝要。不一年,李及高皆卒,时人以为天罚焉。

10 丁约

文本:《太平广记》卷 45,第 279—281 页,《三洞群仙录》卷 9,第 16 页 a—b;《阙史》卷 A,第 1 页 b—4 页 a;方,第 235—237 页。

注:这个故事辑入《广异记》好像是错误的。此故事发生的时间是 768—818 年,在高彦休 884 年编纂的《阙史》中有比较好的版本。见程毅中《唐代小说琐记》,《文学遗产》1980 年第 2 期,第 52 页。

11 衡山隐者

文本:《太平广记》卷 45,第 283 页;《南岳总胜集》卷 C,第 1083 页 c—1084 页 a;方,第 10—11 页。

衡山隐者,不知姓名,数因卖药,往来岳寺寄宿。或时四五日无所食,僧徒怪之。复卖药至僧所,寺众见不食,知是异人,敬接甚厚。会乐人将女诣寺,其女有色,众欲取之,父母求五百千,莫不引退。隐者闻女嫁,邀僧往看,喜欲取之,仍将黄金两挺,正二百两,谓女父曰:"此金直七百贯,今亦不论。"付金毕,将去。乐师时充官,便仓卒使别。隐者示其所居,云:"去此四十余里,但至山当知也。"女父母事毕忆女,乃往访之。正见朱门崇丽,扣门,隐者与女俱出迎接。初至一食,便不复饥。留连五六日,亦不思食。父母将还,隐者以五色箱盛黄金五挺赠送,谓母曰:"此间深邃,不复人居,此后无烦更求也。"其后父母重往,但见山草,无复人居,方知神仙之窟。

注:这是一则关于黄金时价的重要资料,一盎司相当于三贯半。

12 潘尊师

文本:《太平广记》卷49,第303页;方,第11页。

嵩山道士潘尊师名法正,盖高道者也。唐开元中,谓弟子司马炼师曰:"陶弘景为嵩山伯,于今百年矣。顷自上帝求替,帝令举所知以代,弘景举余。文籍已定,吾行不得久住人间矣。"不数日,乃尸解而去。其后,登封县嵩阳观西有龙湫,居人张迅者,以阴器于湫上洗濯。俄为人所摄,行可数里,至一甲第,门前悉是群龙。入门十余步,有大厅事,见法正当厅而坐,手持朱笔理书,问迅曰:"汝是观侧人,亦识我否?"曰:"识是潘尊师。"法正问迅:"何以污群龙室?"迅载拜谢罪。又问:"汝识司马道士否?"迅曰:"识之。"法正云:"今放汝还。"遂持几上白羽扇,谓迅曰:"为我寄司马道士,何不来而恋世间乐耶?"使人送迅出水上,迅见其尸卧在岸上,心恶之,奄然如梦,遂活。司马道士见羽扇,悲涕曰:"此吾师平素所执,亡时以置棺中,今君持来,明吾师见在不虚也。"乃深入山,数年而卒。

注:见本书第三章第71页的讨论。

13 秦时妇人

文本:《太平广记》卷62,第389—390页;《三洞群仙录》卷

19,第 13 页 a—b;方,第 12 页。

唐开元中,代州都督以五台多客僧,恐妖伪事起,非有住持者悉逐之。客僧惧逐,多权窜山谷。有法朗者,深入雁门山,幽涧之中有石洞,容人出入。朗多赍干粮,欲住此山。遂寻洞入,数百步渐阔,至平地,涉流水渡一岸,日月甚明。更行二里,至草屋中,有妇人,并衣草叶,容色端丽,见僧惧愕,问云:"汝乃何人?"僧曰:"我人也。"妇人笑云:"宁有人形骸如此?"僧曰:"我事佛,佛须摈落形骸,故尔。"因问:"佛是何者?"僧具言之。相顾笑曰:"语甚有理。"复问:"宗旨如何?"僧为讲《金刚经》,称善数四。僧因问:"此处是何世界?"妇人云:"我自秦人,随蒙恬筑长城。恬多使妇人,我等不胜其弊,逃窜至此。初食草根,得以不死。此来亦不知年岁,不复至人间。"遂留僧,以草根哺之,涩不可食。僧住此四十余日,暂辞,出人间求食。及至代州,备粮更去,则迷不知其所矣。

译文:本书第三章第 76—81 页及其讨论。

14 何二娘

文本:《太平广记》卷 62,第 390 页;《三洞群仙录》卷 18,第 14 页 a—b;方,第 12—13 页。

广州有何二娘者,以织鞋子为业,年二十,与母居。素不修仙术,忽谓母曰:"住此闷,意欲行游。"后一日便飞去。上罗浮山寺,山僧问其来由,答云:"愿事和尚。"自尔恒留居止。初不饮食,每为寺众采山果充斋,亦不知其所取。罗浮山北是循州,去南海四百里。循州山寺有杨梅树,大数十围,何氏每采其实,及斋而返。后循州山寺僧至罗浮山,说云:"某月日有仙女来采杨梅。"验之,果是何氏所采之日也,由此远近知其得仙。后乃不复居寺,或旬月则一来耳。唐开元中,敕令黄门使往广州求何氏,得之,与使俱入京。中途,黄门使悦其色,意欲挑之而未言,忽云:"中使有如此心,不可留矣。"言毕,踊身而去,不知所之。其后绝迹,不至人间矣。

注:薛爱华收集了其他参考资料,见《朱雀》,伯克利、洛杉矶,1967 年,第 107 页。

15　边洞玄

文本:《太平广记》卷 63,第 392 页;《类说》卷 8,第 16 页 b—17 页 a;《绀珠集》卷 7,第 21 页 b;方,第 13—14、246、253 页。

唐开元末,冀州枣强县女道士边洞玄,学道服饵四十年,年八十四岁。忽有老人持一器汤饼,来诣洞玄,曰:"吾是三山仙人,以汝得道,故来相取。此汤饼是玉英之粉,神仙所贵,顷来得道者多服之,尔但服无疑,后七日必当羽化。"洞玄食毕,老人曰:"吾今先行,汝后来也。"言讫不见。后日,洞玄忽觉身轻,齿发尽换,谓弟子曰:"上清见召,不久当往,顾念汝等,能不恨恨。善修吾道,无为乐人间事,为土棺散魂耳!"满七日,弟子等晨往问讯动止,已见紫云昏凝,遍满庭户,又闻空中有数人语,乃不敢入,悉止门外。须臾门开,洞玄乃乘紫云,竦身空中立,去地百余尺,与诸弟子及法侣等辞诀。时刺史源复与官吏百姓等数万人,皆遥瞻礼。有顷,日出,紫气化为五色云,洞玄冉冉而上,久之方灭。

16　张连翘

文本:《太平广记》卷 64,第 399 页;《三洞群仙录》卷 12,第 19页 b—20 页 a;方,第 14 页。

黄梅县女道士张连翘者,年八九岁。常持瓶汲水,忽见井中有莲花如小盘,渐渐出井口,往取便缩,不取又出,如是数四,遂入井。家人怪久不回,往视,见连翘立井水上。及出,忽得笑疾,问其故,云有人自后以手触其腋,痒不可忍。父母以为鬼魅所加,中夜潜移之舅族,方不笑。顷之,又还其家,云:"饥求食。"日食数斗米饭,虽夜,置菹肴于卧所,觉即食之。如是六七日,乃闻食臭,自尔不复食。岁时或进三四颗枣,父母因命出家为道士。年十八,昼日于观中独坐,见天上堕两钱,连翘起就拾之。邻家妇人乃推篱倒,亦争拾。连翘以身据钱上,又与黄药三丸,遽起取之。妇人擘手夺一丸去,因吞二丸。俄而皆死。连翘顷之醒,便觉力强神清,倍于常日。其妇人吞一丸,经日方苏,饮食如故。天宝末,连翘在观,忽悲思父母,如有所适之意。百姓邑官皆见五色云拥一宝舆,自天而下。人谓连翘已去,争来看视。连翘初无所觉,云亦消散。谕者云:"人众故不去。"连翘至今犹在,两胁相合,形体枯悴,而无所食矣。

17 辅神通

文本:《太平广记》卷 72,第 449—450 页;方,第 14—15 页。

道士辅神通者,家在蜀州,幼而孤贫,恒为人牧牛以自给。神通牧所,恒见一道士往来,因尔致敬,相识数载。道士谓神通曰:"能为弟子否?"答曰:"甚快。"乃引神通入水中,谓通曰:"我入之时,汝宜随之,无惮为也。"既入,使至其居所,屋宇严洁,有药囊丹灶,床下悉大还丹。遂使神通看火,兼教黄白之术。经三年,神通已年二十余,思忆人间,会道士不在,乃盗还丹,别贮一处。道士归,问其丹何在,神通便推不见。道士叹息曰:"吾欲授汝道要,汝今若是,曷足授!我虽备解诸法,然无益长生也。"引至他道逐去,便出。神通甚悦,崎岖洞穴,以药自资,七十余日方至人间。其后厌世事,追思道士,闻其往来在蜀州开元观,遂请配度,隶名于是。其后闻道士至,往候后,辄云已出。如是数十度,终不得见。神通私以金百斤与房中奴，令道士来可驰报，奴得金后频来报，更不得见。蜀州刺史奏神通晓黄白，玄宗试之皆验。每先以土锅煮水银，随帝所请，以少药投之，应手而变。帝求得其术，会禄山之乱乃止。

18 婺州金刚

文本：《太平广记》卷100，第670页；方，第15—16页。

婺州开元寺门有二金刚，世称其神，鸟雀不敢近，疾病祈祷者累有验，往来致敬。开元中，州判司于寺门楼上宴会，众人皆言金刚在此，不可，一人曰："土耳，何能为！"乃以酒肉内口。须臾，楼上云昏电掣，既风且雷，酒肉飞扬，众人危惧。独污金刚者，曳出楼外数十丈而震死。

19 长安县系囚

文本：《太平广记》卷104，第702页；方，第16页。

唐长安县死囚，入狱后四十余日，诵《金刚经》不辍口。临决脱枷，枷头放光，长数十丈，照耀一县。县令奏闻，玄宗遂释其罪。

20 卢氏

文本：《太平广记》卷104，第704—705页；方，第16—17页。

唐开元中，有卢氏者，寄住滑州。昼日，闲坐厅事，见二黄衫人入门。卢问为谁，答曰："是里正，奉帖追公。"卢甚愕然，问："何故相追？"因求帖观。见封上作"卫县"字，遂开，文字错谬，不复似人书。怪而诘焉，吏言："奉命相追，不知何故。"俄见马已备在阶下，不得已上马去。顾见其尸坐在床上，心甚恶之。仓卒之际，不知是死，又见马出不由门，皆行墙上，乃惊愕下泣，方知必死，恨不得与母妹等别。行可数十里，至一城，城甚壮丽，问此何城，吏言："乃王国，即追君所司。"入城后，吏欲将卢见王，经一院过，问此何院,吏曰:"是御史大夫院。"因问院大夫何姓名,云:"姓李名某。"卢惊喜,白吏曰:"此我表兄。"令吏通刺。须臾便出,相见甚喜,具言平昔,延入坐语。大夫谓曰:"弟之念诵,功德甚多,良由《金刚经》是圣教之骨髓,乃深不可思议功德者也。"卢初入院中,见数十人,皆是衣冠,其后大半系在网中,或无衣,或露顶。卢问:"此悉何人?"云:"是阳地衣冠,网中悉缘罪重,弟若能为一说法,见之者悉得升天。"遂命取高座,令卢升坐,诵《金刚般若波罗密经》。网中人已有出头者,至半之后,皆出地上,或褒衣大袖,或乘车御云,诵既终,往生都尽。及人谒见,王呼为法师,致敬甚厚。王云:"君大不可思议,算又不尽。"叹念诵之功,寻令向吏送之回。既至舍,见家人披头哭泣,尸卧地上,心甚恻然。俄有一婢从庭前入堂,吏令随上阶,及前,魂神忽已入体,因此遂活。

21 陈利宾

文本:《太平广记》卷104,第705—706页;方,第17页。

陈利宾者,会稽人。弱冠明经擢第,善属文,诗入《金门集》,释褐长城尉。少诵《金刚经》,每至厄难,多获其助。开元中,宾自会稽江行之东阳。会天久雨,江水弥漫,宾与其徒二十余船同发,乘风挂帆。须臾,天色昧暗,风势益壮,至界石窦上,水拥阔众流而下,波涛冲击,势不得泊。其前辈二十余舟,皆至窦口而败。舟人惧,利宾忙遽诵《金刚经》,至潆流所,忽有一物,状如赤龙,横出扶舟,因得上。议者为诵经之功。

22 王宏

文本:《太平广记》卷104,第706页;方,第18页。

王宏者,少以渔猎为事。唐天宝中,尝放鹰逐兔,走入穴,宏随探之,得《金刚般若经》一卷,自此遂不猎云。

23 田氏

文本：《太平广记》卷104，第706页；方，第18页。

易州参军田氏，性好畋猎，恒养鹰犬为事。唐天宝初，易州放鹰，于丛林棘上见一卷书，取视之，乃《金刚经》也。自尔发心持诵，数年，已诵二千余遍，然畋猎亦不辍。后遇疾，暴卒数日，被追至地府，见诸鸟兽，周回数亩，从己征命。顷之，随到见王，问："罪何多也！"田无以对。王令所由领往推问，其徒十人。至吏局，吏令启口，以一丸药掷口中，便成烈火遍身，须臾灰灭，俄复成人，如是六七辈。至田氏，累三丸而不见火状，吏乃怪之。复引见王，具以实白。王问："在生作何福业？"田氏云："初以畋猎为事。"王重问，云："在生之时，于易州棘上得《金刚经》，持诵已二千余遍。"王云："正此灭一切罪。"命左右检田氏福簿，还白如言。王自令田氏诵经，才三纸，回视庭中，禽兽并不复见。诵毕，王称美之，云："诵二千遍，延十五年寿。"遂得放还。

24 李惟燕

文本：《太平广记》卷105，第707页；方，第19页。

建德县令李惟燕，少持《金刚经》。唐天宝末，惟燕为余姚郡参军，秩满北归，过五丈店。属上虞江埭塘破，水竭。时中夜晦螟，四回无人。此路旧多劫盗，惟燕舟中有吴绫数百匹，惧为贼所取，因持一剑至舡前诵经。三更后，见堤上两炬火，自远而至，惟燕疑是村人卫己。火去舡百步，便却复回，心颇异之，愈益厉声诵经，亦窃自思云："火之所为，得非《金刚经》力乎？"时塘水竭而塘外水满，惟燕便心念："塘破当得水助。"半夕之后，忽闻船头有流水声，惊云："塘阔数丈，何由得破？"久之，稍觉船浮，及明，河水已满。对船所一孔，大数尺，乃知诵《金刚经》之助云。惟燕弟惟玉见任虔州别驾,见其兄诵经有功,因效之。后泛舟出峡,水急橹折,船将欲败,乃力念经,忽见一橹随流而下,遂获济。其族人亦常诵《金刚经》,遇安禄山之乱,伏于荒草。贼将至,思得一鞋以走,俄有物落其背,惊视,乃新鞋也。

25 孙明

文本:《太平广记》卷105,第708页;方,第19—20页。

唐孙明者,郑州阳武人也,世贫贱,为卢氏庄客。善持《金刚经》,日诵二十遍,经二十年。自初持经,便绝荤血。后正念诵次,忽见二吏来追,明意将是县吏,便县去。行可五六里,至一府门,门人云:"王已出巡。"吏因闭明于空屋中。其室从广五六十间,盖若荫云。经七日,王方至,吏引明入府,王问:"汝有何福?"答云:"持《金刚经》已二十年。"王言:"此大福也!"顾谓左右曰:"昨得祇洹家牒,论明念诵勤恳,请延二十载。"乃知修道不可思议,所延二十载,以偿功也。令吏送还舍。其家殡明已毕,神虽复体,家人不之知也。会猎者从殡宫过,闻号呼之声,报其家人,因尔得活矣。天宝末,明活已六七年,甚无恙也。

26 三刀师

文本:《太平广记》卷105,第708—709页;方,第20页。

唐三刀师者,俗姓张,名伯英。乾元中,为寿州健儿。性至孝,以其父在颍州,乃盗官马往以迎省。至淮阴,为守遏者所得,刺史崔昭令出城腰斩。时屠刽号能行刀,再斩。初不伤损,乃换利刀罄力砍,不损如故。刽者惊曰:"我用刀砍,至其身则手懦,不知何也。"遽白之。昭问所以,答曰:"昔年十五,曾绝荤血,诵《金刚经》十余年。自胡乱以来,身在军中,不复念诵。昨因被不测罪,唯志心念经尔。"昭叹息舍之。遂削发出家,著大铁铃乞食,修千人斋供,一日便办。时人呼为"三刀师",谓是起敬菩萨。

注:关于寿州刺史的身份,见郁贤皓《唐刺史考》,香港、南京,1987年,卷3,第1552—1553页。

27　宋参军

文本:《太平广记》卷105,第709页;方,第20—21页。

唐坊州宋参军,少持《金刚经》。及之官,权于司士宅住。旧知宅凶,每夕恒诵经。忽见妇人立于户外,良久,宋问:"汝非鬼耶?"曰:"然。"又问:"幽明理殊,当不宜见,得非有枉屈之事乎?"妇人便悲泣曰:"然。"言:"身是前司士之妇。司士奉使,其弟见逼,拒而不从,因此被杀。以毡裹尸,投于堂西北角溷厕中,不胜秽积。人来多欲陈诉,俗人怯懦,见形必惧,所以幽愤不达,凶恶骤闻。执事以持念为功,当亦大庇含识,眷言枉秽,岂不悯之!"宋云:"己初官位卑,不能独救,翌日,必为上白府君。"其鬼乃去。及明具白,掘地及溷,不获其尸。宋诵经,妇人又至,问:"何以不获?"答云:"西北只校一尺,明当求之,以终惠也。"依言乃获之。毡内但余骨在,再为洗濯,移于别所。其夕,又来拜谢,欢喜谓曰:"垂庇过深,难以上答,虽在冥昧,亦有所通。君有二子,大者难养,小者必能有后,且有荣位。"兼言宋后数改官禄。又云:"大愧使君,不知何以报答?"宋见府君,具叙所论。府君令问己更何官。至夕,妇人又至,因传使君意。云:"一月改官,然不称意,当迁桂州别驾。"宋具白其事,皆有验。初,宋问:"身既为人所杀,何以不报?"云:"前人今尚为官,命未合死。"所以未复云也。

28　刘鸿渐

文本:《太平广记》卷105,第709—710页;方,第22—23页。

刘鸿渐者,御史大夫展之族子。唐乾元初,遇乱南徙。有僧令诵《金刚经》,鸿渐日诵经。至上元年,客于寿春,一日出门,忽见二吏,云:"奉太尉牒令追。"鸿渐云:"初不识太尉,何以见命?"意欲抗拒,二吏忽尔直前拖曳。鸿渐请著衫,吏不肯放。牵行未久,倏过淮,至一村。须臾,持大麻衫及腰带令鸿渐著,笑云:"真醋大衫也。"因而向北行,路渐梗涩,前至大城。入城,有府舍,甚严丽。忽见向劝读经之僧从署中出,僧后童子识鸿渐,径至其所,问:"十六郎何以至此?"因走白和尚云:"刘十六郎适为吏追,以诵经功德,岂不往彼救之?"鸿渐寻至僧所,虔礼求救。僧曰:"弟子行无苦。"须臾,吏引鸿渐入诣厅事,案后有五色浮图,高三四尺,回旋转动。未及考问,僧已入门,浮图变成美丈夫,年三十许,云是中丞,降阶接僧,问:"和尚何以复来?"僧云:"刘鸿渐是己弟子,持《金刚经》,功力甚至。其寿又未尽,宜见释也。"王曰:"若持《金刚经》,当愿闻耳。"因令跪诵。鸿渐诵两纸讫,忽然遗忘。厅西有人,手持金钩龙头幡,幡上碧字书《金刚经》,布于鸿渐前。令分明诵经毕,都不见人,但余堂宇阒寂。因尔出门,唯见追吏。忽有物状如两日,来击鸿渐。鸿渐惶惧奔走,忽见道傍有水,鸿渐欲止而饮之,追吏云:"此是人膏,澄久上清耳,其下悉是余皮烂肉,饮之不得还矣。"须臾至舍,见骸形卧在床上,心颇惆怅。鬼自后推之,冥然如入房户,遂活。鬼得钱乃去也。

29 张嘉猷

文本:《太平广记》卷 105,第 710—711 页;方,第 23 页。

广陵张嘉猷者,唐宝应初为明州司马,遇疾卒。载丧还家,葬于广陵南郭门外。永泰初,其故人有劳氏者,行至郭南,坐浮图下,忽见猷乘白马自南来,见劳下马,相慰如平生,然不脱席帽,低头而语。劳问冥中有何罪福,猷云:"罪福昭然,莫不随所为而得。

但我素持《金刚经》，今得无累，亦当别有所适，在旬月间耳。卿还，为白家兄，令为转《金刚经》一千遍，何故将我香炉盛诸恶物？卿家亦有两卷经，幸为转诵，增己之福。"言讫，遂诀而去。劳昏昧，久之方寤云。

30 魏恂

文本：《太平广记》卷105，第711页；方，第23页。

唐魏恂，左庶子尚德之子，持《金刚经》。神功初，为监门卫大将军。时京有蔡策者，暴亡，数日方苏。自云：初至冥司，怪以追人不得，将挞其使者。使者云："将军魏恂持《金刚经》，善神拥护，追之不得。"即别遣使覆追。须臾，还报并同。冥官曰："且罢追。"恂闻，尤加精进。

31 杜思讷

文本：《太平广记》卷105，第711页；方，第24页。

唐潞州铜鞮县人杜思讷，以持《金刚经》力，疾病得愈。每至持经之日，必睹神光。

32 龙兴寺主

文本：《太平广记》卷105，第711—712页；方，第24页。

唐原州龙兴寺因大斋会，寺主会僧夏腊既高，是为宿德，坐丽宾头之下。有小僧者自外后至，以无坐所，唯寺主下旷一位。小僧欲坐，寺主辄叱之。如是数次，小僧恐斋失时，竟来就坐。寺主怒甚，倚柱而坐，以掌搊之。方欲举手，大袖为柱所压，不得下，合掌惊骇。小僧惭沮，不斋而还房。众议恐是小僧道德所致。寺主遂与寺众同往礼敬，小僧惶惧，自言："初无道行，不敢滥受大德礼数。"逡巡走去。因问平生作何行业，云："二十年唯持《金刚经》。"众皆赞叹，谓是金刚护持之力。便于柱所焚香顶礼，咒云："若是金刚神力,当还此衣。"于是随手而出也。

33 陈哲

文本:《太平广记》卷105,第712页;方,第24—25页。

唐临安陈哲者,家住余杭,精一练行,持《金刚经》。广德初,武康草贼朱潭寇余杭。哲富于财,将搬移产避之。寻而贼至,哲谓是官军,问贼今近远。群贼大怒曰:"何物老狗,敢辱我!"争以剑刺之。每下一剑,则有五色圆光,径五六尺,以蔽哲身,刺不能中,贼惊叹,谓是圣人。莫不惭悔,舍之而去。

34 僧道宪

文本:《太平广记》卷111,第768页;方,第25页。

唐圣善寺僧道宪,俗姓元氏,开元中,住持于江州大云寺,法侣称之。时刺史元某欲画观世音七铺,以宪练行,委之勾当。宪令画工持斋洁己,诸彩色悉以乳头香代胶,备极清净,元深嘉之。事毕,往预宁斫排,造文殊堂。排成将还,忽然堕水,江流湍急,同侣求拯无由。宪堕水之际,便思念观世音,见水底有异光,久而视之,见所画七菩萨立在左右,谓宪曰:"尔但念南无菩萨。"宪行李如昼。犹知在水底,惧未免死,乃思计云:"念阿弥陀佛。"又念阿弥佛,其七菩萨并来捧足。将至水上,衣服无所污染,与排相随,俱行四十余里。宪天宝初灭度。今江州大云寺七菩萨见在,兼画落水事云耳。

35 成珪

文本:《太平广记》卷111,第768—769页;方,第26—27页。

成珪者,唐天宝初为长沙尉。部送河南桥木,始至扬州,累遭风水,遗失差众。扬州所司谓珪盗卖其木,拷掠行夫。不胜楚痛,妄云破用。扬州转帖潭府。时班景倩为潭府严察之吏也,长沙府别将钱堂杨觐利其使,与景倩左右构成。景倩使觐来收珪等,觐至扬州,以小枷枷珪。陆路递行,至宁江。方入船,乃以连鏁鏁枷,附于船梁,四面悉皆钉塞,唯开小孔,出入饭食等。珪意若至潭府必死,发扬州,便心念救苦观世音菩萨。恒一日一食,或时不食,但饮水清斋。经十余日,至滁口。夕暮之际,念诵恳至,其枷及鏁忽然开解,形体萧然,无所累著。伺夜深,舟人尽卧,珪乃拆所钉,拔除出船背,至觐房上,呼曰:"杨觐,汝如我何?"觐初惊起,问何得至此。珪曰:"当葬江鱼腹中,岂与汝辈成功耶!"因决意赴水。初至潭底,须臾遇一浮木,中有竖枝,珪骑木抱,得至水面。中夜黑暗,四顾茫然,木既至潭底,又复浮出。珪意至心念观世音,乃漂然忽尔翻转,随水中木而行。知已至岸,使芦中潜伏。又江边多猛兽,往来顾视,亦不相害。至明,投近村。村中为珪装束,送至滁州。州官寮叹美,为市驴马粮食等。珪便入京,于御史台申理。初,杨觐既失珪,一时溃散,觐因此亦出家焉。

注:此故事注出《广异记》,而其他文献所收注出《卓异记》。

36 王琦

文本:《太平广记》卷111,第769—770页;方,第27—28页。

唐王琦,太原人也,居荥阳,自童孺不茹荤血。大历初,为衢州司户。性好常持诵《观音经》。自少及长,数患重病,其于念诵,无不差愈。念诵之时,必有异类谲诡之状,来相触恼,以琦心正不能干。初,琦年九岁时,患病五六日,因不能言,忽闻门外一人呼名云:"我来追汝。"因便随去。行五十里许,至一府舍。舍中官长大惊云:"何以误将此小儿来? 即宜遣还。"旁人云:"凡召人来,不合放去,当合作使,方可去尔。"官云:"有狗合死。"令琦取狗。诉幼小不任独行,官令与使者同去。中路,使者授一丸与琦,状如球子,令琦击狗家门。狗出,乃以掷之,狗吞丸立死。官云:"使毕,可还。"后又遇病,忽觉四支内有八十二人,眉眼口鼻,各有所守。其在臂脚内者,往来攻其血肉,每至腕节之间,必有相冲击,病闷不可忍。琦问:"汝辈欲杀我耶?"答云:"为君理病,何杀之有?"琦言:"若理病,当致盛馔哺尔。"鬼等大喜叫肉中。翌日,为设食,食毕皆去,所病亦愈。琦先畜一净刀子,长尺余,每念诵即持之。及患天行,恒置刀床头,以自卫护。后疾甚,暗中乃力起,念观世音菩萨,暗忽如昼,见刀刃向上。有僧来,与琦偶坐,问琦此是何刀,琦云:"是杀魔刀。"僧遂奄灭。俄有铁锤空中下,击刀。累击二百余下,锤悉破碎,而刀不损。又见大铁镤水罐,可受二百余石,覆向下。有二大人执杵旁,问琦:"君识此否?"琦答云:"不识。"人云:"此铁镤狱也。"琦云:"正要此狱禁魔鬼。"言毕并灭。又见床舁珍馔,可百床,从门而出。又见数百人,皆炫服,列在宅中,因见其亡父手持一刀,怒云:"无屋处汝!"其人一时溃散,顷之疾愈。乾元中,在江陵又疾笃,复至心念观音。遥见数百鬼乘船而至,远来饥饿,就琦求食。遂令家人造食施于庭中,群鬼列坐,琦口中有二鬼跃出就坐。食讫,初云:"未了。"琦云:"非要衣耶?"鬼言:"正尔。"乃令家人造纸衣数十对,又为绯绿等衫,庭中焚之。鬼著而散,疾亦寻愈。永泰中,又病笃,乃于灯下澄心诵《多心经》。忽有一声如鸟飞,从坐处肉中浸淫向上,因尔口呿不得合。心念此必有魔相恼,乃益澄定,须臾如故。复见床前死尸膀胀,有蛇大如瓮,兼诸鬼,多是先识死人,撩乱烁己。琦闭目,至心诵经二十四遍,寂然而灭。至三十九遍,憺而获寐。翌日,复愈。又其妻李氏,曾遇疾疫疠,琦灯下至心为诵《多心经》。得四五句。忽见灯下有三人头,中间一头,是李氏近死之婢。便闻李氏口中作噫声,因自扶坐。李瞪目不能言,但以手指东西及上下,状如见物。琦令奴以长刀，随李所指斩之。久乃瘳，云："王三郎耶？"盖以弟呼琦。琦问所指云何，李云："见窗中一人，鼻长数尺。复见床前二物，状如骆驼。又见屋上悉张朱帷幕，皆被奴刀斫获断破，一时消散。"琦却诵经四十九遍，李氏寻愈也。

译文：本书第一章第 7—12 页及其讨论。

37 张御史

文本：《太平广记》卷 112，第 776—777 页；方，第 29—30 页。

张某，唐天宝中为御史判官，奉使淮南推覆。将渡淮，有黄衫人自后奔走来渡，谓有急事。特驻舟，泊至，乃云："附载渡淮耳。"御船者欲驱击之，兼责让："何以欲济而辄停留判官？"某云："无击。"反责所由云："载一百姓渡淮，亦何苦也？"亲以余食哺之，其人甚愧恶。既济，与某分路，须臾至前驿，已在门所。某意是嘱请，心甚嫌之，谓曰："吾适渡汝，何为复至？可即遽去。"云："已实非人，欲与判官议事，非左右所闻。"因屏左右。云："奉命取君，合淮中溺死。适承一馔，固不忘。已蒙厚恩，只可一日停留耳。"某求还至舍，有所遗嘱。鬼云："一日之外，不敢违也。我虽为使，然在地下职类人间里尹坊胥尔。"某欲前请救，鬼云："人鬼异路，无宜相逼，恐不免耳。"某遥拜，鬼云："能一日之内转千卷《续命经》，当得延寿。"言讫，出去。至门又回，谓云："识《续命经》否？"某初未了知。鬼云："即人间《金刚经》也。"某云："今日已晚，何由转得千卷经？"鬼云："但是人转则可。"某乃大呼传舍中及他百姓等数十人同转。至明日晚，终千遍讫。鬼又至，云："判官已免，会须暂谒地府。"众人皆见黄衫吏与某相随出门。既见王，具言千遍《续命经》足，得延寿命。取检云："与所诵实同。"因合掌云："若尔，尤当更得十载寿。"便放重生。至门，前所追吏云："坐追判官迟回，今已遇槌。"乃祖示之,愿乞少钱。某云:"我贫士,且在逆旅,多恐不办。"鬼云:"唯二百千。"某云:"若是纸钱,当奉五百贯。"鬼云:"感君厚意,但我德素薄,何由受汝许钱,二百千正可。"某云:"今我亦鬼耳,夜还逆旅,未易办得。"鬼云:"判官但心念,令妻子还我,自当得之。"某遂心念甚至,鬼云:"已领讫。"须臾复至,云:"夫人欲与,阿奶不肯。"又令某心念阿奶,须臾曰:"得矣。"某因冥然如落深坑,因此遂活。求假还家,具说其事,妻云:"是夕,梦君已死,求二百千纸钱,欲便市造。阿奶故云:'梦中事何足信!'其夕,阿奶又梦。"因得十年后卒也。

38 李昕

文本:《太平广记》卷112,第777页;方,第30页。

唐李昕者,善持《千手千眼咒》。有人患疟鬼,昕乃咒之,其鬼见形,谓人曰:"我本欲大困辱君,为惧李十四郎,不敢复往。"十四郎,即昕也。昕家在东郡,客游河南,其妹染疾死,数日苏,说云:"初被数人领入坟墓间,复有数十人,欲相凌辱。其中一人忽云:'此李十四郎妹也,汝辈欲何之?今李十四郎已还,不久至舍。彼善人也,如闻吾等取其妹,必以神咒相困辱,不如早送还之。'乃相与送女至舍。"女活后,昕亦到舍也。

39 李洽

文本:《太平广记》卷115,第800—801页;方,第30—31页。

山人李洽,自都入京。行至灞上,逢吏持帖,云:"追洽。"洽视帖,文字错乱,不可复识。谓吏曰:"帖书乃以狼藉。"吏曰:"此是阎罗王帖。"洽闻之悲泣,请吏暂还,与家人别。吏与偕行过市,见诸肆中馈馔,吏视之久,洽问:"君欲食乎?"曰:"然。"乃将钱一千,随其所欲即买。止得一味。与吏食毕,甚悦。谓洽曰:"今可速写

《金光明经》，或当得免。"洽至家写经毕，别家人，与吏去。行数十里，至城，壁宇峻严。因问此为何城，吏云："安禄山作乱，所司恐贼越逸，故作此城以遏之。"又问城主为谁，曰："是邬元昌。"洽素与城主有故，请为通之。元昌召入，相见悲喜。须臾，有兵马数十万至城而过，元昌留洽坐，出门迎候。久之乃回，洽问此兵云何，曰："阎罗王往西京大安国寺也。"既至寺，登百尺高座。王将簿阅，云："此人新造《金光明经》，遂得延寿，故未合死。"元昌叹羡良久，令人送回，因此得活。

40　王乙

文本：《太平广记》卷115，第801—802页；方，第31—32页。

王乙者，自少恒持《如意轮咒》。开元初，徒侣三人将适北河。有船夫求载乙等，不甚论钱直，云："正尔自行，故不计价。"乙初不欲去，谓其徒曰："彼贱其价，是诱我也。得非苞藏祸心乎？"舡人云："所得资者，只以供酒肉之资，但因长者得不滞行李尔。"其徒信之，乃渡。仍市酒共饮，频举酒属乙。乙屡闻空中言："勿饮。"心愈惊骇。因是有所疑，酒虽入口者亦潜吐出，由是独得不醉。泊夜秉烛，其徒悉已大鼾，乙虑有非道，默坐念咒。忽见舡人持一大斧，刀长五六寸，从水仓中入，断二奴头，又斩二伴。次当至乙，乙伏地受死，其烛忽尔遂灭，乙被砍三斧。背后有门，久已钉塞，忽有二人从门扶乙投水，岸下水深，又投于岸。血虽被体，而不甚痛。行十余里，至一草舍，扬声云："被贼劫。"舍中人收乙入房，以为拒闭。及报县，吏人引乙至劫所，见岸高数十丈，方知神咒之力。后五六日，汴州获贼，问所以，云："烛光忽暗，便失王乙，不知所之。"一疮虽破，而不损骨，寻而平愈如故。此持《如意轮咒》之功也。

41 钳耳含光

文本:《太平广记》卷 115,第 802—803 页;方,第 32—33 页。

竺山县丞钳耳含光者,其妻陆氏,死经半岁。含光秩满,从家居竺山寺。有大墩,暇日登望,忽于墩侧见陆氏。相见悲喜,问其死事,便尔北望,见一大城,云:"所居在此。"邀含光同去。入城,城中屋宇壮丽,与人间不殊。傍有一院,院内西行,有房数十间,陆氏处第三房。夫妇之情,不异平素,衣玩服具亦尔。久之,日暮,谓含光曰:"地府严切,君宜且还,后日可领儿子等来,欲有所嘱,明日不烦来也。"及翌日,含光又往。陆氏见之,惊愕曰:"戒卿勿来,何得复至?"顷之,有绯衣吏,侍从数十人,来入院。陆氏令含光入床下,垂毡至地以障之,戒使勿视,恐主客有犯。俄闻外呼陆四娘,陆氏走出。含光初甚怖惧,后稍窃视,院中都有二十八妇人,绯衣各令解髻,两两结投釜中。冤楚之声闻乎数里,火灭乃去。陆氏径走入房,含光见人,接手床上,良久闷绝。既寤,含光问:"平生斋菜,诵经念佛,何以更受此苦?"答云:"昔欲终时,有僧见诣,令写《金光明经》,当时许之。病亟草草,遂忘遗嘱,坐是,受妄语报,罹此酷罚。所欲见儿子者,正为造《金光明经》,今君已见,无烦儿子也。"含光还家,乃具向诸子说其事,悲泣终夕。及明往视,已不复见,但荒草耳。遂货家产,得五百千。刺史已下各有资助,满二千贯文。乃令长子载往五台写经。至山中,遍历诸台,未有定居。寻而又上台,山路之半,遇一老僧,谓之曰:"写经救母,何尔迟回!留钱于台,宜速还写《金刚经》也。"言讫不见。其子知是文殊菩萨,留钱而还。乃至舍写经毕,上墩,又见地狱,因尔直入。遇闭门,乃扣之,门内问:"是谁?"钳耳赞府即云:"是我。"久之,有妇人出,曰:"贵阁令相谢,写经之力,已得托生人间,千万珍重。"含光乃问:"夫人何故居此?"答云:"罪状颇同,故复在此尔。"

42 席豫

文本:《太平广记》卷115,第803页;方,第34页。

唐开元初,席豫以监察御史按覆河西。去河西两驿,下食,求羊肝不得,挞主驿吏。外白肝至,见肝在盘中摇动不息,豫鞸蹙良久,令持去,乃取一绢,为羊铸佛。半日许,豫暴卒,随吏见王,王曰:"杀生有道,何故生取其肝,独能忍乎?"豫云:"初虽求肝,肝至见动,实不敢食。"言讫,见一小佛从云飞下,王起顶礼。佛言如豫所陈。王谓羊曰:"他不食汝肝,今欲如何?"寻放豫还也。

43 苏颋

文本:《太平广记》卷121,第853—854页;方,第34页。

唐尚书苏颋,少时有人相之,云:"当至尚书,位终二品。"后至尚书三品。病亟,呼巫觋视之,巫云:"公命尽,不可复起。"颋因复论相者之言,巫云:"公初实然,由作桂府时杀二人,今此二人地下诉公,所司减二年寿,以此不至二品。"颋凤莅桂州,有二吏诉县令,颋为令杀吏。乃嗟叹久之而死。

44 张纵

文本:《太平广记》卷132,第942—943页;方,第35页。

唐泉州晋江县尉张纵者,好啖鲙。忽被病死,心上犹暖。后七日苏,云:初有黄衫吏告云:"王追。"纵随行。寻见王,王问使:"我追张纵,何故将张纵来?宜速遣去。"旁有一吏白王曰:"此人好啖脍,暂可罚为鱼。"王令纵去作鱼,又曰:"当还本身。"便被所白之吏引至河边,推纵入水,化成小鱼,长一寸许。日夕增长,至七日,长二尺余。忽见罟师至河所下网,意中甚惧,不觉已入网中,为罟师所得,置之船中草下。须臾,闻晋江王丞使人求鱼为鲙。罟师初以小鱼与之,还被杖。复至网所搜索,乃于草下得鲤,持还王家,至前堂,见丞夫人对镜理妆,偏袒一膊。至厨中,被脍人将刀削鳞,初不觉痛,但觉铁冷泓然。寻被剪头,本身遂活。时殿下侍御史李萼左迁晋江尉,正在王家餐鲙,闻纵活,遽往视之。既入,纵迎接其手,谓萼曰:"餐脍饱耶?"萼因问何以得知,纵具言始末,方知所餐之鳞是纵本身焉。

45 杜暹

文本:《太平广记》卷 148,第 1067—1068 页;方,第 35—36 页。

杜暹幼时,曾自蒲津济河,河流湍急。时入舟者众,舟人已解缆,岸上有一老人,呼:"杜秀才可蹔下。"其言极苦。暹不得已往见,与语久之。船人待暹不至,弃幞于岸,便发。暹与老人交言未尽,顾视船去,意甚恨恨。是日风急浪粗,忽见水中有数十手攀船没,徒侣皆死,唯暹获存。老人谓暹曰:"子卿业贵极,故来相救。"言终不见。暹后累迁至公卿。

46 皇甫氏

文本:《太平广记》卷 162,第 1169 页;方,第 36 页。

唐仆射裴遵庆,母皇甫氏,少时常持经,经函中有小珊瑚树。异时,忽有小龙骨一具立于树侧,时人以为裴氏休祥。上元中,遵庆遂居宰辅云尔。

47 句容佐史

文本:《太平广记》卷 220,第 1688—1689 页;方,第 36 页。

句容县佐史能啖鲙至数十斤,恒食不饱。县令闻其善啖,乃出百斤。史快食至尽,因觉气闷,久之,吐出一物,状如麻鞋底。

县令命洗出,安鲙所,鲙悉成水。累问医人术士,莫能名之。令小吏持往扬州卖之,冀有识者,诫之:"若有买者,但高举其价,看至几钱。"其人至扬州,四五日,有胡求买,初起一千,累增其价,至三百贯文。胡辄还之,初无酬酢,人谓胡曰:"是句容县令家物,君必买之,当相随去。"胡因随至句容。县令问:"此是何物?",胡云:"此是销鱼之精,亦能销人腹中块病。人有患者,以一片如指端,绳系之置病所,其块即销。我本国太子少患此病,父求愈病者,赏之千金。君若见卖,当获大利。"令竟卖半与之。

48 武胜之

文本:《太平广记》卷 231,第 1770—1771 页;《类说》卷 8,第 16 页 b;《绀珠集》卷 7,第 21 页 a;方,第 37、245—246、252 页。

唐开元末,太原武胜之为宣州司士,知静江事。忽于滩中见雷公践微云逐小黄蛇,盘绕滩上。静江夫戏投以石,中蛇,铿然作金声,雷公乃飞去。使人往视,得一铜剑,上有篆"许旌阳斩蛟第三剑"云。

49 破山剑

文本:《太平广记》卷 232,第 1775—1776 页;《绀珠集》卷 7,第 23 页 a;方,第 37、254 页。

近世有士人耕地得剑,磨洗诣市。有胡人求买,初还一千,累上至百贯,士人不可。胡随至其家,爱玩不舍,遂至百万。已克,明日持直取剑。会夜佳月,士人与其妻持剑共视,笑云:"此亦何堪,至是贵价!"庭中有捣帛石,以剑指之,石即中断。及明,胡载钱至,取剑视之,叹曰:"剑光已尽,何得如此?"不复买。士人诘之,胡曰:"此是破山剑,唯可一用,吾欲持之以破宝山。今光芒顿尽,疑有所触。"士人夫妻悔恨,向胡说其事,胡以十千买之而去。

50 顾琮

文本:《太平广记》卷 277,第 2195 页;方,第 38 页。

顾琮为补阙,尝有罪系诏狱,当伏法。琮一夕忧愁,坐而假寐,忽梦见其母下体。琮愈惧,形于颜色。流辈问,琮以梦告之,自谓不祥之甚也。时有善解者贺曰:"子其免乎!"问:"何以知之?"曰:"太夫人下体,是足下生路也。重见生路,何吉如之!吾是以贺也。"明日,门下侍郎薛稷奏刑失入,竟得免。琮后至宰相。

51 玄宗

文本:《太平广记》卷 277,第 2196 页;方,第 38 页。

玄宗尝梦落殿,有孝子扶上。他日以问高力士,力士云:"孝子素衣,此是韦见素耳。"帝深然之。数日,自吏部侍郎拜相。

注:韦见素(687—762 年)的拜相时间是 754 年 9 月 14 日,见《旧唐书》卷 108,第 3276 页;《资治通鉴》卷 217,第 6927—6928 页。

52 吕谭

文本:《太平广记》卷 277,第 2200—2201 页;方,第 38—39 页。

吕谭尝昼梦地府所追,随见判官。判官云:"此人勋业甚高,当不为用。"谭便仰白:"母老子幼,家无所主。"控告甚切。判官令将过王,寻闻左右白王:"此人已得一替。"问替为谁,云:"是蒯适。"王曰:"蒯适名士,职当其任。"遂放谭。谭时与妻兄顾况同宿,既觉,为况说之。后数十日而适摄吴县丞甚无恙,而况数玩谭以为欢笑。适月余罢职,修第于吴之积善里。忽有走卒冲入,谒云:"丁侍御传语,令参三郎。"适云:"初不闻有丁侍御,为谁?"卒曰:"是仙芝。"适曰:"仙芝卒于余杭,何名侍御?"卒曰:"地下侍御耳。"适恶之，曰："地下侍御，何意传语生人？"卒曰："兼令相追，不独传语。名籍已定，难可改移。"适求其白丁侍御，己未合死，乞为求代。卒去复来，云："侍御不许，催令促装。"因中疾，数日而死。

注：傅璇琮《唐代诗人丛考》第407—408页已辨析了传记资料的真实性，笔者也于《〈广异记〉初探》第405—406页中作了讨论。

53 楚寰

文本：《太平广记》卷278，第2203页；方，第39页。

著作佐郎楚寰，大历中，疫疠笃重，四十日低迷不知人。后一日，忽梦黄衣女道士至寰所，谓之曰："汝有官禄，初未合死。"因呼："范政，将药来。"忽见小儿，持琉璃瓶，大角碗写药，饮皆便愈。及明，许叔冀令送药来。寰疾久困，初不开目，见小儿及碗药皆昨夜所见，因呼小儿为"范政"，问之信然。其疾遂愈。

54 薛义

文本：《太平广记》卷278，第2210页；方，第39—40页。

秘省校书河东薛义，其妹夫崔秘者，为桐庐尉。义与叔母韦氏，为客在秘家。久之，遇痁疾，数月，绵辍几死。韦氏深忧，夜梦神人，白衣冠袷单衣。韦氏因合掌致敬，求理义病。神人曰："此久不治，便成勃疟，则不可治矣。"因以二符兼咒授韦氏。咒曰："勃疟勃疟，四山之神，使我来缚。六丁使者，五道将军，收汝精气，摄汝神魂。速去速去，免逢此人。急急如律令。"但疾发即诵之，及持符，其疾便愈。是时，韦氏少女年七岁，亦患痁疾，旁见一物，状如黑犬而蚝毛，神云："此正病汝者，可急擒杀之，汝疾必愈。不尔，汝家二小婢亦当患疟。"韦氏梦中杀犬。及觉，传咒于义，义至心持之，疾遂愈。韦氏女子亦愈，皆如其言也。

译文:高延翻译了此咒的内容,见《中国的宗教系统》卷6,第1053页。

55　召皎

文本:《太平广记》卷279,第2218页;方,第40—41页。

安禄山以讨君侧为名,归罪杨氏,表陈其恶,乃牒东京送表。议者以其辞不利杨氏,难于传送,又恐他日禄山见殒,乃使大理主簿召皎送表至京。玄宗览之,不悦,但传诏言皎还。皎出中书,见国忠,问:"送胡之表,无乃劳耶? 赖其不相罪状,忽有恶言,亦当送之乎?"呵使速去。皎还至戏口驿,意甚忙忙,坐厅上绳床,恍然如梦。忽觉绳床去地数丈,仰视,见一人介胄中立,呵叱左右二十余人令扑己。虽被拖拽,厅上复有一人,短帽紫衣,来云:"此非蒋清,无宜杀也。"遂见释放。皎数日还至洛。逆徒寻而亦至,皎与流辈数人,守扄待命,悉被收缚。皎长大,有容止,而立居行首,往见贼将田乾贞。乾贞介胄而立,即前床间所梦者也。逆呵呼皎云:"何物小人,敢抗王师!"命左右扑杀。手力始至,严庄遽从厅下曰:"此非蒋清,无宜加罪。"乾贞方问其姓,云:"姓召。"因而见释。次至蒋,遂遇害也。

注:安禄山杀蒋清在755年,见《旧唐书》卷187B,第4895页;《资治通鉴》卷217,第6939页。

56　李捎云

文本:《太平广记》卷279,第2218—2219页;方,第41页。

陇西李捎云,范阳卢若虚女婿也。性诞率轻肆,好纵酒聚饮。其妻一夜梦捕捎云等辈十数人,杂以娼妓,悉被发肉袒,以长索系之,连驱而去,号泣顾其妻别。惊觉,泪沾枕席,因为说之。而捎云亦梦之,正相符会。因大畏恶,遂弃断荤血,持《金刚经》,数请僧斋,三年无他。后以梦滋不验,稍自纵怠。因会中友人逼以酒炙,捎云素无检,遂纵酒肉如初。明年上巳,与李蒙、裴士南、梁褒等十余人,泛舟曲江中,盛选长安名倡,大纵歌妓。酒正酣,舟覆,尽皆溺死。

注:根据《定命录》(《太平广记》卷216,第1655页)和《独异志》(《太平广记》卷163,第1184页),717年,在庆贺李蒙进士及第的一次曲江宴会中,船翻了,有十多人丧生。参看《登科记考》卷5,第188页。

57 李叔霁

文本:《太平广记》卷279,第2219页;方,第41—42页。

监察御史李叔霁者,与兄仲云俱进士擢第,有名当代。大历初,叔霁卒。经岁余,其妹夫与仲云同寝,忽梦叔霁,相见依依然。语及仲云,音容惨怆,曰:"幽明理绝,欢会无由,正当百年之后方得聚耳。我有一诗,可为诵呈大兄。"诗云:"忽作无期别,沉冥恨有余。长安虽不远,无信可传书。"后数年,仲云亦卒。

58 卢彦绪

文本:《太平广记》卷279,第2221页;方,第42页。

许州司仓卢彦绪所居溷,夏雨暴至,水满其中,须臾漏尽。彦绪使人观之,见其下有古圹,中是瓦棺。有妇人,年二十余,洁白凝净,指爪长五六寸,头插金钗十余只。铭志云:"是秦时人,千载后当为卢彦绪开,运数然也。闭之吉,启之凶。"又有宝镜一枚,背是金花,持以照日,花如金轮。彦绪取钗镜等数十物,乃闭之。夕梦妇人云:"何以取吾玩具?"有怒色。经一年而彦绪卒。

注:故事发生在秦后一千年,则其时间范围应在754—794年之间。

59　周延翰

文本:《太平广记》卷 279,第 2227 页;方,第 237 页。沈与文抄本注为出自《稽神录》卷 1,第 16b 页。

江南太子校书周延翰,性好道,颇修服饵之事。尝梦神人以一卷书授之,若道家之经,其文皆七字为句,唯记其末句云:"紫髯之畔有丹砂。"延翰寤而自喜,以为必得丹砂之效。从事建业卒,葬于吴大帝陵侧。无妻子,唯一婢名丹砂。

60　豆卢荣

文本:《太平广记》卷 280,第 2229—2230 页;方,第 42—43 页。

上元初,豆卢荣为温州别驾,卒。荣之妻即金河公主女也。公主尝下嫁辟叶,辟叶内属,其王卒,公主归来。荣出佐温州,公主随在州数年。宝应初,临海山贼袁晁攻下台州,公主女夜梦一人,被发流血,谓曰:"温州将乱,宜速去之。不然,必将受祸。"及觉,说其事。公主云:"梦想颠倒,复何足信!"须臾而寝,女又梦见荣,谓曰:"适被发者,即是丈人,今为阴将。浙东将败,欲使妻子去耳。宜遵承之,无徒恋财物。"女又白公主说之。时江东米贵,唯温州米贱,公主令人置吴绫数千匹,故恋而不去。他日,女梦其父云:"浙东八州,袁晁所陷,汝母不早去,必罹艰辛。"言之且泣。公主乃移居梧州。梧州陷,轻身走出,竟如梦中所言也。

译文:本书第六章第 139—141 页及其讨论。

61　扶沟令

文本:《太平广记》卷 280,第 2231 页;方,第 43 页。

扶沟令某霁者,失其姓,以大历二年卒。经半岁,其妻梦与霁遇,问其地下罪福,霁曰:"吾生为进士,陷于轻薄,或毁谤词赋,或诋诃人物，今被地下所由每日送两蛇及三蜈蚣，出入七窍，受诸痛苦，不可堪忍。法当三百六十日受此罪，罪毕，方得托生。近以他事为阎罗王所剥，旧裈狼藉，为人所笑。可作一裈与我。"妇云："无物可作。"霁曰："前者万年尉盖又玄将二绢来，何得云无？"兼求铸像、写《法华经》，妇并许之，然后方去尔。

62 王方平

文本：《太平广记》卷 280，第 2233 页；方，第 43—44 页。

太原王方平，性至孝。其父有疾危笃，方平侍奉药饵，不解带者逾月。其后侍疾疲极，偶于父床边坐睡，梦二鬼相语，欲入其父腹中。一鬼曰："若何为入？"一鬼曰："待食浆水粥，可随粥而入。"既约，方平惊觉，作穿碗，以指承之，置小瓶于其下。候父啜，乃去承指。粥入瓶中，以物盖上，于釜中煮之百沸一视，乃满瓶是肉。父因疾愈，议者以为纯孝所致也。

63 阎陟

文本：《太平广记》卷 280，第 2235 页；方，第 44 页。

阎陟幼时，父任密州长史，陟随父在任。尝昼寝，忽梦见一女子，年十五六，容色妍丽，来与己会。如是者数月，寝辄梦之。后一日，梦女来别，音容凄断，曰："己是前长史女，死殡在城东南角。明公不以幽滞卑微，用荐枕席。我兄明日来迎己丧，终天永别，岂不恨恨。今有钱百千相赠，以伸允眷。"言讫，令婢送钱于寝床下，乃去。陟觉，视床下，果有百千纸钱也。

64 李进士

文本：《太平广记》卷 281，第 2237—2238 页；方，第 44—45 页。

有进士姓李，忘记名。尝梦见数人来追，去至一城。入门有厅,室宇宏壮。初不见人,李径升堂,侧坐床角。忽有一人,持杖击己,骂云:"何物新鬼,敢坐王床!"李径走出。顷之,门内传声:"王出。"因见紫衣人升坐。所由引领入,王问其何故盗妹夫钱,初不之悟,王曰:"汝与他卖马,合得二十七千,汝须臾取三十千,此非盗耶?"须臾,见绯衣人至,为李陈谢:"此人尚有命,未合即留住,但令送钱还耳。"王限十五日,计会不了,当更追对。李既觉,为梦是诞事,理不足信。后十余日,有磨镜人至其家,自行善占。家人使占,有验,竟以白李。李亲至其所,问云:"何物小人,诓惑诸下!"磨镜者怒云:"卖马窃资,王令计会。今限欲满,不还一钱,王即追君,君何敢骂国士也!"李惊怪是梦中事,因拜谢之。问:"何由知此?"磨镜云:"昨朱衣相救者,是君曾祖,恐君更被追,所以令我相报。"李言:"妹夫已死,钱无还所。"磨镜云:"但施贫丐,及散诸寺,云为亡妹夫施,则可矣。"如言散钱,亦不追也。

65　李播

文本:《太平广记》卷298,第2371页;方,第45—46页。

高宗将封东岳,而天久霖雨,帝疑之,使问华山道士李播,为奏玉京天帝。播,淳风之父也。因遣仆射刘仁轨至华山,问播封禅事。播云:"待问泰山府君。"遂令呼之。良久,府君至,拜谒庭下,礼甚恭。播云:"唐皇帝欲封禅,如何?"府君对曰:"合封。后六十年,又合一封。"播揖之而去。时仁轨在播侧立,见府君,屡顾之。播又呼回曰:"此是唐宰相,不识府君,无宜见怪。"既出,谓仁轨曰:"府君薄怪相公不拜,令左右录此人名,恐累盛德,所以呼回处分耳。"仁轨惶汗久之。播曰:"处分了,当无苦也。"其后,帝遂封禅。

注:封禅分别是在666年与725年举行的,见沙畹《泰山》,第

180 页,第 222 页及以后。

66 狄仁杰

文本:《太平广记》卷 298,第 2371 页;方,第 46 页。

高宗时,狄仁杰为监察御史,江岭神祠,焚烧略尽。至端州,有蛮神,仁杰欲烧之,使人入庙者立死。仁杰募能焚之者,赏钱百千。时有二人出应募,仁杰问:"往复何用?"人云:"愿得敕牒。"仁杰以牒与之。其人持往,至庙,便云:"有敕。"因开牒以入,宣之,神不复动,遂焚毁之。其后仁杰还至汴州,遇见鬼者曰:"侍御后有一蛮神,云被焚舍,常欲报复。"仁杰问:"事竟如何?"见鬼者云:"侍御方须台辅,还有鬼神二十余人随从,彼亦何所能为!"久之,其神还岭南矣。

注:狄仁杰在南方清除淫祀是在 688 年,但是,端州在他所管辖的范围之外,见《旧唐书》卷 89,第 2887 页;《新唐书》卷 115,第 4208 页;《资治通鉴》卷 204,第 6448—6449 页。见麦大维《真实的狄御史》,第 11—13 页。

译文:列维《人间官员与阴间神灵》,第 88 页及其讨论。

67 王万彻

文本:《太平广记》卷 298,第 2372 页;方,第 47 页。

武太后暮年,宫人多死,一月之间,已数百人。太后乃召役鬼者王万彻,使视官中。彻奏曰:"天皇以陛下久临万国,神灵不乐,以致是也。"太后曰:"可奈何?"彻曰:"臣能禳之。"乃施席于殿前,持刀噀水,四向而咒。有顷曰:"皇帝至。"彻乃廷诘帝曰:"天道有去就,时运有废兴。昔皇帝佐陛下,母临四海,大弘姜嫄、文母之化,遂见推戴,万国归心。此天意,非人事也。陛下圣灵在天,幽明理隔,何至不识机会,损害生人,若此之酷哉!"帝乃空中谓之曰:"殆非我意,此王皇后诉冤得申耳。何止后宫,将不利于汝君。"太后及左右了了闻之,太后默然改容,乃命撤席。明年而五王援立中宗,迁太后于上阳宫,以幽崩。

注:高宗死于 683 年,武后死于 705 年。

68　赵州参军妻

文本:《太平广记》卷 298,第 2373—2374 页;《岁时广记》卷 23,第 6 页 b—7 页 b;方,第 47—49 页。

赵州卢参军,新婚之任,其妻甚美。数年,罢官还都。五月五日,妻欲之市求续命物,上于舅姑。车已临门,忽暴心痛,食顷而卒。卢生号哭毕,往见正谏大夫明崇俨,扣门甚急,崇俨惊曰:"此端午日,款关而厉,是必有急。"遂趋而出。卢氏再拜,具告其事。明云:"此泰山三郎所为。"遂书三符以授卢:"还家可速烧第一符,如人行十里许,不活,更烧其次。若又不活,更烧第三符,横死必当复生,不来真死矣。"卢还家,如言累烧三符,其妻遂活。顷之能言,云:"初,被车载至泰山顶,别有宫室,见一少年,云是三郎。令侍婢十余人拥入别室,侍妆梳。三郎在堂前,与他少年双陆,候妆梳毕,方拟宴会。婢等令速妆,已缘眷恋故人,尚且悲泪。有顷,闻人款门,云:'是上利功曹。适奉都使处分,令问三郎何以取卢家妇? 宜即遣还。'三郎怒云:'自取他人之妻,预都使何事!'呵功曹令去。相与往复,其辞甚恶。须臾,又闻款门,云:'是直符使者。都使令取卢家妇人。'对局劝之,不听。对局曰:'非独累君,当祸及我。'又不听。寻有疾风,吹黑云从崖顶来。二使唱言:"太一直符,今且至矣!"三郎有惧色。风忽卷宅,高百余丈放之,人物糜碎,唯卢妻获存。二使送还,至堂上,见身卧床上,意甚凄恨。被推入形,遂活。

注：明崇俨卒于 679 年，见《旧唐书》卷 191，第 5097 页。关于太一符故事，见《太平广记》卷 74，第 467 页；卷 285，第 2270 页；卷 299，第 2377 页；还可参看卷 328，第 2605 页。另见本书第四章第 113 页。

69 河东县尉妻

文本：《太平广记》卷 300，第 2382—2383 页；方，第 49—50 页。

景云中，河东南县尉李某，妻王氏，有美色，著称三辅。李朝趋府未归，王妆梳向毕，焚香闲坐。忽见黄门数人，御犊车自云中下至堂所。王氏惊问所以，答曰："华山府君，使来奉迎。"辞不获，于仓卒欲去，谓家人曰："恨不得见李少府别。"挥泪而行，死于阶侧。俄而，彩云捧车浮空，冉冉遂灭。李自州还，既不见妻，抚尸号恸，绝而复苏者数四。少顷，有人诣门，自言能活夫人。李馨折拜谒，求见卫护。其人坐床上，觅朱书符。朱未至，因书墨符飞之。须臾未至，又飞一符，笑谓李曰："无苦，寻当得活。"有顷而王氏苏。李拜谢数十，竭力赠遗。人大笑曰："救灾恤患，焉用物乎？"遂出门，不见。王氏既悟，云："初至华山见王，王甚悦，列供帐于山椒，与其徒数人欢饮。宴乐毕，方申缱绻。适尔杯酌，忽见一人乘黑云至，云：'太一令唤王夫人。'神犹从容，请俟毕会。寻又一人乘赤云，大怒曰：'太一问华山，何以辄取生人妇？不速送还，当有深谴！'神大惶惧，便令送至家。"

注：见本书第四章第 112 页。

70 三卫

文本：《太平广记》卷 300，第 2383—2384 页；方，第 50—51 页。

　　开元初,有三卫自京还青州。至华岳庙前,见青衣婢,衣服故恶,来白云:"娘子欲见。"因引前行。遇见一妇人,年十六七,容色惨悴,曰:"己非人,华岳第三新妇,夫婿极恶。家在北海,三年无书信,以此尤为岳子所薄。闻君远还,欲以尺书仰累,若能为达,家君当有厚报。"遂以书付之。其人亦信士也,问:"北海于何所送之?"妇人云:"海池上第二树,但扣之,当有应者。"言讫诀去。及至北海,如言送书,扣树毕,忽见朱门在树下,有人从门中受事。人以书付之,入。顷之,出云:"大王请客人。"随行百余步,后入一门,有朱衣人,长丈余,左右侍女数千百人。坐毕,乃曰:"三年不得女书。"读书,大怒曰:"奴辈敢尔!"乃传教,召左右虞候。须臾而至,悉长丈余,巨头大鼻,状貌可恶。令调兵五万,至十五日乃西伐华山,无令不胜。二人受教走出,乃谓三卫曰:"无以上报。"命左右取绢二疋赠使者。三卫不说,心怨二疋之少也。持别,朱衣人曰:"两绢得二万贯,方可卖,慎勿贱与人也。"三卫既出,欲验其事,复往华阴。至十五日,既暮,遥见东方黑气如盖。稍稍西行,雷震电掣,声闻百里。须臾,华山大风折树,自西吹云,云势益壮,直至华山,雷火喧薄,遍山洞赤,久之方罢。及明,山色焦黑。三卫乃入京卖绢,买者闻求二万,莫不嗤骇,以为狂人。后数日,有白马丈夫来买,直还二万,不复踌躇,其钱先已锁在西市。三卫因问买所用,丈夫曰:"今以渭川神嫁女,用此赠遗。天下唯北海绢最佳,方欲令人往市,闻君卖北海绢,故来尔。"三卫得钱。数月,货易毕,东还青土。行至华阴,复见前时青衣,云:"娘子故来谢恩。"便见看盖犊车自山而下,左右从者十余辈。既至下车,亦是前时女郎。容服炳焕,流目清眄,迥不可识。见三卫,拜乃言曰:"蒙君厚恩,远报父母,自闹战之后,恩情颇深,但愧无可仰报尔。然三郎以君达书故,移怒于君。今将五百兵,于潼关相候。

君若往,必为所害,可且还京。不久大驾东幸,鬼神惧鼓车,君若坐于鼓车,则无虑也。"言讫不见。三卫大惧,即时还京。后数十日,会玄宗幸洛,乃以钱与鼓者,随鼓车出关,因得无忧。

译文:杜德桥《〈柳毅传〉及其类同故事》,第 64—68 页及其讨论。

注:此处包含的一则材料,是最早提及中国存钱的钱庄的文献记载。

71　李湜

文本:《太平广记》卷 300,第 2384—2385 页;《岁时广记》卷 28,第 5 页 a—6 页 a;《绀珠集》卷 7,第 21 页 b;方,第 51—53、253 页。

赵郡李湜,以开元中谒华岳庙。过三夫人院,忽见神女悉是生人,邀入宝帐中,备极欢洽。三夫人迭与结欢,言终而出。临诀,谓湜曰:"每年七月七日至十二日,岳神当上计于天,至时相迎,无宜辞让。今者相见,亦是其时,故得尽欢尔。"自尔七年,每悟其日,奄然气尽,家人守之,三日方悟。说云:"灵帐璚筵,绮席罗荐。摇月扇以轻暑,曳罗衣以纵香。玉佩清冷,香风斐亹。候湜之至,莫不笑开星靥,花媚玉颜。叙离异则涕零,论新欢则情洽。三夫人皆其有也。湜才伟于器,尤为所重,各尽其欢情。及还家,莫不惆怅呜咽,延景惜别。"湜既悟,形貌流浃,辄病十来日而后可。有术者见湜云:"君有邪气。"为书一符佩之,后虽相见,不得相近。二夫人一姓王,一姓杜,骂云:"酷无行,何以带符为?"小夫人姓萧,恩义特深,涕泣相顾,诚湜:"三年无言,言之非独损君,亦当损我。"湜问以官,云:"合进士及第,终小县令。"皆如其言。

译文:本书第四章第 106—108 页及其讨论。

72 叶净能

文本:《太平广记》卷 300,第 2385 页;方,第 53 页。

开元初,玄宗以皇后无子,乃令叶净能道士奏章上玉京天帝,问皇后有子否。久之,章下。批云:"无子。"迹甚分明。

注:参看故事 **198**;潘重规编《敦煌变文集新书》,第 1112 页。玄宗妃王氏在 712 年被立为皇后,无子,724 年被废为庶人,见《唐会要》卷 3,第 26 页;《旧唐书》卷 51,第 2177 页;《新唐书》卷 76,第 3490 页。

73 张嘉祐

文本:《太平广记》卷 300,第 2386 页;方,第 53—54 页。

开元中,张嘉祐为相州刺史。使宅旧凶,嘉祐初至,便有鬼祟回祐家,备极扰乱。祐不之惧,其西院小厅铺设及他食物又被翻倒。嘉祐往观之,见一女子,嘉祐问:"女郎何神?"女云:"已是周故大将军相州刺史尉迟府君女,家有至屈,欲见使君陈论。"嘉祐曰:"敬当以领。"有顷而至,容服魁岸,视瞻高远,先致敬于嘉祐。祐延坐,问之曰:"生为贤人,死为明神。胡为宵宰幽瞑,恐动儿女,遂令此州前后号为凶阙,何为正直而至是耶?"云:"往者周室作殚,杨坚篡夺。我忝周之臣子,宁忍社稷崩殒!所以欲全臣节,首倡大义,冀乎匡复宇宙,以存太祖之业。韦孝宽周室旧臣,不能闻义而举,反受杨坚衔勒,为其所用。以一州之众,当天下累益之师。精诚虽欲贯天,四海竟无救助。寻而失守,一门遇害,合家六十余口骸骨在此厅下。日月既多,幽怨愈甚。欲化别不可,欲白于人,悉皆惧死,无所控告。至此,明公幸垂顾盼,若沉骸傥得不弃,幽魅有所招立,则虽死之日,犹生之年。"嘉祐许诺。他日,出其积骸,以礼葬于厅后。便以厅为庙,岁时祷祠焉。祐有女,年八九岁,家人欲有所问,则令启白,神必有应。神欲白嘉祐,亦令小女出见,以为常也。其后,嘉祐家人有所适,神必使阴兵送出境。兵还,具白送至某处,其西不过河阳桥。

译文:本书第五章第129—136页及其讨论。

74 汝阴人

文本:《太平广记》卷301,第2387—2388页;方,第54—56页。

汝阴男子姓许,少孤。为人白皙,有姿调。好鲜衣良马,游骋无度。常牵黄犬,逐兽荒涧中,倦息大树下。树高百余尺,大数十圈,高柯旁挺,垂阴连数亩。仰视枝间,悬一五色彩囊,以为误有遗者,乃取归。而结不可解,甚爱异之,置巾箱中。向暮,化成一女子,手把名纸直前,云:"王女郎令相闻。"致名讫,遂去。有顷,异香满室,渐闻车马之声。许出户,望见列烛成行,有一少年,乘白马,从十余骑在前,直来诣许曰:"小妹粗家,窃慕盛德,欲托良缘于君子,如何?"许以其神,不敢苦辞。少年即命左右,洒扫别室。须臾,女车至,光香满路。侍女乘马数十人,皆有美色,持步障,拥女郎下车。延入别室,帏帐茵席毕具,家人大惊,视之皆见。少年促许沐浴,进新衣,侍女扶入女室。女郎年十六七,艳丽无双,著青袿襦,珠翠璀错,下阶答拜。共升堂讫,少年乃去。房中施云母屏风,芙蓉翠帐,以鹿瑞锦障暎四壁。大设珍殽,多诸异果,甘美鲜香非人间者。食器有七子螺、九枝盘、红螺杯、蕖叶碗,皆黄金隐起,错以瑰碧。有玉罍,贮车师葡萄酒,芬馨酷烈。座上置连心蜡烛,悉以紫玉为盘,光明如昼。许素轻薄无检,又为物色夸眩,意甚悦之。坐定,许问曰:"鄙夫固陋,蓬室湫隘,不意乃能见顾之深。欢忭交并,未知所措。"答曰:"大人为中岳南部将军,不以儿之幽贱,欲使托身君子。躬奉砥砺,幸过良会,欣愿诚深。"又问:"南部将军今何官也?"曰:"是嵩君别部所治,若古之四镇将军也。"酒酣,叹曰:"今夕何夕,见此良人。"词韵清媚,非所闻见。又援筝作《飞鸿》《别鹤》之曲,宛颈而歌,为许送酒。清声哀畅,容态荡越,殆不自持。许不胜其情,遽前拥之。乃微盼而笑曰:"既为诗人感悦之讥,又玷上客挂缨之笑,如何?"因顾令彻筵,去烛就帐。恣其欢狎,丰肌弱骨,柔滑如饴。明日,遍召家人,大申妇礼,赐与甚厚。积三日,前少年又来,曰:"大人感愧良甚,愿得相见,使某奉迎。"乃与俱去。至前猎处,无复大树矣。但见朱门素壁,若今大官府中,左右列兵卫,皆迎拜。少年引入,见府君冠平天帻,绛纱衣,坐高殿上,庭中排戟设虡。许拜谒,府君为起,揖之升阶。劳问曰:"少女幼失所恃,幸得托奉高明,感庆无量。然此亦冥期神契,非至精相感,何能及此。"许谢,乃与入内。门宇严邃,环廊曲阁,连亘相通。中堂高会,酣燕正欢。因命设乐,丝竹繁错,曲度新奇,歌妓数十人,皆妍冶上色。既罢,乃以金帛厚遗之,并资仆马,家遂赡给。仍为起宅于里中,皆极丰丽。女郎雅善玄素养生之术,许体力精爽,倍于常矣,以此知其审神人也。后时一归,皆女郎相随,府君辄馈送甚厚。数十年,有子五人,而姿色无损。后许卒,乃携子俱去,不知所在也。

译文:杜德桥《〈柳毅传〉及其类同故事》,第 75—78 页;参看本书第七章第 168—169 页。

75 崔敏壳

文本:《太平广记》卷 301,第 2389 页;方,第 57 页。

博陵崔敏壳,性耿直,不惧神鬼。年十岁时,常暴死。死十八年而后活，自说被枉追，敏壳苦自申理，岁余获放。王谓敏壳曰："汝合却还。然屋舍已坏，如何？"敏壳祈固求还。王曰："宜更托生，倍与官禄。"敏壳不肯。王难以理屈，徘徊久之。敏壳陈诉称冤，王不得已，使人至西国求重生药，数载方还。药至布骨，悉皆生肉，唯脚心不生，骨遂露焉。其后，家频梦敏壳云："吾已活。"遂开棺。初有气，养之月余方愈。敏壳在冥中，检身当得十政刺史，遂累求凶阙，轻侮鬼神，卒获无恙。其后，为徐州。刺史皆不敢居正厅，相传云项羽故殿也。敏壳到州，即敕洒扫。视事数日，空中忽闻大叫，曰："我西楚霸王也！崔敏壳何人，敢夺吾所居！"敏壳徐云："鄙哉项羽，生不能与汉高祖西向争天下，死乃与崔敏壳竞一败屋乎？且王死乌江，头行万里，纵有余灵，何足畏也！"乃帖然无声，其厅遂安。后为华州刺史。华岳祠傍，有人初夜闻庙中喧呼，及视，庭燎甚盛，兵数百人陈列。受敕云："当与三郎迎妇。"又曰："崔使君在州，勿妄飘风暴雨。"皆云："不敢。"既出，遂无所见。

　　注：崔氏对项羽说的言辞可视为一个历史的回声，萧琛（478—529 年）在吴兴也说过类似的话，见《南史》卷 18，第 506 页。

76　仇嘉福

　　文本：《太平广记》卷 301，第 2390—2392 页；方，第 57—59 页。

　　唐仇嘉福者，京兆富平人，家在簿台村，应举入洛。出京遇一少年，状若王者，裘马仆从甚盛。见嘉福，有喜状，因问何适，嘉福云："应举之都。"人云："吾亦东行，喜君相逐。"嘉福问其姓，云："姓白。"嘉福窃思朝廷无白氏贵人，心颇疑之。经一日，人谓嘉福："君驴弱，不能偕行。"乃以后乘见载。数日，至华岳庙，谓嘉福曰："吾非常人，天帝使我案天下鬼神，今须入庙鞫问。君命相与我有旧，业已如此，能入庙否？事毕，当俱入都。"嘉福不获已，随入庙门。便见翠幕云黯，陈设甚备。当前有床，贵人当案而坐，以竹倚床坐嘉福。寻有教呼岳神，神至俯伏。贵人呼责数四，因命左右曳出。遍召关中诸神，点名阅视。末至昆明池神，呼上阶语，请嘉福宜小远，无预此议。嘉福出堂后幕中，闻幕外有痛楚声，抉幕，见己妇悬头在庭树上，审其必死，心色俱坏。须臾，贵人召还，见嘉福色恶，问其故，具以实对。再命审视，还答不谬。贵人惊云："君妇若我妇也，宁得不料理之！"遂传教召岳神。神至，问："何以取簿台村仇嘉福妇，致楚毒？"神初不之知。有碧衣人，云是判官，自后代对曰："此事天曹所召，今见书状送。"贵人令持案来，敕左右封印之，至天帝所，当持出。已自白帝，顾谓岳神："可即放还。"亦谓嘉福："本欲至都，今不可矣，宜速还富平。"因屈指料行程，云："四日方至，恐不及事，当以骏马相借。君后见思，可于净室焚香，我当必至。"言讫辞去。既出门，神仆策马亦至，嘉福上马，便至其家，家人仓卒悲泣。嘉福直入，去妇面衣候气，顷之遂活。举家欢庆，村里长老壶酒相贺，数日不已。其后四五日，本身骑驴与奴同还，家人不之辨也。内出外入，相遇便合，方知先还即其魂也。后岁余，嘉福又应举之都。至华岳祠下，遇邓州崔司法妻暴亡，哭声哀甚，恻然悯之。躬往诣崔，令其辍哭，许为料理，崔甚忻悦。嘉福焚香净室，心念贵人。有顷遂至。欢叙毕，问其故，"此是岳神所为，诚可留也，为君致二百千。先求钱，然后下手"。因书九符，云："先烧三符，若不愈，更烧六符，当还矣。"言讫飞去。嘉福以神言告崔，崔不敢违。始烧三符，日晓未愈，又烧其余，须臾遂活。崔问其妻，"初入店时，忽见云母车在阶下，健卒数百人，各持兵器，罗列左右。传言王使相迎，仓卒随去。王见喜，方欲结

欢,忽有三人来云:'太乙神问何以夺生人妻?'神惶惧,持簿书云:
'天配为己妻,非横取之。'然不肯遣。须臾,有大神五六人,持金
杵至王庭,徒众骇散,独神立树下。乞宥其命,王遂引己还"。嘉
福自尔方知贵人是太乙神也。尔后累思必至,为嘉福回换五六政
官,大获其力也。

译文:本书第四章第109—114页及其讨论。

77 韦秀庄

文本:《太平广记》卷302,第2396—2397页;方,第59—
60页。

开元中,滑州刺史韦秀庄,暇日来城楼望黄河。楼中忽见一
人,长三尺许,紫衣朱冠,通名参谒。秀庄知非人类,问是何神,答
曰:"即城隍之主。"又问何来,答云:"黄河之神欲毁我城,以端河
路,我固不许。克后五日,大战于河湄。恐力不禁,故来求救于使
君尔。若得二千人,持弓弩物色相助,必当克捷。君之城也,惟君
图之。"秀庄许诺,神乃不见。至其日,秀庄帅劲卒二千人登城。
河中忽尔晦冥,须臾,有白气直上十余丈,楼上有青气出,相萦
绕。秀庄命弓弩乱射白气,气形渐小,至灭,唯青气独存,逶迤如云峰
之状,还入楼中。初时,黄河俯近城之下,此后渐退,至今五六
里也。

译文:戴遂良(Léon Wieger)《中国现代民间传说》(*Folk-lore
Chinois Moderne*),第49—50页;列维《人间官员与阴间神灵》,
第85—86页。

注:韦秀庄的名字可能应是韦季庄,参看《新唐书》卷74A,第
3109页;《元和姓纂》卷2,第28页a。

78 华岳神女

文本:《太平广记》卷302,第2397—2398页;方,第60—

61 页。

近代有士人应举之京,途次关西,宿于逆旅舍小房中。俄有贵人奴仆数人,云:"公主来宿。"以幕围店及他店四五所。人初惶遽,未得移徙。须臾,公主车声大至,悉下。店中人便拒户寝,不敢出。公主于户前澡浴,令索房内,婢云:"不宜有人。"既而见某,群婢大骂。公主令呼出,熟视之曰:"此书生颇开人意,不宜挫辱,第令入房。"浴毕召之,言甚会意。使侍婢洗濯,舒以丽服。乃施绛帐,铺锦茵,及他寝玩之具,极世奢侈,为礼之好。明日,相与还京。公主宅在怀远里,内外奴婢数百人,荣华盛贵,当时莫比。家人呼某为驸马,出入器服车马,不殊王公。某有父母在其故宅,公主令婢诣宅起居,送钱亿贯,他物称是。某家因资,郁为荣贵。如是七岁,生二子一女。公主忽言欲为之娶妇。某甚愕,怪有此语。主云:"我本非人,不合久为君妇。君亦当业有婚媾,知非恩爱之替也。"其后亦更别婚,而往来不绝。婚家以其一往辄数日不还,使人候之,见某恒入废宅,恐为鬼神所魅。他日,饮之致醉,乃命术士书符,施衣服中,及其形体皆遍。某后复适公主家,令家人出止之,不令入。某初不了其故,倚门惆怅。公主寻出门下,大相责让,云:"君素贫士,我相抬举,今为贵人。此亦于君不薄,何故使妇家书符相间,以我不能为杀君也。"某视其身,方知有符,求谢甚至。公主云:"吾亦谅君此情,然符命已行,势不得住。"悉呼儿女,令与父诀,某涕泣哽咽。公主命左右促装,即日出城。某问其居,兼求名氏,公主云:"我华岳第三女也。"言毕诀去,出门不见。

译文:杜德桥《华岳三娘神与木鱼书〈沉香太子〉》,第 628—629 页;也见本书第七章第 158—160 页。两处都有对此的讨论。

79 王偘

文本:《太平广记》卷 302,第 2398 页;方,第 61—62 页。

王僴者,少应通事舍人举。开元末,入京,至阙西,息槐树下。闻传诏声,忽见数骑,状如中使,谓僴曰:"为所宣传,真通事舍人矣。"因以后骑载僴。僴亦不知何人,仓卒随去。久之,至华岳神庙中,使置僴别院,诫云:"慎无私视。"便尔入内。僴独坐,闻棒杖楚痛之声,因前行窃窥,见其妇为所由系颈于树,以棒拷击。僴悲愁伫立,中使出,见惨怛而问其故。僴涕泗具言其事,使云:"本欲留君,妻既死,理不可住。若更迟延,待归之后,即不能救。君宜速还开棺,此即放妻活。"乃命左右:"取驿马送王舍人。"俄见一狐来,僴不得已,骑狐而骋。其疾如风,两日至舍。骑狐乃其魂也,僴本身自魂出之后,失音不言。魂既至家,家人悲泣。僴命开棺,其妻已活。谓僴曰:"何以至耶?"举家欢悦。后旬日,本身方至。外传云:"王郎归,失音已十余日。"魂云:"王郎到矣。"出门迎往,遂与其魂相合焉。

80 季广琛

文本:《太平广记》卷303,第2402页;方,第62页。

河西有女郎神。季广琛少时,曾游河西,憩于旅舍。昼寝,梦见云车,从者数十人,从空而下,称是女郎姊妹二人来诣。广琛初甚忻悦,及觉开目,窃见仿佛尤在。琛疑是妖,于腰下取剑刃之。神乃骂曰:"久好相就,能忍恶心!"遂去。广琛说向主人,主人曰:"此是女郎神也。"琛乃自往市酒脯作祭,将谢前日之过,神终不悦也。于是琛乃题诗于其壁上,墨不成字。后夕,又梦女郎神来,尤怒曰:"终身遣君不得封邑也。"

译文:本书第七章第154—157页及其讨论。

81 刘可大

文本:《太平广记》卷303,第2402—2403页;方,第62—

63 页。

刘可大以天宝中举进士，入京。出东都，途遇少年，状如贵公子，服色华侈，持弹弓而行，宾从甚伟。初，与可大相狎数日，同行至华阴，云："有庄在县东。"相邀往。随至庄所，室宇宏壮。下客于厅，入室良久。可大窃于中门窥觑，见一贵人在内厅理事，庭中囚徒甚众，多受拷掠，其声酸楚。可大疑非人境，惶惧欲去。初，少年将入，谓可大："慎无私视，恐有相累。"及出，曰："适以咨白，何尔负约？然以此不能复讳。家君是华山神，相与故人，终令有益，可无惧也。"须臾下食，顾从者："别取人间食与刘秀才。"食至，相对各饱，兼致酒叙欢，无所不至。可大求检己簿，当何进达，今年身事复何如。回视黄衫吏为检。有顷，吏云："刘君明年当进士及第，历官七政。"可大苦求当年，吏云："当年只得一政县尉。"相为惜此。可大固求之，少年再为改。吏去，屡回央央，惜其灭禄。可大恐鬼神不信，固再求之。后竟以此失职。明年辞去，至京及第。数年，拜荥阳县尉而终。

82 王籍

文本：《太平广记》卷 304，第 2408 页；方，第 63—64 页。

王籍者，太常璿之族子也。乾元中，客居会稽。其奴病死，数日复活，云："地下见吏。吏曰：'汝谁家奴？'奴具言之。吏云：'今见召汝郎作五道将军。'因为著力，得免。回路中多见旌旗队仗，奴问为何所，答曰：'迎王将军尔。'既还。"数日，籍遂死。死之日，人见车骑缤纷，队仗无数。问其故，皆是迎籍之人也。

83 颍阳里正

文本：《太平广记》卷 304，第 2413 页；方，第 64 页。

颍阳里正说，某不得名，曾乘醉还村，至少妇祠醉，因系马卧祠门下。久之欲醒,头向转未能起,闻有人击庙门,其声甚厉。俄闻中问:"是何人?"答云:"所由令觅一人行雨。"庙中云:"举家往岳庙作客,今更无人。"其人云:"只将门下卧者亦得。"庙中人云:"此过客,那得使他。"苦争不免,遂呼某令起。随至一处,濛濛悉是云气,有物如骆驼。其人抱某上驼背,以一瓶授之,诫云:"但正抱瓶,无令倾倒。"其物遂行。瓶中水纷纷然作点而下。时天久旱,下视,见其居处,恐雨不足,因尔倾瓶。行雨既毕,所由放还。至庙门,见己尸在水中,乃前入便活。乘马还家。以倾瓶之故,其宅为水所漂,人家尽死。某自此发狂,数月亦卒。

注:"妇"当为"姨",见故事**115**及本书第七章第 157 页。钱锺书举了一些从滴瓶中发大水的例子,见《管锥编》,第 796 页。

84 王法智

文本:《太平广平》卷 305,第 2414 页;《类说》卷 8,第 17 页 b;《绀珠集》卷 7,第 22 页 ab;《说郛》卷 4,第 11 页 a;方,第 64—65、246、253—254、256 页。

桐庐女子王法智者幼事郎子神,大历中,忽闻神作大人语声。法智之父问:"此言非圣贤乎?"曰:"然。我姓滕,名传胤,本京兆万年人,宅在崇贤坊,本与法智有因缘。"与酬对,深得物理,前后州县甚重之。桐庐县令郑锋,好奇之士,常呼法智至舍。令屈滕十二郎。久之方至。其辨对言语深有士风,锋听之不倦。每见词人,谈经诵诗,欢言终日。常有客僧诣法智乞丐者,神与交言,赠诗云:"卓立不求名出家,长怀片志在青霞。今日英雄气冲盖,谁能久坐宝莲花。"又曾为诗赠人云:"平生才不足,立身信有余。自叹无大故,君子莫相疏。"六年二月二十五日夜,戴孚与左卫兵曹徐晃,龙泉令崔向,丹阳县丞李从训,邑人韩谓、苏修,集于锋宅。

会法智至,令召滕传胤。久之方至,与晃等酬献数百言,因谓:"诸贤,请人各诵一章。"诵毕,众求其诗,率然便诵二首,云:"浦口潮来初淼漫,莲舟摇飏采花难。春心不惬空归去,会待潮平更折看。"云:"众人莫厮笑。"又诵云:"忽然湖上片云飞,不觉舟中雨湿衣。折得莲花浑忘却,空将荷叶盖头归。"自云:"此作亦颇踥蹀。"又嘱法智弟与锋献酬数百言,乃去。

译文:本书第一章第1页及以后及其讨论。

85 李佐时

文本:《太平广记》卷305,第2415页;方,第65—66页。

山阴县尉李佐时者,以大历二年遇劳,病数十日。中愈,自会稽至龙丘,会宗人述为令,佐时止令厅。数日,夕复与客李举明灯而坐,忽见衣绯紫等二十人,悉秉戎器,趋谒庭下。佐时问何人,答曰:"鬼兵也。大王用君为判官,特奉命迎候,以充驱使。"佐时曰:"已在哀制,如是非礼。且王何以得知有我?"答云:"是武义县令窦堪举君。"佐时云:"堪不相知,何故见举?"答云:"恩命已行,难以辞绝。"须臾,堪至,礼谒,蕴籍如平人,坐谓佐时曰:"王求一子婿,兼令取甲族,所以奉举,亦由缘业使然。"佐时固辞不果。须臾,王女亦至,芬香芳馥,车骑云合。佐时下阶迎拜,见女容姿服御,心颇悦之。堪谓佐时曰:"人谁不死,如君盖稀。无宜数辞,以致王怒。"佐时知终不免。久之,王女与堪去,留将从二百余人祗承判官。翌日,述并弟造同诣佐时,佐时且说始末,云:"的以不活,为求一顿食。"述为致盛馔。佐时食雉臛,忽云:"不见碗。"呵左右:"何以收羹?"仆于食案,便卒。其妻郑氏在会稽,丧船至之夕,婢忽作佐时灵语,云:"王女已别嫁,但遣我送妻还。"言甚凄怆也。

译文:本书第一章第12—15页及其讨论。

86 张琮

文本:《太平广记》卷328,第2603页;方,第66—67页。

永徽初,张琮为南阳令。寝阁中,闻阶前竹有呻吟之声,就视则无所见。如此数夜,怪之,乃祝曰:"有神灵者,当相语。"其夜,忽有一人从竹中出,形甚弊陋,前自陈曰:"朱粲之乱,某在兵中为粲所杀,尸骸正在明府阁前。一目为竹根所损,不堪楚痛。以明府仁明,故辄投告。幸见移葬,敢忘厚恩。"令谓曰:"如是,何不早相闻?"乃许之。明日,为具棺椠,使掘之,果得一尸,竹根贯其左目。仍加时服,改葬城外。其后,令笞杀一乡老,其家将复仇,谋须令夜出,乃要杀之。俄而城中失火,延烧十余家。令将出按行之,乃见前鬼遮令马,曰:"明府深夜何所之? 将有异谋。"令问为谁,曰:"前时得罪于明府者。"令乃复入。明日,掩捕其家,问之皆验,遂穷治之。夜更祭其墓,刻石铭于前曰:"身徇国难,死不忘忠。烈烈贞魂,实为鬼雄。"

87 刘门奴

文本:《太平广记》卷328,第2603—2604页;参看《岁时广记》卷19,第12页b;方,第67—68页。

高宗营大明宫。宣政殿始成,每夜闻数十骑行殿左右,殿中宿卫者皆见焉,衣马甚洁。如此十余日,高宗乃使术者刘门奴问其故。对曰:"我汉楚王戊之太子也。"门奴诘问之:"案《汉书》,楚王与七国谋反,汉兵诛之,夷宗覆族,安有遗嗣乎?"答曰:"王起兵时,留吾在长安。及王诛后,天子念我,置而不杀,养于宫中。后以病死,葬于此。天子怜我,殓以玉鱼一双,今在正殿东北角。史臣遗略,是以不见于书。"门奴曰:"今皇帝在此,汝何敢庭中扰扰乎?"对曰:"此是我故宅,今既在天子宫中,动出颇见拘限,甚不乐。乞改葬我于高敞美地,诚所望也。慎无夺我玉鱼。"门奴奏之,帝令改葬。发其处,果得古坟,棺已朽腐,傍有玉鱼一双,制甚精巧。乃敕易棺椁,以礼葬之于苑外,并以玉鱼随之。于此遂绝。

注:关于公元前154年的这件事,见《史记》卷11,第440页;《汉书》卷5,第142—143页。杜甫曾提及玉鱼的事,见《钱注杜诗》,北京,1958年,卷15,第513—514页。

88 阎庚

文本:《太平广记》卷328,第2604—2605页;方,第68—69页。

张仁亶,幼时贫乏,恒在东都北市寓居。有阎庚者,马牙荀子之子也,好善自喜,慕仁亶之德,恒窃父资以给其衣食,亦累年矣。荀子每怒庚,云:"汝商贩之流,彼才学之士,于汝何有,而破产以奉?"仁亶闻其辞,谓庚曰:"坐我累君,今将适诣白鹿山,所劳相资,不敢忘也。"庚久为仁亶胥附之友,心不忍别,谓仁亶曰:"方愿志学,今欲皆行。"仁亶奇有志,许焉。庚乃私备驴马粮食同去。六日至陈留,宿逆旅,仁亶舍其内房。房外有床,久之,一客后至,坐于床所。仁亶见其视瞻非凡,谓庚自外持壶酒至。仁亶以酒先属客,客不敢受,固属之,因与合饮。酒酣欢甚,乃同房而宿。中夕,相问行李,客答曰:"吾非人,乃地曹耳。地府令主河北婚姻,绊男女脚。"仁亶开视其衣装,见袋中细绳,方信焉。因求问己荣位年寿,鬼言亶年八十余,位极人臣。复问庚,鬼云:"庚命贫,无位禄。"仁亶问何以致之,鬼云:"或绊得佳女配之,有相,当能得耳。今河北去白鹿山百余里,有一村中王老女,相极贵。顷已绊与人讫,当相为解彼绊此,以成阎侯也。第速行,欲至其村,当有大雨濡湿，以此为信。"因诀去。仁亶与庚行六七日至村，遇大雨，衣装湿汗，乃至村西求王氏舍焉。款门，久之方出，谢客云："家有小不得意，所以迟迟，无讶也。"仁亶问其故，云："己唯一女，先许适西村张家。今日纳财，非意单寡，此乃相轻之义，已决罢婚矣。"仁亶等相顾微哂。留数日，主人极欢。仁亶乃云："阎侯是己外弟，盛年志学，未结婚姻。"主人辞以田舍家，然有喜色。仁亶固求，方许焉，以马驴及他赍为贽。数日，成亲毕，留阎侯止王氏，仁亶独往，主人赠送之。其后数年，仁亶迁侍御史、并州长史、御史大夫知政事。后庚累遇提挈，竟至一州。

注：关于张仁亶的仕履，见《旧唐书》卷 93，第 2981—2983 页；《新唐书》卷 111，第 4151—4153 页。

89 狄仁杰

文本：《太平广记》卷 329，第 2614 页，只有陈鳣校本注出《广异记》；方，第 69—70 页。

则天时，狄仁杰为宁州刺史，其宅数凶，先时刺史死者十余辈。杰初至，吏白："官舍久凶，先后无敢居者，且榛荒棘毁，已不可居，请舍他所。"杰曰："刺史不舍本宅，何别舍乎？"命去封锁葺治，居之不疑。数夕，诡怪奇异，不可胜纪。杰怒，谓曰："吾是刺史，此即吾宅，汝曲吾直，何为不识分理，反乃以邪忤正？汝若是神，速听明教；若是鬼魅，何敢相干！吾无惧汝之心，徒为千变万化耳。必理要相见，何不以礼出耶！"斯须，有一人具衣冠而前，曰："某是某朝官，葬堂阶西树下。体魄为树根所穿，楚痛不堪忍。顷前数公，多欲自陈，其人辄死，幽途不达，以至于今。使君诚能改葬，何敢迁延于此！"言讫不见。明日，杰令发之，果如其言。乃为改葬，自此绝也。

译文:高延《中国的宗教系统》卷 6,第 1156—1157 页;也见麦大维《真实的狄御史》,第 13 页。

90 李暠

文本:《太平广记》卷 329,第 2615 页;方,第 70 页。

唐兵部尚书李暠,时之正人也。开元初,有妇人诣暠,容貌风流,言语学识,为时第一。暠不敢受。会太常卿姜皎至,暠以妇人与之。皎大会公卿,妇人自云善相,见张说,曰:"宰臣之相。"遂相诸公卿,无言不中。谓皎曰:"君虽有相,然不得寿终。"酒阑,皎狎之于别室。媚言遍至,将及其私。公卿迭往窥睹。时暠在座,最后往视,妇人于是呦然有声,皎惊堕地。取火照之,见床下有白骨。当时议者以暠贞正,故鬼神惧焉。

注:李暠开元后期是工部和吏部尚书,见《旧唐书》卷 112,第 3335—3336 页;《新唐书》卷 78,第 3531 页。

91 张守珪

文本:《太平广记》卷 329,第 2615—2616 页;方,第 70—71 页。

幽州节度张守珪,少时为河西主将,守玉门关。其军校皆勤勇善斗,每探候深入,颇以劫掠为事。西城胡僧者,自西京造袈裟二十余驮,还天竺国。其徒二十余人。探骑意是罗锦等物,乃劫掠之。杀其众尽,至胡僧,刀棒乱下而不能伤,探者异焉。既而索驮,唯得袈裟,意甚悔恨,因于僧前追悔,擗踊悲涕久之。僧乃曰:"此辈前身皆负守将命,唯趁僧鬼是枉死耳。然汝守将禄位重,后当为节度、大夫等官,此辈亦如君何!可白守将,为修福耳。然后数年,守将合有小厄,亦有所以免之。"骑还白守珪,珪留僧供养,累年去。后守珪与其徒二十五人,至伊兰山探贼,胡骑数千猝至。

守珪力不能抗，下马脱鞍，示以闲暇。骑来渐逼，守珪谓左右："为之奈何，若不获已，事理须战。"忽见山下红旗数百骑突前出战，守珪随之，穿其一角，寻俱得出，虏不敢逐。红旗下将谓守珪曰："吾是汉之李广，知君有难，故此相救。后富贵，毋相忘也。"言讫不见。守珪竟至幽州节度、御史大夫。

92 杨玚

文本：《太平广记》卷 329，第 2616—2617 页；方，第 71—72 页。

开元中，洛阳令杨玚常因出行，见槐阴下有卜者，令过，端坐自若。伍伯诃使起避，不动。玚令散手拘至厅事，将捶之。躬自责问，术者举首曰："君是两日县令，何以责人？"玚问其事，曰："两日后，君当命终。"玚甚愕，问何以知之，术者具告所见。举家惊惧，谓术者曰："子能知之，必能禳之，若之何而免也？"玚再拜求解。术者曰："当以君之闻见，以卫执事，免之与否，未可知也。"乃引玚入东院亭中，令玚被发跣足，墙面而立，已则据案而书符。中夕之后，喜谓玚曰："今日且幸免其即来，明日，可以三十张纸作钱，及多造饼饆与壶酒，出定罪门外桑林之间，俟人过者则饮之。皂裘右袒，即召君之使也。若留而饮饆，君其无忧，不然，实难以济。君亦宜易衣服，处小室以伺之，善为辞谢，问以所欲。予之策尽于是矣。"玚如其言。泪日西景，酒饆将罄，而皂裘不至，玚深以为忧。须臾遂至，使人邀屈，皂裘欣然，累有所进。玚乃拜谒，人云："君昨何之？数至所居，遂不复见。疑于东院安处，善神监护，故不敢犯。今地府相招未已，奈何？"玚再拜求救者千数，兼烧纸钱，资其行用。鬼云："感施大惠，明日当与府中诸吏同来谋之，宜盛馔相待。"言讫不见。明日，玚设供帐，极诸海陆。候之日晚，使者与其徒数十人同至,宴乐殊常浩畅。相语曰:"杨长官事,焉得不尽心耶!"久之,谓场:"君对坊杨锡,亦有才干,今揩'王'作'金'以取彼。君至五更鼓声动,宜于锡门相候。若闻哭声,君则免矣。"场如其言往,见鬼便在树头,欲往锡舍,为狗所咋,未能得前。俄从缺墙中入,迟回闻哭声,场遂获免。

93 张果女

文本:《太平广记》卷 330,第 2618—2619 页(文见陈鳣校本和沈与文抄本);方,第 73 页。

开元中,易州司马张果女,年十五病死,不忍远弃,权瘗于东院阁下。后转郑州长史,以路远须复送丧,遂留。俄有刘乙代之,其子常止阁中,日暮仍行。门外见一女子,容色丰丽,自外而来。刘疑有相奔者,即前诣之,欣然款浃,同留共宿,情态缠绵,举止闲婉。刘爱惜甚至。后暮辄来,达曙方去。经数月,忽谓刘曰:"我前张司马女,不幸夭没,近殡此阁,命当重活,与君好合。后三日,君可见发,徐候气息,君慎无横见惊伤也。"指其所瘗处而去。刘至期甚喜,独与左右一奴夜发,深四五尺,得一漆棺,徐开。视之,女颜色鲜发,肢体温软,衣服妆梳无污坏者。举置床上,细细有鼻气。少顷,口中有气。灌以薄糜,少少能咽。至明,复活,渐能言语坐起。数日,始恐父母之知也,因辞以习书,不便出阁,常使赍饮食诣阁中。乙疑子有异,因其在外送客,窃视其房,见女存焉。问其所由,悉具白,棺木尚在床下。乙与妻歔欷曰:"此既冥期至感,何不早相闻?"遂匿于堂中。儿不见女,甚惊,父乃谓曰:"此既申契殊会,千载所无,白我何伤乎? 而过为隐蔽。"因遣使诣郑州,具以报果,因请结婚。父母哀感惊喜,则克日赴婚,遂成佳偶。后产数子。

94 华妃

文本：《太平广记》卷 330，第 2619 页；方，第 74 页。

开元初，华妃有宠，生庆王琮，薨葬长安。至二十八年，有盗欲发妃冢，遂于茔外百余步伪筑大坟，若将葬者。乃于其内潜通地道，直达冢中。剖棺，妃面如生，四肢皆可屈伸。盗等恣行凌辱，仍截腕取金钏，兼去其舌，恐通梦也。侧立其尸，而于阴中置烛，悉取藏内珍宝，不可胜数，皆徙置伪冢。乃于城中，以辒车载空棺会，日暮，便宿墓中，取诸物置魂车及送葬车中，方掩而归。其未葬之前，庆王梦妃被发裸形，悲泣而来，曰："盗发吾家，又加截辱，孤魂幽枉，如何可言。然吾必伺其败于春明门也。"因备说其状而去。王素至孝，忽惊起涕泣。明旦入奏，帝乃召京兆尹、万年令，以物色备盗甚急。及盗载物归也，欲入春明门，门吏诃止之。乃搜车中，皆诸宝物。尽收群盗，拷掠即服，逮捕数十人，皆贵戚子弟无行检者。王乃请其魁帅五人，得亲报仇，帝许之。皆探取五脏，烹而祭之。其余尽榜杀于京兆门外。改葬贵妃，王心丧三年。

译文：高延《中国的宗教系统》卷 4，第 447—449 页。

95 郭知运

文本：《太平广记》卷 330，第 2619—2620 页；方，第 74—75 页。

开元中，凉州节度郭知运出巡，去州百里，于驿中暴卒。其魂遂出，令驿长锁房勿开，因而却回府，徒从不知也。至舍四十余日，处置公私事毕，遂使人往驿，迎己丧。既至，自看其殓。殓讫，因与家人辞诀，投身入棺，遂不复见。

译文：高延《中国的宗教系统》卷 5，第 723 页；戴遂良《中国现代民间传说》,第 61 页。

96 王光本

文本:《太平广记》卷 330,第 2620 页;方,第 75 页。

王光本,开元时为洛州别驾。春月,刺史使光本行县。去数日,其妻李氏暴卒。及还,追以不亲医药,意是枉死。居恒恸哭,哀感傍邻。后十余日,属诸子尽哭,光本因复恸哭百余声。忽见李氏自帏而出,靓妆炫服,有逾平素。光本辍哭,问其死事。李氏云:"妾尚未得去,犹在此堂。闻君哀哭恸之甚,某在泉途,倍益凄感。语云:'生人过悲,使幽壤不安。'信斯言也。自兹以往,不欲主君如是,以累幽冥耳。"因付嘱家人,度女为尼,放婢为平人,事事有理。留一食许,谓光本曰:"人鬼道殊,不宜久住,此益深恨。"言讫,入堂中,遂灭。男女及他人,但闻李氏言,唯光本见耳。

97 杨元英

文本:《太平广记》卷 330,第 2625—2626 页;方,第 75—76 页。

杨元英,则天时为太常卿,开元中,亡已二十载。其子因至冶成坊削家,识其父圹中剑,心异之。问削师:"何得此剑?"云:"有贵人形状衣服,将令修理,期明日午时来取。"子意是父授,复疑父冢为人所开。至日,与弟同往削师家室中伺之。至时取剑,乃其父也,骑白马,衣服如生时,从者五六人。兄弟出拜道左,悲涕久之。元英取剑下马,引诸子于僻处,分处家事。末问:"汝母在家否?"云:"合葬已十五年。"元英言:"我初不知。"再三叹息。谓子曰:"我有公事,不获久往。明日,汝等可再至此,当取少资,助汝辛苦。"子如期至,元英亦至,得三百千。诚之云:"数日须用尽。"言讫诀去。子等随行涕泣,元英又谓子曰:"汝等不了此事。人鬼路殊,宁有百年父子耶?"言讫诀去。子随骋出上东门,遥望入邙山中,数十步忽隐不见。数日,市具都尽。三日后,市人皆得纸钱。

98 薛矜

文本:《太平广记》卷331,第2627页;方,第76—77页。

薛矜者,开元中为长安尉。主知宫市,迭日于东西二市。一日,于东市市前见一坐车,车中妇人手如白雪。矜慕之,使左右持银镂小合,立于车侧。妇人使侍婢问价,云:"此是长安薛少府物,处分令车中若问,便宜饷之。"妇人甚喜谢。矜微挑之,遂欣然,便谓矜曰:"我在金光门外,君宜相访也。"矜使左右随至宅。翌日,往来过,见妇人门外骑甚众,踟蹰未通,客各引去。矜令白己在门,使左右送刺,乃邀至外厅。令矜坐,云:"待妆束。"矜觉火冷,心窃疑怪。须臾,引入堂中,其幔是青布。遥见一灯,火色微暗,将近又远,疑非人也。然业已求见,见毕当去,心中恒诵《千手观音咒》。至内,见坐帐中,以罗巾蒙首,矜苦牵曳,久之方落。见妇人面长尺余,正青色,有声如狗,矜遂绝倒。从者至其室宇,但见殡宫,矜在其内,绝无间隙。遽推壁倒,见矜已死,微心上暖,移就店将息。经月余方苏矣。

99 朱七娘

文本:《太平广记》卷331,第2628页;方,第77页。

东都思恭坊朱七娘者,倡妪也,有王将军素与交通。开元中,王遇疾卒,已半岁,朱不知也。其年七月,王忽来朱处。久之,日暮,曰:"能随至温柔坊宅否?"朱欲许焉。其女弹唱有名,不欲母往,乃曰:"将军止此故佳,将还有所惮耶?"不获已,王以后骑载去。入院,欢洽如故。明旦,王氏使婢收灵床被,见一妇人在被中,遽走还白。王氏诸子惊而来视,问其故,知亡父所引,哀恸久之。遂送还家焉。

100　李光远

文本:《太平广记》卷331,第2628页;方,第77—78页。

李光远,开元中为馆陶令。时大旱,光远大为旱书,书就暴卒。卒后,县申州,州司马覆破其旱。百姓胥怨,有恸哭者,皆曰:"长官不死,宁有是耶?"其夜,光远忽乘白马来诣旱坊,谓百姓曰:"我虽死,旱不虑不成,司马何人,敢沮斯议!"遂与百姓诣司马宅。通云:"李明府欲见。"司马大惧,使人致谢。光远责云:"公非人,旱是百姓事,何以生死为准,宜速成之。不然,当为厉矣。"言讫,与百姓辞诀,方去。其年旱成,百姓赖焉。

101　李霸

文本:《太平广记》卷331,第2628—2630页;方,第78—79页。

岐阳令李霸者,严酷刚鸷,所遇无恩,自承尉已下,典吏皆被其毒。然性清婞自喜,妻子不免饥寒。一考后暴亡。既敛,庭绝吊客,其妻每抚棺恸哭,呼曰:"李霸在生云何,令妻子受此寂寞!"数日后,棺中忽语曰:"夫人无苦,当自办归。"其日晚衙,令家人于厅事设案几,霸见形,令传呼召诸吏等。吏人素所畏惧,闻命奔走,见霸莫不战惧股栗。又使召丞及簿尉,既至,霸诃怒云:"君等无情,何至于此,为我不能杀君等耶!"言讫,悉颠仆无气。家人皆来拜庭中祈祷,霸云:"但通物数,无忧不活。"率以五束绢为准,绢至便生。各谢讫去后,谓两衙典:"吾素厚于汝,何故亦同众人?唯杀汝一身,亦复何益! 当令两家马死为验。"须臾,数百匹一时皆倒欲死,遂人通两匹细马,马复如故。因谓诸吏曰:"我虽素清,今已死谢，诸君可能不惠涓滴乎？"又率以五匹绢。毕，指令某官出车，某出骑，某吏等修，违者必死。一更后方散。后日，处分悉了，家人便引道，每至祭所，留下歆飨。飨毕，又上马去。凡十余里，已及郊外，遂不见。至夜，停车骑，妻子欲哭，棺中语云："吾在此，汝等困弊，无用哭也。"霸家在都，去岐阳千余里。每至宿处，皆不令哭。行数百里，忽谓子曰："今夜可无寐。有人欲盗好马，宜预为防也。"家人远涉困弊，不依约束，尔夕竟失马。及明启白，霸云："吾令防盗，何故贪寐？虽然，马终不失也。近店东有路向南，可遵此行十余里，有薂林，马系在林下。"往取，如言得之。及至都，亲族闻其异，竞来吊慰。朝夕谒请，霸棺中皆酬对，莫不踏跊。观听聚喧，家人不堪其烦。霸忽谓子云："客等往来，不过欲见我耳。汝可设厅事，我欲一见诸亲。"其子如言。众人于庭伺候，久之，曰："我来矣。"命卷帏。忽见霸，头大如瓮，眼赤睛突，瞪视诸客等。客莫不颠仆，稍稍引去。霸谓子曰："人神道殊，屋中非我久居之所，速殡野外。"言讫不见，其语遂绝。

译文：本书第六章第 144—146 页有部分翻译及其讨论。

102 安宜坊书生

文本：《太平广记》卷 331，第 2631 页；方，第 80 页。

开元末，东京安宜坊有书生，夜中闭门理书。门隙中忽见一人出头。呵问何辈，答云："我是鬼，暂欲相就。"因邀书生出门。书生随至门外，画地作"十"字，因尔前行。出坊，至寺门铺，书生云："寺观见，必不得度。"鬼言："但随我行，无苦也。"俄至定鼎门内，鬼负书生从门隙中出，前至五桥。道傍一家，天窗中有火光。鬼复负书生上天窗侧，俯见一妇人对病小儿啼哭，其夫在傍假寐。鬼遂透下，以手掩灯。妇人惧，呵其夫云："儿今垂死，何忍贪卧？

适有恶物掩火,可强起明灯。"夫起添烛。鬼回避妇人,忽取布袋盛儿,儿犹能动于布袋中,鬼遂负出。至天窗上,兼负书生下地,遂入定鼎门。至书生宅,谢曰:"吾奉地下处分,取小儿,事须生人作伴,所以有此烦君,当可恕之。"言讫乃去。其人初随鬼行,所止之处,辄书"十"字。翌日,引其兄弟覆之,"十"字皆验。因至失儿家问之,亦同也。

103 裴盛

文本:《太平广记》卷331,第2631页;方,第80—81页。

董士元云:"义兴尉裴盛昼寝,忽为鬼引,形神随去,云奉一儿。至儿家,父母夹儿卧,前有佛事。鬼云:'以其佛生人,既至。'鬼手一挥,父母皆寐。鬼令盛抱儿出床,抱儿喉有声,父母惊起,鬼乃引盛出。盛苦邀其至舍,推入形中,乃悟。"

注:文本有多处阙文,见严一萍《太平广记校勘记》,第124页a。

104 黎阳客

文本:《太平广记》卷333,第2642—2643页;方,第81—82页。

开元中,有士人家贫,投丐河朔。所抵无应者,转至黎阳。日已暮,而前程尚遥,忽见路傍一门,宅宇甚壮。夜将投宿,乃前扣门。良久,奴方出,客曰:"日暮,前路不可及,辄寄外舍。可乎?"奴曰:"请白郎君。"乃入。须臾,闻曳履声,及出,乃衣冠美丈夫,姿度闲远,昂然秀异。命延客,与相拜谒,曰:"行李得无苦辛,有弊庐,不足辱长者。"客窃怪其异,且欲审察之,乃俱就馆。颇能清论,说齐、周已来,了了皆如目见,客问名,曰:"我颍川荀季和,先人因官,遂居此焉。"命设酒殽,皆精洁而不甚有味。有顷,命具榻舍中，邀客入，仍敕一婢侍宿。客候婢款狎，乃问曰："郎君今为何官？"曰："见为河公主簿，慎勿说也。"俄闻外有叫呼受痛之声，乃窃于窗中窥之。见主人据胡床，列灯烛，前有一人，被发裸形，左右呼群鸟啄其目，流血至地。主人色甚怒，曰："更敢暴我乎？"客谓曰："何人也？"曰："何须强知他事！"固问之，曰："黎阳令也，好射猎，数逐兽，犯吾垣墙，以此受治也。"客窃记之。明旦顾视，乃大冢也。前问人，云："是荀使君墓。"至黎阳，令果辞以目疾。客曰："能疗之。"令喜，乃召入，具为说之。令曰："信有之。"乃暗令乡正，具薪数万束，积于垣侧。一日，令率群吏，纵火焚之，遂易其墓，目即愈。厚以谢客而不告也。后客还至其处，见一人头面燋烂，身衣败絮，蹲于榛棘中。直前诣，客不识也。曰："君颇忆前寄宿否？"客乃惊曰："何至此耶？"曰："前为令所苦，然亦知非君本意，吾自运穷耳。"客甚愧，悔之，为设薄酹，焚其故衣以赠之，鬼忻受，遂去。

译文：劳瑞·斯凯孚勒（Laurie Scheffler）有翻译，载于高辛勇编《中国古典神怪故事》，布卢明顿，1985年，第241—243页。

105 李迥秀

文本：《太平广记》卷333，第2643页；方，第82—83页。

尚书李迥秀，素与清禅寺僧灵贞厚善。迥秀卒数年，灵贞忽见两吏赍符追之，遂逼促就路，奄然而卒。前至一处，若官曹中，须臾延谒，一人朱衣银章。灵贞自疑命当未死。朱衣曰："弟子误相追，阇梨当还。"命敕前吏送去。欲取旧路，吏曰："此乃不可往，当别取北路耳。"乃别北行。路甚荒塞，灵颇不怿。可行数十里，又至一府城，府甚丽。门吏前呵云："可方便见将军。"即引入。见一人紫衣，据厅事，年貌与李公相类，谓曰："贞公那得远来？"灵贞乃知正是。因延升阶，叙及平旧。临别，握手曰："欲与阇梨论及家事，所不忍言。"遂忽见泪下，灵贞固请之，乃曰："弟子血祀将绝，无复奈何！可报季友等，四时享奠，勤致丰洁。兼为写《法华经》一部，是所望也。"即挥涕诀。灵贞遂苏，具以所见告。诸子及季友，素有至性焉，为设斋及写经。唯齐损独怒曰："妖僧妄诞，欲诬玷先灵耳。"其后竟与权梁山等谋反伏诛，兄弟流窜，竟无种嗣矣。

注：《旧唐书》卷 62 第 2391 页记录，李迥秀的儿子李齐损在 722 年作乱，结果其家断嗣。参看《资治通鉴》卷 212，第 6752 页（"开元二十二年八月己卯"）。

106 琅邪人

文本：《太平广记》卷 333，第 2644 页；方，第 83 页。

琅邪有人行过任城，暮宿郭外。主人相见甚欢，为设杂果。探取怀中犀靶小刀子，将以割梨，主人色变，遂奄然而逝。所见乃冢中物也。客甚惧，然亦以此刀自护。且视冢傍有一穴，日照其中颇明，见棺榇已腐败，果盘乃树叶贮焉。客匍匐得出，问左右人，无识此冢者。

107 裴徽

文本：《太平广记》卷 333，第 2646 页；方，第 83—84 页。

河东裴徽，河南令回之兄子也。天宝中，曾独步行庄侧，途中见一妇人，容色殊丽，瞻靓艳洗。久之，徽问："何以独行？"答云："适婢等有少交易，迟迟不来，故出伺之。"徽有才思，以艳词相调，妇人初不易色，亦献酬数四。前至其家，邀徽相过，室宇宏丽。入门后，闻老婢怒云："女子何故令他人来，名教中宁有此事？"女辞门有贤客，家人问者甚众。有顷，老婢出，见徽辞谢，举动深有士风。须臾，张灯施幕，邀徽入坐。侍数人，各美色，香气芬馥，进止甚闲。寻令小娘子出，云："裴郎何须相避。"妇人出，不复入。徽窃见室中甚嚣，设绮帐锦茵，如欲嫁者。独心喜，欲留。会腹胀，起如厕。所持古剑可以辟恶，厕毕，取裹剑纸，忽见剑光粲然。执之欲回，不复见室宇人物。顾视，在孤墓上丛棘中。因大号叫，家人识徽，持烛寻之。去庄百余步，瞪视不能言，久之方悟尔。

108　李陶

文本：《太平广记》卷 333，第 2647 页；方，第 84—85 页。

天宝中，陇西李陶寓居新郑，常寝其室，睡中有人摇之。陶惊起，见一婢袍袴，容色甚美。陶问："那忽得至此？"婢云："郑女郎欲相诣。"顷之，异香芬馥，有美女从西北陬壁中出，至床所再拜。陶知是鬼，初不交语，妇人惭怍却退，婢慢骂数四，云："田舍郎，待人故如是耶？令我女郎愧耻无量！"陶悦其美色，亦心讶之，因给云："女郎何在？吾本未见，可更呼之。"婢云："来。"又云："女郎重君旧缘，且将复至。忽复如初，可以殷勤也。"及至，陶下床致敬。延止偶坐，须臾相近。女郎貌既绝代，陶深悦之，留连十余日。陶母躬自窥觇，累使左右呼陶。陶恐阻己志，亦终不出。妇云："大家召君，何以不往？得无坐罪于我。"陶乃诣母，母流涕谓陶曰："汝承人昭穆，乃有鬼妇乎？"陶云改之。自尔留连，半岁不去。其后，陶参选，之上都，留妇在房。陶后遇疾笃，鬼妇在房谓其婢云："李郎今疾亟，为之奈何？当相与往省问。"至潼关，为鬼关司所遏，不得过者数日。会陶堂兄亦赴选，入关，鬼得随过。其夕，至陶所，相见忻悦。陶问何得至此，云："见卿疾甚，故此相视。"素所持药，因和以饮陶，陶疾寻愈。其年，选得临津尉，与妇同众至舍。数日，当之官，鬼辞不行。问其故，云："相与缘尽，不得复去。"言别凄怆,自此遂绝。

109　长洲陆氏女

文本:《太平广记》卷 333,第 2647—2648 页;方,第 85—86 页。

长洲县丞陆某,家素贫。三月三日,家人悉游虎丘寺。女年十五六,以无衣不得往,独与一婢守舍。父母既行,慨叹投井而死。父母以是为感,悲泣数日,乃权殡长洲县。后一岁许,有陆某者,曾省其姑。姑家与女殡相近,经殡宫过,有小婢随后,云:"女郎欲暂相见。"某不得已,随至其家。家门卑小,女郎靓妆,容色婉丽,问云:"君得非长洲百姓耶?我是陆丞女,非人,鬼耳。欲请君传语与赞府,今临顿李十八求婚,吾是室女,义难自嫁。可与白大人,若许为婚,当传语至此,其人尚留殡宫中。"少时,当州坊正从殡宫边过,见有衣带出外,视之,见妇人。以白丞。丞自往,使开壁取某,置之厅上,数日能言。问:"焉得至彼?"某以女言对。丞叹息,寻令人问临顿李十八,果有之,而无恙自若。初不为信,后数日乃病,病数日卒。举家叹恨,竟将女与李子为冥婚。

译文:本书第七章第 163—166 页及其讨论。

注:繁原央《中国冥婚说话的二种类型》第 475—476 页亦有所讨论。

110　杨准

文本:《太平广记》卷 334,第 2650 页;方,第 86 页。

唐杨准者,宋城人,士族名流。因出郊野,见一妇人,容色殊丽。准见挑之,与野合。经月余日,每来斋中,复求引准去。准不肯从,忽尔心痛不可忍,乃云:"必不得已,当随君去,何至苦相料理?"其疾遂愈。更随妇人行十余里,至舍,院宇分明,而门户卑小。妇人为准设食,每一举尽椀,心怪之,然亦未知是鬼,其后方知。每准去之时,闭房门,尸卧床上,积六七日方活。如是经二三年,准兄谓准曰:"汝为人子,当应绍绩,奈何忽与鬼为匹乎?"准惭惧,出家被缁服,鬼遂不至。其后,准反初服,选为县尉,别婚家人子。一年后,在厅事理文案,忽见妇人从门而入,容色甚怒。准惶惧,下阶乞命,妇人云:"是度无放君理。"极辞搏之,准遇疾而卒。

译文:本书第七章第 161—162 页及其讨论。

111 王乙

文本:《太平广记》卷 334,第 2650—2651 页;方,第 86—87 页。

临汝郡有官渠店,店北半里许李氏庄,王乙者,因赴集,从庄门过。遥见一女年可十五六,相待欣悦,使侍婢传语。乙徘徊槐阴,便至日暮,因诣庄求宿,主人相见甚欢,供设亦厚。二更后,侍婢来云:"夜尚未深,宜留烛相待。"女不久至,便叙绸缪。事毕,女悄然忽病。乙云:"本不相识,幸见相招。今叙平生,义即至重,有何不畅耶?"女云:"非不尽心,但适出,门闭,垣而墙角下,有铁爬,爬齿刺脚,贯彻心痛,痛不可忍。"便出足视之。言讫辞还,云:"已应必死,君若有情,回日过访,以慰幽魂耳。"后乙得官东归,涂次李氏庄所,闻其女已亡,私与侍婢持酒馔至殡宫外祭之,因而痛哭。须臾,见女从殡宫中出,已乃伏地而卒。侍婢见乙魂魄与女同入殡宫,二家为冥婚焉。

译文:本书第七章第 166—167 页及其讨论。

注:繁原央《中国冥婚说话的二种类型》第 476 页亦有所讨论。

112 韦栗

文本:《太平广记》卷 334,第 2651—2652 页;方,第 87—

88页。

韦栗者,天宝时为新淦丞,有少女十余岁。将之官,行上扬州。女向栗欲市一漆背金花镜,栗曰:"我上官艰辛,焉得此物?待至官与汝求之。"岁余女死,栗亦不记宿事。秩满,载丧北归。至扬州,泊河次,女将一婢持钱市镜。行人见其色甚艳,状如贵人家子,争欲求卖。有一少年,年二十余,白皙可喜。女以黄钱五千与之,少年与漆背金花镜,径尺余。别一人云:"有镜胜此,只取三千。"少年复减两千。女因留连,色授神与,须臾辞去。少年有意淫之,令人随去,至其所居。须臾至铺,但得黄纸三贯。少年持至栗船所,云:"适有女郎持钱市镜,入此船中,今成纸钱。"栗云:"唯有一女,死数年矣。君所见者,其状如何?"少年具言服色容貌,栗夫妻哭之,女正复如此。因领少年入船搜检,初无所得。其母剪黄纸九贯,置在樯边案上,检失三贯。众颇异之,乃复开棺,见镜在焉,莫不悲叹。少年云:"钱已不论。"具言本意,复赠十千为女设斋。

113 河间刘别驾

文本:《太平广记》卷334,第2652页;方,第88—89页。

河间刘别驾者,常云:"世间无妇人,何以适意。"后至西京通化门,见车中妇人有美色,心喜爱悦,因随至其舍,在资圣寺后曲。妇人留连数宵,彼此兼畅,刘侯不觉有异。但中宵寒甚,茵衾累重,然犹肉不煖,心窃怪之。后一日将曙,忽失妇人并屋宇所在,其身卧荒园中数重乱叶下,因此遇痼疾。

114 王玄之

文本:《太平广记》卷334,第2652—2653页;方,第89—90页。

高密王玄之，少美风彩，为蕲春丞，秩满，归乡里，家在郭西。尝日晚徙倚门外，见一妇人从西来，将入郭，姿色殊绝，可年十八九。明日，出门又见。如此数四，日暮辄来，王戏问之曰："家在何处，向暮来此？"女笑曰："儿家近在南冈，有事须至郭耳。"王试挑之，女遂欣然。因留宿，甚相亲昵。明旦辞去。数夜辄一来，后乃夜夜来宿。王情爱甚至，试谓曰："家既近，许相过否？"答曰："家甚狭陋，不堪延客，且与亡兄遗女同居，不能无嫌疑耳。"王遂信之，宠念转密。于女工特妙，王之衣服皆其裁制，见者莫不叹赏之。左右一婢，亦有美色，常随其后。虽在昼日，亦不复去。王问曰："兄女得无相望乎？"答曰："何须强预他家事。"如此积一年。后一夜忽来，色甚不悦，啼泣而已。王问之，曰："过蒙爱接，乃复离去，奈何！"因呜咽不能止。王惊问故，女曰："得无相难乎？儿本前高密令女，嫁为任氏妻。任无行，见薄，父母怜念，呼令归。后乃遇疾卒，殡于此。今家迎丧，明日当去。"王既爱念，不复嫌忌，乃便悲惋。问："明日得至何时？"曰："日暮耳。"一夜叙别不眠。明日临别，女以金缕玉杯及玉环一双留赠，王以绣衣答之，握手挥涕而别。明日至期，王于南冈视之，果有家人迎丧。发椁，女颜色不变，粉黛如故，见绣衣一箱在棺中，而失其所送金杯及玉环。家人方觉有异，王乃前见陈之，兼示之玉杯与环。皆捧之而悲泣，因问曰："兄女是谁？"曰："家中二郎女，十岁病死，亦殡其旁，婢亦帐中木人也，其貌正与从者相似。"王乃临枢悲泣而别，左右皆感伤。后念之，遂恍惚成病，数日方愈。然每思辄忘寝食也。

注：繁原央《中国冥婚的二种类型》第478—480页亦有所讨论。

115　朱敖

文本：《太平广记》卷334，第2655页；方，第90—91页。

杭州别驾朱敖旧隐河南之少室山。天宝初,阳翟县尉李舒在岳寺,使骑招敖。乘马便骋,从者在后,稍行至少姨庙下。时盛暑,见绿袍女子,年十五六,姿色甚丽。敖意是人家臧获,亦讶其暑月挟纩,驰马问之,女子笑而不言,走入庙中。敖亦下马,不见有人,遂壁上观画,见绿袍女子,乃途中睹者也,叹息久之。至寺,具说其事,舒等尤所叹异。尔夕既寐,梦女子至,把被欣悦,精气越洩。累夕如此。嵩岳道士吴筠为书一符辟之,不可。又吴以道术制之,亦不可。他日,宿程道士房。程于法清净,神乃不至。敖后于河南府应举,与渭南县令陈察微往诣道士程谷神,为设薯药,不托莲花,鲜胡麻馔,留连笑语,日暮方回。去少室五里所,忽嵩黑云腾踊,中擘火电,须臾晻昧,骤雨如洿。敖与察微、从者一人伏枥林下,旁抵巨壑。久之,有异光,与日月殊状。忽于光中遍是松林,见天女数人持一舞筵,周竟数里,施为松林上。有天女数十人,状如天仙,对舞筵上,兼有诸神若观世音,终其两舞。如半日许,曲终,有数人状如俳优,卷筵回去,便天地昧黑,复不见人。敖等夤缘夜半,方至舍耳。

注:本书第七章第 157—158 页有前半部分的译文。朱敖在故事 **122** 中以一个材料提供者的身份出现。

116 裴虬

文本:《太平广记》卷 334,第 2656 页;方,第 91 页。

苏州山人陆去奢亭子者,即宋散骑戴颙宅也。天宝末,河东裴虬常旅寄此亭,暴亡。久之方悟,说云,初一人来云:"戴君见召。"虬问:"戴为谁?"人曰:"君知宋散骑常侍戴颙乎?"虬曰:"知之。"曰:"今呼君者,即是人也。"虬至见颙,颙求以己女妻虬。云:"先以结婚,不当再娶。"颙曰:"人神殊道,何苦也!"虬言:"已适有禄位,不合为君女婿。"久之,言相往来,颙知虬不可屈,乃释之。遂活也。

注:曾为刘宋散骑的隐士戴颙是戴孚的一位先祖,参看本书第二章第42—43页。

117　赵佐

文本:《太平广记》卷334,第2656页;方,第91—92页。

注:仅孙潜校本称出自《广异记》,明人又作出自《宣室志》。

赵佐者,天宝末补国子四门生。常寝疾,恍惚有二黄衣吏拘行。至温泉宫观风楼西,别有府署,吏引入。始见一人如王者,佐前拜谒。王谓佐曰:"君识我否?"佐辞不识。王曰:"君闻秦始皇乎? 我即是也。君人主于我家侧造诸宫殿,每奏妓乐,备极奢侈,诚美王也。故我亦如此起楼以观乐。"因访问人间事甚众。又问佐曰:"人间不久大乱,宜自谋免难,无久住京城也。"言讫,使人送还。

118　岐州佐史

文本:《太平广记》卷334,第2656—2657页;方,第92页。

岐州佐史尝因事至京,停兴道里。忽见二人及一无头人来,云王令追己。佐史知其鬼,因问:"君在地下,并何职掌?"云:"是捉事。"佐史谓曰:"幸与诸君臭味颇同,能相救否? 事了,当奉万张纸钱。"王人许诺:"期后五日,若不复来者,即是事了,其钱可至天门街烧之。"至五日不来,吏乃烧钱毕,因移居崇仁里。后京中事了,西还岐州。至杏树店,复逢二人,问:"何所来? 顷于旧处相访不是,所处分事已得免。劳致钱贱地,所由已给永年优复牒讫。非大期至,更无疾病耳。"

119　浚仪王氏

文本:《太平广记》卷335,第2658页;方,第92—93页。

浚仪王氏，士人也。其母葬，女婿裴郎饮酒醉，入冢卧棺后，家人不知，遂掩圹。后经数日不见，裴郎家诬为王氏所杀，遂相讼。王氏实无此，举家思虑，葬日恐在圹中。遂开圹得之，气息奄奄。以粥灌之，数日平复。说云，初葬之夕，酒向醒，无由得出。举目窃视，见人无数，文柏为堂，宅宇甚丽，王氏先亡长幼皆集。众鬼见裴郎，甚惊，其间一鬼曰："何不杀之？"妻母云："小女幼稚仰此，奈何欲杀？"苦争得免。既见长筵美馔，歌乐欢洽。俄闻云："唤裴郎。"某惧，不敢起。又闻群婢连臂踏歌，词曰："柏堂新成乐未央，回来回去绕裴郎。"有一婢名秾华，以纸烛烧其鼻准，成疮，痛不可忍，遂起遍拜。诸鬼等频令裴郎歌舞。饥请食，妻母云："鬼食不堪。"令取瓶中食与之。如此数夜。奴婢皆是明器，不复有本形像。

120　章仇兼琼

文本：《太平广记》卷 335，第 2658—2659 页；方，第 93—94 页。

唐天宝中，章仇兼琼为剑南节度，数载入朝。蜀川有张夜叉者，状如狂人，而言事多中。兼琼将行，呼而问之。夜叉云："大使若住蜀，有无涯之寿。若必入朝，不见其吉。"兼琼初甚惶惧，久之曰："安有是耶？"遂行。至汉州，入驿，堕马身死，独心上微暖。彭州刺史李先令濛阳尉马某，送药酒罨药兼起居。濛阳去汉州五十里，奉命便行。至汉洲，入驿到兼琼所，忽然颠倒而卒。后兼琼乃苏，云地下所由以马尉见。马氏亦死，便至其家。家人惊异，云："适尔奉命，还何处也？"不言，视天太息。其妻再问："傧从何在？又不把笏，何也？"马殊不言，遽挥使去，因流涕言："已代章仇大使死，适于地下苦论，地下所由并为他，无如之何。自念到官日浅，远客孤弱,故还取别。"举言悲号,又谓其妻曰:"无苦,我代其死,彼亦当有深恤,无忧不得还乡。但便尔仓卒,死生永隔,以此为恨耳!"言讫不见。子等初犹恍然疑之,寻见床舁尸还。兼琼翌日还成都,赙马氏钱五百万。又敕彭州赙五百万,兼还四年秩禄云。

121 杨国忠

文本:《太平广记》卷 335,第 2660—2661 页;《潇湘录》,第 4 页 b—5 页 b,收于晚明《说郛》卷 32。

注:仅孙潜校本称出自《广异记》,明人又作出自《宣室志》。

天宝中,杨国忠权势薰灼,朝廷无比。忽有一妇人诣宅请见,阍人拒之,妇人大叫曰:"我有大事,要见杨公,尔何阻我!若不见我,当令火发,尽焚杨公之宅!"阍人惧,告国忠。国忠见之,妇人谓国忠曰:"公为相国,何不知否泰之道?耻公位极人臣,又联国戚,名动区宇,亦已久矣。奢纵不节,德义不修,而壅塞贤路,谄媚君上,又亦久矣。略不能效前朝房杜之踪迹,不以社稷为意,贤与愚不能别。但纳贿于门者,爵而禄之。大才大德之士,伏于林泉,曾不一顾。以恩付兵柄,以爱使牧民。噫!欲社稷安而保家族,必不可也!"国忠大怒,问妇人曰:"自何来?何造次触犯宰相,不惧死罪也?"妇人曰:"公自不知死罪,翻以我为死罪。"国忠怒,命左右欲斩之,妇人忽不见。国忠惊未已,又复立于前。国忠乃问曰:"是何妖耶?"妇人曰:"我实惜高祖太宗之社稷,被一匹夫倾覆。公不解为宰相,虽处佐辅之位,而无佐辅之功。公一死小事耳,可痛者,国朝自此弱。几不保其宗庙,胡怒之耶?我来白于公,胡多事也?今我却退,胡有功也?公胡死耶?民胡哭也?"言讫,笑而出,令人逐之,不见。后至禄山起兵,方悟"胡"字。

122 李叔霁

文本:《太平广记》卷 335,第 2661—2662 页;方,第 94—

95 页。

唐天宝末，禄山作乱，赵郡李叔霁与其妻自武关南奔襄阳。妻与二子死于路，叔霁游荆楚久之。禄山既据东京，妻之姑寡居，不能自免，尚住城中，辛苦甚至。役使婢洛女出城采樵，遥见犊走甚急，有紫衣人骑马在后，车中妇人频呼洛女。既近，问："识我否?"婢惊喜曰："李郎何往，娘子乃尔独行?"妻乃悲泣，云："行至襄阳，叔霁及两儿并死于贼。我缘饥馁，携小儿女嫁此车后人。"遂与洛女见姑。哭毕，问姊娣何在，姑言近在外。曰："此行忽速，不可复待。"留停半日许。时民饥，姑乃设食，粗粝无味。妻子于车中取粳米饭及他美馔，呼其夫与姑餐，餐毕便发。临别之际，谓曰："此间辛苦，亦合少物相留。为囊赍已前行，今车中唯有一匹半绢，且留充衣服，深以少为恨也。"乾元中，肃宗克复二京，其姑与子同下扬州。月余，叔霁亦至，相见悲泣。再叹其妻于客中因产殁故，兼小儿女相次夭逝，言讫又悲泣。姑初惭怍，为其侄女为贼所掠。及见叔霁情至，因说其事，云："所著裙，即此留绢也。"叔霁咨嗟而已。吴郡朱敖尝于陈留贼中识一军将，自言索得李霁妇云。

123　新繁县令

文本:《太平广记》卷 335，第 2662 页;方，第 95—96 页。

新繁县令妻亡，命女工作凶服。中有妇人，婉丽殊绝，县令悦而留之，甚见宠爱。后数月，一旦惨悴，言辞顿咽。令怪而问之，曰："本夫将至，身方远适，所以悲耳。"令曰："我在此，谁如我何?第自饮食，无苦也。"后数日求去，止之不可，留银酒杯一枚为别。谓令曰："幸甚相思，以此为念。"令赠罗十匹。去后恒思之，持银杯不舍手，每至公衙，即放案上。县尉已罢职还乡里，其妻神枢尚在新繁,故远来移转。投刺谒令,令待甚厚。尉见银杯,数窃视之。令问其故,对云:"此是亡妻棺中物,不知何得至此?"令叹良久,因具言始末,兼论妇人形状音旨,及留杯赠罗之事。尉愤怒终日,后方开棺,见妇人抱罗而卧,尉怒甚,积薪焚之。

译文:高延《中国的宗教传统》卷4,第424—425页;戴遂良《中国现代民间传说》,第244—245页。

124 姚萧品

文本:《太平广记》卷335,第2663页;方,第96—97页。

姚萧品者,杭州钱塘人。其家会客,因在酒座死。经食顷乃活,云,初见一人来唤,意是县家所由。出门看之,便被捉去。至北郭门,有数吏在船中,捉者令品牵船。品云:"忝是绪余,未尝引挽。"遂被捶击。辞不获已,力为牵之。至驿亭桥,已八九里所,鬼不复防御,因尔绝走得脱也。

125 常夷

文本:《太平广记》卷336,第2665—2667页;方,第97—99页。

唐建康常夷字叔通,博览经典,雅有文艺,性耿正清直,以世业自尚。家近清溪,常昼日独坐,有黄衫小儿赍书直至阁前,曰:"朱秀才相闻。"夷未尝识也,甚怪之。始发其书,云:"吴郡秀才朱均白常高士。"书中悉非生人语,大抵家近在西冈,幸为善邻,思奉颜色。末有一诗云:"具陈:平生游城郭,殂没委荒榛。自我辞人世,不知秋与春。牛羊久来牧,松柏几成薪。分绝车马好,甘随狐兔群。何处清风至,君子幸为邻。烈烈盛名德,依依伫良宾。千年何旦暮,一室动人神。乔木如在望,通衢良易遵。高门傥无隔,向与折龙津。"其纸墨皆故弊,常夷以感契殊深,叹异久之。乃为答书，殷勤切至，仍直克期，请与相见。既去，令随视之。至舍西一里许，入古坟中。至期，夷为具酒果。须臾，闻扣门，见前小儿云："朱秀才来谒。"夷束带出迎。秀才著角巾，葛单衣，曳履，可年五十许，风度闲和，雅有清致。与相劳苦，秀才曰："仆梁朝时本州举秀才高第，属四方多难，遂无宦情，屏居求志。陈永定末终此地。久居泉壤，常钦风味，幽明路绝，遂废将迎。幸因良会，大君子不见嫌弃，得申郁积，何乐如之！"夷答曰："仆以暗劣，不意冥灵所在咫尺，久阙承禀，幸蒙殊顾，欣感实多。"因就坐，啖果饮酒。问其梁、陈间事，历历分明。自云朱异从子，说异事武帝，恩幸无匹。帝有织成金缕屏风，珊瑚钿玉柄尘尾，林邑所献七宝澡瓶、沉香缕枕，皆帝所秘惜，常于承云殿讲竟，悉将以赐异。昭明太子薨时，有白雾四塞，葬时，玄鹄四双，翔绕陵上，徘徊悲鸣，葬毕乃去。元帝一目失明，深忌讳之。为湘东镇荆州，王尝使博士讲《论语》，至于"见瞽者必变色"，语不为隐。帝大怒，乃鸩杀之。又尝破北虏，手斩一裨将，于谨破江陵，帝见害，时行刀者乃其子也。沈约母拜建昌太夫人时，帝使散骑侍郎就家读策受印绶，自仆射何敬容已下数百人就门拜贺。宋、梁已来命妇，未有其荣。庾肩吾少事陶先生，颇多艺术。尝盛夏会客，向空大嘘，气尽成雪。又禁诸器物，悉住空中。简文帝诏襄阳造凤林寺，少刹柱木未至，津吏于江中获一樟木，正与诸柱相符。帝性至孝，居丁贵嫔枢，涕泣不绝，卧痛溃烂，面尽生疮。侯景陷台城，城中水米隔绝。武帝既敕进粥，宫中无米，于黄门布囊中赏得四升，食尽遂绝，所求不给而崩。景所得梁人，为长枷，悉纳其头，命军士以三投矢乱射杀之，虽衣冠贵人亦无异也。陈武帝既杀王僧辩，天下大雨百余日。又说，陈武微时，家甚贫，为人庸保以自给。常盗取长城豪富包氏池中鱼，擒得，以担竿系，甚困。即祚后，灭包氏。此皆史所脱遗，事类甚多,不可悉载。后数相来往,谈宴赋诗,才甚清举,甚成密交。夷家有吉凶,皆预报之。后夷病甚,秀才谓曰:"司命追君为长史,吾亦预巡察。此职甚重,尤难其选,冥中贵盛无比。生人会当有死,纵复强延数年,何似居此地?君当勿辞也。"夷遂欣然,不加药疗,数日而卒。

注:钱锺书《管锥编》第786—787页对这一材料中梁元帝失一目之事有过评述。

126　张守一

文本:《太平广记》卷336,第2667—2668页;《类说》卷8,第13页b—14页a;《说郛》卷4,第10页b;方,第99—100、243—244、255页。

乾元有张守一为大理少卿,性仁恕,以平反折狱,死囚出免者甚多。后当早朝,有白头老人伛偻策杖,诣马前拜谢。守一问故,请避从者,曰:"非生人,明公所出死囚之父也。幽明卑贱,无以报德,明公傥有切身之求,或能致耳,请受教。"守一曰:"贤子无罪,非我屈法伸恩,不敢当此。忝列九卿,颇得自给,幸无劳苦。"再三慰遣之。鬼曰:"当尔且去,傥有求不致者,幸相念。"遂不见。俄尔有诏赐酺,城中纵观。守一于会中窥见士人家女,姿色艳绝,相悦之。而防闲甚急,计无从出。试呼前鬼:"颇能为我致否?"言讫即至,曰:"此易事耳。然不得多时,才可七日。"曰:"足矣。得非变化相惑耶?"鬼曰:"明公何疑之深?仆以他物代取其身。"遂营寂静之处,设帷帐。有顷,奄然而至。良久寤,惊曰:"此何处?"唯守一及鬼在傍,绐云:"此是天上天使。"因与款昵,情爱甚切。至七日,谓女曰:"天上人间当隔异,欢会尚浅,便尔乖离,如何?"因流涕取别,鬼复掩其目送还。守一后私觇女家,云:"家女卒中恶,不识人,七日而醒。"后经十年,又逢此鬼,曰:"天曹相召,便当承诀。今奉药一丸,此能点化杂骨,为骨髓刀把之良者,愿公宝之,有急当用。"因歔欷而去。药如鸡卵许大。至武太后时,守一以持法宽平,为酷吏所构,流徙岭表。资用窘竭,乃以药点骨,信然。因取给,药尽遂卒。

注:《太平广记》和《类说》所给定的时代是乾元(758—759年),这与故事中提及武后出现抵牾,可能是乾封(666—667年)。

127 宇文觌

文本:《太平广记》卷 336,第 2668—2670 页;《分门古今类事》卷 5,第 3 页 b—5 页 b;方,第 100—103、249—250 页。

韩彻者,以乾元中任陇州吴山令。素与进士宇文觌、辛稷等相善,并随彻至吴山读书,兼许秋赋之给。吴山县令号凶阙,前任多死。令厅有大槐树,觌、稷等意是精魅所凭,私与典正,欲彻不在砍伐去之,期有一日矣。更白彻,彻谓二子曰:"命在于天,责不在树,子等无然。"其谋遂止。后数日,觌、稷行树下,得一孔,旁甚润泽,中有青气,上升为云。伺彻还寝,乃命县人掘之。深数尺,得一冢,冢中有棺木,而已烂坏,有少齿发及胫骨、胯骨犹在。遥望西北陬,有一物,众谓是怪异,乃以五千顾二人取之。初缒然画烛一束,二人背刀缘索往视,其食瓶,瓶中有水,水上有林檎、绹夹等物,泄出地上,悉如烟销。彻至,命佐史收骨发,以新棺敛,葬诸野。佐史偷钱,用小书函折骨埋之。既至舍,仓卒欲死。家人白彻,彻令巫视之,巫于彻前灵语云:"已是晋将军契苾锷,身以战死,受葬于此县。立冢近马坊,恒苦粪秽,欲求迁改。前后累有所白,多遇合死人,遂令冥苦无可上达。今明府恩及幽壤,俸钱市椟,甚惠厚。胥吏酷恶,乃以书函见贮骨发,骨长函短,断我胯胫,不胜楚痛,故复讐之耳。"彻辞谢数四,自陈:"为主不明,令吏人等有此伪欺。当令市榇,以衣被相送,而可小赦其罪,诚幸也。"又灵语云:"寻当释之。然创造此谋,是宇文七及辛四,幽魂佩戴,岂敢忘之。辛侯不久自当擢禄,足光其身。但宇文生命薄无位,虽获一第,终不及禄。且多厄难,吾当救其三死。若忽为官,虽我亦不能救。"言毕乃去。佐史见释,方获礼葬。觊家在岐山,久之,锷忽空中语云:"七郎夫人在庄疾亟,适已往彼营救,今亦小瘥。寻有庄人来报,可无惧也。若还,妻可之后,慎无食马肉。"须臾使至,具如所白。觊入门,其妻亦愈。会庄客马驹死,以熟肠及肉馈觊,觊忘其言而食之,遇乾霍乱,闷而绝气者数矣。忽闻锷言云:"令君勿食马,何故违约?马是前世冤家。我若不在,君无活理,我在亦无苦也。"遂令左右执笔疏方,药至服之,乃愈。后觊还吴山,会岐州土贼欲僭伪号,署置百官。觊有名,被署中书舍人。贼寻被官兵所杀,觊等七十余人系州狱待旨。锷复至觊妻所,语云:"七郎犯事,我在地中大为求请,然要三千贯钱。"妻辞:"贫家实不能办。"锷曰:"地府所用,是人间纸钱。"妻云:"纸钱当力办之。"焚毕,复至狱中,谓觊曰:"我适于夫人所得三千贯,为君属请,事亦解矣。有刘使君至者,即当得放,饱食无忧也。"寻而诏用刘晏为陇州刺史,辞日奏曰:"点污名贤,曾未相见,所由但以为逆所引,悉皆系狱。臣至州日,请一切释免。"上可其奏。晏至州,上毕,悉召狱囚,宣出放之。觊既以为贼所署,耻而还家。半岁余,吕崇贲为河东节度,求书记之士,在朝多言觊者。崇贲奏觊左卫兵曹、河东书记,敕赐衣一袭,崇贲遂绢百匹。敕至,觊甚喜,受敕,衣绿裳,西向拜蹈。奴忽倒地,作锷灵语,叹息久之,谓觊:"勿令作官,何故受之?此度不能相救矣。"觊云:"今却还之,如何?"答云:"已受官毕,何谓复还?千万珍重,不复来矣。"后四日,觊遇疾卒。

初,女巫见锷,衣冠甚伟,鬓发洞赤,状若今之库莫奚云。

128　李莹

文本:《太平广记》卷 336,第 2670—2671 页;方,第 103—104 页。

寿昌令赵郡李莹同堂妹第十三,未嫁。至德初,随诸兄南渡,卒,葬于吴之海盐。其亲兄岷,庄在济源,有妹寡居,去庄十余里。值禄山之乱,不获南出。上元中,忽见妹还,问其由来,云:"为贼所掠。"言对有理,家人不之诘。姊以乱故,恐不相全,仓卒将嫁近庄张氏。积四五年,有子一人。性甚明惠,靡所不了。恒于岷家独镶一房,来去安堵。岷家田地多为人所影占,皆公讼收复之。永泰中,国步既清,岷及诸弟自江东入京参选,事毕还庄。欲至数百里,妹在庄忽谓婢云:"诸兄弟等数日当至,我须暂住张家。"又过娣别。娣问其故,曰:"频梦云尔。"婢送至中路,遣婢还。行十余步,回顾不复见,婢颇怪之。后二日,张氏报云已死,姨及外甥等悲泣适已,而诸兄弟遂至,因发张氏妹丧。岷言:"渠上元中死,殡在海盐,何得至此? 恐其鬼魅。"因往张家临视。举被不复见尸,验其衣镜,皆入棺时物。子亦寻死。

译文:本书第七章第 170—173 页及其讨论。

129　裴瑊

文本:《太平广记》卷 336,第 2671 页;方,第 104 页。

河东裴瑊,幼好弹筝。时有弹筝师善为新曲,瑊妹欲就学,难其亲受,于是瑊就学,转受其妹,遂有能名。久之,瑊客江湘,卒于南楚。母妹在家,瑊忽轻身独还。家惊喜,问其故,云:"囊赍并奴等在后,日暮方至。"欢庆之后,因求筝弹。复令其妹理曲,有所误错,悉皆正之。累正十余曲,因不复见。须臾,丧舆乃至云。

130　李氏

文本:《太平广记》卷336,第2671页;方,第104—105页。

上都来庭里妇人李氏者,昼坐家堂,忽见其夫亡娣,身衣白服,戴布幞巾,迳来逐己。李氏绕床避走,追逐不止。乃出门绝骋,崎岖之中,莫敢支吾救援之者。有北门万骑卒以马鞭击之,随手而消,止有幞头布掩然至地,其下得一髑髅骨焉。

131　韦璜

文本:《太平广记》卷337,第2672—2673页;方,第105—106页。

潞城县令周混妻者,姓韦名璜,容色妍丽,性多黠惠。恒与其嫂妹期曰:"若有先死,幽冥之事,期以相报。"后适周氏,生二女,乾元中卒。月余,忽至其家,空间灵语谓家人曰:"本期相报,故以是来。我已见阎罗王兼亲属。"家人问:"见镬汤剑树否?"答云:"我是何人,得见是事。"后复附婢灵语云:"太山府君嫁女,知我能妆梳,所以见召。明日事了,当复来耳。"明日,婢又灵语云:"我至太山,府君嫁女,理极荣贵,令我为女作妆。今得胭脂及粉,来与诸女。"因而开手,有胭脂极赤,与粉并不异人间物。又云:"府君家撒帐钱甚大,四十鬼不能举一枚,我亦致之。"因空中落钱,钱大如盏。复谓:"府君知我善染红,乃令我染。我辞己虽染,亲不下手,平素是家婢所以,但承己指挥耳。府君令我取婢,今不得已,暂将婢去,明日当遣之还。"女云:"一家唯仰此婢,奈何夺之?"韦云:"但借两日耳,若过两日,汝宜击磬呼之。夫磬声一振,鬼神毕闻。"婢忽气尽。经二日不返,女等鸣磬,少选,复空中语云:"我朝染毕,已遣婢还,何以不至,当是迷路耳。"须臾婢至,乃活,两手忽变作深红色。又制五言诗,与姊、嫂、夫数首。其寄诗云:"修短各有分,浮华亦非真。断肠泉壤下,幽忧难具陈。凄凄白杨风,日暮堪愁人。"又二章寄夫,题云"泉台客人韦璜",诗云:"不得长相守,青春夭舜华。旧游今永已,泉路却为家。"其一:"早知别离切人心,悔作从来恩爱深。黄泉冥寞虽长逝,白日屏帷还重寻。"赠嫂一章,序云:"阿嫂相疑。"留诗曰:"赤心用尽为相知,虑后防前祗定疑。案牍可申生节目,桃符虽圣欲何为。"见其亲说云尔。

译文:本书第三章第53—54页翻译了一部分。

132 薛万石

文本:《太平广记》卷337,第2673—2674页;方,第106—107页。

薛万石,河东人。广德初,浙东观察薛兼训用万石为永嘉令。数月,忽谓其妻曰:"后十日家内食尽,食尽时,我亦当死。米谷荒贵,为之奈何?"妇曰:"君身康强,何为自作不详之语?"万石云:"死甚可恶,有言者,不得已耳。"至期果暴卒,殓毕,棺中忽令呼录事、佐史等。既至,谓曰:"万石不幸身死,言之凄怆。然自此未尝扰君,今妻子饥穷,远归无路。所相召者,欲以亲爱累君尔。"时永嘉米贵,斗至万钱,万石于录事已下求米有差。吏人凶惧,罔不依送,迨至丞、尉亦有赠。后数日,谓家人曰:"我暂往越州谒见薛公,汝辈既有粮食,吾不忧矣。"自尔十余日无言,妇悲泣疲顿。昼寝,忽闻其语,惊起曰:"君何所来?"答云:"吾从越还,中丞已知吾亡,见令张卿来迎,又为见两女择得两婿。兄弟之情,可为厚矣。宜速装饰,张卿到来,即可便发。不尔,当罹山贼之劫,第宜速去也。"家人因是装束。会卿至,即日首途,去永嘉二百里,温州为贼所破。家人在道危急,即焚香谘白,必有所言,不问即否,亲见家人白之。

译文:本书第六章第142—146页及其讨论。

133 范俶

文本:《太平广记》卷337,第2674页;方,第107页。

范俶者,广德初于苏州开酒肆。日晚,有妇人从门过,色态甚异。俶留宿,妇人初不辞让,乃秉烛,以发覆面,向暗而坐。其夜,与申宴私之好。未明求去,云失梳子,觅不得。临别之际,啮俶臂而去。及晓,于床前得一纸梳,心甚恶之。因而体痛红肿,六七日死矣。

134 李浣

文本:《太平广记》卷337,第2674—2675页;方,第107—108页。

河中少尹李浣,以广德二年薨。初七日,家人设斋毕,忽于中门见浣独骑从门而入。奴等再拜,持浣下马,入座于西廊。诸子拜谒,泣,浣云:"生死是命,何用悲耶?只搅亡者心耳。"判嘱家事久之。浣先娶项妃妹,生子四人。项卒,再娶河南窦滔女,有美色,特为浣所爱。尔窦惧不出,浣使呼之。逆谓之曰:"生死虽殊,至于恩情,所未尝替,何惧而不出耶?每在地下闻君哭声,辄令凄断,悲卿亦寿命不永,于我相去不出二年。夫妻义重,如今同行,岂不乐乎?人生会当有死,不必一二年在人间为胜,卿意如何?"窦初不言,浣云:"卿欲不从,亦不及矣。后日,当使车骑至此相迎,幸无辞也。"遂呼诸婢,谓四人曰:"汝等素事娘子,亦宜从行。"复取其妻衣服,手自别之,分为数袋,以付四婢,曰:"后日可持此随娘子来。"又谓诸子曰:"吾虽先婚汝母,然在地下殊不相见,不宜以汝母与吾合葬,可以窦氏同穴。若违吾言,神道是殛。"言毕便出。奴等送至门外,见浣驶骑走,而从东转西,不复见。后日,车骑至门,他人不之见,唯四婢者见之。便装束窦,取所选衣服,与家人诀。遂各倒地死亡。

135 萧审

文本:《太平广记》卷 337,第 2679 页;方,第 108—109 页。

萧审者,工部尚书旻之子。永泰中,为长洲令。性贪暴,然有理迹,邑人惧惮焉。审居长洲三年,前后取受无纪极。四年五月,守门者见紫衣人三十余骑,从外入门。迎问所以,骑初不言,直至堂院。厅内治书者皆见。门者走入白审曰:"适有紫衣将军三十骑直入,不待通。"审问:"其人安在,焉得不见?"门者出至厅。须臾,见骑从内出,以白衫蒙审,步行。门者又白奇事,审顾不言。诸吏送至门,不复见。俄闻内哭,方委审卒。后七日,其弟宇复墓,忽倒地作审灵语,责宇不了家事,数十百言。又云:"安胡者,将吾米二百石,绢八十匹,经纪求利。今幸我死,此胡辜恩,已走矣。明日食时,为物色捉之。"宇还至舍,记事白嫂,婢尔日亦灵语云然。宇具以白刺史常元甫。元甫令押衙候捉,果得安胡,米绢具在。初,又云:"米是己钱,绢是枉法物,可施之。"宇竟施绢。

注:此处苏州刺史名为常元甫,在其他文献中都作韦元甫,在任时间是 765—768 年,见郁贤皓《唐刺史考》,第 1676 页。

136 商顺

文本:《太平广记》卷 338,第 2683—2684 页;方,第 109—110 页。

丹阳商顺娶吴郡张昶女。昶为京兆少尹,卒葬浐水东,去其别业十里。顺选集在长安,久之,张氏使奴入城迎商郎,顺日暮与俱往。奴盗饮极醉,与顺相失。不觉其城门已闭,无如之何,乃独前行。天渐昏黑,雨雪交下,且所驴甚蹇,迷路不知所之。但信驴所诣，计行十数里，而不得见村墅。转入深草，苦寒甚战。少顷，至一涧，涧南望见灯火。顺甚喜，行至，乃柴篱茅屋数间，扣门数百下方应。顺问曰："远客迷路，苦寒，暂欲寄宿。"应曰："夜暗，雨雪如此，知君是何人？且所居狭陋，不堪止宿。"固拒之。商郎乃问张尹庄去此几许，曰："近西南四五里。"顺以路近可到，乃出涧，西南行十余里，不至庄。雨雪转甚，顺自审必死，既不可行，欲何之。乃系驴于桑下，倚树而坐。须臾，见一物，状若烛笼，光照数丈，直诣顺前，尺余而止。顺初甚惧，寻而问曰："得非张公神灵导引余乎？"乃前拜曰："若是丈人，当示归路。"视光中有小道，顺乃乘驴随之。稍近火移，恒在前尺余。行六七里，望见持火来迎，笼光遂灭。及火至，乃张氏守茔奴也。顺问何以知己来，奴云："适闻郎君大呼某，言商郎从东来，急往迎。如此再三，是以知之。"遂宿奴庐中，明旦方去。

137 李载

文本：《太平广记》卷 338，第 2684—2685 页；方，第 110—111 页。

大历七年，转运使吏部刘晏在部为尚书，大理评事李载摄监察御史，知福建留后。载于建州浦城置使院。浦城至建州七百里，犹为清凉。载心惧瘴疠，不乐职事，经半载卒。后一日，复生如故。家人进食，载如平常食之。谓家人曰："已死，今暂还者，了使事耳。"乃追其下未了者，使知一切，交割付之。后修状与尚书别，兼作遗书处分家事。妻崔氏先亡，左右唯一小妻，因谓之曰："我死，地下见先妻，我言有汝，其人甚怒，将欲有所不相利益，为之奈何？今日欲至，不宜久留也。"言讫，分财与之，使行官送还北。小妻便尔下船，行官少事，未即就路。载亦知之，召行官至，杖五下,使骤去。事毕食讫,遂卒。

注:关于刘宴(715—780 年)的仕履,见《旧唐书》卷 11,第 302 页;《新唐书》卷 149,第 4795 页。

138 高励

文本:《太平广记》卷 338,第 2685 页;方,第 111 页。

高励者,崔士光之丈人也。夏日在其庄前桑下,看人家打麦。见一人从东走马来,至励再拜,云:"请治马足。"励云:"我非马医,焉得疗马?"其人笑云:"但为胶黏即得。"励初不解其言,其人乃告曰:"我非人,是鬼耳。此马是木马,君但洋胶黏之,便济行程。"励乃取胶煮烂,出至马所。以见变是木马,病在前足,因为黏之。送胶还舍。及出,见人已在马边,马甚骏。还谢励讫,便上马而去。

139 朱自劝

文本:《太平广记》卷 338,第 2686—2687 页;方,第 111—112 页。

吴县朱自劝以宝应年亡。大历三年,其女寺尼某乙,令婢往市买胡饼,充斋馔物。于河西见自劝与数骑宾从二十人,状如为官。见婢歔欷,问:"汝和尚好在,将安之?"婢云:"命市胡饼作斋。"劝云:"吾此正复有饼。"回命从者,以三十饼遗之,兼传问讯。婢至寺白尼,尼悲涕不食。饼为众人所食。后十余日,婢往市,路又见自劝,慰问如初,复谓婢曰:"汝和尚不了死生常理,何可悲涕,故寄饼亦复不食。今可将三十饼往,宜令食也。"婢还,终不食。后十日,婢于市复见自劝。问讯毕,谓婢曰:"方冬严寒,闻汝和尚未挟纩,今附绢二匹,与和尚作寒具。"婢承命持还,以绢授尼。尼以一匹制袴,一留贮之。后十余日,婢复遇自劝,谓曰:"有客数十人,可持二绢,令和尚于房中作馔,为午食。明日午时,吾当来彼。"婢还。尼卖绢市诸珍膳，翌日待之。至午，婢忽冥昧，久之灵语，因言客至，婢起祇供食。食方毕，又言曰："和尚好住，吾与诸客饮食致饱，今往已。"婢送自劝出门，久之方悟。自尔不见。

140 罗元则

文本：《太平广记》卷 339，第 2688—2689 页；方，第 112—113 页。

历阳罗元则尝乘舟往广陵，道遇雨，有一人求寄载，元则引船载之。察其似长者，供待甚厚。无他装囊，但有书函一枚，元则窃异之。夜与同卧。旦至一村，乃求："暂下岸，少顷当还，君可驻船见待，慎无发我函中书也。"许之，乃下去。须臾，闻村中哭声，则知有异，乃窃其书视之，曰："某日至某村，当取某乙。"其村名良是，元则名次在某下，元则甚惧。而鬼还责曰："君何视我书函？"元则乃前自陈伏，因乞哀甚苦。鬼愍然，谓："君尝负人否？"元则熟思之，曰："平生唯有夺同县张明通十亩田，遂至失业，其人身已死矣。"鬼曰："此人诉君耳。"元则泣曰："父母年老，惟恃元则一身，幸见恩贷。"良久，曰："念君厚恩相载，今舍去。君当趋归，三年无出门，此后可延十年耳。"即下船去。元则归家中。岁余，其父使至田中收稻，即固辞之。父怒曰："田家当自力，乃欲偷安甘寝，妄为妖辞耶？"将杖之。元则不得已，乃出门，即见前鬼，髡头裸体，背尽疮烂，前持曰："吾为君至此，又不能自保惜。今既相逢，不能相置。"元则曰："舍我辞二亲。"鬼许。具以白父。言讫，奄然遂绝。其父方痛恨之，月余亦卒。

141 李元平

文本：《太平广记》卷 339，第 2689 页；在《太平广记》卷 112，第 779 页，同样一个篇目被归入"异物志"中；方，第 113—114 页。

李元平者,睦州刺史伯成之子,以大历五年客于东阳精舍读书。岁余暮际,忽有一美女,服红罗裙襦,容色甚丽,有青衣婢随来,入元平所居院他僧房中。平悦而趋之,问以所适及其姓氏。青衣怒云:"素未相识,遽尔见逼,非所望王孙也!"元平初不酬对,但求拜见。须臾,女从中出,相见忻悦,有如旧识。欢言者久之,谓元平曰:"所以来者,亦欲见君论宿昔事。我已非人,君无惧乎?"元平心既相悦,略无疑阻,谓女曰:"任当言之,仆亦何惧?"女云:"己大人昔任江州刺史,君前生是江州门夫,恒在使君家长直。虽生于贫贱,而容止可悦。我以因缘之故,私与交通。君才百日,患霍乱没故,我不敢哭,哀倍常情。素持《千手千眼菩萨咒》,所愿后身各生贵家,重为婚姻,以朱笔涂君左股为志。君试看之,若有朱者,我言验矣。"元平自视如其言。益信,因留之宿。久之,情契既洽,欢惬亦甚。欲曙,忽谓元平曰:"托生时至,不得久留,意甚恨恨。"言讫,悲涕云:"后身父今为县令,及我年十六,当得方伯,此时方合为婚姻。未间,幸无婚也。然天命已定,君虽欲婚,亦不可得。"言讫诀去。

注:李伯成于756年任睦州刺史,见郁贤皓《唐刺史考》,第1849页。

142　周济川

文本:《太平广记》卷342,第2715—2716页;方,第237—238页。出于《祥异记》,而明抄本作出于《广异记》。

注:故事结尾提到的时间是801年,这在年代上、文体上都与《广异记》不一致。

143　杜万

文本:《太平广记》卷356,第2820页;方,第114页。

杜万员外，其兄为岭南县尉，将至任，妻遇毒瘴，数日卒。时盛夏，无殡敛，权以苇席裹束，瘗于绝岩之侧。某到官，拘于吏事，不复重敛。及北归，方至岩所，欲收妻骸骨。及观坎穴，但苇尚存。某叹其至深而为所取，悲感久之。会上岩有一径，某试寻，行百余步，至石窟中，其妻裸露，容貌狰狞不可复识。怀中抱一子，子旁亦有一子，状类罗刹。极嚄方瘕，妇人口不能言，以手画地，书云："我顷重生，为夜叉所得。今此二子，即我所生。"书之悲涕。顷之，亦能言，谓云："君急去，夜叉倘至，必当杀君。"某问："汝能去否？"曰："能去。"便起，抱小儿随某至船所，便发。夜叉寻抱大儿至岸，望船嚄叫，以儿相示。船行既远，乃擘其儿作数十片，方去。妇人手中之子，状如罗刹，解人语。大历中，母子并存。

144　郑齐婴

文本：《太平广记》卷 358，第 2832—2833 页；方，第 115 页。

郑齐婴，开元中为吏部侍郎、河南黜陟使。将归，途次华州。忽见五人，衣五方色衣，诣厅再拜。齐婴问其由，答曰："是大使五藏神。"齐婴问曰："神当居身中，何故相见？"答云："是以守气，气竭当散。"婴曰："审如是，吾其死乎？"曰："然。"婴仓卒求延晷刻，欲为表章及身后事，神言："还至后衙则可。"婴为设酒馔，皆拜而受。既修表，沐浴，服新衣，卧西壁下，至时而卒。

注：由《金石录》卷 7 第 139 页所录的碑文可知，郑氏可能卒于 765 年。

译文：高延《中国的宗教系统》卷 4，第 72—73 页；戴遂良《中国现代民间传说》，第 72—73 页。

145　柳少游

文本：《太平广记》卷 358，第 2833 页；方，第 115 页。

柳少游善卜筮,著名于京师。天宝中,有客持一缣诣少游。引入,问故,答曰:"愿知年命。"少游为作卦,成而悲叹曰:"君卦不吉,合尽今日暮。"其人伤叹久之。因求浆,家人持水至,见两少游,不知谁者是客。少游指神为客,令持与客,客乃辞去。童送出门,数步遂灭。俄闻空中有哭声,甚哀。还问少游:"郎君识此人否?"具言前事。少游方知客是精神,遽使看缣,乃一纸缣尔。叹曰:"神舍我去,吾其死矣!"日暮果卒。

译文:高延《中国的宗教系统》卷4,第97—98页;戴遂良《中国现代民间传说》,第67—68页。

146 苏莱

文本:《太平广记》卷358,第2833页;方,第116页。

天宝末,长安有马二娘者,善于考召。兖州刺史苏诜,与马氏相善。初,诜欲为子莱求婚卢氏,谓马氏曰:"我唯有一子,为其婚娶,实要婉淑。卢氏三女,未知谁佳,幸为致之,一令其母自阅视也。"马氏乃于佛堂中,结坛考召。须臾,三女魂悉至。莱母亲自看,马云:"大者非不佳,不如次者,必当为刺史妇。"苏乃娶次女。天宝末,莱至永宁令,死于禄山之难,其家惩马氏失言。洎二京收复,有诏赠莱怀州刺史焉。

注:郁贤皓引《金石录》卷5第93页所录719年的碑文,将苏诜的任职时间改为开元早期,见《唐刺史考》,第880页。

译文:高延《中国的宗教系统》卷4,第100页;戴遂良《中国现代民间传说》,第68—69页;本书第三章第73页(翻译了一部分)。

147 洛阳妇人

文本:《太平广记》卷361,第2868页;方,第116页。

玄宗时，洛阳妇人患魔魅，前后术者治之不愈。妇人子诣叶法善道士，求为法遣。善云："此是天魔，彼自天上负罪，为帝所遣，暂在人间。然其遣已满，寻当自去，无烦遣之也。"其人意是相解之词，故求祐助。善云："诚不惜往。"乃携人深入阳翟山中。绝岭有池水，善于池边行禁。久之，水中见一头髻，如三间屋，冉冉而出，至两目，晱如电光。须臾云雾四合，因失所在。

148　晁良贞

文本：《太平广记》卷 362，第 2877 页；《类说》卷 8，第 13 页 ab；《说郛》卷 4，第 10 页 a；方，第 117、243、255 页。

晁良贞能判知名，性刚鸷，不惧鬼。每年恒掘太岁地，坚掘后忽得一肉，大于食魁，良贞鞭之数百，送通衢。其夜，使人阴影听之。三更后，车骑众来至肉所，问太岁："兄何故受此屈辱，不仇报之？"太岁云："彼正荣盛，如之奈何！"明失所在。

注：关于太岁（木星）信仰，见本书第三章注释 29。晁良贞在 706 年与 712 年通过科考，见《登科记考》卷 4，第 140 页；卷 5，第 158 页。

149　李氏

文本：《太平广记》卷 362，第 2878 页；方，第 117 页。

上元末，复有李氏家不信太岁，掘之，得一块肉。相传云："得太岁者，鞭之数百，当免祸害。"李氏鞭九十余，忽然腾上，因失所在。李氏家有七十二口，死亡略尽，惟小蒯公尚存。李氏兄弟恐其家灭尽，夜中令奴悉作鬼装束，劫小蒯，便藏之。唯此子得存，其后袭封蒯公。

150　又

文本：《太平广记》卷 362，第 2878 页；方，第 117 页。

宁州有人亦掘得太岁,大如方,状类赤菌,有数千眼。其家不识,移至大路,遍问识者,有胡僧惊曰:"此太岁也,宜速埋之。"其人遽送旧处。经一年,人死略尽。

151 张寅

文本:《太平广记》卷 362,第 2879—2880 页;方,第 118 页。

范阳张寅尝行洛阳故城南,日已昏暮,欲投宿故人家。经狭路中,马忽惊顾,踟蹰不肯行。寅疑前有异,因视路傍坟。大柱石端有一物,若似纱笼,形大如桥柱上慈台,渐渐长大,如数斛。及地,飞如流星,其声如雷,所历林中宿鸟惊散,可百余步,堕一人家。寅窃记之,乃去。后月余,重经其家,长幼无遗矣。乃询之邻人,云:"其妇养姑无礼,姑死,遂有此祸。"

152 燕凤祥

文本:《太平广记》卷 362,第 2880 页;方,第 118—119 页。

平阳燕凤祥,颇涉六艺,聚徒讲授。夜与其妻在家中,忽闻外间暗鸣之声,以为盗。屣履视之,正见一物,白色,长丈许,在庭中,遽掩入户。渐闻登阶,呼凤祥曰:"夜未久,何为闭户?"默不敢应,明灯自守。须臾,门隙中有一面,如猴,即突入。呼其侣数百头,悉从隙中入,皆长二尺余,著豹皮犊鼻裈,鼓唇睢目,貌甚丑恶。或缘屋壁,或在梁栋间跳踯,在后势欲相逼。凤祥左右惟有一枕及妇琵琶,即以掷之,中者便去,至明方尽,遂得免。恍惚常见室中有衣冠大人,列在四壁,云:"我平阳尧神使者。"请巫祝祠祷之,终不能去。乃避于精舍中,见佛榻下有大面,瞪目视之。又将逃于他所,出门,复见群鬼悉戏巷中,直赴凤祥,不得去。既无所出,而病转笃。乃多请僧设斋,结坛持咒,亦迎六丁道士,为作符禁咒,鬼乃稍去。数日,凤祥梦有一人,朱衣墨帻,住空中,云:

"还汝魂魄。"因而以物掷凤祥。有如妇人发者,有如绛衣者,数十枚,凤祥悉受。明日遂愈焉。

153 韦训

文本:《太平广记》卷 368,第 2930 页;方,第 119—120 页。

唐京兆韦训,暇日于其家学中读《金刚经》,忽见门外绯裙妇人,长三丈,逾墙而入,迳投其家。先生为捽发曳下地,又以手捉训。训以手抱《金刚经》遮身,仓卒得免。先生被拽至一家,人随而呼之,乃得免。其鬼走入大粪堆中。先生遍身已蓝靛色,舌出长尺余,家人扶至学中,久之方苏。率村人掘粪堆中,深数尺,乃得一绯裙白衫破帛新妇子,焚于五达衢,其怪遂绝焉。

译文:高延《中国的宗教系统》卷 5,第 671—672 页。

154 卢赞善

文本:《太平广记》卷 368,第 2930 页;方,第 120 页。

卢赞善家有一瓷新妇子,经数载,其妻戏谓曰:"与君为妾。"卢因尔惘惘,恒见一妇人卧于帐中。积久,意是瓷人为祟,送往寺中供养。有童人晓于殿中扫地,见一妇人,问其由来。云是卢赞善妾,为大妇所妒,送来在此。其后,见卢家人至,因言见妾事。赞善穷核本末,所见服色是瓷人,遂命击碎。心头有血,大如鸡子。

译文:高延《中国的宗教系统》卷 5,第 669—670 页。

155 苏丕女

文本:《太平广记》卷 369,第 2933 页;方,第 120—121 页。

武功苏丕天宝中为楚丘令,女适李氏。李氏素宠婢,因与丕女情好不笃。其婢求术者行魇蛊之法,以符埋李氏宅粪土中,又缚彩妇人形七枚,长尺余,藏于东墙窟内,而泥饰之,人不知也。

数岁,李氏及婢相继死亡,女寡居。四五年,魇蛊术成,彩妇人出游宅内,苏氏因尔疾发闷绝。李婢已死,莫知所由。经一载,累求术士,禁咒备至,而不能制。后伺其复出,乃率数十人掩捉,得一枚,视其眉目形体悉具,在人手中,恒动不止。以刀斫之,血流于地,遂积薪焚之。其徒皆来焚所号叫,或在空中,或在地上。烧毕,宅中作炙人气。翌日,皆白衣号哭,数日不已。其后半岁,累获六枚,悉焚之。唯一枚得而复逸,逐之,忽乃入粪土中。苏氏率百余人掘粪,深七八尺,得桃符,符上朱书字宛然可识,云:"李氏婢魇苏氏家女,作人七枚,在东壁上土龛中。其后九年当成。"遂依破壁,又得一枚,丕女自尔无恙。

译文:高延《中国的宗教系统》卷 5,第 911—912 页;戴遂良《中国现代民间传说》,第 282—283 页。

156 蒋惟岳

文本:《太平广记》卷 369,第 2934 页;方,第 121 页。

蒋惟岳不惧鬼神,常独卧窗下,闻外有人声,岳祝云:"汝是冤魂,可入相见。若是闲鬼,无宜相惊。"于是窣然排户,而欲升其床。见岳不惧,旋立壁下,有七人焉。问其所为,立而不对。岳以枕击之,皆走出户。因走趁没于庭中。明日掘之,得破车辐七枚,其怪遂绝。又其兄常患重疾,岳亲自看视。夜深,又见三妇人鬼至兄床前,叱退之,三遍,鬼悉倒地。久之,走出,其兄遂愈。

译文:高延《中国的宗教系统》卷 5,第 665 页(翻译了一部分)。

157 韦谅

文本:《太平广记》卷 369,第 2934 页;方,第 121—122 页。

乾元中,江宁县令韦谅堂前忽见小鬼,以下唇掩面,来至灯所。去又来,使人逐之,没于阶下。明旦,掘其没处,得一故门扇,长尺余,头作卷荷状。

158 桓彦范

文本:《太平广记》卷 372,第 2954 页;方,第 122 页。

扶阳王桓彦范,少放诞,有大节,不饰细行。常与诸客游侠,饮于荒泽中,日暮,诸客罢散,范与数人大醉,遂卧泽中。二更后,忽有一物,长丈余,大十围,手持矛戟,瞋目大唤,直来趋范等。众皆俯伏不动,范有胆力,乃奋起叫呼,张拳而前,其物乃返走。遇一大柳树,范手断一枝,持以击之,其声策策,如中虚物。数下,乃匍匐而走。范逐之愈急,因入古圹中。泊明就视,乃是一败方相焉。

注:王恒彦传记见《旧唐书》卷 91,第 2927—2932 页;《新唐书》卷 120,第 4309—4313 页。

译文:高延《中国的宗教系统》卷 5,第 672—673 页。

159 蔡四

文本:《太平广记》卷 372,第 2954—2955 页;方,第 122—123 页。

颍阳蔡四者,文词之士也,天宝初,家于陈留之浚仪。吟咏之际,每有一鬼来登其榻,或问义,或赏诗。蔡问:"君何鬼神,忽此降顾?"鬼曰:"我姓王,最大,慕君才德而来耳。"蔡初甚惊惧,后稍狎之。其鬼每至,恒以"王大""蔡氏"相呼,言笑欢乐。蔡氏故人有小奴见鬼,试令观之,其奴战栗。问其形,云:"有大鬼,长丈余,余小鬼数人在后。"蔡氏后作小木屋,置宅西南隅,植诸果木其外。候鬼至,谓曰:"人神道殊,君所知也。昨与君造小舍,宜安堵。"鬼甚喜,辞谢主人。其后每言笑毕,便入此居偃息,以为常矣。久之,谓蔡氏曰:"我欲嫁女,暂借君宅。"蔡氏不许,曰:"老亲在堂,若染鬼气,必不安稳,君宜别求宅也。"鬼云:"大夫人堂但闭之,必当不入,余借七日耳。"蔡氏不得已借焉。七日之后方还住,而安稳无他事也。后数日,云设斋,凭蔡为借食器及帐幕等。蔡云:"初不识他人,唯借己物。"因问欲于何处设斋,云:"近在繁台北。世间月午,即地下斋时。"问:"至时欲往相看,得乎?"曰:"何适不可。"蔡氏以鬼,举家持《千手千眼咒》,家人清净,鬼即不来,盛食荤血,其鬼必至。欲至其斋,家人皆精心念诵,著新净衣,乘月往繁台。遥见帐幕,僧徒极盛,家人并诵咒前逼之,见鬼惶遽纷披,知其惧人,乃益前进。既至,翕然而散。其王大者,与徒侣十余人北行,蔡氏随之。可五六里,至一墓林乃没,记其所而还。明与家人往视之,是一废墓,中有盟器数十,当圹者最大,额上作"王"字。蔡曰:"斯其王大乎?"积火焚之,其鬼遂绝。

160 李华

文本:《太平广记》卷 372,第 2955—2956 页;方,第 123—124 页。

唐吏部员外李华,幼时与流辈五六人,在济源山庄读书。半年后,有一老人,须眉雪色,恒持一裹石,大如拳。每日至晚,即骑院墙坐,以石掷华等当窗前后。数月,居者苦之。邻有秦别将,善射知名,华自往诣之,具说其事。秦欣然持弓,至山所伺之。及晚复来,投石不已。秦乃于隙中纵矢,一发便中。视之,乃木盟器。

注:关于李华的官职,此处说是吏部员外郎,见《新唐书》卷203,第 5776 页,事在 760 年左右。

161 商乡人

文本:《太平广记》卷 372,第 2956 页;方,第 124 页。

近世有人旅行商乡之郊,初与一人同行。数日,忽谓人曰:

"我乃是鬼，为家中明器叛逆，日夜战斗。欲假一言，以定祸乱，将如之何？"云："苟可成事，无所惮。"会日晚，道左方至一大坟，鬼指坟言："是己冢，君于冢前大呼'有敕斩金银部落'，如是毕矣。"鬼言讫，入冢中。人便宣敕，须臾，闻斩决之声。有顷，鬼从中出，手持金银人马数枚，头悉斩落，谓人曰："得此足一生福，以报恩耳。"人至西京，为长安捉事人所告，县官云："此古器，当是破冢得之。"人以实对。县白尹，奏其事，发使人随开冢，得金银人马斩头落者数百枚。

译文：高延《中国的宗教系统》卷2，第809—810页；戴遂良《中国现代民间传说》，第294—296页。

162 东莱人女

文本：《太平广记》卷375，第2988页；方，第124—125页。

东莱人有女死，已葬。女至冥司，以枉见捕得还，乃敕两吏送之。鬼送墓中，虽活而无从出，鬼亦患之，乃问女曰："家中父母之外，谁最念汝？"女曰："独季父耳。"一鬼曰："吾能使来劫墓，季父见汝活，则遂生也。"女曰："季父仁恻，未尝有过，岂能发吾家耶？"鬼曰："吾易其心也。"留鬼守之，一鬼去。俄而季父与诸劫贼发意开棺，女忽从棺中起。季父惊问之，具以前白。季父大加惭恨。诸贼欲遂杀之，而季父号泣哀求得免，负之而归。

163 郑会

文本：《太平广记》卷376，第2989页；方，第125—126页。

荥阳郑会，家在渭南，少以力闻。唐天宝末，禄山作逆，所在贼盗蜂起，人多群聚州县。会恃其力，尚在庄居，亲族依之者甚众。会恒乘一马，四远觇贼，如是累月。后忽五日不还，家人忧愁，然以贼劫之故，无敢寻者。其家树上忽有灵语呼阿奶，即会妻乳母也。家人惶惧藏避。又语云："阿奶不识会耶？前者我往探贼，便与贼遇，众寡不敌，遂为所杀。我以命未合死，频诉于冥官，今蒙见允，已判重生。我尸在此庄北五里道旁沟中，可持火来及衣服往取。"家人如言，于沟中得其尸，失头所在。又闻语云："头北行百余步，桑树根下者也。到舍，可以树皮作线挛之。我不复来矣，努力勿令参差。"言讫，作鬼啸而去。家人至舍，依其挛凑毕，体渐温。数日，乃能视。恒以米饮灌之，百日如常。

164 王穆

文本：《太平广记》卷 376，第 2990 页；方，第 126 页。

太原王穆，唐至德初为鲁炅部将，于南阳战败，军马奔走。穆形貌雄壮，马又奇大，贼骑追之甚众。及，以剑自后砟穆颈，殪而陨地，筋骨俱断，唯喉尚连。初冥然不自觉死，至食顷乃悟，而头在脐上，方始心慌。旋觉食漏，遂以手力扶头，还附颈，须臾复落，闷绝如初，久之方苏。正颈之后，以发分系两畔，乃能起坐，心亦茫然，不知自免。而所乘马初不离穆，穆之起，亦来止其前。穆扶得立，左膊发解，头坠怀中，夜后方苏。系发正首之后，穆心念，马卧方可得上。马忽横伏穆前，因得上马。马亦随之起，载穆东南行。穆两手附两颊，马行四十里，穆麾下散卒十余人群行，亦便路求穆。见之，扶寄村舍。其地去贼界四十余里，众心恼惧，遂载还炅军。军城寻为贼所围。穆于城中养病，二百余日方愈。绕颈有肉如指，头竟小偏。炅以穆名家子，兼身徇王事，差摄南阳令，寻奏叶令。岁余，迁临汝令。秩满，摄枣阳令，卒于官。

注：关于南阳战役，见《资治通鉴》卷 217，第 6961 页至卷 218，第 6962 页（"至德元年五月丁戌"）；也见《剑桥中国史》卷 3，第 456 页。鲁炅的名字曾改过。

165　汤氏子

文本：《太平广记》卷 376，第 2992—2993 页；方，第 127 页。

汤氏子者，其父为乐平尉。令李氏，陇西望族，素轻易，恒以吴人狎侮，尉甚不平。轻为令所猥辱，如是者已数四，尉不能堪。某与其兄诣令纷争，令格骂，叱左右曳下，将加捶楚。某怀中有剑，直前刺令，中胸不深，后数日死。令家人亦击某系狱。州断刑，令辜内死，当决杀。将入市，无悴容，有善相者云："少年有五品相，必当不死，若死，吾不相人矣。"施刑之人，加之以绳，决毕气绝，牵曳就狱，至夕乃苏。狱卒白官，官云："此手杀人，义无活理。"令卒以绳缢绝。其夕三更，复苏，卒又缢之。及明复苏。狱官以白刺史，举州叹异。而限法不可，呼其父令自毙之。又于州门，对众缢绝。刺史哀其终始，命家收之。及将归第，复活。因葬空棺，养之暗室，久之无恙。乾元中，为全椒令卒。

166　李强友

文本：《太平广记》卷 377，第 3001—3002 页；方，第 127—128 页。

李强友者，御史如璧之子。强友天宝末为剡县丞，上官数日，有素所识屠者诣门再拜。问其故，答曰："因得病暴死，至地下，被所由领过太山，见大郎作主簿，因往陈诉。未合死至，蒙放得还，故来拜谢。"大郎者，强友也。强友闻，惘怅久之，曰："死得太山主簿，亦复何忧！"因问职事何如，屠者云："太山有两主簿，于人间如判官也。侯从甚盛，鬼神之事多经其所。"后数日，强友亲人死，得活，复云被收至太山。太山有两主簿，一姓李，即强友也；一姓王。其人死在王下。苦自论别，年尚未尽。忽闻府君召王主簿，去顷便回，云："官家设斋，须漆器万口。"谓人曰："君家有此物，可借一用,速宜取之,事了即当放。"此人来诣强友,云:"被借漆器,实无手力。"强友为嘱王侯,久之未决。又闻府君唤李主簿,走去却回,谓亲吏曰:"官家嗔王主簿不了事,转令与觅漆器。此事已急,无可致辞,宜速取也。"其人不得已,将手力来取,拣阅之声,家人悉闻。事毕,强友领过府君,因尔得放。既愈,又为强友说之。强友于官严毅,典吏甚惧,衙后多在门外。忽传赞府出,莫不馨折。有窃视,见强友著帽,从百余人,不可复识,皆怪讶之。如是十余日,而强友卒。

167 韦广济

文本:《太平广记》卷377,第3002页;方,第128—129页。

韦广济,上元中暴死。自言初见使持帖,云阎罗王追己为判官。已至门下,而未见王。须臾,衢州刺史韦黄裳复至,广济拜候。黄裳与广济为从兄弟,问:"汝何由而来?"答云:"奉王帖,追为判官。"裳笑曰:"我已为之,汝当得去。"命坐。久之,命所司办食。顷之食至,盘中悉是人鼻手指等。谓济曰:"此鬼道中食,弟既欲还,不宜复吃。"因令向前人送广济还。及苏,说其事,而黄裳犹无恙,后数日而暴卒。其年,吕延之为浙东节度,有术士谓曰:"地下所由云,王追公为判官。速作功德,或当得免。"延之惶惧,大造经像。数十日,术者曰:"公已得免矣,今王取韦衢州,其牒已行。"延之使人至信安,遽报消息。后十日,黄裳竟亡也。

168 隰州佐史

文本:《太平广记》卷378,第3007页;方,第129—130页。

隰州佐史死,数日后活,云,初,阎罗王追为典史,自陈素不解案。王令举其所知,某荐同曹一人,使出帖追。王问佐史:"汝算既未尽,今放汝还。"因问左右:"此人在生有罪否?"左右云:"此人曾杀一犬一蛇。"王曰："犬听合死，蛇复何故？枉杀蛇者，法合殊死。"令某回头，以热针汁一杓灼其背。受罪毕，遣使送还。吏就某索钱一百千文，某云："我素家贫，何因得办？"吏又觅五十千，亦答云无。吏云："汝家有胡钱无数，何得诉贫！"某答："胡钱初不由己。"吏言："取之即得，何故不由？"领某至家取钱。胡在床上卧，胡儿在钱堆上坐，未得取钱，且暂入庭中，狗且吠之。某以脚蹴，狗叫而去。又见其妇营一七斋，取面作饭，极力呼之，妇殊不闻。某怒，以手牵领巾，妇踬于地。久之，外人催之。及出，胡儿犹在钱上，某劲以拳拳其胁，胡儿闷绝。乃取五十千付使者。因得放，遂活。活时，胡儿病尚未愈。后经纪，竟折五十千也。

169　开元选人

文本:《太平广记》卷 379，第 3016 页；方，第 130 页。

吏部侍郎卢从愿父，素不事佛。开元初，选人有暴亡者，以寿未尽，为地下所由放还。既出门，逢一老人，著枷，谓选人曰："君以得还，我子从愿今居吏部，若选事未毕，当见之，可为相谕：已由不事佛，今受诸罪，备极苦痛，可速作经像相救。"其人既活，向铨司马说之。从愿流涕，请假写经像。相救毕，却诣选人辞谢，云："已生人间，可为白儿。"言讫不见。

注:卢从愿的父亲是卢敬一，在他的要求下，卢敬一赠为郑州长史，见《旧唐书》卷 100，第 3124 页；《新唐书》卷 129，第 4478 页。

170　崔明达

文本:《太平广记》卷 379，第 3016—3018 页；方，第 130—132 页。

崔明达小字汉子，清河东武城人也。祖元奖，吏部侍郎、杭州刺史。父庭玉，金吾将军、冀州刺史。明达幼于西京太平寺出家，师事利涉法师，通《涅槃经》，为桑门之魁柄。开元初，斋后房中昼寝。及寤，身在檐外，还房，又觉出。如是数四，心甚恶之。须臾，见二牛头卒，悉持死人，于房外炙之，臭气冲塞。问其所以，卒云："正欲相召。"明达曰："第无令臭，不惮行。"卒乃于头中拔出其魂，既而引出城中，所历相识甚众，明达欲对人告诉则不可。既出城西，路迳狭小，俄而又失二卒。有赤索系片骨引明达行，甚亲之。行数里，骨复不见。明达惆怅独进，仅至一城。城壁毁坏，见数百人洋铁补城，明达默然而过，不敢问。更行数里，又至一城，城前见卒吏数十人，和墼修方丈室。有绯衫吏呵问明达，寻令卒吏推明达入室，累墼塞之。明达大叫枉，吏云："聊欲相试，无苦也。"须臾，内传王教召明达师。明达随入大厅，见贵彩少年，可二十许，阶上阶下，朱紫罗列，凡数千人。明达行入庭，窃心念："王召我，不下阶。"忽见王在阶下，合掌虔敬，谓明达曰："冥中深要阳地功德，闻上人通《涅槃经》，故使奉迎，开题延寿。"明达又念："欲令开讲，不致塔座，何以敷演？"又见塔座在西廊下。王指令明达上座开题，仍于塔下设席。王跪，明达说一行，王云："得矣。"明达下座至，王令左右："送明达法师还。"临别，谓明达："可为转一切经。"既出，忽于途中见车骑数十人，云是崔尚书。及至，乃是其祖元奖。元奖见明达，不悦，明达大言云："己是汉子，阿翁宁不识耶？"元奖引至厅。初问蓝田庄，次问庭玉，明达具以实对。元奖云："吾自没后，有职务，未尝得还家，存亡不之知也。"寻有吏持案至元奖处。明达窃见籍有明达名，云："太平寺僧，嵩山五品。"既毕，元奖问明达得窥也，明达辞不见。乃令二吏送明达诣判官，令两人送还家。判官见，不甚致礼。左右数客云："此是尚书嫡孙，何得以凡客相待？"判官乃处分二吏送明达，曰："此辈送上人者，岁五六辈,可以微贶劳之。"出门,吏各求五百千。吏云:"至家,宜便于市致凿之,吾等待钱方去。"及房,见二老婢被发哭,门徒等并叹息。明不识其尸,但见大坑。吏推明达于坑,遂活。尚昏沉,未能言,唯累举手。左右云:"要纸钱千贯。"明达颔之。及焚钱讫,明达见二人各持钱去,自尔病愈。初,明达至王门,见数吏持一老姥至明达所居,云是鄠县灵岩人。及入,王怒云:"何物老婢,持菩萨戒,乃尔不洁!"令放还,可清洁也。及出,与明达相随行。可百余步,然后各去。明达疾愈,往诣灵岩,见姥如旧识也。

注:崔的祖父元奖在 694 年为杭州刺史,父亲庭玉在开元年间为冀州刺史,见郁贤皓《唐刺史考》,第 1315、1729 页;参看《新唐书》卷 72B,第 2752 页;《咸淳临安志》卷 45,第 16 页 a。他的师父利涉法师于开元年间活动于长安,见《宋高僧传》卷 17,第 815 页 ab。

171　费子玉

文本:《太平广记》卷 379,第 3019—3020 页;方,第 132—133 页。

天宝中,犍为参军费子玉官舍夜卧,忽见二吏至床前。费参军子玉惊起,问谁,吏云:"大王召君。"子玉云:"身是州吏,不属王国,何得见召?"吏云:"阎罗。"子玉大惧,呼人备马,无应之者。仓卒随吏去。至一城,城门内外各有数千人。子玉持诵《金刚经》,尔时恒心诵之。又切念云:"若遇菩萨,当诉以屈。"须臾,王命引入。子玉再拜,甚欢然。俄见一僧从云中下,子玉前致敬。子玉复扬言欲见地藏菩萨,王曰:"子玉,此是也。"子玉前礼拜,菩萨云:"何以知我耶?"因谓王曰:"此人一生诵《金刚经》,以寿未尽,宜遣之去。"王视子玉,忽怒,问其姓名,子玉对云:"嘉州参军费子玉。"王曰："犍为郡,何嘉州也?汝合死,正为菩萨苦论,且释君去。"子玉再拜辞出。菩萨云："汝还,勿复食肉,当得永寿。"引子玉礼圣容。圣容是铜佛,头、面、手悉动,菩萨礼拜,手足悉展。子玉亦礼。礼毕出门,子玉问："门外人何其多乎?"菩萨云："此辈各罪福不明,已数百年为鬼,不得讬生。"子玉辞还舍,复活。后三年,食肉又死,为人引证。菩萨见之大怒,云："初不令汝食肉,何故违约?"子玉既重生,遂断荤血。初,子玉累取三妻,皆云被追之,亦悉来见。子玉问："何得来耶?"妻云："君勿顾之耳。"小妻云："君于我不足,有恨而来,所用己钱,何不还之?"子玉云："钱亦易得。"妻云："用我铜钱,今还纸钱耶?"子玉云："夫用妇钱,义无还理。"妻无以应,迟回各去也。

172 梅先

文本:《太平广记》卷379,第3020页;方,第133—134页。

钱塘梅先恒以善事自业,好持佛经,兼造生七斋,邻里呼为居士。天宝中,遇疾暴卒而活。自说,初死,为人所领,与徒十余辈见阎罗王。王问："君在生复有何业?"先答曰："唯持经念佛而已。"王曰："此善君能行之,冥冥之福,不可虚耳。"令检先簿,喜曰："君尚未合死,今放却生,宜崇本业也。"再拜。会未有人送,留在署中。王复讯问,次至钱塘里正包直,问："何故取李平头钱,不为属户?"直曰："直为里长团头,身常在县,夜归早出,实不知,乞追子问。"王令出帖追直子。须臾,有使者至,令送直还。遂活,说其事。时其子甚无恙。众人皆试之。后五六日,直子果病,即二日死矣。

173 魏靖

文本:《太平广记》卷380,第3023页;方,第134—135页。

魏靖,钜鹿人,解褐武城尉。时曹州刺史李融令靖知捕贼。贼有叔为僧,而止盗赃。靖案之,原其僧。刺史让靖以宽典,自案之。僧辞引伏,融命靖杖杀之。载初二年夏六月,靖会疾暴卒,权殡已毕,将冥婚舅女,故未果葬。经十二日,靖活,呻吟棺中,弟侄俱走。其母独命斧开棺,以口候靖口,气微暖。久之目开,身肉俱烂。徐以牛乳乳之。既愈,言,初死,经曹司,门卫旗戟甚肃。引见一官,谓靖何为打杀僧。僧立于前,与靖相论引。僧辞穷,官谓靖曰:"公无事,放还。"左右曰:"肉已坏。"官令取药,以纸裹之,曰:"可还他旧肉。"既领还,至门闻哭声,惊惧不愿入,使者强引之。及房门,使者以药散棺中,引靖臂推入棺,颓然不复觉矣。既活,肉蠹烂都尽,月余日如故。初至宅中,犬马鸡鹅悉鸣,当有所见矣。

注:魏靖在武后时代是监察御史,见《旧唐书》卷 50,第 2148—2149 页。

174 杨再思

文本:《太平广记》卷 380,第 3023—3024 页;方,第 135—136 页。

神龙元年,中书令杨再思卒。其日,中书供膳亦死,同为地下所由引至王所。王问再思:"在生何得有许多罪状? 既多,何以收赎?"再思言己实无罪。王令取簿来。须臾,有黄衣吏持簿至,唱再思罪云:"如意元年,默啜陷瀛、檀等州,国家遣兵赴救少,不敌。有人上书谏,再思违谏遣行,为默啜所败,杀千余人。大足元年,河北蝗虫为灾,烝人不粒。再思为相,不能开仓赈给,至令百姓流离,饿死者二万余人。宰相燮理阴阳,再思刑政不平,用伤和气,遂令河南三郡大水,漂溺数千人。"如此者凡六七件,示再思。再思再拜伏罪。忽有手大如床,毛鬣可畏,攫再思,指间血流,腾空而去。王问供膳:"何得至此?"所由对云:"欲问其人,云无过,宜放回。"供膳既活,多向人说其事。为中宗所闻,召问,具以实对。中宗命列其事迹于中书厅记之云。

注:据《旧唐书》卷 90,第 2919 页,杨再思卒于 709 年。

175　金坛王丞

文本:《太平广记》卷 380,第 3024—3025 页;方,第 136—137 页。

开元末,金坛县丞王甲,以充纲领户税在京,于左藏库输纳。忽有使者至库所,云:"王令召丞。"甲仓卒随去。出城行十余里,到一府署。入门,闻故左常侍崔希逸语声。王与希逸故三十年,因问门者,具知所以,求为通刺。门者入白,希逸问:"此人何在?"遽令呼入,相见惊喜。谓甲曰:"知此是地府否?"甲始知身死,悲感久之。复问:"曾见崔翰否?"翰是希逸子。王云:"入城已来,为开库司,未暇至宅。"希逸笑曰:"真轻薄士,以死生易怀。"因问其来由,王云:"适在库中,随使至此,未了其故。"有顷,外传王坐。崔令传语白王云:"金坛王丞是己亲友,计未合死。事了愿早遣,时热,恐其舍坏。"王引入,谓甲曰:"君前任县丞受赃相引。"见丞著枷坐庭树下,问云:"初不同情,何故见诬?"丞言:"受罪辛苦,权救仓卒。"王云:"若不相关,即宜放去。"出门,诣希逸别。希逸云:"卿已得还,甚善。传语崔翰,为官第一莫为人作枉,后自当之,取钱必折今生寿。每至月朝十五日,宜送清水一瓶,置寺中佛殿上,当获大福。"甲问:"此功德云何?"逸云:"冥间事,卿勿预知,但有福即可。"言毕送出,至其所,遂活。

注:关于崔希逸,见《旧唐书》卷 196A,第 5233 页;《新唐书》

卷 216A,第 6085 页;《唐方镇年表》卷 8,第 1220 页。关于崔翰,见《新唐书》卷 72B,第 2773 页;《唐尚书省郎官石柱题名考》卷 3,第 42 页 a。

176 韦延之

文本:《太平广记》卷 380,第 3025—3026 页;方,第 137—138 页。

睦州司马韦延之,秩满,寄居苏州嘉兴。大历八年,患痢疾,夏月独寐厅中。忽见二吏云:"长官令屈。"延之问:"长官为谁?"吏云:"奉命追公,不知其他。"延之疑是鬼魅,下地欲归。吏便前持其袂,云:"追君须去,还欲何之?"延之身在床前,神乃随出。去郭,复不见陂泽,但是陆路。行数十里,至一所,有府署。吏将延之过大使,大使传语领过判官。吏过延之,判官襕笏下阶,敬肃甚谨。因谓延之曰:"有人论讼,事须对答。"乃令典领于司马对事。典引延之至房,房在判官厅前。厅如今县令厅,有两行屋,屋间悉是房,房前有斜眼格子,格子内板床坐人,典令延之坐板床对事。须臾,引囚徒六七人,或枷或鏁或露首者,至延之所。典云:"汝所论讼韦司马取钱,今冥献酬自直也。"问云:"所诉是谁?"曰:"是韦冰司马,实不识此人。"典便贺司马云:"今得重生,甚喜。"乃引延之至判官所,具白,判官亦甚相贺,处分令还白大使,放司马回。典复领延之至大使厅,大使已还内,传语放韦司马去,遣追韦冰。须臾,绿衫吏把案来,呵追吏:"何故错追他人?"各决六十,流血被地,令便送还。延之曰:"欲见向后官职。"吏云:"何用知之?"延之苦请,吏开簿,延之名后但见白纸,不复有字,因尔遂出。行百余步,见吏拘清流县令郑晋客至,是延之外甥。延之问:"汝何故来?"答曰:"被人见讼。"晋客亦问延之云:"何故来?"延之云:"吾错被追,今得放还。"晋客称善数四,欲有传语,吏拘而去,意不得言。但累回顾云:"舅氏千万。"延之至舍乃活。问晋客,云:"死来五六日。"韦冰宅住上元,即以延之重生其明日韦冰卒。

177 郑洁

文本:《太平广记》卷 380,第 3028—3029 页。注出《博异记》,明校本注出《广异记》。

注:故事的时间是 840 年,而且行文与《广异记》不同。

178 霍有邻

文本:《太平广记》卷 381,第 3032 页;方,第 138—139 页。

开元末,霍有邻为汲县尉,在州直刺史。刺史段崇简严酷,下寮畏之。日中后索羊肾,有邻催促,屠者遑遽,未及杀羊,破胁取肾。其夕,有邻见吏云:"王追。"有邻随吏见王,王云:"有诉君云,不待杀了,生取其肾,何至如是耶?"有邻对曰:"此是段使君杀羊,初不由己。"王令取崇简食料,为阅毕,谓羊曰:"汝实合供段使君食,何得妄诉霍少府!"驱之使出。令本追吏送归。有邻还经一院,云御史大夫院。有邻问吏:"此是何官乎?"吏云:"百司并是,何但于此。"复问:"大夫为谁?"曰:"狄仁杰也。"有邻云:"狄公是亡舅,欲得一见。"吏令门者为通。须臾,召入。仁杰起立,见有邻,悲哭毕,问:"汝得放还耶?"呼令上座。有佐史过案,仁杰问是何案,云:"李适之得宰相。"又问:"天曹判未?"对曰:"诸司并了,已给五年。"仁杰判纸余,方毕,回谓有邻:"汝来多时,屋室已坏。"令左右取两丸药与之:"持归,可研成粉,随坏摩之。"有邻拜辞讫。出门十余里,至一大坑,为吏推落,遂活。时炎暑,有邻死经七日方活,心虽微暖,而形体多坏。以手中药作粉,摩所坏处,随药便愈。数日能起,崇简占见,问其事,嗟叹久之。后月余,李适之果拜相。

注:李适之(747 年卒)为相是从 742 年 9 月 8 日至 746 年 5 月 3 日,见《旧唐书》卷 9,第 215、220 页;蒲立本(E. G. Pulleyblank)《安禄山叛乱的背景》(*The Background of the Rebellion of An Lushan*),伦敦,1955 年,第 86 页及以后,第 193 页。

179　皇甫恂

文本:《太平广记》卷 381,第 3033 页;在《太平广记》卷 302 第 2393—2395 页有一个扩写的故事版本,注引《通幽记》;方,第 139—140 页。

安定皇甫恂以开元中初为相州参军,有疾暴卒,数食顷而苏。刺史独孤思庄,好名士也,闻其重生,亲至恂所,问其冥中所见。云:"甚了了,但苦力微,稍待徐说之。"顷者,恂初至官,尝摄司功。有开元寺主僧送牛肉二十斤,初亦不了其故,但受而食之。适尔被追,乃是为僧所引。既见判官,判官问:"何故杀牛?"恂云:"生来蔬食,不曾犯此。"判官令呼僧。俄而僧负枷至,谓恂曰:"已杀与君,君实不知,所以相引,欲求为追福耳。"因白判官:"杀牛己自当之,但欲与参军有言。"判官曰:"唯。"僧乃至恂所,谓恂曰:"君后至同州判司,为我造陁罗尼幢。"恂问:"相州参军何由得同州掾官? 且余甚贫,幢不易造,如何?"僧云:"若不至同州则已,必得之,幸不忘所托。然我辩伏,今便受罪,及君得同州,我罪亦毕,当托生为猪。君造幢之后,必应设斋庆度,其时会有所睹。"恂乃许之。寻见牛头人以股叉叉其颈去,恂得放还。思庄素与僧善,召而谓之,僧甚悲惧,因散其私财为功德。后五日,患头痛,寻生三痛,如叉之状,数日死。恂自相州参军迁左武卫兵曹参军,数载,选受同州司士。既至,举官钱百千,建幢设斋。有小猪来师前跪伏,斋毕,绕幢行道数百转,乃死。

注:这里的几处人名、地名与《通幽记》故事版本不同。关于皇甫恂在开元年间事,见《旧唐书》卷88,第2881页,卷95,第3018页;《新唐书》卷75B,第3394页,卷81,第3602页,卷125,第4402页。

180 裴龄

文本:《太平广记》卷381,第3033—3035页;方,第140—142页。

开元中,长安县尉裴龄常暴疾数日。至正月十五日夜二更后,堂前忽见二黄衫吏持牒云:"王追。"龄辞己疾病,呼家人取马,久之不得,乃随吏去。见街中灯火甚盛,吏出门行十余里,烟火乃绝。唯一迳在衰草中。可行五十里,至一城,墙壁尽黑,无诸树木。忽逢白衣居士,状貌瑰伟,谓二吏曰:"此人无罪,何故追来?"顾视龄曰:"君知死未?"龄因流涕,合掌白居士:"生不曾作罪业,至此,今为之奈何? 求见料理。"居士谓吏曰:"此人衣冠,且又无过,不宜去其巾带。"吏乃还之。因复入城,数里之间,见朱门爽丽,奇树郁茂,前谓一官,云是主簿。主簿遣领付典,勘其罪福。典云:"君无大罪,理未合来。"龄便苦请救助,检案云:"杀一驴,所以追耳。然其驴执是市吏杀,君第不承,事当必释。"须臾,王坐,主簿引龄入。王问:"何故追此人?"主簿云:"市吏便引,适以诘问,云实求肠,不遣杀驴。"言讫,见市吏枷项在前,有驴、羊、鸡、豕数十辈随其后。王问市吏:"何引此人?"驴便前云:"实为市吏所杀,将肉卖与行人,不关裴少府事。"市吏欲言,其他羊、豕等各如所执。王言:"此人尚有数政官录,不可久留,宜速放去。若更迟延,恐形骸臭坏。"因谓龄曰:"令放君回,当万计修福。"龄再拜出。

王复令呼，谓主簿："可领此人观诸地狱。"主簿令引龄前行，入小孔中，见牛头卒以叉刺人，随业受罪。龄不肯观，出小孔，辞主簿毕，复往别吏。吏云："我本户部令史。"一人曰："我本京兆府史，久在地府，求生人间不得。君可为写《金光明经》《法华》《维摩》《涅槃》等经，兼为设斋度，我即得生人间。"龄悉许之。吏复求金银钱各三千贯，龄云："京官贫穷，实不能办。"吏云："金钱者，是世间黄纸钱；银钱者，白纸钱耳。"龄曰："若求纸钱，当亦可办，不知何所送之？"吏云："世作钱于都市，其钱多为地府所收。君可呼凿钱人，于家中密室作之，毕，可以袋盛，当于水际焚之，我必得也。受钱之时，若横风动灰，即是我得；若有风飐灰，即为地府及地鬼神所受，此亦宜为常占。然鬼神常苦饥，烧钱之时，可兼设少佳酒饭，以两束草立席上，我得映草而坐，亦得食也。"辞讫，行数里，至舍。见家人哭泣，因尔觉痛，遍身恍惚，迷闷久之，开视遂活。造经像及烧钱毕，十数日平复如常。

181　六合县丞

文本：《太平广记》卷381，第3035—3036页；方，第142—143页。

六合县丞者，开元中暴卒。数日即苏，云，初死，被拘见判官，云是六合刘明府。相见悲喜，问家安否。丞云："家中去此甚迩，不曾还耶？"令云："冥阳道殊，何由得往？"丞云："郎君早擢第，家甚无横，但夫人年老，微有风疾耳。"令云："君寿未尽，为数羊相讼，所以被追。宜自剖析，当为速返。"须臾，有黑云从东来，云中有大船轰然坠地，见羊头四枚。判官云："何以枉杀此辈？"答云："刺史正料，非某之罪。"二头寂然。判官骂云："汝自负刺史命，何得更讼县丞！"船遂飞去。羊大言云："判官有情，会当见帝论之。"

判官谓丞曰："帝是天帝也,此辈何由得见,如地上天子,百姓求见不亦难乎? 然终须为作功德尔。"言毕,放丞还。既出,见一女子,状貌端丽,来前再拜。问其故,曰:"身是扬州谭家女,顷被召至,以无罪蒙放回。门吏以色美,曲相留连。离家已久,恐舍宅颓坏,今君得还,幸见料理。我家素富,若得随行,当奉千贯,兼永为姬妾,无所吝也。"以此求哀。丞入白判官,判官谓丞曰:"千贯我得二百,我子得二百,余六百属君。"因为书示之。判官云:"我二百可为功德。"便呼吏问:"何得勾留谭家女子?"决吏二十,遣女子随丞还。行十余里,分路各活。丞既痊平,便至谭家访女。至门,女闻语声,遽出再拜,辞曰:"尝许为妾,身不由己,父母遣适他人。今将二百千赎身,余一千贯如前契。"丞得钱,与刘明府子,兼为设斋功德等。天宝末,其人尚在焉。

182 薛涛

文本:《太平广记》卷381,第3036页;方,第143—144页。

江陵尉薛涛,以乾元中死三日活。自言初逢一吏,持贴云:"王使追。"押帖作"祜"字,涛未审是何王,备马便去。行可十余里,至一城,其吏排闼便入。厅中一人,羽卫如王者,涛入再拜。王问:"君是荆州吏耶?"涛曰:"是。"王曰:"罪何多也! 今诉君者,不可胜数。"对曰:"往任成固县尉,成固主进鹰鹞,涛典其事,不得不杀,杀多诚有之。"王曰:"杀有私乎?"曰:"亦有之。""公私孰多?"曰:"私少于公。"王曰:"诚之,然君禄福有厚,寿命未已,彼亦无如君何,不得不追对耳。"令涛出门,遍谢诸命。涛至,见雉兔等遍满数顷,皆飞走逼涛。涛云:"天子按鹰鹞,非我所为。观君辈意旨,尽欲杀我,其何故也? 适奉命为君写经像,使皆托生,何必众人杀一命也?"王又令人传语。久之,稍稍引去。涛入,王谓之曰:"君算未尽,故特为君计,还宜作功德以自赎耳。"涛再拜数四。王问:"君读书否?"曰:"颇常读之。"又问:"知晋朝有羊祜否?"曰:"知之。"王曰:"即我是也。我昔在荆州曾为刺史,卒官舍,故见君江陵之吏增依依耳。"言讫辞出。命所追之吏送之归舍,遂活。

注:羊祜的传记见《晋书》卷 34,第 1013—1025 页;其在荆州任职见卷 34,第 1014 页。《晋书》卷 34,第 1020—1021 页提到的他的死与此故事所述情形不同。

183 邓成

文本:《太平广记》卷 381,第 3038—3039 页;方,第 144—145 页。

邓成者,豫章人也,年二十余曾暴死。所由领至地狱,先过判官。判官是刺史黄麟,麟即成之表丈也。见成悲喜,具问家事。成语之:"悉皆无恙。"成因求哀。麟云:"我亦欲得汝归,传语于我诸弟。"遂入白王。既出曰:"已论放汝讫。"久之,王召成,问云:"汝在生作何罪业,至有尔许冤对?然算犹未尽,当得复还,无宜更作地狱冤也。"寻有畜生数十头来噬成。王谓曰:"邓成已杀尔辈,复杀邓成,无益之事。我今放成却回,令为汝作功德,皆使汝托生人间,不亦善哉!"悉云:"不要功德,但欲杀邓成耳。"王言:"如此于汝何益?杀邓成,汝亦不离畜生之身。曷若受功德,即改为人身也?"诸辈多有去者,唯一驴频来蹋成,一狗啮其衣不肯去。王苦救卫,然后得免。遂遣所追成吏送之。出过麟,麟谓成曰:"至喜莫过重生,汝今得还,深足忻庆。吾虽为判官,然日日恒受罪。汝且住此,少当见之。"俄有一牛头卒持火来,从麟顶上然至足,麟成灰遂灭。寻而复生,悲涕良久,谓成曰:"吾之受罪如是,其可忍也!汝归,可传语弟,努力为造功德,令我得离此苦。然非我本物,虽为功德,终不得之。吾先将官料置得一庄子,今将此造经佛,即当得之。或恐诸弟为恍惚,不信汝言,持吾玉簪还以示之。"因拔头上簪与成。麟前有一大水坑,令成合眼,推入坑中,遂活。其父母富于财,怜其子重生,数日之内,造诸功德。成既愈,遂往黄氏为说麟所托,以平簪还之。黄氏识簪,举家悲泣,数日乃卖庄造经也。

184 张瑶

文本:《太平广记》卷 381,第 3039 页;方,第 145—146 页。

东阳张瑶病死,数日方活。云,被所由领过一府舍,中有贵人,傧从如王者。瑶至庭内,见其所杀众生尽来对。瑶曾杀一牛,以布两端与之追福,其牛亦在中庭,角戴两布。又曾供养病僧,其僧亦来,谓所司曰:"张瑶持《金刚经》满三千遍,功德已入骨。又写《法华经》一部,福多罪少,故未合死。"所司命秤之。畜生尽起,而瑶犹在地上。所司取司命簿勘之。一紫衣引黄衫吏抱黄簿至,云:"张瑶名已掩了,合死。"视簿,有纸帖掩其名。又命取太山簿。顷之,亦紫衣吏人引黄衫吏持簿至,云:"张瑶掩了,合死。"又命取阁内簿检,使者云:"名始掩半,未合死。"王问瑶:"汝名两处全掩,一处掩半,六分之内,五分合死,故不合复生。以功德故,放汝归阎浮地,勿复杀生。"命瑶入地狱,遍见受罪,火坑镬汤,无不见有。僧曰:"汝勿复为罪。"遂即以印印其股,曰:"将此为信。"既活,印甚分明,至今未灭。

185 程道惠

文本:《太平广记》卷 382,第 3041—3042 页;《法苑珠林》卷 55,第 709 页 a—b,引自《冥祥记》;方,第 240 页,方氏认为此篇非《广异记》佚文,见本书第三章注释 27。

327

程道惠，字文和，武昌人也。世奉五斗米道，不信有佛。常云："古来正道，莫逾李老，何乃信惑胡言，以为胜教。"太元十五年，病死，心下尚暖。家不殡殓，数日得苏。说初死时，见十许人，缚录将去。逢一比丘云："此人宿福，未可缚也。"乃解其缚，散驱而去。道路修平，而两边棘刺森然，略不容足。驱诸罪人，驰走其中，身随著刺，号呻聒耳。见道惠行在平路，皆叹羡曰："佛弟子行路，复胜人也。"道惠曰："我不奉法。"其人笑曰："君忘之耳。"道惠因自忆先身奉佛，已经五生五死，忘失本志。今生在世，幼遇恶人，未达邪正，乃惑邪道。既至大城，径进厅事。见一人年可四五十，南面而坐。见道惠惊曰："君不应来。"有一人著单衣帻，持簿书，对曰："此人伐社杀人，罪应来此。"向逢比丘亦随道惠入，申理甚至，云："伐社非罪也。此人宿福甚多，杀人虽重，报未至也。"南面坐者曰："可罚所录人。"命道惠就坐，谢曰："小鬼谬滥，枉相录来，亦由君忘失宿命，不知奉正法故也。"将遣道惠还，乃使暂兼覆校将军，历观地狱。道惠欣然辞出，导从而行。行至诸城，皆是地狱，人众巨亿，悉受罪报。见有制狗啮人百节，肌肉散落，流血蔽地。又有群鸟，其嘴如锋，飞来甚速，入人口中，表里贯洞。其人宛转呼叫，筋骨碎落。观历既遍，乃遣道惠还。复见向所逢比丘，与道惠一铜物，形如小铃，曰："君还至家，可弃此门外，勿以入室。某年月日，君当有厄。诚慎过此，寿延九十。"时道惠家于京师大桁南。自还，达皂荚桥，见亲表三人驻车共语，悼道惠之亡。至门，见婢行哭而市。彼人及婢，咸弗见也。道惠将入门，置向铜物门外树上，光明舒散，流飞属天，良久还小，奄尔而灭。至户，闻尸臭，惆怅恶之。时宾亲奔吊，哭道惠者多。不得徘徊，因进入尸，忽然而苏。说所逢车人及市婢，咸皆符同。道惠后为廷尉，预西堂听诵，未及就列，焱然顿闷，不识人，半日乃愈。计其时日，即道人所戒之期。顷之,迁为广州刺史。元嘉六年卒,八十九矣。

注:428年程道惠被任命为广州刺史,这与正史的记载相同,见《宋书》卷5,第77页。

186 河南府史

文本:《太平广记》卷382,第3047页;方,第146页。

洛阳郭大娘者,居毓财里,以当垆为业,天宝初物故。其夫姓王,作河南府史,经一年,暴卒。数日复活,自说初被追,见王,王云:"此人虽好酒,且无狂乱,亦不孤负他人,寿又未尽,宜放之去。"处分讫,令所追人引入地狱,示以罪报。初至粪池狱,从广数顷,悉是人粪。见其妻粪池中受秽恶,出没数四。某悲涕良久。忽见一人头从空中落,堕池侧,流血滂沱。某问:"此是何人头也?"使者云:"是秦将白起头。"某曰:"白起死来已千余载,那得复新遇害?"答曰:"白起以诈坑长平卒四十万众,天帝罚之,每三十年一斩其头,迨一劫方已。"又去一城中,悉是糖煨火,有数千人奔走其间,遥望城间,驰欲出,至辄已闭,盘回其间,苦痛备急。事了别王,王言:"汝好饮酒,亦是罪,终须与一疾。不然,无诫将来。"令左右以竹杖染水,点其足上。因推坑中,遂活。脚上点处,成一钉疮,痛不可忍。却后七年方死。

注:《史记》卷73第2335页记载了公元前260年白起长平大屠杀之事。

187 周颂

文本:《太平广记》卷382,第3047—3048页,明抄本将此归于《异闻录》;方,第146—147页。

周颂者,天宝中进士登科。永泰中,授慈溪令,在官,夜暴卒。为地下有司所追,至一城,其人将颂见王。门外忽逢吉州刺史梁乘，问颂："何以至此地狱耶？"初，颂虽死，意犹未悟，闻道地狱，心甚凄然。因哽咽悲涕，向乘云："母老子幼，漂寄异城，奈何而死，求见修理。"乘言："当相为白，君第留此。"入门，闻呵叱云："判官见王。"久之乃出，谓颂曰："已论遣。君宜暂见王，无苦也。"有顷，使者引颂入见王。王形貌甚伟，头有两角，问颂曰："公作官，不横取人财否？"颂云："身是平时进士出身，官至慈溪县令，皆是累历，未常非理受财。"王令检簿。检讫，云："甚善甚善！既无勾当，即宜还家。衣裳得无隳坏耶？"颂意谓衣裳是形骸，便答云："适尔辞家，衣裳故当未损。"再拜辞出。乘甚喜，云："王已相释，理可早去。"颂云："道路茫昧，何尔归去？"乘令追人送颂。行数里，其人大骂云："何物等流，使我来去迎送如是！独不解一言相识，孤恩若是。如得五千贯，当送汝还。"颂云："纸钱五千贯，理易办。"因便许之。使者乃行十余里，至一石井，坐其侧。复求去，人言："入井即活，更何所之。"遂推颂落井而活。

注：梁乘于 766 年任吉州刺史，见郁贤皓《唐刺史考》，第 2066 页。

188 卢弁

文本：《太平广记》卷 382，第 3048—3049 页；方，第 148 页。

卢弁者，其伯任湖城令，弁自东都就省，夜宿第二谷。梦中见二黄衣吏来追，行至一所，有城壁。入城之后，欲过判官，属有使至，判官出迎。吏领住一宿下，其屋上有盖，下无梁，柱下有大磨十枚，磨边有妇女数百，磨恒自转，牛头卒十余，以大箕抄妇人置磨孔中，随磨而出，骨肉粉碎，苦痛之声，所不忍闻。弁于众中见其伯母，即湖城之妻也。相见悲喜，各问其来由。弁曰："此等受罪云何？"曰："坐妒忌，以至于此。"弁曰："为之奈何？"伯母曰："汝素持《金刚经》，试为我诵，或当灭罪。"弁因持经，磨遂不转，受罪者小息。牛头卒持叉来弁所，怒曰："何物郎君，来此诵经，度人作事?"弁对曰："伯母在此。"卒云："若惜伯母，可与俱去。"弁遂将伯母奔走出城，各归就活。初，弁唯一小奴同行，死已半日，其奴方欲还报，会弁已苏。后数日，至湖城。入门，遇伯设斋。家人见弁，惊喜还报。伯母迎执其手曰："不遇汝，当入磨中。今得重生，汝之力也。"

189 胡勒

文本:《太平广记》卷 383，第 3051 页;方，第 240 页。

湖熟人胡勒，以隆安三年冬亡，三宿乃苏。云，为人所录，赭土封其鼻，以印印之，将至天门外。有三人从门出，曰："此人未应到，何故来? 且倮身无衣，不堪驱使。"所录勒者云："下土所送，已摄来到，当受之。"勒邻人张千载，死已经年，见在门上为亭长，勒告诉之。千载入内，出语勒："已语遣汝，便可去。"于是见人以杖挑其鼻土印封落地，恍惚而还。见有诸府舍门，或向东，或向南，皆白壁赤柱，禁卫严峻。始到门时，遥见千载叔文怀在曹舍料理文书。文怀素强，闻勒此言，甚不信之。后百余日，果亡。勒今为县吏。自说病时，悉脱衣在被中，及魂爽去，实倮身也。

注:故事的材料提供者胡勒为晋隆安时人，这种时间差异很难解释，方氏认为此文不属于《广异记》。

190 李及

文本:《太平广记》卷 384，第 3059—3060 页;方，第 148—149 页。

李及者，性好饮酒，未尝余沥，所居在京积善里。微疾暴卒，通身已冷，唯心微暖，或时尸语，状若词诉，家人以此日夜候其活。

积七八日方苏,自云,初有鬼使追他人,其家房中先有女鬼,以及饮酒不浇漓,乃引鬼使追及。及知错追己,故屡尸语也。其鬼大怒,持及不舍,行三十余里,至三门,状若城府。领及见官,官问:"不追李及,何忽将来?"及又极理称枉。官怒,挞使者二十,令送及还。使者送及出门,不复相领。及经停曹司十日许,见牛车百余具,因问吏:"此是何适?"答曰:"禄山反,杀百姓不可胜数,今日车般死按耳。"时禄山尚未反,及言:"禄山不反,何得尔为?"吏云:"寻当即反。"又见数百人,皆理死按甚急。及寻途自还,久之至舍,见家人当门,不得入,因往南曲妇家将息。其妇若有所感,悉持及衣服玩具等,中路招之,及乃随还。见尸卧在床,力前便活耳。

191 阿六

文本:《太平广记》卷384,第3060页;方,第149—150页。

饶州龙兴寺奴名阿六,宝应中死,随例见王。地下所由云:"汝命未尽,放还。"出门,逢素相善胡。其胡在生以卖饼为业,亦于地下卖饼,见阿六忻喜,因问家人,并求寄书。久之,持一书谓阿六曰:"无可相赠,幸而达之。"言毕,推落坑中,乃活。家人于手中得胡书,读云:"在地下常受诸罪,不得托生,可为造经相救。"词甚凄切。其家见书,造诸功德。奴梦胡云:"劳为送书,得免诸苦,今已托生人间,故来奉谢,亦可为谢妻子。"言讫而去。

192 朱同

文本:《太平广记》卷384,第3062—3063页。谈恺将此归于《史传》,孙潜在《太平广记》末补录佚文时,又归于《广异记》。

朱同者,年十五时,其父为瘿陶令。暇日出门,忽见素所识里正二人,云判官令追,仓卒随去。出瘿陶城,行可五十里,见十余人临河饮酒。二里正并入厅坐，立同于后。同大忿怒，骂云："何物里正，敢作如此事?"里正云："郎君已死，何故犹作生时气色?"同悲泪久之。俄而坐者散去，同复随行。行至一城，城门尚闭，不得入。里正又与十余辈共食，虽命同坐，而不得食。须臾城开，内判官出。里正拜谒道左，以状引同过判官，判官问里正引同入城。立衙门，尚盘桓，未有所适，忽闻传语云："主簿退食。"寻有一青衫人从门中出，曳履徐行，从者数四。其人见同识之，因问："朱家郎君，何得至此?"同初不识，无以叙展。主簿云："曾与贤尊连官，情好甚笃。"遂领同至判官，与极言相救。久之，判官云："此儿算亦未尽，当相为放去。"乃令向前二里正送还。同拜辞欲出，主簿又唤，书其臂作主簿名，以印印之，戒云："若被拘留，当以示之。"同既出城，忽见其祖父奴，下马再拜云："翁知郎君得还，故令将马送至宅。"同便上马，可行五十里，至一店。奴及里正，请同下马，从店中过。店中悉是大镬煮人，人熟，乃将出几上，裁割卖之。如是数十按，交关者甚众。其人见同，各欲烹煮。同以臂印示之，得免。前出店门，复见里正奴马等。行五十里，又至店。累度二店，店中皆持叉竿弓矢，欲来杀同。以臂印示之，得全。久之，方至瘿陶城外。里正令同下马，云："远路疲极，不复更能入城。"兼求还书与主簿，云送至宅讫。同依其言，与书毕，各拜辞去。同还，独行入城，未得至宅，从孔子庙堂前过，因入廨歇。见堂前西树下，有人自缢，心并不惧。

193 郜澄

文本：《太平广记》卷384，第3063—3064页；方，第150—151页。

郜澄者，京兆武功人也。尝因选集至东都，骑驴行槐树下，见一老母，云善相手，求澄手相。澄初甚恶之，母云："彼此俱闲，何惜来相。"澄坐驴上，以手授之。母看毕，谓澄曰："君安所居，道里远近？宜速还家，不出十日必死。"澄闻甚惧，求其料理。母云："施食粮狱，或得福助，不然，必不免。"澄竟如言，市食粮狱。事毕往见，母令速还，澄自尔便还。至武功一日许，既无疾，意甚欢然。因脱衫出门，忽见十余人拜迎道左。澄问所以，云："是神山百姓，闻公得县令，故来迎候。"澄曰："我不选，何得此官？"须臾，有策马来者，有持绿衫来者，不得已，著衫乘马，随之而去。行之十里，有碧衫吏下马趋澄拜。问之，答曰："身任慈州博士，闻公新除长史，故此远迎。"因与所乘马载澄，自乘小驴随去。行二十里所，博士夺澄马，澄问："何故相迎，今复无理？"博士笑曰："汝是新死鬼，官家捉汝，何得有官乎！"其徒因驱澄过水。水西有甲宅一所，状如官府。门榜云："中丞理冤屈院。"澄乃大叫"冤屈"，中丞遣问："有何屈？"答云："澄算未尽，又不奉符，枉被鬼拘录。"中丞问："有状否？"澄曰："仓卒被拘，实未有状。"中丞与澄纸，令作状，状后判检。旁有一人，将检入内。中丞后举一手，求五百千，澄遥许之。检云："枉被追录，算实未尽。"中丞判放，又令检人领过大夫通判。至厅，见一佛廪小胡，头冠毡帽，著麖靴，在厅上打叶钱。令通云："中丞亲人，令放却还生。"胡儿持按入，大夫依判，遂出。复至王所，通判守门者就澄求钱，领人大怒曰："此是中丞亲眷，小鬼何敢求钱？"还报中丞，中丞令送出外。澄不知所适，徘徊衢路。忽见故妹夫裴氏，将千余人西山打猎，惊喜问澄："何得至此？"澄具言之。裴云："若不相值，几成闲鬼，三五百年不得变转，何其痛哉！"时府门有赁驴者，裴呼小儿驴，令送大郎至舍，自出二十五千钱与之。澄得还家，心甚喜悦。行五六里，驴弱，行不进，日势又晚，澄恐不达。小儿在后百余步唱歌，澄大呼之。小儿走至，以杖击驴，惊澄堕地,因尔遂活。

194 王勋

文本:《太平广记》卷 384,第 3065 页;方,第 151—152 页。

华州进士王勋尝与其徒赵望舒等入华岳庙,入第三女座,悦其倩巧而蛊之,即时便死。望舒惶惧,呼神巫,持酒馔,于神前鼓舞。久之方生,怒望舒曰:"我自在彼无苦,何令神巫弹琵琶呼我为?"众人笑而问之,云:"女初藏己于车中,适缱绻,被望舒弹琵琶告王,令一黄门搜诸婢车中,次诸女,既不得已,被推落地,因尔遂活矣。"

译文:本书第四章第 104—106 页及其注释;高延《中国的宗教系统》卷 6,第 1230—1231 页。

195 崔绍

文本:《太平广记》卷 385,第 3068—3073 页。本文明显属于《玄怪录》或《河东记》。只有孙潜认为源自《广异记》。故事发生的时间是 806 年,这个时间对于《广异记》显然太晚了,篇幅也太长了。

196 周哲滞妻

文本:《太平广记》卷 386,第 3080 页;方,第 152 页。

汝南周哲滞妻者,户部侍郎席豫之女也。天宝中,暴疾,危亟殆死。平生素有衣服,悉舍为功德。唯有一红地绣珠缀背裆,是母所赐,意犹惜之,未施。其疾转剧,又命佛工以背裆于疾所铸二躯佛,未毕而卒。初,群鬼搏撮席氏,登大山,忽闻背后有二人唤,令且住,群鬼乃迁延不敢动。二人既至,颜色滋黑,灰土满面。群鬼畏惧,莫不骇散。遂引席氏还家,闻家人号哭。二人直至尸前,令入其中,乃活。二人即新铸二佛也。

197 刘长史女

文本：《太平广记》卷 386，第 3081—3082 页；《分门古今类事》卷 16，第 9 页 b—10 页 a；方，第 152—154、250—251 页。

吉州刘长史无子，独养三女，皆殊色，甚念之。其长女年十二，病死官舍中。刘素与司兵掾高广相善，俱秩满，与同归。刘载女丧还。高广有子，年二十余，甚聪慧，有姿仪。路次豫章，守冰不得行。两船相去百余步，日夕相往来。一夜，高氏子独在船中披书，二更后，有一婢，年可十四五，容色甚丽，直诣高云："长史船中烛灭，来乞火耳。"高子甚爱之，因与戏调。婢亦忻然就焉，曰："某不足顾，家中小娘子，艳绝无双，为郎通意，必可致也。"高甚惊喜，意为是其存者，因与为期而去。至明夜，婢又来曰："事谐矣，即可便待。"高甚踊跃，立候于船外。时天无纤云，月甚清朗。有顷，遥见一女自后船出，从此婢直来。未至十步，光彩映发，馨香袭人。高不胜其意，便前持之。女纵体入怀，姿态横发，乃与俱就船中，倍加款密。此后夜夜辄来，情念弥重。如此月余日，忽谓高曰："欲论密事，得无嫌难乎？"高曰："固请说之。"乃曰："儿本长史亡女，命当更生，业得承奉君子，若垂意相采，当为白家令知也。"高大惊喜，曰："幽明契合，千载未有，方当永同枕席，何乐如之！"女又曰："后三日必生，使为开棺，夜中以面承霜露，饮以薄粥，当遂活也。"高许诺。明旦，遂白广。广未之甚信，亦以其绝异，乃使诣刘长史，具陈其事。夫人甚怒曰："吾女今已消烂，宁有玷辱亡灵，乃至此耶！"深拒之。高求之转苦。至夜，刘及夫人俱梦女曰："某命当更生，天使配合，必谓喜而见许，今乃靳固如此，是不欲某再生耶？"及觉，遂大感悟。亦以其姿色衣服，皆如所白，乃许焉。至期，乃共开棺，见女姿色鲜明，渐有暖气。家中大惊喜，乃设帏幕于岸侧,举置其中。夜以面承露,昼哺饮,父母皆守视之。一日,转有气息,稍开目,至暮能言,数日如故。高问其婢,云:"先女死,尸柩亦在舟中。"女既苏,遂临,悲泣与决。乃择吉日,遂于此地成婚。后生数子,因名其地,号为"礼会村"也。

注:这个故事是为了解释当地一个村庄——"礼会村"得名的原因。

198 岐王范

文本:《太平广记》卷387,第3087页;《类说》卷8,第18页a—b;方,第154、247页。

开元初,岐王范以无子,求叶道士净能为奏天曹。闻天曹报答云:"范业无子。"净能又牒天曹,为范求子。天曹令二人取敬爱寺僧为岐王子。鬼误至善慧寺大德房,大德云:"此故应误,我修兜率天业,不当为贵人作子,当敬爱寺僧某乙耳。"鬼遂不见,竟以此亡。经一年,岐王生子。年六七岁,恒求敬爱寺礼拜。王亦知其事,任意游历,至本院,若有素。及年十余,竟不行善,唯好持弹,弹寺院诸鸽迨尽耳。

注:李范有一子李瑾,官至太仆卿,溺于酒色,于天宝年间暴卒,见《旧唐书》卷95,第3017页;《新唐书》卷81,第3602页。

199 太华公主

文本:《太平广记》卷387,第3087页;方,第154—155页。

世传太华公主者,高宗王皇后后身,虽为武妃所生,而未尝欢颜,见妃辄嗔。年数岁,忽求念珠。左右问:"何得此物?"恒言有,但诸人不知。始皇后虽恶终,然其所居之殿及平素玩弄俱在。后保母抱公主从殿所过,因回指云:"我珠在殿宝帐东北角。"使人求之,果得焉。

注:王皇后是被武则天谋杀的,武妃指的是武则天,见《剑桥中国史》卷3,第243—251、258、380—382页。

200 孙缅家奴

文本:《太平广记》卷388,第3094—3095页;《锦绣万花谷前集》卷19,第4页a;方,第155、248页。

曲沃县尉孙缅家奴,年六岁,未尝解语。后缅母临阶坐,奴忽瞪视,母怪问之,奴便笑云:"娘子总角之时,曾著黄裙白裾襦,养一野狸,今犹忆否?"母亦省之。奴云:"尔时野狸,即奴身是也。得走后,伏瓦沟中,闻娘子哭泣声。至暮乃下,入东园,园有古冢,狸于此中藏活。积二年,后为猎人击殪,因随例见阎罗王。王曰:'汝更无罪,当得人身。'送生海州,为乞人作子。一生之中,常苦饥寒,年至二十而死。又见王,王云:'与汝作贵人家奴。奴名虽不佳,然殊无忧惧。'遂得至此。今奴已三生,娘子故在,犹无恙有福,不其异乎!"

201 唐尧臣

文本:《太平广记》卷389,第3110页;方,第155页。

张师览善卜冢,弟子王景超传其业。开元中,唐尧臣卒于郑州,师览使景超为定葬地。葬后,唐氏六畜等皆能言,骂云:"何物虫狗,葬我著如此地!"家人惶惧,遽移其墓,怪遂绝。

202 奴官冢

文本:《太平广记》卷390,第3112页;方,第156页。

鄹县有后汉奴官冢。初,村人田于其侧,每至秋获,近冢地多失穄不稔,积数岁,已苦之。后恒夜往伺之,见四大鹅从冢中出,食禾,逐即入去。村人素闻奴官冢有宝,乃相结开之。初入埏前,见有鹅,鼓翅击人,贼以棒反击之,皆不复动,乃铜鹅也。稍稍入外厅,得宝剑二枚,其他器物不可识者甚众。次至大藏,水深,有紫衣人当门立,与贼相击。贼等群争往击次,其人冲贼走出,入县大叫云:"贼劫吾墓!"门主者曰:"君墓安在?"答曰:"正奴官冢是也。"县令使里长逐贼,至皆擒之。开元末,明州刺史进三十余事。

注:此处的"鄞"当为"鄮",这是明州下辖的一个县,见《元和郡县图志》卷26,第629页。

203　李思恭

文本:《太平广记》卷390,第3118—3119页;《录异记》卷8,第6页b—7页a(《道藏》327号,《道藏子目引得》591号);方,第241页。明抄本注出《录异记》,从其中的一个时间896年来看,出《录异记》是无疑的,见杜德桥《〈广异记〉初探》,第404页。

204　雷斗

文本:《太平广记》卷393,第3139页,卷464,第3818页(故事**309**);方,第156页。

唐开元末,雷州有雷公与鲸斗。鲸身出水上,雷公数十,在空中上下,或纵火,或诟击,七日方罢。海边居人往看,不知二者何胜,但见海水正赤。

译文:薛爱华《朱雀》,第106页。

205　张须弥

文本:《太平广记》卷393,第3140页;方,第156—157页。

唐上元中,滁州全椒人仓督张须弥,县遣送牲诣州。山路险阻,淮南多有义堂及井,用庇行人。日暮暴雨,须弥与沙门子邻同入义堂。须弥驱驮人王老,于雨中收驴。顷之,闻云中有声堕地,忽见村女九人,共扶一车。王有女阿推,死已半岁,亦在车所。见王悲喜,问母妹家事,靡所不至,其徒促之乃去。初,扶车渐上,有云拥蔽,因作雷声,方知是雷车。

206 蔡希闵

文本:《太平广记》卷 393,第 3140—3141 页;方,第 157 页。

唐蔡希闵,家在东都。暑夜,兄弟数十人会于厅。忽大雨,雷电晦暝,堕一物于庭,作飒飒声。命火视之,乃妇人也。衣黄绸裙布衫,言语不通,遂目为天女。后五六年,能汉语。问其乡国,不之知,但云:"本乡食粳米,无碗器,用柳箱贮饭而食之。"竟不知是何国人。初,在本国,夜出,为雷取上,俄堕希闵庭中。

207 徐景先

文本:《太平广记》卷 393,第 3141 页;方,第 157—158 页。

唐徐景先有弟阿四,顽嚚纵佚,每诲辱之,而母加爱念,曲为申解。因厉声应答,云雷奄至,曳景先于云中。有主者,左右数十人,诃诘景先。答曰:"缘弟不调,供养有缺,所以诟辱。母命释之,非当詈母。"主者不识其言。寻一青衣自空跃下,为景先对,曰:"若尔放去,至家,可答一辩,钉东壁上,吾自令取之。"遂排景先堕舍前池中,出水,了无所损。求纸答辩,钉东壁,果风至而辩亡。

208 欧阳忽雷

文本:《太平广记》卷 393,第 3141—3142 页;方,第 158 页。

唐欧阳忽雷者,本名绍,桂阳人。劲健,勇于战斗,尝为郡将,有名。任雷州长史,馆于州城西偏,前临大池,尝出云气,居者多死。绍至,处之不疑,令人以度测水深浅,别穿巨壑,深广类是。既成,引决水,于是云兴,天地晦冥,雷电大至,火光属地。绍率其徒二十余人,持弓矢排锵,与雷师战。衣并焦卷,形体伤腐,亦不之止。自辰至酉,雷电飞散,池亦涸竭。中获一蛇,状如蚕,长四五尺,无头目,斫刺不伤,蠕蠕然。具大镬油煎,亦不死,洋铁汁,方焦灼。仍杵为粉,而服之至尽。南人因呼绍为"忽雷"。

209 成弼

文本:《太平广记》卷 400,第 3214—3215 页;方,第 159—160 页。

隋末,有道者居于太白山,炼丹砂。合大还成,因得道,居山数十年。有成弼者给侍之,道者与居十余岁,而不告以道。弼后以家艰辞去,道者曰:"子从我久,今复有忧。吾无以遗子,遗子丹十粒,一粒丹化十斤赤铜,则黄金矣,足以办葬事。"弼乃还,如言化黄金以足用。办葬讫,弼有异志,复入山见之。更求还丹,道者不与,弼乃持白刃劫之。既不得丹,则断道者两手。又不得,则刖其足,道者颜色不变。弼滋怒,则斩其头。及解衣,肘后有赤囊,开之则丹也。弼喜,持丹下山。忽闻呼弼声,回顾,乃道者也。弼大惊,而谓弼曰:"吾不期汝至此。无德受丹,神必诛汝,终如吾矣。"因不见,弼多得丹,多变黄金,金色稍赤,优于常金,可以服饵。家既殷富,则为人所告,云弼有奸。捕得,弼自列能成黄金,非有他故也。唐太宗问之,召令造黄金。金成,帝悦,授以五品官,敕令造金,要尽天下之铜乃已。弼造金,凡数万斤而丹尽。其金所谓大唐金也,百炼益精,甚贵之。弼既爇穷而请去,太宗令列其方,弼实不知方,诉之,帝谓其诈,怒,胁之以兵。弼犹自列,遂为武士断其手。又不言,则刖其足。弼窘急,且述其本末,亦不信,遂斩之。而大唐金遂流用矣。后有婆罗门,号为别宝,帝入库遍阅,婆罗门指金及大毯曰:"唯此二宝耳。"问:"毯有何奇异,而谓之宝?"婆罗门令舒毯于地,以水濡之,水皆流去,毯竟不湿。至今外国传成弼金,以为宝货也。

注：陈国符《道藏源流考》（北京，1963 年）第 393 页有引用。

210　青泥珠

文本：《太平广记》卷 402，第 3237 页；方，第 160 页。

则天时，西国献毗娄博义天王下颔骨及辟支佛舌，并青泥珠一枚。则天悬额及舌，以示百姓。额大如胡床，舌青色，大如牛舌。珠类拇指，微青。后不知贵，以施西明寺，僧布金刚额中。后有讲席，胡人来听讲。见珠纵视，目不暂舍。如是积十余日，但于珠下谛视，而意不在讲。僧知其故，因问："故欲买珠耶？"胡云："必若见卖，当致重价。"僧初索千贯，渐至万贯，胡悉不酬，遂定至十万贯，卖之。胡得珠，纳腿肉中，还西国。僧寻闻奏，则天敕求此胡，数日得之。使者问珠所在，胡云："以吞入腹。"使者欲刳其腹，胡不得已，于腿中取出。则天召问："贵价市此，焉所用之？"胡云："西国有青泥泊，多珠珍宝，但苦泥深不可得。若以此珠投泊中，泥悉成水，其宝可得。"则天因宝持之，至玄宗时犹在。

211　径寸珠

文本：《太平广记》卷 402，第 3237—3238 页；方，第 161 页。

近世有波斯胡人，至扶风逆旅，见方石在主人门外，盘桓数日。主人问其故，胡云："我欲石捣帛。"因以钱二千求买。主人得钱甚悦，以石与之。胡载石出，对众剖得径寸珠一枚，以刀破臂腋，藏其内，便还本国。随船泛海，行十余日，船忽欲没。舟人知是海神求宝，乃遍索之，无宝与神，因欲溺胡。胡惧，剖腋取珠。舟人咒云："若求此珠，当有所领。"海神便出一手，甚大，多毛，捧珠而去。

译文：薛爱华《撒马尔罕的金桃子》（*The Golden Peaches of Samarkand*），伯克利、洛杉矶，1963 年，第 243 页。

212 宝珠

文本:《太平广记》卷 402,第 3238 页;方,第 161—162 页。

咸阳岳寺后有周武帝冠,其上缀冠珠,大如瑞梅,历代不以为宝。天后时,有士人过寺,见珠,戏而取之。天大热,至寺门易衣,以底裹珠,放金刚脚下,因忘收之。翌日,便往扬州收债。途次陈留,宿于旅邸。夜闻胡斗宝,摄衣从而视之,因说冠上缀珠。诸胡大骇曰:"久知中国有此宝,方欲往求之。"士人言:"已遗之。"胡等叹恨,告云:"若能至此,当有金帛相答。今往扬州,所债几何?"士人云:"五百千。"诸胡乃率五百千与之,令还取珠。士人至金刚脚下,珠犹尚存,持还见胡。胡等喜抃,饮乐十余日,方始求市。因问士人:"所求几何?"士人极口求一千缗,胡大笑云:"何辱此珠!"与众定其价,作五万缗,群胡合钱市之。及邀士人同往海上,观珠之价。士人与之偕行东海上,大胡以银铛煎醍醐,又以金瓶盛珠,于醍醐中重煎。甫七日,有二老人及徒党数百人,赍持宝物,来至胡所求赎,故执不与。后数日,复持诸宝山积,云欲赎珠,胡又不与。至三十余日,诸人散去。有二龙女,洁白端丽,投入珠瓶中,珠女合成膏。士人问:"所赎悉何人也?"胡云:"此珠是大宝,合有二龙女卫护。群龙惜女,故以诸宝来赎。我欲求度世,宁顾世间之富耶!"因以膏涂足,步行水上,舍舟而去。诸胡各言:"共买此珠,何为独专其利? 卿既往矣,我将安归?"胡令以所煎醍醐涂船,当得便风还家,皆如其言。大胡竟不知所之。

213 紫𫗧羯

文本:《太平广记》卷 403,第 3251—3252 页;方,第 162—163 页。

乾元中,国家以克复二京,粮饷不给。监察御史康云间为江淮度支,率诸江淮商旅百姓五分之一,以补时用。洪州,江淮之间一都会也,云间令、录事参军李惟燕典其事。有一僧人,请率百万,乃于腋下取一小瓶,大如合拳。问其所实,诡不实对。惟燕以所纳给众,难违其言,诈惊曰:"上人安得此物!必货此,当不违价。"有波斯胡人见之,如其价以市之而去。胡人至扬州,长史邓景山知其事,以问胡,胡云:"瓶中是紫糁羯。人得之者,为鬼神所护,入火不烧,涉水不溺。有其物而无其价,非明珠杂货宝所能及也。"又率胡人一万贯,胡乐输其财,而不为恨。瓶中有珠十二颗。

注:关于战时借贷,见《旧唐书》卷 48,第 2087 页;《新唐书》卷 51,第 1347 页;崔瑞德《唐代财政》,第二版,剑桥,1970 年,第 35 页。

214 诃黎勒

文本:《太平广记》卷 414,第 3369—3370 页;方,第 163 页。

高仙芝伐大食,得诃黎勒,长五六寸。初置抹肚中,便觉腹痛,因快痢十余行。初谓诃黎勒为祟,因欲弃之,以问大食长老,长老云:"此物人带,一切病消,痢者出恶物耳。"仙芝甚宝惜之。天宝末被诛,遂失所在。

注:关于诃黎勒,见亨利·于勒(Henry Yule)编《郝博森—乔博森》(Hobson-Jobson),第二版,伦敦,1985 年;贝特霍尔德·劳费尔(Berthold Laufer)《中国与伊朗》(Sino-Iranica),芝加哥,1919 年,第 378 页;薛爱华《撒马尔罕的金桃子》,第 145—146 页。

215 临淮将

文本:《太平广记》卷 415,第 3381 页;方,第 163—164 页。

上元中,临淮诸将等乘夜宴集,燔炙猪羊,芬馥备至。有一巨手从窗中入,言乞一胾,众皆不与。频乞数四,终亦不与。乃潜结绳作弨,施于孔所,绐云:"与肉。"手复入。因而系其臂,牵挽甚至,而不能脱。欲明,乃朴然而断,视之,是一杨枝。持以求树,近至河上,以碎断,往往有血。

216 齐浣

文本:《太平广记》卷420,第3423页;卷467,第3846页(故事311);方,第164—165页。

唐开元中,河南采访使、汴州刺使齐浣以徐城险急,奏开十八里河,达于青水,平长淮之险。其河随州县分掘,亳州真源县丞崔延祎纠其县徒,开数千步,中得龙堂。初开谓是古墓,然状如新筑净洁,周视,北壁下有五色蛰龙,长丈余。头边鲤鱼五六枚,各长尺余。又有灵龟两头,长一尺二寸,眸长九分,如常龟。祎以白开河御史邬元昌,状上齐浣。浣命移龙入淮,取龟入汴。祎移龙及鱼二百余里,至淮岸,白鱼数百万跳跃赴龙,水为之沸。龙入淮喷水,云雾杳冥,遂不复见。初,将移之也,御史员锡拔其一须。元昌差网送龟至宋,遇水泊,大龟屡引颈向水,网户怜之,暂放水中。水阔数尺,深不过五寸,遂失大龟所在。涸水求之,亦不获,空致小龟焉。

注:关于开凿运河一事,见《新唐书》卷128,第4469页,其中也有此处所说的细节。

217 苏颋

文本:《太平广记》卷425,第3462页;方,第165—166页。

唐苏颋始为乌程尉,暇日,曾与同寮泛舟沿溪,醉后讽咏,因至道矶寺。寺前是雪溪最深处,此水深不可测,中有蛟螭,代为人患。颋乘醉步行,还自骆驼桥,遇桥坏堕水,直至潭底。水中有令人扶尚书出，遂冉冉至水上，颐遂得济。

218　斗蛟

文本：《太平广记》卷 425，第 3462 页；方，第 166 页。

唐天宝末，歙州牛与蛟斗。初，水中蛟杀人及畜等甚众。其牛因饮，为蛟所绕，直入潭底水中，便尔相触。数日，牛出，潭水赤，时人谓为蛟死。

219　牧牛儿

文本：《太平广记》卷 426，第 3468 页；方，第 241 页。《独异志》中有此故事的另一不同版本，见《独异志》，北京，1983 年，卷 A，第 4 页。

注：此文或者是误认为出自《广异记》，或者是由其他文献中转录到《广异记》中的。

晋复阳县里民家儿常牧牛。牛忽舐此儿，舐处肉悉白。儿俄而死，其家葬此儿，杀牛以供宾客。凡食此牛肉，男女二十余人，悉变作虎。

译文：高延《中国的宗教系统》卷 4，第 174 页。

220　巴人

文本：《太平广记》卷 426，第 3472 页；方，第 166 页。

巴人好群伐树木作板，开元初，巴人百余辈自褒中随山伐木，至太白庙。庙前松树百余株，各大数十围，群巴喜曰："天赞也！"止而伐之。已倒二十余株，有老人戴帽拄杖至其所，谓巴曰："此神树，何故伐之？"群巴初不辍作，老人曰："我是太白神，已倒者休，乞君未倒者。无宜作意。"巴等不止。老人曰："君若不止，必当俱死，无益也。"又不止。老人乃登山呼"斑子"，倏尔有虎数头，相继而至，噬巴殆尽，唯五六人获免。神谓之曰："以汝好心，因不令杀,宜速去也。"其倒树至天宝末尚存。有诏修理内殿,杨国忠令人至山所,宣敕取树,作板以用焉,神竟与之。

译文:查尔斯·哈蒙德(Charles E. Hammond)《老虎传说巡览》("An Excursion in Tiger Lore"),《泰东》第3辑第4卷,1991年,第94—95页。

221 费忠

文本:《太平广记》卷427,第3474—3475页;方,第167页。

费州蛮人,举族姓费氏,境多虎暴,俗皆楼居以避之。开元中,狄光嗣为刺史,其孙博望生于官舍。博望乳母婿费忠,劲勇能射,尝自州负米还家,山路见阻,不觉日暮,前程尚三十余里。忠惧不免,以所持刃刈薪数束,敲石取火,焚之自守。须臾,闻虎之声,震动林薮。忠以头巾冒米袋,腰带束之,立于火光之下,挺身上大树。顷之,四虎同至,望见米袋,大虎前躩,既知非人,相顾默然。次虎引二子去,大虎独留火所,忽尔脱皮,是一老人,枕手而寐。忠素劲捷,心颇轻之,乃徐下树扼其喉,以刀拟颈。老人乞命,忠缚其手而诘问之,云:"是北村费老,被罚为虎,天曹有日历令食人。今夜合食费忠,故候其人,适来正值米袋,意甚郁怏,留此须其复来耳。不意为君所执。如不信,可于我腰边看日历,当知之。"忠观历华,问:"何以救我?"答曰:"若有同姓名人,亦可相代,异时事觉,我当为受罚,不过十日饥饿耳。"忠云:"今有南村费忠,可代我否?"老人许之。忠先持其皮上树杪,然后下解老人。老人曰:"君第牢缚其身附树,我若入皮,则不相识。脱闻吼落地,必当被食。事理则然,非负约也。"忠与诀,上树,掷皮还之。老人得皮,从后脚入,复形之后,大吼数十声,乃去。忠得还家。数日,南村费忠锄地遇啖也。

注:关于狄光嗣(狄仁杰的儿子),见郁贤皓《唐刺史考》,第2246页。

222 虎妇

文本:《太平广记》卷427,第3475页;方,第168页。

唐开元中,有虎取人家女为妻,于深山结室而居。经二载,其妇不之觉。后忽有二客携酒而至,便于室中群饮。戒其妇云:"此客稍异,慎无窥觑。"须臾,皆醉眠。妇女往视,悉虎也,心大惊骇,而不敢言。久之,虎复为人形,还谓妇曰:"得无窥乎?"妇言:"初不敢离此。"后忽云思家,愿一归觐。经十日,夫将酒肉与妇偕行。渐到妻家,遇深水,妇人先渡,虎方褰衣,妇戏云:"卿背后何得有虎尾出?"虎大惭,遂不渡水,因尔疾驰不返。

223 稽胡

文本:《太平广记》卷427,第3475—3476页;方,第168—169页。

慈州稽胡者,以弋猎为业。唐开元末,逐鹿深山,鹿急走投一室。室中有道士,朱衣凭案而坐,见胡惊愕,问其来由。胡具言姓名,云:"适逐一鹿,不觉深入,辞谢冲突。"道士谓胡曰:"我是虎王,天帝令我主施诸虎之食,一切兽各有对,无枉也。适闻汝称姓名,合为吾食。"案头有朱笔及杯兼簿籍,因开簿以示胡。胡战惧良久,固求释放。道士云:"吾不惜放汝,天命如此,为之奈何!若放汝,便失我一食。汝既相遇,必为取免。"久之,乃云:"明日可作草人,以己衣服之,及猪血三斗,绢一匹,持与俱来,或当得免。"胡迟回未去,见群虎来朝。道士处分所食,遂各散去。胡寻再拜而还。翌日,乃持物以诣。道士笑曰:"尔能有信,故为佳士。"因令胡立草人庭中,置猪血于其侧,然后令胡上树,以下望之高十余丈,云:"止此得矣,可以绢缚身着树,不尔,恐有损落。"寻还房中,变作一虎,出庭仰视胡,大噑吼数四,向树跳跃,知胡不可得,乃攫草人,掷高数丈,往食猪血尽。入房,复为道士,谓胡曰:"可速下来。"胡下再拜,便以朱笔勾胡名,于是免难。

224 碧石

文本:《太平广记》卷 427,第 3476 页;方,第 169 页。

开元末,渝州多虎暴,设机阱,恒未得之。月夕,人有登树候望,见一伥鬼,如七八岁小儿,无衣轻行,通身碧色,来发其机。及过,人又下树正之。须臾,一虎径来,为陷机所中而死。久之,小儿行哭而返,因入虎口。及明开视,有碧石大如鸡子在虎喉焉。

译文:高延《中国的宗教系统》卷 5,第 563 页及其讨论,第 554—563 页。参看故事 **228**。

225 斑子

文本:《太平广记》卷 428,第 3480—3481 页;《类说》卷 8,第 18 页 a;《能改斋漫录》卷 7,第 172 页;《绀珠集》卷 7,第 22 页 b;方,第 169—170、247、249、254 页。

山魈者,岭南所在有之。独足反踵,手足三歧,其牝好傅脂粉。于大树空中作窠,有木屏风帐幔,食物甚备。南人山行者,多持黄脂铅粉及钱等以自随。雄者谓之"山公",必求金钱;遇雌者谓之"山姑",必求脂粉。与者能相护。唐天宝中,北客有岭南山行者,多夜惧虎,欲上树宿,忽遇雌山魈。其人素有轻赍,因下树再拜,呼"山姑"。树中遥问:"有何货物?"人以脂粉与之。甚喜,谓其人曰:"安卧无虑也。"人宿树下,中夜,有二虎欲至其所。山魈下树,以手抚虎头曰:"斑子,我客在,宜速去也。"二虎遂去。明日辞别,谢客甚谨。其难晓者,每岁中与人营田,人出田及种,余耕地种植,并是山魈。谷熟则来唤人平分,性质直,与人分,不取其多。人亦不敢取多,取多者遇天疫病。

译文:薛爱华《朱雀》,第 113 页。

226 刘荐

文本:《太平广记》卷 428,第 3481 页;方,第 170—171 页。

天宝末,刘荐者为岭南判官,山行,忽遇山魈,呼为妖鬼。山魈怒曰:"刘判官,我自游戏,何累于君,乃尔骂我?"遂于下树枝上立,呼"斑子"。有顷虎至,令取刘判官。荐大惧,策马而走。须臾,为虎所攫,坐脚下,魈乃笑曰:"刘判官,更骂我否?"左右再拜乞命。徐曰:"可去。"虎方舍荐。荐怖惧几绝,扶归,病数日方愈。荐每向人说其事。

译文:薛爱华《朱雀》,第 112—113 页。

227 勤自励

文本:《太平广记》卷 428,第 3481—3482 页;方,第 171—172 页。

漳浦人勤自励者,以天宝末充健儿,随军安南。及击吐蕃,十年不还。自励妻林氏为父母夺志,将改嫁同县陈氏。其婚夕而自励还,父母具言其妇重嫁始末。自励闻之,不胜忿怒。妇宅去家十余里,当破吐蕃得利剑,是晚,因杖剑而行,以诣林氏。行八九里,属暴雨天晦,进退不可。忽遇电明,见道左大树有旁孔,自励权避雨孔中。先有三虎子,自励并杀之。久之,大虎将一物纳孔中,须臾复去。自励闻有人呻吟,径前扪之,即妇人也。自励问其为谁,妇人云:"己是林氏女,先嫁勤自励为妻,自励从军未还,父母无状,见逼改嫁,以今夕成亲。我心念旧,不能再见,愤恨莫已,遂持巾于宅后桑林自缢,为虎所取。幸而遇君,今犹未损。倘能相救,当有后报。"自励谓曰:"我即自励也,晓还至舍,父母言君适人,故拔剑而来相访,何期于此相遇!"乃相持而泣。顷之虎至,初大吼叫,然后倒身入孔,自励以剑挥之,虎腰中断。恐又有虎,故未敢出。寻而月明,后果一虎至,见其偶毙,吼叫愈甚,自尔复倒入,又为自励所杀。乃负妻还家,今尚无恙。

注:此则故事为冯梦龙《情史类略》(卷12,第334页)和《醒世恒言》之五采用,见谭霞客(Jacques Dars)文,载于雷威安(André Lévy)编《中国白话故事集的分析与批评》(*Inventaire Analytique et Critique du conte Chinois en Langue Vulgaire*),第1部分,卷2,巴黎,1979年,第595页。

228 宣州儿

文本:《太平广记》卷428,第3482页;方,第172页。

天宝末,宣州有小儿,其居近山。每至夜,恒见一鬼引虎逐己,如是已十数度。小儿谓父母云:"鬼引虎来则必死。世人云:'为虎所食,其鬼为伥。'我死,为伥必矣。若虎使我,则引来村中,村中宜设阱于要路以待,虎可得也。"后数日,果死于虎。久之,见梦于父云:"身已为伥,明日引虎来,宜于西偏速修一阱。"父乃与村人作阱。阱成之日,果得虎。

译文:高延《中国的宗教系统》卷5,第556—557页。参看故事 **224**。

229 笛师

文本:《太平广记》卷428,第3482—3483页;方,第172—173页。

唐天宝末,禄山作乱,潼关失守,京师之人于是鸟散。梨园弟子有笛师者,亦窜于终南山谷,中有兰若,因而寓居。清宵朗月,哀乱多思,乃援笛而吹,嘹唳之声,散漫山谷。俄而有物虎头人形,着白袷单衣,自外而入。笛师惊惧,下阶愕眙。虎头人曰:"美哉笛乎!可复吹之。"如是累奏五六曲。曲终久之,忽寐,乃哈嘻大鼾。师惧觉,乃抽身走出,得上高树,枝叶阴密,能蔽人形。其物觉后,不见笛师,因大懊叹云:"不早食之,被其逸也。"乃立而长啸。须臾,有虎十余头悉至,状如朝谒。虎头云:"适有吹笛小儿,乘我之寐,因而奔窜,可分路四远取之。"言讫,各散去。五更后复来,皆人语云:"各行四五里,求之不获。"会月落斜照,忽见人影在高树上,虎顾视笑曰:"谓汝云行电灭,而乃在兹。"遂率诸虎,使皆取攫,既不可及,虎头复自跳,身亦不至,遂各散去。少间天曙,行人稍集,笛师乃得随还。

230 张鱼舟

文本:《太平广记》卷429,第3486页;方,第173—174页。

唐建中初,青州北海县北有秦始皇望海台,台之侧有别浐泊,泊边有取鱼人张鱼舟结草庵止其中。常有一虎夜突入庵中,值鱼舟方睡,至欲晓,鱼舟乃觉有人。初不知是虎,至明方见之。鱼舟惊惧,伏不敢动。虎徐以足扪鱼舟。鱼舟心疑有故,因起坐。虎举前左足示鱼舟。鱼舟视之,见掌有刺,可长五六寸,乃为除之。虎跃然出庵,若拜伏之状,因以身劘鱼舟,良久,回顾而去。至夜半,忽闻庵前坠一大物,鱼舟走出,见一野豕,膴甚,几三百斤。在庵前,见鱼舟,复以身劘之,良久而去。自后每夜送物来,或豕或鹿。村人以为妖,送县,鱼舟陈始末,县使吏随而伺之。至二更,又送麇来,县遂释其罪。鱼舟为虎设一百一斋功德。其夜,又衔绢一匹而来。一日,其庵忽被虎拆之,意者不欲鱼舟居此。鱼舟知意,送别卜居焉。自后虎亦不复来。

231 王太

文本：《太平广记》卷431，第3499页；方，第174页。

海陵人王太者与其徒十五六人野行，忽逢一虎当路。其徒云："十五六人决不尽死，当各出一衣以试之。"至太衣，吼而噉者数四。海陵多虎，行者悉持大棒，太选一棒，脱衣独立，谓十四人："卿宜速去。"料其已远，乃持棒直前，击虎中耳，故闷倒，寻复起去。太背走惶惧，不得故道，但草中行。可十余里，有一神庙，宿于梁上。其夕月明，夜后闻草中虎行，寻而虎至庙庭，跳跃变成男子，衣冠甚丽。堂中有人问云："今夕何尔累悴？"神曰："卒遇一人，不意劲勇，中其健棒，困极迨死。"言讫，入座上木形中。忽举头见太，问："是何客？"太惧堕地，具陈始末。神云："汝业为我所食，然后十余日方可死，我取尔早，故中尔棒。今以相遇，理当佑之。后数日，宜持猪来，以己血涂之。"指庭中大树："可系此下，速上树，当免。"太后如言，神从堂中而出为虎，劲跃，太高不可得，乃俯食猪，食毕，入堂为人形。太下树再拜乃还，尔后更无恙。

232 荆州人

文本：《太平广记》卷431，第3499—3500页；方，第175页。

荆州有人山行，忽遇伥鬼以虎皮冒己，因化为虎，受伥鬼指挥。凡三四年，搏食人畜及诸野兽，不可胜数。身虽虎而心不愿，无如之何。后伥引虎经一寺门过，因遽走入寺库，伏库僧床下。道人惊恐，以白有德者。时有禅师能伏诸横兽，因至虎所，顿锡问："弟子何所求耶？为欲食人为厌兽身？"虎弭耳流涕。禅师手巾系颈，牵还本房，恒以众生食及他味哺之。半年毛落，变人形，具说始事。二年不敢离寺。后暂出门，忽复遇伥以虎皮冒己，遽走入寺。皮及其腰下，遂复成虎，笃志诵经，岁余方变。自尔不敢出寺门,竟至死。

译文:高延《中国的宗教系统》卷5,第559—560页。

233　刘老

文本:《太平广记》卷431,第3500页;方,第175—176页。

信州刘老者,以白衣住持于山溪之间。人有鹅二百余只,诣刘放生,恒自看养。数月后,每日为虎所取,以耗三十余头,村人患之。罗落陷阱,遍于放生所,自尔虎不复来。后数日,忽有老叟巨首长鬣来诣刘,问:"鹅何以少减?"答曰:"为虎所取。"又问:"何不取虎?"答云:"已设陷阱,此不复来。"叟曰:"此为伥鬼所教,若先制伥,即当得虎。"刘问:"何法取之?"叟云:"此鬼好酸,可以乌白等梅及杨梅布之要路,伥若食之,便不见物,虎乃可获。"言讫不见。是夕,如言布路之。四鼓后,闻虎落阱,自尔绝焉。

译文:高延《中国的宗教系统》卷5,第558—559页。

234　虎妇

文本:《太平广记》卷431,第3500—3501页;方,第176页。

利州卖饭人,其子之妇山园采桑,为虎所取,经十二载而后还。自说入深山石窟中,本谓遇食,久之,相与寝处。窟中都有四虎,妻妇人者最老。老虎恒持麇鹿等肉还以哺妻,或时含水吐其口中。妇人欲出,辄为所怒,驱以入窟。积六七年。后数岁,渐失余虎,老者独在。其虎自有妇人,未常外宿。后一日,忽夜不还,妇人心怪之,欲出而不敢。如是又一日,乃徐出,行数十步,不复见虎。乃极力行五六里,闻山中伐木声,径往就之。伐木人谓是鬼魅,以砾石投掷。妇人大言其故,乃相率诘问。妇人云己是某家新妇,诸人亦有是邻里者,先知妇人为虎所取,众人方信之。邻人因脱衫衣之,将还,会其夫已死,翁姥悯而收养之。妇人亦憨戆,乏精神,恒为往来之所狎。刘全白亲见妇人,说其事云。

注:故事的最初提供者为刘全白,见故事**287**。794年湖州有叫此名的刺史,见郁贤皓《唐刺史考》,第1712页。

235 松阳人

文本:《太平广记》卷432,第3504页;方,第177页。

松阳人入山采薪,会暮,为二虎所逐,遽得上树。树不甚高,二虎迭跃之,终不能及。忽相语云:"若得朱都事应必捷。"留一虎守之,一虎乃去。俄而又一虎,细长善攫,时夜月正明,备见所以。小虎频攫其人衣,其人樵刀犹在腰下,伺其复攫,因以刀砍之,断其前爪,大吼,相随皆去。至明,人始得还。会村人相问,因说其事。村人云:"今县东有朱都事,往候之,得无是乎?"数人同往问讯,答曰:"昨夜暂出伤手,今见顿卧。"乃验其真虎矣。遂以白县令,命群吏持刀,围其所而烧之。朱都事忽起,奋迅成虎,突人而出,不知所之。

译文:高延《中国的宗教系统》卷5,第548页。

236 虎恤人

文本:《太平广记》卷432,第3506页;方,第177—178页。

凤翔府李将军者,为虎所取,蹲踞其上。李频呼:"大王,乞一生命!"虎乃弭耳如喜状。须臾,负李行十余里,投一窟中。二三子见人喜跃,虎于窟上俯视,久之方去。其后入窟,恒分所得之肉及李。积十余日,子大如犬,悉能陆梁,乳虎因负出窟。至第三子,李恐去尽,则已死窟中,乃因抱之云:"大王独不相引?"虎因垂尾,李持之,遂得出窟。李复云:"幸已相祐,岂不送至某家?"虎又负李至所取处而诀。每三日,一至李舍,如相看。经二十日,前后五六度,村人怕惧。其后又来,李遂白云:"大王相看甚善,然村人恐惧,愿勿来。"经月余,复一来,自尔乃绝焉。

237 范端

文本:《太平广记》卷432,第3506—3507页;方,第178—179页。

涪陵里正范端者,为性干了,充州县任使。久之,化为虎,村邻苦之,遂以白县,云:"恒引外虎入村,盗食牛畜。"县令云:"此相恶之辞,天下岂有如此事。"遂召问,端对如令言。久之,有虎夜入仓内盗肉,遇晓不得出,更递围之,虎伤数人,逸去。耆老又以为言,县令因严诘端所由,端乃具伏,云:"常思生肉,不能自致。夜中实至于东家栏内窃食一猪,觉有滋味,是故见人肥充者,便欲啖之,但苦无伍耳。每夜东西求觅,遇二虎见随,所有得者,皆共分之,亦不知身之将变。"然察其举措,如醉也,县令以理喻遣之。是夜端去,凡数日而归,衣服如故。家居三四日,昏后,野虎辄来,至村外鸣吼。村人恐惧,又欲杀之。其母告谕令去,端泣涕,辞母而行。数日,或见三虎,其一者后左足是靴。端母乃遍求于山谷,复见之。母号哭,二虎走去,有靴者独留,前就之。虎俯伏闭目,乃为脱靴,犹是人足,母持之而泣,良久方去。是后乡人频见,或呼"范里正",二虎惊走,一虎回视,俯仰有似悲怆,自是不知所之也。

译文:查尔斯·哈蒙德《老虎传说巡览》,第92—93页。哈蒙德注意到(第94页)《新唐书》在卷36第954页提及这一故事,时间是689年。

238 石井崖

文本:《太平广记》卷432,第3507页;方,第179页。

石井崖者,初为里正,不之好也,遂服儒,号书生。因向郭买衣,至一溪,溪南石上有一道士,衣朱衣,有二青衣童子侍侧。道士曰:"我明日日中得书生石井崖充食,可令其除去刀杖,勿有损伤。"二童子曰:"去讫。"石井崖见道士,道士不见石井崖。井崖闻此言惊骇,行至店宿,留连数宿,忽有军人来问井崖:"莫要携军器去否?"井崖素闻道士言,乃出刀,拔枪头,怀中藏之。军人将刀去。井崖盘桓未行,店主屡逐之。井崖不得已,遂以竹盛却枪头而行。至路口,见一虎当路,径前躩取井崖。井崖遂以枪刺,适中其心,遂毙。二童子审观虎死,乃讴歌喜跃。

239 凉州人牛

文本:《太平广记》卷434,第3520页;方,第179—180页。

天宝时,凉州人家生牛,多力而大。及长,不可拘制,因尔纵逸。他牛从之者甚众,恒于城西数十里作群,人不能制。其后牛渐凌暴,至数百,乡里不堪其弊,都督谋所以击之。会西胡献一鸷兽,状如大犬而色正青。都督问胡:"献此何用?"胡云:"搏噬猛兽。"都督以狂牛告之,曰:"但有赏钱,当为相取。"于是以三百千为赏。胡乃扶兽咒愿,如相语之状。兽遂振迅跳跃,解绳纵之,迳诣牛所。牛见兽至,分作三行,己独处中,埋身于土。兽乃前斗,扬尘暗野,须臾便还。百姓往视,坌成潭,竟不知是何兽。初,随望其斗,见兽大如蜀马,斗毕,牛已折项而死。胡割牛腹,取其五脏,盆盛以饲,兽累唉之,渐小如故也。

240 洛水牛

文本:《太平广记》卷434,第3521页;《剧谈录》卷A,第31页ab;方,第242页。

注:仅谈刻本认为出自《广异记》,孙校明抄本引自《闻奇录》,陈校本作《需读录》——《需读录》可能是《剧谈录》的讹误。而其中所写年代为863年,这对戴孚《广异记》来说显然太晚了。

241　韦有柔

文本:《太平广记》卷436,第3542页;方,第180页。

建安县令韦有柔家奴执耆,年二十余,病死。有柔门客善持咒者,忽梦其奴,云:"我不幸而死,尚欠郎君四十五千,地下所由,令更作畜生以偿债。我求作马,兼为异色,今已定也。"其明年,马生一白驹而黑目,皆奴之态也。后数岁,马可直百余千,有柔深叹其言不验。顷之,裴宽为采访使,以有柔为判官。裴宽见白马,求市之。问其价直,有柔但求三十千,宽因受之。有柔曰:"此奴尚欠十五千,当应更来。"数日后,宽谓有柔曰:"马是好马,前者付钱,深恨太贱。"乃复以十五千还有柔,其事遂验。

242　姚甲

文本:《太平广记》卷437,第3555—3556页;方,第181页。

吴兴姚氏者,开元中被流南裔。其人素养二犬,在南亦将随行。家奴附子及子小奴悉皆勇壮,谋害其主,然后举家北归。姚所居偏僻,邻里不接,附子忽谓主云:"郎君家本北人,今窜南荒,流离万里,忽有不祥,奴当扶持丧事北归。顷者已来,已觉衰惫,恐溘然之后,其余小弱,则郎君骸骨不归故乡,伏愿图之。"姚氏晓其意,云:"汝欲令我死耶?"奴曰:"正尔虑之。"姚请至明晨。及期,奴父子具膳,劝姚饱食。奉箸哽咽,心既苍黄,初不能食,但以物饲二犬。值奴入持,因扶二犬云:"吾养汝多年,今奴等杀我,汝知之乎?"二犬自尔不食,顾主悲号。须臾,附子至,一犬咋其喉断而毙。一犬遽入厨,又咋其少奴喉亦断,又咋附子之妇,杀之。姚氏自尔获免。

243　刘巨麟

文本:《太平广记》卷437,第3556页;方,第181—182页。

注：《太平广记》将此篇归入《摭异记》，但清抄本《广异记》卷6包含此篇。方诗铭认为是今本《太平广记》有误。

刘巨麟开元末为广府都督，在州恒养一犬，雄劲多力。犬至驯附，有异于他。巨麟常夜迎使，犬忽遮护，不欲令出，巨麟亦悟曰："犬不使我行耶？"徘徊良久。人至，白使近。巨麟叱曰："我行部从如云，宁有非意之事！"使家人关犬而出。上马之际，犬亦随之。忽咋一从者喉中，顷之死。巨麟惊愕，搜死者怀中，得利匕首。初，巨麟常鞭捶此仆，故修其怨，私欲报复，而犬逆知之，是以免难。

244　崔惠童

文本：《太平广记》卷438，第3565—3566页；方，第182页。

唐开元中，高都主婿崔惠童，其家奴万敌者，性至暴，忍于杀害。主家牝犬名黄女，失之数日。适主召万敌，将有所使，黄女忽于主前进退，咋万敌，他人呵叱不能禁。良久方退，呼之则隐，主家怪焉。万敌首云："前数日，实烹此狗，不知何以至是。"初不信，万敌云："见埋其首所在，取以为信。"由是知其冤魂。

245　杨氏

文本：《太平广记》卷439，第3574页；方，第182—183页。

长安杨氏宅恒有青衣妇人，不知其所由来。每上堂，直诣诸女，曰："天使吾与若女有。"悉惊畏而避之，不可，则言词不逊。所为甚鄙，或裸体而行，左右掩目。因出外间，与男子调戏，猛而交秽。擒捕终不可得。一日，悉取诸女囊中襟衣，暴置庭前。女不胜其忿，极口骂之。遂大肆丑言，发其内事，纤毫必尽。如此十余日。呼神巫，以符禁逐之，巫去辄来，悉莫能止。乃徙家避之。会杨氏所亲，自远而至，具为说之。此人素有胆，使独止其宅。夜张灯自卧，妇人果来，伪自留之寝宿，潜起，匿其所曳绿履。求之不得，狼狈而去，取履视之，则羊蹄也。以计寻之，至宅东寺中，见长生青羊，而双蹄无甲，行甚艰蹶。赎而杀之，其怪遂绝。

246　陈正观

文本：《太平广记》卷439，第3575页；方，第183页。

颖川陈正观斫割羊头极妙。天宝中，有人诣正观，正观为致饮馔。方割羊头，初下刀子，刺其熟脑，正观暂乃洗手。头作羊鸣数声，正观便尔心悸，数日而死。

247　崔日用

文本：《太平广记》卷439，第3581页；方，第183—184页。

开元中，崔日用为汝州刺史。宅旧凶，世无居者。日用既至，修理洒扫，处之不疑。其夕，日用堂中明烛独坐，半夜后，有乌衣数十人自门入，至坐阶下，或有跛者、眇者。日用问："君辈悉为何鬼，来此恐人？"其跛者自陈云："某等罪业，悉为猪身，为所放散在诸寺，号长生猪。然素不乐此生受诸秽恶，求死不得，恒欲于人申说，人见悉皆恐惧。今属相公为郡，相投，转此身耳。"日用谓之曰："审若是，殊不为难。"俱拜谢而去。翌日，寮佐来见日用，莫不惊其无恙也。衙毕，使奴取诸寺长生猪，既至，或跛或眇，不殊前见也。叹异久之。令司法为作名，乃杀而卖其肉，为造经像，收骨葬之。他日，又来谢恩，皆作少年状，云："不遇相公，犹十年处于秽恶。无以上报，今有宝剑一双，各值千金，可以除辟不祥，消弥凶厉也。"置剑床前，再拜而去。日用问："我当何官？"答云："两日内为太原尹。"更问："得宰相否？"默而不对。

注：崔日用任职太原的时间是718—722年，见郁贤皓《唐刺史考》，第618页。

248　李测

文本：《太平广记》卷440，第3589—3590页；方，第184—185页。

李测，开元中为某县令，在厅事，有鸟高三尺，无毛羽，肉色通赤，来入其宅。测以为不祥，命卒击之。卒以柴斧砍鸟，刃入木而鸟不伤，测甚恶之。又于油镬煎之，以物覆上，数日开视，鸟随油气飞去。其后又来，测命以绳缚之，系于巨石，沈之于河。月余复至，断绳犹在颈上。测取大木，凿空其中，实鸟于内，铁冒两头，又沈诸河，自尔不至。天宝中，测移官，其宅亦凶。莅事数日，宅中有小人，长数寸，四五百头，满测官舍。测以物击中一头，仆然而殪，视之悉人也。后夕，小人等群聚哭泣，有车载棺，成服祭吊，有行葬于西阶之下，及明才发。测便掘葬处，得一鼠，通赤无毛。于是乃命人力，寻孔发掘，得鼠数百，其怪遂绝。测家亦甚无恙。

249　天宝圹骑

文本：《太平广记》卷440，第3590页；方，第185页。

天宝初，邯郸县境恒有魇鬼，所至村落，十余日方去，俗以为常。圹骑三人夜投村宿，媪云："不惜留住，但恐魇鬼，客至必当相苦，宜自防之。虽不至伤人，然亦小至迷闷。"骑初不畏鬼，遂留止宿。二更后，其二人前榻寐熟，一人少顷而忽觉，见一物从外入，状如鼠，黑而毛。床前著绿衫，持笏长五六寸，向睡熟者曲躬而去，其人遽魇。魇至二人，次至觉者，觉者径往把脚，鬼不动，然而体冷如冰，三人易持之。至曙，村人悉共诘问。鬼初不言，骑怒云："汝竟不言，我以油镬煎汝。"遂令村人具油镬，乃言："己是千年老鼠，若魇三千人，当转为狸。然所魇亦未尝损人，若能见释，当去此千里外。"骑乃释之，其怪遂绝。崔懿御史大夫尝为邯郸尉,亲见其事,懿再从弟恒说之。

注:此故事提供者的身份是御史大夫,即崔懿的从弟。

250　毕杭

文本:《太平广记》卷 440,第 3590—3591 页;方,第 185—186 页。

天宝末,御史中丞毕杭为魏州刺史,陷于禄山贼中,寻欲谋归顺而未发。数日,于庭中忽见小人,长五六寸,数百枚,游戏自若,家人击杀。明日,群小人皆白服而哭,载死者以丧车、凶器,一如士人送丧之备,仍于庭中作塚。葬毕,遂入南墙穴中。甚惊异之,发其塚,得一死鼠。乃作热汤沃中,久而掘之,得死鼠数百枚。后十余日,杭以事不克,一门遇害。

注:755 年,在叛军占领的广平(洺州),有一个名字与之相似的叫毕抗的刺史死于叛军之手,见《新唐书》卷 128,第 4461 页;参看郁贤皓《唐刺史考》,第 1282 页。

译文:高延《中国的宗教系统》卷 5,第 605—606 页。

251　崔怀巘

文本:《太平广记》卷 440,第 3591 页;方,第 186 页。

注:包含两则不同的故事,第二则没有标题。

崔怀巘,其宅有鼠数百头,于庭中两足行,口中作呱呱声。家人无少长尽出观,其屋轰然而塌坏。巘外孙王汶自向余说。

近世有人养女,年十余岁,一旦失之,经岁无踪迹。其家房中屡闻地下有小儿啼声,掘之,初得一孔,渐深大,纵广丈余。见女在坎中坐,手抱孩子,傍有秃鼠大如斗。女见家人,不识主领,父母乃知为鼠所魅,击鼠杀之。女便悲泣云:"我夫也,何忽为人所杀!"家人又杀其孩子,女乃悲泣不已,未及疗之,遂死。

译文:第二则故事译文见高延《中国的宗教系统》卷 5,第605 页。

252 阆州莫徭

文本:《太平广记》卷 441,第 3600—3601 页;方,第 187—188 页。

阆州莫徭以樵采为业。常于江边刈芦,有大象奄至,卷之上背,行百余里,深入泽中。泽中有老象,卧而喘息,痛声甚苦。至其所,下于地,老象举足,足中有竹丁。莫徭晓其意,以腰绳系竹丁,为拔出,脓血五六升许。小象复鼻卷青艾,欲令塞疮。莫徭摘艾熟授,以次塞之,尽艾方满。久之,病象能起,东西行立。已而复卧,回顾小象,以鼻指山,呦呦有声,小象乃去。须臾,得一牙至,病象见牙大吼,意若嫌之。小象持牙去。顷之,又将大牙。莫徭呼象为“将军”,言未食,患饥。象往折山栗数枝食之,乃饱,然后送人及牙还。行五十里,忽尔却转,人初不了其意,乃还取其遗刀。人得刀毕,送至本处,以头抵人,左右摇耳,久之乃去。其牙酷大,载至洪州,有商胡求买,累自加直,至四十万。寻至他人肆,胡遽以苇席覆牙,他胡问:“是何宝,而辄见避?”主人除席云:“止一大牙耳。”他胡见牙色动,私白主人,许酬百万,又以一万为主人绍介,佯各罢去。顷间,荷钱而至。本胡复争之,云:“本买牙者,我也! 长者参市,违公法。主人若求千百之贯,我岂无耶!”往复交争,遂相殴击。所由白县,县以白府。府诘其由,胡初不肯以牙为宝,府君曰:“此牙会献天子,汝辈不言,亦终无益。”固靳,胡方白云:“牙中有二龙,相躩而立,可绝为简。本国重此者,以为货,当值数十万万,得之为大商贾矣。”洪州乃以牙及牙主、二胡并进之。天后命剖牙,果得龙简,谓牙主曰:“汝貌贫贱,不可多受钱物。"赐敕阆州，每年给五十千，尽而复取，以终其身。

注：莫徭部落居住在湖南、广西地区（见《隋书》卷31，第898页；薛爱华《朱雀》，第51—52页），故事中的地名可能应该是朗州，它要比川东的阆州离成都更近。

253 安南猎者

文本：《太平广记》卷441，第3601—3602页；方，第188—189页。

安南人以射猎为业，每药附箭镞，射鸟兽，中者必毙。开元中，其人曾入深山，假寐树下，忽有物触之。惊起，见是白象，大倍他象，南人呼之为"将军"，祝之而拜。象以鼻卷人上背，复取其弓矢药筒等以授之。因尔遂骋行百余里，入邃谷，至平石。迥望十里许，两崖悉是大树，围如巨屋，森然隐天。象至平石，战惧，且行且望。经六七里，往倚大树，以鼻仰拂人。人悟其意，乃携弓箭，缘树上，象于树下望之。可上二十余丈，欲止，象鼻直指，意如导令复上。人知其意，迳上六十丈，象视毕走去。其人夜宿树上，至明，见平石上有二目光。久之，见巨兽，高十余丈，毛色正黑。须臾清朗，昨所见大象，领凡象百余头，循山而来，伏于其前。巨兽蹑食二象，食毕，各引去。人乃思象意，欲令其射，因傅药矢端，极力射之，累中二矢。兽视矢吼奋，声震林木，人亦大呼引兽。兽来寻人，人附树，会其开口，又当口中射之。兽吼而自掷，久之方死。俄见大象从平石入，一步一望，至兽所，审其已死，以头触之，仰天大吼。顷间，群象五六百辈，云萃吼叫，声彻数十里。大象来至树所，屈膝再拜，以鼻招人，人乃下树，上其背。象载人前行，群象从之。寻至一所，植木如陇，大象以鼻揭楂，群象皆揭，日旰而尽，中有象牙数万枚。象载人行，数十步内，必披一枝，盖示其路。讫，寻至昨寐之处,下人于地,再拜而去。其人归白都护,都护发使随之,得牙数万,岭表牙为之贱。使人至平石所,巨兽但余骨存。都护取一节骨,十人舁致之,骨有孔,通人来去。

254 冀州刺史子

文本:《太平广记》卷 442,第 3608—3609 页;方,第 189 页。

唐冀州刺史子,传者忘其姓名。初,其父令之京,求改任。子往,未出境,见贵人家宾从众盛。中有一女,容色美丽,子悦而问之。其家甚愕,老婢怒云:"汝是何人,辄此狂妄!我幽州卢长史家娘子,夫主近亡,还京。君非州县之吏,何诘问顿剧?"子乃称:"父见任冀州,欲求姻好。"初甚惊骇,稍稍相许。后数日野合,中路却还。刺史夫妻深念其子,不复诘问,然新妇对答有理,殊不疑之。其来人马且众,举家莫不忻悦。经三十余日,一夕,新妇马相蹋,连使婢等往视,遂自拒户。及晓,刺史家人至子房所,不见奴婢,至枥中,又不见马,心颇疑之,遂白刺史。刺史夫妻遂至房前,呼子不应。令人坏窗门开之,有大白狼冲人走去,其子遇食略尽矣。

译文:高延《中国的宗教系统》卷 5,第 570 页;戴遂良《中国现代民间传说》,第 129—130 页。

255 正平县村人

文本:《太平广记》卷 442,第 3609—3610 页;方,第 190 页。

唐永泰末,绛州正平县有村间老翁患疾数月。后不食十余日,至夜辄失所在,人莫知其所由。他夕,村人有诣田采桑者,为牡狼所逐,遑遽上树,树不甚高,狼乃立衔其衣裾。村人危急,以桑斧斫之,正中其额。狼顿卧,久之始去。村人平曙方得下树,因寻狼迹,至老翁家。入堂中,遂呼其子,说始末。子省父额上斧痕,恐更伤人,因扼杀之,成一老狼。诣县自理,县不之罪。

译文:高延《中国的宗教系统》卷5,第564页;戴遂良《中国现代民间传说》,第126—127页。

256 又

文本:《太平广记》卷442,第3610页;方,第190页。

又其年,绛州他村有小儿,年二十许,因病后,颇失精神,遂化为狼,窃食村中童儿甚众。失子者不知其故,但追寻无所。小儿恒为人佣作,后一日,从失儿家过,失儿父呼其名曰:"明可来我家作,当为置一盛馔。"因大笑曰:"我是何人,更为君家作也!男儿岂少异味耶!"失儿父怪其辞壮,遂诘问,答云:"天比使我食人,昨食一小儿,年五六岁,其肉至美。"失儿父视其口吻内有臊血,遂乱殴,化为狼而死。

译文:高延《中国的宗教系统》卷5,第565页;戴遂良《中国现代民间传说》,第127—128页。

257 郑氏子

文本:《太平广记》卷442,第3616页;方,第190—191页。

近世有郑氏子者,寄居吴之重玄寺。暇日登阁,忽于阁上见妇人,容色甚美,因与结欢。妇人初不辞惮,自后恒至房。郑氏由是恶其本妻,不与居止,常自安处者数月,妇人恒在其所。后本妻求高行尼,令至房念诵,妇人遂不复来。郑大怒:"何以呼此妖尼,令我家口不至!"尼或还寺,妇人又至。尼来复去,如是数四。后恒骂其妻,令勿用此尼。妻知有效,遂留尼在房,日夜持诵。妇人忽谓郑曰:"曩来欲与君毕欢,恨以尼故,使某属厌,今辞君去矣,我只是阁头狸二娘耳。"言讫不见,遂绝。

258 魏元忠

文本:《太平广记》卷444,第3633页;《类说》卷8,第14页

a—b、14 页 b—15 页 a;《锦绣万花谷后集》卷 39,第 7 页 a—b(故事前半部分);方,第 191—192 页。

注:《太平广记》将两则故事放在了一起,《类说》则是分开的。

唐魏元忠本名真宰,素强正,有干识。其未达时,家贫,独有一婢。厨中方爨,出汲水还,乃见老猿为其看火。婢惊白之,元忠徐曰:"猿愍我无人力,为我执爨,甚善乎!"又常呼苍头,未应,狗代呼之,又曰:"此孝顺狗也,乃能代我劳。"又独坐,有群鼠拱手立其前,又曰:"鼠饥,就我求食。"乃令食之。夜中,鸺鹠鸣其屋端,家人将弹之,又止之曰:"鸺鹠昼不见物,故夜飞,此天地所育,不可。使南走越,北走胡,将何所之?"其后遂绝无怪矣。元忠历太官至侍中、中书令、仆射。则天崩,中宗在谅暗,诏元忠摄冢宰,百官总己以听三日,年八十余方薨。始元忠微时,常谒张景藏。景藏侍之甚薄,就质通塞,亦不答也。乃大怒曰:"仆千里裹粮而来,非徒然也,必谓明公有以见教,而乃金口木舌以相遇,殊不尽勤勤之意耶!然富贵正由苍苍,何预公事!"因拂衣长揖而去。景藏遽牵止之,曰:"君相正在怒中,后当贵极人臣。"卒如其言。

259 韦虚心子

文本:《太平广记》卷 444,第 3634 页;方,第 192—193 页。

注:我把原来的韦虚己改为韦虚心,这样才能确认此人身份。

户部尚书韦虚心,其子常昼日独坐合中,忽闻檐际有声,顾视乃牛头人,真地狱图中所见者,据其所下窥之。韦伏不敢动。须臾登阶,直诣床前,面临其上,如此再三,乃下去。韦子不胜其惧,复将出内,即以枕掷之,不中,乃开其门,趋前逐之。韦子叫呼,但绕一空井而走。迫之转急,遂投于井中。其物因据井而坐,韦仰观之,乃变为一猿。良久,家人至,猿即不见。视井旁有足迹奔蹂之状，怪之。窥井中，乃见韦在焉。悬绠出之，恍惚不能言，三日方能说，月余乃卒。

260 张铤

文本：《太平广记》卷 445，第 3635 页；《锦绣万花谷后集》卷 40，第 6 页 b—7 页 a；《群书类编故事》卷 24，第 8 页 ab；方，第 193—195、248、256—257 页，讨论了其与《宣室志》的关系。

吴郡张铤，成都人，开元中，以卢溪尉罢秩，调选，不得补于有司，遂归蜀。行次巴西，会日暮，方促马前去，忽有一人自道左山迳中出，拜而请曰："吾君闻客暮无所止，将欲奉邀，命以请，愿随某去。"铤因问曰："尔君为谁？岂非太守见召乎？"曰："非也，乃巴西侯耳。"铤即随之。入山径行约百步，望见朱门甚高，人物甚多，甲士环卫，虽侯伯家不如也。又数十步，乃至其所。使者止铤于门，曰："愿先以白吾君，客当伺焉。"入，久之而出，乃引铤曰："客且入矣。"铤既入，见一人立于堂上，衣褐革之裘，貌极异，绮罗珠翠，拥侍左右。铤趋而拜。既拜，其人揖铤升阶，谓铤曰："吾乃巴西侯也，居此数十年矣。适知君暮无所止，故辄奉邀，幸少留以尽欢。"铤又拜以谢。已而命开筵置酒，其所玩用，皆华丽珍具。又令左右邀六雄将军、白额侯、沧浪君，又邀五豹将军、钜鹿侯、玄丘校尉，且传教曰："今日贵客来，愿得尽欢宴，故命奉请。"使者唯而去。久之乃至，前有六人皆黑衣，毚然其状，曰六雄将军。巴西侯起而拜，六雄将军亦拜。又一人衣锦衣，戴白冠，貌甚狞，曰白额侯也。又起而拜，白额侯亦拜。又一人衣苍，其质魁岸，曰沧浪君也。巴西侯又拜，沧浪亦拜。又一人被斑纹衣，似白额侯而稍小，曰五豹将军也。巴西又拜，五豹将军亦拜。又一人衣褐衣，首有三角，曰钜鹿侯也。巴西揖之。又一人衣黑，状类沧浪君，曰玄丘校尉也。巴西侯亦揖之。然后延坐,巴西侯南向坐,铤北向,六雄、白额、沧浪处于东,五豹、钜鹿、玄丘处于西。既坐,行酒命乐,又美人十数,歌者舞者,丝竹既发,穷极其妙。白额侯酒酣,顾谓铤曰:"吾今夜尚食,君能为我致一饱耶?"铤曰:"未卜君侯所以尚者,愿教之。"白额侯曰:"君之躯可以饱我腹,亦何贵他味乎!"铤惧,悚然而退。巴西侯曰:"无此理,奈何宴席之上,有忤贵客耶?"白额侯笑曰:"吾之言乃戏耳,安有如是哉,固不然也。"久之,有告洞玄先生在门,愿谒白事。言讫,有一人被黑衣,颈长而身甚广。其人拜,巴西侯揖之。与坐,且问曰:"何为而来乎?"对曰:"某善卜者也,知君将有甚忧,故辄奉白。"巴西侯曰:"所忧者何也?"曰:"席上人将有图君,今不除,后必为害,愿君详之。"巴西侯怒曰:"吾欢宴方洽,何处有怪焉?"命杀之。其人曰:"用吾言,皆得安。不用吾言,则吾死,君亦死,将若之何!虽有后悔,其可追乎!"巴西侯遂杀卜者,置于堂下。时夜将半,众尽醉而皆卧于榻,铤亦假寐焉。天将晓,忽悸而寤,见己身卧于大石龛中,其中设绣帏,旁列珠玑犀象,有一巨猿状如人,醉卧于地,盖所谓巴西侯也。又见巨熊卧于前者,盖所谓六雄将军也。又一虎顶白,亦卧于前,所谓白额侯也。又一狼,所谓沧浪君也。又有文豹,所谓五豹将军也。又一巨鹿,一狐,皆卧于前,盖所谓钜鹿侯、玄丘校尉也。而皆冥然若醉状。又一龟,形甚异,死于龛前,乃向所杀洞玄先生也。铤既见,大惊,即出山逤,驰告里中人。里人相集得百数,遂执弓挟矢入山中,至其处。其后,猿忽惊而起,且曰:"不听洞玄先生言,今日果如是矣!"遂围其龛,尽杀之。其所陈器玩,莫非珍丽,乃具事以告太守。先是,人有持真珠缯帛涂至此者,俱无何而失。且有年矣,自从绝其患也。

261 长孙无忌

文本：《太平广记》卷 447，第 3657 页；方，第 195—196 页。

唐太宗以美人赐赵国公长孙无忌，有殊宠。忽遇狐媚，其狐自称王八，身长八尺余，恒在美人所。美人见无忌，辄持长刀斫刺。太宗闻其事，诏诸术士，前后数四，不能却。后术者言："相州崔参军能愈此疾。"始崔在州，恒谓其僚云："诏书见召，不日当至。"数日敕至，崔便上道。王八悲泣，谓美人曰："崔参军不久将至，为之奈何！"其发后止宿之处，辄具以白。及崔将达京师，狐便遁去。既至，敕诣无忌家。时太宗亦幸其第，崔设案几，坐书一符，太宗与无忌俱在其后。顷之，宅内井灶门厕十二辰等数十辈，或长或短，状貌奇怪，悉至庭下。崔呵曰："诸君等为贵官家神，职任不小，何故令媚狐入宅？"神等前白云："是天狐，力不能制，非受赂也。"崔令捉狐。去少顷复来，各著刀箭，云："适已苦战被伤，终不可得。"言毕散去。崔又书飞一符，天地忽尔昏暝，帝及无忌惧而入室，俄闻虚空有兵马声。须臾，见五人，各长数丈，来诣崔所，行列致敬。崔乃下阶，小屈膝，寻呼帝及无忌出拜庭中，诸神立视而已。崔云："相公家有媚狐，敢烦执事取之。"诸神敬诺，遂各散去。帝问何神，崔云："五岳神也。"又闻兵马声，乃缠一狐坠砌下。无忌不胜愤恚，遂以长剑斫之。狐初不惊，崔云："此已通神，击之无益，自取困耳。"乃判云："肆行奸私，神道所殛，量决五下。"狐便乞命，崔取东引桃枝决之，血流满地。无忌不以为快，但恨杖少。崔云："五下是人间五百，殊非小刑，为天曹役使此辈，杀之不可，使敕自尔不得复至相公家。"狐乃飞去，美人疾遂愈。

262 僧服礼

文本：《太平广记》卷 447，第 3658—3659 页；方，第 196 页。

唐永徽中,太原有人自称弥勒佛。礼谒之者,见其形底于天,久之渐小,才五六尺,身如红莲花在叶中。谓人曰:"汝等知佛有三身乎?其大者为正身。"礼敬倾邑。僧服礼者,博于内学,叹曰:"正法之后,始入像法;像法之外,尚有末法;末法之法,至于无法。像法处乎其间者,尚数千年矣。释迦教尽,然后大劫始坏,劫坏之后,弥勒方去兜率,下阎浮提。今释迦之教未亏,不知弥勒何遽下降?"因是虔诚作礼,如对弥勒之状。忽见足下是老狐,幡花旌盖,悉是冢墓之间纸钱尔。礼抚掌曰:"弥勒如此耶?"具言如状,遂下走,足之不及。

译文:高延《中国的宗教系统》卷5,第590—591页。

263 上官翼

文本:《太平广记》卷447,第3659页;方,第197页。

唐麟德时,上官翼为绛州司马,有子年二十许,尝晓日独立门外。有女子,年可十三四,姿容绝代,行过门前。此子悦之,便尔戏调,即求欢狎。因问其所止,将欲过之。女云:"我门户虽难,郎州佐之子,两俱形迹不愿人知。但能有心,得方便自来相就。"此子邀之,期朝夕。女初固辞,此子将欲便留之,然渐见许。昏后,徙倚俟之,如期果至。自是每夜常来。经数日,而旧使老婢于牖中窥之,乃知是魅,以告翼,百方禁断,终不能制。魅来转数,昼夜不去。儿每将食,魅必夺之杯碗,此魅已饱,儿不得食。翼常手自作啖,剖以贻儿,至手,魅已取去。翼颇有智数,因此密捣毒药。时秋晚,油麻新熟,翼令熬两叠,以一置毒药。先取好者作啖,遍与妻子,末乃与儿一啖,魅便接去。次以和药者作啖与儿,魅亦将去。连与数啖,忽变作老狐,宛转而仆,擒获之。登令烧毁讫,合家欢庆。此日昏后,闻远处有数人哭声,斯须渐近,遂入堂后,并皆称冤,号擗甚哀。中有一叟,哭声每云:"若痛老狐,何乃为喉咙枉杀腔幢!"数十日间,朝夕来家,往往见有衣缞绖者,翼深忧之。后来渐稀,经久方绝,亦无害也。

264　大安和尚

文本:《太平广记》卷447,第3660页;方,第198页。

唐则天在位,有女人自称圣菩萨,人心所在,女必知之。太后召入宫,前后所言皆验,宫中敬事之。数月,谓为真菩萨。其后,大安和尚入宫,太后问:"见女菩萨未?"安曰:"菩萨何在?愿一见之。"敕令与之相见。和尚风神邈然,久之,大安曰:"汝善观心,试观我心安在?"答曰:"师心在塔头相轮边铃中。"寻复问之,曰:"在兜率天弥勒宫中听法。"第三问之,在非非想天。皆如其言,太后忻悦。大安因且置心于四果阿罗汉地,则不能知,大安呵曰:"我心始置阿罗汉之地,汝已不知。若置于菩萨诸佛之地,何由可料!"女词屈,变作牝狐,下阶而走,不知所适。

译文:高延《中国的宗教系统》卷5,第591—592页。

265　杨伯成

文本:《太平广记》卷448,第3664—3665页;方,第198—199页。

杨伯成,唐开元初为京兆少尹。一日,有人诣门,通云吴南鹤。伯成见。年三十余,身长七尺,容貌甚盛,引之升座。南鹤文辨无双,伯成接对不暇。久之,请屏左右,欲有密语。乃云:"闻君小娘子令淑,愿事门下。"伯成甚愕,谓南鹤曰:"女因媒而嫁,且邂逅相识,君何得便尔?"南鹤大怒,呼伯成为老奴:"我索汝女,何敢有逆!"慢辞甚众。伯成不知所以。南鹤遂脱衣入内,直至女所,坐纸隔子中。久之,与女两随而出。女言:"今嫁吴家,何因嗔责?"伯成知是狐魅,令家人十余辈击之,反被料理,多遇泥涂两耳者。伯成以此请假二十余日。敕问:"何以不见杨伯成?"皆言其家为狐恼。诏令学叶道士术者十余辈至其家,悉被泥耳及缚,无能屈伏。伯成以为愧耻。及赐告,举家还庄,于庄上立吴郎院,家人窃骂,皆为料理,以此无敢言者。伯成暇日无事,自于田中看人刈麦,休息于树下。忽有道士形甚瘦悴,来伯成所求浆水,伯成因尔设食。食毕,道士问:"君何故忧愁?"伯成惧南鹤,附耳说其事。道士笑曰:"身是天仙,正奉帝命追捉此等四五辈。"因求纸笔。杨伯成使小奴取之,然犹惧其知觉,戒令无喧。纸笔至,道士书作三字,状如古篆,令小奴持至南鹤所放前云:"尊师唤汝。"奴持书入房,见南鹤方与家婢相谑,奴以书授之。南鹤见书,匍匐而行,至树下,道士呵曰:"老野狐敢作人形!"遂变为狐,异常病疥。道士云:"天曹驱使此辈,不可杀之,然以君故,不可徒尔。"以小杖决之一百,流血被地。伯成以珍宝赠馈,道士不受。驱狐前行,自后随之,行百余步,至柳林边,冉冉升天,久之遂灭。伯成喜甚,至于举家称庆。其女睡食顷方起,惊云:"本在城中隔子裹,何得至此?"众人方知为狐所魅,精神如睡中。

注:杨伯成于 741 年为河南少尹,见《金石萃编》卷 81,第 29 页 b—30 页 a;参看《唐尚书省郎官石柱题名考》卷 1,第 35 页 b。

266 刘甲

文本:《太平广记》卷 448,第 3666 页;方,第 200 页。

唐开元中,彭城刘甲者为河北一县,将之官,途经山店。夜宿,人见甲妇美,白云:"此有灵祇,好偷美妇,前后至者,多为所取,宜慎防之。"甲与家人相励不寐,围绕其妇,仍以面粉涂妇身首。至五更后,甲喜曰:"鬼神所为在夜中耳,今天将曙,其如我何!"因乃假寐。顷之间,失妇所在。甲以资帛顾村人,悉持棒,寻面而行。初从窗孔中出,渐过墙东,有一古坟,坟上有大桑树,下小孔,面入其中。因发掘之。丈余,遇大树坎如连屋,有老狐,坐据玉案,前两行有美女十余辈,持声乐,皆前后所偷人家女子也。旁有小狐数百头,悉杀之。

267 李参军

文本:《太平广记》卷 448,第 3666—3668 页;方,第 200—202 页。

唐兖州李参军拜职赴上,途次新郑逆旅,遇老人读《汉书》。李因与交言,便及姻事。老人问先婚何家,李辞未婚,老人曰:"君名家子,当选姻好。今闻陶贞益为彼州都督,若逼以女妻君,君何以辞之? 陶、李为婚,深骇物听,仆虽庸劣,窃为足下羞之。今去此数里有萧公,是吏部璿之族,门地亦高,见有数女,容色殊丽。"李闻而悦之,因求老人绍介于萧氏,其人便许之。去,久之方还,言萧公甚欢,敬以待客。李与仆御偕行。既至,萧氏门馆清肃,甲第显焕,高槐修竹,蔓延连亘,绝世之胜境。初,二黄门持金倚床延坐。少时,萧出,著紫蜀衫,策鸠杖,两袍袴扶侧,雪髯神鉴,举动可观。李望敬之,再三陈谢。萧云:"老叟悬车之所,久绝人事,何期君子迂道见过。"延李入厅。服玩隐暎,当世罕遇,寻荐珍膳,海陆交错,多有未名之物。食毕觞宴,老人乃云:"李参军向欲论亲,已蒙许诺。"萧便叙数十句语,深有士风。作书与县官,请卜人克日。须臾,卜人至,云:"卜吉,正在此宵。"萧又作书与县官,借头花钗绢兼手力等,寻而皆至。其夕,亦有县官来作傧相。欢乐之事,与世不殊。至入青庐,妇人又姝美,李生愈悦。暨明,萧公乃言:"李郎赴上有期,不可久住。"便遣女子随去,宝钿犊车五乘,奴婢人马三十匹,其他服玩,不可胜数。见者谓是王妃公主之流,莫不健羡。李至任,积二年,奉使入洛,留妇在舍。婢等并妖媚蛊冶,眩惑丈夫,往来者多经过焉。异日,参军王颙曳狗将猎,李氏群婢见狗甚骇,多骋而入门。颙素疑其妖媚,尔日心动,遂牵狗入其宅。合家拒堂门,不敢喘息,狗亦掣挈号吠。李氏妇门中大诟曰:"婢等顷为犬咋,今尚遑惧,王颙何事牵犬入人家,同官为僚,独不为李参军之地乎?"颙意是狐,乃决意排窗放犬,咋杀群狐。唯妻死身是人,而其尾不变。颙往白贞益,贞益往取验覆,见诸死狐,嗟叹久之。时天寒,乃埋一处。经十余日,萧使君遂至。入门号哭,莫不惊骇。数日,来诣陶闻诉,言词确实,容服高贵,陶甚敬待,因收王颙下狱。王固执是狐,取前犬令咋萧。时萧、陶对食,犬至,萧引犬头膝上,以手抚之,然后与食,犬无搏噬之意。后数日,李生亦还,号哭累日,剡然发狂,啮王通身尽肿。萧谓李曰:"奴辈皆言死者悉是野狐,何其苦痛!当日即欲开瘗,恐李郎被眩惑,不见信,今宜开视,以明奸妄也。"命开视,悉是人形,李愈悲泣。贞益以颙罪重,锢身推勘。颙私白云:"已令持十万,于东都取咋狐犬,往来可十余日。"贞益又以公钱百千益之。其犬既至,所由谒萧对事,陶于正厅立待。萧入府,颜色沮丧,举动惶扰,有异于常。俄犬自外入,萧作老狐,下阶走数步,为犬咋死。贞益使验死者,悉是野狐,颙遂见免此难。

268 �'汒阳令

文本:《太平广记》卷449,第3670—3671页;方,第202—203页。

唐汒阳令不得姓名。在官,忽云:"欲出家。"念诵悬至。月余,有五色云生其舍,又见菩萨坐狮子上,呼令叹嗟云:"发心弘大,当得上果,宜坚固自保,无为退败耳。"因尔飞去。令因禅坐,闭门不食。六七日,家以忧惧,恐以坚持损寿,会罗道士公远自蜀之京,途次陇上,令子请问其故。公远笑曰:"此是天狐,亦易耳。"因与书数符,当愈。令子投符井中,遂开门,见父饿惫,逼令吞符。忽尔明晤,不复论修道事。后数载,罢官过家,家数郊居,平陆澶漫直千里。令暇日倚杖出门,遥见桑林下有贵人自南方来,前后十余骑,状如王者。令入门避之。骑寻至门,通云:"刘成谒令。"令甚惊愕:"初不相识,何以见诣?"既见,升堂坐,谓令曰:"蒙赐婚姻,敢不拜命。"初,令在任,有室女年十岁,至是十六矣。令云:"未省相识,何尝有婚姻?"成云:"不许我婚姻,事亦易耳。"以右手掣口而立,令宅须臾震动,井厕交流,百物飘荡,令不得已许之。婚期克翌日,遂送礼成亲。成亲后,恒在宅,礼甚丰厚,资以饶益,家人不之嫌也。他日,令子诣京,求见公远。公远曰:"此狐旧日无能,今已善符篆,吾所不能及,奈何!"令子恳请。公远奏请行,寻至所居,于令宅外十余步设坛。成策杖至坛所,骂"老道士",云:"汝何为往来,靡所忌惮!"公远法成,求与交战。成坐令门,公远坐坛,乃以物击成,成仆于地。久之方起,亦以物击公远,公远亦仆如成焉。如是往返数十。公远忽谓弟子云:"彼击余殚,尔宜大临,吾当以神法缚之。"及其击也,公远仆地,弟子大哭。成喜,不为之备,公远遂使神往击之,成大战恐,自言力竭,变成老狐。公远既起,以坐具扑狐,重之以大袋,乘驿还都。玄宗视之,以为欢笑。公远上白云:"此是天狐,不可得杀,宜流之东裔耳。"书符流于新罗,狐持符飞去。今新罗有刘成神,士人敬事之。

译文:高辛勇编《中国古典神怪故事》,第244—247页。

注:法国学者傅飞岚(Franciscus Verellen)曾有讨论,见《罗公远:一位道家高士的传奇与崇拜》("Luo Gongyuan, Légende et

Culte d'un Saint Taoïste"),《亚洲学报》第 275 期,1987 年,第 289—291 页。

269　李元恭

文本:《太平广记》卷 449,第 3671—3672 页;方,第 203—204 页。

唐吏部侍郎李元恭,其外孙女崔氏,容色殊丽。年十五六,忽得魅疾。久之,狐遂见形为少年,自称胡郎,累求术士不能去。元恭子博学多智,常问:"胡郎亦学否?"狐乃谈论,无所不至。多质疑于狐,颇狎乐。久之,谓崔氏曰:"人生不可不学。"乃引一老人授崔经史。前后三载,颇通诸家大义。又引一人,教之书。涉一载,又以工书著称。又云:"妇人何不会音声,箜篌琵琶,此故凡乐,不如学琴。"复引一人至,云善弹琴,言姓胡,是隋时阳翟县博士。悉教诸曲,备尽其妙,及他名曲,不可胜纪。自云:"亦善《广陵散》,比屡见嵇中散,不使授人。"其于《乌夜啼》尤善,传其妙。李后问:"胡郎何以不迎妇归家?"狐甚喜,便拜谢云:"亦久怀之,所不敢者,以人微故尔。"是日,遍拜家人,欢跃备至。李问:"胡郎欲迎女子,宅在何所?"狐云:"某舍门前有二大竹。"时李氏家有竹园,李因寻行所,见二大竹间有一小孔,意是狐窟,引水灌之。初得猵狢及他狐数十枚,最后有一老狐,衣绿衫,从孔中出,是其素所著衫也。家人喜云:"胡郎出矣。"杀之,其怪遂绝。

注:另一提及李元恭在开元年间任职的材料见《唐尚书省郎官石柱题名考》卷 7,第 4 页 b。

270　焦练师

文本:《太平广记》卷 449,第 3672—3673 页;方,第 204—205 页。

唐开元中，有焦练师修道，聚徒甚众。有黄裙妇人自称阿胡，就焦学道术，经三年，尽焦之术，而固辞去，焦苦留之。阿胡云："己是野狐，本来学术，今无术可学，义不得留。"焦阴欲以术拘留之，胡随事酬答，焦不能及。乃于嵩顶设坛，启告老君，自言："己虽不才，然是道家弟子，妖狐所侮，恐大道将隳。"言意恳切。坛四角忽有香烟出，俄成紫云，高数十丈，云中有老君见立。因礼拜陈云："正法已为妖狐所学，当更求法以降之。"老君乃于云中作法，有神王于云中以刀断狐腰，焦大欢庆。老君忽从云中下，变作黄裙妇人而去。

注：焦练师，应是嵩山的一个女道士，见《李太白全集》卷9，第508页。

271 李氏

文本：《太平广记》卷449，第3673—3674页；方，第205—206页。

唐开元中，有李氏者，早孤，归于舅氏。年十二，有狐欲媚之。其狐虽不见形，言语酬酢甚备。累月后，其狐复来，声音少异。家人笑曰："此又别是一野狐矣。"狐亦笑云："汝何由得知？前来者是十四兄，己是弟。顷者我欲取韦家女，造一红罗半臂，家兄无理盗去，令我亲事不遂，恒欲报之。今故来此。"李氏因相辞谢，求其禳理。狐云："明日是十四兄王相之日，必当来此。大相恼乱，可且令女掐无名指第一节以禳之。"言讫便去。大狐至，值女方食，女依小狐言，掐指节，狐以药颗如菩提子大六七枚，掷女饭碗中。累掷不中，惊叹甚至，大言云："会当入嵩岳学道始得耳。"座中有老妇持其药者，惧复弃之。人问其故，曰："野狐媚我。"狐慢骂云："何物老姬，宁有人用此辈！"狐去之后，小狐复来，曰："事理如何，言有验否?"家人皆辞谢。曰:"后十余日,家兄当复来,宜慎之。此人与天曹已通,符禁之术,无可奈何,唯我能制之。待欲至时,当复至此。"将至其日,小狐又来。以药裹如松花,授女,曰:"我兄明日必至,明早可以车骑载女,出东北行,有骑相追者,宜以药布车后,则免其横。"李氏候明日,如狐言载女行五六里,甲骑追者甚众。且欲至,乃布药,追者见药,止不敢前。是暮,小狐又至,笑云:"得吾力否? 再有一法,当得永免,我亦不复来矣。"李氏再拜固求,狐乃令:"取东引桃枝,以朱书板上,作齐州县乡里胡绰、胡邈,以符安大门及中门外钉之,必当永无怪矣。"狐遂不至。其女尚小,未及适人,后数载,竟失之也。

272 韦明府

文本:《太平广记》卷 449,第 3674—3675 页;方,第 206—207 页。

唐开元中,有诣韦明府,自称崔参军,求娶。韦氏惊愕,知是妖媚,然犹以礼遣之。其狐寻至后房,自称女婿,女便悲泣,昏狂妄语。韦氏累延术士,狐益慢言,不能却也。闻峨嵋有道士,能治邪魅,求出为蜀令,冀因其伎以禳之。既至,道士为立坛治之。少时,狐至坛,取道士悬大树上,缚之。韦氏来院中,问:"尊师何以在此?"狐云:"敢行禁术,适聊缚之。"韦氏自尔甘奉其女,无复觊望。家人谓曰:"若为女婿,可下钱二千贯为聘。"崔令于堂檐下布席,修贯穿钱。钱从檐上下,群婢穿之,正得二千贯。久之,乃许婚,令韦请假送礼,兼会诸亲。及至,车骑辉赫,傧从风流,三十余人。至韦氏,送杂彩五十匹、红罗五十匹,他物称是。韦乃与女。经一年,其子有病,父母令问崔郎,答云:"八叔房小妹,今颇成人,叔父令事高门。其所以病者,小妹入室故也。"母极骂云:"死野狐魅！你公然魅我一女不足，更恼我儿。吾夫妇暮年，唯仰此子，与汝野狐为婿，绝吾继嗣耶！"崔无言，但欢笑。父母日夕拜请，绐云："尔若能愈儿疾，女寔不敢复论。"久之乃云："疾愈易得，但恐负心耳。"母频为设盟誓。异日，崔乃于怀出一文字，令母效书，及取鹊巢，于儿房前烧之，兼持鹊头自卫，当得免疾。韦氏行其术，数日子愈。女亦效为之，雄狐亦去，骂云："丈母果尔负约！知何言，今去之。"后五日，韦氏临轩坐，忽闻庭前臭不可奈，仍有旋风自空而下，崔狐在焉。衣服破弊，流血淋漓，谓韦曰："君夫人不义，作字太彰。天曹知此事，杖我几死，今长流沙碛，不得来矣。"韦极声诃之曰："穷老魅！何不速行，敢此逗留耶！"狐云："独不念我钱物恩耶！我坐偷用天府中钱，今无可还，受此荼毒。君何无情至此！"韦深感其言，数致辞谢。徘徊，复为旋风而去。

273　谢混之

文本：《太平广记》卷 449，第 3675—3676 页；方，第 207—208 页。

唐开元中，东光县令谢混之，以严酷强暴为政，河南著称。混之尝大猎于县东，杀狐狼甚众。其年冬，有二人诣台，讼混之杀其父兄，兼他赃物狼藉。中书令张九龄令御史张晓往按之，兼锁系告事者同往。晓素与混之相善，先疏其状，令自料理。混之遍问里正，皆云："不识有此人。"混之以为诈，已各依状明其妄以待辨。晓将至沧州，先牒系混之于狱。混之令吏人铺设使院，候晓。有里正从寺门前过，门外金刚，有木室扃护甚固，闻金刚下有人语声，其扃以锁，非人所入，里正因逼前听之。闻其祝云："县令无状，杀我父兄，今我二弟诣台诉冤，使人将至，愿大神庇荫，令得理。"有顷，见孝子从隙中出。里正意其非人，前行寻之。其人见里正，惶惧入寺，至厕后失所在。归以告混之。混之惊愕久之，乃曰："吾春首大杀狐狼，得无是耶？"及晓至，引讼者出，县人不之识。讼者言词忿争，理无所屈，混之未知其故。有识者劝令求猎犬，猎犬至，见讼者，直前搏逐。径跳上屋，化为二狐而去。

274 王苞

文本：《太平广记》卷 450，第 3677 页；方，第 208 页。

唐吴郡王苞者，少事道士叶静能，中罢为太学生。数岁在学，有妇人寓宿，苞与结欢，情好甚笃。静能在京，苞往省之，静能谓曰："汝身何得有野狐气？"固答云无，能曰："有也。"苞因言得妇始末。能曰："正是此老野狐。"临别，书一符与苞，令含，诫之曰："至舍可吐其口，当自来此，为汝遣之，无忧也。"苞还至舍，如静能言。妇人得符，变为老狐，衔符而走，至静能所拜谢。静能云："放汝一生命，不宜更至于王家。"自此遂绝。

275 唐参军

文本：《太平广记》卷 450，第 3677—3678 页；方，第 208—209 页。

唐洛阳思恭里，有唐参军者，立性修整，简于接对。有赵门福及康三者投刺谒，唐未出见之，问其来意。门福曰："止求点心饭耳。"唐使门人辞，云不在。二人径入至堂所，门福曰："唐都官何以云不在，惜一餐耳？"唐辞以门者不报。引出外厅，令家人供食。私诫奴，令置剑盘中，至则刺之。奴至，唐引剑刺门福，不中。次击康三，中之，犹跃入庭前池中。门福骂云："彼我虽是狐，我已千年，千年之狐，姓赵姓张；五百年狐，姓白姓康。奈何无道，杀我康三，必当修报于汝，终不令康氏子徒死也。"唐氏深谢之，令召康三。门福至池所，呼康三，辄应曰："唯。"然求之不可得，但余鼻存。门福既去，唐氏以桃汤沃洒门户，及悬符禁，自尔不至，谓其施行有验。久之，园中樱桃熟，唐氏夫妻暇日检行，忽见门福在樱桃树上，采樱桃食之。唐氏惊曰："赵门福，汝复敢来耶？"门福笑曰："君以桃物见欺，今聊复采食。君亦食之否？"乃频掷数四以授唐。唐氏愈恐，乃广召僧，结坛持咒，门福遂逾日不至。其僧持诵甚切，冀其有效，以为己功。后一日，晚霁之后，僧坐楹前，忽见五色云自西来，迳至唐氏堂前。中有一佛，容色端严，谓僧曰："汝为唐氏却野狐耶？"僧稽首。唐氏长幼虔礼甚至，喜见真佛，拜请降止。久之方下，坐其坛上，奉事甚勤。佛谓僧曰："汝是修道，请通达，亦何须久蔬食，而为法能食肉乎？但问心能坚持否。肉虽食之，可复无累。"乃令唐氏市肉，佛自设食，次以授僧及家人，悉食。食毕，忽见坛上是赵门福，举家叹恨，为其所误。门福笑曰："无劳厌我，我不来矣。"自尔不至也。

276 严谏

文本：《太平广记》卷 450，第 3680—3681 页；方，第 210 页。

唐洛阳尉严谏，从叔亡，谏往吊之。后十余日，叔家悉皆去服，谏召家人问，答云："亡者不许。"因述其言语处置状，有如平生。谏疑是野狐，恒欲料理。后至叔舍，灵便逆怒，约束子弟："勿更令少府侄来，无益人家事，只解相疑耳。"亦谓谏曰："五郎公事似忙，不宜数来也。"谏后忽将苍鹰、双鹘、皂雕、猎犬等数十事，与他手力百余人，悉持器械围绕其宅数重，遂入灵堂。忽见一赤肉野狐，仰行屋上，射击不能中。寻而开门跃出，不复见。因尔怪绝。

277 韦参军

文本：《太平广记》卷 450，第 3681—3682 页；方，第 210—211 页。

　　唐润州参军幼有隐德,虽兄弟不能知也,韦常谓其不慧,轻之。后忽谓诸兄曰:"财帛当以道,不可力求。"诸兄甚奇其言,问:"汝何长进如此?"对曰:"今昆明池中大有珍宝,可共取之。"诸兄乃与皆行。至池所,以手酌水,水悉枯涸,见金宝甚多,谓兄曰:"可取之。"兄等愈入愈深,竟不能得。乃云:"此可见而不可得致者,有定分也。"诸兄叹美之,问曰:"素不出,何以得妙法?"笑而不言。久之,曰:"明年当得一官,无虑贫乏。"乃选拜润州书佐,遂东之任。途经开封县,开封县令者,其母患狐媚,前后术士不能疗。有道士者善见鬼,谓令曰:"今比见诸队仗,有异人入境。若得此人,太夫人疾苦必愈。"令遣候之。后数日,白云:"至此县逆旅,宜自谒见。"令往见韦,具申礼请。笑曰:"此道士为君言耶? 然以太夫人故,屈身于人,亦可悯矣。幸与君遇,其疾必愈。明日,自县桥至宅,可少止人,令百姓见之,我当至彼为发遣。且宜还家,洒扫焚香相待。"令皆如言。明日至舍,见太夫人,问以疾苦,以柳枝洒水于身上。须臾,有老白野狐自床而下,徐行至县桥,然后不见。令有赠遗,韦皆不受。至官一年,谓其妻曰:"后月我当死,死后君嫁此州判司,当生三子。"皆如其言。

278　杨氏女

　　文本:《太平广记》卷 450,第 3682 页;方,第 211 页。

　　唐有杨氏者,二女并嫁胡家。小胡郎为主母所惜,大胡郎谓其婢曰:"小胡郎乃野狐尔。丈母乃不惜我,反惜野狐。"婢还白母,问:"何以知之?"答云:"宜取鹊头悬户上,小胡郎若来,令妻呼'伊祈熟肉',再三言之,必当走也。"杨氏如言,小胡郎果走。故今人相传,云"伊祈熟肉"辟狐魅,甚有验也。

　　译文:高延《中国的宗教系统》卷 6,第 1063—1064 页,在此他将狐与胡姓联系起来了(参看故事 **269**)。

279　薛迥

文本:《太平广记》卷 450,第 3682 页;方,第 211—212 页。

唐河东薛迥与其徒十人于东都狎娼妇,留连数夕,各赏钱十千。后一夕午夜,娼偶求去,迥留待曙。妇人躁扰,求去数四,抱钱出门。迥敕门者无出客,门者不为启锁。妇人持钱寻审,至水窦,变成野狐,从窦中出去,其钱亦留。

280　辛替否

文本:《太平广记》卷 450,第 3682 页;方,第 212 页。

唐辛替否,母死之后,其灵座中恒有灵语,不异平素,家人敬事如生。替否表弟是术士,在京闻其事,因而来观,潜于替否宅后作法。入门,见一无毛牝野狐,杀之,遂绝。

281　代州民

文本:《太平广记》卷 450,第 3683 页;方,第 212 页。

唐代州民有一女,其兄远戍不在,母与女独居。忽见菩萨乘云而至,谓母曰:"汝家甚善,吾欲居之,可速修理,寻当来也。"村人竞往。处置适毕,菩萨驭五色云来下其室。村人供养甚众,仍敕众等不令有言,恐四方信心往来不止。村人以是相戒,不说其事。菩萨与女私通有娠。经年,其兄还,菩萨云:"不欲见男子。"令母逐之。儿不得至,因倾财求道士。久之,有道士为作法,窃视菩萨,是一老狐,乃持刀入,砍杀之。

译文:高延《中国的宗教系统》卷 5,第 592—593 页。

282　冯玠

文本:《太平广记》卷 451,第 3684 页;方,第 212—213 页。

唐冯玠者,患狐魅疾。其父后得术士,疗玠疾,魅忽啼泣谓玠曰:"本图共终,今为术者所迫,不复得在。"流泪经日,方赠玠衣一袭,云:"善保爱之,聊为久念耳。"玠初得,惧家人见,悉卷书中。疾愈,入京应举,未得开视。及第后,方还开之,乃是纸焉。

283　贺兰进明

文本:《太平广记》卷 451,第 3684 页;《岁时广记》卷 23,第 9 页 ab;方,第 213—214 页。

唐贺兰进明为狐所婚,每到时节,狐新妇恒至京宅,通名起居,兼持贺遗及问讯。家人或有见者,状貌甚美。至五月五日,自进明已下,至其仆隶,皆有续命物。家人以为不祥,多焚其物。狐悲泣云:"此并真物,奈何焚之!"其后所得,遂以充用。后家人有就狐求漆背金花镜者,入人家偷镜,挂项,缘墙而行,为主人家击杀。自尔怪绝焉。

注:关于贺兰进明的仕宦,见傅璇琮主编《唐才子传校笺》册 1,第 270—275 页。关于五月五日的礼品,参看故事 **68、290**。

284　崔昌

文本:《太平广记》卷 451,第 3685 页;方,第 214 页。

唐崔昌在东京庄读书,有小儿颜色殊异,来止庭中。久之,渐升阶,坐昌床头。昌不之顾,乃以手卷昌书。昌徐问:"汝何人斯,来何所欲?"小儿云:"本好读书,慕君学问尔。"昌不之却,常问文义,甚有理。经数月,日暮,忽扶一老人乘醉至昌所。小儿暂出,老人醉,吐人之爪发等,昌甚恶之。昌素有所持利剑,因斩断头,成一老狐。顷之,小儿至,大怒云:"君何故无状,杀我家长? 我岂不能杀君,但以旧恩故尔!"大骂出门,自尔乃绝。

285　长孙甲

文本:《太平广记》卷 451,第 3685—3686 页;方,第 214—

215 页。

唐坊州中部县令长孙甲者，其家笃信佛道。异日斋次，举家见文殊菩萨乘五色云从日边下。须臾，至斋所檐际，凝然不动。合家礼敬恳至，久之乃下。其家前后供养数十日，唯其子心疑之，入京求道士为设禁，遂击杀狐。令家奉马一匹，钱五十千。后数十日，复有菩萨乘云来至，家人敬礼如故。其子复延道士，禁咒如前。尽十余日，菩萨问道士："法术如何？"答曰："已尽。"菩萨云："当决一顿。"因问道士："汝读道经，知有狐刚子否？"答云："知之。"菩萨云："狐刚子者，即我是也。我得仙来，已三万岁。汝为道士，当修清净，何事杀生？且我子孙为汝所杀，宁宜活汝耶！"因杖道士一百毕，谓令曰："子孙无状，至相劳扰，惭愧何言！当令君永无灾横，以此相报。"顾谓道士："可即还他马及钱也。"言讫飞去。

286　王老

文本：《太平广记》卷 451，第 3686 页；方，第 215 页。

唐睢阳郡宋王冢旁有老狐，每至衙日，邑中之狗悉往朝之。狐坐冢上，狗列其下。东都王老有双犬，能咋魅，前后杀魅甚多，宋人相率以财雇犬咋狐。王老牵犬往，犬乃迳诣诸犬之下，伏而不动，大失宋人之望。今世人有不了其事者，相戏云："取睢阳野狐犬。"

注：故事是以"唐"开始的，却是以古宋国一个故事来介绍的。

287　刘众爱

文本：《太平广记》卷 451，第 3686—3687 页；方，第 215—216 页。

唐刘全白说云，其乳母子众爱，少时好夜中将网断道，取野猪及狐狸等。全白庄在岐下，后一夕，众于庄西数里下网，已伏网中以伺其至。暗中闻物行声，觇见一物，伏地窥网，因尔起立，变成绯裙妇人，行而违网。至爱前车侧，忽捉一鼠食，爱连呵之，妇人忙遽入网，乃棒之致毙，而人形不改。爱反疑惧，恐或是人，因和网没沤麻池中，夜还与父母议。及明，举家欲潜逃去，爱窃云："宁有妇人食生鼠，此必狐耳。"复往麻池视之，见妇人已活，因以大斧自腰后斫之，便成老狐。爱大喜，将还村中。有老僧见狐未死，劝令养之，云："狐口中媚珠，若能得之，当为天下所爱。"以绳缚狐四足，又以大笼罩其上，养数日，狐能食。僧用小瓶口窄者埋地中，令口与地齐，以两截猪肉炙于瓶中。狐爱炙而不能得，但以属瓶，候炙冷，复下两脔。狐涎沫久之，炙与瓶满，狐乃吐珠而死。珠状如棋子，通圆而洁，爱母带之，大为其夫所贵。

译文：高延《中国的宗教系统》卷5，第593—594页。

288 王黯

文本：《太平广记》卷451，第3687页；方，第216—217页。

王黯者，结婚崔氏，唐天宝中，妻父士同为沔州刺史。黯随至江夏，为狐所媚，不欲渡江，发狂大叫，恒欲赴水。妻属惶惧，缚黯著床枊上。舟行半江，忽尔欣笑，至岸，大喜曰："本谓诸女郎辈不随过江，今在州城上，复何虑也！"士同莅官，便求术士。左右言州人能射狐者，士同延至。入令堂中悉施床席，置黯于屋西北陬，家人数十持更迭守。己于堂外别施一床，持弓矢以候狐。至三夕，忽云："诸人得饱睡已否？适已中狐，明当取之。"众以为狂，而未之信。及明，见窗中有血，众随血去，入大坑中，草下见一牝狐，带箭垂死。黯妻烧狐为灰，服之至尽，自尔得平复。后为原武县丞，在厅事，忽见老狐奴婢，诣黯再拜，云："是大家阿奶。往者娘子枉为崔家杀害,翁婆追念,未尝离口,今欲将小女更与王郎续亲,故令申意,兼取吉日成纳。"黯甚惧,辞以厚利万计料理,遽出罗锦十余匹,于通衢焚之。老奴乃谓其妇云:"天下美丈夫亦复何数,安用王家老翁为女婿?"言讫不见。

译文:高延《中国的宗教系统》卷6,第1066—1067页(只是故事的第一部分)。

289 孙甑生

文本:《太平广记》卷451,第3688页;方,第217页。

唐道士孙甑生本以养鹰为业,后因放鹰入一窟,见狐数十枚读书,有一老狐当中坐,迭以传授。甑生直入,夺得其书而还。明日,有十余人持金帛诣门求赎,甑生不与。人云:"君得此,亦不能解用之,若写一本见还,当以口诀相授。"甑生竟传其法,为世术士。狐初与甑生约,不得示人,若违者,必当非命。天宝末,玄宗固就求之,甑生不与,竟而伏法。

290 王璿

文本:《太平广记》卷451,第3689页;《岁时广记》卷23,第9页b—10页a;方,第218页。

唐宋州刺史王璿,少时仪貌甚美,为牝狐所媚。家人或有见者,丰姿端丽,虽僮幼遇之者,必敛容致敬,自称新妇,祗对皆有理,由是人乐见之。每至端午及佳节,悉有赠仪相送,云:"新妇上某郎某娘续命。"众人笑之,然所得甚众。后璿职高,狐乃不至,盖某禄重,不能为怪。

291 李麐

文本:《太平广记》卷451,第3689—3690页;方,第218—220页。

东平尉李黁初得官,自东京之任,夜投故城。店中有故人卖胡饼为业,其妻姓郑,有美色,李目而悦之,因宿其舍。留连数日,乃以十五千转索胡妇。既到东平,宠遇甚至。性婉约,多媚黠风流,女工之事,罔不心了,于音声特究其妙。在东平三岁,有子一人。其后,李充租纲入京,与郑同还。至故城,大会乡里,饮宴累十余日。李催发数四,郑固称疾不起,李亦怜而从之。又十余日,不获已,事理须去。行至郭门,忽言腹痛,下马便走,势疾如风。李与其仆数人极骋,追不能及,便入故城。转入易水邮,足力少息,李不能舍,复逐之。垂及,因入小穴,极声呼之,寂无所应。恋结凄怆,言发泪下。会日暮,村人为草塞穴口,还店止宿。及明,又往呼之,无所见,乃以火熏。久之,村人为掘深数丈,见牝狐死穴中,衣服脱卸如蜕,脚上著锦袜。李叹息良久,方埋之。归店,取猎犬噬其子,子略不惊怕,便将入都,寄亲人家养之。输纳毕,复还东京,婚于萧氏。萧氏常呼李为野狐婿,李初无以答。一日晚,李与萧携手与归本房狎戏,复言其事。忽闻堂前有人声,李问:"阿谁夜来?"答曰:"君岂不识郑四娘耶!"李素所钟念,闻其言,遽欣然跃起,问:"鬼乎?人乎?"答云:"身即鬼也。"欲近之而不能。四娘因谓李:"人神道殊,贤夫人何至数相谩骂?且所生之子远寄人家,其人皆言狐生,不给衣食,岂不念乎!宜早为抚育,九泉无恨也。若夫人云云相侮,又小儿不收,必将为君之患。"言毕不见,萧遂不复敢说其事。唐天宝末,子年十余,甚无恙。

292 宋溥

文本:《太平广记》卷451,第3690—3691页;方,第220页。

宋溥者,唐大历中为长城尉。自言幼时与其党暝扱野狐,数夜不获。后因月夕,复为其事,见一鬼戴笠骑狐,唱《独盘子》。至扱所,狐欲入扱,鬼乃以手搭狐颊,因而复回。如是数四。其后夕,溥复下扱伺之,鬼又乘狐,两小鬼引前,往来扱所,溥等无所获而止。有谈众者亦云,幼时下扱,忽见一老人扶杖至己所止树下,仰问:"树上是何人物?"众时尚小,甚惶惧,其兄因怒骂云:"老野狐,何敢如此!"下树逐之,狐遂变走。

293　李苌

文本:《太平广记》卷452,第3697—3698页;方,第221页。

唐天宝中,李苌为绛州司士,摄司户事。旧传此阙素凶,厅事若有小孔子出者,司户必死,天下共传"司户孔子"。苌自摄职,便处此厅。十余日,儿年十余岁,如厕,有白裙妇人持其头将上墙,人救获免,忽不复见。苌大怒骂,空中以瓦掷中苌手。表弟崔氏为本州参军,是日至苌所,言:"此野狐耳,曲沃饶鹰犬,当大致之。"俄又掷粪于崔杯中。后数日,犬至,苌大猎,获狡狐数头,悬于檐上。夜中,闻檐上呼"李司士",云:"此是狐婆作祟,何以枉杀我娘?儿欲就司士一饮,明日可具馔相待。"苌云:"己正有酒,明早来。"及明,酒具而狐至,不见形影,具闻其言。苌因与交杯,至狐,其酒歘然而尽。狐累饮三斗许,苌唯饮二升。忽言云:"今日醉矣,恐失礼仪,司士可罢。狐婆不足忧矣,明当送法禳之。"翌日,苌将入衙,忽闻檐上云:"领取法。"寻有一团纸落。苌便开视,中得一帖,令施灯于席,席后乃书符,符法甚备。苌依行之,其怪遂绝。

294　忻州刺史

文本:《太平广记》卷456,第3731—3732页;方,第222页。

唐忻州刺史是天荒阙,前后历任多死。高宗时,有金吾郎将来试此官。既至,夜独宿厅中。二更后,见檐外有物,黑色,状如大船,两目相去数丈。刺史问:"为何神?"答云:"我是大蛇也。"刺史令其改貌相与语,蛇遂化作人形,来至厅中。乃问:"何故杀人?"蛇云:"初无杀心,其客自惧而死尔。"又问:"汝无杀心,何故数见形躯?"曰:"我有屈滞,当须府主谋之。"问:"有何屈?"曰:"昔我幼时,曾入古冢,尔来形体渐大,求出不得。狐兔狸貊等,或时入冢,方得食之。今长在土中,求死不得,故求于使君尔。"问:"若然者,当掘出之,如何?"蛇云:"我逶迤已十余里,若欲发掘,城邑俱陷。今城东有王村,村西有楸树,使君可设斋戒,人掘树深二丈,中有铁函,开函视之,我当得出。"言毕辞去。及明,如言往掘,得函。归厅开之,有青龙从函中飞上天,径往杀蛇,首尾中分。蛇既获死,其怪遂绝。

295　余干县令

文本:《太平广记》卷456,第3732页;方,第222—223页。

鄱阳余干县令,到官数日辄死,后无就职者,宅遂荒。先天中,有士人家贫,来为之。既至,吏人请令居别廨中。令因使治故宅,剪薙榛草,完葺墙宇。令独处其堂,夜列烛伺之。二更后,有一物如三斗白囊,跳转而来床前,直跃升几上。令无惧色,徐以手振触之,真是韦囊而盛水也。乃谓曰:"为吾徙灯直西南隅。"言讫而灯已在西南隅。又谓曰:"汝可为吾按摩。"囊转侧身上,而甚便畅。又戏之曰:"能使我床居空中否?"须臾,已在空中。所言无不如意。将曙,乃跃去。令寻之,至舍池旁遂灭。明日,于灭处视之,见一穴,才如蚁孔。掘之,长丈许而孔转大,围三尺余,深不可测。令乃敕令多具鼎镬樵薪,悉汲池水为汤,灌之。可百余斛,穴中雷鸣,地为震动。又灌百斛,乃怗然无声。因并力掘之数丈,得一大蛇,长百余尺,旁小者巨万计,皆并命穴中。令取大者脯之,颁赐县中。后遂平吉。

296 张骑士

文本:《太平广记》卷457,第3737—3738页;方,第223—224页。

张骑士者,自云幼时随英公李勣渡海,遇风,十余日,不知行几万里。风静不变,忽见二物,黑色,头状类蛇,大如巨船,其长望而不极。须臾,至船所,皆以头绕船横推,其疾如风。舟人惶惧,不知所抗,已分为所啖食,唯念佛求速死耳。久之,到一山,破船如积,各自念云:"彼人皆为此物所食。"须臾,风势甚急,顾视船后,复有三蛇,追逐亦至,意如争食之状。二蛇放船,回与三蛇斗于沙上,各相蜿蟺于孤岛焉。舟人因是乘风举帆,遂得免难。后数日,复至一山,遥见烟火,谓是人境。落帆登岸,与二人同行。门户甚大,遂前款关。有人长数丈,通身生白毛,出见二人,食之,一人遽走至船所。才上船,未及开,白毛之士走来牵缆,船人人各执弓刀斫射之。累挥数刀,然后见释。离岸一里许,岸上已有数十头,戟手大呼。因又随风飘帆五六日,遥见海岛,泊舟问人,云是清远县界,属南海。

注:李勣在645年指挥了一次与高丽的陆战,668年又领导了一次陆战与一次海战。但是,南海远在南方,故事时间跨度也不可信。

297 至相寺贤者

文本:《太平广记》卷457,第3738—3739页;方,第224页。

长安至相寺有贤者,自十余岁,便在西禅院修道。院中佛堂座下恒有一蛇,贤者初修道时,蛇大一围,及后四十余年,蛇如堂柱。人蛇虽相见,而不能相恶。开元中,贤者夜中至佛堂礼拜,堂中无灯,而光粲满堂,心甚怪之。因于蛇出之处得径寸珠,至市高举价,冀其识者。数日,有胡人交市,定还百万。贤者曰:"此夜光珠,当无价,何以如此酬直?"胡云:"蚌珠则贵,此乃蛇珠,多至千贯。"贤者叹伏,遂卖焉。

298　李齐物

文本:《太平广记》卷 457,第 3740—3741 页;方,第 224—225 页。

河南尹李齐物,天宝中左迁竟陵太守。城南楼有白烟,刺史不改即死,士人以为常占。齐物被黜,意甚恨恨,楼中忽出白烟,乃发怒云:"吾不畏死,神如余何!"使人寻烟出处,云:"白烟悉白虫,恐是大蛇。"齐物令掘之,其孔渐大,中有大蛇,身如巨瓮。命以镬煎油数十斛,沸则灼之。蛇初雷吼,城堞震动,经日方死,乃使人下堙塞之。齐物亦更无他。

299　严挺之

文本:《太平广记》卷 457,第 3741 页;方,第 225 页。

严挺之为魏州刺史,初到官,临厅事。有小蛇从门入,至案所,以头枕案。挺之初不达,遽持牙笏,压其头下地,正立凝想。顷之,蛇化成一符,挺之意是术士所为,寻索无获而止。

译文:高延《中国的宗教系统》卷 6,第 1027—1028 页。

300　天宝樵人

文本:《太平广记》卷 457,第 3741 页;方,第 225 页。

天宝中,有樵人入山醉卧,为蛇所吞。其人微醒,怪身动摇,开视不得,方知为物所吞。因以樵刀画腹,得出之。眩然迷闷,久之方悟。其人自尔半身皮脱,如白风状。

301　张镐

文本:《太平广记》卷 457,第 3742 页;方,第 225—226 页。

注:明抄本中归于《广异记》。

洪州城自马瑗置立后,不复修革,相传云,修者必死。永泰中,都督张镐修之不疑。忽城西北陬遇一大坎,坎中见二蛇,一白一黑,头类牛,形如巨瓮,长六十余尺,蜿蟺在坑中,其余小蛇不可胜数。遽以白镐,镐命逐之出。乃以竹篾缚其头,牵之。蛇初不开目,随牵而出。小蛇甚多,军人或有伤其小者十余头,然犹大如饮碗。二蛇相随入徐孺亭下放生池中,池水深数丈,其龟皆走出上岸,为人所获。鱼亦鼓鳃出水,须臾皆死。后七日,镐薨。判官郑从,南昌令马皎,二子相继而卒。

注:张镐在洪州的任职时间是从 762 年直至 764 年他去世,见《旧唐书》卷 11,第 276 页;郁贤皓《唐刺史考》,第 1984 页。

302　海州猎人

文本:《太平广记》卷 457,第 3743 页;方,第 226—227 页。

海州人以射猎为事。曾于东海山中射鹿,忽见一蛇,黑色,大如连山,长近十丈,两目成日,自海而上。人见蛇惊惧,知不免死,因伏念佛。蛇至人所,以口衔人及其弓矢,渡海而去。遥至一山,置人于高岩之上。俄而复有一蛇自南来,至山所,状类先蛇而大倍之。两蛇相与斗于山下,初以身相蜿蟺,久之,口相噬。射士知其求己助,乃傅药矢,欲射之。大蛇先患一目。人乃复射其目,数矢累中。久之,大蛇遂死,倒地上。小蛇首尾俱碎,乃衔大真珠瑟瑟等数斗,送人归至本所也。

303　檐(担)生

文本:《太平广记》卷 458,第 3744—3745 页;方,第 227 页。

由文可推知"檐"当为"担"。

昔有书生,路逢小蛇,因而收养。数月渐大,书生每自担之,号曰"担生"。其后不可担负,放之范县东大泽中。四十余年,其蛇如覆舟,号为神蟒。人往于泽中者,必被吞食。书生时以老迈,途经此泽畔,人谓曰:"中有大蛇食人,君宜无往。"时盛冬寒甚,书生谓冬月蛇藏,无此理,遂过大泽。行二十里余,忽有蛇逐,书生尚识其形色,遥谓之曰:"尔非我担生乎?"蛇便低头,良久方去。回至范县,县令问其见蛇不死,以为异,系之狱中,断刑当死。书生私忿曰:"担生,养汝翻令我死,不亦剧哉!"其夜,蛇遂攻陷一县为湖,独狱不陷,书生获免。天宝末,独孤暹者,其舅为范令,三月三日与家人于湖中泛舟,无故覆没,家人几死者数四也。

注:比较《水经注疏》卷10第990页的一个故事版本,钱锺书《管锥编》第824—825页有讨论。

304 蒲州人

文本:《太平广记》卷459,第3754页;方,第227—228页。

蒲州人穿地作井,坎深丈余,遇一方石而不及泉。欲去石更凿,忽堕深坑,蛰蛇如覆舟,小者与凡蛇等。其人初甚惊惧,久之稍熟。饥无所食,其蛇吸气,因亦效之,遂不复饥。积累月,闻雷声,初一声,蛇乃起首,须臾悉动,顷之散去。大者前去,相次出复入。人知不害己,乃前抱其项,蛇遂径去。缘上白道,如行十里,前有烽火,乃致人于地而去。人往借问烽者,云是平州也。

305 户部令史妻

文本:《太平广记》卷460,第3765—3766页;方,第228—229页。

唐开元中,户部令史妻有色,得魅疾,而不能知之。家有骏马,恒倍刍秣,而瘦劣愈甚。以问邻舍胡人,胡亦术士,笑云:"马行百里犹倦,今反行千里余,宁不瘦耶!"令史言:"初不出入,家又无人,曷由至是?"胡云:"君每入直,君妻夜出,君自不知。若不信,至入直时,试还察之,当知耳。"令史依其言,夜还,隐他所。一更,妻做靓妆,令婢鞍马,临阶御之。婢骑扫帚随后,冉冉乘空,不复见。令史大骇。明往见胡,瞿然曰:"魅信之矣,为之奈何?"胡令更一夕伺之。其夜,令史归堂前幕中,妻顷复还,问婢:"何以有生人气?"令婢以扫帚烛火,遍然堂庑,令史狼狈入堂大瓮中。须臾,乘马复往,适已烧扫帚,无复可骑,妻云:"随有即骑,何必扫帚。"婢仓卒遂骑大瓮随行。令史在瓮中,惧不敢动。须臾,至一处,是山顶林间,供帐帘幕,筵席甚盛。群饮者七八辈,各有匹偶。座上宴饮,合昵备至,数更后方散。妇人上马,令婢骑向瓮,婢惊云:"瓮中有人。"妇人乘醉,令推著山下,婢亦醉,推令史出。令史不敢言,乃骑瓮而去。令史及明都不见人,但有余烟烬而已。乃寻径路,崎岖可数十里,方至山口。问其所,云是阆州,去京师千余里。行乞辛勤,月余,仅得至舍。妻见惊问:"久之何所来?"令史以他答。复往问胡,求其料理。胡云:"魅已成,伺其复去,可遽缚取,火以焚之。"闻空中乞命,顷之,有苍鹤堕火中焚死。妻疾遂愈。

306 卢融

文本:《太平广记》卷 463,第 3811 页;方,第 229 页。

开元初,范阳卢融病中独卧,忽见大鸟自远飞来。俄止庭树,高四五尺,状类鸮,目大如杯,觜长尺余,下地上阶。顷之,入房登床,举两翅,翅有手,持小枪,欲以击融。融伏惧流汗,忽复有人从后门入,谓鸟云:"此是善人,慎勿伤也。"鸟遂飞去,人亦随出。融疾自尔永差。

307 王绪

文本:《太平广记》卷 463,第 3811—3812 页;方,第 229—230 页。

天宝末,台州录事参军王绪病将死,有大鸟飞入绪房。行至床所,引觜向绪,声云:"取,取。"绪遂卒。

308 南海大鱼

文本:《太平广记》卷 464,第 3818 页;方,第 230 页。

岭南节度使何履光者,朱崖人也,所居傍大海,云亲见大异者有三。其一曰,海中有二山,相去六七百里,晴朝远望,青翠如近。开元末,海中大雷雨,雨泥,状如吹沫,天地晦黑者七日。人从山边来者云:"有大鱼,乘流入二山,进退不得。久之,其鳃挂一崖上,七日而山拆,鱼因尔得去。"雷,鱼声也;雨泥,是口中吹沫也;天地黑者,是吐气也。其二曰,海中有洲,从广数千里。洲上有物,状如蟾蜍,数枚,大者周回四五百里,小者或百余里。每至望夜,口吐白气,上属于月,与月争光。其三曰,海中有山,周回数十里。每夏初,则有大蛇如百仞山,长不知几百里。开元末,蛇饮其海,而水减者十余日,意如渴甚,以身绕一山数十匝,然后低头饮水。久之,为海中大物所吞。半日许,其山遂拆,蛇及山被吞俱尽。亦不知吞者是何物也。

注:此故事薛爱华《朱雀》第 218 页有讨论。

309 鲸鱼

文本:《太平广记》卷 464,第 3818 页;方,第 230—231 页。

注:这则故事与故事 **204** 相同。

310 鲤鱼

文本:《太平广记》卷464,第3819页;方,第231页。

开元中,台州临海,大蛇与鲤鱼斗。其蛇大如屋,长绕孤岛数匝,引头向水;其鱼如小山,鬐目皆赤,往来五六里,作势交击。鱼用鳞鬐上触蛇,蛇以口下咋鱼,如是斗者三日,蛇竟为鱼触死。

311 南海大蟹

文本:《太平广记》卷464,第3819—3820页;《类说》卷8,第17页a;《绀珠集》卷7,第22页a;方,第231—232、246、253页。

近世有波斯常云,乘舶泛海,往天竺国者已六七度。其最后,舶漂入大海,不知几千里。至一海岛,岛中见胡人衣草叶,惧而问之。胡云:"昔与同行侣数十人漂没,唯己随流得至于此,因尔采木实草根食之,得以不死。"其众哀焉,遂舶载之。胡乃说岛上大山悉是车渠、玛瑙、玻璃等诸宝,不可胜数。舟人莫不弃己贱货取之。既满船,胡令:"速发,山神若至,必当怀惜。"于是随风挂帆。行可四十余里,遥见峰上有赤物如蛇形,久之渐大。胡曰:"此山神惜宝,来逐我也,为之奈何!"舟人莫不战惧。俄见两山从海中出,高数百丈。胡喜曰:"此两山者,大蟹螯也。其蟹常好与山神斗,神多不胜,甚惧之。今其螯出,无忧矣。"大蛇寻至蟹许,舟斗良久,蟹夹蛇头。死于水上,如连山。船人因是得济也。

312 齐澣

文本:《太平广记》卷467,第3846页。

注:同故事 **216**。

313 谢二

文本:《太平广记》卷470,第3870—3871页;方,第232页。

唐开元时,东京士人以迁历不给,南游江淮,求丐知己,困而无获,徘徊扬州久之。同亭有谢二者,矜其失意,恒欲恤之,谓士人曰:"无尔悲为,若欲北归,当有三百千相奉。"及别,以书付之曰:"我宅在魏王池东,至池,叩大柳树。家人若出,宜付其书,便取钱也。"士人如言,径叩大树。久之,小婢出,问其故,云:"谢二令送书。"忽见朱门白壁,婢往却出,引入。见姥充壮,当堂坐,谓士人曰:"儿子书劳君送,令付钱三百千,今不违其意。"及人出,已见三百千在岸,悉是官家排斗钱,而色小坏。士人疑其精怪,不知何处得之,疑用恐非物理,因以告官,具言始末。河南尹奏其事,皆云:"魏王池中有一鼋窟,恐是耳。"有敕,使击射之,得昆仑数十人,悉持刀枪,沉入其窟。得鼋大小数十头,末得一鼋,大如连床。官皆杀之,得钱帛数千事。其后五年,士人选得江南一尉,之任。至扬州市中东店前,忽见谢二,怒曰:"于君不薄,何乃相负,以至于斯!老母家人,皆遭非命,君之故也。"言讫辞去。士人大惧,十余日不之官,徒侣所促,乃发。行百余里,遇风,一家尽没,时人云:"以为谢二所损也。"

注:关于此文的钱币,见本书第三章注释 13。关于水池,见《唐两京城坊考》卷 5,第 18 页 b、38 页 b。

314 荆州渔人

文本:《太平广记》卷 470,第 3871 页;方,第 233 页。

唐天宝中,荆州渔人得钓青鱼,长一丈,鳞上有五色圆花,异常端丽。渔人不识,以其与常鱼异,不持诣市,自烹食,无味,颇怪焉。后五日,忽有车骑数十人至渔者所。渔者惊惧出拜,闻车中怒云:"我之王子,往朝东海,何故杀之?我令将军访王子,汝又杀之。当令汝身崩溃分裂,受苦痛如王子及将军也!"言讫,呵渔人,渔人倒,因大惶汗。久之方悟,家人扶还,便得癫病。十余日,形体口鼻手足溃烂,身肉分散,数月方死也。

315 刘彦回

文本:《太平广记》卷 472,第 3887—3888 页;《类说》卷 8,第 15 页 a—b;《说郛》卷 4,第 10 页 b;方,第 233、244—245、255—256 页。

唐刘彦回父为湖州刺史,有下寮于银坑得一龟,长一尺,持献刺史。群官毕贺,云:"得此龟食,寿一千岁。"使君谢己非其人,故自骑马,送龟即至坑所。其后十余年,刺史亡。彦回为房州司士,将家属之官。属山水泛溢,平地尽没,一家惶惧,不知所适。俄有大龟来引其路,彦回与家人谋曰:"龟乃灵物,今来相导,状若神。"三十余口随龟而行,悉是浅处,历十余里,乃至平地,得免水难。举家惊喜,亦不知其由。至此夕,彦回梦龟云:"己昔在银坑,蒙先使君之惠,故此报恩。"

316 吴兴渔者

文本:《太平广记》卷 472,第 3888 页;方,第 234 页。

唐开元中,吴兴渔者于苕溪上每见大龟,四足各蹋一龟而行。渔者知是灵龟,持石投之,中而获焉。久之,以献州从事裴。裴召龟人,龟人云:"此王者龟,不可以卜小事,所卜之物必死。"裴素狂妄,时庭中有鹊,其雏尚珑,乃验志之,令卜者钻龟焉。数日,大风损鹊巢,鹊雏皆死。寻又命卜其婢所怀娠是儿女。兆云:"当生儿。"儿生,寻亦死。裴后竟进此龟也。

317 [无题]

文本:《太平广记》卷 921,第 4 页 ab;方,第 242—243 页,认为此文误入《广异记》。

南方赤帝女学道得仙,居南阳崿山桑树上。正月一日衔作巢,至十五日成。或作白鹊,或女人。赤帝见之悲恸,诱之不得,以火焚之,女即升天,因名"帝女桑"。今人至十五日,焚鹊巢作灰汁,浴蚕子招丝,象此也。

318 芝圃

文本:《类说》卷 8,第 15 页 b;方,第 245 页。

仙都有芝圃,悉种灵芝,或如车骑,或如盖,或如楼阁,或如飞鸟五色。

注:瓜州的缙云山于 748 年被朝廷赐予"仙都"封号,道家将之作为第二十九洞天,见《仙都记》卷 A,第 1 页 ab(《道藏》:《道藏子目引得》602 号)。

319 山洞樗蒲

文本:《类说》卷 8,第 15 页 b—16 页 a,卷 60,第 20 页 a(后者引自《异苑》);《绀珠集》卷 7,第 20 页 b;方,第 245、251 页,认为此文不应归入《广异记》。

有人乘马山行,见洞中二老樗蒲,乃以鞭柱地而观,俄忽鞭烂而鞍朽。

320 金羊玉马

文本:《类说》卷 8,第 16 页 a;《绀珠集》卷 7,第 20 页 b;方,第 245、251 页。

有积雪久不消,掘地得金羊玉马,高二尺许。

321 摩顶松

文本:《类说》卷 8,第 16 页 a—b;《绀珠集》卷 7,第 21 页 a;《太平广记》卷 92,第 606 页,引自《独异志》(合校本,卷 A,第 17 页)与《唐新语》;方,第 245、252 页,认为此文不应归入《广异记》。

玄奘往西域,见一松,以手摩其枝,曰:"吾西去求佛教,汝可西长,吾归即东回,俾吾弟子辈知之。"既去,松枝年年西指。一年忽东回,弟子曰:"教主归矣。"已而果还,至今谓之"摩顶松"。

322 老人吹笛

文本:《类说》卷8,第17页a—b;《三洞群仙录》卷18,第3页a—b;《绀珠集》卷7,第22页a;《太平广记》卷204,第1555—1556页,注出《博异记》;方,第246、253页,认为此文不应归入《广异记》。

吕君卿月夜泊舟君山,饮酒吹笛。忽一渔舟来相并,有老人持一笛,大如合拱,示吕曰:"此天乐也,不可吹。"次出一笛,如世所用也,曰:"此洞府仙乐也。"又一小者,如笔管,曰:"此人间笛也。"遂吹其小者,一两声波涛汹涌,又三五声舟楫掀舞,吕大恐。老人止笛朗吟曰:"湘中老人读黄老,手援紫垒坐碧草。春至不知湘水深,日暮忘却巴陵道。"

323 道君剪舌

文本:《类说》卷8,第18页a;《三洞群仙录》卷10,第10页b;《绀珠集》卷7,第22页b;《录异记》卷2,第6页b—7页a;《太平广记》卷162,第1172页,注出《录异记》;方,第246—247、254页,认为此文不应归入《广异记》。

夔州道士王法朗,舌长,呼字不正,乃日诵《道德经》。忽梦老君剪其舌,既觉,语遂正。

324 沙苑射雁

文本:《锦绣万花谷前集》卷4,第9页b—10页a;《绀珠集》卷7,第20页b;《集异记》卷1,第1页a—2页a(见《顾氏文房小说》);方,第247、251页,认为此文不应归入《广异记》。

唐明皇重阳日猎于沙苑，有飞雁，帝射中之，雁带箭西南而去。益州道观第一院，有道士徐佐卿寄寓，一日自外持箭来，曰："吾行山中，为飞箭所伤，已无恙。"因挂箭于壁，书其月日，且云："此后十年，箭主到此，付之。"后明皇幸蜀，至此观，乃见箭。

325 郁轮袍

文本：《锦绣万花谷前集》卷22，第6页a；《绀珠集》卷7，第21页b；《集异记》卷2，第1页b—3页a；方，第248、252—253页，认为此文不应归入《广异记》。

唐王维素为岐王所知，将应举，告王为地。王令作琵琶曲，引至贵戚家，自弹其曲，曰《郁轮袍》，贵戚大爱之。王曰："此非伶人，乃能文之士。"遂为夤缘，是年为举首。

326 鹦鹉唤花开

文本：《绀珠集》卷7，第21页ab；《博异记》，第4—6页；方，第252页，认为此文不应归入《广异记》。

许汉阳舟行，迷入一溪，夹岸皆花苞。忽一鹦鹉唤花开，一声花苞皆拆，中各有美女，长尺许，能笑言。至暮花落，女亦随落水中。

327 石阿措

文本：《绀珠集》卷7，第22页b；《博异记》，第8—9页；方，第254页，认为此文不应归入《广异记》。

崔玄微尝遇美人，其一曰石阿措，一曰十八姨，封则风神，石即石榴也。

328 敬元颖

文本：《绀珠集》卷7，第22页b；《博异记》，第2—4页；方，第254页，认为此文不应归入《广异记》。

宝镜名。

注：在《博异记》中有一个延伸了的故事，其中一个姑娘引诱一个叫陈仲躬的男子。这个姑娘名叫敬元颖，是深井里的一面镜子变的。

参考文献

　　此处所列的著作,分成缩写、原始文献与二手资料,包括最常被引用的西文著作和绝大多数中日文献。脚注中涉及的著述这里并没有全部收录。

缩写书目

CTS　《旧唐书》,中华书局,北京:1975 年。

HTS　《新唐书》,中华书局,北京:1975 年。

HY　《道藏子目引得》,《哈佛燕京学社汉学引得丛刊》第 25 号,北京:1935 年。(《道藏》文献编号见第 1—37 页。)

T　《大正新修大藏经》,东京:1924—1935 年,100 册。

TCTC　《资治通鉴》,司马光(1019—1086 年)编,中华书局,北京:1956 年,1976 年,20 册。

TPKC　《太平广记》,李昉等人于 977—978 年编纂,汪绍楹校,北京:1961 年,10 册。

TPYL　《太平御览》,李昉等人于 977—984 年编纂,中华书局影印宋本,北京:1960 年,4 册。

WYYH　《文苑英华》,1567 年福州刊本。增补部分见中华书局本,北京:1966 年,6 册。

原始文献

《安阳县志》,陈锡辂撰,朱煌辑,1738 年刊本。

《安阳县金石录》,武亿(1745—1799 年)、赵希璜撰,1799 年刊本。

《张籍诗集》,张籍(766?—830? 年)撰,北京:1959 年。

《长安志》，宋敏求撰，序称1076年，《经训堂丛书》本。

《朝野佥载》，张鷟撰，赵守俨校，与《隋唐嘉话》合刊，北京：1979年。

《贞松堂集古遗文》，罗振玉撰，1931年刊本。修订本收于《罗雪堂先生全集（初编）》，台北：1968年。

《称谓录》，梁章钜（1775—1849年）撰，1884年梁恭辰刊本。《明清俗语辞书集成》册2，东京：1974年，1978年。

《集异记》，《顾氏文房小说》本。

《集神州三宝感通录》，道宣（596—667年）撰，《大正新修大藏经》册52，2106号。

《嘉泰会稽志》，施宿等撰成于1201年，《景印文渊阁四库全书》册486。

《钱注杜诗》，杜甫（712—770年）撰，钱谦益注，北京：1958年，2册。

《潜夫论笺》，王符撰，汪继培笺，北京：1979年。

《潜研堂金石文跋尾》，钱大昕（1728—1804年）撰，《潜研堂全书》本。

《直斋书录解题》，陈振孙（约1190—1249年后）撰，徐小蛮、顾美华校，上海：1987年。

《锦绣万花谷前集后集续集别集》，佚名，序称1188年，1536年刊本。

《金石续钞》，赵绍祖撰，1860年刊本。

《金石续录》，刘青藜撰，序称1710年，《学古斋金石丛书》本。

《金石录校证》，赵明诚（1081—1129年）撰，金文明校，上海：1985年。

《金石萃编》，王昶（1725—1806年）撰，1805年刊本。

《金石文字记》，顾炎武（1613—1682年）撰，《亭林遗书》本。

《晋书》，中华书局，北京：1974年。

《清史稿》，中华书局，北京：1976—1977年，48册。

《情史类略》，冯梦龙（1574—1646年）撰，邹学明等校，长沙：1983年。

《旧唐书校勘记》，罗士琳等校勘，1872年刊本，台北：1971年，2册。

《旧五代史》，中华书局，北京：1976年。

《周易注疏》，《十三经注疏》本。

《周礼注疏》，《十三经注疏》本。

《周书》，中华书局，北京：1971年。

《初学记》，徐坚撰，中华书局，北京：1962年，1981年。

《庄子集释》，郭庆藩辑，北京：1961年。

《春秋左传注疏》，《十三经注疏》本。

《中州金石记》，毕沅（1730—1797年）撰，《经训堂丛书》本。

《中国民事习惯大全》，法政学社编纂，上海：1923年。台北：1962年。

《崇文书目》，《景印文渊阁四库全书》册674。

《剧谈录》，康骈（877 年中进士）撰，序称 895 年，《景印文渊阁四库全书》册 1042。

《全唐诗》，中华书局，北京：1960 年。

《[钦定]全唐文》，官修本，序称 1814 年，台北：1965 年。

《权载之文集》，权德舆（759—818 年）撰，《四部丛刊初编》本。

《[御览]阙史》，高彦休撰，序称 884 年，《知不足斋丛书》（第一集）本。

《群书类编故事》，王馨撰，元刊本，扬州：1990 年。

《尔雅注疏》，《十三经注疏》本。

《法苑珠林》，道世（683 年卒）撰，《大正新修大藏经》册 53，2122 号。

《[新编]分门古今类事》，《景印文渊阁四库全书》册 1047。

《封氏闻见记校证》，封演（约 795 年在世）撰，赵贞信校，《哈佛燕京学社汉学引得丛刊》特刊第 7 号，台北：1966 年。

《风俗通义校注》，王利器校注，北京：1981 年。

《风俗通义校释》，应劭（约 173—195 年在世）撰，吴树平校，天津：1980 年。

《佛祖历代通载》，念常（1341 年卒）撰，《大正新修大藏经》册 49，2036 号。

《汉书》，班固（公元 32—92 年）撰，中华书局，北京：1962 年。

《汉延熹西岳华山碑考》，阮元（1764—1849 年）撰，《文选楼丛书》（1842 年）本。

《河朔访古记》，遒贤撰，《景印文渊阁四库全书》册 593。

《后汉书》，中华书局，北京：1965 年。

《西青散记》，史震林撰，序称 1738 年，上海：1935 年，收于《中国文学珍本丛书》。

《西岳华山志》，王处一撰，序称 1184 年，《道藏》（《道藏子目引得》307 号）。

《仙传拾遗》，严一萍编《道教研究资料》册 1，板桥：1974 年。

《咸淳临安志》，潜说友撰，1177 年刊本，1830 年。

《仙都志》，陈性定撰，《道藏》（《道藏子目引得》602 号）。

《续高僧传》，道宣（596—667 年）编纂，《大正新修大藏经》册 50，2060 号。

《续资治通鉴长编》，李焘（1115—1184 年）撰，中华书局，北京：1979 年—。

《玄品录》，张雨（1277—1350 年）撰，序称 1335 年，《道藏》（《道藏子目引得》780 号）。

《学治臆说》,汪辉祖撰,序称1793年,《入幕须知五种》(1892年)本。

《华阳国志》,《四部丛刊初编》本。

《淮南子》,《四部丛刊初编》本。

《一切经音义》,慧琳(737—820年),《大正新修大藏经》册54,2128号。

《夷坚志》,洪迈(1123—1202年)撰,何卓校,北京:1981年,4册。

《艺文类聚》,欧阳询(557—641年)编纂,汪绍楹校,北京:1965年,2册。

《日知录集释》,顾炎武(1613—1682年)撰,黄汝成校,《四部备要》本。

《容斋随笔》,洪迈(1123—1202年)撰,上海:1978年。

《陔余丛考》,赵翼(1727—1814年)撰,上海:1957年。

《开天传信记》,郑棨(899年卒)撰,《百川学海》本。

《[景印明刊罕传本]绀珠集》,序称1137年,明刊本,台北:1970年。

《古志石华》,黄本骥撰,《三长物斋丛书》本。

《古清凉传》,慧祥(667年在世)撰,《大正新修大藏经》册51,2098号。

《古墨斋金石跋》,赵绍祖撰,《聚学轩丛书》本。

《古文苑》,《四部丛刊初编》本。

《广川书跋》,董逌(约1125年)撰,《行素草堂金石丛书》本。

《广异记》,戴孚撰,方诗铭校,与《冥报记》合刊,北京:1992年。

《会稽掇英总集》,孔延之编纂,序称1072年,《景印文渊阁四库全书》册1345。

《国语》,上海师范大学古籍整理组校点,上海:1978年。

《类说》,曾慥编,1626年刊本,北京:1955年,5册。

《礼记注疏》,《十三经注疏》本。

《历世真仙体道通鉴》,赵道一撰,《道藏》(《道藏子目引得》296号)。

《李太白全集》,李白(701—762年)撰,中华书局,北京:1977年,3册。

《梁书》,中华书局,北京:1973年。

《列子集释》,杨伯峻撰,北京:1979年。

《录异记》,杜光庭(850—933年)撰,《道藏》(《道藏子目引得》591号)。

《论衡校释》,王充(公元27—97年)撰,黄晖校,北京:1990年,4册。

《论语引得》,《哈佛燕京学社汉学引得丛刊》特刊第16号,北京:1940年。

《茅山志》,《道藏》(《道藏子目引得》304号)。

《梦溪笔谈校证》,沈括(1031—1095年)撰,胡道静校,上海:1956年,2册。

《中国民商事习惯调查报告录》,司法行政部编纂,[南京]:1930年。台北：1969 年。

《冥报记》，唐临撰，方诗铭校，北京：1992 年。

《明史》，中华书局，北京：1974 年。

《南齐书》，中华书局，北京：1972 年。

《南部新书》，钱易撰，中华书局，北京：1960 年。

《南史》，中华书局，北京：1975 年。

《南岳总胜集》，陈田夫(1163 年在世)撰，《大正新修大藏经》册 51，2097 号。

《能改斋漫录》，吴曾(1170 年后卒)撰，北京：1960 年。

《八琼室金石补正》，陆增祥(1833—1889 年)撰，1925 年刊本。

《宝刻丛编》，陈思(约 1200—1259 年后)撰，《十万卷楼丛书》本。

《抱朴子内篇校释》，葛洪(283—343 年)撰，王明校注，北京：1985 年。

《北齐书》，中华书局，北京：1972 年。

《北京图书馆藏中国历代石刻拓本汇编》，郑州：1989—1991 年。

《北史》，中华书局，北京：1974 年。

《裴铏传奇》，周楞伽校，上海：1980 年。

《秘书省续编到四库阙书目》，叶德辉辑，《观古堂书目丛刊》(1903 年)本。

《平津读碑记》，洪颐煊(1765—1837 年)撰，《木犀轩丛书》本。

《白居易集》，白居易(772—846 年)撰，顾学颉校，北京：1979 年，4 册。

《博异志》，谷神子[可能是郑还古]撰，北京：1980 年。

《博物志校证》，张华(232—300 年)撰，范宁校证，北京：1980 年。

《三家评注李长吉歌诗》，李贺(791—817 年)撰，北京：1959 年。

《三辅黄图》，《经训堂丛书》本。

《三国志》，陈寿(297 年卒)撰，中华书局，北京：1959 年。

《三洞群仙录》，陈葆光撰，序称 1154 年，《道藏》(《道藏子目引得》1238 号)。

《山海经校注》，袁珂校注，上海：1980 年。

《尚书注疏》，《十三经注疏》本。

《少室山房笔丛》，胡应麟(1551—1602 年)撰，北京：1958 年，2 册。

《史记》，司马迁(前 145—前 86 年)撰，中华书局，北京：1959 年。

《诗经引得》，《哈佛燕京学社汉学引得丛刊》特刊第 9 号，北京：1934 年。

《拾遗记》，王嘉撰，萧绮录，齐治平校注，北京：1981 年。

《十三经注疏》，阮元校刻，宋刻本，1816 年，京都：1971 年，7 册。

《史通笺记》，刘知幾(661—721 年)撰，程千帆笺记，北京：1980 年。

《史通通释》，浦起龙（1679—？年）释，上海：1978年，2册。

《书断》，张怀瓘（713—741年在世）撰，《景印文渊阁四库全书》册812。

《水经注疏》，郦道元撰，杨守敬、熊会贞注，段熙仲、陈桥驿疏，［苏州］：1989年。

《说郛》，陶宗仪（1320？—1402？年）编纂，100卷本，上海：1927年。

《说文解字》，许慎（公元30—124年）撰，陈昌治校，1871年刊本，北京：1963年。

《搜神记》，干宝（320年在世）撰，北京：1979年。

《搜神后记》，托名陶潜（365—427年）撰，汪绍楹校，北京：1981年。

《四库全书总目提要》，1795年刊本。

《岁时广记》，陈元靓（约1200—1266年）撰，《十万卷楼丛书》40卷本。收于《岁时习俗研究资料汇编》，台北：1970年，册4—7。

《隋书》，中华书局，北京：1973年。

《隋唐嘉话》，刘餗撰，程毅中校，与《朝野佥载》合刊，北京：1979年。

《宋高僧传》，赞宁（919—1001年）撰，《大正新修大藏经》册50，2061号。

《宋书》，中华书局，北京：1974年。

《大唐郊祀录》，《适园丛书》本。

《大唐开元礼》，《景印文渊阁四库全书》册646。

《大唐六典》，近卫家熙校，1724年刊本，台北：1962年。

《太清金阙玉华仙书八极神章三皇内祕文》，《道藏》（《道藏子目引得》854号）。

《太平寰宇记》，乐史（930—1007年）撰，1803年刊本。

《唐摭言》，王定保撰，北京：1959年。上海：1978年。

《唐方镇年表》，吴廷燮撰，中华书局，北京：1980年，3册。

《唐会要》，王溥（922—982年）撰，《国学基本丛书》本，上海：1935年。

《唐国史补》，李肇撰，上海古籍出版社，上海：1957年，1979年。

《唐两京城坊考》，徐松（1781—1848年）撰，《连筠簃丛书》本，京都：1956年，第1—74页。

《唐律疏议》，长孙无忌（约600—659年）等撰，刘俊文校，北京：1983年。

《唐尚书省郎官石柱题名考》，劳格、赵钺辑，《月河精舍丛钞》本，1886年。

《唐诗纪事》，计有功（1161年后卒）撰，上海：1965年。香港：1972年，2册。

《唐大诏令集》，宋敏求（1019—1079 年）编纂，北京：1959 年。

《唐文粹》，姚铉（968—1020 年）编纂，《四部丛刊初编》本。

《道宣律师感通录》，道宣（596—667 年）撰，《大正新修大藏经》册 52，2107 号。

《道藏》，见上文《道藏子目引得》条。

《登科记考》，徐松撰，赵守俨点校，北京：1984 年，3 册。

《册府元龟》，王钦若（962—1025 年）等撰，有李嗣敬序，1642 年刊本。

《独异志》，李冗撰，张永钦、侯志明校订，北京：1983 年。

《敦煌变文集新书》，潘重规编，[台北]：1984 年。

《通典》，杜佑（735—812 年）撰，《国学基本丛书》本。

《梓潼帝君化书》，《道藏》（《道藏子目引得》170 号）。

《王建诗集》，王建（766 年？ 生）撰，中华书局，北京：1959 年。

《王梵志诗校辑》，张锡厚辑，北京：1983 年。

《王梵志诗校注》，项楚校注，上海：1991 年。

《魏书》，中华书局，北京：1974 年。

《文选》，萧统（501—531 年）撰，1869 年宋刊本，台北：1971 年。

《文苑英华辨证》，彭叔夏撰，序称 1204 年，《武英殿聚珍版书》广东刊本。收于《文苑英华》册 6。

《五省出土重要文物展览图录》，北京：1958 年。

《杨盈川集》，杨炯（650—693 年后），《四部丛刊初编》本。

《颜鲁公集》，颜真卿（709—785 年）撰，《景印文渊阁四库全书》册 1071。

《颜鲁公文集》，颜真卿撰，黄本骥校，《三长物斋丛书》本，1845 年。

《颜氏家训集解》，颜之推（531—591 年后）撰，王利器集解，上海：1980 年。

《景印文渊阁四库全书》，台北：1983—1986 年。

《酉阳杂俎》，段成式（803？ —863 年）撰，方南生校，北京：1981 年。

《雍州金石记》，朱枫撰，《惜阴轩丛书》本。

《元稹集》，元稹（779—831 年）撰，冀勤校，北京：1982 年，2 册。

《元和郡县图志》，李吉甫（758—814 年）撰，贺次君校，北京：1983 年。

《元和姓纂》，林宝撰，《景印文渊阁四库全书》册 890。

《乐府杂录》，段安节（894—907 年在世）撰，《中国古典戏曲论著集成》第 1 集，北京：1959 年。

《云溪友议》，范摅（860—873 年在世）撰，北京：1959 年。

研究文献

芮马丁（AHERN Emily M.）《中国乡村的亡人祭礼》（*The Cult of the*

Dead in a Chinese Village),斯坦福:1973 年。

欧阳瑞(BIRNBAUM, Raoul)《山君的秘厅:五台山的石窟》("Secret Halls of the Mountain Lords : The Caves of Wu-t'ai shan"),《远东亚洲丛刊》(*Cahiers d'Extrême-Asie*)第 5 期,1989—1990 年,第 115—140 页。

卜弼德(BOODBERG, Peter A.)《北朝史旁注》("Marginalia to the Histories of the Northern Dynasties"),《哈佛亚洲研究学报》(*Harvard Journal of Asiatic Studies*)第 4 期,1939 年,第 230—283 页。

瑞贝卡·凯茨(CATZ, Rebecca D.)编译《平托的旅行》(*The Travels of Mendes Pinto*),芝加哥:1989 年。

沙畹(CHAVANNES,Edouard)《泰山:一个中国崇拜仪式的专题研究》(*Le T'ai chan , Essai de Monographie d'un Culte Chinois*),巴黎:1910 年。

陈桥驿《绍兴地方文献考录》,杭州:1983 年。

陈国符《道藏源流考》,北京:1963 年。

陈鹏《中国婚姻史稿》,北京:1990 年。

程毅中《唐代小说琐记》,《文学遗产》1980 年第 2 期,第 52—60 页。

程毅中《论唐代小说的演进之迹》,《文学遗产》1987 年第 5 期,第 44—52 页。

江绍原《中国古代旅行之研究》卷 1,上海:1935 年,1937 年。(范任译,书名为 *Le Voyage dans la Chine Ancienne, Considéré Principalement sous son Aspect Magique et Religieux* ,上海:1937 年。)

钱锺书《管锥编》,北京:1979 年,4 册。

钱宝琮《太一考》,《燕京学报》第 12 期,1932 年,第 2449—2478 页。

朱迎平《〈灵怪集〉不是六朝志怪》,《文学遗产》1987 年第 1 期,第 18 页。

莫里斯·克里斯(COLLIS. Maurice)《伟大的远游:平托的冒险及他的生平》(*The Grand Peregrination, Being the Life and Adventures of Fernão Mendes Pinto*),伦敦:1949 年。

戴维斯(DAVIS. A. R)《陶渊明(365—427 年):他的作品及其意义》(*T'ao Yüan-ming (AD 365—427): His Works and Their Meaning*),剑桥:1983 年,2 册。

高延(DE GROOT. J. J. M.)《中国的宗教系统及其古代形式、变迁、历史及现状》(*The Religious System of China, Its Ancient Forms, Evolution, History and Present Aspect, Manners, Customs and Social Institutions Connected Therewith*),莱顿:1892—1910 年,6 册。

戴何都(DES ROTOURS, Robert)《新唐书百官志兵志译注》(*Traité*

des Fonctionnaires et Traité de l'armée，*Traduits de la Nouvelle Histoire des T'ang*），莱顿：1948 年，2 册。修订版，旧金山：1974 年。

杜志豪（DEWOSKIN, Kenneth J.）《六朝志怪与小说的产生》（"The Six Dynasties *chih-kuai* and the Birth of Fiction"），文收浦安迪（Andrew H. Plaks）编《中国叙事学：批评与理论文集》（*Chinese Narrative：Critical and Theoretical Essays*），普林斯顿：1977 年，第 21—52 页。

卢公明（DOOLITTLE, Justus）《中国人的社会生活：关于宗教、朝廷、教育、商务等方面的习俗与观念的考察》（*Social Life of the Chinese：With some Account of Their Religious，Governmental，Educational，and Business Customs and Opinions*），纽约：1865 年，2 册。

杜德桥（DUDBRIDGE, Glen）《十六世纪的中国小说〈西游记〉的故事原型研究》（*The Hsi-yu chi：A Study of Antecedents to the Sixteenth-Century Chinese Novel*），剑桥：1970 年。

杜德桥《〈李娃传〉：一部中国九世纪传奇的研究与版本评述》（*The Tale of Li Wa：Study and Critical Edition of a Chinese Story from the Ninth Century*），伦敦：1983 年。

杜德桥《唐传奇与唐代祭仪：八世纪的一些案例》（"Tang Tales and Tang Cults：Some Cases from the Eighth Century"），《第二届国际汉学会议论文集·文学组》，台湾"中央研究院"，南岗：1990 年，第 335—352 页。

杜德桥《华岳三娘神和木鱼书〈沉香太子〉》（"The Goddess Hua-yüeh San-niang and the Cantonese Ballad *Ch'en-hsiang T'ai-tzu*"），《汉学研究》第 8 卷第 1 期，1990 年，第 627—646 页。

杜德桥《〈柳毅传〉及其类同故事》（"The Tale of Liu Yi and Its Analogues"），文收孔慧怡（Eva Hung）编《中国传统文学的悖论现象》（*Paradoxes of Traditional Chinese Literature*），香港：1994 年，第 61—88 页。

艾伯华（EBERHARD，Wolfram）《中国东南地方文化》（*The Local Cultures of South and East China*），A·艾伯哈德（A. Eberhard）译，莱顿：1968 年。

伊沛霞（EBREY, Patricia Buckley）、彼得·格里高瑞（GREGORY, Peter N.）合编《唐宋时期中国的宗教与社会》（*Religion and Society in T'ang and Sung China*），火奴鲁鲁：1993 年。

埃利奥特（ELLIOTT，A. J. A.）《新加坡的华人灵媒仪式》（*Chinese Spirit-medium Cults in Singapore*），伦敦：1955 年。

佛尔（FAURE, Bernard）《遗迹与肉体：禅宗圣地的创建》（"Relics and

Flesh Bodies：The Creation of Ch'an Pilgrimage Sites"），文收韩书瑞（Susan Naquin）、于君方合编《中国的朝圣者与圣地》（*Pilgrims and Sacred Sites in China*），伯克利、洛杉矶：1992 年，第 150—189 页。

傅璇琮《唐代诗人丛考》，北京：1980 年。

傅璇琮主编《唐才子传校笺》，北京：1987—1990 年，4 册。

福井康顺编《神仙传》，东京：1983 年。

福永光司《昊天上帝、天皇大帝、元始天尊——儒教的最高神与道教的最高神》，《中哲文学会报》第 2 号，1976 年，第 1—34 页。

艾伦·高尔德（GAULD, Alan）、A. D. 康奈尔（CORNELL, A. D.）《鬼怪论》（*Poltergeists*），伦敦：1979 年。

后藤肃唐《徐福东来的传说》，《东洋文化》（1926 年）第 25 号，第 60—70 页；第 26 号，第 49—61 页；第 27 号，第 63—72 页；第 28 号，第 55—63 页；第 29 号，第 44—51 页。

花房英树、前川幸雄《元稹研究》，京都：1977 年。

平冈武夫《长安与洛阳：资料》，京都：1956 年。

侯锦郎《中国宗教中的冥币与财富流通观念》（"Monnaies d'Offrande et la Notion de Trésorerie dans la Religion Chinoise"），《中国高等研究院学报》（*Mémoires de l'Institut des Hautes Études Chinoises*）卷 1，巴黎：1975 年。

夏振英《西岳华山古庙调查》，《考古学集刊》第 5 集，北京：1987 年，第 194—205 页。

萧登福《道教星斗符印与佛教密宗》，台北：1993 年。

萧登福《道教与密宗》，台北：1993 年。

胡孚琛《魏晋神仙道教：〈抱朴子内篇〉研究》，北京：1989 年。

姜士彬（JOHNSON, David）《唐宋时期中国的城隍祭仪》（"The City-God Cults of T'ang and Sung China"），《哈佛亚洲研究学报》第 45 期，1985 年，第 363—457 页。

焦大卫（JORDAN, David K.）《台湾乡村的两种冥婚形式》（"Two Forms of Spirit Marriage in Rural Taiwan"），《东南亚和大洋洲人文社会科学杂志》（*Bijdragen tot de Taal-, Land- en Volkenkunde*）第 127 期，1971 年，第 181—189 页。

焦大卫《神、鬼与祖先：台湾乡村的民间宗教》（*Gods, Ghosts, and Ancestors：The Folk Religion of a Taiwanese Village*），伯克利、洛杉矶：1972 年。

阮昌锐《台湾的冥婚与过房之原始意义及其社会功能》，《中央研究院民族学研究所集刊》第 33 辑，1972 年，第 15—38 页。

高辛勇(KAO, Karl S. Y.)编《中国古典神怪故事：三到十世纪作品选》(*Classical Chinese Tales of the Supernatural and the Fantastic：Selections from the Third to the Tenth Century*)，布卢明顿：1985 年。

高本汉(KARLGREN, Bernhard)《古代中国的传说与祭仪》("Legends and Cults in Ancient China")，《远东古物博物馆馆刊》(*Bulletin of the Museum of Far Eastern Antiquities*)第 18 期，1946 年，第 199—365 页。

胜村哲也《〈颜氏家训·归心篇〉与〈冤魂志〉的比较》，《东洋史研究》第 26 期，1967 年，第 350—362 页。

祁泰履(KLEEMAN, Terry)《一个神的传奇：梓潼帝君(文昌)化书》(*A God's Own Tale：The Book of Transformations of Wenchang, the Divine Lord of Zitong*)，奥尔巴尼：1994 年。

顾颉刚《四岳与五岳》，文收《史林杂识初编》，北京：1963 年，第 34—45 页。

顾颉刚《〈庄子〉和〈楚辞〉中昆仑和蓬莱两个神话系统的融合》，《中华文史论丛》总第 10 辑(1979 年第 2 辑)，第 31—57 页。

列维(LÉVI, Jean)《人间官员与阴间神灵：六朝与唐代小说中神界与人间行政的权力之争》("Les Fonctionnaires et le Divin：Luttes de Pouvoirs entre Divinités et Administrateurs dans les contes des Six Dynasties et des Tang")，《远东亚洲丛刊》第 2 期，1986 年，第 81—110 页。

I. M. 刘易斯(LEWIS. I. M.)《中心与边缘：萨满教的社会人类学研究》(*Ecstatic Religion, An Anthropological Study of Spirit Possession and Shamanism*)，哈莫兹沃斯：1971 年。

李剑国《唐前志怪小说史》，天津：1984 年。

李丰楙《六朝隋唐仙道类小说研究》，台北：1986 年。

李祖桓《黄河古桥述略》，《文史》第 20 期，北京：1983 年，第 63—74 页。

李子春《西岳华山碑觅得残石一片》，《文物参考资料》1975 年第 5 期，第 80—81 页。

刘敦桢《苏州云岩寺塔》，《文物参考资料》1954 年第 7 期，第 27—38 页。

鲁迅(周树人)《鲁迅全集》，20 册，上海：1973 年。

鲁迅《中国小说史略》，《鲁迅全集》册 9。

松崎宪三编《东亚的死灵结婚》，东京：1993 年。

麦大维(MCMULLEN, David)《唐代中国的国家与学者》(*State and Scholars in T'ang China*)，剑桥：1988 年。

麦大维《真实的狄御史：狄仁杰与 705 年唐王朝的中兴》("The Real

Judge Dee:Ti Jen-chieh and the T'ang Restoration of 705"),《泰东》(*Asia Major*)第 3 辑第 6 卷,1993 年,第 1—81 页。

宫川尚志《六朝史研究——政治社会篇》,东京:1956 年。

宫川尚志《六朝史研究——宗教篇》,京都:1964 年。

中村治兵卫《中国巫术研究》,东京:1992 年。

李约瑟(NEEDHAM,Joseph)《中国科学技术史》(*Science and Civilisation in China*)卷 2,剑桥:1956 年;卷 3,1959 年;卷 5 第 1 分册:1985 年;卷 5 第 2 分册:1974 年;卷 5 第 5 分册:1983 年。

小田義久《五道大神考》,《东方宗教》第 48 期,1976 年,第 14—29 页。

T. K. 奥斯特莱克(OESTERREICH,T. K.)《远古、中古及现代的原始种族的魂附体、着魔者与其他现象》(*Possession,Demoniacal and Other,Among Primitive Races,in Antiquity,the Middle Ages,and Modern Times*),D. 伊博森(D. Ibberson)译,伦敦:1930 年。

冈本三郎《冥婚说话考》,《东洋史会纪要》第 4 期,1945 年,第 135—163 页。

小野胜年《入唐求法巡礼行记的研究》,东京:1964—1969 年,4 册。

杰克·波特(POTTER,Jack M.)《广东的萨满信仰》("Cantonese Shamanism"),文收武雅士(Arthur P. Wolf)编《中国社会的宗教与仪式》(*Religion and Ritual in Chinese Society*),斯坦福:1974 年,第 207—231 页。

赖世和(REISCHAUER,Edwin O.)《圆仁日记:〈入唐求法巡礼行记〉》(*Ennin's Diary:The Record of a Pilgrimage to China in Search of the Law*),纽约:1955 年。

威廉·萨根(SARGANT,William)《精神着魔论:关于着魔、神秘论与信仰疗法的生理分析》(*The Mind Possessed:A Physiology of Possession,Mysticism and Faith Healing*),伦敦:1973 年。

泽田瑞穗《地狱变:中国的冥界说》,京都:1968 年。

泽田瑞穗《神仙传》,文收《中国古典文学大系》卷 8,东京:1969 年。

泽田瑞穗《宋代的神咒信仰——以〈夷坚志〉为中心的小说研究》,文收《中国的咒法(修订本)》,东京:1992 年,第 457—496 页。

薛爱华(SCHAFER,Edward H.)《撒马尔罕的金桃子:唐代外来事物研究》(*The Golden Peaches of Samarkand:A Study of T'ang Exotics*),伯克利、洛杉矶:1963 年。

薛爱华《朱雀:唐代的南方图像》(*The Vermilion Bird:T'ang Images of the South*),伯克利、洛杉矶:1967 年。

施舟人(SCHIPPER,K. M.)《汉武帝内传研究》(*L'empereur Wou des*

Han dans la Légende Taoïste），巴黎：1965 年。

施舟人《五岳真形图的信仰》，《道教研究》第 2 辑，东京：1967 年，第 114—162 页。

乔治·舒尔哈默（SCHURHAMMER，Georg）《平托和他的〈远游记〉》（"Fernão Mendez Pinto und Seine 'Peregrinaçam'"），《泰东》第 3 期，1926 年，第 71—103、194—267 页。

石秀娜（SEIDEL，Anna）《帝国珍宝与道家圣礼——道徒与谶纬》（"Imperial Treasures and Taoist Sacraments-Taoist Roots in the Apocrypha"），文收司马虚（Michel Strickmann）编《密教与道教研究——纪念石泰安》（*Tantric and Taoist Studies in Honour of R. A. Stein*）册 2［《汉学与佛教论丛》（Mélanges Chinois et Bouddhiques）册 21］，布鲁塞尔：1983 年，第 291—371 页。

繁原央《中国冥婚说话的二种类型》，文收松崎宪三编《东亚的死灵结婚》，东京：1993 年，第 471—484 页。

施蛰存《水经注碑录》，天津：1987 年。

约翰·斯蒂尔（STEELE，John）《〈仪礼〉英译本》（*The I-li，or Book of Etiquette and Ceremonial*），伦敦：1917 年，2 册。台北：1966 年。

石泰安（STEIN Rolf A.）《道教灶节祭仪》（"Les Fêtes de Cuisine du Taoïsme Religieux"），文收《法兰西学院年鉴》（*Annuaire du Collège de France*）第 71 辑，1971—1972 年，第 431—440 页。

石泰安《对与道家饮食有关的神话及相关内容的思考》（"Spéculations Mystiques et Thèmes Relatifs aux Cuisines du Taoïsme"），文收《法兰西学院年鉴》第 72 辑，1972—1973 年，第 489—499 页。

石泰安《（中国）与营养相关的观念》［"Conceptions Relatives à la Nourriture(Chine)"］，文收《法兰西学院年鉴》第 73 辑，1973—1974 年，第 457—463 页。

石泰安《二至七世纪宗教化的道家与世俗化的宗教》（"Religious Taoism and Popular Religion from the Second to Seventh Centuries"），文收尉迟酣、石秀娜合编《道教面面观》（*Facets of Taoism*），第 53—81 页。

司马虚（STRICKMANN，Michel）《茅山降经：道家与贵族》（"The Mao shan Revelations：Taoism and the Aristocracy"），《通报》（*T'oung Pao*）第 63 期，1977 年，第 1—64 页。

司马虚《论陶弘景的炼丹术》（"On the Alchemy of T'ao Hung-ching"），文收尉迟酣、石秀娜合编《道教面面观》，第 123—192 页。

司马虚《茅山道教：降经纪年》（*Le Taoïsme du Mao chan：Chronique*

d'une Révélation），巴黎：1981 年。

司马虚《密咒与官话：中国的密宗》（*Mantras et Mandarins：Le Bouddhisme Tantrique en Chine*），未出版。

孙潜：见严一萍条。

竹田旦《祖灵祭祀与死灵结婚——日韩比较民俗学研究》，东京：1990 年。

唐长孺《读〈桃花源记旁证〉质疑》，文收《魏晋南北史论丛续编》，北京：1959 年，第 163—174 页。

唐久宠《范宁〈博物志校证〉评论》，文收《中国古典小说研究专集》第 6 辑，台北：1983 年，第 315—331 页。

基斯·托马斯（THOMAS, Keith）《16 和 17 世纪英格兰大众信仰研究》（*Religion and the Decline of Magic：Studies in Popular Beliefs in Sixteenth and Seventeenth Century England*），伦敦：1971 年。

汤普森（THOMPSON, Paul）《过去的声音：口述史》（*The Voice of the Past：Oral History*），第二版，牛津：1988 年。

曹汛《豆卢荣与豆卢策》，《文史》第 35 期，1992 年，第 212 页。

岑仲勉《元和姓纂四校记》，上海：1947 年。

冢本善隆《古逸六朝观世音应验记的出现——晋谢敷、宋傅亮的观世音应验记》，《京都大学创立二十五周年纪念论文集》，京都：1954 年，第 234—250 页。

吕宗力、栾保群《中国民间诸神》，石家庄：1987 年。

杜正胜《什么是新社会史》，《新史学》第 3 卷第 4 期，1992 年，第 95—116 页。

杜德桥（Tu Te-ch'iao）《〈广异记〉初探》，《新亚学报》第 15 期，1986 年，第 395—414 页。

涂元济《鲧化黄龙考释》，《民间文艺集刊》第 3 期，1982 年，第 35—49 页。

崔瑞德（TWITCHETT, Denis）《唐代财政》（*Financial Administration under the T'ang Dynasty*），第二版，剑桥：1970 年。

崔瑞德《唐代统治阶层的组成：出自敦煌的新证据》（"The Composition of the T'ang Ruling Class：New Evidence from Tunhuang"），文收芮沃寿、崔瑞德合编《唐代中国的透视》（*Perspectives on the T'ang*），纽黑文、伦敦：1973 年，第 47—85 页。

崔瑞德、芮沃寿（WRIGHT, Arthur F.）主编《剑桥中国史》（*The Cambridges History of China*）卷 3《隋唐史（589—906 年）》（*Sui and T'ang*

China, *589—906*),剑桥:1979 年。

内田道夫《校本〈冥报记〉》,仙台:1955 年。

内田道夫《项羽神物语》,文收氏著《中国小说研究》,东京:1977 年,第 241—259 页。

内田智雄《冥婚考》,《支那学》第 11 期,1944 年,第 311—373 页。

内山知也《隋唐小说研究》,东京:1977 年。

内山知也《中唐初期小说——以〈广异记〉为中心的研究》,文收《加贺博士退官纪念中国文史哲学论集》,东京:1979 年,第 527—541 页。

万曼《唐集叙录》,北京:1980 年。

王重民《敦煌古籍叙录》,北京:1979 年。

王国良《〈幽冥录〉研究》,文收《中国古典小说研究专集》第 2 辑,台北:1980 年,第 47—60 页。

华琛(WATSON, James L.)《论肉与骨:广东社会中尸体污染的管理》("Of Flesh and Bones: The Management of Death Pollution in Cantonese Society"),文收莫里斯·布洛赫(Maurice Bloch)、乔纳森·裴利(Jonathan Parry)合编《生命的死亡与再生》(*Death and the Regeneration of Life*),剑桥:1982 年,第 155—186 页。

华琛、罗友枝(RAWSKI, Evelyn S.)合编《晚清与现代中国的葬仪》(*Death Ritual in Late Imperial and Modern China*),伯克利等:1988 年。

斯坦利·威斯坦因(WEINSTEIN, Stanley)《唐代佛教》(*Buddhism under the T'ang*),剑桥:1987 年。

尉迟酣(WELCH, Holmes)、石秀娜(SEIDEL, Anna)合编《道教面面观:中国宗教论文集》(*Facets of Taoism: Essays in Chinese Religion*),纽黑文、伦敦:1979 年。

戴遂良(WIEGER, Léon)《中国现代民俗》(*Folk-lore Chinois Moderne*),河间府:1909 年。范堡罗:1969 年。

武雅士(WOLF, Arthur)《神、鬼和祖先》("Gods, Ghosts, and Ancestors"),文收氏编《中国社会的宗教与仪式》(*Religion and Ritual in Chinese Society*),斯坦福:1974 年,第 131—182 页。

吴荣曾《镇墓文中所见到的东汉道巫关系》,《文物》1981 年第 3 期,第 56—63 页。

吴雨苍《苏州虎丘山云岩寺塔》,《文物参考资料》1954 年第 3 期,第 69—74 页。

杨柳桥《梼杌正义》,《文史》第 21 期,1983 年,第 100 页。

严一萍《太平广记校勘记》,板桥:1970 年。(包括孙潜 1668 年的校记。)

严一萍编《道教研究资料》,板桥:1974年,2册。

严耕望《唐代交通图考》,台北:1985—1986年,5册。

余国藩(YU,Anthony C.)《安息吧,安息吧,不安的神灵:中国古代小说中的鬼神》("'Rest, Rest, Perturbed Spirit!': Ghosts in Traditional Chinese Prose Fiction"),《哈佛亚洲研究学报》第47期,1987年,第397—434页。

余嘉锡《四库提要辨证》,北京:1980年。

郁贤皓《唐刺史考》,香港、南京:1987年,5册。

索 引

这个索引混编了两种类型的文献，以下所列的黑体数字为附录中的故事编号，非黑体数字是本书页码。

杜德桥小传

(1938 年 7 月 2 日—2017 年 2 月 5 日)

伊维德(Wilt L. Idema)*

　　杜德桥 1938 年生于英国萨默赛特(Somerset)郡的克利夫登 (Clevedon)县,曾就读于布里斯托文法学校(Bristol Grammar School),后服兵役,兵役结束后入剑桥大学,师从张心沧教授攻 读中文。张氏著有关于中国通俗文学的选集——《中国文学:通 俗小说与戏剧》(*Chinese Literature : Papular Fiction and Drama*,爱丁堡,1973 年),该书旁征博引,注释详尽,张氏以此闻 名。除此以外,杜德桥的另一个良师益友是龙彼得(Piet van der Loon),后者的专业知识对他颇有启迪,并使他受益终生。而张 氏与龙氏当在文献目录学方面对杜德桥做过系统训练。从剑桥 毕业之后,杜德桥远赴香港,于新亚学院继续深造。1965 年,他 受聘成为牛津大学现代中国方向的讲师。二十年后,他于 1985 年被剑桥大学委任为中国学教授;继而又于 1989 年重返牛津,职 衔不变。1998—2002 年间,杜德桥担任欧洲汉学学会(European Association for Chinese Studies)主席,并在美国耶鲁大学、加州 大学伯克利分校以及香港中文大学先后担任访学教授。1984 年,他当选为英国国家学术院(British Academy)院士;1996 年荣 任中国社会科学院荣誉学部委员。自牛津大学退休之后,杜德桥

---

* 伊维德为哈佛大学中国文学研究教授、莱顿大学中国语言文学退休教授。

依然活跃于学术研究的舞台，直至去世。如今杜氏遗孀健在，二人育有子女二人，孙辈四人。

杜德桥的博士论文题目是研究西游传奇故事的演进过程，时间截至 1592 年署名吴承恩的百回本《西游记》成书。他最早发表的几篇论文讨论了《西游记》的几种早期版本与同时代流传而篇幅较短的西游传奇之间的关系。在一篇发表于 1969 年的长达五十页的论文中，杜德桥对《西游记》的各种现有版本以及若干节略版本作了细致的考察，认为节略本是依据全本所作，而并非相反；然而关于玄奘诞生的情节则最早出现于朱鼎臣编辑的一个节略本中，后来才被收入百回本中。① 许多学者从小读的百回本都是包含玄奘诞生这一情节的，他们对于杜氏这一结论至今尚难接受。② 此外，杜德桥认为人们将《西游记》的著者定为吴承恩不过是基于一些极度不可靠的材料，这一观点尚未产生影响。

杜德桥的第一部专著《十六世纪的中国小说〈西游记〉的故事原型研究》(*The His-yu chi：A Study of the Antecedents to the Sixteenth-Century Chinese Novel*)于 1970 年出版。③ 该书是在二战后西方汉学研究新的发展大潮中应运而生的。二十世纪前半叶的汉学研究主要集中于中国古典文化的文献学考察，而五四

---

① 见杜德桥《百回本〈西游记〉及其早期版本》("The Hundred-Chapter *His-yu chi* and Its Early Versions")，《泰东》(*Asia Major*)(新辑)第 14 期，1969 年，第 141—191 页。

② 参看许浩然《英国汉学家杜德桥与〈西游记〉研究》，《中南大学学报(社会科学版)》第 18 卷第 1 期，2012 年 2 月，第 187—191 页。

③ 杜德桥《十六世纪的中国小说〈西游记〉的故事原型研究》(*The His-yu chi：A Study of the Antecedents to the Sixteenth-Century Chinese Novel*)，剑桥，1970 年。夏志清和余国藩俱曾有书评，分别见于《亚洲研究期刊》(*Journal of Asian Studies*)第 30 期，1971 年，第 887—888 页；《宗教史》(*History of Religions*)第 12 期，1972 年，第 90—94 页。

新文化运动的影响、年轻中国学者的涌入以及美国东亚或中国语言文学系下设中国学研究项目的纷纷成立,都使得美国汉学界,继而是欧洲汉学界,对中国近代白话小说的研究热情日益高涨。因这部专著的出版,杜德桥很快蜚声学界,卓然成家。该书可大致分为两个部分。在第一部分中,杜德桥一丝不苟地纵览了十二至十六世纪间所知的每一则涉及西游传奇的材料和其中的主要角色,并仔细鉴别了直接引述、内容概要以及其他间接引述。在第二部分中,他评议了诸多解释孙悟空原型的理论。杜德桥将已知最早的有关西游传奇的著作《大唐三藏取经诗话》中的猴行者作为他立论的起始,进而对前人提出的理论一一作出批驳,认为这些理论皆误以几个世纪之后出现的百回本中的孙悟空形象为出发点。无怪乎夏志清在他的书评中多次提及杜德桥的"谨慎"(caution)与"怀疑精神"(skepticism)。④ 夏氏还指出了杜著首章与全书主体内容间的矛盾:杜德桥在开篇中用了一定篇幅阐述"帕里洛德"(Parry-Lord)的口传文学理论,这一理论的接受度在二十世纪六七十年代正值顶峰,他强调西游传说的书面记载只是丰富而变动不居的口传体系下微不足道的一小部分,而大量的口传文学内容并不为人所知。夏志清以往评价其他业内白话小说的研究著作时,措辞即便不算粗暴,也堪称直率,相比之下,此文对杜著的批评已相当委婉。不过纵使如此,杜德桥依然对这一书评提出了异议。⑤

在 1988 年发表的《〈西游记〉中的孙悟空与过去十年的研究成果》("The *His-yu chi* Monkey and the Fruits of the Last Ten

---

④《亚洲研究期刊》第 30 期,1971 年,第 887—888 页。
⑤ 杜德桥于 1972 年在《亚洲研究期刊》第 31 期上发表,在第 351 页。

Years")一文中，⑥杜德桥重新探讨了孙悟空的原型问题，并评估了自其专著问世以来新出现的理论。对于以日本学者为主的研究者们新近提出的各种意见，他依然持怀疑态度，此外，他还考察了十九世纪晚期福建地区丧葬礼仪中出现的孙悟空形象，试图以此来解释其发挥的功能。在这些葬仪中，孙悟空承担着护卫亡灵由人世转入冥界的职责。

　　杜德桥的第二部专著出版于 1978 年，题为《妙善传说》（*The Legend of Miaoshan*）。⑦ 书稿应当完成于几年之前，正如梅维恒所指出的，书后所附的参考文献的出版年份截止于 1973 年。这说明杜著的研究工作都是在中国的"文化大革命"期间完成的。鉴于《西游记》中观音菩萨形象的重要性，杜德桥进而选择观音的女性化身即妙善公主作为他的下一个研究对象，便也顺理成章。对于杜德桥来说，妙善传说一个最大的魅力在于，不同于千头万绪的《西游记》，它何时进入中国文化、何时发展成形都是可以精确推断的。尽管在其他地方措辞精简，杜德桥在书中却比较详细地描述了曾任开封知府的蒋之奇（1031—1104 年）如何被贬为河南汝州知府，并在 1100 年初造访了位于宝丰县的香山寺。宝丰县彼时已是观音崇拜的核心地区；而在香山寺中，住持怀昼向蒋

---

⑥ 该文最早发表于《中国研究》（*Chinese Studies*）第 6 期，1988 年，第 463—486 页；后收入杜著《书籍、小说与乡土文化：中国研究论文选辑》（*Books, Tales and Vernacular Culture: Selected Papers on China*），莱顿，2005 年，第 254—274 页。

⑦ 杜德桥《妙善传说》（*The Legend of Miaoshan*），伦敦，1978 年。曾有多篇书评：伊维德（W. L. Idema）书评刊于《通报》（*T'oung Pao*）第 66 期，1980 年，第 186—288 页；梅维恒（V. H. Mair）书评刊于《哈佛亚洲研究学报》（*Harvard Journal of Asiatic Studies*）第 39 期，1979 年，第 215—218 页；石秀娜（A. Seidel）书评刊于《亚洲研究期刊》第 38 期，1979 年，第 770—771 页；赖宝勤（K. Whitaker）书评刊于《伦敦大学亚非学院通报》（*Bulletin of the School of Oriental and African Studies*）第 42 期，1979 年，第 193—194 页。

之奇呈上了一份妙善的传记,这篇传记在几天以前由一位神秘的僧人携至寺中,而那僧人自此便销声匿迹了。据说这篇传记是被人从一堆废纸中觅得的,传记声称其文本的由来是一位无名天人向七世纪的圣僧道宣(596—667 年)讲述的观音菩萨的故事,后由道宣的弟子记录下来。蒋之奇将文本抄录下来并为之作序,序中叙说了他与住持的会面过程。后来蒋文由蔡京(卒于 1126 年)书丹,同年稍后刻碑立于寺中。可以想象,在当时中国的社会情况下,杜德桥写信向当地政府询问这方石碑的下落并试图索取拓本后,并未得到任何回音。

在二十世纪七十年代前期,因为石碑无法获得,所以杜德桥只能依据两种晚出的概述来重构碑文的内容。这一早期版本与后来的妙善传说版本最大的不同在于前者尚未包括妙善魂游地府并解脱鬼囚的情节。这段情节最早见于一则与管道升相关的材料中,管是著名书法家赵孟頫的妻子,本身也是出色的画家与书法家。杜德桥认为加入这段情节之后,妙善传说方可称得上成熟。他进而对传说的历史发展进行了探究,讨论了《香山宝卷》(序文称成书于 1103 年)、《南海记》(朱鼎臣编,极有可能是基于《香山宝卷》而作),以及一个十七世纪关于妙善传说的改写本[最初由荷兰汉学家包雷(Henri Borel)作过研究],该改写本同样是珍贵的卷轴装。不过除此之外,杜德桥并未试图研究其他对妙善传说的改编,比如许多地方戏曲和讲话。在最后两章中,他选择考察了一些与传说有关的背景材料(特别是《妙法莲华经》和一些民间传说,并且对妙善传说与莎翁名剧《李尔王》进行了比较)和传说本身的礼仪功能(包括孝道与救赎方面)。

杜德桥著述《妙善传说》的时候,那些他在后来的研究中乐于使用的海量数据库还不存在。此书出版以后,台湾学者赖瑞和在书评中指出,其实那则管道升与妙善生平的短文仍然存世;不仅如此,蒋之奇文在 1104 年刻石立于杭州近郊的上天竺寺中,一份碑刻下半部分的拓本也保留至今。⑧ 杜德桥旋即在《哈佛亚洲研究学报》上撰文,评价了这些新见材料对其著作的重要意义;⑨并且当 1990 年他的研究被译成中文在台湾问世的时候,他也将这些新材料纳入了文本。⑩ 中译本出版后,杜德桥的专著在中国大陆也引起了注意,但发行量很小。北京大学的陈泳超在 2011 年撰文提及他曾千方百计才得到这本书。⑪ 在其关于《妙善传说》的审慎而精当的长篇书评中,陈泳超将杜著的重要意义与顾颉刚(1893—1980 年)的孟姜女研究并举,但他似乎没有意识到《妙善传说》已于 2004 年修订再版,而杜德桥在修订版中不仅加入了他在 1982 年那篇论文中得出的结论,而且利用了蒋之奇文在 1304 年的重刻版的全文(文本只稍有残缺)。虽然此前杜德桥在二十世纪九十年代末造访宝丰县时未能见到那方石碑,但他现在得到了中国学界同仁提供的拓本和照片。他在七十年代询问石碑信息的信件其实最终寄达了,因为如今有当地报告称彼时石碑正在牛津展出(尽管杜德桥一再提出异议说此事根本不曾发生,当地仍然坚持这一说法)。

---

⑧ 赖瑞和《妙善传说的两种新资料》,《中外文学》第 9 期,1982 年 7 月,第 116—126 页。

⑨ 杜德桥《石头上的妙善:两份早期石刻文献》,《哈佛亚洲研究学报》第 42 期,1982 年,第 589—614 页。

⑩ 杜德桥《妙善传说:观音菩萨缘起考》,李文彬译,台北,1990 年。中译本还附有一张藏于牛津大学博德利图书馆(Bodleian Library)的十七世纪早期的珍本《南海记》的影印图像。

⑪ 陈泳超《写本与传说研究范式的变换:杜德桥〈妙善传说〉述评》,《民族文学研究》,2011 年 5 月,第 5—17 页。一篇更早的书评是董晓萍写的《传说研究的现代方法与现代的问题:评杜德桥的〈妙善传说〉》,刊于《民族文学研究》,2003 年 3 月,第 3—13 页。

怀昼拿给蒋之奇看的文本很可能不是唐代的，以博学多识而闻名的道宣更不可能见过。杜德桥清楚地说明，这里妙善的生平故事很可能是这位住持捏造出来用以哄骗狂热的观音信徒的。然而最近，有反对意见认为，即使文本不出于唐代，道宣看过文本这件事很可能是真实可靠的。不论事实如何，杜德桥接下来几十年的研究重心都放在了七至十世纪的真实文本上面，尤其是那些保存在大型类书中的内容，比如保存在编纂于宋太宗时期的《太平御览》和《太平广记》中的文本。基于对于每一则研究文本细致审慎的态度，杜德桥不只处理作品的作者和年代问题，还探索作品流传过程中的各个方面。也就是说，他不仅对这些原始材料在被收入宋代皇家类书之前的传播历史感兴趣，也有兴趣研究《太平广记》本身的出版印刷史。杜德桥很快发现，《太平广记》的编纂过程十分草率粗疏，因此他也格外留心那些未收入《太平广记》的古小说是如何偶然流传下来的，不论它们是以全本还是只以概要形式保存。

截至二十世纪八十年代，学界已出版了多部唐代小说的翻译文集，然而杜德桥 1983 年出版的《〈李娃传〉：一部中国九世纪传奇的研究与版本评述》（*The Tale of Li Wa：Study and Critical Edition of a Chinese Story from the Ninth Century*）为这类小说材料的研究设立了全新的也是更高的标杆。⑫ 和《妙善传说》

---

⑫ 杜德桥《〈李娃传〉：一部中国九世纪传奇的研究与版本评述》（*The Tale of Li Wa：Study and Critical Edition of a Chinese Story from the Ninth Century*），伦敦，1983 年。有伊维德书评，刊于《通报》第 71 期，1985 年，第 279—282 页；倪豪士（W. H. Nienhauser）书评，刊于《美国东方学会杂志》（*Journal of the American Oriental Society*）第 106 期，1986 年，第 400—402 页；卜立德（D. E. Pollard）书评，刊于《皇家亚洲学会杂志》（*Journal of the Royal Asiatic Society*）第 116 期，1984 年，第 304—305 页；乔治·韦斯（G. Weys）书评，刊于《伦敦大学亚非学院通报》第 48 期，1985 年，第 172—173 页。

一样，这部专著也收入"牛津大学东方研究专著"（Oxford Oriental Monographs）系列丛书，由伊萨卡出版社（Ithaca Press）出版。很难想象别的出版社会愿意出版一本如此形式的书籍，因为杜德桥的引言部分没有任何开场白，直接进入了关于小说文本历史的非常技术性的讨论。这部书显然不是写给本科生看的，而是为了给他的学界同仁们上一课，课的内容就是，如《李娃传》这样的唐小说虽然可能只是娱乐之作，然而出于通过科举考试的年轻进士之手。他们写这些小说是为了给拥有相似背景的朋友们看，因此遣词造句的时候很可能旁征博引，不论引述的是精微的典故还是陈腐的套语，他们读过同样的书，故而彼此都心照不宣。杜德桥很清楚自己恐怕会耽于冗长的注释，他提供了一个近乎详尽无遗的出典列表，从经书到文选，其中尤以《左传》最为突出。但杜德桥并不满足于贡献又一种关于这篇小说中文文本的评论和新的英译，他特别强调了以往将小说的著者署为白居易（772—846 年）的弟弟白行简（776—826 年）是有问题的。他将《李娃传》与安史之乱后郑氏家族轰轰烈烈的历史联系起来，讨论了李娃作为私妓的背景和地位，以及她与情人结婚的可能性，并追溯了小说在后期被改编成轶闻、话本和戏剧的情况。⑬ 但读者若是据此以为杜德桥失去了以往对宗教研究的兴趣，而是转向于这类关于情爱与背叛、家庭破裂与重圆的故事，那就大错特错了。杜德桥在此书乃至别书中都很大程度上受到法国人类学兼民俗学家阿诺尔德·范热内普（Arnold van Gennep，1873—1957 年）的影响，这里他借用后者关于礼仪的理论如"过渡仪式"（rites of passage）

---

⑬ 杜德桥进而指出，中国传统文学中如李娃一类的自我牺牲的妓女形象十分普遍，这促进了二十世纪初林纾翻译的《茶花女》（*La Dame aux Camélias*）在中国的被接受。

分析了《李娃传》的文学结构。

　　杜德桥对于文学中的宗教怀着始终不渝的兴趣,这一点显著地表现在他发表的对其他一些单篇小说的细读上。在对《柳毅传》及其同类小说的精彩解读中,杜德桥介绍了冥婚的主题。⑭他还致力于重构和解读戴孚作于八世纪后期的小说集《广异记》,在此研究过程中,他发表了几篇相关的文章,这些文章中,宗教研究的重心同样很突出。这些研究成果后来都集中体现在1995年问世的《神秘体验与唐代世俗社会》这部著作中。⑮杜德桥早先在《〈李娃传〉》一书的引言中已翻译了戴孚的友人顾况(806年卒)为《广异记》所作的序。戴孚作为一名底层官僚,基本活跃于浙江地区。杜德桥从《太平广记》中辑出三百余条《广异记》故事,这些故事表明戴孚不仅是他周围发生的奇事的细致旁观者,也是他的同僚与朋友们向他讲述的异闻的热心记录者。⑯杜德桥认

---

⑭ 杜德桥《〈柳毅传〉及其类同故事》("The Tale of Liu Yi and Its Analogues"),文收孔慧怡(Eva Hung)编《中国传统文学的悖论现象》(*Paradoxes of Traditional Chinese Literature*),香港,1994年,第75—79页。

⑮ 杜德桥《神秘体验与唐代世俗社会:戴孚〈广异记〉解读》(*Religious Experience and Lay Society in T'ang China:A Reading of Tai Fu's Kuang-i chi*),剑桥,1995年。有康儒博(R. F. Campany)书评,刊于《中国文学》(*Chinese Literature:Essays, Articles, Reviews*)第19辑,1997年,第143页;黄启江书评,刊于《中国研究书评》(*China Review International*)第5期,1998年,第120—124页;柯克兰(R. Kirkland)书评,刊于《亚洲研究期刊》第55期,1996年,第977—978页;莫欧礼(O. Moore)书评,刊于《皇家亚洲学会杂志》第7期,1997年,第494—495页;倪豪士书评,刊于《通报》第85期,1999年,第181—189页。中国学者也有书评,如许浩然《英国汉学家杜德桥对〈广异记〉的研究》,刊于《史学月刊》,2011年7月,第134—136页;杨为刚《志怪小说研究的域外之眼——杜德桥〈宗教体验与唐代世俗社会:〈广异记〉的一种解读〉评述》,刊于《华文文学》第110期,2012年3月,第31—34页。两篇中文书评都将杜德桥的研究置于"心态史"(history of mentalities)的背景之中。

⑯ 杜德桥为每一则故事都撰写了一段英文梗概作为书的附录。为便于读者阅读,他将这些故事按照它们在方诗铭辑校本《冥报记 广异记》(北京,1992年)中出现的顺序编号。

为，通过这样的方式，戴孚的故事不再是"虚构文学"，而是保留了"一个遥远时代的口述历史"。他探讨了保留在《广异记》中的多种声音，目的"不是想通过文献性材料去构建关于那些事件与制度的知识，更多的是想探索逝去已久的那代人在面对周遭可见与不可见的世界时产生的心理体验"。⑰

为了分析这些丰富的材料，杜德桥创造了"内部故事"与"外部故事"的术语。内部故事，指的是个人的超自然经历，例如梦境、幻象、神遇，也包括那些根植于文化但基本上无法核验的传说；外部故事则关注社会以何种方式应对这些个人或多人的奇异体验，而这些应对方式也是基于文化而生的。⑱ 杜德桥认为《广异记》中的故事与《大藏经》或《道藏》文献中收录的职业化宗教文学不同，后者由僧侣或道士撰写，受众也是他们自己，而《广异记》则为我们提供了生活在八世纪后期中国社会中的人在日常生活中如何处理鬼神侵扰的可靠记录。⑲ 杜德桥在第一章对内部故事和外部故事作了必要的划分，继而在第二章中对顾况所撰的《广异记》序文进行了条分缕析。接着他用第三章介绍了戴孚的生平和历史背景。在此之后，他将《广异记》中的故事划分成若干不同主题展开讨论，比如第四章《华山的朝山者》探讨了作为个体的普通男女与多情的华岳男神女神之间不可避免的遭逢。

杜德桥对古典小说的广博涉猎启发他致力于从宋初类书中辑录或至少是部分复原那些已经散佚的作品，并通过这样的方式

---

⑰ 见本书第 6 页。他还指出，荷兰汉学家高延（J. J. M. de Groot）在其《中国的宗教系统》中多次用到《广异记》中的材料。

⑱ 本书第 14—15 页。倪豪士在其书评中指出杜德桥并不能始终做到"内部"与"外部"的截然划分。

⑲ 在诸多关于唐代民间宗教的研究中，杜德桥对那些僧侣用以向世人传道的敦煌变文几乎毫无兴趣。

让那些作品未能单独流传的作者的声音得以重见天日。在 1999
年大英图书馆(British Library)举办的帕尼泽系列讲座(Panizzi
Lectures)中,他以"中国中世佚书"(Lost Books of Medieval
China)为题,描述了自己辑录佚作的使命,并将讲座内容结集为
一本小册子。在三场讲座的头一场,杜德桥首先叙述了他对《太
平御览》与《太平广记》两部书文献来源、编修过程以及成书质量
的结论。同时,他还讨论了宋代目录学的价值,揭示了那些未能
以单书形式流传却保存在这类总集之中的文本的性质与构成方
式。第二和第三场讲座并未回归对戴孚及其《广异记》的研究,而
是探讨了另外两种文献。其中一个是《三国典略》,这是一个名叫
丘悦的人在八世纪编辑的一部自六世纪至隋代建国这段时期的
编年史书。杜德桥与中国社会科学院研究员赵超合作,将其残存
的文本做成了一个辑校本(他也在很大程度上利用了司马光的
《资治通鉴》),1998 年在台北出版。[20] 杜德桥在帕尼泽讲座中描
述了这一工作的初衷:

> 我们已经表明,这项工作的初衷不只是为了复原少量散
> 佚的文本。在其他多种目的之中,其中一个是为了探寻对于
> 中国历史严肃而新颖的洞见。唐代及唐前正史之外的历史
> 记载现存十分有限。复原如此这般出自一位私撰史官之手
> 的文字将会为我们提供一个难得的机会,去窥探官僚体系影
> 响之下的皇家史官呈现出的价值观和选择背后的秘密。[21]

为了显示丘悦独特的编纂方法,杜德桥详细阐述了两个细节。第

---

[20] 丘悦著,杜德桥、赵超辑校《三国典略辑校》,台北,1998 年。
[21] 杜德桥《中国中世佚书》(*Lost Books of Medieval China*),伦敦,2000 年,第 31—
32 页。

一个是在梁王朝从建业(今南京)迁都江陵之后,梁元帝力排众议,听从了一位卜者的意见。第二个是梁末东宫图籍被焚,但不知是偶然事故还是人为设计。

　　第三场也是最后一场帕尼泽讲座专门讨论八世纪早期的一篇作者不详的短文《梁四公传》。故事讲述了四个神秘异人在梁武帝朝堂之上异彩纷呈的经历。四人入都时皆衣衫褴褛,却以各自无所不知的超凡技能给朝臣和皇帝都留下了深刻的印象。《太平广记》收录了其中的三个片段,其中一个叙述翔实,不啻为一则完整的故事,这让杜德桥不禁好奇另两个片段为何如此不相匹配。他还表达了他对《梁四公传》创作意图的困惑:我们究竟应该把它解读为一种讽刺作品(影射唐玄宗朝),还是一种"天马行空的奇幻小说"? 杜德桥也因而表达了他对当代中国唐代小说研究的批评,认为后者局限在"志怪"与"传奇"的二元对立之中,仅将《梁四公传》这样的小说当作稍后蔚为大观的传奇作品的先驱。

　　上述批评只是杜德桥对于这类术语不满的诸多表现之一。多年来他对唐代古典小说的精深研究促使他走上了一条反"传奇"之路,也就是说,他反对少数文学史家(沿用鲁迅的观点)简单地将唐小说视为古典小说向"有意为小说"发展的高峰。在不少演讲和文章中,杜德桥都声称,这样的处理方式不仅会导致我们对为数不多的"传奇"作品作出简单化的解读,而且还会致使绝大多数故事被贴上"志怪"或"轶事"的标签然后被有意忽略。虽然在《〈李娃传〉》这部专著中,杜德桥对"志怪""传奇"等术语使用的不满情绪还不明显,但是在接下来的几年里,他对这一问题越发直言不讳,强调并没有什么高效绝对的标准可将传奇与其他海量的古典小说和轶事区分开来,众多一贯被忽视的小说不仅具有可观的文学价值,而且还有许多其他特点,值得被研究。在《关于唐代叙事文学分类的一个问题：丁约解剑》（"A Question of Classification in T'ang Narrative：The Story of Ding Yue"）这篇最初发表于 1999 年的文章的导语部分，杜德桥明确表达了他的顾虑。他指出，五四新文化运动为了促进文学进步而将中国传统"小说"（small talk）的概念等同于现代意义上的"小说"（fiction），这是错误的。他写道：

> 对于唐代叙事文学来说，鲁迅遗留给了我们一个重要的分类，从那时起，"传奇"这个标签便被牢牢贴在了他编校的《唐宋传奇集》之上。这一名称在那些被归为传奇的故事诞生的年代其实并不自成一体，也没有分类的功能，这一点毋庸置疑。然而，即使在今天，中国叙事文学的研究者们依然乐于机械地用这一术语来指称那一小部分的故事……不在这一范围内的故事往往被归为"志怪"（这是古语今用的又一个例子）或"轶事"，并被进一步划分细类。

> 本文指出了这种基于传统分类思维习惯的类别模式的反复无常与变动不居，并旨在强调当下的体系对于文学本身的阐发意义微乎其微。作为中国研究学者，我们应当跳出此前一代或几代文选编者和文学史家留给我们的这些框架，应当将基本文献最大程度上置于其原始语境中考察，并接受我们将会面临的一切复杂性。㉒

对杜德桥来说，上文的语言坚定有力且热情洋溢，但唯一的

㉒ 杜德桥《关于唐代叙事文学分类的一个问题：丁约解剑》（"A Question of Classification in T'ang Narrative：The Story of Ding Yue"），文收卡多纳（A. Cadonna）编《印度、西藏、中国：传统叙事文学的起源与面向》（*India，Tibet，China：Genesis and Aspects of Traditional Narrative*），佛罗伦萨，1999 年，第 157—158 页。本文后收入杜著《书籍、小说与乡土文化：中国研究论文选辑》，第 192—213 页。

问题是他的唐小说研究同仁有着和他不同的研究兴趣,比如他们感兴趣的主题可能是爱情小说的产生。与此同时,五四运动抬高了传统叙事文学的地位,也使得中国知识分子开始视大众宗教为封建迷信,而研究传统宗教的人类学家也只是对其传统的历史背景感兴趣而已。此外,虽然近来一批唐代小说的年轻学者逐渐留意到杜德桥的迫切主张,并开始尽可能广泛地选择和搜集材料,但他们都采取一种非宗教的视角,且只是仿照杜德桥重构单部小说集并研究单个人物角色的做法。

如果需要另一项权威证据来表明杜德桥这样做的成就,我们须得关注他 2013 年出版的最后一部专著《一幅五代时期的中国图像:王仁裕(880—956 年)见闻录》[*A Portrait of Five Dynasties China : From the Memoirs of Wang Renyu*(*880—956*)]。㉓ 王仁裕生于秦州,曾在前蜀任职;前蜀亡国之后,他在后唐以及接下来的几个王朝继续为官,直至去世。作为一名高产的文人,王仁裕截至临终前已搜罗了六百八十五卷文集,然而他自己早年的公务文书几乎无存。所幸王氏所撰的轶事文学命运稍佳,《太平广记》收录了其所辑《玉堂闲话》和《王氏见闻录》中的二百余则小说轶事。㉔ 杜德桥认为:"这两部集子都是王仁裕通过个人的声音表达的见证和评论,而且二者同样都提供了个体素描、闲言轶事、历史传记、地方传说,以及我们今天称为都市神话的那类故事。"㉕ 杜德桥翻译了大量的这类文字,并辅以详细的注释,由此他向读者呈现了一部这样的传记:传主亲身经历了中国历史上一段最兵

㉓ 杜德桥《一幅五代时期的中国图像:王仁裕(880—956 年)见闻录》[*A Portrait of Five Dynasties China : From the Memoirs of Wang Renyu*(*880—956*)],牛津,2013 年。
㉔ 书的附录提供了这些材料的内容概述。
㉕ 杜德桥《一幅五代时期的中国图像》,第 5 页。

荒马乱的年月,并目睹了一系列令人发指的灾难性事件。书的第一章定下基调之后,杜德桥在第二章中讨论了围绕着九世纪晚期至十世纪早期的这些事件而衍生发展的口述传统。这部书中宗教的角色势必不及它在戴孚那部书中显著,但第三章还是讨论了"一个符号与象征的世界"("A World of Signs and Symbols")。第四、五章讲述了王仁裕在蜀的生活以及他在那里遇到的人。第六章主要用来翻译蜀政权灭亡的长篇描写。剩余章节介绍王仁裕在中央朝廷的经历。第八章集中讨论"音乐与乐师"("Music and Musicians"),而第九章题为"郊野"("The Wild"),是关于狩猎与动物的内容。在此之前的第七章题为"契丹"("The Khitan"),杜德桥在这里写道:

> 涉及契丹的传记一如其他故事一样通过《太平广记》流传至今。然而,其中的三篇,也是最重要的三篇,表现出一个异乎寻常的共性:它们都不见于中国流传的《太平广记》,却只在韩国的《太平广记详节》(T'ae p'yŏng Kwang ki sang chŏl)中保存了下来。

最后的这个题名指的是一部1467年重印的《太平广记》的朝鲜选本(残本),因此它比目前中国现存最早的《太平广记》版本早一百年。杜德桥继续写道:

> 这表明什么?我们已经看到《太平广记》在早期的传播尤其是1567年以前的状况是不明朗的。然而隐藏在阴影中的是大量有关蒙元时代的内容。蒙古人统治了中国,却并没有统治朝鲜半岛。我们不禁猜想这三篇充斥着贬损少数民族的情绪的契丹传,在蒙元治下势必是不受欢迎,可径行删去的。但它们在朝鲜躲过了审查,也许一个更早的版本流传了

下来。不论如何,能够得见这些文字,我们都倍感幸运。㉖

如果杜德桥关于《太平广记》在中国的元代曾遭受审查这一论断是正确的,那么这部总集除编纂仓促粗疏之外,存在的文献问题就更多了。

尽管杜德桥二十世纪八十年代以后的研究重心转向了唐五代的古典小说,他却始终保持着对中国近古白话通俗小说(也包括它们与大众宗教的关系)的浓厚兴趣。我们在上文提到过他1988年发表的《〈西游记〉中的孙悟空与过去十年的研究成果》这篇论文,也介绍了他对于妙善传说持续进行的研究。杜德桥还在1989年参加了名为"中国的朝圣者与圣地"(Pilgrims and Sacred Sites in China)的学会会议,他的报告成果包括十七世纪小说《醒世姻缘传》的第六十八、六十九两回的英译,后来收入会议文集的题为《泰山的女性朝圣者:一部十七世纪的中国小说的一些片段》("Women Pilgrims to T'ai shan: Some Pages from a Seventeenth-century Novel")的论文,㉗也包括一篇对这两项内容的详细研究,后以《中国十七世纪小说中的一次朝圣之旅:泰山与〈醒世姻缘传〉》("A Pilgrimage in Seventeenth-century Fiction: T'ai-shan and the *Hsing-shih yin-yüan chuan*")为题发表于《通报》。㉘ 他对唐代多情的华山神祇的研究也促使他探究

㉖ 杜德桥《一幅五代时期的中国图像》,第146页。

㉗ 杜德桥《泰山的女性朝圣者:一部十七世纪的中国小说的一些片段》("Women Pilgrims to T'ai shan: Some Pages from a Seventeenth-century Novel"),文收韩书瑞(S. Naquin)、于君方合编《中国的朝圣者与圣地》(*Pilgrims and Sacred Sites in China*),伯克利、洛杉矶,1992年,第39—64页。

㉘ 杜德桥《中国十七世纪小说中的一次朝圣之旅:泰山与〈醒世姻缘传〉》("A Pilgrimage in Seventeenth-century Fiction: T'ai-shan and the *Hsing-shih yin-yüan chuan*"),《通报》第77期,1991年,第226—252页。后收入杜著《书籍、小说与乡土文化:中国研究论文选辑》,第275—302页。

沉香传说的发展过程,尤其是以广东地区木鱼书为载体的传播,这一研究成果后来形成一篇非常具体的论文。㉙ 此外,杜德桥还编辑了若干关于十九世纪晚期台湾原住民的文章。㉚

1995 年 6 月 1 日,牛津大学中国研究中心成立。杜德桥利用这个机会发表了题为"中国的乡土文化"(China's Vernacular Cultures)的演讲,展望了中国研究的未来。㉛ 他一方面承认,现有文献多由处于中心的政治文化精英们提供,因此对中国文化自上而下的研究方法是不可避免的;另一方面也请求大家给予那些基于地方文献的区域文化传统以同等的重视,只有这样才能公平对待中国文化的丰富与多元,以及它过去与现在的各种复杂状况。2002 年,杜德桥和彭轲(Frank Pieke)与莱顿的博睿学术出版社(Brill)合作,创建了《中国研究》(China Studies)系列期刊。该期刊截至目前已出版了近四十期,所涵盖的论题十分广泛,从传统小说到当代北京的外来人口等不一而足。

杜德桥对古代汉语与现代汉语都十分精熟,又兼其卓越的成就与严格的准则,人们或以为他是一位令人望而生畏的老师。但其实,在他严肃外表之下隐藏着的是一个谦和友善的人格。他指

㉙ 杜德桥《华岳三娘神与木鱼书〈沉香太子〉》("The Goddess Hua-yüeh San-niang and the Cantonese Ballad *Ch'en-hsiang T'ai-tzu*"),《汉学研究》第 8 卷第 1 期,1990 年,第 627—646 页。后收入杜著《书籍、小说与乡土文化:中国研究论文选辑》,第 303—320 页。

㉚ 乔治·泰勒(George Taylor)著,杜德桥编《1880 年代南台湾的原住民族:南岬灯塔驻守员乔治·泰勒述文集》(*Aborigines of South Taiwan in the 1880s: Papers by the South Cape Lightkeeper*)。(英文原文为台北 1999 年版;有谢世忠、刘瑞超中译本,台北 2010 年版。——译者)

㉛ 杜德桥《中国的乡土文化:1995 年 6 月 1 日在牛津大学的就职演讲》("China's Vernacular Cultures: An Inaugural Lecture Delivered before the University of Oxford on 1 June 1995"),牛津,1995 年。后收入杜著《书籍、小说与乡土文化:中国研究论文选辑》,第 217—237 页。

导的博士生经常满怀深情地回忆他们相处的日子。[32] 在二十世纪八九十年代，我个人可以代表国际学生见证他在推动学术交换方面的努力，那时的伊拉斯莫斯（Erasmus）项目使得欧洲高校为一些专门领域的交换学生建立了交流的网络。牛津大学和剑桥大学都参与了由莱顿大学协办的中国学研究交换项目。鉴于两校各方面都条件优异，很少有英国学生愿意来欧洲大陆交换一年，而欧洲大陆生对去牛津和剑桥交换一年则一贯非常积极。每一年，杜德桥都尽其所能地保证至少有一名大陆生能够入读牛津，并能够入住其中的某个学院，这样，这位学生就能充分地体验牛津的生活。杜德桥在其他方面同样表现出了他对这些交换学生的福利的特别关心。

作为英国国家学术院的院士，杜德桥在发起并推进中英两国的学术合作方面发挥了积极而重要的作用。他为英国国家学术院服务始于 1979 年 10 月，学术院第一次出访中国，他作为代表随行，那时他甚至尚未当选为院士。当时的代表团一共有五位院士，分别是阿莱克·凯恩克劳斯（Alec Cairncross）、斐司（Raymond Firth）、詹姆斯·约尔（James Joll）、托比·米尔森（Toby Milsom）和威廉·沃森（William Watson），还有一位秘书。代表团中没有中文水平出色的成员，因此杜德桥受邀同行。他比代表团中的其他成员都年轻得多，故而此次中国行中，他的角色更像是一个工作人员，不

---

[32] 在杜德桥卸任牛津大学中国研究所主任时，《纪念文集》（Festschrift）出了一期纪念专刊，由白亚仁（Allan H. Barr）、萧丽玲、司马懿（Chloë Starr）、夏丽森（Alison Hardie）、拉纳·米特（Rana Mitter）、傅凯玲（Carolyn Ford）、马克·斯特兰奇（Mark Strange）、白岱玉（Daria Berg）分别撰稿，由白岱玉编辑成刊，题为《品读中国：小说、历史与话语的动态变化，暨杜德桥教授纪念文集》（Reading China： Fiction, History and the Dynamics of Discourse, Essays in Honour of Professor Glen Dudbridge），莱顿，2007 年。

时为大家处理遇到的各种问题。但杜德桥自己认为这是一次极其可贵的机会,毕竟这是在 1976 年中国"文化大革命"结束及毛泽东去世之后较早的一次高层人文社科学术代表团出访。邓小平在人民大会堂接见了代表团的成员。这次访问促成了 1980 年英国国家学术院与中国社会科学院之间交换协议的签署,这也是中国第一次与西方国家在这方面签署协议(中国社会科学院本身也是在 1977 年刚刚成立,此前它隶属于中国科学院)。

当选英国国家学术院的院士之后,杜德桥于 1987—1997 年担任中国选拔委员会(China Selection Panel)成员,负责中国学术交换协议方面的行政工作,并于 1990 年起,继阿莱克·凯恩克劳斯后担任学术院主席。杜德桥还在 1988—1995 年间入选英国学术院的海外政策委员会(Overseas Policy Committee),在其任上,他堪称是一位深思熟虑、不可多得的委员,愿意且能够将他的经验和理解应用于他学术专长以外的领域中。杜德桥此后又两次代表学术院出访中国。1993 年,他跟随查尔斯·范斯坦(Charles Feinstein)带队的代表团出访,同行的还有约翰·戈德索普(John Goldthorpe)和玛丽琳·斯特拉森(Marilyn Strathern)。因为杜德桥不愿乘坐中国国内航班,所以代表团在中国境内乘坐了多次长途火车(北京至西安、西安至成都),这让同行的社会学家和社会人类学家感到十分兴奋。1997 年,他加入了由托尼·瑞格利(Tony Wrigley)领队的代表团再次访问中国,同行的还有巴利·萨普(Barry Supple)和杰西卡·罗森(Jessica Rawson)。此行他们访问了北京、上海、香港(为赴王宽诚教育基金会进行磋商)和台北。这两次出访的代表团成员都不是汉学研究者,杜德桥不仅在语言翻译方面起到了至关重要的作用,而且在解释历史、社会、文化和学术背景方面也功不可没,大

家需要时常听从他的专业意见。㉝

卜立德(David Pollard)是现代中国文学的专家,他在为杜德桥《〈李娃传〉》写的书评中说:

> 我几乎要忘记阅读一本出色的老派汉学研究著作是多么令人满足和愉悦。满足是因为我能够间接地跟随作者去耐心地搜集并校对那些从世界各地的图书馆检索得到的文本和批语,用最佳的方法探索立论的确凿证据,在此过程中不轻信任何成说,并对推断和猜度的合理界限保持客观冷静的评估。愉悦是因为我得以参与到关于所知的富于创造的重构与关于所想的拓展之中,且一切都仍然处于合理性的范围之内。㉞

从引文来看,显然对于卜立德来说,"出色的老派汉学研究"指的是与二十世纪上半叶的欧洲传统汉学相联系的文献学研究。就某一方面来讲,杜德桥其实比这个更加"老派",因为他在著作中,尤其是在《妙善传说》和《神秘体验与唐代世俗社会》中最常明确引述的中国研究者是荷兰汉学家高延(J. J. M. de Groot,1854—1921 年)。以高延在当时的声望来说,他在我读书时的莱顿大学充其量被我的老师们视作一个旧时代的幽灵,与他们的研

㉝ 以上两段关于杜德桥服务于英国国家学术院的内容,由学术院前国际部主任(Jane Lyddon)提供。

㉞ 卜立德《杜德桥〈李娃传〉书评》("Review of G. Dudbridge, *The Tale of Li Wa*"),《皇家亚洲学会杂志》第 116 期,1984 年,第 304—305 页。

究毫无关联。㉟ 杜德桥可能是因龙彼得的介绍而了解到高延的著作，以及它们如何将民族学的田野调查与历史背景结合起来；龙氏本人也与高延一样醉心于中国东南部的大众宗教和文学传统。然而，在将其文献学功底运用于被前代学者忽略的材料方面，杜德桥是十分现代且独特的。他的另一个特别之处是他不像同时代的许多其他学者一样在研究中找寻一个"系统"（system）或者"综合"（synthesis），而是更在意历史中的个体声音。㊱ 同时，他对这些声音的解读总是得益于他渊博的社会科学与批评理论知识。

在写作这篇小传的过程中重读杜德桥的一些主要著作，于我是一次既愉快又惭愧的体验。当然，我在他的著作甫一出版就拜读过，且在之后为了自己的研究也多次查询，然而如今逐页再读时，我不仅深深折服于他对文献的全面掌握与他对发现的谨慎表述，也意识到我之前竟然没有发现这一点。杜德桥避免使用华丽的套语，其著作的价值历久弥新。这些著作将精细的文本功夫、广博的翻译工作与敏锐的细节分析结合起来，我相信它们必将继续启迪后代的中国社会文化的研究者们。

㉟ 因此，当二十世纪六十年代末至七十年代初英国人类学家斐利民（Maurice Freedman，1920—1975 年）表现出对高延著作的极大兴趣时，他们都感到无比惊讶。斐利民一篇提及高延的文章题为《中国宗教的社会学考察》（"On the Sociological Study of Chinese Religion"），文收武雅士（A. P. Wolf）编《中国社会中的宗教与仪式》（*Religion and Ritual in Chinese Society*），斯坦福，1974 年，第 19—41 页。斐利民 1970 年入职牛津大学。

㊱ 杜德桥关于唐小说的著作与康儒博关于唐前古典小说的研究有很多共同点，后者同样强调这些小说应被视作历史素材，而不是现代小说失败的前驱。然而康儒博是宗教学出身，他并不回避讨论"综合体"的问题。

译后记

　　《神秘体验与唐代世俗社会：戴孚〈广异记〉解读》(*Religious Experience and Lay Society in T'ang China：A Reading of Tai Fu's Kuang-i chi*)是牛津大学资深教授、著名汉学家杜德桥(Glen Dudbridge)的代表著作之一。该书以唐代戴孚编撰的《广异记》为中心，通过对文本多角度跨学科的解读与还原，对唐代社会诸多方面展开研究。全书由文本研究与文本译注两大部分组成。文本研究共有七章，章与章之间没有必然的联系，但研究的思路、方法与识见一以贯之，可以从四个方面进行评述：

　　首先应该解释的是书名中的 religious experience，直接翻译为"宗教经历"可能更为准确，但是这样就把英文表达的意思缩小了。翻译成"神秘体验"虽然也不能完全表达英文原意，但是似乎更符合作者选用这两个单词的初衷。因为按照杜氏的意图，religious experience 就是《广异记》中收录的各种志怪叙事，这些叙事记录了当时人的一些非正常状态的经历或体验，如"见鬼""显灵""游冥"等。虽然，这些志怪叙事现在看起来都是一些虚构性的文字,但杜氏并不把它作为文学作品来分析,而是作为历史文本来解读。他用 report、record、document、testimony 等概念来界定《广异记》所收录的志怪叙事。在杜氏看来,尽管《广异记》收录的故事现在看来都是子虚乌有的事情,但当时人——无论是戴孚还是故事传播者——把这些事件作为当时发生的真人真事来感知、传播与记录。这本身就反映了当时的一种社会真实,杜氏认为这种社会真实远非我们理解的那样简单,如果对这些事件作出适当的解读,就可以得到对当时社会"原态"的洞识(insight)。

如何证实包括戴孚在内的当时人把这些奇事怪事作为"真事"加以"实录"呢?杜氏并没有在《广异记》故事中寻绎证据。在第二章中,他对与戴孚同时代的顾况为《广异记》作的序进行逐句解析,其目的有二:一、以顾况为代表,通过他的话语来证明,"盛唐的整个作家与读者群体是如何理解被他们所欣赏的这些奇异传说,又如何证实它们的合理性的";二、通过对序中提到的诸多志怪小说的梳理与考证,杜氏把《广异记》置于一个自唐以前便已形成的志怪小说谱系中,以此来证明自古以来就存在"发明神道之不诬"的志怪传统,而戴孚《广异记》与这个志怪传统是一脉相承的。这样,在《广异记》之内和之外有了充分的证据来支撑《广异记》是"历史文本"的看法,该书的展开就是在这一前提下进行的。

其次,杜氏研究的范围是唐代世俗社会(lay society),他是如何界定这个世俗社会的呢?根据《广异记》记录,他把戴孚笔下的世界看成是一个不稳定的动态社会,认为用传统上一分为二的概念来描述这个社会是不够的。因为在这个社会中,城市人与乡下人、高贵者与低贱者、精英文化与大众文化,甚至死人与活人、阴间与人间都是相对的,它们之间没有绝对的界限。一个接近原态的社会,并不可能像现代人理解的或界定的那么简单。在戴孚眼中,他们生存的世界是一个人、鬼、神共存的多元社会,一个人要扮演不同的角色,包括皇帝在内的所有人,首先是作为一个世俗人存在的。在这个社会中,各个社会阶层——无论是统治者还是知识分子——都同下层民众一样,既是志怪叙事的制造者,又是参与者,同那些非正常的现象都有或多或少的关系。因此,杜氏所说的世俗社会就是指与儒家"不语怪、力、乱、神"的传统相背离,正统著作与官方文字很少涉及的"原生态"的社会形态。在这种意义上,《广异记》这种近乎街谈巷语的笔记小说集更接近历史的"真实"。在第四章,杜氏以唐代的华山(神)崇拜为个案,通过不同身份的人群在祭拜华山神过程中的角色认定,来研究不同阶层的世俗信仰。通过对华山神有关材料的比对解读,杜氏认为,无论是封华山神为金天王的唐玄宗,还是自认为代表主流文化参谒华山庙的元稹、张籍等,尽管他们受到正统观念的影响,排斥地方的淫祠与道巫,但他们都承认华山神的存在,而且相信只要方式得当,每个信徒都可以从华山神那里实现个人目的。在这一层次上,他们都是华山神的信徒,与当地民众乞子等更为世俗化的崇拜没有本质区别。于是,华山庙成为一个满足不同人需要的祭祀空间,在这里,每个人都作为世俗社会的一分子不同程度地参与这个祭祀空间的生产与消费。

再次,杜氏选取的研究材料是志怪叙事,如何把这些志怪叙事作为社会实录来解读或者解码呢? 为此,杜氏在第一章提出了两条操作原则:第一,"将世俗旁观者的视角与身在局中者的内在视角区别开来";第二,"在同一件叙事中,辨识出并存的两种视角"。在此基础上,杜氏又提出把每一则故事分为内部故事(inner story)与外部故事(outer story)的办法。这种提法可能比较抽象，简单地说，外部故事就是故事发生的客观情形，就是事件发生的前因后果，不包括经过想象与加工的内容；而内部故事则恰恰相反，是故事人物在当时社会与信仰背景下的主观感知，是经过当事人或者旁观者主观解释描述的内容。以《王勋》故事为例：

> 华州进士王勋尝与其徒赵望舒等入华岳庙，入第三女座，悦其倩巧而蛊之，即时便死。望舒惶惧，呼神巫，持酒馔，于神前鼓舞。久之方生，怒望舒曰："我自在彼无苦，何令神巫弹琵琶呼我为？"众人笑而问之，云："女初藏己于车中，适缱绻，被望舒弹琵琶告王，令一黄门搜诸婢车中，次诸女，既不得已，被推落地，因尔遂活矣。"

王勋到华山庙参拜，结果昏倒在华山神三女儿的神像前。这是一起普通的事件，王勋昏倒的原因或许可以找到客观的解释。但是，王勋的朋友认为他被庙里神像所招引，所以赶紧找女巫进行解救。醒来后，王勋讲述了他与华山神三女儿的艳遇。故事的外部故事是王勋的昏倒，而内部故事则是王勋梦幻般的经历，以及朋友找巫师解救的经过。杜氏认为这则志怪叙事值得研究的是，为什么王勋昏倒后朋友会马上想到他是被庙神所蛊，而王勋讲述的内容为什么与华山神的女儿有关？是哪些因素参与了故事的生成，使得一件平常的事件变为一则诡异的传奇？经过这么一解析，要解决的问题也就浮现出来。

最后，作为时代的记录，杜德桥认为《广异记》的价值在于不仅能静态地再现唐代社会的局部情景，还能动态地显现当时社会正在发生的变化。对此，他运用法国历史学家费尔南·布罗代尔（Fernand Braudel）关于历史变化"三个时段"的观点来分析《广异记》文本，把其中的故事看作当时历史进程中的一个截图，"如果几种不同的历史以不同的速度共同在一个时代中运动发展，那么截取一个暂停的时刻，每一幅图像、照片或者定格的画框都将显示出这几种不同的历史的运动迹象"。这是其书对《广异记》研究的又一切入点：通过具有不同"时段"史料价值的材料来验证唐代社会乃至中古社会正在发生的变化。也可以这样认为：历史的变化可能在《广异记》故事中留下印迹，如果把相关材料综合起来前后比对，这种历史的变化就可以动态地连贯起来，其中前后发生的变化也就显现出来。第三章第二部分中，对唐代血祭制度的变化、道教仪式与密宗仪式的融合、禅宗的传播等的研究都是不同时间段下的观照。在第七章，结合其他文献材料，通过《广异记》，杜氏研究了从华山神三女儿到沉香劈山救母故事版本演变的过程以及原因。

以上是对此书内在框架的梳理，附带着对其内容的介绍，其中也包含了对本书的理解与评判。如果要归纳此书的特色，以下两点最值得一提。

其一，吸收西方新史学的理论与方法，运用多学科的知识，对《广异记》进行跨学科多角度的交叉研究。

杜德桥不止一次地表示他不理解中国学者为什么把历史与文学分得那么清楚。此书集中体现了他"文史"不分、小说证史的研究取向。他把研究视角拓展到宗教学、民俗学、人类学、社会学等领域，对故事文本进行多学科的交叉研究。选取《广异记》这样一部非经典的小说集，通过世俗社会来研究历史的原生态，本身就体现了一种"由下到上"的历史研究方法，这同法国年鉴学派、英国新社会学派有一定的渊源关系。通过《广异记》故事中的仪式、信仰、体验等来探讨唐代世俗社会的集体记忆与想象，这又属于新史学中"心态史"的研究内容。其中,以布罗代尔为代表的法国年鉴学派对他的影响最为明显,所有这些在最后一章最后一个例子中得到了全面的体现。故事讲述了安史之乱爆发后,李十三妹随其兄到东海之滨的海盐躲避战乱,不久死去。她的鬼魂回到家乡,嫁夫生子,过着和平常人一样的生活。后来,她的兄弟返回家乡,人们才知道她的阴魂一直活在人间。在这个故事的解析过程中,对于鬼魂的活动及随葬品的迁移,杜氏是用宗教学和人类学的内容来分析的;而对李十三妹嫁夫生子的问题,杜氏又把它与"冥婚"及"继子"问题联系起来,这明显又与民俗学、社会学的内容有关。最后,杜氏用布罗代尔的"三个时段"理论分析了故事,认为安史之乱作为"事件史"构成了故事的外部框架;而李氏兄弟田产的失而复得,作为"缓慢的但能够察觉到的"变化的层面,预示着中国社会制度正在发生和即将发生的重大变化;而古老的"冥婚"习俗,又涉及长时期的"难以察觉的"变化的层面。经过如此分析,一则微不足道的志怪叙事竟显示出如此丰富的内涵,令人不得不佩服杜氏的识力。

其二,如果说第一点体现的是杜氏对史学新思维、新方法的吸纳,那么第二点体现的则是杜氏"传统史学"的深厚根基——重材料的搜集梳理与考辨。杜氏在相关文献爬梳上下的功夫,对中国目录学、版本学、校勘学相关知识的熟悉程度,即使是以汉语为母语的中国学者也得由衷钦佩。可以这么说,杜氏对《广异记》的解读是通过对材料的占有与梳理支撑起来的,这具体体现在正文的注释与附录的对《广异记》文本的译注上。在译注部分,杜氏不只是翻译介绍故事,而且是对每一则故事进行编号,介绍文献来源,从《太平广记》到方诗铭《广异记》校本,只要文献有载,都一一注明故事材料所在的卷数、页码。同时,又对材料作了细致的校勘、辨伪，对其中与史实相关或不符的内容作了分析考订，许多内容是杜氏原创性的发现。正文注释涉及的内容更为丰富，杜氏在注明文献出处的同时，又作了不少考证辨伪工作，有时候甚至不惜"节外生枝"，进一步引申生发。如第四章的一段引文中出现了"竹倚床"三字，在注释中，杜氏广征博引，对古今中外所能见的与此有关的文献和著述都加以考辨。这样，一个小小的注释竟成了一篇四百多字的考证文章。因此，单单正文注释与文本译注两个部分就具有文献学、目录学与校勘学意义，不但为研读本书提供了极大的方便，也为索引相关的内容提供了重要的线索。

当然，此书的优长之处远不止这些，诸多值得学习借鉴之处还需要读者自己去发掘。最后，不得不提一下我们在翻译此书过程中遇到的一些"问题"，它们对于杜先生来说可能不是"问题"，但是对于以中文为母语的读者而言，还是比较突出的。其中，最明显的就是中西语境的差异问题。用西方的思维模式和理论方法来分析中国的传统文化，如果把握不好，往往出现"水土不服"和"排异性"的问题。本书在这方面也不是做得完美无缺，突出体现在西方话语与中国传统小说语言之间的紧张，中国小说翻译成西方语言本身已经隔了一层，如果再过于生硬地套用一些术语，那会更加费解。阅读杜氏对《广异记》一些篇章的解读就会"痛苦"地感觉到这一点。杜氏可能在理论研究上是位行家，但不是一个讲故事的高手。尤其是他往往把故事介绍与故事阐解合在一起，对所用的术语缺少必要的说明，对故事的语境也缺少必要的交代。结果，对于对中国古代小说传统缺少了解的西方人来说，他的话语理解起来是困难的；而对于对西方理论不够熟悉的中国人来讲，理解同样是不易的，以至于要读懂他的解读，不得不结合《广异记》原文来仔细琢磨。例如，他对尉迟迥故事的介绍只用了一句话:"一个外省偏僻地方的官员,在一个我们现在称为转化的时刻被缠上了。"杜氏力图把故事概括得更具一般性,结果把故事省减得只剩下一副无法辨认的骨架。"转化的时刻"是一个术语,是借用阿诺尔德·范热内普(Arnold van Gennep)"过渡仪式"(rites of passage)的概念,意指亡灵在一定时刻须通过必要的仪式来完成一种身份到别一种身份的转变。在尉迟迥故事中,按照杜氏的解释,"转化的时刻"可以理解成因反抗杨坚而被害的北周大将尉迟迥在相州州府显灵,想通过相州刺史张嘉祐来获得重新安葬。杜氏省略了故事的缘由,直接用术语加以概括,这样"不动声色"地介绍故事,难免让人费解。

相对于此书的诸多亮点,以上提到的问题只是微瑕。作为一部具有方法论意义的著作,杜氏为解读唐代小说作了一次可贵的尝试,对国内文史研读者尤其是志怪小说研治者颇具启发与借鉴意义。

杨为刚

"海外中国研究丛书"书目

1. 中国的现代化 [美]吉尔伯特·罗兹曼 主编 国家社会科学基金"比较现代化"课题组 译 沈宗美 校
2. 寻求富强:严复与西方 [美]本杰明·史华兹 著 叶凤美 译
3. 中国现代思想中的唯科学主义(1900—1950) [美]郭颖颐 著 雷颐 译
4. 台湾:走向工业化社会 [美]吴元黎 著
5. 中国思想传统的现代诠释 余英时 著
6. 胡适与中国的文艺复兴:中国革命中的自由主义,1917—1937 [美]格里德著 鲁奇 译
7. 德国思想家论中国 [德]夏瑞春 编 陈爱政 等译
8. 摆脱困境:新儒学与中国政治文化的演进 [美]墨子刻 著 颜世安 高华 黄东兰 译
9. 儒家思想新论:创造性转换的自我 [美]杜维明 著 曹幼华 单丁 译 周文彰 等校
10. 洪业:清朝开国史 [美]魏斐德 著 陈苏镇 薄小莹 包伟民 陈晓燕 牛朴 谭天星 译 阎步克 等校
11. 走向21世纪:中国经济的现状、问题和前景 [美]D.H. 帕金斯 著 陈志标 编译
12. 中国:传统与变革 [美]费正清 赖肖尔 主编 陈仲丹 潘兴明 庞朝阳 译 吴世民 张子清 洪邮生 校
13. 中华帝国的法律 [美]D. 布朗 C. 莫里斯 著 朱勇 译 梁治平 校
14. 梁启超与中国思想的过渡(1890—1907) [美]张灏 著 崔志海 葛夫平 译
15. 儒教与道教 [德]马克斯·韦伯 著 洪天富 译
16. 中国政治 [美]詹姆斯·R. 汤森 布兰特利·沃马克 著 顾速 董方 译
17. 文化、权力与国家:1900—1942 年的华北农村 [美]杜赞奇 著 王福明 译
18. 义和团运动的起源 [美]周锡瑞 著 张俊义 王栋 译
19. 在传统与现代性之间:王韬与晚清革命 [美]柯文 著 雷颐 罗检秋 译
20. 最后的儒家:梁漱溟与中国现代化的两难 [美]艾恺 著 王宗昱 冀建中 译
21. 蒙元入侵前夜的中国日常生活 [法]谢和耐 著 刘东 译
22. 东亚之锋 [美]小R. 霍夫亨兹 K.E. 柯德尔 著 黎鸣 译
23. 中国社会史 [法]谢和耐 著 黄建华 黄迅余 译
24. 从理学到朴学:中华帝国晚期思想与社会变化面面观 [美]艾尔曼 著 赵刚 译
25. 孔子哲学思微 [美]郝大维 安乐哲 著 蒋弋为 李志林 译
26. 北美中国古典文学研究名家十年文选 乐黛云 陈珏 编选
27. 东亚文明:五个阶段的对话 [美]狄百瑞 著 何兆武 何冰 译
28. 五四运动:现代中国的思想革命 [美]周策纵 著 周子平 等译
29. 近代中国与新世界:康有为变法与大同思想研究 [美]萧公权 著 汪荣祖 译
30. 功利主义儒家:陈亮对朱熹的挑战 [美]田浩 著 姜长苏 译
31. 莱布尼兹和儒学 [美]孟德卫 著 张学智 译
32. 佛教征服中国:佛教在中国中古早期的传播与适应 [荷兰]许理和 著 李四龙 裴勇 等译
33. 新政革命与日本:中国,1898—1912 [美]任达 著 李仲贤 译
34. 经学、政治和宗族:中华帝国晚期常州今文学派研究 [美]艾尔曼 著 赵刚 译
35. 中国制度史研究 [美]杨联陞 著 彭刚 程钢 译